ANDREAS FRANZ

Teufelsleib

Ein Peter-Brandt-Krimi

Knaur Taschenbuch Verlag

Besuchen Sie uns im Internet:
www.knaur.de

FSC
www.fsc.org
MIX
Papier aus ver-
antwortungsvollen
Quellen
FSC® C083411

Originalausgabe Dezember 2010
Copyright © 2010 by Knaur Taschenbuch.
Ein Unternehmen der Droemerschen Verlagsanstalt
Th. Knaur Nachf. GmbH & Co. KG, München
Alle Rechte vorbehalten. Das Werk darf – auch teilweise –
nur mit Genehmigung des Verlags wiedergegeben werden.
Redaktion: Regine Weisbrod
Umschlaggestaltung: ZERO Werbeagentur, München
Umschlagabbildung: © Image Source / Corbis
Satz: Daniela Schulz, Stockdorf
Druck und Bindung: CPI – Clausen & Bosse, Leck
Printed in Germany
ISBN 978-3-426-63943-6

2   4   5   3

Wer mit Ungeheuern kämpft,
mag zusehen, dass er dabei nicht
zum Ungeheuer wird. Und wenn
du lange in einen Abgrund blickst,
blickt der Abgrund auch in dich
hinein.

Friedrich Nietzsche

PROLOG

Seine Miene war düster. Seine Gedanken waren düster. Alles um ihn herum war düster, obgleich die Sonne schien und viele fröhliche Menschen in seiner Nähe waren. Düster starrte er in die noch halbvolle Tasse Kaffee, düster auf das Stück Kuchen, das er bestellt hatte und das noch so auf dem Teller lag, wie die junge, hübsche Bedienung es ihm vor zehn Minuten gebracht hatte. Eine brünette junge Frau, die zu den vielen hübschen jungen Frauen zählte, die ihm tagtäglich über den Weg liefen und mit denen er so viel zu tun hatte.

Er hatte sich in die hinterste Ecke des Cafés zurückgezogen, während die meisten Gäste die warmen Strahlen des Frühlings auf den vor dem Café aufgestellten Stühlen genossen. Manche lasen Zeitung, manche unterhielten sich, manche hielten einfach nur das Gesicht in die Sonne. Singles, Pärchen, Ehepaare, Geschäftsleute, die für einen Moment hier Rast machten, als wollten sie den Winter abschütteln.

Doch ihm war nicht nach Sonne, in ihm waren keine Frühlingsgefühle, in ihm waren nur Dunkelheit und Hass. Hass auf die Welt, die Menschen, auf sich selbst.

Er nahm einen Schluck von dem Kaffee, biss von dem Kuchen ab und legte den Rest wieder auf den Teller. Seine Gedanken waren weit weg, auch wenn er alles um sich herum wahrnahm, die Geräusche von der Straße, die Unterhaltungen, das Klappern von Geschirr, die Espressomaschine, die ein ums andere Mal angeworfen wurde …

Er war allein, war immer allein gewesen. Seit seiner frühesten Kindheit abgestellt wie ein altes Möbelstück. Doch er hatte sich schon vor vielen, vielen Jahren damit abgefunden. Er ging seiner Arbeit nach, aber er pflegte kaum Kontakt zu seinen Kollegen, es gab lediglich eine Kollegin, die er gemocht hatte und mit der er einige Male ausgegangen war, ins Kino, ins Theater oder ins Restaurant. Einmal hatte er mit ihr geschlafen. Aber dann hatte er erfahren müssen, dass sie nur Freundschaft für ihn empfand und keine Liebe, dabei liebte er sie, ohne es ihr je gesagt zu haben. Als er sie fragte, ob sie sich vorstellen könne, dass mehr zwischen ihnen sein könnte, lachte sie, streichelte ihm über die Wange und antwortete, dies sei die falsche Frage. »Belassen wir's so, wie es ist. Mehr möchte ich nicht, es würde unsere Freundschaft nur zerstören. Vielleicht wäre es auch ganz gut, wenn wir uns für eine Weile nicht treffen würden.«

»Warum?«, hatte er gefragt und gemeint, eine eiserne Faust in seinem Magen zu spüren.

»Warum was?«

»Was hast du gegen mich?«

»Ich habe doch nichts gegen dich, ich mag dich, aber Liebe … Mein Gott, was für ein großes Wort. Es gibt keine Liebe, das ist alles nur Chemie und Biologie, und das weißt du doch auch. Tut mir leid, aber es würde zwischen uns niemals funktionieren. Ich bin wie ein Schmetterling, der von Blüte zu Blüte fliegt. Akzeptiere das bitte. Du würdest nur unglücklich mit mir werden, oder, anders ausgedrückt, ich würde dich nur unglücklich machen. Ich glaube, es ist besser, wenn ich jetzt gehe. Sei nicht traurig, es war eine schöne Zeit.«

»Heißt das, du willst mich nicht mehr sehen? Nie mehr?«

»Ich weiß es nicht. Lassen wir es doch am besten, wie es einmal war – rein beruflich … Moment, mein Handy klingelt.«

Er erinnerte sich nur zu gut daran, wie Liane das Telefon aus ihrer Handtasche holte, wie ihre Miene sich aufhellte und ihr Gesicht aufzuleuchten schien. Wie sie sagte, sie werde in zehn Minuten da sein. Wie sie hinzufügte: »Nein, nicht jetzt, das erzähl ich dir später.« Wie sie das Telefon wieder in die Tasche steckte und meinte: »Ich muss leider los, eine Freundin braucht mich. Und denk noch mal über meine Worte nach. Ich will doch nur nicht, dass du verletzt bist. Wie gesagt, es würde nie funktionieren, weil diese ganz bestimmte Chemie bei uns nicht hinhaut. Und jetzt zieh nicht so 'ne Flunsch, es ist besser, wenn ich es dir jetzt sage als in ein paar Wochen oder Monaten. Und es war auch ganz gut so, dass wir nur einmal miteinander geschlafen haben. Im Nachhinein betrachtet war es ein Fehler.«

Sie war aufgestanden, hatte ihre Tasche genommen, ihm ein »Ciao, ciao« zugeworfen und war gegangen. Eine wunderschöne junge Frau, intelligent, aufgeschlossen, extrovertiert – und verlogen. Ein Fehler war es also gewesen, mit ihm geschlafen zu haben. Dabei war es für ihn die Erfüllung gewesen und die Hoffnung auf eine schöne Zukunft. Und nun hatte sie alles zunichte gemacht mit ein paar dahingeworfenen Worten, wie ein paar vergammelte Fleischhappen, die man einem verrotteten Köter zuwirft.

Liane hatte nicht gemerkt, wie er ihr gefolgt war, wie er beobachtete, dass sie zu einem älteren Mann in einen Porsche einstieg und diesen lange und innig küsste, bevor sie losfuhren.

Danach hatten sie sich nur noch bei der Arbeit gesehen, sie hatten sich hin und wieder unterhalten, Kaffee getrunken, und er hatte ihr erklärt, dass sie wohl recht gehabt hatte mit ihrem Vorschlag einer Auszeit.

Aber er hatte sie weiterhin beobachtet, sie wie ein Phantom auf Schritt und Tritt verfolgt, ohne dass sie davon etwas ahnte. Und immer traf sie sich mit diesem Mann, der mindestens fünfzehn, eher zwanzig Jahre älter war und ganz offensichtlich steinreich. Er hatte ihn in einem Porsche, einem Jaguar, einmal sogar in einem Bentley kommen sehen. Ein dekadenter alter Mann, dessen Geld für Liane wie ein Aphrodisiakum gewirkt haben musste.

Er war geduldig und ließ fast vier Monate verstreichen, bevor er sie an einem späten Mittwochabend, nachdem ihr Liebhaber gegangen war, zu Hause aufsuchte. Es war so leicht gewesen, er hatte um kurz nach halb elf geklingelt und gefragt, ob er kurz hochkommen könne, es ginge um etwas Berufliches und sei sehr dringend, er bräuchte unbedingt ihre Meinung. Er würde ihre Zeit auch nicht allzu lange in Anspruch nehmen.

Er solle hochkommen, hatte sie gesagt und die Tür geöffnet und ihn angelächelt. Ein Lächeln, das wie ein Zauber auf ihren Lippen lag und doch nicht aufrichtig war. Ein Lächeln, so verlogen wie alles an und in ihr. Das verlogene Lächeln eines Miststücks, einer geldgeilen Hure, die sich mit einem wie ihm nie länger abgeben würde. Zum Zeitvertreib war er gut genug gewesen, aber nur, damit sie keine Langeweile hatte. Wie in seinem ganzen Leben zuvor fühlte er sich auch von ihr benutzt.

Er trat in die Wohnung, in der er schon so oft gewesen war, wo sie sogar einmal miteinander geschlafen hatten, und nun kam es ihm so vor, als hatte sie ihn testen wollen, ob er gut genug für sie war. Oder sie hatten es einfach nur miteinander getrieben, weil sie ein paar Gläser Wein zu viel getrunken hatten. Für ihn war es trotzdem schön gewesen, weil er das erste Mal in seinem Leben richtig mit einer Frau geschlafen hatte.

»Was gibt es so Wichtiges?«, fragte sie und schenkte sich ein Glas Wein ein, ohne ihn zu fragen, ob er auch eines möchte. Ihre Stimme klang kühl, ein wenig abweisend sogar.

»Nur eine Kleinigkeit, bin auch gleich wieder weg.«

Er war nur knapp zehn Minuten geblieben.

Ihre Leiche wurde am nächsten Tag entdeckt. Zwei Messerstiche in Bauch und Herz. Vom Täter fehlte jede Spur. Alle, die mit ihr zu tun gehabt hatten, wurden von der Polizei vernommen, auch er. Die Befragung dauerte fünf, vielleicht sechs Minuten, dann wandten die Beamten sich anderen Kollegen zu. Bis heute hatte niemand auch nur die leiseste Ahnung, dass er sie umgebracht hatte.

Dieser Mord, den er in Darmstadt begangen hatte, lag nur knapp fünf Monate zurück, doch in den letzten Wochen, eigentlich schon seit Weihnachten, hatte eine unerklärliche Unruhe von ihm Besitz ergriffen, die er nicht unter Kontrolle bekam.

Die hübsche Bedienung kam an seinen Tisch und fragte ihn lächelnd, ob sie ihm noch einen Kaffee bringen solle. Seine düstere Miene hellte sich schlagartig auf, und er antwortete, dass er gerne noch einen Kaffee hätte. Sie ging an den Tresen, ein junger Mann schlich sich von hinten an sie heran, gab ihr einen Kuss auf den Hals und fasste sie kurz, doch kräftig an den Po. Sie lachte auf und meinte so leise, dass kaum einer es hören konnte, dass er sich das für später aufheben solle.

Sie brachte ihm den Kaffee, er bat um die Rechnung. Als er nach einer weiteren Viertelstunde das Café verließ, war ihm klar, dass er gewisse Gefühle und Triebe nie würde unterdrücken können. Und er wollte es gar nicht mehr, zu lange hatte er es versucht.

Auf dem Weg nach Hause begegnete er drei Menschen, die er kannte. Er unterhielt sich mit ihnen, war freundlich und zuvorkommend wie immer. Eine Maske, die er schnell aufgesetzt hatte und von der keiner wusste, dass es nur eine Maske war. Eine Maske, hinter der sich Abgründe auftaten.

Zu Hause angekommen, legte er eine CD ein, Ravels *Bolero*. Er dachte an den Film *Zehn – die Traumfrau* mit Dudley Moore und Bo Derek und schloss die Augen. Er würde es tun, er musste es tun. Und je länger diese Gedanken ihn beherrschten, desto stärker, ja unerträglich wurde dieser Druck. Im Kopf und in den Lenden.

Ihr werdet euch wundern, dachte er und stellte die Musik ein wenig lauter, während er mit geschlossenen Augen masturbierte. Er ejakulierte, doch der Druck blieb, und er wusste, es gab nur ein Mittel, diesen Druck loszuwerden. Er musste töten. Am nächsten Abend wurde die Leiche einer jungen Frau gefunden, die als Bedienung in einem Café in Frankfurt gearbeitet hatte. Der Druck war für eine Weile gewichen.

MONTAG

MONTAG, 4. JANUAR 2010

Peter Brandt und Elvira Klein hatten neun erholsame Tage an der Algarve verbracht. Es war bereits das vierte Mal, dass Brandt ohne seine Töchter Sarah und Michelle in Urlaub fuhr. Diese hatten es vorgezogen, den größten Teil der Weihnachtsferien bei ihrer Mutter in Spanien zu verbringen. Nur Heiligabend hatten sie noch gemeinsam begangen, Brandt, seine Eltern, Elvira Klein, Sarah, Michelle und Brandts Ex-Frau, die es sich nicht nehmen ließ, die Neue an seiner Seite zu begutachten, mit der er nun schon geraume Zeit zusammen war. Doch Brandt merkte schnell, dass sie lieber in Spanien geblieben wäre, denn so attraktiv und hübsch hatte sie sich die Klein, wie sie sie etwas abfällig nannte, nicht vorgestellt, auch wenn Sarah und Michelle ihr mit Sicherheit schon einiges über *sie* erzählt hatten. Nun, Erzählungen und das Sehen mit eigenen Augen waren zwei verschiedene Paar Schuhe. Obwohl sie sich bemühte, es gelang ihr nicht, den Neid auf die so deutlich Jüngere zu unterdrücken, und so ließ sie sich ein paarmal zu spöttischen Bemerkungen hinreißen (was Brandt aus früheren Zeiten nur zu gut kannte), die Elvira souverän ignorierte.

Als seine Ex ihn schließlich zur Seite nahm und mit einem maliziösen Unterton flüsterte: »Ist sie nicht um einiges zu jung und vor allem zu groß für dich, ich meine, sie ist doch bestimmt zehn Zentimeter größer?«, hatte er in seiner gewohnt gelassenen Art gekontert: »Acht Zentimeter. Und damit du dir keine Gedanken mehr zu machen brauchst, für mich ist sie die Größte, und damit meine ich: die beste Frau, die mir je begegnet ist.«

Daraufhin hatte seine Ex beleidigt den Mund gehalten. Dennoch war es insgesamt gesehen ein schöner Heiligabend gewesen, sie hatten gut gegessen und waren gegen Mitternacht zu Bett gegangen, da Sarah, Michelle und ihre Mutter bereits am Vormittag des ersten Weihnachtstages nach Spanien und Brandt und Klein nach Portugal fliegen wollten.

Brandt und Klein hatten in einem direkt über dem Meer liegenden Luxushotel gewohnt, hatten ausgedehnte Spaziergänge am schier endlosen Strand unternommen, waren an den südwestlichsten Punkt Europas gefahren, um sich den würzigen Duft des Meeres um die Nase wehen zu lassen, und sie hatten an einer großen Silvesterparty teilgenommen, wie Brandt noch keine zuvor erlebt hatte. Das Wetter hatte wunderbar mitgespielt, es gab nicht einen Moment, der ihnen den Urlaub vermiest hätte. Doch als sie am Sonntag, dem 3. Januar, spätabends zurückkehrten, kamen sie in die Kälte, es hatte geschneit, überhaupt war es bereits seit Mitte Dezember für die hiesigen Verhältnisse überaus kalt und schneereich gewesen. Sie fuhren mit dem Taxi vom Flughafen in Elviras Wohnung in der Frankfurter Innenstadt, wo Brandt sich schon seit längerem mindestens

genauso oft aufhielt wie in seiner Wohnung in der Elisabethenstraße in Offenbach.

Seit über zwei Jahren waren er und Elvira Klein nun zusammen, und noch immer war da dieses Feuer, dieses Pri-
ckeln zwischen ihnen, was in erster Linie daran lag, dass
sie auf einer Wellenlänge funkten und sich über fast alles
unterhalten konnten. Zudem hatte Elvira Klein in ihm
endlich einen Partner gefunden, an den sie sich anlehnen
konnte und bei dem sie sich behütet fühlte. Der Bulle und
die Staatsanwältin, wie Brandt ihre Beziehung scherzhaft
nannte. Der Bulle und die Staatsanwältin, die sich anfangs
überhaupt nicht hatten ausstehen können, zumindest gaben
sie dies dem jeweils anderen zu verstehen, doch in ihrem
tiefsten Innern hatten sie sich vom ersten Moment an gemocht. Brandt hatte gespürt, dass hinter der rauhen Schale,
die Elvira Klein umgab, eine liebenswürdige, zuverlässige,
aber auch verletzliche Frau steckte, was sie sogar im Beruf
inzwischen einige Male gezeigt hatte, auch wenn sie sich
gerne hart, unnachgiebig und tough gab. Die rauhe Schale
diente einzig dazu, ihre Unsicherheit zu überspielen. Weder
er noch sie hatten bei ihrem ersten Aufeinandertreffen geahnt, dass das Schicksal sie eines Tages zusammenführen
würde.

Mittlerweile verstanden sie sich nahezu blind, es war, als
hätten sie sich seit einer Ewigkeit gesucht, sich aber erst
nach mehreren Jahren der Zusammenarbeit, die nicht
immer einfach gewesen war, gefunden. Sie, die Anwalts-
tochter aus reichem Hause, und er, der im Vergleich zu
ihrer Herkunft einfache Hauptkommissar, dessen Vater

auch »nur« bei der Polizei gewesen war. Sie hatte nie in einer festen Beziehung gelebt, eine Singlefrau, wie man sie heutzutage haufenweise fand. Es hatte vor ihm auch nur einen Mann in ihrem Leben gegeben, doch die Sache, wie sie es nannte, war angeblich zu unbedeutend, als dass es sich gelohnt hätte, darüber zu sprechen. Er wusste nur, dass es eine lose Beziehung gewesen war, die nicht lange hielt.

Er hatte eine gescheiterte Ehe hinter sich, war alleinerziehender Vater von zwei mittlerweile fast erwachsenen und – wie er fand – bildhübschen Töchtern, das einzig Positive, was sie seiner Ansicht nach von ihrer Mutter hatten, einer rast- und ruhelosen Person, die nicht einmal jetzt zufrieden war, obwohl sie endlich mit dem Mann ihrer Träume, einem steinreichen Immobilienmakler, liiert war. Er bot ihr vor allem eines – Geld. Geld, das Brandt nie hatte, das sie aber trotzdem mit vollen Händen ausgegeben hatte. Zudem hatte sie sich ständig beschwert, dass er zu wenig tue, um auf der Karriereleiter nach oben zu klettern. Die Ehe war durch die ständige Nörgelei und Unzufriedenheit von Brandts Gattin schon früh zum Scheitern verurteilt gewesen, hatte aber immerhin fast zehn Jahre Bestand gehabt. Dann war sie eines Tages mir nichts, dir nichts verschwunden, nur einen Zettel hatte sie auf dem Tisch hinterlassen, auf dem sie ihm mitteilte, dass sie es mit ihm nicht mehr aushalte.

Am Ende waren viele Gehässigkeiten im Spiel gewesen, vor allem, als Brandt mit Zähnen und Klauen um das alleinige Sorgerecht für seine Töchter kämpfte und es schließlich auch bekam. Da er sie nicht gänzlich ihrer Mutter entziehen wollte, überließ er ihnen die Entscheidung, ob und wann sie ihre Mutter sehen wollten. Anfangs sahen sie ihre Mutter nur in unregelmäßigen Abständen, doch mittlerweile besuchten sie sie regelmäßig in ihrem Domizil in Spanien, wo sie, sofern sie nicht gerade auf Reisen war und in einem der fünf anderen über den Globus verteilten Häuser residierte, mit ihrem Mann eine mondäne Villa mit phantastischem Mittelmeerblick bewohnte.

Sie verwöhnte Sarah und Michelle nach allen Regeln der Kunst, und die Mädchen genossen es, vergaßen jedoch nie, wo ihre eigentliche Heimat war – in Offenbach, wo sie geboren und aufgewachsen waren. Sie waren nicht käuflich, aber warum sollten sie nicht annehmen, was ihre Mutter ihnen nicht auf einem silbernen, sondern einem goldenen Tablett servierte?

Seit Brandt mit Elvira zusammen war, verlief sein Leben in ruhigen und doch alles andere als langweiligen Bahnen. Zum ersten Mal meinte er, auf *seinem* Weg zu gehen und *seinen* Platz im Leben gefunden zu haben und dieses Leben auch endlich genießen zu dürfen. Er musste nicht mehr nur funktionieren und tun, was andere von ihm erwarteten und verlangten, sondern durfte sich auch einmal fallen lassen und die wenige freie Zeit genießen.

Brandt und Klein trennten Berufliches und Privates strikt, was anfangs nicht ganz einfach war, schließlich aber doch weitestgehend klappte. Sie war die Staatsanwältin, er der Ermittler. Sie stand über ihm, und er akzeptierte es, denn so hatten sie sich kennengelernt. Sie war Akademikerin, er ein »normaler« Kriminalkommissar. Aber nicht selten kam es vor – wie schon in der Zeit, bevor sie zusammenkamen –, dass sie unterschiedlicher Meinung waren, sie ihn anfauchte, was er gewöhnlich mit einem Schmunzeln oder einer lässigen Bemerkung abtat. Und nur wenige Stunden später war alles, was während des Tages gewesen war, so gut wie vergessen, und eigentlich, so hatten sie es sich vorgenommen, sprachen sie außerhalb der Dienstzeiten kaum über den Beruf und die Fälle, an denen sie gerade arbeiteten.

Seit einiger Zeit jedoch kamen sie nicht zur Ruhe, weshalb das Berufliche immer häufiger auch in ihr Privatleben eindrang. Sie hatten es mit einer ständigen Zunahme von Gewalttaten zu tun, die meisten von Jugendlichen und jungen Erwachsenen begangen, selbst Kinder, die noch nicht strafmündig waren, befanden sich darunter. Kinder – acht, neun, zehn Jahre alt –, die zum Teil eine für Beamte, Pädagogen und Psychologen erschreckende Grausamkeit an den Tag legten. Dabei handelte es sich nicht um kleinere Keilereien oder Ladendiebstähle, sondern um Kapitalverbrechen, für die die Kinder noch nicht belangt werden konnten.

Ein besonders erschreckender Fall betraf einen Elfjährigen, der Tränengas, einen Schlagring, ein Butterfly-Messer sowie einen Taser und einen Elektroschocker in seinem Schulranzen bei sich führte, als die Polizei den Schulranzen durchsuchte. Er behauptete, die Waffen von einem Mann gekauft zu haben, den er nicht näher kenne. Ins Visier der Fahnder war er geraten, nachdem eine Vierzehnjährige auf dem Nachhauseweg mit vorgehaltenem Messer gezwungen worden war, sich auszuziehen. Um sie mundtot zu machen, hatte der Täter mehrfach auf sie eingestochen und ihr Gesicht zerschnitten und sie anschließend neben dem Fußweg liegen gelassen. Das Mädchen überlebte, auch wenn sie fast drei Wochen im künstlichen Koma lag und ihr Gesicht erst in einigen Jahren nach zahlreichen Operationen einigermaßen wiederhergestellt sein würde. Doch ihre Seele würde diesen Nachmittag im April 2009 nie vergessen. Nachdem sie aufgewacht war, konnte sie sich an ihren Angreifer erinnern und aussagen, dass er auf dieselbe Schule ging wie sie. Warum der Junge diese brutale Tat begangen hatte, war bis heute im Dunkeln geblieben, da er schwieg, doch die Psychologen fanden nur eine Erklärung: Sie war hübsch und bei allen beliebt, während der Täter schon kurz nach seiner Einschulung von den Lehrern als schwer erziehbar eingestuft worden war. Obwohl sein IQ überdurchschnittlich hoch war, erhielt er keine entsprechende Förderung. Präpubertäre Frustration aufgrund Nichtbeachtetwerdens lautete die gutachterliche Diagnose, die so gut wie nichts über die Person aussagte. Unter präpubertärer Frustration und einer damit verbundenen Anstauung von Wut, Zorn und Hass litten mittlerweile viele Kinder. Doch bekämpft wurden meist nur die Symptome und nicht die Ursachen, und letztlich glaubte Brandt nicht an das Geschwafel einer präpubertären Frustration, sondern vermutete die Ursachen im sozialen Umfeld, doch die Mühe, das zu durchleuchten, machte sich keiner, da die chronische Unterbesetzung dies nicht zuließ.

Der Elfjährige lebte allein mit seiner Mutter und den sechs

Geschwistern in einem heruntergekommenen Sozialbau in Lauterborn – wie so viele durch Straftaten auffällig gewordene Kinder stammte er aus miserablen sozialen Verhältnissen und hatte sich einem brutalen Leben auf der Straße schon früh angepasst, weil es für ihn keinen anderen, vernünftigen Lebensraum gab und die Zukunftschancen schon früh verbaut worden waren. Ein Leben auf der Straße, das seinen Anfang meist im Elternhaus nahm. Und nicht selten wurde das Klischee des saufenden Vaters, der schlampigen Mutter und der vermüllten Wohnung erfüllt.

In den vergangenen zwei Jahren hatten die Gewalttaten unter und von Jugendlichen überproportional zugenommen, ohne dass die Polizei oder das Jugendamt große Spielräume hatte, da in der Regel nur die Symptome, nicht aber die Ursachen bekämpft wurden. Viele Streifenpolizisten schoben Überstunden, auch Brandt und seine Kollegen hatten zahlreiche Zwölf- oder gar Vierzehnstundentage zu bewältigen. Dabei waren er und seine Kollegen vom K 11 für Kinder- und Jugendkriminalität in der Regel gar nicht zuständig, es sei denn, es handelte sich um ein Tötungsdelikt wie Mord, Totschlag oder fahrlässige Körperverletzung mit Todesfolge. Aber schon bald würde eine neue Abteilung geschaffen werden, mit einem Jugendkoordinator an der Spitze, verantwortlich für die Zusammenarbeit zwischen Schulen, Jugendeinrichtungen, Sozialämtern und Jugendämtern. Vielleicht würde es helfen, die zunehmende Gewaltbereitschaft und Kriminalität langfristig im Keim zu ersticken, sollten alle Behörden und Institutionen an einem Strang ziehen und Präventionsmaßnahmen ergreifen.

Doch das war es nicht allein, was Brandt unzählige Überstunden und einige schlaflose Nächte verschafft hatte. Zwischen Mitte 2007 und Anfang 2009 hatte es »nur« neun Tötungsdelikte in seinem unmittelbaren Ermittlungsbereich Offenbach gegeben, die alle aufgeklärt worden waren. Sechs dieser Delikte hatten sich im häuslichen Bereich ereignet, zwei waren das traurige Resultat einer Prügelei, und Ende Dezember 2008 hatte ein Mann seinen Nebenbuhler die Treppe hinuntergestoßen. Das Opfer lag vier Wochen im Koma, bis die Ärzte die lebenserhaltenden Geräte abschalteten. Viermal waren Stichwerkzeuge eingesetzt worden, einmal war stumpfe Gewalt im Spiel, in einem Fall war ein angetrunkener und höchst aggressiver Mann, der bereits aktenkundig war, nach einer heftigen Auseinandersetzung mit seiner Lebensgefährtin unglücklich mit dem Hinterkopf gegen eine metallene Tischkante gestoßen und kurz darauf verstorben, nur einmal war eine Schusswaffe benutzt worden. Fünf der Opfer waren Frauen.

Einen aufsehenerregenden Fall hatte es gegeben, der keinen kaltließ: der Tod eines zweijährigen Mädchens, das verhungert und verdurstet und total eingedreckt in seinem Bett gefunden worden war. Ein Fall, der bundesweit für Schlagzeilen sorgte, aber schon bald in Vergessenheit geriet, weil derartige Tötungsdelikte sich häuften und schon fast zur Normalität gehörten. Ein kurzer, entsetzter Aufschrei der Medien und der Öffentlichkeit, der schnell verstummte.

Die Aufklärungsquote hätte bei hundert Prozent gelegen, gäbe es da nicht noch etwas anderes, was ihm nach wie vor

Kopfzerbrechen bereitete, und weder er noch seine Kollegen wussten, in welche Richtung sie weiter ermitteln konnten.

Es ging um zwei höchst mysteriöse Frauenmorde. Begangen im letzten Jahr, einer vermutlich in Rumpenheim und einer in Bürgel, zwei aneinandergrenzende Stadtteile. Zwei Morde, die noch nicht einmal ansatzweise gelöst waren, da es nicht die geringsten Anhaltspunkte bezüglich der Motive oder gar in Richtung eines oder mehrerer Täter gab. Alle Ermittlungen waren im Sande verlaufen. Sämtliche Personen aus dem engeren und weiteren Umfeld der beiden Frauen waren zum Teil mehrfach befragt worden, doch keiner der Befragten verwickelte sich in Widersprüche, und jeder konnte ein wasserdichtes Alibi vorweisen. Zwei Morde, die womöglich niemals geklärt werden würden. Zwei Morde, zu denen vielleicht noch weitere hinzukommen würden, das sagte Brandts Bauchgefühl, und sein Bauch hatte ihn in der Vergangenheit selten im Stich gelassen. Wobei er hoffte, wenigstens diesmal unrecht zu behalten. Und doch sprach nicht nur sein Instinkt dafür: Denn bei beiden Morden handelte es sich allen bisherigen Erkenntnissen nach nicht um Beziehungstaten. Keine der beiden Frauen war, so die einhellige Meinung, im Affekt ermordet worden, sondern aus einem anderen Beweggrund: Trieb. Alle Ermittler waren sich einig, dass sie es mit einem oder zwei Triebtätern zu tun hatten, wobei Brandt der festen Überzeugung war, dass es sich um ein und denselben Täter handelte, auch wenn die Vorgehensweisen so unterschiedlich wie Tag und Nacht waren.

Die erste Tote, Anika Zeidler, war am Sonntag, dem 8. März 2009, gegen 15.30 Uhr in der Nähe der Rumpenheimer Fähre gefunden worden. Ihre Eltern hatten sie drei Tage zuvor als vermisst gemeldet, weil sie sie zuletzt am späten Nachmittag des 3. März gesehen und seitdem nichts mehr von ihr gehört hatten, was nicht ihre Art war, wie sie glaubhaft versicherten. Kein Anruf, kein Besuch. Bei Anrufen auf ihrem Handy sprang nur die Mailbox an.

Für die Polizei zunächst ein Routinefall, stammte Anika Zeidler (wie auch der elfjährige Vergewaltiger) ursprünglich doch aus einem Viertel, dem ein eher negativer Ruf anhaftete, wo die Kriminalitätsrate über dem Offenbacher Durchschnitt lag und die Arbeitslosenquote ebenfalls recht hoch war. Es kam nicht selten vor, dass junge Menschen sich von dort einfach auf und davon machten. Normalerweise aber blieben sie nicht lange weg, meldeten sich schon kurze Zeit später bei der Familie oder bei Freunden oder wurden von der Polizei aufgespürt.

Allerdings lebte Anika Zeidler schon seit fast drei Jahren nicht mehr zu Hause, sondern in einer kleinen Wohnung in Neu-Isenburg, wo sie in einem Callcenter arbeitete, wie ihre Eltern berichteten. Diese waren ebenso wie Anikas Bruder mehrfach zu ihrer Wohnung gefahren, doch sooft sie auch geklingelt hatten, niemand öffnete die Tür. Schließlich informierten sie die Polizei.

Die Wohnung wurde von der Polizei geöffnet und durchsucht, es fand sich jedoch kein Hinweis, wo sich Anika aufhalten könnte. Am 7. März wurde eine Handyortung durchgeführt – ohne Erfolg. Deshalb ging man davon aus, dass das Handy ausgeschaltet war. Daraufhin wurde seitens der Staatsanwaltschaft und der Mordkommission beschlossen, am 9. März, einem Montag, Suchmeldungen in Presse und Funk zu veröffentlichen, wozu es jedoch nicht mehr kommen sollte. Denn am Nachmittag des 8. März, vier Tage nachdem sie von ihren Eltern und ihrem Bruder zum letzten Mal gesehen worden war, wurde Anika Zeidler von dem Hund eines Ehepaars in einem Gebüsch am Mainufer entdeckt.

Die junge Frau war zum Zeitpunkt ihrer Ermordung einundzwanzig Jahre alt gewesen, am Tag ihres Auffindens hätte sie Geburtstag gehabt. Der durchschnittlichen Lebenserwartung deutscher Frauen zufolge hatte sie gerade ein Viertel ihres Lebens hinter sich.

Die Rechtsmedizinerin Andrea Sievers hatte Wochenendbereitschaft gehabt. Und so hatten sie und Peter Brandt, deren Verhältnis nur noch beruflicher und dazu sehr kühler, bisweilen fast frostiger Natur war, gemeinsam vor der Toten gestanden. Sievers hatte kopfschüttelnd gesagt: »So jung und wie Müll entsorgt. Das lässt mich noch immer nicht kalt. Es gibt nur eines, was schlimmer ist, und das ist ein ermordetes Kind. Wenn ich nur wüsste, was in dem Kopf eines solchen Perversen vorgeht.«

»Wieso pervers?«, fragte Brandt lakonisch, der die Leiche als einer der Ersten vor Ort in Augenschein genommen und nichts Außergewöhnliches festgestellt hatte – außer dass die Frau tot war.

»Du stellst vielleicht Fragen! Ist es nicht pervers, wenn so eine junge Frau ohne erkenntlichen Grund umgebracht wird?« Sievers brachte es auf die Palme, dass er so ruhig und scheinbar teilnahmslos vor einer gewaltsam zu Tode gekommenen jungen Frau stand.

»Ob es einen Grund gab oder gibt, wird sich noch herausstellen, unsere Ermittlungen stehen ja noch ganz am Anfang«, hatte Brandt gelassen erwidert, auch wenn ihn der Mord alles andere als kaltließ, doch das brauchte niemand zu wissen. Natürlich fand er es auch diesmal erschütternd, eine ermordete junge Frau auf dem Tisch liegen zu sehen, doch in den mittlerweile fast dreißig Berufsjahren hatte er gelernt, inneren Abstand zu wahren. Zu viele Emotionen waren fehl am Platz, sie erschwerten nur die Ermittlungen. Er könnte dann nicht abschalten, brächte den Beruf mit nach Hause, würde unter Schlafproblemen leiden und damit über kurz oder lang unbrauchbar werden.

Sein Vater, ein ehemaliger Polizist, hatte ihn gelehrt, Berufliches und Privates strikt voneinander zu trennen, nur so könne er in diesem Knochenjob bestehen. Brandt hatte in den vielen Jahren einige Kollegen kennengelernt, die an ihrem Beruf zerbrochen waren, weil sie sich persönlich zu sehr einbrachten. Es gelang ihnen nicht, die Arbeit im Büro zu lassen. Sie flüchteten sich in Alkohol, manch einer in Tabletten oder andere Drogen, Ehen zerbrachen, weil die Frauen ihre Männer nicht mehr ertrugen, manche wurden krank, andere mussten in den vorzeitigen Ruhestand gehen. Zwei Kollegen hatten sich sogar das Leben genommen. Eines aber hatte auch Brandt bislang nicht ablegen können und wollen, Mitgefühl, nicht nur für die Opfer, sondern auch für die Angehörigen, Freunde und Bekannten. Und das war gut so, zeigte es ihm doch, dass er noch Gefühle hatte.

»Ja, aber sieh sie dir doch an«, sagte Sievers, die schon zu den Zeiten, als sie noch zusammen waren, nicht gut mit Brandts bisweilen stoischer Ruhe zurechtgekommen war. Sie deutete auf die unbekleidete Tote. »Was fällt dir auf?«

Brandt trat näher an den Tisch. »Klär mich auf, liebe Andrea.«

»Hör zu«, fauchte sie ihn an, »ich dachte, das Thema hätten wir durch. Ein für alle Mal, ich will nie wieder so von dir genannt werden. Du hast ja jetzt schließlich deine liebe Elvira. Hab ich mich deutlich genug ausgedrückt?«

»Entschuldigung, ich wollte nicht deine Gefühle verletzen ...«

»Das hast du schon längst geschafft, aber das lassen wir jetzt mal außen vor. Sieh dir lieber die Kleine an.«

Er zuckte etwas ratlos die Schultern. »Was soll mir großartig auffallen, außer, dass sie zu Lebzeiten ausgesprochen hübsch war?«, sagte er immer noch ruhig. »Na ja, eigentlich ist sie's ja immer noch«, fügte er hinzu.

»Bist du blind, oder was? Hier«, erwiderte sie mit funkelndem Blick und deutete mit der rechten Hand demonstrativ auf die Tote. »Es gibt keinerlei äußere Verletzungen, nicht einmal eine Drosselmarke am Hals, nur geringe petechiale Blutungen in den Augenbindehäuten und den Lidern, eine leichte Gesichtszyanose, aber keine Hämatome und auch keine sichtbaren Einblutungen in die Halsmuskulatur. Nicht einmal eine Exkoriation ...«

»Gibt's das auch auf Deutsch?«, fragte er lakonisch.

Andrea rollte mit den Augen und fuhr noch eine Spur gereizter fort: »Eine Exkoriation oder auch Hautabschürfung ist auf den ersten Blick nicht zu erkennen. Was immer du an ihrem Hals auch siehst, es ist nur schwach ausgeprägt. Er hat nicht auf sie eingeschlagen oder eingestochen oder sonst was mit ihr getan ...« Sie machte eine Pause, als müsse sie ihre Gedanken sortieren, strich sich mit einer Hand über die Stirn und sagte mit einer Stimme, die so kühl war wie der Raum: »Sei's drum, als Laie würde man nichts Auffälliges entdecken, und ein in der äußeren Leichenschau unkundiger Allgemeinmediziner würde, hätte man die Leiche zu Hause in der Badewanne gefunden, möglicherweise auf dem Totenschein eine natürliche Todesursache ankreuzen. Sie sieht, und das musst du zugeben, praktisch unversehrt aus, was mit ziemlicher Sicherheit dafür spricht, dass sie nicht schon vor vier oder fünf Tagen umgebracht wurde, sondern vielleicht erst vor ein bis zwei Tagen, und dann hat der Täter sie einfach am Main entsorgt. Aber auch das finden wir schnell raus. Jetzt ...«

»Wurde sie vergewaltigt?«, wurde sie von Brandt unterbrochen, dem nicht der Sinn nach einer ausführlichen Erläuterung stand und schon gar nicht nach einem Streit mit seiner ehemaligen Fast-Ehefrau, nur weil er vielleicht eine falsche Bemerkung machte. Seit ihrer Trennung war sie Single pur, und soweit er wusste, lebte sie momentan allein für ihre Arbeit.

»Wenn du mich ausreden lassen würdest«, entgegnete sie schnippisch, wie so oft, wenn sie sich begegneten, was zum Glück nicht mehr allzu oft vorkam. Sie atmete einmal tief durch und fuhr fort: »Ich habe sie zwar erst seit drei Stunden auf dem Tisch, habe aber bereits eine erste äußere Leichenschau vorgenommen und kann deine Frage verneinen. Nein, sie wurde nicht vergewaltigt, und ob sie Geschlechtsverkehr hatte, nun, das wird die Obduktion ergeben. Genaueres nach der Leichenöffnung. Das Protokoll bekommst du, sowie wir fertig sind und es getippt ist. Eins kann ich aber schon jetzt sagen, sollte sie Verkehr gehabt haben, dann war es kein erzwungener: kein gewaltsames Eindringen, keine entsprechenden Spuren im Vaginal- und Analbereich und so weiter. Und um deine mögliche nächste Frage auch gleich zu beantworten: Ich kann nicht sagen, ob sie auf den Strich gegangen ist. Das herauszufinden ist deine Aufgabe, Herr Hauptkommissar«, sagte sie bissig, ein Ton, den sie in den letzten knapp zwei Jahren häufig ihrer Stimme beimischte, wenn sie auf Brandt oder Elvira Klein traf. Eine Bissigkeit, die einzig und allein eine Ursache hatte – das Ende ihrer Beziehung und seine neue Liaison mit Elvira, Andreas einst bester Freundin. Aus der Freundschaft war Feindseligkeit geworden, obwohl Elvira Klein alles tat, um Andrea versöhnlicher zu stimmen. Sie hatte ihr mehrfach angeboten, sich unter vier Augen ausführlich auszutauschen, um Missverständnisse aus dem Weg zu räumen, doch Andrea hatte jedes Angebot kategorisch ausgeschlagen.

Dabei war es Andrea gewesen, die die Beziehung beendet hatte, mit einem ausführlichen Brief, in dem sie Brandt klarmachte, dass sie eine Auszeit benötige und ihre Zukunft ohne ihn zu gestalten beabsichtige. Doch als sie von seiner nur kurz darauf begonnenen Beziehung zu Elvira Klein erfuhr, wurde sie fuchsteufelswild und stellte es von nun an so dar, als habe Brandt Schluss gemacht.

Zwar war das mittlerweile Vergangenheit, dennoch gab es weiterhin unüberbrückbare Spannungen, die in erster Linie von Andrea Sievers ausgingen. Ihm tat es leid, dass ihre Beziehung so abrupt geendet hatte und der negative Nachhall bereits so lange anhielt.

Brandt war langsam und schweigend um den Tisch herumgegangen. Die Tote wirkte tatsächlich nahezu unversehrt, es sah fast so aus, als schlafe sie nur, wäre da nicht die auffällige Blässe der marmorierten Haut und der Lippen. Warum musstest du sterben?, dachte er, ohne sich seine Gedanken anmerken zu lassen. Warst du zur falschen Zeit am falschen Ort? Bist du einem Soziopathen zum Opfer gefallen? Aber so schön, wie du bist, könnte es auch sein, dass Eifersucht das Motiv war. Wir werden sehen. Nein, dachte er weiter, du warst nicht zur falschen Zeit am falschen Ort und da war auch kein Psychopath am Werk, sonst würdest du nicht so aussehen. So einer hätte dich traktiert und misshandelt und dich nicht vollständig bekleidet am Main abgelegt. Es muss etwa anderes geschehen sein. Aber was?

»Du, ich hab zu tun, falls du das noch nicht bemerkt hast«, riss Andrea ihn ziemlich rüde aus seinen Gedanken, ihr Blick war eisig, als wollte sie ihn nachträglich töten für das, was vor Jahren gewesen war. Es war einer dieser Momente, in denen sie ihre Sachlichkeit den Gefühlen opferte.

»Entschuldigung, ich hab nur gerade einiges durchgespielt. Womit wurde sie deiner Meinung nach erdrosselt? Sie wurde doch erdrosselt, wenn ich dich richtig verstanden habe, oder?«

»Davon können wir ausgehen. Aber womit? Keinesfalls mit einem Draht oder einer Schlinge, auch ein Seil oder Tau kann ich mit fast hundertprozentiger Wahrscheinlichkeit ausschließen, sonst wären deutliche Spuren des Tatwerkzeugs in Form von Drosselmarken zu sehen. Vielleicht ein Tuch oder ein Schal, irgendwas in der Richtung.«

»Wie lange hat es gedauert?«

»Wie lange hat was gedauert? Nach so vielen Jahren bei der Polizei müsstest du eigentlich wissen, wie lange Erwürgen oder Erdrosseln dauert«, sagte sie schnippisch und sah ihn herausfordernd an. Doch Brandt ignorierte sowohl den Tonfall als auch den Blick. Und wenn sie ihn noch so sehr provozierte, er würde nicht darauf eingehen.

»Na ja, es gibt nun mal bestimmte Dinge, die dich partout nicht interessieren. Hab ich recht oder hab ich recht?«, startete sie einen erneuten Versuch, ihn aus der Reserve zu locken.

»Na ja, ganz ehrlich, ich habe erst zwei Fälle zu bearbeiten gehabt, wo jemand erwürgt wurde. Mich interessiert, ob sie lange leiden musste.«

Andrea atmete einmal tief durch. »Kann ich nicht sagen, Erwürgt oder erdrosselt zu werden ist kein schneller Tod. Man geht von vier bis sieben Minuten, manchmal auch zehn Minuten aus, bis der Tod eintritt, es sei denn, der Täter ist entsprechend ausgebildet und kann durch einen professionellen Druck mit beiden Daumen auf die Carotis eine sofortige Bewusstlosigkeit auslösen. Ansonsten ist es für das Opfer eine sehr qualvolle Angelegenheit. Ich kann mir einen schöneren Tod vorstellen.«

»Könnt ihr herausfinden, ob sie von hinten oder von vorn erdrosselt wurde?«

»Eine unserer leichtesten Übungen. Sonst noch was?«

»Und sie wurde definitiv erdrosselt und nicht erwürgt?«

»Mannomannomann!«, keifte sie ihn an, um gleich wieder ruhiger zu werden. »Wäre sie erwürgt worden, wäre ihr Hals rot und blau, das heißt, er wäre mit Hämatomen übersät. Sie wurde erdrosselt ... Weißt du was, ich schlage vor, dass du beim nächsten Auffrischungskurs mal wieder bei uns vorbeischaust, sofern es deine kostbare Zeit erlaubt. Und wenn du dann schon hier bist, solltest du ausnahmsweise mal zuhören, wenn die äußeren Leichenmerkmale beschrieben werden. Nächste Woche ist es wieder so weit, dreißig Beamte sind geladen, und du hast meines Wissens auch eine Einladung erhalten. Es ist eine Pflichtveranstaltung, die du besuchen solltest, du könntest sonst Ärger bekommen. Kannst dir ja wie die meisten deiner ach so sensiblen Kollegen ein mit Parfum getränktes Taschentuch vor die Nase halten, wenn Bock und ich hier unten unseren Vortrag halten. Und du brauchst auch nicht dabei zu sein, wenn wir die Leiche öffnen. Aber ich würde dir dringendst raten, zu erscheinen.«

»Sag mal«, Brandt fuhr sich mit der Hand übers Kinn, als hätte er die letzten Sätze nicht gehört, »wieso hast du das vorhin mit dem Strich erwähnt? Ich wäre gar nicht auf den

Gedanken gekommen, sie damit in Verbindung zu bringen.«

»Weiß auch nicht«, antwortete sie ausweichend.

»Ach komm, so was sagst du nicht einfach so.« Er sah sie durchdringend an, denn er spürte, dass sie ihm etwas verschwieg.

Sie mied seinen Blick und drehte sich gleich wieder zu der Toten hin. »Also gut, wenn du's unbedingt wissen willst: Es ist ein Bauchgefühl. Vielleicht ihre Kleidung, vielleicht der kleine, aber edle Parfumflakon, der sich in ihrer sündhaft teuren Handtasche befand. Und außerdem, sie ist einundzwanzig und trägt verdammt teure Unterwäsche, um nicht zu sagen Reizwäsche. Entweder hatte sie einen reichen Freund, von dem niemand etwas wissen durfte und der das Außergewöhnliche liebte, oder sie hat sich durch Prostitution etwas nebenbei verdient. Für mich gibt's nur diese beiden Möglichkeiten. Ich tippe auf Zweiteres.«

»Du sprichst immer mehr in Rätseln«, sagte Brandt mit gerunzelter Stirn.

»Okay«, erwiderte Andrea Sievers und setzte sich auf einen Hocker, ihre eben noch miese Laune schien mit einem Mal verflogen, denn sie fühlte sich ihm für einen Augenblick überlegen, indem sie ihm auf die Sprünge half und Ermittlerin spielte. »Du hast sie ja gesehen, als sie gefunden wurde. Sie hatte Designerklamotten an, Gucci, La Perla, Manolos … Dazu trug sie Schmuck, den man nicht in irgendeinem Laden kriegt, da muss man schon zu einem exklusiven Juwelier gehen, und die sind bekanntlich auch in einer Region wie Frankfurt nicht an jeder Straßenecke zu finden.

An der Hauptwache gibt's einen, ich komm jetzt nicht auf den Namen, da bekommst du alles, sofern du das nötige Kleingeld hast. Allein ihre Uhr hat ein kleines Vermögen gekostet, eine Vacheron Constantin, falls dir das was sagt. Ich hab die Uhr gegoogelt, sie hat einen Neuwert von sechzigtausend, das ist fast mein Jahresgehalt. Die Manolos sind dagegen ein Schnäppchen, der Preis liegt irgendwo zwischen fünfhundert und tausend Euro. Auch das Parfum wird mein Bad niemals von innen sehen, viel zu teuer, fünfzig Milliliter knapp vierhundert Euro. Und dann eben noch die Klamotten, die auch noch mal so fünf- bis sechstausend ausmachen.«

Sie machte eine Pause und sah Brandt an. Mit aufeinandergepressten Lippen registrierte sie jede seiner Reaktionen, als wollte sie seine Gedanken lesen, doch sein nachdenklicher Blick verriet ihr nichts.

Als würde er ihren forschenden Blick nicht registrieren, murmelte er: »Sie hat doch in einer kleinen Zweizimmerwohnung in Neu-Isenburg gelebt. Ich war gestern in der Bude drin, da war nichts, was irgendeinen größeren materiellen Wert gehabt hätte.«

»Offiziell hat sie dort gewohnt und war auch da gemeldet, vielleicht einfach nur, um einen gewissen Schein zu wahren«, wurde er von Sievers unterbrochen. »Sie hat jedoch mit Sicherheit noch eine andere Bleibe gehabt, von der keiner etwas wusste oder wissen durfte. Höchstens Insider, falls sie tatsächlich im horizontalen Gewerbe tätig war oder einen reichen Freund hatte. Sie war jedenfalls nicht die, die ihre Eltern kannten. Die Anika Zeidler, die ich auf den

Tisch gekriegt habe, hat meines Erachtens ein Doppelleben geführt, ich habe keine andere Erklärung. Den Rest überlasse ich deiner Phantasie.«

»Sie hat in Neu-Isenburg gewohnt«, brummte Brandt noch eine Spur nachdenklicher, »das haben mir ihre Eltern bestätigt. Aber die gehören zur klassischen Hartz-IV-Schicht ...«

»Was meinst du mit ›klassischer Hartz-IV-Schicht‹? Seit wann gibt es Hartz IV?«, unterbrach sie ihn spöttisch. »Klassisch! Das klingt nach alt, antiquiert oder was immer, dabei gibt es diesen Mist erst seit ein paar Jahren.«

»Du weißt genau, wie ich das meine«, entgegnete Brandt zum ersten Mal an diesem späten Nachmittag leicht unwirsch, unter anderem, weil er von Andrea in seinem Gedankengang unterbrochen worden war.

»Also gut, inwiefern gehören sie zur *klassischen* Hartz-IV-Schicht? Wie sieht die denn aus? Versoffen, bekifft, vulgär ...«

Wieder ging Brandt auf die Provokation nicht ein, sondern antwortete ruhig und gelassen: »Die Zeidlers haben keine Arbeit, kaum Geld, sie sind nicht versifft, ganz im Gegenteil, die Wohnung war die beiden Male, wenn ich hinkam, picobello in Schuss. Die würden mit Sicherheit gerne raus aus dem Milieu, aber wie es aussieht, gibt ihnen keiner mehr eine Chance. Mit Mitte vierzig bist du eben raus, das ist die brutale Wahrheit in unserem Land ... Sie sind aber gläubige Christen, sie besuchen jeden Sonntag die Kirche. Im Übrigen auch diese junge Dame.« Er deutete auf die Tote.

»Sie ging in die Kirche?«, fragte Andrea mit gerunzelter

Stirn. »Das ist selten geworden bei jungen Leuten, heißt es. Na ja, Ausnahmen bestätigen bekanntlich die Regel.«

»Mag sein. In jedem Fall war Sonntag ihr Familientag, Anika kam immer gegen neun, dann ging sie mit ihren Eltern und dem Bruder in die Kirche, sie aßen gemeinsam zu Mittag und verbrachten in der Regel auch den Nachmittag zusammen, bis sie abends wieder zu sich nach Hause fuhr. Eine heile Welt, bis auf den materiellen Notstand natürlich.«

»Okay, und weiter? In diesem Land leben Millionen Menschen an oder unterhalb der Armutsgrenze. Vor allem die Kinderarmut nimmt rasant zu.«

»Nichts und weiter. Wo sind die Klamotten und Wertsachen?« Bewusst wechselte er das Thema, denn er wollte sich mit Andrea nicht auf eine Grundsatzdiskussion über die Armut in Deutschland einlassen, zu oft schon war er in den letzten Jahren damit konfrontiert worden.

»Noch hier, werden aber gleich von der KTU abgeholt. Willst du sie vorher noch mal sehen?«

»Ich wäre dir sehr dankbar«, antwortete er und merkte dabei, wie er zunehmend gereizter wurde.

Sie führte ihn zu einem Tisch, wo jedes einzelne Kleidungsstück und Accessoire bereits separat eingetütet und beschriftet worden war, die erste Handlung nach Einlieferung der Toten. Brandt warf einen Blick darauf, nahm die Tüte mit der Uhr in die Hand und sagte lapidar: »Und so ein Teil kostet sechzigtausend? Da kann ich auch nicht mehr als die Zeit ablesen.«

»Du bist ein Banause. Da ist auch noch das winzigste Teil

handgefertigt, so was hat nun mal seinen Preis ... Und es ist doch immerhin ein schönes Accessoire. Schön und teuer.«

»Nee, nur schön teuer. Für kein Geld der Welt würde ich mir so was kaufen. Wie auch immer, sie hatte die Uhr um, und was sagt uns das? Dass du vermutlich recht hast mit deiner Einschätzung.«

»Oh, du gibst mir recht?«, fragte sie süffisant lächelnd. »Das ist ja fast schon ein Ritterschlag.«

»Ja, ausnahmsweise. Sie hatte entweder einen sehr begüterten Freund, oder sie ging tatsächlich anschaffen. Was meinst du?«

»Darüber zerbrich du dir mal den Kopf, und lass mich wissen, wenn du was rausgefunden hast. Du solltest drüber nachdenken, dass sie erst Anfang zwanzig war, als sie übern Jordan geschickt wurde. Da stellt sich mir doch unwillkürlich die Frage, wann hat sie angefangen, aus ihrem tristen Leben auszubrechen, und wie hat sie es geschafft, sich quasi eine zweite Identität zuzulegen?« Sie blickte auf die Uhr und meinte: »So, und wenn's weiter nichts gibt, ich habe zu tun, die Kleine muss aufgemacht werden, Kollege Bock wird gleich hier sein, zusammen mit einer – Staatsanwältin ...« Sie ließ den Satz unvollendet, nicht ohne ihm ein weiteres, äußerst süffisantes Lächeln zukommen zu lassen.

»Elvira ist dabei?«

»Was für ein kluges Köpfchen du doch bist. Noch was?«

»Nein. Wann kann ich mit dem Ergebnis rechnen?«

»Morgen, vielleicht auch erst übermorgen. Und jetzt raus,

ich muss mich physisch und mental auf die Obduktion vorbereiten.«

Brandt verabschiedete sich. In seinem Wagen blieb er noch eine Zeitlang hinter dem Lenkrad sitzen und dachte nach. Er lehnte den Kopf gegen die Kopfstütze und schloss die Augen. Er war so in Gedanken versunken, dass er kaum ein Geräusch um sich herum wahrnahm.

Anika Zeidler, eins dreiundsechzig groß, dunkelbraune Haare, braune Augen, sehr schlank, beinahe fragil und dabei eine überaus ansehnliche Figur, wie Brandt sich in der Rechtsmedizin hatte vergewissern können, als sie nackt auf dem kalten Seziertisch lag. Eine junge Frau, die Träume und Hoffnungen gehabt hatte ... wie alle Frauen in ihrem Alter. Die aber, so schien es, sich nicht mit ihrem Leben im sozialen Abseits abfinden wollte und offenbar einen Weg gefunden hatte, rechtzeitig einer tristen Zukunft zu entfliehen. Doch die Flucht hatte viel zu früh geendet. Eine junge Frau, die so etwas Zerbrechliches und Unschuldiges an sich hatte und die, da gab er Andrea recht, offensichtlich ein Doppelleben geführt hatte. Und da war noch etwas, was ihn irritierte, ihm fast Kopfzerbrechen bereitete – ihr Gesicht kam ihm bekannt vor, und es machte ihn wütend, nicht zu wissen, woher. Dabei hätte er Stein und Bein schwören können, sie schon einmal gesehen zu haben. Aber er konnte sich natürlich auch täuschen, denn sie sah wie so viele hübsche junge Frauen aus.

In den ersten Tagen liefen die Ermittlungen auf Hochtouren, doch was immer die Beamten auch taten, sämtliche

Ansätze mündeten in einer Sackgasse. Es fand sich weder ein vermögender Freund noch der geringste Hinweis, Anika könnte als Prostituierte gearbeitet haben, auch wenn es nur die beiden Möglichkeiten zu geben schien, womit sie ihre aufwendige Kleidung und den Schmuck finanziert hatte. Es sei denn, sie hatte im Lotto gewonnen und niemand, nicht einmal ihre Familie durfte davon wissen. Doch auch eine Überprüfung in diese Richtung verlief negativ.

Als Brandt drei Tage nach dem Mord noch einmal in Anikas Wohnung war, dachte er unwillkürlich an das erste Mal, als er hier gewesen war. Das Apartment war sauber und aufgeräumt gewesen. Viel zu sauber und viel zu aufgeräumt, so, als wäre Anika nur selten hier gewesen, als diente diese Wohnung als Alibi für ihre Familie und mögliche Freunde von früher. Dieser Umstand fiel ihm erst jetzt auf, dabei hätte er schon beim ersten Betreten stutzig werden müssen. Ihm kamen Andreas Worte in den Sinn, die sagte, dass es vielleicht eine zweite Wohnung geben könnte. Je länger er darüber nachdachte, desto plausibler erschien ihm diese Theorie. Er besprach sich mit seinen Kollegen Nicole Eberl und Bernhard Spitzer, die sich seiner Meinung anschlossen. Sie würden diese Wohnung finden!

Und er glaubte auch nicht mehr, dass Anika in einem Callcenter gearbeitet hatte. Nie und nimmer hätte sie sich dann derart teuren Schmuck und Designerkleidung leisten können. Außerdem hätten sich gewiss längst Kollegen bei der Polizei gemeldet, schließlich war das Foto der Toten in verschiedenen Zeitungen gewesen. Doch es schien, als habe

Anika zu keinem Menschen Kontakt gehabt, außer vielleicht zu solchen, die niemals zur Polizei gehen würden.

Die jungen Frauen aus der Nachbarschaft ihrer Eltern, die
mit Anika Zeidler befreundet gewesen waren oder sie näher
kannten, versicherten, nichts von einem möglichen Doppelleben gewusst zu haben. Wen immer man auch nach ihr
fragte, die Antworten glichen sich beinahe aufs Haar. Allerdings hatte sie schon vor Jahren angedeutet, unbedingt aus
dem asozialen Mief, wie sie es nannte, ausbrechen und sich
irgendwo eine gescheite Existenz aufbauen zu wollen, doch
wie und wo sie das schaffen wollte, verriet sie niemandem.
Sie sagte nur, sie wolle nicht enden wie ihre Eltern, die mit
Mitte vierzig schon keine Perspektive mehr hatten. Sie hatte keinen Freund und in der Vergangenheit auch nur zwei
kurze Beziehungen gehabt, sie hatte die mittlere Reife mit
Bravour bestanden und danach beschlossen, auch noch ihr
Abitur zu machen, das sie ebenfalls überdurchschnittlich
gut abschloss. Sie wollte studieren, was genau, konnte keiner sagen, nicht einmal ihre Eltern, mit denen sie kaum über
ihre Zukunft gesprochen hatte.

Auch wenn Anika Zeidlers Eltern ordentliche und gut in
die Gesellschaft integrierte Menschen waren, so verdichtete
sich im Laufe der Ermittlungen der Eindruck, dass sie für
sich keine Chance mehr sahen, je aus dem Hochhausghetto
in der Hugo-Wolf-Straße in Lauterborn herauszukommen.
Die Einzige, die es schon mit neunzehn geschafft hatte, war
Anika gewesen. Und mit neunzehn hatte sie auch nach und
nach den Kontakt zu ihren ehemaligen Freundinnen und
ihrem Bekanntenkreis abgebrochen.

Anika meldete sich beinahe jeden Nachmittag gegen fünf bei ihren Eltern, meist handelte es sich um belanglose Telefonate, in denen sie von ihrer Arbeit berichtete, man sprach über dieses und jenes, ohne tiefschürfend zu werden. Das behielt man sich für den Sonntag vor.

Brandt konnte nicht verstehen, warum die Zeidlers so wenig über ihre Tochter wussten. Entweder war es Desinteresse, oder sie gewährten ihrer Tochter die Freiheit, die sie selbst nicht mehr hatten. Das Einzige, was er noch erfuhr, war, dass Anika hin und wieder mit einer Freundin, die ihre Familie jedoch noch nicht kennengelernt hatte, das Wochenende verbrachte. Sie sei aber die meiste Zeit auf ihrem Handy erreichbar gewesen. Brandt wurde daraufhin den Verdacht nicht los, dass ihm noch etwas verheimlicht wurde, doch er erhielt keine weiteren Informationen von der Familie.

Anika Zeidler war laut rechtsmedizinischem Gutachten zwischen Mitternacht und zwei Uhr morgens am 6. März getötet worden, stranguliert mit einem Schal, wie sich bei der Obduktion herausstellte, als Andrea Sievers und Prof. Bock kaum sichtbare Seidenfasern am Hals fanden. Sie war mindestens eine halbe Stunde von ihrem Peiniger gequält worden, bevor er sie von ihrem Leiden erlöste. Bei ihrem Auffinden war sie vollständig bekleidet gewesen, doch ob der Fundort auch der Tatort war, konnte nicht geklärt werden. Es war wie ein tiefes, dunkles Loch, in das die Ermittler blickten, ein unendlich tiefes und sehr, sehr dunkles Loch.

Wer war Anika Zeidler wirklich gewesen? Welches Geheimnis hatte sie mit ins Grab genommen? Je mehr Zeit verstrich, desto weniger glaubte Brandt daran, die Lösung irgendwann zu finden. Eine Theorie schien immer wahrscheinlicher – Anika Zeidler hatte keine Freundin, sondern einen vermögenden Freund gehabt, der ihr womöglich eine Wohnung eingerichtet hatte, und sie hatte ihn im Gegenzug mit anderen Annehmlichkeiten verwöhnt. Es war durchaus möglich, dass dieser Freund auch ihr Mörder war und die Wohnung weiterhin bezahlte, um nicht in Verdacht zu geraten. Oder sie gehörte ihm und er zog sich dorthin zurück, wenn er seine Ruhe haben wollte. Und er meldete sich nicht bei der Polizei, weil sonst *sein* Doppelleben aufgeflogen wäre. Sie gingen von einem älteren Mann mit Familie aus, zwischen vierzig und sechzig, der auf seinen guten Leumund achten musste. Ein Mann, der aus irgendeinem Grund zum Mörder geworden war. Vielleicht hatte Anika Forderungen gestellt, die zu erfüllen er nicht bereit war. Vielleicht wollte sie, dass er sich von seiner Frau trennte, vielleicht war er ihrer auch nur überdrüssig geworden. Vielleicht hatte sie ihn erpresst. Oder die Geschichte spielte in einem völlig anderen Milieu, dem der Callgirls und Edelhuren, und sie hatte es mit jemandem zu tun, vielleicht einem Freier, der Anika für sich allein haben wollte … Vielleicht, vielleicht, vielleicht. Die gesamten Ermittlungen waren mit einem Vielleicht behaftet. Noch.

Zehn Tage waren seit dem Leichenfund verstrichen, als ein bis heute unbekannter Mann bei der Polizei anrief und behauptete, Anika zu kennen. Er nannte weder seinen Namen, noch konnte festgestellt werden, woher er anrief, da er seine Nummer unterdrückt hatte. Er erklärte, Anika habe als Edelprostituierte gearbeitet, und das seit ungefähr drei Jahren. Sie sei ein Profi gewesen und habe bis auf wenige Ausnahmen ausschließlich Stammkunden aus einer sehr gehobenen und einflussreichen Klientel gehabt. Auch er selbst gehöre dazu, weshalb er seinen Namen nicht nennen wolle beziehungsweise könne. Auf die Frage von Brandt, ob er mit dem Mord an Anika etwas zu tun habe oder ob er jemanden kenne, dem er so etwas zutrauen würde, antwortete der Unbekannte mit einem klaren und energischen Nein. Er kenne zwar einige Personen, die zu den Kunden von Anika gehörten, doch keiner von ihnen käme in Frage, dafür würde er seine Hand ins Feuer legen. Bevor er auflegte, gab er der Polizei die Adresse, wo Anika ihr Gewerbe betrieb. Dabei handelte es sich um eine luxuriöse Maisonette-Wohnung in einem Hochhaus im Herzen Frankfurts. Als Brandt die Adresse notierte, musste er schlucken, lag das Haus doch nur wenige Schritte von dem entfernt, in dem Elvira Klein ihre Wohnung hatte. Neue Mainzer Straße. Eine Wohnung mit exklusivem Blick über die Dächer Frankfurts und auf die sagenhafte Skyline bis zum Taunus und den Odenwald, wie die Beamten sich überzeugen konnten.

Brandt begriff nun, warum sich erst so spät jemand bei der Polizei gemeldet hatte. Obwohl es einen Portier und Überwachungskameras gab, lebte man hier weitgehend anonym, viele Bewohner waren betuchte Geschäftsleute, etliche kamen nur sporadisch in ihre Wohnungen, weil sie ihren Hauptwohnsitz anderswo hatten und sich nur hier aufhielten, wenn sie in Frankfurt oder Umgebung zu tun hatten. Piloten, Banker, Geschäftsleute. Oder welche, die die Wohnung als Refugium brauchten, wenn sie ihre Ruhe haben wollten.

Die Durchsuchung verlief enttäuschend. Zwei Tage lang durchkämmten Nicole Eberl und Kollegen von der Spurensicherung die großzügig geschnittene Wohnung, ohne ein Adressbuch, einen Computer oder irgendetwas anderes zu finden, wo die Namen der Kunden aufgeführt waren. Es gab nicht einmal ein normales Telefon, und das Handy, von dem aus Anika regelmäßig mit ihren Eltern und ihrem Bruder telefoniert hatte, war zwar bei der Leiche gefunden worden, aber die geführten Telefonate waren ausschließlich mit ihrer Familie und ein paar Freunden und Bekannten. Man vermutete, dass schon vor der Polizei jemand hier gewesen war, um alle verdächtigen Spuren zu beseitigen. Jemand, der möglicherweise in diesem Haus wohnte und einen Schlüssel zu der Wohnung hatte. Brandt und seine Kollegen gingen davon aus, dass es sich tatsächlich um den anonymen Anrufer handelte. Er hatte alles weggeschafft, was auch nur im Entferntesten mit ihm und anderen Kunden von Anika Zeidler in Verbindung gebracht werden konnte. Einschließlich sämtlicher Kontoauszüge, weshalb man trotz aller Bemühungen nicht herausfand, bei welcher Bank oder Sparkasse sie ihr Geld hortete, obwohl man davon ausgehen musste, dass Anika Zeidler im Laufe der knapp drei Jahre ein kleines Vermögen angehäuft haben musste.

Anika Zeidler, zumindest so viel fanden die Ermittler heraus, hatte die Wohnung vor gut einem Jahr von einem Mann, der mittlerweile in die Toskana gezogen war, gekauft und bar bezahlt. Er konnte sich natürlich an die junge Frau erinnern und war hocherfreut gewesen, dass sie das Geld bar auf den Tisch gelegt hatte. Er habe sich gewundert, woher eine derart junge Frau so viel Geld hatte, doch er habe nicht nachgefragt. Und nein, es sei kein Mann bei ihr gewesen.

Brandt und seine Kollegen wussten nun zwar, womit Anika Zeidler ihr Geld verdient hatte, am Ende standen sie dennoch mit leeren Händen da. Sie suchten fieberhaft nach Personen, die in letzter Zeit Kontakt zu ihr gehabt hatten. Ergebnislos. Und die Frustration bei der Polizei, besonders bei Brandt und Eberl, nahm zu.

Die Ermittlungen liefen noch, wenn auch nicht mehr auf Hochtouren, als ein weiterer Mord an einer jungen Frau Offenbach erschütterte.

Es war der 14. August, ein unangenehm schwüler Tag, wie er so typisch für die Monate Juni bis September im Rhein-Main-Gebiet ist. Schwül, windstill und eine Sonne, die zwar den ganzen Tag schien, sich aber hinter faserigen Schleierwolken versteckte, dabei jedoch nichts von ihrer gewaltigen Kraft einbüßte. Das Leben lief langsamer ab, die Menschen waren gereizt.

An diesem Tag wurde Bettina Schubert in einem unscheinbaren Mehrparteienhaus inmitten mehrerer anderer unscheinbarer Häuser in Bürgel aufgefunden, nur knapp einen

Kilometer vom ersten Tatort entfernt. Ein Haus, das ein fast perfekt getarntes Bordell war. Als man in der Nachbarschaft fragte, ob man von diesem Etablissement wisse, wurde dies einhellig verneint, auch wenn Brandt ahnte, dass einige der befragten Männer das Etablissement kannten: zehn Wohnungen, sämtlich vermietet an Teilzeitprostituierte, von denen manche nur wenige Monate blieben, während andere schon seit Jahren hier ihrem Geschäft nachgingen.

Zehn Wohnungen, in denen junge Frauen zwischen neunzehn und Anfang dreißig ihren Körper verkauften. Wohnungen, in denen kaum jemand nach dem Rechten sah und die Huren sich selbst überlassen waren, auch wenn sie aufeinander aufpassten, sofern sie nicht gerade selbst beschäftigt waren. Huren, die die Wohnungen ausschließlich fürs Geschäft nutzten und ansonsten ein mehr oder minder geregeltes Leben innerhalb der Gesellschaft führten. Ein Doppelleben, von dem die Menschen in ihrem Umfeld selten etwas ahnten. Huren, von denen es im Rhein-Main-Gebiet immer mehr gab. Huren, die in Offenbach, Frankfurt, Darmstadt, Wiesbaden, Heusenstamm, Hanau, Aschaffenburg lebten – oder auch in einem Dorf, wo jeder jeden kannte, wo nur niemand wusste und wissen durfte, welchem Gewerbe die Damen nachgingen. Dörfer oder kleine Städte wie Niederdorfelden, Schöneck, Bad Orb, Obertshausen, Egelsbach, Langen, Erbach, Michelstadt und viele mehr. Im Prinzip konnte jede Frau überall dem horizontalen Gewerbe nachgehen, da die Sperrgebietsverordnung in den meisten Gebieten aufgehoben worden war. Unter anderem in Offenbach, wo es nur einen win-zigen Bereich gab, wo Prostitution untersagt war. Doch selbst dort hatten Beamte schon welche entdeckt. Ein lu-kratives Geschäft, das von der Nachfrage bestimmt wurde. Da das Angebot zunehmend größer wurde, waren die Prei-se in den vergangenen Jahren immer tiefer in den Keller ge-rutscht. Nur noch Luxushuren verdienten das große Geld. Für dreißig Euro bekam »Mann« häufig schon das volle Programm – von Huren, die sich meist so zurechtmachten, dass sie selbst von einem guten Bekannten oder Freund, so-fern er sich in diese Gegend verlief, nicht erkannt wurden. Sie beherrschten alle Tricks, sich von der biederen Hausfrau in den männermordenden Vamp, von der unscheinbaren Studentin in die laszive Dame für gewisse Minuten oder auch Stunden zu verwandeln.

Die Polizei kannte das Haus in Bürgel schon lange und dul-dete diese Form der Prostitution. Das Einzige, was von den dort tätigen Damen vom Gesundheitsamt verlangt wurde, war, dass sie sich regelmäßig auf Geschlechtskrankheiten untersuchen ließen und sich einem HIV-Test unterzogen. Insgesamt hatte es sich bis vor einem Jahr um zehn Frauen gehandelt, doch nun waren es nur noch neun.

Während man bei Anika Zeidler nicht wusste, ob der Fund-ort auch der Tatort war, wurde Bettina Schubert definitiv in ihrer Wohnung ermordet, in der sie ihre Freier empfing.

Bettina Schubert war verheiratet gewesen, hatte einen siebenjährigen Sohn, der jedoch bei ihren Großeltern in Neuss lebte, und sie hatte, so ihr Mann, bei einer Spedi-tion gearbeitet. Doch neben dieser Tätigkeit betrieb sie ein wesentlich einträglicheres Gewerbe, in dem sie an mindestens vier Tagen in der Woche pro Tag zwischen fünf und zehn Freier empfing. Zunächst sah es so aus, als wüssten weder ihr Mann noch ihre Freunde und Bekannten etwas über dieses Leben neben dem normalen Leben. Doch im Verlauf der Ermittlungen erhärtete sich der Verdacht, dass ihr Mann sehr wohl von der Arbeit seiner Frau Kenntnis hatte und seinen aktenkundigen Drogenkonsum und seine Spielsucht mit Hilfe ihrer Einnahmen finanzierte. Allerdings ließ sich dies nicht eindeutig beweisen.

Auch Bettina Schubert war erdrosselt worden, jedoch nicht mit einem Schal, sondern mit einem schmalen Gürtel, der tiefe und sehr gut sichtbare Wunden am Hals hinterlassen hatte. Laut Gerichtsmedizin hatte sie sich ungefähr zweieinhalb bis drei Stunden in der Gewalt ihres Mörders befunden, was durch einen extrem erhöhten Wert der Stresshormone Adrenalin, Noradrenalin und ACTH belegt werden konnte. Doch im Gegensatz zu Anika Zeidler war die Schubert über mehrere Stunden hinweg geschlagen und geschändet worden, womöglich hatte sie in den letzten Minuten ihres Leidens ihren Peiniger angefleht, sie doch endlich von ihrem Leiden zu erlösen und zu töten. Ihre Leiche wurde von einer Kollegin etwa zwölf Stunden nach Todeseintritt gefunden, die sich über die nur angelehnte Wohnungstür gewundert hatte. Niemand hatte am Tatabend eine verwertbare Beobachtung gemacht, fünf Frauen sagten einhellig aus, dass Bettina Schubert gewöhnlich donnerstags und freitags nicht gearbeitet hatte. Offensichtlich hatte sie diesmal eine Ausnahme gemacht.

Nach wie vor rätselte man, ob beide Frauen von ein und demselben Täter umgebracht worden waren. Zwar waren beide erdrosselt worden, aber es gab eklatante Unterschiede: Bettina Schubert war mehrfach auf brutalste Weise vergewaltigt worden, wobei der Täter ihr die Hände zusammengebunden und ihr einen Knebel in den Mund gesteckt hatte. Er hatte ihr den Kiefer und das Jochbein zertrümmert, beide Trommelfelle waren durch kräftige Schläge zerfetzt worden, die Augen dick angeschwollen, mehrere Zähne ausgeschlagen, der Vaginal- und Analbereich eine einzige klaffende Wunde, die nicht nur von den Penetrationen des Täters herrührten, sondern auch von Gegenständen, mit denen er sie gequält hatte. Nach dem Erwürgen hatte er sie mit achtundvierzig Messerstichen verstümmelt. Eine sadistische Bestie, wie ein Kollege treffend formuliert hatte, obgleich Brandt den Ausdruck Bestie nicht mochte. Blut an den Wänden, ein blutdurchtränktes Laken, Blut auf dem Boden. Ein Blutrausch, in dem der Täter jegliche Kontrolle über sich verloren zu haben schien. Einer der Streifenbeamten, die als Erste vor Ort gewesen waren, hatte sich beim Anblick der Leiche übergeben müssen. Auch Brandt hatte sich der Magen gehoben, doch er hatte sich schnell wieder gefasst. Zu viele Tote, auch übel zugerichtete, hatte er schon gesehen. Zu oft war er in der Rechtsmedizin gewesen, hatte verstümmelte und verkohlte Leichen zu Gesicht bekommen.

Wie bei Anika Zeidler hatte der Täter nichts von sich hinterlassen, kein Sperma, kein Blut, nicht einmal Fasern. Die Spurensicherung hatte zwar unzählige verschiedene Fingerabdrücke sichergestellt, doch nicht einen, der in der Datenbank gespeichert war.

Während seine Kollegen von zwei Tätern ausgingen, war Brandt zunehmend davon überzeugt, dass sie es mit ein und demselben Täter zu tun hatten, der lediglich seine Vorgehensweise verändert hatte und beim zweiten Mord ungleich brutaler vorgegangen war. Es gab in der Kriminalgeschichte viele Täter, die mit einem relativ simplen Mord begannen und sich nach und nach in immer schlimmere Grausamkeiten steigerten.

All dies blieben Theorien, es gab nicht einen Hinweis auf den Täter, und das machte Brandt rasend. Er hatte oft und lange mit seinen Kollegen, allen voran seinem Vorgesetzten und Freund Bernhard Spitzer, und mit Elvira Klein diskutiert, ohne zu einem Ergebnis gekommen zu sein. Sie hatten beide Morde miteinander verglichen, unzählige Szenarien erstellt, wie sich alles abgespielt haben könnte, hatten zahlreiche Tat- bzw. Fundortfotos der beiden Frauen an die Wand gepinnt und diskutiert und diskutiert und diskutiert.

Anika Zeidler war in Offenbach geboren und aufgewachsen, sie war hier zur Schule gegangen und hatte die meiste Zeit ihres jungen Lebens in und um Lauterborn verbracht. Mit neunzehn war sie ausgebrochen, hatte ein neues, für alle unbekanntes Leben begonnen, ein Leben im Luxus, das mit kaum zweiundzwanzig Jahren ein schreckliches Ende gefunden hatte.

Bettina Schubert stammte aus Neuss in Nordrhein-Westfalen und war vor vier Jahren aufgrund eines Jobangebots einer Frankfurter Spedition, wo sie in der Buchhaltung arbeitete, mit ihrem Mann nach Offenbach gezogen. Aber mit achtundzwanzig war auch ihr Leben vorbei. Ausgelöscht von einem grausamen Killer, dem ein Menschenleben nichts zu bedeuten schien.

Wenn es *ein* Täter war, was war sein Motiv? Hass, Rache, Abscheu, Ekel? Handelte er aus einem Trieb heraus, den zu steuern er nicht mehr imstande war? Oder litt er unter Minderwertigkeitskomplexen, die er durch das Töten zu kompensieren versuchte? Oder hatte er wie so viele Serientäter gegen ihn gerichtete Gewalt – möglicherweise Missbrauch – erfahren, wodurch ein Schalter in ihm umgelegt worden war, der ihn zur Tötungsmaschine hatte werden lassen? War er jemals zuvor auffällig geworden? Oder gar straffällig? Letzteres glaubte Brandt nicht, denn diese Täter lebten in der Regel ein in der Gesellschaft unauffälliges Leben.

Sie hatten sämtliche zum Zeitpunkt der Morde auf freiem Fuß befindliche Sexualstraftäter und Triebtäter vernommen, vom Spanner über den Exhibitionisten bis zum Vergewaltiger, sogar ein Mörder befand sich darunter, der nach siebzehn Jahren Haft aufgrund eines positiven Gutachtens in die Freiheit entlassen worden war. Das Ergebnis der Befragungen war gleich null.

Kam der Täter überhaupt aus Offenbach? Oder hatte er sich Offenbach nur als Jagdrevier ausgesucht? Auch diese Möglichkeit wurde in Betracht gezogen. Und wenn er in Offenbach lebte, wie lebte er? Hatte er Familie, vielleicht sogar Kinder? Wie war seine Beziehung zu den Nachbarn und Arbeitskollegen? Was waren seine Hobbys? War er introvertiert oder extrovertiert? Warum hatte er bei der Schubert diese unvorstellbare Grausamkeit an den Tag gelegt? Es gab unzählige Warums und keine Antworten. Nicht eine einzige. Ein für alle Beteiligten unerträglicher Zustand.

Sie traten auf der Stelle, weitere Monate vergingen, und ein ungewöhnlich langer und kalter Winter setzte bereits Ende Oktober ein. Im November fiel der erste Schnee, und zum Jahreswechsel lag ganz Deutschland unter einer dicken Schneedecke begraben. Und es war nicht die wetterbedingte Kälte, die der Polizei zu schaffen machte, sondern auch noch eine andere, viel schlimmere Kälte, die unsichtbar durch die Stadt zog.

Aber noch stand auf dem Kalender der 4. Januar 2010, Peter Brandt hatte seinen ersten Arbeitstag nach dem Urlaub hinter sich gebracht. Er hatte ein paar Akten abgearbeitet. Dabei waren ihm immer wieder die Bilder der beiden ermordeten Frauen vom vergangenen Jahr vor Augen getreten. Bilder, die er nie vergessen würde. Bevor er am Abend nach Hause fuhr, schlug er noch einmal die Akten auf, sah die Fotos der Toten und fragte sich wie so oft nach scheinbar sinnlosen, unmotivierten Tötungsdelikten, warum ein Mensch so etwas tat, wie es kam, dass jemand zu einer solchen Tat fähig war. Wurde er dazu gemacht oder wurde er so geboren? Was hatte ihn geprägt, dass der Tod eines anderen ihn nicht mehr berührte, sondern anstachelte, noch weitere Menschen zu töten? Unschuldige Menschen. Er wusste, er würde die Antwort darauf niemals finden, denn es gab keine Antwort darauf.

Es war fast halb sieben, als er das Licht in seinem Büro löschte und die Tür hinter sich schloss. Er wollte zu Elvira, da Sarah und Michelle noch bei ihrer Mutter waren und er die leere Wohnung als nicht sonderlich anziehend fand. Sie würden essen gehen und den Tag gemütlich ausklingen lassen. Er liebte sein Leben, doch seinen Beruf hasste er manchmal.

DONNERSTAG

DONNERSTAG, 14. JANUAR 2010, 16.30 UHR

Yvonne saß vor dem Ankleide- und Schminkspiegel und machte sich in aller Ruhe zurecht, während im Hintergrund Musik spielte. Wie jeden Tag. Außer am Samstag und am Sonntag. Zwei Tage, die sie nur opferte, wenn sie für ein ganzes Wochenende gebucht wurde, was etwa alle vier bis sechs Wochen vorkam, auch wenn die Anfragen sich häuften. Doch nur einer genoss das Privileg, sie auch für das Wochenende buchen zu dürfen.

Sie war in ihrem Penthouse mit drei luxuriös ausgestatteten Zimmern, einem Marmorbad und einer Designerküche und vielen weiteren Annehmlichkeiten, an die zu denken sie vor zweieinhalb Jahren noch nicht einmal im Traum gewagt hätte. Allein einem Kunden war es vorbehalten, sie hier zu besuchen. Einem sehr großzügigen Kunden, der Wert auf besonderen Service legte und bereit war, dafür die Brieftasche weit zu öffnen. Einem Kunden, den sie sehr gut kannte und auf dessen Diskretion und Loyalität sie sich zu hundert Prozent verlassen könnte, wozu gehörte, dass er niemandem Yvonnes Adresse mitteilte. Yvonne, und das hatte sie ihm unmissverständlich klargemacht, wusste viel zu viel über ihn, sie hatte heimlich Gespräche mitgeschnitten und Fotos gemacht und sie bei ihrem Anwalt hinterlegt. Es war eine Absicherung, doch sie hatte nicht vor, dieses Wissen jemals auszunutzen, es sei denn, er missbrauchte ihr Vertrauen, was sie sich jedoch nicht vorstellen konnte. Ein steinreicher verheirateter Mann, der sich bei ihr holte, was er zu Hause nicht bekam. Und das war beileibe nicht nur Sex, er spielte sogar eher eine untergeordnete Rolle, nein, er kam hauptsächlich, um sich mit ihr zu unterhalten.

Ein melancholischer Mann, dem es nicht gestattet war, diese Traurigkeit und somit auch Verletzlichkeit nach außen zu zeigen, weder in seinem Beruf als Privatbankier noch in seiner Familie. Er hatte stark zu sein, dabei war er tief in seinem Innern einsam und schwach. Ein besonderer Mann, Mitte fünfzig, künstlerisch sehr begabt, was jedoch außer Yvonne niemanden interessierte, er beherrschte nicht nur Klavier, Gitarre und Klarinette, sondern war auch ein begnadeter Maler, und während eines New-York-Aufenthalts erzählte er bei einem ausgedehnten Dinner in Greenwich Village von seinen Jugendträumen, die nie in Erfüllung gegangen waren. Er hatte Künstler werden und sich nicht den Konventionen und dem Druck von außen beugen wollen, aber sein Vater, der ein fast vierhundert Jahre altes Frankfurter Bankhaus in zwölfter Generation führte, hatte darauf bestanden, dass der Sohn eines Tages seinen Platz einnahm. Er schickte ihn auf die teuerste Schule und eine exklusive Universität, doch glücklich wurde der Junge nie. Und er hatte sich nie getraut, sich seinem Vater zu widersetzen, einem tyrannischen Herrscher nicht nur über die Bank, sondern auch über die Familie.

Mittlerweile leitete er die Bank seit fünfundzwanzig Jahren, während sich seine Eltern nur noch hin und wieder in ihrer Heimat blicken ließen. Die meiste Zeit lebten sie auf St. Barth, einer Insel in der Karibik, wo sich die Reichen und Schönen ihre Villen und Paläste gebaut hatten. Wo Jachten vor Anker lagen, von denen die meisten mehr wert waren als eine Villa in der nobelsten Ecke Frankfurts oder Hamburgs. Spielzeug für jene, die es sich leisten konnten.

Seit achtundzwanzig Jahren war er verheiratet, doch die Ehe dümpelte schon seit einer halben Ewigkeit nur noch vor sich hin, sie hatten sich kaum noch etwas zu sagen, sie schliefen getrennt, seine Frau war, wie er glaubhaft und nicht ohne Ironie versicherte, eine tiefreligiöse Jetsetterin, die es perfekt verstand, das Geld mit vollen Händen auszugeben und gleichzeitig die Demut in Person zu spielen. Sie engagierte sich in diversen Wohltätigkeitsorganisationen, wobei sie großen Wert darauf legte, dass jeder sah, wie gut sie es doch mit den Menschen meinte. Und sie besuchte Sonntag für Sonntag die Kirche, die personifizierte Frömmigkeit, hatte er sarkastisch hinzugefügt. Auf der einen Seite und für alle sichtbar Mutter Teresa, im Privatleben jedoch kalt und desinteressiert an allem, was ihn betraf, ganz gleich, ob es um seinen Beruf oder seine Berufungen ging oder um seine Wünsche, Hoffnungen und Träume. Und schon gar nicht interessierte sie, was er fühlte. Sie hatte zwei Gesichter, die er nicht mehr ertrug und doch ertragen musste, ging es doch um die Fassade einer guten Ehe, die unter allen Umständen aufrechterhalten werden musste – auch wenn es ihn anwiderte.

Je länger Yvonne ihn kannte, desto mehr glaubte sie ihm. Wenn er über seine Frau sprach, dann nicht verächtlich oder gar voller Hass. Er sagte nur, dass die Liebe schon lange auf der Strecke geblieben sei und nur noch Routine das Zusammenleben bestimme.

Warum er sich nicht schon längst von ihr getrennt habe, hatte Yvonne ihn nach dem vierten oder fünften Treffen gefragt, doch er hatte nur die Schultern gezuckt und gemeint, er habe vieles gelernt, aber nie, aufzubegehren oder gar auszubrechen. Er hatte stets alles zur vollsten Zufriedenheit seines Vaters und seiner Frau erledigt, aber dass er dabei auf der Strecke geblieben war, das hatte niemand bemerkt. Er spürte, wie seine Kräfte schwanden, und er konnte sich immer weniger vorstellen, sein fremdbestimmtes Leben so weiterzuführen. Lieber würde er sterben, aber Yvonne solle nicht glauben, er denke dabei an Selbstmord, nein, er meine damit nur, dass er keine Angst vor dem Tod habe und es ihm gleich sei, ob er heute oder morgen oder erst in dreißig Jahren starb.

Das einzige Kind, eine Tochter, interessierte sich nicht für die Bank, und er ließ sie gewähren. Sie studierte Literaturwissenschaften und sang recht erfolgreich in einer Band. Sie lebte seinen Traum.

Yvonne mochte diesen Mann mehr als alle anderen, weil er nicht nur kultiviert, sondern auch grundehrlich war und seine Verletzlichkeit nicht verbarg. Sie kannte niemanden, mit dem sie sich so gut verstand. Sie konnten schweigend vor dem Fernseher sitzen, sie konnten sich auf hohem Niveau unterhalten, sie konnten miteinander lachen und die zärtlichsten Stunden verbringen.

Am Wochenende würden sie wieder zusammen sein. Die Tage mit ihm waren stets die entspanntesten, denn er forderte nie, sondern gab. Er genoss es, sie glücklich zu machen, er freute sich wie ein kleines Kind, wenn er ihr ein Geschenk mitbrachte. Sie wusste schon lange, dass er sich in sie verliebt hatte, er hatte es auch des Öfteren angedeutet, es jedoch bei den Andeutungen belassen, weil Yvonne darauf sehr reserviert reagierte. Noch deutlicher zu werden, wagte er nicht, dazu war er zu gehemmt und schüchtern. Ganz anders als in seinem Beruf. Und doch konnte sie nicht verhehlen, viel für ihn zu empfinden.

Und obwohl er schon oft mit dem Gedanken gespielt hatte, sein Leben zu ändern, sich aus dem Bankwesen zurückzuziehen, einen Teil seines Vermögens ins Ausland zu schaffen und auf Nimmerwiedersehen irgendwo unterzutauchen, war es ihm bis heute nicht gelungen, die Schwelle zur persönlichen Freiheit zu überschreiten. Er sagte, er fände nicht die Kraft, einen Neubeginn allein durchzustehen. Dabei hatte er Yvonne angesehen, als hoffte er, sie würde die unausgesprochene Frage beantworten, ob sie mit ihm kommen und ihr Leben an seiner Seite verbringen wolle. Sie hatte ihm keine Antwort gegeben, denn sie wollte es nicht, auch wenn es verlockend war, in überschäumendem Luxus zu leben, verwöhnt zu werden und … Nein, er war fast fünfundzwanzig Jahre älter, und wenn er auch trotz seines Alters noch gutaussehend und vor allem vielseitig interessiert war, so konnte sie sich ein Leben mit einem Mann, der ihr Vater hätte sein können, nicht vorstellen. Noch nicht. Sie hatte ihn gern, vielleicht liebte sie ihn sogar, aber sie war sich nicht sicher. Möglicherweise kam der Tag, an dem sie doch mit ihm fortging. Sie fühlte sich wohl in seiner Gesellschaft, sie genoss es, wenn er sie zärtlich in den Arm nahm, wenn sie ihren Kopf an seine Schulter lehnen konnte, wenn er ihr jeden Wunsch von den Augen ablas – vor allem aber liebte sie sein Einfühlungsvermögen und seine Sensibilität.

Er war der Einzige, der in *diese* Wohnung kommen durfte, mit anderen Kunden traf sie sich in einem der zahlreichen Vier- oder Fünf-Sterne-Hotels im Rhein-Main-Gebiet. Darüber hinaus gab es nicht wenige, die nur eine kluge, eloquente und attraktive Begleitung für den Abend wünschten, meist Geschäftsreisende, denen der Aufenthalt in Gesellschaft eines Fernsehers und der Minibar in einem Luxushotel zu langweilig war. Dann ging sie mit ihrem Kunden in ein gutes Restaurant, ins Theater oder ins Kino, ganz gleich, was auch gewünscht wurde, sie erfüllte jeden Wunsch, außer dieser überschritt Yvonnes Verständnis von Perversion. Und jemand konnte noch so viel Geld bieten, ohne Kondom gab es keinen Sex, von einer Ausnahme abgesehen.

Manche Kunden wiederum empfing sie in einem extra dafür angemieteten, ebenfalls recht luxuriösen Apartment in einem Offenbacher Mehrfamilienhaus, in dem sie fast anonym ihrer Tätigkeit nachging. Es gab nur eine Person in dem Haus, zu der Yvonne näheren Kontakt hatte. Auch diese Frau arbeitete hier nur und war wie sie verheiratet.

Der Mann, mit dem Yvonne heute verabredet war, hatte keinen besonderen Wunsch geäußert, er wolle nur den Abend mit einer netten und hübschen Frau verbringen. Sonst nichts. Essen gehen, danach vielleicht in eine Bar oder eine Spätvorstellung im Kino besuchen. Nicht selten jedoch verwarf ein Kunde seine Pläne und wollte den Abend ganz anders gestalten. Und es war Yvonnes Aufgabe, darauf einzugehen. Flexibilität und Spontaneität waren unerlässliche Eigenschaften in ihrem Beruf, vorausgesetzt, die Bezahlung stimmte.

Sie würde den Mann heute zum ersten Mal treffen. Er hatte sich nach Yvonnes Aussehen erkundigt und schien mit der Beschreibung zufrieden zu sein, vor allem, nachdem sie ihm gestern ein Foto von sich auf sein Handy geschickt hatte. Daraufhin war ein Treffen für 19.30 Uhr am Eingang eines Luxushotels in Gravenbruch vereinbart worden.

Sie trug schwarze Spitzendessous von La Perla, schwarze, halterlose Seidenstrümpfe, elegante Highheels, auf die die meisten ihrer Kunden Wert legten, auch wenn sie nicht wenige dadurch überragte, denn Yvonne war schon ohne Highheels eins sechsundsiebzig groß. Über eine weiße, leicht ausgeschnittene Bluse zog sie ein exklusives, maßgeschneidertes hellgraues Kostüm. Zuletzt legte sie *Amouage Gold Ladies* auf, ein sündiges, sinnliches Parfum, das die Männer noch heißer und schärfer machte, das ihre Sinne betörte und in eine bestimmte Richtung lenkte. Ein Parfum, für das allein viele bereit waren, ihre Brieftasche noch ein wenig weiter zu öffnen, denn Amouage war Luxus pur, und nichts anderes erwarteten die Männer, die ihre Zeit mit ihr verbrachten. Sie erwarteten bei ihr den Luxus, den sie gewohnt waren. Männer, die alles hatten, die sich alles leisten konnten und die für Yvonne nur in die Portokasse greifen mussten.

Sie überprüfte noch einmal den Sitz der Platinkette mit dem Saphiranhänger, die ihr treuester Kunde ihr Anfang Oktober zusammen mit dem dazugehörigen Ring geschenkt hatte, als sie wieder einmal für vier Tage seine Begleiterin in Boston und Maine gewesen war.

Ein letzter Blick auf die Finger, speziell die Nägel, sie strich den knapp über dem Knie endenden Rock gerade, lächelte ihrem Ebenbild im Spiegel zu, zog sich den warmen Mantel über, nahm ihre Tasche und ging in die Tiefgarage zu ihrem Wagen, einem Mercedes SL 500, den sie sich erst im November zugelegt hatte, ohne dafür auch nur einen Cent hinlegen zu müssen. *Er* hatte ihn ihr geschenkt und gemeint, eine Frau wie sie brauche ein Auto, das zu ihr passe. Sie hatte nicht lange überlegt, sie wollte ihn nicht enttäuschen und war ihm um den Hals gefallen, als das Auto vor ihrer Tür stand.

Sie brauchte im Feierabendverkehr eine knappe halbe Stunde bis zum Hotel, dann stellte sie den Wagen auf dem Parkplatz ab. Ein mittelgroßer Mann, den sie auf Ende zwanzig, maximal Mitte dreißig schätzte, kam anerkennend lächelnd auf sie zu, als er den roten Mercedes erblickte. Er trug einen dunkelblauen Anzug und darüber einen offen stehenden Mantel, alles war maßgeschneidert, vom Hemd bis zu den Schuhen, sie hatte ein Auge dafür. Und er gefiel ihr auf Anhieb. Er hatte ein charmantes, verbindliches Lächeln, dem etwas Jungenhaftes beigemischt war. Obwohl er laut eigenen Angaben ein erfolgreicher Unternehmer in der Computerbranche war, fand sie in seinem Gesicht nicht jene Härte und Kälte, die viele ihrer Kunden an den Tag legten, die erfolgreich im Beruf waren und dabei nicht selten sinnbildlich (oder auch real, bei einigen konnte sie es sich durchaus vorstellen) über Leichen gingen. In Gegenwart von Yvonne legten sie in der Regel die Härte ab, und hervor kam meist der Mensch mit all seinen Fehlern und Schwächen, Träumen und Sehnsüchten, und nicht selten geschah es, dass sie zu weinen begannen und berichteten, wie unglücklich sie mit ihrem Leben seien. Oft erzählten sie ihr Dinge, die sie nicht einmal einem Therapeuten oder Priester anvertrauen würden. Manch einer war in kriminelle Geschäfte verwickelt, ein anderer litt unter körperlichen oder seelischen Gebrechen, was sie jedoch im normalen Leben nicht zu zeigen wagten – und eines war fast allen gemein: Sie waren unzufrieden. Das dickste Bankkonto war praktisch wertlos, wenn es in der Ehe oder der Beziehung nicht stimmte. Oder Jugendträume niemals erfüllt wurden, weil der Vater oder die Mutter etwas anderes mit dem Sohn vorgehabt hatte. Viele trugen Wut, oft sogar Hass auf sich und andere mit sich herum. Doch sobald sie mit Yvonne zusammen waren, lösten sich diese negativen Gefühle in Wohlgefallen auf – als ginge Magisches von ihr aus, das die düsteren Wolken wenigstens für ein paar Stunden vertrieb.

»Hallo«, begrüßte er sie mit warmer Stimme und reichte ihr die Hand, ohne sie zu fest zu drücken. Er errötete leicht, als er sagte: »Bitte, verstehen Sie mich nicht falsch, aber Sie sehen noch bezaubernder aus als auf dem Foto. Sie haben die schönsten blauen Augen, die ich je gesehen habe. Ein wunderbarer Kontrast zu Ihren braunen Haaren. Ich freue mich auf den vor uns liegenden Abend. Lassen Sie uns gehen. Oder wollen wir erst noch einen Drink an der Hotelbar nehmen?«

»Lassen wir doch dieses förmliche Sie. Ich bin Yvonne«, sagte sie mit offenem Lächeln.

»Natürlich, daran erkennen Sie, Entschuldigung, erkennst *du*, dass ich bisher noch keine Erfahrung mit so etwas hatte. Ich heiße Mark, aber das weißt du ja längst.«

»Kein Problem, es fällt vielen schwer, einen Fremden mit Du anzusprechen. Hattest du nicht einen Tisch für zwanzig Uhr reserviert?«

»Natürlich«, antwortete er nach einem Blick auf seine Patek Philippe. »Lass uns gehen oder besser fahren. Ist das Restaurant weit von hier? Ich kenne mich im Rhein-Main-Gebiet nicht aus. Ich bin zum ersten Mal in Frankfurt, aber was ich bisher gesehen habe, gefällt mir. Hat etwas von einer Metropole. Dagegen ist München ein Dorf«, sagte er lachend.

»Gravenbruch gehört nicht zu Frankfurt, sondern zu Neu-Isenburg. Aber du hast recht, Frankfurt ist eine Weltstadt, nicht umsonst nennt man es Mainhattan. Lass uns fahren, sonst vergeben die noch den Tisch. Warum hast du ein Restaurant in Offenbach ausgewählt?«

»Es wurde mir empfohlen, angeblich ein schönes Ambiente, eine exzellente Küche mit einem Sternekoch … Was will man mehr?«

»Wer immer es dir empfohlen hat, er hat Geschmack, denn

ich kenne dieses Restaurant. Wollen wir meinen Wagen nehmen oder lieber ein Taxi?«

»Nehmen wir deinen Wagen, wenn es dir nichts ausmacht. Das Taxi, mit dem ich hergekommen bin, war ziemlich verdreckt und der Fahrer recht unfreundlich, um nicht zu sagen unverschämt. Das war aber auch das einzig Negative, was ich bisher erlebt habe.«

»Wie du möchtest, dann spiele ich eben die Chauffeurin.« Er öffnete die Tür und stieg ein.

Sie erreichten das Restaurant um sieben Minuten vor acht.

Sie studierten die Speisekarte, tranken jeder ein Glas Rotwein, gaben die Bestellung auf und speisten in aller Ruhe und unterhielten sich während des Essens auf einem überdurchschnittlich hohen Niveau. Mark war gebildet, verfügte über außergewöhnlich gute Manieren und wirkte zu keiner Zeit aufdringlich. Nach dem Essen gingen sie in eine volle Bar, aber der Lärmpegel war so hoch, dass sie sich kaum unterhalten konnten. Bereits um kurz nach zehn sagte er über den Lärm hinweg: »Weißt du, wir haben jetzt schon über so viele Dinge gesprochen. Ich habe tatsächlich das Gefühl, als würden wir uns schon lange kennen. Hast du heute noch etwas vor?«

»Nein, natürlich nicht. Der restliche Abend und vielleicht sogar noch mehr gehört ganz alleine dir, sofern du es möchtest. Bis vier Uhr habe ich Zeit.«

»Dann würde ich gerne die Nacht mit dir verbringen«, sagte er kurz und knapp.

»Die ganze Nacht?«, fragte sie verwundert. »Musst du morgen nicht früh raus?«

»Nein, mein erster Termin ist am Nachmittag. Ich würde dich gerne bis acht Uhr buchen. Okay?«

»Tut mir leid, es geht maximal bis vier.«

»Meinetwegen. Ich wette, du bist jeden einzelnen Cent wert.«

»Das will ich doch hoffen«, antwortete sie geheimnisvoll lächelnd. »Aber wir gehen nicht ins Hotel.«

»Wohin dann?«, fragte er mit hochgezogenen Brauen.

»Ich habe ein nettes, kleines Apartment. Es ist keine fünf Minuten von hier. Es wird dir gefallen.«

»Wunderbar.«

Sie verließen die Bar und fuhren mit dem Mercedes zu Yvonnes Wohnung. Dreitausend Euro dafür, dass sie den Abend und die Nacht mit einem netten Mann verbrachte. In der Regel verdiente sie am Tag zwischen fünfhundert und tausend Euro, von denen ihr nach Abzug der Steuern noch gut fünfundsechzig Prozent blieben. Sie hätte sich den Mercedes und auch das Penthouse in einer der besten Gegenden Frankfurts von ihrem eigenen Geld leisten können, doch ihr treuester Verehrer hatte nicht nur mit ihr zusammen die Wohnung ausgesucht, sondern hatte sich auch hier nicht lumpen lassen und die Hälfte der Kosten übernommen, immerhin fünfhunderttausend Euro. Als Gegenleistung hatte er lediglich verlangt, bis zu seinem Lebensende ihr Freund sein zu dürfen. Wie hätte sie ihm das abschlagen können, konnte sie sich doch keinen besseren Freund als ihn vorstellen. Seltsam war nur, dass er noch nie direkt den Wunsch geäußert hatte, sie solle ihren Job aufgeben.

Als sie um Viertel vor elf vor dem langgestreckten Haus

hielten, war außer einer alten Frau, die mit ihrem Hund noch einmal um den Block ging, niemand auf der Straße, obwohl sie sich noch in der Innenstadt befanden. Nicht einmal hinter der Hälfte der Fenster brannte noch Licht. Als sie ausstiegen, sagte Yvonne: »Hier sind wir. Mein kleines Reich befindet sich gleich im Erdgeschoss.«

»Empfängst du hier …?«

»Ich empfange *dich* hier, und ich verspreche dir eine rauschende Nacht. Allerdings bis maximal vier Uhr. Das ist meine Bedingung.«

»Kein Problem, ich werde vermutlich sowieso früher gehen. Ich merke schon jetzt, wie ich langsam müde werde. Und vor den Verhandlungen morgen Nachmittag graut's mir ehrlich gesagt. Amerikaner, die knallharten Typen, da musst du höllisch aufpassen. Aber das Geschäft ist morgen, heute Nacht will ich mich entspannen.«

Sie schloss die Haustür auf, das Flurlicht ging von allein an. Sie stiegen vier Stufen hoch, aus dem zweiten oder dritten Stock drangen laute Stimmen zu ihnen. In Yvonnes Wohnung blieb Mark unschlüssig im kleinen Flur stehen, bis sie ihn bei der Hand nahm und in das etwa dreißig Quadratmeter große Zimmer führte, das von einem überdimensionalen Bett dominiert wurde. In einer Ecke standen zwei Sessel an einem kleinen runden Tisch. An der Wand waren Bücherregale. Zwei Orchideen standen vor dem Fenster, dessen blickdichte Vorhänge Yvonne sogleich zuzog. Jeder Schritt wurde von einem hochflorigen, beigen Teppichboden geschluckt, eine kleine, exklusive Hi-Fi-Anlage und ein Flachbildfernseher waren in einem maßgefertigten Rack untergebracht. Die Wände waren in dezentem Terrakotta gestrichen, Downlights waren in die Decke eingelassen, dazu kam eine Stehlampe im Fünfziger-Jahre-Stil, über dem Bett befand sich ein großer Spiegel. Ein Zimmer zum Ausleben der Lust und der Phantasie. Edel eingerichtet für Kunden, die das Besondere liebten.

»Mach es dir gemütlich, ich gehe kurz ins Bad. Zu trinken findest du im Kühlschrank in der Küche oder in der Bar neben dem Bett. Du kannst auch Musik anmachen, fühl dich einfach wie zu Hause.«

»Es riecht gut hier. Was ist das für ein Duft?«

»Ich denke, das ist mein Parfum. Danke für das Kompliment.«

»Möchtest du auch was trinken?«, fragte er.

»Ja, einen kleinen Scotch mit Eis.«

»Warte, eine Frage noch: Hast du hier irgendwo Kameras und Mikrofone versteckt? Sei ehrlich. Wenn ja, gib mir mein Geld wieder, und dann verschwinde ich.«

»Hältst du mich für eine Erpresserin? Vergiss es, es gibt hier weder Kameras noch Mikrofone, so etwas habe ich nicht nötig. Ich will meine Kunden behalten und nicht vergraulen. Aber bitte, du kannst gerne alles durchsuchen oder gehen.«

»Schwör es bei allem, was dir heilig ist!«

»Ich schwöre es«, erwiderte sie leicht genervt und hob die rechte Hand. »Zufrieden?«, sagte sie und schüttelte ihre langen, braunen Haare.

»Hey, tut mir leid, aber ich bin ein erfolgreicher Geschäftsmann und mache Geschäfte mit exponierten Persönlichkeiten. Ich wollte mich nur absichern. Das Letzte, was ich brauchen kann, ist ein Skandal.«

»Du kannst noch so lange suchen, du wirst nichts finden.« Yvonne ging ins Bad, zog das Kostüm aus, machte sich frisch und kehrte nach kaum fünf Minuten in einem verführerischen schwarzen Negligé zurück, unter dem sie einen durchsichtigen Slip und einen BH trug, während Mark noch vollständig angezogen im Sessel saß (lediglich die Krawatte hatte er gelockert und den obersten Knopf seines Hemdes geöffnet), die Arme auf den Lehnen, in der rechten Hand ein Glas Scotch. Ihres hatte er auf den Tisch gestellt. Er musterte sie mit ernstem Blick und sagte mit leiser Stimme: »Setz dich bitte hin.«

»Was ist los? Geht es dir nicht gut?«, fragte sie mit leicht gerunzelter Stirn und einer in ihrem Beruf unabdingbaren Empathie in der Stimme.

»Es geht mir gut, aber ...« Auf einmal wirkte er fast abwesend.

»Aber was?«, sagte sie, als er nicht weitersprach, und trat näher, kannte sie doch diese Art von Kunden, die eigentlich nur jemanden suchten, dem sie ihr Herz ausschütten konnten. Kunden, die keinen Wert auf Sex legten, die lediglich jemanden brauchten, der ihnen zuhörte. Häufig genügte es tatsächlich, einfach nur zuzuhören.

»Ich möchte eigentlich nur reden. Nur reden, reden, reden. Ich habe gemerkt, dass du eine gute Zuhörerin bist und bestimmt auch nicht zu jenen gehörst, die Vertraulichkeiten ausplaudern. Hab ich recht oder ...?«

»Ich sollte dir vielleicht eines erklären, Mark«, sagte sie, nahm ihr Glas, setzte sich auf die Sessellehne und legte ihre Hand auf seinen Arm, »in meinem Job ist Verschwiegenheit ein absolutes Muss. Was du mir anvertraust, bleibt auch bei mir.« Sie sagte es mit einem Lächeln und streichelte ihm sanft durch das Haar. »Cheers, auf uns beide.«

»Cheers, auf dich.«

Nachdem sie ihre Gläser leer getrunken hatten, sagte sie leise: »Hast du keine Lust, mit mir zu schlafen?«

»Doch, schon.«

»Die Nacht ist lang. Wir schlafen miteinander, und dann reden wir. Sex entspannt, danach wirst du dich leichter und freier fühlen. Was hältst du davon? Ich verspreche dir, du wirst es nicht bereuen.«

Er neigte den Kopf ein wenig zur Seite und betrachtete Yvonne, wobei er sich mit der Zunge über die Lippen fuhr. »Meinetwegen. Es ist vielleicht auch besser so, ich habe schon lange nicht mehr mit einer Frau geschlafen, schon gar nicht mit so einer aufregenden wie dir.«

»Ein gutaussehender Mann wie du?«, sagte sie zweifelnd.

»Es ist die Wahrheit. Das letzte Mal liegt ungefähr ein Jahr zurück. Ich weiß, für einen Mann meines Alters ist das eine Ewigkeit, aber ich habe keine Beziehung. Ich verdiene mich dumm und dämlich, doch was nützt mir das ganze Geld, wenn ich es mit niemandem teilen kann? Ich würde auf meinen ganzen Reichtum verzichten, wenn mein Privatleben ... Aber lassen wir das.« Er schenkte sich einen weiteren Scotch ein und fuhr fort: »Du bist eine der schönsten und aufregendsten Frauen, die ich jemals gesehen habe. Und glaube mir, ich habe schon viele schöne Frauen gesehen. Du hast etwas an dir, das ich nicht einmal in Worte fassen könnte, selbst wenn ich die Begabung dazu hätte. Und pathetisch will ich auch nicht werden.«

»Danke für das Kompliment, so was höre ich gerne … Was magst du am liebsten? Ich meine beim Sex.«

»Alles, was du magst«, antwortete er beinahe mechanisch, fast schüchtern, während sie auf ihn zukam und ihm mit den Fingern kurz über das Gesicht fuhr, bevor sie ihm sanft zwischen die Beine griff.

»Ach komm, jeder hat bestimmte Vorlieben. Was ist deine?«

Es schien erneut, als würde er erröten. »Mach einfach.«

»Wie du willst.«

Sie zog ihn hoch, gab ihm einen Kuss auf die Wange und dirigierte ihn sanft und doch nachdrücklich zum Bett. Dort gab sie ihm einen leichten Schubs, bis er auf die weiche Matratze fiel. Er lachte auf.

»Schön, dass du lachen kannst«, sagte sie, kniete sich über ihn, schloss seine Beine, öffnete seine Hose, zog sie aus und ließ sie auf den Boden fallen. Wieder griff sie ihm zwischen die Beine und lächelte, als sie spürte, dass sich ein erster Erfolg einstellte.

»Gefällt es dir?«, fragte sie wie ein Kätzchen schnurrend, streichelte ihm über die Schenkel, knöpfte sein Hemd auf und strich mit beiden Händen über seinen Bauch und seine Brust.

»Du bist der Wahnsinn«, stieß er mit kehliger Stimme hervor.

»Du hast mich noch nicht erlebt, wenn ich in Fahrt gekommen bin. Und jetzt verrate mir, was dich am meisten anmacht«, sagte sie und küsste ihm die Brust.

»Alles.«

Sie begann ihr Spiel. Sie war ein Profi und hatte sofort gespürt, wie sie Mark zu behandeln hatte.

Es dauerte kaum eine halbe Stunde, danach schien er völlig ausgelaugt zu sein. Er lag auf dem Rücken, ihre Hände kraulten seine unbehaarte Brust.

»Du hast wirklich eine Menge nachzuholen«, sagte Yvonne.

»Jetzt könnte ich etwas zu trinken vertragen. Du auch?«

»Bleib liegen, ich hole uns was. Auch wieder einen Scotch?«

»Nein, lieber ein Glas Champagner. Ist im Kühlschrank.«

»Natürlich, wie konnte ich nur vergessen, dass eine bezaubernde und gleichzeitig so unglaublich wilde Person wie du nur Champagner trinkt?«

»Höre ich da einen gewissen Unterton?«, fragte sie neckisch, sie lag auf dem Bauch, die Ellbogen aufgestützt, die Hände unter dem Kinn.

»Nein, überhaupt nicht, ich habe das vollkommen ernst gemeint. Ehrenwort. Zu dir passt kein Whisky oder Wodka, das ist nicht deine Liga. Champagner, das ist Champions League. Ich werde auch ein Glas trinken.«

Er holte die Flasche und zwei Gläser, öffnete die Flasche vorsichtig – es war nur ein schwaches Plopp zu hören, als er den Korken herauszog –, schenkte ihr und sich ein und reichte ihr das Glas.

»Auf dein Wohl!« Er stieß mit ihr an. »Ich habe mich lange nicht so wohl gefühlt wie heute.«

»Danke.«

»Ich habe ganz ehrlich schon gedacht, bei mir würde nichts mehr funktionieren, aber du bist eine wahre Künstlerin.«

Seit fast drei Jahren war sie in dem Geschäft. Sie hatte sich schon früh vorgenommen, nie so zu enden wie ihre Eltern und zwei ihrer Geschwister, ein Bruder, der trotz seiner vierundzwanzig Jahre noch keinen einzigen Tag in seinem Leben gearbeitet hatte, und eine siebzehnjährige Schwester, die seit gut einem Jahr auf der Straße lebte und zuletzt am Frankfurter Hauptbahnhof gesehen worden war. Wo Iris sich zurzeit aufhielt, konnte keiner ihrer heruntergekommenen Drogenfreunde sagen. Yvonne wusste, dass Iris schon mit dreizehn Drogen genommen hatte, und Drogen waren es wohl auch, die sie letztlich auf die Straße trieben. Sie hatte nur wenig Hoffnung, sie jemals wiederzusehen, denn sie wusste aus den Medien und von der Polizei, dass die meisten dieser Jugendlichen dieses Leben nicht aufgeben wollten oder konnten, weil sie schon zu tief abgerutscht waren. In einem Monat würde Iris achtzehn werden, und dann gab es niemanden mehr, der ihr Vorschriften machen konnte.

Glücklicherweise hatte Yvonne noch eine ältere Schwester, mit der sie sich blendend verstand und der es lange vor ihr gelungen war, der Tristesse der Hochhaussiedlung zu entkommen. Sie lebte in einem schmucken Eigenheim in Bieber, war seit dreizehn Jahren mit einem Lehrer verheiratet, doch der einzige große Wunsch war ihnen bisher verwehrt geblieben – Kinder. Sie hatte sich eine Familie mit mindestens drei Kindern gewünscht, aber nun war sie vierunddreißig, und die Uhr tickte. Sie und ihr Mann hatten beschlossen, sollte sich innerhalb der nächsten zwei Jahre kein Nachwuchs einstellen, würden sie ein oder zwei Kinder adoptieren.

Ihre Eltern hingegen erfüllten geradezu perfekt das Klischee der Unterschicht, sie stritten und vertrugen sich, qualmten wie die Schlote, tranken viel zu viel und ließen sich vom Staat ernähren. In Yvonnes Augen ein sinnloses Leben, wenn es denn überhaupt noch als solches zu bezeichnen war.

Sofern es Yvonnes Terminkalender zuließ, besuchte sie ihre Familie ein- oder zweimal im Monat, ohne dass einer von ihnen ahnte, womit sie ihr Geld verdiente. Sie ließ sie in dem Glauben, in einer Reinigungsfirma zu arbeiten, und niemand aus ihrer Familie würde sich die Mühe machen, dies nachzuprüfen oder nach dem Namen der Firma zu fragen. Sie hatte sich von ihren Eltern und ihren jüngeren Geschwistern entfernt, Universen lagen zwischen ihnen. Wenn sie zu ihnen kam, dann nur aus Anstand und Höflichkeit, obwohl sie mittlerweile selbst diese wenigen und kurzen Besuche hasste, da immer nur unsinniges, oberflächliches Zeug geredet wurde. Sie begriff nicht, wie sie sich mit ihrem Leben abfinden konnten. Seit ihr Vater nach einem schweren Arbeitsunfall vor zwölf Jahren berufsunfähig geworden war, lebten sie nur noch in den Tag hinein. Er jammerte in einem fort, wie schlecht es ihm ging, ihre Mutter war fett geworden, das Gesicht vom Alkohol aufgedunsen, die Wohnung stank nach Rauch, überall Bier-, Wein- und Schnapsflaschen, schmutziges Geschirr in der Spüle, ein überquellender stinkender Mülleimer. Die Fenster seit Ewigkeiten nicht geputzt, keine Blumen, der Balkon eine einzige Müllhalde.

An diesem Sonntag würde der ursprünglich geplante kurze

Besuch bei ihren Eltern ausfallen, da ihr Lieblingskunde sie kurzfristig gebucht hatte. Sie würde sich also nicht die C&A-Klamotten anziehen, sondern sich in Schale werfen. Sie würde keine Flaschen alkoholischer Getränke anschleppen müssen, womit sie ihren Eltern und dem Bruder die größte Freude bereiten konnte, und nicht über Nichtigkeiten sprechen. Man hätte sie nach ihrer Arbeit gefragt, scheinbar interessiert und doch desinteressiert, und sie hätte ihnen vorgejammert, wie schlecht die Bezahlung sei.

Und selbst wenn sie ihnen gesagt hätte, womit sie in Wirklichkeit ihr Geld verdiente, hätten sie nur mit den Schultern gezuckt und gleichzeitig nach einer Möglichkeit gesucht, sie um Geld anzugehen. Sie hatten sich auch schon manches Mal fünfzig oder hundert Euro geliehen, ohne dass Yvonne bisher auch nur einen Cent davon wiedergesehen hätte. Sie war neben ihrer Schwester die Einzige, die sich aus dem sozialen Abseits befreit hatte, obwohl es bis vor wenigen Jahren noch überhaupt nicht danach ausgesehen hatte.

Sie hatte die mittlere Reife gemacht und sich unbemerkt von allen permanent weitergebildet, sprach fließend Englisch und Französisch und konnte sich auch auf Spanisch recht gut unterhalten, ohne jemals in einer dieser Sprachen einen Abschluss gemacht zu haben. Sie hatte eine Anstellung in einer Reinigungsfirma gefunden und eines Tages ein Angebot erhalten, das in ihren Ohren anfangs verrucht klang, doch bei näherem Betrachten sehr verlockend war. Es war der Beginn eines Lebens, von dem sie früher nur hatte träumen können. Sie stand urplötzlich auf der Sonnenseite des Lebens, verdiente mehr Geld als die meisten Menschen in diesem Land, Geld, von dem sie jeden Monat mindestens die Hälfte auf die hohe Kante legte, denn sie war sich dessen bewusst, dass ihr Job befristet war. In spätestens zehn Jahren würde sie nicht mehr dem Bild einer Edelprostituierten entsprechen. Deshalb sorgte sie vor und hatte bereits eine siebenstellige Summe auf ihrem Konto, von der niemand außer ihrem treuesten Kunden etwas wusste. Auch wenn sie mit vielen Männern schlief, so liebte sie dieses Leben, denn sie liebte auch den Sex. Manchmal dachte sie, eine Nymphomanin zu sein, und wenn es so war, dann war es ihr gleich.

Am kommenden Wochenende würde sie in Italien sein. Sie würden am Freitag um halb fünf mit dem Privatjet abfliegen und gut eine Stunde später landen. Eine Reise nach Venedig, ein Geschäftsessen am Abend, wo er sie an seiner Seite wissen wollte. Er wollte sie als seine Geschäftspartnerin vorstellen. Dazu ein Theaterbesuch, ein Stadtbummel, bei dem er ihr wieder einiges kaufen würde, weil er es genoss, ihr eine Freude bereiten zu können. Im Gegenzug würde sie ihn verwöhnen, und wenn sie nur bei einem guten Wein zusammensaßen und sich über Dinge unterhielten, über die er mit seiner Frau nicht sprechen konnte. Sie wusste, es war für ihn wie eine Erholungskur, mit ihr zusammen zu sein. Einmal hatte er es so formuliert: »Du gibst mir die Energie, die ich brauche, um weiterzuleben. Du bist der Quell meiner Lebenslust.« Und dafür entlohnte er sie fürstlich.

Yvonne schob die Gedanken an das vor ihr liegende Wochenende von sich. Sie sah ihren Kunden an und bemerkte wieder diese Traurigkeit in seinen Augen.

»Was bedrückt dich?«, fragte sie und legte vertrauensvoll den Kopf an seine Schulter.

»Zu viel, um es in der Kürze der Zeit abzuhandeln. Also lassen wir es lieber.«

»Ich bin eine gute Zuhörerin, wie du selbst vorhin gesagt hast«, entgegnete Yvonne.

»Ich weiß.« Er hielt kurz inne, betrachtete ihre langen, schlanken Beine, ließ für einen Moment seine Finger über die Schenkel gleiten, gab ihr einen Kuss aufs Haar und fuhr fort: »Du bist eine außergewöhnliche Frau. Ich weiß, ich wiederhole mich, obwohl ich Wiederholungen hasse, aber in deiner Gegenwart werden wohl automatisch sämtliche Sinne ausgeschaltet ...«

»Das ist der Sinn der Sache«, entgegnete sie mit einem fast liebevollen Lächeln. »Ich will, dass du dich wohl fühlst.«

»Das tue ich. Und noch etwas: Du bist sehr gebildet, viel gebildeter als die meisten Frauen, die ich kenne, du hast dieses gewisse Etwas, deine Augen strahlen, dazu dieses – und versteh mich bitte nicht falsch – manchmal leicht verruchte Timbre in deiner Stimme, und allein, wie du gehst und dich bewegst und ...«

»Danke, aber hören wir auf, von mir zu reden. Was ist mit dir? Ich meine, was liegt dir wie ein Stein auf der Seele? Oder ist es ein Felsbrocken?«

»Nein, nein, es ist schon wieder gut. Ich glaube, ich sollte mir mal einen Therapeuten suchen. Weißt du ...« Er unterbrach sich, stand wieder auf, schenkte sich noch ein Glas

Champagner ein und ging im Zimmer umher, als versuchte er seine Gedanken zu ordnen. »Ich schwimme im Geld, aber ich kann mich an keinen einzigen Tag erinnern, an dem ich glücklich war. An keinen einzigen. Alles nur Fassade. Mein Lachen oder mein Lächeln, meine gute Laune, alles nur Fassade. Ziemlich perfekt, was?«, sagte er, zog die Mundwinkel herab und hob die Hand mit dem Glas. »Ich will keine Antwort von dir, ich sehe es in deinen wunderschönen Augen, dass du mich durchschaut hast. Aber das haben Frauen wie du wohl so an sich, oder?«

»Was meinst du damit?«

»Entschuldigung, ich will dir keineswegs zu nahe treten, aber es heißt doch immer, dass Frauen in ›deinem‹ Geschäft die besseren Psychologen seien. Korrigier mich, wenn ich falsch liege.«

»Ich weiß nicht, ob ich eine gute Psychologin bin, aber ich behaupte, die Menschen ganz gut zu kennen.«

»Vor allem Männer, nehme ich an ...«

»Warum sollte ich dir widersprechen? Frauen gehören nun mal nicht zu meiner Klientel. Doch glaube mir, ich weiß auch bei Frauen sofort, ob ich eine Schlange oder ein Kaninchen vor mir habe. Frauen verhehlen ihre Gefühle noch viel weniger als Männer. Aber nun verrate mir, was dich bedrückt. Es muss etwas Mächtiges sein, sonst würdest du nicht andauernd ausweichen.«

»So, merkt man mir das tatsächlich so deutlich an?«, fragte er und lachte bitter auf. »Hätte ich nicht gedacht. Na ja, du bist ja, wie du selbst sagst, von Natur aus eine Menschenkennerin ...«

»Was ist der Grund, dass du so unglücklich bist? Du bist noch jung, gutaussehend und … Na ja, das mit dem Geld lassen wir mal. Was macht dich so traurig?«

»Mein ganzes Leben«, antwortete er nach einigem Überlegen, wandte den Kopf und sah sie wie aus weiter Ferne an. »Es ist ein einziger Trümmerhaufen, der sich auch nicht wieder zusammensetzen lässt. Es fing mit meiner überaus tollen Kindheit an …«, sagte er, stockte im Satz und blickte ins Leere.

»Was ist passiert?«, fragte sie, als er nicht weitersprach.

»Lange Geschichte. Meine werte Frau Mama hing an der Flasche, ich kann mich nur erinnern, dass sie die meiste Zeit über besoffen im Bett gelegen hat, bis sie mich ihr weggenommen haben, als ich sieben war. Mein Vater hat die Fliege gemacht, als ich noch ganz klein war, deshalb steckten sie mich in ein Waisenhaus, wo ich die schlimmste Zeit meines Lebens verbracht habe und so weiter und so fort. Noch mehr?«

»Nur wenn du willst.«

»Erzähl mir was von dir. Wie bist du aufgewachsen?«

»Relativ normal. Erst mit zwölf wurde es etwas kritisch, aber ich behaupte, bis dahin eine recht gute Kindheit gehabt zu haben.«

»Siehst du, da liegt der Unterschied zwischen uns beiden.« Er blieb stehen, trank sein Glas leer und stellte es auf den Tisch. Er ballte die Faust und presste durch die Lippen: »Die verdammten Schwarzkutten! Diese gottverdammten Schwarzkutten! Nach außen alles heilig und gut, aber wie's hinter den verschlossenen Türen aussah, das hat niemand mitgekriegt, außer denen, die hinter den Türen und Mauern lebten. So wie ich.« Er wischte sich über das Gesicht, seine Stimme klang belegt.

»Was ist passiert?«, fragte Yvonne einfühlsam.

»Was ist passiert? Scheiße, Mann, wie viele Tage hast du Zeit? Das lässt sich nicht so einfach en passant erklären. Aber gut, wenigstens ein paar Stichworte: Wenn wir nicht den Teller leer gegessen haben, wurden wir bestraft. Wenn wir ein falsches Wort zur falschen Zeit gesagt haben, wurden wir bestraft. Das eigentlich Schlimme war, dass es sich um ein von Nonnen geführtes Waisenhaus handelte ... Mehr möchte ich dazu nicht sagen.«

»Warum nicht? Wir sind doch hier unter uns.«

»Weil in mir dann wieder dieser unsägliche Hass hochkommt. Es ist jedes Mal dasselbe, ich brauche nur daran zu denken, und schon ist da wieder dieser verfluchte Hass. Nur Hass, Hass, Hass!«

»Haben sie Dinge mit dir gemacht, die ...«

»Sie haben die schlimmsten Dinge gemacht, die man sich nur vorstellen kann. Denk dir irgendwas aus, es wird schon stimmen. Das mit dem Kerker und dem Schlafentzug gehörte noch zum Harmlosen, und wenn wir mal zwei oder drei Tage hungern mussten, auch vergessen. Aber ...«

»Du wurdest missbraucht?«, sagte sie, als er nicht weitersprach, und es klang wie eine Feststellung. Sie beobachtete ihn, registrierte seine Anspannung, wie es in ihm arbeitete und rumorte, wie sein Gesichtsausdruck sich ein ums andere Mal veränderte, wie seine Kiefer aufeinander mahlten und sein Blick für Momente düster und dumpf wurde, bis er sie ansah und das Düstere aus seinem Gesicht verschwand.

»Misshandelt, missbraucht, verkauft für eine Tafel Schokolade oder eine Extraportion zum Mittagessen. Es war die verfluchteste Zeit meines Lebens, und ich bin froh, dass ich dieser Hölle lebend entkommen bin, auch wenn ich mich manchmal frage, ob es nicht besser gewesen wäre, ich wäre gestorben.« Er atmete einmal tief durch und fuhr fort: »So, jetzt weißt du's. Nach diesen elf Jahren bist du nie mehr in der Lage, ein einigermaßen normales Leben zu führen, glaub mir. Ich habe beruflich so ziemlich alles erreicht, was ein Mann in meinem Alter erreichen kann, aber die Vergangenheit lässt sich nicht wegwischen, ganz gleich, wie viel Geld ich habe. Wenn mir einer sagt, dass es einen Gott gibt, dann frage ich mich, wo er war, als ich in diesem Heim lebte. Andererseits, sage ich mir, muss es einen Gott geben, denn ich habe schließlich auch die Hölle und den Teufel kennengelernt. Ich weiß es nicht, ich weiß überhaupt nichts. Ich weiß, dass ich nichts weiß, dieser Ausspruch von Sokrates trifft wohl auf kaum jemanden besser zu als auf mich. Doch ich will dir nicht die Ohren volljammern, es gibt unzählige Menschen, denen geht es schlechter als mir«, winkte er ab, lächelte still und tat, als sei nichts gewesen.

»Man darf sein Schicksal nicht mit dem von anderen vergleichen«, entgegnete Yvonne mit sanfter Stimme. »Ich bin froh, nicht so eine Kindheit und Jugend gehabt zu haben. Ist das der Grund, warum du keine feste Beziehung hast?«

»Vielleicht«, sagte er schulterzuckend. »Vielleicht bin ich auch nur beruflich zu eingespannt. Ich lebe zwei Leben.

Das eine ist mein Beruf und das ist gut, das andere ist das Private. Privat bin ich die meiste Zeit allein, und das ist mies. Ich habe zwar eine Menge Kontakte, aber nicht einen einzigen echten Freund. Keine Ahnung, woran das liegt, es ist nun mal so. Es vergeht kaum ein Tag, an dem ich mir nicht wünschte, jemanden zu haben, mit dem ich über alles quatschen kann, aber dieser Wunsch wird mir wohl nie erfüllt werden. Das ist die große Scheiße, wenn ich es so ausdrücken darf. Ich habe mehrere Häuser, verbringe aber die meiste Zeit in einer riesigen Maisonette-Wohnung, ich habe eine Finca auf Mallorca, ich habe schon die ganze Welt bereist ... Ich frag mich manchmal, wo die Balance ist und wo oder wie ich sie finden kann.« Er kam wieder zum Bett, wo Yvonne nackt im Schneidersitz saß, neigte den Kopf und sagte zu ihr mit einem unergründlichen Lächeln: »Weißt du was? Klingt komisch, aber ich könnte jetzt schon wieder, wenn du verstehst ...«

»Was immer du willst. Du bestimmst die Regeln.«

»Ich wünschte, ich hätte eine Frau wie dich«, sagte er unvermittelt. »Ich bin mir ziemlich sicher, wir würden gut harmonieren. Ich habe das Gefühl, nein, ich weiß, dass die Chemie zwischen uns stimmt. Sag einfach nur, dass ich recht habe.«

Yvonne hatte in ihrem Beruf früh gelernt, vorsichtig zu sein. Sie hatte schon des Öfteren erlebt, dass Kunden sich in sie verliebten und sie ihnen zu verstehen geben musste, dass ihre Träume Träume zu bleiben hatten, da sie ihr Leben noch eine Weile allein zu gestalten beabsichtigte. Allerdings war das noch nie bereits nach dem ersten Abend vorgekommen. Nach nur einem Abend, einer halben Nacht, einmal Sex und ein wenig Alkohol.

Überhaupt fragte sie sich, ob sie jemals eine feste Beziehung mit einem ihrer Klienten eingehen würde, denn sie fühlte sich wohl so, wie sie lebte. Sie war kaum noch jemandem Rechenschaft schuldig, und so sollte es auch bleiben. Es gab nur einen Kunden, für den sie unter Umständen bereit gewesen wäre, ihre Freiheit aufzugeben – ihr Bankier. Aber dazu hätte sie erst noch einige Dinge regeln müssen. Speziell ihre derzeitige, nicht gerade angenehme private Situation. Und sie musste Rücksicht nehmen auf die, die ihr am nächsten standen. Denn es gab Menschen, die sie mehr liebte als ihr eigenes Leben. Und diese Menschen wollte sie unter gar keinen Umständen verlieren.

Und jetzt war wieder eine solche Situation eingetreten, wo ein Kunde ihr seine Liebe gestand. Und das, obwohl sie sich erst seit wenigen Stunden kannten. Sie hatten miteinander geschlafen, und nun behauptete er, Gefühle für sie zu empfinden, auch wenn er es nicht so direkt ausgedrückt hatte. Aber allein, wie er sie angesehen hatte, war Indiz genug, dass ihr Gefühl sie nicht trog. Sie suchte die richtigen Worte, um ihn nicht zu verletzen. »Du hast schon recht, die Chemie zwischen uns stimmt. Aber ich muss dir eines gestehen – ich bin nicht frei. Und bitte, verlang keine weiteren Erklärungen, akzeptier das einfach nur. Tut mir leid. Ich bin sicher, du wirst noch eine Frau finden, und sie wird all die Attribute besitzen, die du dir wünschst. Ich weiß das.«

»Du hast jemanden?«, fragte er verwundert, die Brauen hochgezogen, tiefe Falten bildeten sich auf seiner Stirn, er ging auf ihre letzten Worte nicht ein, als hätte er sie nicht vernommen. »In diesem Job? Was sagt denn …«

»Ja, ich bin liiert. Oder besser, ich bin verheiratet. Dass ich keinen Ring trage, wirst du verstehen. Es tut mir leid, aber ich möchte, dass du dir keine falschen Hoffnungen machst.«

»Und was sagt dein Mann dazu, dass du …«

»Nichts, wir haben über alles gesprochen, er weiß es und toleriert es«, log sie. Sie kniete sich hin, legte ihm einen Finger auf die Lippen und fuhr fort: »Und jetzt bitte, keine solche Fragen mehr, die sind nicht im Preis inbegriffen, außerdem vergeuden sie nur unnötig Zeit und verderben die Stimmung. Die Nacht ist nicht mehr lang. Aber ich schwöre dir, du wirst sie nie vergessen.«

Er nickte, lächelte ein wenig verlegen und sagte: »Das weiß ich, ich brauch nur deinen göttlichen Körper anzusehen, und schon gerät mein Blut in Wallung, um es mal pathetisch auszudrücken. Dein Mann ist wahrlich ein Glückspilz, so etwas wie dich immer zu haben.«

»Hören wir doch auf damit. Entspann dich und …«

»Tu ich schon.«

Er streichelte sie, das Haar, das Gesicht, die Finger glitten tiefer, er küsste sie. Yvonne gehörte zu den wenigen in ihrem Beruf, die Küsse auf den Mund zuließen, vorausgesetzt, der Kunde entfachte in ihr dieses ganz spezielle Feuer. Und bei diesem Kunden war es der Fall.

»Dreh dich auf den Bauch«, sagte er leise und mit kehliger Stimme, »ich liebe es, eine Frau wie dich zu verwöhnen. Und auch ich verspreche dir, dass du diese Nacht nie vergessen wirst.«

Für Sekundenbruchteile war da ein Funkeln in seinen Augen und ein Ton in seiner Stimme, den sie nicht zu deuten wusste. Aber es war nur eine Momentaufnahme, der sie keine weitere Beachtung schenkte. Denn dieser Mann, der sein Alter mit vierunddreißig angegeben hatte, war harmlos. Ein netter, gebildeter, sympathischer und trotz seiner jungen Jahre vom Leben gebeutelter Mann, der es bestens verstand, eine Frau zu verführen und, wie er gesagt hatte, zu verwöhnen. Und er hatte ihr die dreitausend Euro bar in die Hand gedrückt.

Sie folgte seiner Aufforderung, genoss es, wie seine Hände sie zärtlich streichelten, den Nacken, den Rücken, die Arme, den Po, die Beine, es kitzelte ein wenig in den Kniekehlen. Dann küsste er sie wieder von oben bis unten, bis sie es vor Erregung kaum noch aushielt, denn sie hatte sich diesen Beruf auch ausgesucht, weil sie Sex liebte, weil sie nicht genug davon bekommen konnte und es deshalb häufig vorkam, dass sie in Ekstase fiel, wenn einer, wie sie es nannte, den »richtigen Knopf drückte«. Auch heute ließ sie sich einfach fallen, denn es gab keinen Grund, sich dagegen zu wehren. Alles in ihr war in Aufruhr, sie befand sich in einem fast ekstatischen Zustand und wartete nur darauf, dass er all das mit ihr machte, was sie gerne mochte. Und es gab kaum etwas, was sie nicht zuließ.

Sie hob den Kopf und stöhnte, sie hatte die Augen geschlossen, während er in sie eindrang, und merkte zu spät, wie mit einem Mal etwas Weiches und doch Festes um ihren Hals gelegt und ruckartig zugezogen wurde. Panik durchflutete sie, sie hatte schon immer Angst vor dem Ersticken gehabt, sie hatte es noch nie ertragen, wenn sie am Hals angefasst wurde, nicht einmal einen Rollkragenpullover konnte sie aushalten, selbst wenn dieser oben noch so weit geschnitten war. Sie hatte auch nie einen Schal um, obwohl sie schon viele geschenkt bekommen hatte, zum Teil gefertigt aus feinster, leichtester indischer Seide, doch nicht einen davon hatte sie jemals benutzt. Sie brauchte Luft am Hals. Woher diese Angst rührte, wusste sie nicht, doch sie war da und es musste eine Ursache dafür geben. Sie hatte bereits mit dem Gedanken gespielt, einen Therapeuten aufzusuchen, da sie auch hin und wieder unter Panikattacken litt (vor allem nachts und in den frühen Morgenstunden), doch es war bisher nie so gravierend gewesen, dass sie es als dringlich eingestuft hätte. Außerdem hatte sie stets einen vollen Terminplan und … Doch das hier war eine andere Angst, die in unsäglich quälenden Strömen durch sie hindurchzog. Diese Angst hatte eine andere Qualität, für einen Moment glaubte sie, ersticken zu müssen, den Tod zu erleiden, und es gab nichts, wovor sie mehr Angst hatte als vor dem Tod. Sie wollte nicht sterben, allein der Gedanke daran ließ sie kaum noch einen klaren Gedanken fassen. Sie hatte noch nie einen Friedhof betreten, zum Glück hatte es auch nie einen Grund dafür gegeben, denn alle in ihrer Familie lebten noch. Doch auch daran dachte sie jetzt nicht, in ihr war ausschließlich diese Angst. Und sie hatte keine Chance, er war über ihr, sie wollte sich wehren, schaffte es aber nicht. Er kniete breitbeinig über ihr, das Tuch, etwas anderes konnte es nicht sein, wurde gelockert, sie hörte sein schweres Atmen, während er sich weiter in ihr bewegte.

»Kannst du damit aufhören?«, fragte sie, nachdem sie wieder fähig war zu sprechen, den Kopf hatte sie zur Seite gedreht, weil sie sonst keine Luft bekam. Trotz ihrer Panik versuchte sie, sich die Angst nicht anmerken zu lassen.

»Warum? Gefällt es dir nicht?«, fragte Mark beinahe emotionslos zurück, um sie im nächsten Augenblick wieder zärtlich auf die Schulter, den Rücken und den Po zu küssen und die Zunge über die Kniekehlen gleiten zu lassen.

»Hör zu, ich lasse fast alles mit mir machen, wirklich fast alles, aber nicht mein Hals. Ich habe Angst …«

»Oh, Entschuldigung, das wusste ich nicht«, sagte er und entfernte das Tuch. »Es tut mir wirklich unendlich leid«, und seine Worte klangen aufrichtig.

»Schon gut, du konntest es ja nicht wissen«, sagte Yvonne und fuhr sich ein paarmal über den Hals und fühlte sich gleich besser.

»Du hättest es mir sagen sollen. Geht's wieder?«

»Ja. Mach weiter mit der Zunge, und dann komm wieder rein, ich will dich spüren. Bitte.«

Er drang erneut in sie ein, sie stöhnte und sagte: »Das ist gut, das ist gut, das ist gut.« Sie wollte sich umdrehen, doch er sagte: »Bleib so, es ist auch für mich gut.«

»Schön, ich will schließlich, dass du Spaß hast.«

Es war zwanzig Minuten nach Mitternacht. Viele Minuten waren vergangen, und Yvonne hatte die kurze, Panik erzeugende Episode fast schon wieder vergessen. Ihr Rücken war feucht vom Schweiß. Er hatte eine ungeheure Ausdauer, wie sie es nur selten bei einem Kunden erlebte, was ihr jedoch durchaus Spaß bereitete. Sie lächelte für einen Augenblick, er brachte sie von einem Höhepunkt zum nächsten, sie presste ihr Gesicht in das Kissen, stöhnte und schrie ein paarmal spitz auf ... Doch plötzlich war da wieder dieser Schal, und diesmal zog Mark ihn fester zu als beim ersten Mal, sie wollte schreien, aber er presste ihren Kopf mit kräftigem Druck in das Laken, so dass ihr Schreien nur ein leiser, kaum vernehmlicher Ton war.

»Halt dein Maul, okay«, zischte er, während er den Schal wieder lockerte. »Wenn du schreist, bist du tot. Dann bist du eine tote Hure.«

»Wa...«

»Halt's Maul!«, fuhr er sie erneut an und verpasste ihr einen heftigen Schlag gegen den Hinterkopf, der Yvonne für einen Moment benommen machte.

»Was ist auf einmal los mit dir? Was ...«

»Du sollst dein Maul halten, hab ich gesagt! Denn ab jetzt redest du nur, wenn du gefragt wirst. Wenn du mich verstanden hast, brauchst du nur zu nicken.«

Yvonne nickte, in der Hoffnung, ihre schlimmsten Befürchtungen würden sich nicht bewahrheiten.

Er flüsterte ihr ins Ohr, und er wollte, dass sie es deutlich vernahm: »Ich habe gelogen, meine Liebe«, sagte er und sog den Duft ihres Haares ein, als wäre es ein ganz besonderes Parfum, als hätte der Duft sich mit dem nahenden Tod verändert, denn er hatte ihr Haar schon vorhin gerochen, und es war ein guter, angenehmer Geruch gewesen. »Alles, was ich dir über mich erzählt habe, war gelogen. Aber du hast es geglaubt, und das war das Wichtige für mich. Von wegen, du bist eine Menschenkennerin! Ein Nichts bist du, eine

Kakerlake, die ich zertreten werde. Wie schade, dass du nie die Wahrheit über mich erfahren wirst.«

Für einen Augenblick zog er die Schlinge wieder fester zu, um sie sogleich wieder zu lockern, Yvonne atmete schwer und stieß unter Aufbietung aller Kräfte mit heiserer Stimme hervor: »Warum tust du mir das an? Was habe ich dir getan? Ich will nicht sterben, bitte, ich will nicht sterben! Du kannst alles von mir haben, alles, aber …«

»Sei still, du würdest mir doch alles versprechen, nur damit ich dich am Leben lasse. Jeder würde alles, und zwar wirklich alles versprechen, um zu verhindern, vorzeitig an die Himmelspforte zu klopfen. Du«, er zuckte die Schultern und sagte mit erschreckender Gelassenheit, »und ich wahrscheinlich auch. Weißt du«, fuhr er beinahe gelangweilt fort, »ich bin eigentlich ein Angsthase, aber nur manchmal. Oder wie siehst du das, du Menschenkennerin?«

»Du bist kein Angsthase, sonst würdest du so was nicht mit mir tun. Angsthasen töten nicht …«

»Woher willst du das wissen, du Alleswisserin? Woher, zum Teufel, willst du wissen, dass Angsthasen nicht töten? Hä, sag schon!«

»Ich weiß es nicht, ich vermute es nur … Entschuldigung.«

»Was vermutest du nur? Dass ich kein Angsthase bin oder dass Angsthasen nicht töten?«

»Beides. Du bist kein Angsthase, aber du bist auch kein Mörder.«

»Das wird sich noch erweisen. Ein kleines Spielchen gefällig?«

»Was für ein Spiel?«

»Lass dich überraschen. Wenn du gewinnst, bleibst du am Leben, andernfalls ... Nun ja, du weißt schon, dann gehörst du mir, das heißt, ich darf mit dir machen, was ich will. Und das willst du bestimmt nicht, aber so sind nun mal die Regeln. Na ja, das sind zumindest die Regeln, die ich aufgestellt habe. Und noch einmal: Wenn du schreist, bist du sofort tot.« Er hielt inne und fuhr fort: »Andererseits ist mir nicht nach Spielen, ich hab's mir überlegt. Außerdem wäre es sowieso ein einseitiges Spiel. Lassen wir's also.«

»Lass mich bitte am Leben. Bitte! Und das Spiel, warum spielen wir nicht das Spiel? Gib mir eine Chance, bitte!«, flehte sie und überlegte krampfhaft, wie sie dem Tod entrinnen konnte, der in Gestalt von Mark direkt über ihr saß, in Gestalt eines sympathischen jungen Mannes, dem sie niemals zugetraut hätte, dass er wahrscheinlich von Anfang an vorgehabt hatte, sie zu töten. Dass er vielleicht schon bei der Kontaktaufnahme gewusst hatte, dass sie sein Opfer werden würde. Unwillkürlich musste sie an die beiden Frauen denken, die im vergangenen Jahr in Offenbach ermordet worden waren und deren Täter man bisher nicht gefunden hatte. Vielleicht war ihr Mörder gerade in ihrem Apartment.

Er ließ eine Weile verstreichen und sagte dann mit mitleidsloser Stimme: »Tut mir leid, aber diesen Wunsch oder diese winselnde Bitte kann ich dir leider nicht erfüllen, denn du warst eigentlich schon tot, als ich den Termin fix gemacht habe. Und auf das Spiel habe ich überhaupt keine Lust mehr.« Yvonne befahl sich, einen kühlen Kopf zu bewahren und alle Tricks anzuwenden, die sie kannte, um ihn von seinem Vorhaben abzubringen. Aber sosehr sie sich auch anstrengte, ihr fiel nichts ein. Sie dachte an ihre Familie und wie gerne sie jetzt bei ihr wäre. Sie dachte an früher, die Vergangenheit zog im Zeitraffertempo an ihr vorbei. Schließlich öffnete sie die Augen und sagte sich: Ich muss ihm ins Gesicht sehen, ich muss ihm ins Gesicht sehen, ich muss ihm ins Gesicht sehen. Erst wenn wir uns in die Augen sehen, weiß ich, wie ich vorgehen kann. Ich darf noch nicht sterben, ich habe doch noch so viel zu tun.

Während sie überlegte, ergriff er wieder das Wort: »Keine Sorge, du kommst schon nicht in die Hölle, man wird dich da oben mit offenen Armen empfangen. Und noch einmal zum besseren Verständnis: Das meiste von dem, was ich dir über mich erzählt habe, war gelogen. Na ja, vielleicht nicht das meiste, aber einiges. Sagen wir die Hälfte. Ja, die Hälfte war gelogen. Aber als unglücklich würde ich mich nicht bezeichnen, es gab zwar eine Zeit, in der ich nicht ganz glücklich war, aber das ist Vergangenheit. Und ganz besonders glücklich bin ich jetzt. Du glaubst gar nicht, was für ein geiles Gefühl es ist zu wissen, dass man Macht über Leben und Tod hat. Das ist Glück, wahres Glück. Doch das kannst du nicht wissen, weil dein Horizont nicht so weit reicht und weil du nie in der Lage wärst, jemanden zu töten. Du hast bestimmt nicht ein einziges Mal in deinem Leben ernsthaft daran gedacht, jemanden umzubringen. Hab ich recht?«

»Nein, hab ich nicht. Darf ich mich umdrehen?«

»Warum?«

»Einfach so. Du hast doch sowieso die Kontrolle.«

»Von mir aus. Aber versprich dir nichts davon. Ich bin stärker, das garantiere ich dir.«

Vorsichtig drehte sie sich um, ihr Körper war schweißüberströmt, doch nicht mehr von der Erregung, es war kalter Angstschweiß.

»Und jetzt?«, fragte er maliziös lächelnd, während er den Schal in der Hand hielt.

»Lass uns reden«, sagte sie und sah ihm in die Augen.

»Worüber? Über mich? Oder über dich? Willst du vielleicht noch Buße tun und die Beichte ablegen? Ich bin zwar kein Priester, aber ich denke, ich bin auch so befugt, dir zuzuhören und dich von deinen Sünden zu befreien …«

»Bevor du mich tötest«, unterbrach sie ihn und versuchte, ihre Angst nicht zu zeigen, »verrate mir, warum du mich töten willst. Du kennst mich doch gar nicht …«

»Wer sagt das? Woher willst du wissen, dass ich dich nicht schon seit einer ganzen Weile kenne? Vielleicht habe ich nur auf den geeigneten Moment gewartet, dich zu bekommen?«

»Nein, du kennst mich nicht …« Mitten im Satz stockte sie, kniff die Augen zusammen, ihr Atem ging hastig, und mit einem Mal fiel es ihr wie Schuppen von den Augen, und sie wusste, wo sie ihn schon einmal gesehen hatte.

»Stopp, ich war noch nicht fertig«, unterbrach er sie. »Weißt du eigentlich, dass wir uns schon oft begegnet sind? Sehr oft sogar. Nur hast du mich bestimmt nie erkannt oder bemerkt oder … Ich bin im Prinzip auch ein eher unscheinbarer Typ, und das ist auch gut so. Ich mag es nämlich nicht sonderlich, im Mittelpunkt zu stehen …«

»Ich weiß jetzt, woher ich dich kenne. Ja, du bist der …«

»Halt's Maul, halt dein gottverdammtes Maul!«

»Nein, ich dachte mir vorhin schon, dass mir dein Gesicht bekannt vorkommt, aber …«

»Halt doch endlich dein Maul, mein Gesicht kann dir gar nicht bekannt vorkommen, weil ich normalerweise nicht so geschniegelt aussehe. Ich bin doch nur ein sogenanntes *face in the crowd,* das man so gerne übersieht oder über das man lacht. Aber du lachst nicht mehr, das schwöre ich dir bei allen Heiligen. Ich habe für heute Abend extra mein Äußeres ein wenig verändert. Doch darüber solltest du dir jetzt keine Gedanken mehr machen.«

»Okay, dann kenne ich dich eben nicht, ich habe mich getäuscht. Wenn du mich kennst, warum willst du dann ausgerechnet mich töten? Hast du mich bewusst ausgewählt?«, fragte sie so ruhig wie möglich, auch wenn sie am liebsten laut losgeschrien hätte, bis das ganze Haus wach geworden wäre.

»Eine gute Frage, meine liebe … Yvonne. Weil ich Huren auf den Tod nicht ausstehen kann. Du kannst dich noch so fein anziehen, du kannst noch so schön sein und du kannst noch so gut duften, du bist ein Abschaum der Gesellschaft. Lass es mich so ausdrücken: Da ist eine ganze Menge Hass in mir, das ist mir mittlerweile bewusst. Weißt du, Selbsterkenntnis ist der erste Weg zur Besserung. Oder heißt es, der beste Weg? Keine Ahnung, ist auch egal. Jedenfalls ist da sehr, sehr viel Hass, aber mindestens genauso viel Liebe. Ich würde sagen, es hält sich die Waage …«

»Wenn du sagst, dass ich in den Himmel komme, dann

weißt du sicher auch, dass du in die Hölle kommst, wenn du mich umbringst. Willst du das wirklich?«

»Was weißt du schon vom Himmel oder von der Hölle? Wenn du es wüsstest, würdest du nicht deinen Körper für teures Geld verkaufen. Du bist nur eine Hure, die es nicht wert ist, auch nur einen Tag länger zu leben. Du führst andere Menschen ins Verderben, um dich zu bereichern. Du bist einfach nur schlecht. Dabei bist du so nett und charmant und so schön anzuschauen. Na ja, und du bist auch ganz gut zu ficken, das muss ich zugeben. Und ob es einen Himmel oder eine Hölle gibt, das wissen weder du noch ich. Gar nichts wissen wir, denn wir nehmen alles nur mit unseren fünf Sinnen wahr. Alles andere ist Humbug oder esoterische Spinnerei.«

»Dann glaubst du auch nicht an Gott ...«

»Das, meine Liebe, bleibt mein Geheimnis. Aber ist es nicht vollkommen gleichgültig, woran ich glaube? Mir geht es um die Menschen in dieser verfluchten Stadt, Menschen wie du. Offenbach ist der gottloseste und verfluchteste Flecken auf Erden. Du bist nur eine Hure, eine *bitch*. Du hast den Teufel im Leib, und ich werde ihn dir austreiben. Diese Stadt ist kaputt, weil die Menschen hier sie kaputt gemacht haben. Du bist einer davon, denn du hast große Schuld auf dich geladen, weil du zu den Schlechten gehörst. Deshalb wirst du sterben.«

»Es muss doch irgendetwas geben, was ich tun kann. Sag mir, was ist das Geheimnis?«

»Es gibt kein Geheimnis, und es gibt nichts, was du noch tun kannst, um mich von meinem Vorhaben abzubringen.

Ich habe einen Auftrag zu erfüllen, meine Liebe ... Ach ja, bevor ich's vergesse, du bist nicht die Erste auf meiner Liste. Nur leider wurde ich bisher noch nicht wirklich wahrgenommen. Aber spätestens nach deinem Tod wird man über mich sprechen. Das garantiere ich dir. Und ich werde ganz besonders glücklich sein, wenn ich gleich dieses wunderschöne Zimmer verlasse. Man wird dich erst morgen oder vielleicht auch erst übermorgen finden. Ach ja, noch etwas, ich bin nur Fassade, jedes einzelne Stück an mir ist Fassade. Und jetzt sag adieu zu dieser Welt.«

»Warte«, stöhnte sie verzweifelt.

»Was ist? Ich habe meine Zeit nicht gestohlen. Was willst du?«

»Wenn du mich töten willst, dann nicht hier. Bitte, nicht hier«, flehte sie, und seine Augen schweiften rastlos im Zimmer umher, als überlege er, ob er ihrem Flehen Gehör schenken sollte.

Sie merkte, dass sie ihn verunsichert hatte, trat urplötzlich nach ihm und schlug wild um sich, um so eine Gelegenheit zu bekommen, sich ihm zu entziehen und vielleicht bis zur Tür und nach draußen zu gelangen. Im nächsten Moment hatte sie das Gefühl, dass seine Faust ihr Gesicht zertrümmerte, und von einer Sekunde zur anderen lag sie völlig still da, tausend Sterne tanzten ihr vor den Augen, ihr war schwindlig. Sie war noch bei Bewusstsein, doch ihre Gegenwehr war erloschen.

»Wo dann? Oh, ich hätte da eine Idee. Wir fahren in dein superluxuriöses Penthouse. So, und jetzt wirst du dich bestimmt fragen, sofern du dazu noch in der Lage bist, woher ich von deinem Penthouse weiß«, sagte er mit wieder diesem maliziösen Lächeln. »Nun, ich weiß es, und das muss dir genügen. Du siehst, ich weiß viel mehr über dich, als du denkst. Ich weiß zum Beispiel, aus welcher verkommenen Ecke du stammst, ich weiß sogar, wer deine Eltern sind, ich weiß so unendlich viel über dich. Du kommst aus dem Dreck, und in den Dreck wirst du zurückkehren, um einen Bibelspruch ein wenig abzuändern.«

Yvonne hatte Tränen in den Augen, sie wollte schreien, doch sie konnte es nicht mehr. Sie hatte immer gewusst, dass ihr Beruf nicht ungefährlich war, und sie hatte auch schon einige unschöne Begegnungen gehabt und überstanden, aber niemals hätte sie damit gerechnet, eines Tages einem kaltblütigen Mörder zu erliegen.

»Oh, musst du jetzt weinen? Das ist nicht fair, ich kann es nämlich nicht ertragen, wenn Frauen weinen, es macht mich immer so traurig«, sagte er höhnisch. Und mit einem Mal strich er ihr fast zärtlich über das Gesicht. »Jetzt hör endlich auf, es hat doch eh keinen Sinn mehr. Deine Tränen bringen gar nichts. Ich habe kein Mitleid mit dir, falls du darauf hoffst. Ich hatte noch nie Mitleid mit Frauen wie dir. Das ist angeboren, meine Liebe. Du bist so wunderschön, auch jetzt noch. Warum nur hast du deine Gaben und deine Schönheit nicht anderweitig eingesetzt? Ich sage dir ganz ehrlich, ich habe die Unterhaltung mit dir vorhin im Restaurant geradezu genossen, denn es gibt nur wenige Menschen, die so klug sind. Aber du wirfst alle deine Werte in den Müll, deine Schönheit, deine Klugheit, alles.«

»Hast du auch die anderen beiden Frauen umgebracht?«,

fragte Yvonne schluchzend, ihr Herz hämmerte in wildem Stakkato, ihr war übel.

»Habe ich das vorhin nicht schon erwähnt? Ich dachte, ich hätte das. Aber gut, ich wiederhole das gerne, weil es zwei ganz besondere Erlebnisse waren. Obwohl, es gab da noch zwei weitere, aber das ist lange Vergangenheit. Nun, so lange auch wieder nicht, aber Zeit ist ja bekanntlich relativ. Ja, ich habe sie, um im biblischen Duktus zu bleiben, über den Jordan geschickt. Aber die Bullen hier in Offenbach sind einfach zu blöd, um einen Zusammenhang herzustellen. Mein Gott, ich frage mich die ganze Zeit, wie man nur so bescheuert sein kann! Aber diesmal werde ich ihnen einen Wink mit dem Zaunpfahl geben. Nun ja, ist halt Offenbach, nicht gerade die schönste Stadt Deutschlands, auch wenn ich selbst hier wohne und mich eigentlich ganz wohl fühle, trotz des ganzen Abschaums um mich herum. Abschaum, wo man hinsieht, Offenbach, Frankfurt, Wiesbaden, Mainz … Das Ende der Welt ist nahe, bloß der Abschaum, der nur in der Oberflächlichkeit lebt, merkt es nicht. Und nun sag adieu zu dieser bösen, bösen Welt, denn ich muss mich beeilen, bald werden die Ersten aufstehen, weil die Arbeit ruft. Denen muss ich nicht unbedingt begegnen. Die Dunkelheit ist meine Zeit.«

»Nein«, schrie sie, und im selben Moment schlug er ihr die Faust noch einmal mit voller Wucht ins Gesicht, doch sie wurde wieder nicht ohnmächtig. Und dann noch einmal und noch einmal, bis ihr die Sinne schwanden.

Er drehte sie auf den Bauch. Er tötete sie nicht gleich, er ließ sich Zeit, er wollte sie leiden und das Leiden spüren sehen.

Er wartete, bis sie wieder zu sich kam, denn er genoss jeden Moment, jeden noch so kleinen Augenblick der Pein, ein paarmal verzog sich sein Mund zu einem hässlichen, dämonischen Grinsen, bevor es wieder zu einer fast starren Maske wurde.

Schließlich begann er mit seinem Ritual. Er legte ihr den Schal um den Hals und zog ihn langsam zu. Es zwar zwölf Minuten vor zwei.

Es dauerte eine Stunde. Eine Stunde voller Qualen, Yvonnes Körper war schweißüberströmt, sie röchelte, da war eine unbeschreibliche Furcht und dazwischen immer wieder die Hoffnung, er würde es doch nicht tun, eine Hoffnung, die jedoch ein ums andere Mal wieder erstickt wurde, wenn er noch ein Stück fester zuzog, und sie meinte, die Augen würden ihr aus den Höhlen treten, wenn ihr Gesicht dunkelrot anlief, Äderchen in den Augen platzten, das Atmen zu einer grausamen, schier endlosen Qual wurde, wie sie auf das Bett urinierte, ihr Körper zitterte und zuckte, doch sie hatte nicht den Hauch einer Chance, dieser Bestie, die hinter und über ihr war, zu entkommen. Sie bot ihre letzten Kraftreserven auf, fasste in einem Moment, als er die Schlinge lockerte, zwischen den Schal und ihren Hals, sie riss an dem Stoff und wollte sich mit aller Macht befreien, diesem Alptraum entfliehen. Doch Mark lachte nur hämisch, ließ sie einen Augenblick gewähren, bis er ihr einen so wuchtigen Schlag in die Rücken versetzte, dass Yvonne automatisch hätte loslassen müssen, doch es war, als hätte sie den Schlag nicht gespürt, nicht den unsäglichen Schmerz, als würde das Adrenalin jedes Schmerzempfinden unterdrücken. Sie wollte leben, nur leben, leben, leben und dieser Bestie zeigen, dass sie stärker war. Sie krallte die Finger um den Schal, Mark schlug noch einmal und noch kräftiger zu, doch Yvonne ließ nicht locker, im Gegenteil, ihr Griff wurde noch fester. Sie versuchte sich zu drehen und zu wenden und schaffte es tatsächlich, blickte Mark in die Augen, stieß ihm mit aller ihr verbliebenen Kraft das Knie zwischen die Beine, worauf er kurz, aber heftig aufschrie. Ihr gelang es, sich von dem Schal zu befreien, sie rollte sich vom Bett und schrie, in der Hoffnung, jemand würde sie hören und ihr zu Hilfe eilen, riss die Nachttischschublade auf und wollte die kleine Pistole und das Pfefferspray herausholen, sie hatte das Spray bereits in der Hand und drehte sich um, drückte auf den Sprühknopf, und obwohl Mark sein Gesicht abwandte, gelangte doch das meiste in seine Augen, wieder schrie er auf, nein, es klang eher wie ein tief aus dem Innersten kommendes Brüllen eines verwundeten Raubtiers, das nicht von seinem Opfer abzulassen gedachte, hatte Mark sein Opfer doch schon fast vollständig in seiner Gewalt gehabt, aber noch war das Opfer nicht tot … Yvonne drückte so lange auf den Sprühknopf, bis ihr selbst die Augen und die Kehle brannten und ihr Hals immer trockener wurde. Sie wollte und durfte nicht sterben, nicht jetzt und vor allem nicht hier, aber das war nicht das Wichtigste. Das Wichtigste war ihre Familie, war ihre Zukunft, die doch gerade erst begonnen hatte. Eine Zukunft, die sie sich nicht von einem perversen Mörder kaputt machen lassen würde.

Er hielt sich die Hände vors Gesicht, undeutliche Laute

ausstoßend, während sie sich allmählich vom Bett weg-
robbte, und als sie etwa in der Mitte des Zimmers war, versuchte sie sich aufzurichten und zur Tür zu gelangen. Ihr
schien es, als hätte er ihr den Rücken zertrümmert, der
Schmerz strahlte nach überall hin aus. Aber sie wollte es
schaffen, sie würde es schaffen, sie würde stärker sein. Während Mark wie blind war und sich nach wie vor die Augen
rieb, erhob sie sich und schlich mit allerletzter Kraft zur
Tür. Sie hatte es beinahe geschafft, ihre Hand lag bereits auf
der Klinke, als ihr die Beine weggerissen wurden und er sie
an den Fußgelenken in die Mitte des Raumes zurückzog
und zischte: »Noch ein Ton, und du wirst den schmerzhaf-
testen Tod erleiden, den du dir vorstellen kannst. Mit mir
nicht, du elende, von Gott verdammte Hure!«
»Hilfe!«, schrie sie unter Aufbietung ihrer letzten Kräfte,
doch im nächsten Augenblick trat er ihr ins Gesicht, worauf sie sofort verstummte.
»Du verdammte Sau! Du wirst verrecken, wie sie alle verrecken werden. Ich werde euch zeigen, wer hier der Stärkere
ist! Du kleine, billige Nutte, du verfluchte Hure, du Nichts!
Los, komm, ich denke, du wolltest ficken! Ich werde dich
schon ficken, aber auf meine Art.«
Sie hätte schon vorhin, bei ihrer ersten negativen Ahnung,
die kleine Pistole und das Pfefferspray aus der Schublade
holen und unter das Kissen legen sollen, wie es ihr eine innere Stimme zugeflüstert hatte. Aber sie hatte diese Stimme
wie schon so oft zuvor ignoriert, und nun musste sie den
Preis dafür zahlen. Einen sehr hohen, einen zu hohen Preis.
Traurig drehten sich die Schutzengel um und gingen.

Sie hatte keine Kraft mehr. Nur ein paar Sekunden länger, und sie hätte die Tür öffnen und in die Freiheit kriechen können. Zurück ins Leben. Doch jetzt wartete nur noch der Tod auf sie. Sie war benommen, auch wenn sie noch alles um sich herum wahrnahm. So wie den Schal, der ihr erneut um den Hals gelegt, langsam zugezogen und wieder gelockert wurde.

Mark packte Yvonne unter den Achseln und zog sie aufs Bett.

Nicht lange bevor sie ohnmächtig wurde, flüsterte er: »Ich bin der Tod, meine Liebe. Gleich wird es vorbei sein, und du wirst Menschen sehen, die schon lange vor dir diese Welt verlassen haben. Mach's gut und freu dich auf die neue Welt, sie wird dir gefallen. Du kleine, billige Nutte, denn nichts anderes bist du. Du warst und bist nur eine kleine, billige Nutte, die ihren Körper an jeden verkauft, der genug bezahlt. Aber ich war definitiv dein letzter Kunde.«

Er zog die Schlinge ruckartig zu, das Knacken des Kehlkopfs war in der Stille des Raumes deutlich zu vernehmen, Yvonne fiel mit dem Gesicht ins Kissen. In ihren weit geöffneten, blutunterlaufenen Augen war wie eingebrannt das Entsetzen zu lesen. Sie war doch erst zweiunddreißig und hatte noch das ganze Leben vor sich, sie hatte so viele Pläne gehabt und war der festen Überzeugung gewesen, ewig zu leben. Doch die Ewigkeit hatte nur zweiunddreißig Jahre, zwei Monate und sieben Tage gedauert.

Er blickte auf die Tote, die nicht nur uriniert, sondern am Ende auch den Darm entleert hatte, schürzte die Lippen und stieß einen kaum vernehmlichen Fluch aus, überlegte, ob er das Bett sauber machen sollte, und verwarf diesen Gedanken wieder. Sollte die Polizei sich darum kümmern.

Stattdessen zog er die Handschuhe an, spülte die Gläser, aus denen sie getrunken hatten, und stellte sie in den Schrank. Danach reinigte er alles, wo er Fingerabdrücke hinterlassen hatte, steckte die beiden benutzten Kondome ein und vergewisserte sich, dass er nichts übersehen hatte, was unter Umständen die Polizei auf seine Spur lenken könnte. Er ging ins Bad und hielt ein großes Handtuch unter den Wasserhahn, wrang es aus, säuberte damit Yvonne und trocknete sie anschließend mit einem anderen Handtuch ab, hob sie hoch und drehte sie auf den Rücken, wobei er darauf achtete, nicht mit dem Kot in Berührung zu kommen. Die Ausscheidungen würde er demonstrativ liegen lassen, sozusagen als kleines Schmankerl für die Beamten.

Er fesselte ihre Arme an die Bettpfosten, spreizte die Beine und richtete den Kopf so, dass ihre toten Augen direkt in den Spiegel an der Decke blickten. Er holte ein Päckchen aus der Innentasche seines Mantels, öffnete ihren Mund und legte ihr etwas zwischen die Lippen, etwas, was man diesmal nicht übersehen würde. Bei den ersten beiden Morden in Offenbach war er noch nicht so versiert gewesen. Doch jetzt stimmte alles, die ganze Choreographie, die gesamte Szenerie. Wie gemalt, dachte er und lächelte. Danach legte er etwas auf den Nachtschrank und zum Schluss noch etwas in Yvonnes Hand.

Er nahm ein Messer, das er mitgebracht hatte, und zog einen langen, aber nur oberflächlichen Schnitt vom Hals bis zum

Schambein und einen weiteren unter den Rippen von der rechten zur linken Seite.

Nachdem er sein Werk verrichtet und für gut befunden hatte, packte er seine wenigen Sachen zusammen, schenkte der einst so wunderschönen Toten einen letzten, fast wehmütigen Blick und sagte leise: »Du bist schön, so unglaublich schön. Nein, das trifft es nicht, du bist überirdisch schön … Aber Schönheit ist nicht alles, meine Liebe, das musstest du soeben schmerzlich erfahren. Na ja, was soll's, du wärst so oder so gestorben, ob jetzt oder in zehn oder fünfzig Jahren, denn Zeit ist relativ. Aber du kannst dich glücklich schätzen, dass du so bildschön gestorben bist. Tja, c'est la vie, ma chère!«

Er öffnete leise die Tür, der Gang war leer. Er löschte das Licht und zog die Tür hinter sich zu. Unbemerkt verließ er das Haus. Und er würde nicht wiederkommen, denn seine Arbeit war getan. Er hatte Yvonnes Handy und den Schlüssel für den Mercedes eingesteckt und fuhr in die Frankfurter Straße, wo er in seinen Wagen umstieg. Den Schlüssel des Mercedes nahm er als Souvenir mit.

Um 3.47 Uhr an diesem eisigen Freitagmorgen langte er zu Hause an. Er war müde und erschöpft und gleichzeitig von einem unbeschreiblichen Hochgefühl erfüllt, ein Hochgefühl so stark und mächtig, wie er es bei den anderen Frauen nicht erlebt hatte. Der Mord an Anika Zeidler war geradezu ein Kinderspiel gewesen, denn da wusste er längst, dass es nicht schwer war, jemanden zu töten. Bereits sein erster Mord an einer Kollegin war leichter gewesen, als er es erwartet hatte. Allerdings musste er sich rückblickend betrachtet eingestehen, bei den ersten drei Morden nicht allzu professionell vorgegangen zu sein. Beim vierten an Bettina Schubert hatte er es übertrieben, aber er war so in Fahrt gewesen, dass er gar nicht gemerkt hatte, wie seine Handlungen an jenem Abend immer unkontrollierter wurden.

Der Mord von heute Nacht wäre beinahe perfekt gelungen, wäre er nicht für einen Augenblick unachtsam gewesen. Und er gestand sich ein, dass er noch immer nicht professionell genug war. Yvonne wäre ihm fast entkommen, und er wollte sich gar nicht vorstellen, was passiert wäre, hätte sie statt des Pfeffersprays die Pistole in die Hand bekommen. Trotzdem war er zufrieden, auch wenn es noch die eine oder andere Feinheit gab, die es zu verbessern galt. So würde er beim nächsten Mal die Schlinge nicht lockern, damit es nicht wieder zu einem Kampf kam. Oder er würde die Arme der Frau vorher fesseln.

Er hatte noch immer mit den Nachwirkungen zu kämpfen, die Augen brannten, der Hals war trocken, in den Lungen steckten tausend unsichtbare Nadeln. Und zwischen den Beinen war ein gewaltiger Druck von dem Stoß, den Yvonne ihm verpasst hatte. Aber diese Schmerzen würden vergehen, und er würde es allen Huren zeigen, und er würde es auch der Polizei zeigen, diesen arroganten, nichtsnutzigen Schnöseln, die er nicht mehr ernst nehmen konnte, seit er sieben Jahre alt war.

Er trank zwei Gläser Wasser, aß eine Banane und einen Apfel, duschte und setzte sich ins Wohnzimmer und hörte Musik, die durch die Kopfhörer direkt in sein Gehirn dröhnte. Metallica und anschließend Slayer. Er brauchte das.

Um halb fünf legte er sich ins Bett. Er verschränkte die Arme hinter dem Kopf und starrte an die Decke, unzählige Gedanken waren in ihm. Mal gute, mal böse. Mal düstere, mal heitere. Alles war in seinem Kopf. Das ganze Universum.

Draußen war es kalt, es hatte wieder angefangen zu schneien, seit November schon war es überdurchschnittlich kalt gewesen. Und wenn man den Wetterfröschen Glauben schenken durfte, würde es noch ein sehr langer und kalter Winter werden. Doch das interessierte ihn nicht, vielmehr ließ er die vergangenen Stunden Revue passieren. Er war gespannt, wann sie die Leiche finden würden.

Auch wenn ihm maximal drei Stunden Schlaf blieben, der Tag würde gut verlaufen. Er würde um acht Uhr nach Frankfurt in ein Nobelviertel am Westhafen fahren und danach normal zur Arbeit gehen und später in die Kirche, ein Ort, an dem er sich heimisch und geborgen fühlte, so dachten es zumindest die anderen. Aber das war alles unwichtig, denn es warteten noch so viele Aufgaben auf ihn.

DONNERSTAG, 17.45 UHR

Peter Brandt saß mit Bernhard Spitzer in dessen Büro und ließ den Tag bei einer Tasse Kaffee ausklingen. Die vergangenen Wochen waren – sah man vom gestrigen Tag ab – relativ ruhig geblieben, die Ermittlungen in den beiden

Mordfällen vom letzten Jahr liefen noch, wenn auch in gedrosseltem Tempo, die Soko war von ursprünglich fünfzehn auf sechs Beamte reduziert worden, da die Hoffnung schwand, die Fälle in absehbarer Zeit aufzuklären. Und irgendwann, in ein oder zwei Jahren, würde man die Akten zu den ungelösten Fällen legen, wo sie verstauben würden, bis ihnen vielleicht der Zufall zu Hilfe kam oder ein junger, dynamischer Beamter sie sich vornahm und einen völlig neuen Lösungsweg entdeckte.

»Du«, sagte Spitzer, der sich zurückgelehnt hatte, die Füße auf dem Schreibtisch, »wann hast du das letzte Mal mit Nicole gesprochen?«

»An Heiligabend, wir haben telefoniert und uns gegenseitig alles Gute gewünscht. Warum?«

»Ich meine nur. Ist schon ein bisschen komisch, dass sie seit beinahe fünf Wochen krankgeschrieben ist, ohne dass wir wissen, was ihr fehlt. Das mit der Grippe glaube ich inzwischen nicht mehr.«

»So was kann dauern. Und du weißt selbst, wie anfällig sie gerade in der Beziehung ist. Vielleicht ist's ja die Schweinegrippe. Aber das glaube ich eigentlich nicht, denn sie war ja schon im Oktober und November für jeweils zwei Wochen krankgeschrieben.«

»Ich weiß, deswegen mach ich mir ja Gedanken.«

»Wenn du dir Gedanken machst, dann frag sie doch, was sie wirklich hat, du bist schließlich ihr Vorgesetzter«, meinte Brandt, nahm seinen Becher und sagte: »Du auch noch mal?«

»Ja, bitte, obwohl ich nicht mehr lange bleiben will. Ich

möchte einmal wieder vor sieben zu Hause sein und mit meiner Familie zu Abend essen.«

Brandt füllte beide Becher nach und schlug die Beine übereinander. »Jetzt komm, du kannst doch mal ganz unverbindlich nachfragen, was mit ihr ist. Oder traust du dich nicht?«

»Was heißt hier trauen. Sie ist seit bald zwanzig Jahren bei der Truppe, und ich will sie nicht einfach so fragen. Ich meine, ich will nicht den Eindruck erwecken, als würde ich ihr hinterherschnüffeln. Selbst für eine Grippe sind fast fünf Wochen reichlich viel, findest du nicht?«, sagte Spitzer und nahm seinen Kaffee, den Blick nach unten gerichtet, als traute er sich nicht, Brandt anzusehen. »Was wäre denn, wenn du mal zu ihr hinfährst und dir ganz unverbindlich ein Bild von ihr machst? Ihr seid schließlich Partner.«

Brandt lachte auf, auch wenn ihm nach dem hinter ihm liegenden Tag nicht danach zumute war. Es war ein Tag der dritten oder vierten Kategorie gewesen, gespickt mit Arbeit, darunter ein langwieriges Verhör. »Daher weht also der Wind. Ich soll meine Partnerin ausspionieren ...«

»Quatsch, Mann, du sollst sie nicht ausspionieren. Allein schon, wie sich das anhört! Nur mal erkundigen, wie's ihr geht und ob wir ihr irgendwie helfen können. Wir haben ihr zu Weihnachten eine Karte und einen Präsentkorb geschickt, aber seitdem nichts mehr von ihr gehört, außer dass jede Woche eine neue Krankmeldung reinkommt. Vielleicht hat sie ja private Probleme, und über die kann sie mit dir definitiv besser sprechen als mit mir. Tu mir diesen Gefallen.«

»Meinetwegen, dir zuliebe. Aber ich habe was gut bei dir.«

»Hast du doch sowieso. Und danke schon mal. Darf ich fragen, wie's zwischen dir und Elvira läuft?«

»Darfst du«, antwortete Brandt, ohne eine Miene zu verziehen, »aber ich werde dir nur so viel sagen: Es läuft blendend.«

»Habt ihr nicht vor, irgendwann mal zu heiraten?«

»Mich willst du ausquetschen, und bei Nicole kneifst du. Aber gut, wir haben's schon mal ansatzweise ... Ach was, wir wollen uns noch ein bisschen Zeit lassen. Es funktioniert doch auch so.«

»Stimmt. Weißt du, wenn mir einer vor zweieinhalb Jahren gesagt hätte, dass ausgerechnet ihr beide mal zusammen sein würdet, ich hätte demjenigen den Vogel gezeigt.«

»Ich auch, ganz ehrlich. Aber soll ich dir was sagen? Und das behältst du bitte für dich, sonst sind wir geschiedene Leute, und du kannst dir einen neuen Ermittler suchen ...«

»Hey, hab ich jemals was ausgeplaudert, was du mir anvertraut hast?«, entgegnete Spitzer mit hochgezogenen Brauen.

»Ich sag's ja nur. Ich hab Elvira von Anfang an gemocht, aber da war eine Barriere zwischen uns, obwohl ich eigentlich immer das Gefühl hatte, als würde auch sie mich mögen, obwohl wir uns ziemlich oft gefetzt haben. Und dann haben sich die Dinge eben entwickelt. Mein Gott, der einfache Bulle und die Staatsanwältin. Dazu kommt sie aus einem superreichen Haus und ... Welten lagen zwischen uns, weshalb ich mir lange Zeit nicht vorstellen konnte, dass da was laufen könnte. Und dann kam dieser ominöse Abend ...«

»Welcher Abend?«

»Ein besonderer Abend, über den ich niemals etwas erzählen werde. Von diesem Abend wissen nur Elvira und ich. Aber seit diesem Abend sind wir zusammen.«

»Ich gönn's dir von Herzen«, sagte Spitzer, doch Brandt meinte, einen bitteren Unterton herauszuhören.

»Ich auch. Himmel noch mal, rückblickend betrachtet war meine Ehe eine einzige Katastrophe, auch wenn ich mein Bestes gegeben habe, um sie zu retten. Aber ich hätte mich noch so sehr anstrengen können, es war absehbar, dass sie irgendwann ihre Sachen packen und aus ihrem Leben ausbrechen würde. Letztlich war das auch gut so. Noch ein bisschen länger, und ich wäre vor die Hunde gegangen. Sie wollte ein Leben in Saus und Braus, ich bin eher der bodenständige Typ … Aber was erzähl ich dir da, du kennst mich besser als die meisten.«

»Hm« war alles, was Spitzer darauf erwiderte.

»Ist bei dir alles in Ordnung?«, fragte Brandt, einer Intuition folgend.

»Danke, kann nicht klagen. Ich sollte mich jetzt aber auf den Weg machen. Hast du heute noch was vor?« Spitzer stand auf, zog seinen Mantel über und nahm die Aktentasche vom Boden.

»Ich rufe Elvira an und sage ihr, dass es später wird, weil ich noch einen Krankenbesuch machen muss«, antwortete Brandt gespielt vorwurfsvoll. Er erhob sich ebenfalls und sah Spitzer an, der dem Blick nicht lange standhielt.

»Was ist los mit dir? Ich merke doch schon seit geraumer Zeit, dass irgendwas mit dir nicht stimmt«, sagte er und fasste Spitzer bei der Schulter.

»Nee, lass mal gut sein, mit mir ist alles in Ordnung. Ich bin nur erschöpft, das ist alles. Oder neudeutsch, ich glaube, ich habe ein Burn-out oder stehe zumindest kurz davor.«

»Wie macht sich das bemerkbar?«

»Mir ist alles oder fast alles scheißegal. Ich kann nicht mehr richtig schlafen und … Was soll's, wird schon vorbeigehen. Ich bin schließlich ein Profi im Wegstecken. Mach's gut, wir sehen uns morgen, und dann erzählst du mir von Nicole. Okay?«

»Okay.« Brandt sah seinem Vorgesetzten hinterher, wie er mit fast bleiernen Schritten aus dem Büro ging. Dann wählte er die Nummer von Elvira Klein, die bereits nach dem zweiten Läuten abnahm.

»Hallo, Schatz«, meldete sie sich, als sie seine Nummer auf dem Display erkannte.

»Du, pass auf, es wird ein bisschen später …«

»Wie viel später?«, fragte sie, und er meinte zu sehen, wie sie die rechte Braue hochzog, was sie immer tat, wenn sie ihren Unmut zeigte.

»Nicht viel, ich erzähl dir das nachher. Ich schätze, dass ich so gegen halb acht zu Hause bin.«

Sie lachte auf. »In welchem Zuhause treffen wir uns denn heute? In deinem oder in meinem?«

»Hatten wir das nicht besprochen? In deinem natürlich.«

»Darüber, mein Lieber, sollten wir uns mal etwas länger unterhalten. Dieses dauernde Hin-und-her-Pendeln …«

»Bitte nicht am Telefon. Bis nachher, ich freu mich schon.«

»Und ich mich erst.«

Er legte auf und setzte sich auf die Schreibtischkante. So

wie er mit Elvira redete, hatte er nicht mal mit Andrea reden können. Er liebte es, ihre Stimme zu hören, er freute sich jeden Tag darauf, sie zu sehen und zu umarmen, er liebte ihren Duft, ihr Lächeln und Lachen, die Art, wie sie sich bewegte, er liebte es sogar, wenn sie manchmal wie aus der Hüfte geschossen eine spitze Bemerkung machte, die er aber zu keiner Zeit als herabwürdigend empfand. Sie verstanden sich blind, als wären sie schon ewig zusammen oder als wären sie füreinander bestimmt. Eines aber war sicher: Sie hatte ihm einen Teil seiner Jugend zurückgebracht, sie hatte ihn innerlich freier gemacht, lockerer, auch wenn sie hin und wieder betonte, dass er genau das mit ihr gemacht habe. Sie ergänzten sich, dabei lagen ganze zwölf Jahre zwischen ihnen. In zwölf Jahren würde er sechzig sein und sie Ende vierzig. Aber darüber wollte er sich keine Gedanken machen, dazu waren die letzten gut zwei Jahre zu schön gewesen.

Er lächelte, als er seine Jacke überzog und als Letzter das Büro verließ. Um Viertel nach sechs hielt er an einem Blumenladen und ließ sich einen bunten Strauß für Nicole binden. Er hatte sie seit dem elften Dezember nicht mehr gesehen. Ihr Mann hatte angerufen, dass seine Frau sich vermutlich ein Virus eingefangen habe. Danach hatten sie nichts mehr von Nicole gehört. Natürlich hatte das auch damit zu tun, dass Weihnachten und Silvester vor der Tür gestanden hatten und Brandt und Spitzer dazu noch in Urlaub waren … Nicole war zwar in der Vergangenheit ein paarmal krank gewesen, aber nie über einen längeren Zeitraum. Ein Virus? Je länger er darüber nachdachte, desto unwahrscheinlicher erschien ihm dies. In ein paar Minuten würde er hoffentlich erfahren, was wirklich mit seiner Partnerin los war.

Noch herrschte Feierabendverkehr, dazu kamen der Schnee, der sich über das ganze Land gelegt hatte, und eine Polarkälte, wie Brandt sie seit einer gefühlten Ewigkeit nicht erlebt hatte. Waren die Temperaturen schon am Tage unter null Grad, so fielen sie nachts bisweilen in zweistellige Bereiche. Zur Musik von Dido ließ er den vergangenen Tag noch einmal an sich vorüberziehen. Es hatte keine besonderen Vorkommnisse gegeben, nichts, worüber aufzuregen sich lohnte. Und er freute sich auf den Abend. Seine Töchter Sarah und Michelle wussten Bescheid und hatten nichts dagegen, dass er ab und zu nicht nach Hause kam. Sie waren beinahe erwachsen und begannen, ihre eigenen Wege zu gehen. Aber, und das war ihm wichtig, sie sagten ihm stets, wo sie sich aufhielten. Heute Abend, so hatten sie ihm gesagt, würden sie einen Serienabend vor dem Fernseher verbringen. Er kannte diese Donnerstagabende, und er fühlte sich gut bei dem Gedanken, dass Sarah und Michelle weiterhin so gerne zu Hause waren, auch wenn ihre Flügel sie immer häufiger zu ihrer Mutter nach Spanien zogen, wo sie das vergleichsweise einfache Leben in Offenbach gegen eines in Luxus tauschten. Aber auch das machte ihm nichts aus, er hatte ihnen schon sehr früh die Entscheidung überlassen, wann und wie oft sie ihre Mutter sehen wollten.

Nach einer knappen Viertelstunde hielt er vor dem Haus der Eberls. Entworfen von Nicoles Mann, einem Architekten, der die meiste Zeit von zu Hause aus arbeitete. Das eigenwillige Gebäude war nicht zu übersehen: viel Beton, aber auch viel Glas, dabei in keinster Weise kalt, ganz im Gegenteil, es hatte eine faszinierende Ausstrahlung. Erst jetzt fiel ihm auf, dass es schon mindestens zwei, vielleicht sogar drei Jahre her war, seit er zuletzt hier gewesen war. Im Erdgeschoss brannte hinter einem Fenster Licht, und im ersten Stock war schwacher Lichtschein auszumachen.

Brandt stieg aus, ging zum Tor und klingelte. Eine weibliche Stimme meldete sich, doch es war nicht die von Nicole, sondern wahrscheinlich die ihrer Tochter Sajani.

»Brandt hier. Der Kollege von Frau Eberl. Ich würde sie gerne kurz sprechen, wenn das möglich ist.«

»Ja, Moment.« Das Tor surrte leise, und Brandt drückte es auf. Eine junge Frau stand in der Eingangstür, unverkennbar Nicoles Adoptivtochter. Ihm kam es vor, als hätte er Sajani eine Ewigkeit nicht gesehen und war verblüfft, wie bildschön sie geworden war. Schon als Kind hatte sie etwas unvergleichlich Graziles und gleichzeitig Stolzes an sich gehabt, doch jetzt war sie zu einer jungen Frau gereift und von einer geradezu betörenden Schönheit. Sie war etwa so groß wie er, sehr schlank, doch mit fraulichen Rundungen und einem Gesicht, in das sich bestimmt fast jeder Junge verliebte. Eine knapp achtzehnjährige junge Dame, die ihre indischen Wurzeln nicht verbergen konnte. Nicole hatte immer wieder betont, dass Sajani für sie und ihren Mann der größte Segen sei. Sie sei die liebenswürdigste Person auf Gottes weiter Erde. Das waren ihre Worte. Und so, wie Sajani jetzt vor ihm stand, erkannte er erst so richtig, was Nicole damit gemeint hatte.

112

»Sie wollen zu meiner Mutter?«, fragte Sajani noch einmal mit ernstem, aber nicht unfreundlichem Gesichtsausdruck.

»Nur kurz.« Er hielt inne, musterte Sajani, nur um wieder festzustellen, wie schön sie war, und fuhr fort: »Ich dachte mir, ich schaue mal nach ihr. Darf ich reinkommen?«

»Natürlich. Bitte, treten Sie ein. Sie ist im Wohnzimmer, aber sie verträgt keine Aufregung.«

»Sajani, wir waren doch eigentlich immer beim Du. Ich kenne dich, seit du ein kleines Mädchen warst ... Belassen wir's dabei, okay?«

»Entschuldigung, aber wir haben uns so lange nicht gesehen«, erwiderte sie und senkte den Blick.

»Schon gut. Könntest du bitte die Blumen in die Vase stellen ...«

Sajani wollte noch etwas sagen, doch Brandt war bereits mit schnellen Schritten im Wohnzimmer, einem hohen und hellen Raum, in dem sich die Familie eine wahre Wohlfühloase geschaffen hatte. Nicole lag auf dem langen und breiten Ledersofa, eingehüllt in eine dicke Wolldecke, obwohl es in dem Zimmer recht warm war. Ihr Gesicht war eingefallen, und Brandt erschrak bis ins Mark. Er hatte zwar schon befürchtet, dass es mehr als eine Grippe sein könnte, doch die Frau, die auf der Couch lag, hatte kaum noch etwas von der Nicole Eberl, mit der er sich noch bis vor wenigen Wochen ein Büro geteilt hatte.

»Hallo, Nicole«, sagte Brandt und ging auf sie zu. Das ist keine Grippe, dachte er und reichte ihr die Hand. Sie hob ihre langsam, als wöge sie Tonnen, sie fühlte sich schlaff und kraftlos an. Er meinte, die Hand einer alten Frau zu halten.

»Hallo«, begrüßte sie ihn mit kaum vernehmlicher Stimme. Die Wangen waren eingefallen, das Gesicht unnatürlich blass, die Lippen nur ein Strich, die Haut schien beinahe durchsichtig zu sein. Nur die Augen hatten nichts von ihrem Strahlen eingebüßt, was womöglich an Brandts Besuch lag. Aber sie lagen tief in den Höhlen, dunkle Ringe hatten sich darunter gebildet, die Nase war spitz, über Stirn und Mund zogen sich Falten wie Gräben. »Mit dir habe ich nicht gerechnet. Du verzeihst, wenn ich liegen bleibe, aber …« Die Worte kamen nur langsam und schleppend über ihre Lippen, ganz anders als noch vor drei, vier Monaten. Sie war immer eine lebenslustige, energiegeladene Person gewesen, doch die, die hier lag, hatte kaum noch etwas von der Nicole Eberl, mit der er schon so lange zusammenarbeitete.

»Kein Problem«, sagte Brandt und setzte sich in einen der drei Sessel. Sie hatten etwas in dem Raum verändert, aber ihm fiel nicht ein, was. Doch noch immer war es nach den Lehren des Feng-Shui ausgerichtet. »Ich musste einfach mal bei dir vorbeischauen …«

»Peter, ich freu mich so sehr, dass du da bist. Mehr, als du dir vorstellen kannst. Tja, wie du siehst, liege ich im wahrsten Sinn des Wortes flach. So hast du mich auch noch nie gesehen, was?«

»Was ist passiert? Du hast doch keine Grippe, oder?«

Nicole versuchte zu lächeln, doch es gelang ihr nur ansatzweise. Sie war schon immer sehr schlank, etwas herb, fast androgyn gewesen, doch Brandt kam es vor, als hätte sie einiges an Gewicht verloren.

»Nein, es ist keine Grippe«, antwortete sie schleppend,

hustete leicht und schloss dabei die Augen, als hätte sie Schmerzen, bevor sie Brandt wieder ansah. »Aber das hättet ihr in den nächsten Tagen sowieso erfahren.« Sie hielt inne und griff nach dem Glas Wasser, das nur wenige Zentimeter von ihr entfernt auf dem Tisch stand. Sie griff es mit beiden Händen und führte es vorsichtig an den Mund, nippte an der Flüssigkeit, die Hände zitterten, und Brandt fürchtete, sie könnte das Glas fallen lassen. Doch sie stellte es wieder zurück und versuchte erneut zu lächeln.

»Was ist es dann?«, fragte er mitfühlend und ängstlich.

Sajani kam mit den Blumen zurück, die sie in eine schöne Vase gestellt hatte.

»Darf ich noch etwas für dich tun?«, fragte sie fürsorglich ihre Mutter, doch die schüttelte nur leicht den Kopf.

»Ich lass euch allein, ihr habt bestimmt eine Menge zu besprechen«, sagte Sajani und wollte sich abwenden, aber ihre Mutter hielt sie zurück.

»Das brauchst du nicht, setz dich ruhig zu uns und leiste uns Gesellschaft. Es ist ja kein Geheimnis, was ich Peter zu sagen habe. Kannst du mir bitte helfen und das Kissen ein wenig nach oben ziehen?«, bat sie ihre Tochter. »Und wenn ich nicht mehr kann, dann erzählst du einfach weiter. Du weißt ja alles.«

Sajani nickte wortlos und nahm gegenüber von Brandt Platz.

»Ich werde nicht mehr zurückkommen«, sagte Nicole und hustete wieder.

»Was heißt, du wirst nicht mehr zurückkommen?«

»Genau das, was ich gesagt habe. Ich wusste die ganze Zeit

über nicht, wie ich es dir und Bernhard beibringen sollte, aber irgendwann musste ich es ja sagen. Ich werde meinen Dienst quittieren und vorzeitig in den Ruhestand gehen …«

»Augenblick, du bist doch gerade erst dreiundvierzig …«

»Ja, dreiundvierzig, und eigentlich habe ich erst knapp die Hälfte meines Lebens hinter mir. Aber einer Krankheit wie meiner ist es egal, wie alt ich bin. Ich habe MS, und zwar eine ganz besonders aggressive Form. Man nennt es maligne Verlaufsform.« Sie schluckte schwer, als bereite es ihr unendliche Mühe. Für einen Moment schien es, als hätte sie sich verschluckt. Nachdem sie wieder zu Atem gekommen war, fuhr sie fort: »Ich kann nicht mehr arbeiten, so gerne ich es auch würde. Ich werde nie wieder so sein wie früher.«

Brandt schluckte schwer, es war, als befände er sich in einem Alptraum, aus dem er zu erwachen hoffte, doch er wusste, es war bittere Realität. Er hatte einen Kloß im Hals. Die Zusammenarbeit mit Nicole war immer besonders gewesen. Sie war nicht nur der ruhende Pol in der Abteilung, sie hatte auch für jeden ein freundliches Wort übrig. Sie murrte nicht, wenn ihr Aufgaben übertragen wurden, von denen sie meinte, ihnen nicht gewachsen zu sein, sie murrte nicht, wenn sie an einem komplizierten Fall arbeiteten und sich Überstunden um Überstunden anhäuften, obwohl sie viel lieber bei ihrem Mann und ihrer Tochter gewesen wäre. Innerhalb weniger Sekunden flogen Jahre an ihm vorbei, die er mit ihr verbracht hatte, fünfzehn Jahre waren sie Partner gewesen, fünfzehn Jahre, die sich nicht einfach ausblenden ließen.

»Und was kann man dagegen tun?«, wollte er wissen. »Es muss doch irgendwas geben.«

»Schön wär's. Es gibt nichts, rein gar nichts. Ich bekomme jeden Tag Spritzen und dreimal in der Woche Infusionen, ich muss Cortison nehmen, aber die Ärzte geben mir nur noch ein, maximal zwei Jahre, es kann auch sein, dass mir nur noch Monate bleiben. Das ist die bittere Wahrheit. Ich hab mir mein Leben auch anders vorgestellt.«

»Ich weiß nicht, was ich sagen soll, es wäre sowieso nur dummes Zeug. Ich kann nur sagen, dass es mir unendlich leid tut und … Scheiße, wie konnte das passieren?«

Nicole schloss die Augen und atmete ein paarmal so tief ein, wie sie konnte, und sah Brandt wieder an. »So was passiert nicht, das ist ja kein Unfall. Sajani kann dir erklären, wie es angefangen hat und so weiter. Ich kann im Moment nicht richtig sprechen, hat auch mit der Krankheit zu tun.« Sie legte den Kopf in den Nacken, als bekäme sie dadurch besser Luft, ihr Kiefer vibrierte leicht, während die Augen sich unter den Lidern bewegten. Und die Hände zitterten wieder.

Sajani saß aufrecht im Sessel, die Beine eng geschlossen, die Hände gefaltet. »Mama?«

»Ja?«

»Ich erzähl's, aber du musst mich unterbrechen, wenn ich etwas Falsches sage.«

»Natürlich.«

»Also gut. Meine Mutter hatte die klassischen Symptome, ohne gleich zu erkennen, welche Krankheit das sein könnte«, sagte Sajani ruhig und blickte Brandt an. »Sie sah Doppelbilder, ist ein paarmal gestürzt, weil ihre Knie nachgegeben haben, ihr war häufig schwindlig, sie hatte Taubheitsgefühle in Händen und Füßen, eben die typischen Symptome von MS. Aber es kam noch viel mehr dazu, Schluck- und Atembeschwerden, es gibt Momente, da kann sie überhaupt nicht schlucken. Wir haben schon alles durchgesprochen, mein Vater, meine Mutter und ich. Wir sind vorbereitet auf das, was kommen wird. Ich bin traurig, dass ich ihr nicht helfen kann, aber nur Gott weiß, was richtig für sie ist. Ich vertraue auf Gott, dass alles gut wird, egal wie. Bisher wissen wir nur, dass meine Mutter unter einer sogenannten malignen Form von MS leidet, die sehr rasch fortschreitet. Sie gehört zu den zehn Prozent MS-Kranker, die von dieser malignen Form befallen werden. Warum es ausgerechnet meine Mutter getroffen hat«, sie hob die Schultern, Hilf- und Ratlosigkeit im Blick, »das kann wohl wirklich nur der liebe Gott beantworten. Na ja, wir werden diese Antwort nicht bekommen. In der Regel kann man nach einem Schub wieder normal seinen Alltag bestreiten, und die Schübe kommen in recht großen Abständen und lassen sich medikamentös behandeln. Nur bei meiner Mutter ist es anders. Die Symptome verschwinden nicht wieder, sondern bleiben und ...«

»Sie bleiben nicht nur, sie verschlimmern sich«, setzte Nicole den Satz ihrer Tochter fort, als diese nicht weitersprach. »Ganz ehrlich, ich hatte mit allem gerechnet, aber nicht damit. Das haut mich um.«

»Nicht so sehr wie mich, wie du unschwer erkennen kannst«, erwiderte Nicole beinahe verschmitzt lächelnd. »Ich kann nur noch liegen oder im Rolli fahren. Ich hätte euch aber in jedem Fall vor Ablauf der sechs Wochen informiert. Für mich ist das auch alles andere als leicht.«

»Du brauchst dich nicht zu entschuldigen, das ist wirklich das Letzte, was ich von dir erwarte. Mir fehlen die Worte, das ist wie … Ach, ich weiß gar nicht, was ich sagen soll.«

»Nimm's nicht so tragisch, du wirst schon einen adäquaten Ersatz für mich finden.«

»Darum geht's doch gar nicht, und das weißt du auch. Wie geht Martin damit um? Wo ist er überhaupt?«

»Er musste zu einem Kunden. Es geht um die neue Wohnsiedlung, du weißt schon. Martin hat den Auftrag an Land gezogen. Er wird aber in etwa einer Stunde wieder hier sein, hat er zumindest gesagt. Dürfen wir dir was zu trinken anbieten? Ein Bier oder einen Cognac? Du bist ganz blass geworden, ich denke, ein Cognac wäre das Richtige«, sagte sie, wobei ihre Stimme wieder etwas fester klang und in ihren Augen ein fast spitzbübisches Lächeln war.

»Na gut, einen Cognac, auch wenn ich noch fahren muss.«

»Ach komm, sieh's heute mal nicht so eng. Sajani, würdest du Peter einen Cognac einschenken? Ich freue mich, dass du hier bist. Wie läuft's denn so in der Abteilung?«

»Wie immer. Danke«, sagte er, als Sajani ihm den Cognacschwenker reichte. »Es war über die Feiertage erstaunlich ruhig. Nur das Übliche.«

»Und du und Elvira, wart ihr in Urlaub?«

»Hast du unsere Karte nicht bekommen?«

»Nein, bis jetzt nicht. Wo seid ihr denn letztendlich gelandet? Anfang Dezember wart ihr noch unschlüssig, wo's hingehen sollte.«

»Portugal. Erst wollten wir nach Lissabon, haben uns aber kurzfristig für die Algarve entschieden und es nicht bereut. Jetzt sind wir wieder hier, und in null Komma nichts hat uns der Alltag wieder eingeholt … Kann ich irgendwas für dich tun?«, wechselte er mit einem Mal das Thema. »Du weißt, ich bin immer für dich da. Hätte ich nur früher gewusst …«

»Lass gut sein, ich wollte doch nicht, dass es jemand vor der Zeit erfährt. Damit meine ich, es sollte keiner wissen, was mit mir ist, bevor ich nicht endgültig Gewissheit habe. Erst vorgestern habe ich von meinem Arzt erfahren, wie die Prognose aussieht. Nicht gerade überwältigend, was noch leicht untertrieben ist. Aber ich habe auch erfahren, dass die Krankheit schon mindestens fünfzehn Jahre in mir war, obwohl ich nie irgendwelche der typischen Symptome hatte oder sie nicht mit MS in Verbindung gebracht habe. Nun ja, es ist nicht mehr zu ändern.«

»Ich kann nur immer wieder sagen, wie leid es mir tut.«

»Schon gut. Aber um das undankbare Krankheitsthema abzuschließen, ich weiß, ich werde nicht mehr lange leben, ich weiß, es wird für mein Umfeld nicht leicht werden, ich habe nur noch einen Wunsch – ich möchte erleben, wie Sajani ihr Abitur besteht.«

»Wann ist es so weit?«

»Dieses Jahr«, antwortete Sajani.

»Schon?«, entfuhr es Brandt überrascht. »Du bist doch noch keine achtzehn …«

»Ich habe eine Klasse übersprungen«, sagte sie und errötete, als wäre es ihr peinlich.

»Das ist doch prima«, erwiderte er. Unwillkürlich musste

er an seine Töchter denken, die sich schulisch im Mittelmaß bewegten. Michelle hatte vor zwei Jahren eine Ehrenrunde drehen müssen, genau wie Sarah vor vier Jahren. Aber sie wollten beide ihr Abitur machen, und sie würden es auch schaffen. Sie hatten Pläne für die Zukunft, und die ließen sich ohne Abitur nicht erfüllen.

Er trank seinen Cognac und behielt das Glas in der Hand. »Wenn ich gleich nach Hause fahre, darf ich Elvira davon erzählen?«

»Natürlich. Ich hab's ja jetzt offiziell gemacht. Martin wird alles Weitere regeln, ich meine das mit der Frühpensionierung und so weiter. Was machen eigentlich die beiden ungeklärten Morde? Weiterhin keine Spur?«

Brandt schüttelte den Kopf. »Nein, noch immer nichts. Es muss wohl ein Wunder geschehen, um überhaupt erst mal einen Ansatz zu finden.«

»Hatten wir so was schon mal?«, fragte Nicole, die seit einigen Minuten fast wie die Alte wirkte, als hätte der Besuch von Brandt einen belebenden Effekt.

»Bis jetzt nicht.«

»Hältst du mich auf dem Laufenden? Das hört sich vielleicht blöd an, aber ich vermisse das Präsidium und meinen Platz am Schreibtisch. Dieses Rumliegen macht mich wahnsinnig. Es ist so schön, dass du da bist.«

»Ich hätte früher schon mal kommen sollen«, bemerkte er schuldbewusst.

»Nein, nein, es war genau der richtige Zeitpunkt. Ich war viel im Krankenhaus in den letzten Wochen, die haben unzählige Untersuchungen durchgeführt, bis sie mir die niederschmetternde Diagnose endlich sagen konnten … Sajani, würdest du uns bitte jetzt mal für einen Moment allein lassen. Nur für ein paar Minuten.«

»Natürlich.«

Sajani ging nach draußen und schloss die Tür hinter sich.

»Peter, ich spüre, dass ich nicht mehr lange leben werde. Seit Weihnachten verschlechtert sich mein Zustand mit jedem Tag. Als ich vorhin sagte, dass die Ärzte mir noch ein, maximal zwei Jahre geben, dann ist das eine Lüge. Ich habe noch nie gejammert und werde es auch in Zukunft nicht tun, aber ich spüre, wie mein Körper aufgibt. Ich wünsche mir nur, dass mir das ganz große Leiden erspart bleibt. Am meisten tut es mir um Sajani leid, und gleichzeitig bin ich froh, dass sie so selbständig ist. Ich hatte ein wunderbares Leben, es hat einfach alles gepasst. Auch die Zusammenarbeit mit dir.«

»Warum sagst du das alles? Ich …«

»Lass mich bitte ausreden. Ich würde mich freuen, wenn du in den nächsten Tagen und Wochen ab und zu bei mir vorbeisehen würdest. Erzähl mir von der Arbeit und von dir. Klingt pathetisch, was? Aber ich drehe hier fast durch. Allerdings wirklich nur, wenn du Zeit hast.«

»Kein Problem, ich mache das gerne.«

»Und lass mich ab und zu in die Akten schauen, ich vermisse diesen ganz speziellen Geruch.«

»Alles, was du willst. Aber das nächste Mal ruf ich vorher an, bevor ich komme.«

»Das wäre sicher besser, nicht, dass ich im Krankenhaus bin. Ich will dich jetzt nicht länger aufhalten, Elvira wartet bestimmt schon auf dich.«

»Ich habe ihr gesagt, dass es später wird. Aber ich werde mich trotzdem vom Acker machen, damit du deine Ruhe hast. Hey, und wenn irgendwas ist …«

»Ja, ja, aber du scheinst zu vergessen, dass da auch noch Martin und Sajani sind. Und meine Schwester kommt jeden Tag vorbei, um nach dem Rechten zu schauen. Du siehst, ich bin bestens versorgt.«

»Das beruhigt mich. Und trotzdem find ich's zum Kotzen. Tut mir leid, ich finde keinen andern Ausdruck dafür.«

»Ich find's mehr als zum Kotzen. Aber so ist das Leben. Und jetzt hau ab, ich muss mich ausruhen. Und bitte, richte allen, ganz speziell Bernie, einen ganz, ganz lieben Gruß von mir aus. Sie sollen sich nicht zu viele Gedanken um mich machen.«

»Alles, was du wünschst. Bernie wird erschüttert sein, du kennst ihn. Er ist doch unser kleines Sensibelchen«, erwiderte er grinsend. »Und jetzt bin ich weg.«

Auf dem Flur stieß Sajani zu ihm: »Ich begleite dich zum Auto, ich möchte sowieso eine kurze Runde laufen.«

»Gerne.«

»Meiner Mutter geht es viel schlechter, als es den Anschein hat. Ich habe Angst um sie, denn sie leidet sehr. Es wäre gut, wenn du dich ab und zu mal melden würdest. Ruf mich auf meinem Handy an, hier ist meine Nummer.«

Brandt tippte sie in sein Handy und nickte. »Versprochen. Wenn es wirklich so schlimm um sie steht … Ich melde mich morgen. Du kannst mich auch jederzeit anrufen.«

»Danke. Mama hat immer nur in den höchsten Tönen von

dir gesprochen. Sie hat so gerne mit dir zusammengearbeitet.«

»Warum habt ihr nur nicht früher schon was gesagt? Ich
wäre doch gekommen und …«

»Sie wollte das nicht, und diesen Wunsch mussten mein
Vater und ich respektieren. So ist sie nun mal.«

»Pass gut auf sie auf, und gib mir sofort Bescheid, wenn …
Du weißt schon, was ich meine.«

»Ja. Und nochmals danke für deinen Besuch.«

Sajani reichte ihm zum Abschied die Hand und lächelte.
Ihm war nicht nach Lächeln zumute, nicht nach diesem Besuch. Er hatte eine Menge zu verdauen. Nicole. Für einen
kurzen Moment fragte er sich, wer denn wohl ihre Stelle
einnehmen könnte, doch er fand keine Antwort. Es gab
niemanden, der sie ersetzen konnte, denn Nicole war einmalig, sie war die perfekte Teamplayerin.

Als er zu Elvira fuhr, stellte er die Musik in seinem Auto
zum ersten Mal seit langem wieder aus. Er brauchte Ruhe,
er musste nachdenken. Während er fuhr, wurde er zunehmend trauriger, Tränen liefen ihm über das Gesicht. Nicht
mehr lange, und sie würde tot sein. Noch ein paar Wochen
oder Monate, wenn die Krankheit weiter in dem Tempo
voranschritt. Er mochte nicht daran denken, dass sie bald
nicht mehr war, er mochte schon gar nicht daran denken,
wie er mit vielen anderen Kollegen hinter ihrem Sarg herlief
und sie in die Erde gelassen wurde. Kaum Mitte vierzig und
dem Tode geweiht.

Um kurz nach halb neun stellte Brandt seinen Wagen in der Tiefgarage ab, wo Elvira einen zweiten Parkplatz gekauft hatte. Er fuhr mit dem Aufzug in den einundzwanzigsten Stock und klingelte bei seiner Traumfrau, die anfangs so unnahbar gewesen war. Sie öffnete die Tür, legte ihm die Arme um den Hals und begrüßte ihn mit einem Kuss. Sie hatten sich seit drei Tagen nicht gesehen, weil Elvira ihrer Großmutter, die sich mit ihren fünfundachtzig Jahren entschieden hatte, in ein Seniorenstift zu gehen, beim Regeln ihrer Angelegenheiten geholfen hatte. Außerdem war Brandt am Tag zuvor bis um dreiundzwanzig Uhr im Präsidium gewesen, um einen Kroaten zu verhören, der einen Serben mit mehreren Messerstichen getötet hatte. Wie sich bei dem Verhör herausstellte, war der Getötete 1993 und 1994 an mehreren Massakern in Bosnien beteiligt gewesen und hatte auch die Familie des bosnischen Kroaten ausgelöscht, nicht ohne vorher dessen Schwestern auf brutalste Weise zu vergewaltigen, bevor er sie, seine Eltern und Großeltern hinrichtete. Der Kroate, Goran Vladic, ein seit Mitte der neunziger Jahre in Offenbach lebender Mann von Anfang dreißig, sagte aus, er habe das Gesicht dieser Bestie nie vergessen. Es vergehe kein Tag, an dem er nicht dieses Bild vor Augen habe. Das Bild eines Mannes, dem ein Menschenleben nichts wert sei. Der den Krieg nutze, um seine perversen und dunklen Triebe auszuleben. Und dann habe er ihn zufällig in Offenbach in einer Kneipe getroffen, ohne dass der Serbe ihn erkannt hätte. Es war, als hätte ihn eine Faust mitten ins Gesicht getroffen.

Sie hatten zusammen beim Bier an der Theke gesessen und sich unterhalten – wie Freunde, die sich seit einer Ewigkeit kennen, so sagte Vladic aus. Der Serbe, Ivan Jovanovic, war mit einer Deutschen verheiratet und hatte mit ihr drei Kinder. Doch das interessierte den Kroaten nicht, in ihm war nichts als ein unbeschreiblicher, mehr als anderthalb Jahrzehnte schwelender Hass auf den Mann, der seine Familie auf barbarische Weise umgebracht hatte. Laut seiner monoton gesprochenen Aussage verließen sie gegen 1.45 Uhr am Morgen des 13. Januar das Lokal und gingen gemeinsam durch die kalte Nacht bis zum Wilhelmsplatz, der wie ausgestorben war und wo sich ihre Wege trennen sollten. Zwischenzeitlich hatte Vladic unbemerkt sein Schweizer Messer aufgeklappt und in einem Moment, als der Serbe sich eine Zigarette anzündete, mehrfach auf diesen eingestochen, bis er sich nicht mehr bewegte. Als Letztes hatte er auf den Sterbenden gespuckt und war die ganze Nacht und den halben Tag über ziellos durch Offenbach gelaufen, bis er zur Polizei ging und sich stellte.

Ivan Jovanovic war um kurz vor sechs von einer Passantin gefunden worden, zwei Beamte vom Kriminaldauerdienst hatten sich mit Spitzer in Verbindung gesetzt, und der hatte Brandt gebeten, die Familie des Toten zu benachrichtigen. Ein Gang, den Brandt verabscheute. Zwar hatte er gelernt, die richtigen Worte zu finden, doch es waren immer wieder andere, neue Situationen, mit denen er sich konfrontiert sah. Es gab kein Patentrezept für das Überbringen einer Todesnachricht, schon gar nicht, wenn es sich bei dem Opfer um einen Familienvater handelte, der auf scheinbar sinnlose Weise umgebracht worden war. Jova-novics Frau, eine kleine, zierliche Person, der er auf der Straße oder im Supermarkt keine Beachtung geschenkt hätte, hatte Brandt angestarrt wie ein Wesen aus einer anderen Welt, sie war nicht zusammengebrochen, zumindest nicht körperlich, aber Brandt konnte spüren, wie in ihr alles zu Eis erstarrt war. Dennoch war sie in der Lage gewesen, ihm einige Auskünfte über ihren Mann zu erteilen, was die anfängliche Vermutung erhärtete, dass er einem sinn- und motivlosen Gewaltverbrechen zum Opfer gefallen war. Jovanovic war scheinbar nur zum falschen Zeitpunkt am falschen Ort gewesen. Frau Jovanovic hatte gesagt, ihr Mann sei am Abend zuvor, wie jeden Dienstag, in seiner Kneipe in der Karlstraße gewesen, ein Ritual, das er schon pflegte, bevor sie sich kennenlernten. Eine Kneipe, in der hauptsächlich Bürger aus dem ehemaligen Jugoslawien verkehrten.

Daraufhin hatte er den Kneipenbesitzer befragt, der ihm mitteilte, dass Jovanovic und ein Landsmann, den er zum ersten Mal gesehen hatte, gemeinsam das Lokal verlassen hatten. Er gab eine kurze, aber nicht sehr präzise Beschreibung ab, dennoch wurde ein paar Stunden lang fieberhaft nach dem potenziellen Mörder gesucht, der dann am Nachmittag allein im Präsidium auftauchte.

Brandt war entsetzt über die Greueltaten, die ihm von dem Kroaten berichtet wurden, und er konnte ansatzweise nachvollziehen, was in diesem Mann, der alles verloren hatte, was ihm jemals wichtig gewesen war, und der später nie Fuß im Leben gefasst hatte, vorgegangen sein musste, als er dem Peiniger, Vergewaltiger und Mörder seiner Familie gegenüberstand.

Goran Vladic lebte allein, arbeitete als Lagerist in einer Spedition und hatte keine Freunde. Ein gebrochener Mann, der mit emotionsloser Stimme die Tat mehrfach gestand, aber auch immer wieder einfließen ließ, wie unvorstellbar grausam es gewesen war, Zeuge der brutalen Vergewaltigung seiner Schwestern zu werden, ihre grässlichen Schreie hören zu müssen, die die Bestie noch anzustacheln schienen, wie er sie mit Gegenständen im Vaginal- und Analbereich traktierte, bis er ihnen nach Stunden eiskalt lächelnd den Gnadenschuss gab. Auch ihn hatte dieser Teufel »erschossen«, aber er hatte wie durch ein Wunder überlebt. Als Einziger seiner Familie. Scheinbar ohne emotionale Regung hatte er Brandt seine beiden Einschusswunden im Brust- und Bauchbereich gezeigt. Nur Vladic' Augen spiegelten sein unendliches Leid wider.

Zum Abschluss des Verhörs sagte er mit leerem Blick, ihm sei es gleich, was mit ihm nun geschehe, sein Leben sei ohnehin sinnlos geworden. Es war einer dieser wenigen Momente, in denen Brandt Mitgefühl, fast sogar Mitleid mit dem Täter hatte, denn alles, was er in den über sechs Stunden zu Protokoll gab, klang aufrichtig und glaubhaft.

Die letzten beiden Tage waren schlimm gewesen. Erst der Kroate und nun noch Nicole Eberl. Umso froher war er, endlich bei Elvira zu sein.

»Das wurde aber auch Zeit«, sagte sie gespielt vorwurfsvoll, nachdem er die Tür hinter sich zugemacht hatte. »Ich hatte früher mit dir gerechnet.«

»Es ging nicht früher«, antwortete er, und sein Gesichtsausdruck verriet Elvira, dass etwas nicht stimmte.

»Wenn du so guckst, ist was passiert. Willst du's mir verraten?«

»Hm, gleich. Lass mich erst mal kurz ins Bad gehen. Und ich brauche ein Bier oder ein Glas Wein.«

»Vor dem Essen?« So kannte sie Brandt nicht, der zum einen nur wenig Alkohol trank und schon gar nicht auf leeren Magen. »Hast du etwa schon gegessen?«, fragte sie deshalb nach, und er war froh, dass sie seine Cognacfahne nicht roch oder es sich zumindest nicht anmerken ließ.

»Nein«, antwortete er etwas unwirsch. »Und ja, ich möchte vor dem Essen etwas trinken. Ich brauche das jetzt.«

Sprach es und machte die Badezimmertür hinter sich zu.

Er brauchte fünf Minuten. Dann setzte er sich zu Elvira, die zwei Gläser Wein eingeschenkt hatte, auf das ausladende Sofa, legte den Kopf an ihre Schulter und nahm ihre Hand.

»Was ist los? Hat es mit Vladic zu tun?«

»Nein. Es geht um Nicole«, erklärte er mit bebender Stimme, und Elvira hatte das Gefühl, als kämpfe er gegen die Tränen.

»Warst du bei ihr? Wie geht's ihr denn?«, fragte sie mit leiser Stimme.

»Ich hätte mit allem gerechnet, aber nicht damit. Sie ist viel schwerer krank, als wir dachten. Bernhard hat mich vorhin gebeten, mal nach ihr zu sehen, weil es ihm ein bisschen seltsam vorkam, dass sie über fünf Wochen an einer Grippe laborieren sollte. Und ich fühle mich wie ein Arschloch, weil ich mich nicht ein Mal in der ganzen Zeit nach Nicole erkundigt habe. Scheiße! Das sind Dinge, die ich mir nicht verzeihen kann.«

Er hielt inne, griff nach dem Glas und trank, und am liebsten hätte er sich heute Abend betrunken.

»Und weiter?«

Er wartete einen Moment, behielt das Glas in der Hand und antwortete: »Sie wird bald sterben. Wenn du sie gesehen hättest ... Mein Gott, sie ist nur noch ein Häufchen Elend. Eine besonders aggressive Form von MS. Das geht nicht einfach so an mir vorüber. Und dann noch der Kroate von gestern. Das waren zwei miese Tage.«

»Glaub ich dir. Das mit dem Kroaten ist dein und im Übrigen auch mein Job, ich hab ihn schließlich heute Nachmittag auch noch mal vernommen. Aber das mit Nicole ist ja wirklich entsetzlich. Wie geht denn ihre Familie damit um?«

»Sie wissen alle Bescheid, die Tochter, Sajani, hat mich zutiefst beeindruckt ... Sie und Nicole waren ja schon immer ein Herz und eine Seele.«

»Ich weiß. Wie wird es mit ihr weitergehen?«, fragte Elvira.

»Keine Ahnung.« Brandt zuckte hilflos die Schultern. »Es gibt wohl keine Hoffnung auf Besserung. Sie wird sterben, und sie weiß es.«

»Und wie trägt sie es? Ich meine, du musst doch einen Eindruck ...«

»Nicole ist Nicole. Während ich bei ihr war, hat sie so getan, als wäre alles halb so schlimm. Die lässt sich nicht unterkriegen, obwohl sie weiß, dass der Tod schon an ihre Tür klopft.«

»Wirst du dich in der nächsten Zeit um sie kümmern?«

»Natürlich, ich hab da einiges nachzuholen. Ich werde zwar nicht jeden Tag bei ihr auf der Matte stehen, aber ich will und muss den Kontakt halten.« Er gähnte. »Ich bin so was von kaputt, das alles hat mich mitgenommen … Na ja«, fuhr er mit einem müden Lächeln fort, »ich werde eben nicht jünger. Ich hab in letzter Zeit immer häufiger das Gefühl, als würde dieser Beruf mich auffressen. Mit Haut und Haaren.«

Elvira sah Brandt durchdringend an. »Erstens: Du bist nicht alt, sondern genau im richtigen Alter. Zweitens: Der Beruf, den du dir ausgesucht hast, frisst dich nicht auf, es bist höchstens du, der manche Dinge zu nah an sich heranlässt. Verstehst du, was ich damit meine? Außerdem ist es in erster Linie Nicoles wegen, dass du am Boden bist.«

»Klar. Aber schau dich an und schau mich an. Du bist zwölf Jahre jünger, siehst aus wie Anfang dreißig, alle Männer gucken dir hinterher, während ich nur noch ein alter Sack bin und …«

»Hör doch mal auf mit diesem Schwachsinn!«, stoppte sie seinen Redefluss und sah ihn wütend an. »Wir sind jetzt seit zwei Jahren zusammen, und jedes Mal, wenn du down bist oder wenn etwas nicht genau so läuft, wie du's gerne hättest, kommst du mit solchen Sprüchen. Das ist eben das Leben! Wie heißt es so schön: Das Leben ist kein Ponyhof. Das mit dem Kroaten ist schrecklich, es ist aber *sein* Leben! Und das mit Nicole ist für mich noch schrecklicher, weil ich sie seit einigen Jahren kenne, und wenn ich nun von dir höre, dass sie bald stirbt, dann ist das auch für mich nicht einfach zu verdauen ... Aber denke daran, nicht du stirbst, sondern Nicole. Sie muss in allererster Linie damit fertigwerden.«

Brandt hob die Hand und wollte Elvira unterbrechen, doch sie schüttelte energisch den Kopf. »Nein, du lässt mich jetzt gefälligst ausreden. Ist das Selbstmitleid? Wenn ja, dann sag's, und ich verzieh mich, bis dein Anfall vorüber ist, denn der andere Peter Brandt ist mir um Längen lieber. Wie war das doch gleich noch mal, als ich down war wegen meinem Vater und seinen kriminellen Machenschaften? Soll ich's wiederholen? Okay, tu ich gerne. *Du* warst im entscheidenden Moment da, um mich aufzufangen, als ich nicht mehr weiterwusste und mir die Augen aus dem Kopf geheult habe. Ich habe *dich* spätabends angerufen und du bist sofort gekommen, was ich dir nie vergessen werde. Ich habe *dich* angerufen und niemanden sonst ... Okay, stimmt nicht ganz, ich hatte es erst bei Andrea versucht, aber die war glücklicherweise nicht erreichbar. Und was ist passiert? *Du* hast mir mein Leben vor Augen gehalten, *du* hast mir die Hand gereicht und mich zu einem praktisch obdachlosen Herzchirurgen geschleift ...«

»Er lebte in einem Wohnwagen«, wurde sie von Brandt berichtigt, der zum ersten Mal, seit er bei Nicole gewesen war, lächelte.

»Okay, er lebte in einem Wohnwagen. Aber lenk nicht ab, darum geht es jetzt nicht. Du hast mich dorthin mitgenommen, damit ich sehe, unter welch erbärmlichen Bedingungen andere leben, auch wenn sie mal ganz oben und auf der Sonnenseite des Lebens standen. Du hast mir die Augen geöffnet und gezeigt, wie unwichtig vieles wird, wenn wir sehen, wie schlecht es andern geht ...« Sie holte tief Luft und fuhr fort: »Ich werde diesen Besuch nie vergessen, denn damit hast du mir gezeigt, wie sensibel und einfühlsam du bist. Du warst und bist nie nur der Bulle gewesen, der Dienst nach Vorschrift schiebt, du hast dich auch kaum um irgendwelche Konventionen geschert, aber du warst da, als ich dich am meisten brauchte. Ich habe dir das noch nie gesagt, aber wenn du damals nicht gekommen wärst, ich weiß nicht, ob ich die Nacht überstanden hätte, weil mein ganzes Leben mir von jetzt auf gleich sinnlos geworden schien. Ich hab dich angerufen, und ein paar Minuten später warst du da, obwohl du wahrlich keinen Grund hattest, mitten in der Nacht ...«

»Es war nicht mitten in der Nacht ...«

»Ist doch egal, dann halt am späten Abend. Was ich sagen will: Weil du so bist, wie du bist, weil du anders bist als andere, habe ich mich in dich verliebt. Und das schon viel, viel früher als an jenem ganz besonderen Abend.«

»Entschuldigung, ich wollte nicht ...«

»Du brauchst dich nicht zu entschuldigen, ich wollte dir nur mal vor Augen halten, wie wertvoll *du* bist, und etwas anderes zählt für mich nicht. Ich finde es großartig, dass dir die Schicksale anderer nahegehen, aber lass sie nicht in dich hinein. Ich möchte mit dir mein Leben verbringen und mit niemand anderem. Und deshalb ist mir vollkommen egal, was andere denken, mich lässt es kalt, ob andere Männer mir hinterhersehen oder -pfeifen, weil nur du für mich zählst. Und ich hoffe, dass wir noch lange, lange, lange zusammen sind. Und jetzt lass uns das Thema beenden, sonst werde ich nur traurig. Willst du das?« Sie sah ihn mit einem Blick voller Liebe an.

»Nein, wie kann ich das denn wollen. Es geht schon vorbei. Was essen wir denn heute Abend?«

»Na also, geht doch. Peter, ich bin auch manchmal fast am Verzweifeln, wie bei dem Kroaten Vladic. Wenn ich solche Geschichten höre, könnte ich Gott und die Welt verfluchen. Ich habe mich tatsächlich bei dem Gedanken ertappt, der Mann habe nur das getan, was getan werden musste. Aber so etwas darf ich mir natürlich nicht anmerken lassen, geschweige denn aussprechen, ich stehe schließlich auf der Seite des Gesetzes und bin gezwungen, nach den Buchstaben und nicht nach dem Herzen zu urteilen. Das heißt, ich muss demnächst eine Anklageschrift vorbereiten gegen einen Mann, der nur den umgebracht hat, der … Ich werde nicht auf Mord plädieren, höchstens auf Totschlag im Affekt. Dieser Mann ist noch immer so traumatisiert, er war vorgestern Abend so geschockt, dass die Bilder der Vergangenheit noch einmal wie ein Film an ihm vorübergezogen sind. Und wenn diese Bilder nur annähernd mit der Wirklichkeit übereinstimmen, hat er meines Erachtens richtig gehandelt, was ich als korrekte deutsche Staatsanwältin natürlich niemals öffentlich sagen darf, in unserm Strafgesetzbuch gibt es schließlich keinen Paragraphen, der Selbstjustiz gutheißt. Aber für meine Begriffe war das, was er getan hat, keine Selbstjustiz, auch wenn du vielleicht anderer Meinung bist …«

»Bin ich nicht, und das weißt du. Aber der Serbe hatte eine Familie und lebte, wie seine Frau sagt, glücklich und zufrieden in Offenbach. Auch das dürfen wir nicht außer Acht lassen.«

»Ich vergesse das nicht. Nur, Vladic hat nicht aus niederen Beweggründen gehandelt, er wollte sein Opfer nicht bestehlen oder … Egal, es ist eine tragische Geschichte, die noch längst kein Ende hat. Ich bin mir durchaus bewusst, dass Frau Jovanovic jetzt durch ein tiefes Tal geht, weil sie drei Kinder alleine durchbringen muss, aber wenn sie erfährt, welche Grausamkeiten ihr Mann an unschuldigen Menschen begangen hat, wird sie vielleicht leichter mit der Situation fertig werden. Sie braucht in jedem Fall psychologische Unterstützung. Sie wird sich ja auch mit der Vergangenheit ihres Mannes auseinandersetzen müssen, und das stelle ich mir schlimmer vor als den Tod. Zu wissen, dass der Mann, den man geheiratet hat, ein solch düsteres Geheimnis mit sich herumgetragen hat. Dass jemand, der liebevoll und zärtlich war und der den Kindern ein guter Vater war … Seien wir ehrlich, am Ende hat doch keiner gewonnen, es gibt nur Verlierer …«

»Elvira, bei Mord gibt es immer nur Verlierer. Ich denke dabei vor allem an die Kinder. Zehn, sechs und drei Jahre alt. Sie sollten nie erfahren, was für ein Mensch ihr Vater war.«

»Sie werden es erfahren, denn die Wahrheit über Jovanovic wird an die Öffentlichkeit gelangen. So oder so. Wir können nicht den Deckel draufmachen und einen Prozess unter Ausschluss der Medien und der Öffentlichkeit durchführen. So was funktioniert vielleicht bei Promis, aber nicht bei einem Kriegsverbrecher, der sich hier bei uns eine neue Existenz aufgebaut hat, in der Hoffnung, die Vergangenheit würde ihn nie einholen. Hat sie aber doch, scheinbar rein zufällig. Doch ich glaube nicht an Zufälle, schon gar nicht in diesem Fall. Die beiden mussten aufeinandertreffen, ich habe keine andere Erklärung dafür.«

»Ja, es sollte wohl so sein«, entgegnete Brandt nur.

»Jetzt lassen wir das aber. Wir hatten uns doch geschworen, berufliche Probleme nicht mit nach Hause zu bringen, und ich rede schon wieder, als wäre ich im Büro. Halten wir uns jetzt endlich an dieses Versprechen und genießen den Abend, soweit es überhaupt noch möglich ist. Ist es möglich?«, fragte sie und streichelte ihn zärtlich.

»Natürlich. Und ich danke dir.«

»Wofür?«

»Für deine offenen Worte. Dafür, dass du so zu mir stehst. Wir ergänzen uns eben doch perfekt.«

»War das eine Liebeserklärung?«

»Ich denke schon«, brummte er. »Du weißt, ich tu mich immer schwer mit so was. Aber ich liebe dich.«

»Okay.« Lächelnd gab sie ihm einen Kuss auf die Wange. »Ich habe belegte Brote gemacht und Salat.«

Er stand auf, ging zur Anlage und legte die aktuelle CD von Norah Jones ein. Ihm war nicht nach harter, lauter Musik, wie sonst so oft. Er merkte, wie angespannt er war. Nicht nur das hinter ihm liegende Jahr, sondern auch das gerade begonnene hatte Spuren hinterlassen: unaufgeklärte Mordfälle, drei vermisste Personen, ein Krieg zwischen Serben und Kroaten, der noch nicht vorbei war, und eine liebenswerte Kollegin, die nicht mehr lange zu leben hatte. Bei alldem merkte er, wie gut es ihm tat, eine Frau wie Elvira an seiner Seite zu haben. Wenn er down war, richtete sie ihn auf, und wenn es ihr nicht gutging, stand er ihr bei. Er würde sie heiraten. Nur hatte er bislang nicht den Mut gefunden, ihr einen Antrag zu machen. Er hatte das Thema zwar ein paarmal angeschnitten, wie es denn wäre, wenn, aber mehr so im Scherz, dass sie es nicht ernst nahm.

Beim Essen sprachen sie über Gott und die Welt, nur nicht über die letzten beiden Tage. Sie unterhielten sich über das Wetter, den nun schon zwei Monate anhaltenden Winter, der, so die Meteorologen, aufgrund einer besonderen Wetterlage erst noch zu Hochform auflaufen würde. Der Schnee türmte sich wie seit langem nicht mehr, und nachts fiel das Thermometer für die hiesigen Verhältnisse extrem tief.

Sie gingen früh zu Bett. Während Elvira in seinem Arm lag, schwiegen sie lange. Dann sagte sie: »Das mit der Wohnung verschieben wir auf ein andermal.«

»Welche Wohnung?« Seine Gedanken waren schon wieder woanders. Nicole Eberl.

»Na ja, ich habe doch vorhin gesagt, das mit dem Hin-und-her-Pendeln …«

»Ich möchte gerne mit dir zusammenziehen. Aber lass uns das nicht heute besprechen. Schlaf gut.«

»Du auch.«

Als sie am Morgen aufwachten, lag Elvira immer noch in seinem Arm, als hätten sie sich beide nicht bewegt. Sie blieben noch eine Weile liegen, bis Elvira ins Bad ging, duschte und sich schminkte, während Brandt den Frühstückstisch deckte. Obwohl er fast acht Stunden geschlafen hatte, war er noch immer müde. Der vor ihm liegende Tag würde alles andere als angenehm werden. Ein weiteres Mal würde er den Kroaten vernehmen und noch einmal zur Familie des ermordeten Serben fahren müssen. Und vielleicht würde er der armen Frau bei der Gelegenheit auch vorsichtig mitteilen, dass ihr Mann alles andere als ein Unschuldslamm gewesen war. Er würde aus der Situation heraus entscheiden müssen, ob er ihr dies schon zumuten konnte.

Als Elvira aus dem Bad kam, ging auch er unter die Dusche, rasierte sich und sprühte etwas Eau de Toilette auf Gesicht und Hals. Danach fühlte er sich etwas besser.

Um neun Uhr verließen sie die Wohnung, fuhren in die Tiefgarage und verabschiedeten sich mit einem Kuss voneinander. Sie musste zur Staatsanwaltschaft, er ins Präsidium und Bernhard Spitzer die Nachricht von der todkranken Nicole Eberl überbringen.

FREITAG

Brandt betrat das Präsidium in der Geleitstraße, wo All-tagsbetrieb herrschte. Diejenigen, die nicht im Ermittlungs-bereich tätig waren, bereiteten sich allmählich auf das Wo-chenende vor, andere sahen ihrem Bereitschaftsdienst ent-gegen. Und dazu zählte zum ersten Mal nach seinem Urlaub auch Peter Brandt.

Spitzer war am Telefon, er machte einen genervten Ein-druck, die Beine lagen auf dem Tisch, nebenbei kritzelte er etwas auf einen Block. Als er Brandt erblickte, winkte er ihn zu sich und drehte den Block um. Nach wenigen Se-kunden beendete er das Gespräch und knallte den Hörer auf den Apparat. Brandt blieb vor dem Schreibtisch ste-hen.

»Was war das denn?«, fragte Brandt mit dem Ansatz eines Grinsens, obwohl er selbst alles andere als gut drauf war.

»Nur ein verdammtes Arschloch.«

»Darf ich erfahren, wer dieses Arschloch ist?«

»Nee, darfst du nicht«, erwiderte Spitzer und trommelte mit den Fingern auf den Tisch, ein Zeichen übergroßer Nervo-sität, denn normalerweise war Spitzer die Ruhe in Person.

»Na ja, geht mich ja auch nichts an. Siehst aber nicht gut aus, um das mal höflich zu formulieren.«

»Das musst du gerade sagen. Hast du schon mal in den Spiegel geguckt heute? Sei's drum, fangen wir noch mal von vorne an. Guten Morgen, Herr Brandt ... Und setz dich verdammt noch mal endlich hin.« Spitzer versuchte sich an einem Grinsen, das gründlich misslang. Brandt hatte Spitzer selten so erlebt. Sein Chef war ein eher introvertierter Mensch, auf den man sich zu jeder Zeit verlassen konnte. In der Zeit, als Brandts Ehekrise sich zu einer Katastrophe auswuchs, hatte Spitzer ihm zur Seite gestanden. Genau wie Nicole Eberl. Irgendetwas stimmte nicht mit ihm, doch Brandt würde ihn nicht heute darauf ansprechen.

»Was macht unser Kroate?«, fragte Brandt stattdessen und stützte sich auf die Stuhllehne.

»Er sitzt apathisch in seiner Zelle. Hat bis jetzt nur etwas getrunken, nichts gegessen. Wir müssen auf ihn aufpassen.«

»Meinst du, er ist suizidgefährdet?«

»Jetzt hock dich doch endlich hin, du machst mich nervös, wenn du da so rumstehst. Bitte!«

»Gut, aber höchstens fünf Minuten. Ich nehm ihn mir gleich noch mal vor, danach liegt alles Weitere bei der Staatsanwaltschaft.«

»Elvira?«

»Klar. Ich meine, wenn seine Geschichte stimmt, bin ich der Letzte, der ihm einen Vorwurf macht, auch wenn ich das eigentlich nicht sagen darf. Der Kerl tut mir leid, genau wie die Familie von diesem Schlächter Jovanovic. Wer kümmert sich um dessen Vita?«

»Gernot und ein gewisser Kovac, der heute von Frankfurt unserer Abteilung zugewiesen wurde. Kovac ist Experte für den Balkankrieg, seine Eltern sind selbst Opfer eines Massakers geworden.«

»Sehr gut. Ich soll dir übrigens von Nicole einen, wie sie wörtlich sagte, ganz, ganz lieben Gruß ausrichten, und du sollst dir keine allzu großen Gedanken machen«, sagte Brandt und wartete Spitzers Reaktion ab.

»Wie geht's ihr denn?«, fragte er mit zusammengekniffenen Augen, als ahnte er, dass die nächsten Worte nicht angenehm sein würden.

Brandt kratzte sich am Hals, seine Haut spannte. »Ich mach's kurz. Sie wird sterben, die Ärzte wissen nur noch nicht genau, wann. Irgendwann im Laufe dieses Jahres. Kann sein, dass sie den Sommer nicht mehr erlebt.«

Spitzer schoss nach vorn, den Blick fassungslos auf seinen alten Freund gerichtet. »Was sagst du da? Das ist nicht dein Ernst, oder?«

»Doch, leider. Sie wollte es uns in dieser Woche noch mitteilen, bevor die Sechswochenfrist abgelaufen ist. MS, aber nicht die normale Verlaufsform, sondern eine höchst bösartige. Mich hat's umgehauen.«

»Das ist nicht wahr, oder? Nicole, die war doch …«

»Es hat schon im Sommer angefangen, aber die Symptome waren unklar, wie die Ärzte sagen. Andererseits unterstelle ich denen, dass die sich im Krankenhaus nicht die nötige Mühe gegeben haben, sonst hätten die doch bestimmt schon früher erkannt, was sie hat, und möglicherweise noch eine Möglichkeit gefunden, ihr Leben zu verlängern.«

»Das ist doch völlig egal, ich meine, die Uhr lässt sich nicht mehr zurückdrehen. Wie geht sie damit um?«

»Du kennst sie. Nicole hat sich noch nie unterkriegen lassen, und sie will auch kein Mitleid. Ich wünsche mir, dass ich genauso gelassen reagiere, wenn es eines Tages bei mir so weit ist.«

»Können wir etwas für sie tun?«

»Nein, sie sagt, sie sei bestens versorgt, und das stimmt wohl auch.«

Spitzer lehnte sich zurück und drehte einen Bleistift zwischen den Fingern. »Ich werde sie besuchen …«

»Ruf aber vorher an. Nicht einfach hinfahren.«

»Okay. Dann widmen wir uns jetzt dem Tagesgeschäft. Du übernimmst Vladic, ich schließe mich mit Gernot und Kovac kurz. Bis später.«

»Hm.«

Brandt ging in sein Büro und wählte die Nummer von Elvira, die bereits nach dem ersten Läuten abnahm. »Was gibt's, mein Lieber? Hast du etwa schon wieder Sehnsucht?«

»Ich wollte mich nur noch mal kurz melden. Ich werde Kovac ein weiteres Mal vernehmen, danach übergebe ich die Sache an dich und deine Abteilung. Einverstanden?«

»Hatten wir das nicht schon gestern besprochen?«

»Stimmt. Ich wollte nur deine Stimme hören. Bin nicht besonders gut drauf.«

»Was ist los?«, fragte sie mitfühlend.

»Weil ich nachher zu Frau Jovanovic fahren muss, weil ich Bernie eben gesagt habe, was mit Nicole ist, und und und …«

»Schatz, du schaffst auch das, glaub mir. Heute Abend gehen wir ins Kino oder irgendwohin, wo wir abschalten können. Was hältst du davon?«

»Wenn ich früh genug hier rauskomme …«

»Außer Vladic und Jovanovic liegt doch nichts weiter an. Oder doch?«

»Nein, nur noch ein bisschen Schreibtischarbeit.«

»Na also. Ich bin in Gedanken bei dir. Ich habe gleich einen Termin bei Gericht und muss los. Du schaffst es schon.«

»Ich weiß, aber ich wollte es von dir hören. Danke. Bis nachher.«

Es war lange her, dass er sich so melancholisch gefühlt hatte. Bis vor zwei Tagen war die Welt für ihn trotz zweier ungeklärter Fälle weitestgehend in Ordnung gewesen, doch die Ereignisse hatten sich innerhalb von etwas mehr als vierundzwanzig Stunden überschlagen. Um elf Uhr wollte er sich den Kroaten bringen lassen, um ihn noch einmal zu verhören, vorher würde er sich die Fotos ansehen, die die Kollegen von der Kriminaltechnik in dessen Wohnung gefunden und auf Brandts Schreibtisch gelegt hatten. Fotos, die zu belegen schienen, dass Vladic die Wahrheit gesagt hatte. Fotos von ihm, seinen Eltern, den Großeltern und seinen Schwestern, als alle noch in einem Dorf in der Nähe von Tuzla lebten. Neben den Familienfotos gab es noch andere, die Soldaten zeigten, die in die Häuser stürmten – und auf zweien davon war auch Ivan Jovanovic abgelichtet.

Als seine Familie auf bestialische Weise umgebracht wurde, war Vladic fünfzehn Jahre alt gewesen, seine Schwestern vierzehn und siebzehn. Er selbst hatte mit unglaublich viel

Glück überlebt, wobei Brandt sich nicht sicher war, ob das Leben, das Vladic nach diesem entsetzlichen Trauma führen musste, mit Glück zu bezeichnen war. Vladic war auf eine andere Art getötet worden, als er fünfzehn war, und heute, mit zweiunddreißig, sah er mindestens zehn Jahre älter aus, die Haare waren grau, und in das Gesicht hatten sich tiefe Falten eingegraben. Ein trauriger, ein verbitterter Mann, der keine Freude mehr fand. Der allein lebte und laut eigener Aussage nie eine Beziehung geführt hatte.

Über dem Betrachten der Fotos vergaß Brandt die Zeit, und es war bereits Viertel nach elf, als sein Telefon klingelte. Die Zentrale.

»Ja?«

»Ich habe hier unten einen Jungen und ein Mädchen, die behaupten, ihre Mutter wäre nicht nach Hause gekommen. Soll ich sie hochbringen lassen?«

»Ja, meinetwegen.«

Er legte die Fotos beiseite und wartete, bis eine junge Beamtin mit zwei Kindern sein Büro betrat. Brandt stand auf und nickte der Beamtin zu, die sich wortlos entfernte und die Tür hinter sich schloss.

»Hallo«, sagte er und reichte erst dem Mädchen, dann dem Jungen die Hand. »Ich bin Hauptkommissar Brandt. Was kann ich für euch tun?«

»Unsere Mutter ist nicht nach Hause gekommen«, sagte das Mädchen, eine zierliche Person von vielleicht einem Meter fünfzig. Sie hatte eine zarte Haut, trug wie ihr Bruder Thermohose, Stiefel, Daunenjacke und eine Mütze. Schon auf den ersten Blick machte sie einen intelligenten Eindruck, und da war noch etwas, was Brandt an diesem Mädchen faszinierte, ohne dass er zu sagen vermocht hätte, was es war. Es war, als umgäbe dieses Mädchen eine Aura, die sie beschützte. So, wie sie, so schien es, ihren kleinen Bruder beschützte.

»Hm, wie lange ist sie denn schon weg?«

»Seit gestern Nachmittag. Ich habe schon bei meiner Tante angerufen, aber sie ist nicht zu Hause. Deshalb sind wir hierhergekommen.«

»Dann setzt euch mal, wir machen ein Protokoll. Wie alt seid ihr?«

»Ich bin zwölf«, sagte das Mädchen, ohne sich zu setzen, »und mein Bruder ist zehn.«

»Gut. Und jetzt setzt ihr euch bitte hin und erzählt mir alles. Wie ihr heißt, wo ihr wohnt ...«

Sie nahmen Platz, nachdem das Mädchen seinem Bruder ein Zeichen gegeben hatte. »Ich heiße Lara, und das ist mein Bruder Tobias.«

»Und wie ist euer Nachname?«, fragte Brandt.

»Entschuldigung, Maurer.«

»Also gut, ihr beide heißt also Lara und Tobias Maurer. Und wo wohnt ihr?«

»In der Neusalzer Straße 75, im elften Stock«, antwortete Lara artig. Sie war ein hübsches Mädchen mit langen, rotblonden Haaren, grünen Augen und vielen Sommersprossen. Ihr Bruder Tobias, der eine verblüffende Ähnlichkeit mit Lara hatte, hatte noch kein Wort von sich gegeben. Brandt fragte sich, ober der Junge leicht autistisch war, zumal er ihn unentwegt musterte, als wolle er in seinem Gesicht oder seine Gedanken lesen.

»Ihr seid wegen eurer Mutter hier. Wann habt ihr sie zuletzt gesehen?«

»Gestern Nachmittag, das hab ich doch schon gesagt.«

»Kannst du dich noch an die Uhrzeit erinnern?«

»Hm, das war so um halb drei. Tobias und ich sind zusammen mit unserer Mutter weggegangen.«

»Moment, damit ich das richtig verstehe, ihr seid zu dritt weggegangen, aber eure Mutter ist nicht wieder nach Hause gekommen? Habt ihr euch getrennt? Ich meine, musste eure Mutter woanders hin als ihr?«

»Unsere Mutter ist zur Arbeit gefahren, und ich bin mit meinem Bruder einkaufen gegangen.«

»Verstehe. Ich nehme an, ihr lebt allein mit eurer Mutter, oder?«

»Nein«, antwortete Lara zögernd und senkte für einen Moment den Blick. »Unser Vater ist zu Hause und schläft. Aber verraten Sie ihm bitte nicht, dass ich Ihnen das gesagt habe.«

»Hatte er Nachtschicht oder …«

»Nein, er hat keine Arbeit. Er trinkt sehr viel Alkohol, aber das darf ich Ihnen nicht sagen, sonst …« Die letzten Worte schluckte sie hinunter. Die Angst war ihr ins Gesicht geschrieben.

Brandt sah sie verständnisvoll an. »Was hier besprochen wird, bleibt unter uns, darauf gebe ich euch mein Wort. Euer Vater ist also daheim, und eure Mutter geht arbeiten. Wo arbeitet sie denn?«

»In einer Gebäudereinigungsfirma, aber sie hat nie gesagt, wie die heißt. Sie kommt meistens sehr spät nach Hause, wenn wir schon schlafen. Wir werden nur wach, wenn Mutti und Papa sich laut streiten ... Tobias und ich machen uns große Sorgen, weil sie in der Woche morgens immer zu Hause ist, wenn wir zur Schule gehen. Sie wollte auch heute Vormittag da sein, aber ...« Lara sah Brandt hilfesuchend an, während ihr Bruder nach ihrer Hand griff, als wollte er sie trösten.

Brandt hatte aufmerksam zugehört, er spürte die Angst der beiden Kinder, Angst um die wichtigste Person in ihrem Leben. Und er konnte sich vorstellen, was Lara mit Streiten meinte. Er kannte die Gegend nur zu gut, das Hochhaus, eines der höchsten in Offenbach und einer der sozialen Brennpunkte schlechthin. Häusliche Gewalt war an der Tagesordnung, nicht in jeder Familie, aber die Quote war überproportional hoch. Arbeitslosigkeit, Alkoholismus, Drogenabhängigkeit, es war ein breites Spektrum, das in diesem Haus abgedeckt wurde. Die meisten Familien verhielten sich friedlich, doch es gab einige, die immer wieder auffällig wurden, und einige, wo die Gewalt sich beinahe geräuschlos hinter geschlossenen Türen und Fenstern abspielte. Die Hauptleidtragenden waren in der Regel die Kinder.

Brandt strich sich über das Kinn. »Gibt es oft Streit zwischen euern Eltern?«

Lara nickte nur und hatte Tränen in den Augen, die sie nicht mehr zurückhalten konnte.

»Du brauchst nicht darüber zu sprechen, wenn du nicht willst. Am wichtigsten ist jetzt, dass wir eure Mutter finden. Eins würde mich noch interessieren: Was hast du eben damit gemeint, als du gesagt hast, dass sie in der Woche morgens immer zu Hause ist, wenn ihr zur Schule geht?«

Lara wischte sich die Tränen ab, holte ein Taschentuch aus ihrer Jacke und putzte sich die Nase. »Na ja, manchmal ist sie am Wochenende weg, dann sind Tobias und ich bei unserer Tante in Bieber, weil unsere Mutter nicht will, dass wir mit ihm allein sind.«

»Eure Mutter ist manchmal ein ganzes Wochenende lang weg?«, fragte er erstaunt. »Wisst ihr denn, wo sie dann ist?«

»Nein, sie sagt immer nur, dass sie arbeiten muss, es würde so viele Bürogebäude geben, die nur am Wochenende sauber gemacht werden dürfen. Sie ist dann meistens in einer anderen Stadt, sie hat mal gesagt, dass sie auch in Köln und München und Berlin zu tun hat, weil ihre Firma sie dorthin schickt.«

»Okay, das hab ich mir notiert …«

Als hätte Lara gar nicht gehört, was Brandt gesagt hatte, fuhr sie fort, und wieder war diese entsetzliche Angst zu spüren, die den ganzen Raum zu erfüllen schien: »Als sie sich gestern von uns verabschiedet hat, hat sie gesagt, dass wir uns heute früh sehen. Aber sie war nicht da und ist auch bis jetzt nicht nach Hause gekommen.«

»Und ihr seid nicht zur Schule gegangen?«

»Nein, ich habe heute keinen Unterricht, weil die Heizung gestern ausgefallen ist. Bitte suchen Sie unsere Mutter, denn sie ist noch nie weggeblieben, ohne es uns vorher zu sagen«, meinte sie und weinte wieder, die Tränen liefen ihr über die Wangen und tropften auf Jacke und Hose, während ihr Bruder weiterhin regungslos dasaß, ohne ein Wort zu sagen.

Brandt sagte so sanft wie möglich: »Noch brauchst du dir keine Sorgen zu machen, vielleicht ist bei ihr einfach nur etwas dazwischengekommen, und sie ist jetzt daheim und macht sich Sorgen, wo ihr seid.«

»Nein, wir kommen doch gerade von zu Hause. Ich habe Angst, dass ihr etwas ganz Schlimmes zugestoßen ist. Das ist nicht normal, glauben Sie mir bitte. Sie hätte mich angerufen, ich habe von ihr ein Handy geschenkt bekommen, von dem mein Vater nichts wissen darf. Sie hat bisher immer angerufen oder mir eine SMS geschickt, wenn es später wurde. Unsere Mutter hat uns lieb, das müssen Sie mir glauben. Sie ist die liebste Mutti, die es gibt. Bitte, helfen Sie uns, sie zu finden.«

»Hast du versucht, sie anzurufen?«

»Nein, sie hat mal gesagt, ich darf sie nicht anrufen, ich habe ihre Nummer gar nicht. Wenn etwas ist, dann soll ich unsere Tante anrufen.«

»Hm. Ich brauche jetzt erst mal ein paar Daten von eurer Mutter. Wie heißt sie?«

»Linda. Linda Maurer.«

»Und wann ist sie geboren?«

»Am 8. November 1977.«

»Und wo ist sie geboren?«

»Hier in Offenbach.«

»Wo sie arbeitet, wisst ihr nicht«, murmelte Brandt vor sich hin und machte ein Fragezeichen. »Ist sie mit einem Auto unterwegs?«

»Nein, sie hat immer den Bus genommen. Wir können uns

kein Auto leisten. Noch nicht, aber sie hat Tobias und mir versprochen, dass es nicht mehr lange dauern wird, bis wir eins haben. Sie hat gesagt, sie könnte uns dann auch ab und zu zur Schule fahren.«

»Euer Vater ist jetzt zu Hause?«

»Ja. Als wir gegangen sind, hat er geschlafen.«

»Habt ihr ein Foto von eurer Mutter dabei?«

»Nein, das haben wir vergessen. Glauben Sie, dass ihr etwas passiert ist?«, fragte Lara ängstlich.

»Macht euch mal keine allzu großen Sorgen, sie wird bestimmt bald nach Hause kommen«, antwortete Brandt, doch eine innere Stimme flüsterte ihm etwas anderes zu, und er schalt sich einen Narren, eine solche Aussage vor den Kindern gemacht zu haben. Und im Blick von Lara meinte er zu erkennen, dass sie seinen Worten keinen Glauben schenkte.

»Tobias, möchtest du auch mal was sagen?«, fragte er.

Der Junge hatte seinen Blick weiterhin auf Brandt gerichtet. Er schüttelte den Kopf und fasste seine Schwester wieder bei der Hand.

»Tobias kann nicht sprechen, er ist taubstumm«, sagte seine Schwester. »Er liest alles, was Sie sagen, von den Lippen ab. Meine Mutter und ich unterhalten uns mit ihm in Gebärdensprache.«

»Oh, ich habe mich schon gewundert. Ihr geht nicht zusammen auf eine Schule?«

»Nein, Tobias ist heute extra zu Hause geblieben, er wollte nicht in die Schule, weil Mutti nicht da ist. Er hat Angst, genau wie ich.«

»Wann kommt denn eure Mutter normalerweise von der

Arbeit nach Hause? Du hast vorhin gesagt, dass ihr dann meistens schon schlaft, aber vielleicht kannst du mir eine ungefähre Uhrzeit nennen.«

»Mitternacht oder später, ich weiß es nicht. Sie weckt uns jeden Morgen.«

»Ihr habt eine sehr fürsorgliche Mutter. Ich würde sie gerne kennenlernen.«

»Wir möchten nur, dass Sie sie finden«, flehte Lara.

»Das werden ich und mein Team. Und arbeitet sie in Offenbach oder woanders?«

»Weiß nicht, sie hat nie darüber gesprochen.«

»Okay, dann belassen wir's mal dabei. Ich fahr jetzt mit euch nach Hause und werde versuchen, mit eurem Vater zu sprechen. Und dann brauche ich vor allem ein Foto eurer Mutter. Machen wir's so?«

»Ja«, erklärte sich Lara einverstanden.

»Dann auf. Ich sage nur schnell Bescheid, wartet kurz.«

Brandt ging in Spitzers Büro und sagte: »Ich habe da zwei Kinder, die ihre Mutter vermissen. Ich bringe sie nach Hause und spreche mit dem Vater, der laut der Tochter Alkoholiker ist. Das mit Vladic verschiebe ich auf später, oder du springst ausnahmsweise für mich ein. Sollte die Frau tatsächlich verschwunden sein, dann hat das Priorität, denn mit Vladic sind wir im Wesentlichen durch.«

»Vladic kann warten. Ich glaube nicht, dass es sinnvoll ist, wenn ich das übernehme. Schließlich hast du ihn schon vernommen und er kennt dich und hat womöglich sogar Vertrauen gefasst. Aber mach erst mal das andere. Viel Glück.«

»Wobei? Dass die Mutter zu Hause ist, wenn wir kommen? Unwahrscheinlich. Diese Woche läuft alles gegen uns. Außerdem gibt es da einige Ungereimtheiten, die ich dir nachher erkläre.«

»Mal nicht den Teufel an die Wand. Und mach vor allem den Kindern keine Angst ...«

»Ich weiß, wie ich mit Kindern umzugehen habe«, sagte Brandt barsch. »Ich bin weg, hoffe aber, dass ich bald wieder hier bin.«

»Ja, hau schon ab. Und ich wette, die Frau Mama ist zu Hause, wenn ihr ankommt«, rief Spitzer ihm hinterher.

Brandt drehte sich an der Tür um und sagte überaus ernst: »Ich wäre vorsichtig mit solchen Wetten, du könntest eine Menge verlieren. Kapiert?«

»Schon gut, schon gut, ich bin ja schon still.«

»Ist in diesem Fall auch besser«, entgegnete Brandt kühl und ging zurück zu den Kindern.

»Dann wollen wir mal. Wenn ihr noch irgendwas zu berichten habt, was wichtig sein könnte ...«

»Ich hatte einen bösen Traum«, sagte Lara leise, während sie den Gang entlanggingen.

»Möchtest du darüber reden?«, fragte Brandt.

Lara sah ihn von der Seite an und nickte. Sie fasste ihn am Oberarm, stellte sich auf die Zehenspitzen und flüsterte ihm ins Ohr, obwohl Tobias sie nicht hören konnte: »Aber nur Ihnen allein. Tobias soll auch nicht dabei sein, ich möchte nicht, dass er noch mehr Angst bekommt. Es könnte ja sein, dass er von meinen Lippen abliest, was ich sage.«

»Das lässt sich einrichten. Du sorgst dich sehr um deinen Bruder, das finde ich toll.«

»Ich liebe meinen Bruder, er hat es so schon schwer genug. Aber er ist sehr intelligent.«

»Du kannst mir deinen Traum ja im Auto erzählen. Setz dich so hin, dass dein Bruder nicht sieht, was du sagst. Einverstanden?«

»Ja.«

Sie traten hinaus in die Kälte und eilten zu dem roten BMW. Brandt ließ die Kinder hinten einsteigen und bat sie, sich anzuschnallen. Er startete den Motor und fuhr vorsichtig auf die Straße.

Lara wandte den Kopf zur Seite, als würde sie aus dem Fenster sehen, damit ihr Bruder die folgenden Worte nicht von ihren Lippen ablesen konnte, und sagte: »Ich habe gestern Abend ständig an meine Mutti denken müssen. Ich weiß nicht, warum, aber ich habe noch nie so viel an sie gedacht wie gestern. Als Tobias und ich ins Bett gegangen sind, hat unser Vater noch im Wohnzimmer gesessen und ferngesehen. Ich bin eingeschlafen, aber um halb drei bin ich aufgewacht, weil ich so einen schrecklichen Traum hatte. Ich hab keine Luft bekommen und bestimmt geschrien, doch es hat niemand gehört.«

Als sie nicht weitersprach, sagte Brandt: »Was hast du denn geträumt?«

»Meine Mutti hat vor meinem Bett gestanden und mich angelächelt. Sie war so schön. Ich glaube, sie hat mir sogar über die Haare gestrichen und mir einen Kuss gegeben, danach ist sie zu Tobias und hat bei ihm das Gleiche getan, aber er hat gar nicht darauf reagiert. Dann stand sie wieder vor meinem Bett und ... Sie hat die ganze Zeit gelächelt, schließlich ist sie langsam nach oben geflogen und hat dabei gewinkt, und sie sah mit einem Mal so traurig aus. Am Schluss hat sie noch gesagt, dass ich gut auf meinen Bruder aufpassen soll. Dann war sie weg.«

»Das war nur ein Traum«, sagte Brandt, obwohl er nach der Schilderung ein flaues Gefühl im Magen hatte und seinen Worten selbst keinen Glauben schenken konnte.

»Ich weiß, dass es nicht nur ein Traum war. Es war so, als hätte sie sich von uns verabschiedet. Ich bin aufgestanden und habe nachgesehen, ob sie zu Hause ist, aber sie war nicht da. Und da dachte ich, dass ihr vielleicht etwas passiert ist.«

»Wir werden sie finden«, wiederholte Brandt seine Worte von vorhin, auch wenn seine Angst wuchs.

Er brauchte keine Viertelstunde, bis er in der Neusalzer Straße anlangte und auf der Straße vor dem hohen, roten Gebäude hielt. In den letzten Jahren war hier einiges verändert worden, so hatte man am Eingang eine Videoüberwachung installiert, in der Hoffnung, dadurch für mehr Sicherheit zu sorgen. Doch das Haus war nicht sicherer geworden, da sich das Wesentliche nahezu unbemerkt von der Außenwelt innerhalb der vier Wände abspielte. Auch boten etliche Prostituierte in der Anonymität des einundzwanzigstöckigen Gebäudes mit den unzähligen Wohnungen ihre Körper feil. Brandt wusste über seine Kollegen von der Sitte von zwei Lettinnen, einer Russin und drei Polinnen, die sich auf diese Weise hier ihren Lebensunterhalt verdienten. Und es war davon auszugehen, dass es noch weit mehr Frauen gab, die dem horizontalen Gewerbe in diesem Haus nachgingen.

Doch das interessierte ihn im Moment nicht, gemeinsam mit Lara und Tobias fuhr er mit dem Aufzug in den elften Stock. Es roch muffig, ein Geruch, den Brandt zur Genüge kannte, hatte er doch bereits des Öfteren hier zu tun gehabt.

Lara führte ihn zu der Wohnung und schloss die Tür auf, nicht ohne ihn noch einmal zu instruieren, ihren Vater nicht auf dessen Alkoholsucht anzusprechen. Brandt nickte und klopfte ihr väterlich auf die Schulter.

Sie betraten die saubere und aufgeräumte Wohnung. Von Herrn Maurer war nichts zu sehen.

»Schläft er noch?«, fragte Brandt im Flüsterton.

»Glaub schon«, flüsterte Lara zurück.

Er hatte es inständig gehofft, aber Frau Maurer war nicht da. Lara und Tobias gingen mit Brandt durch die Wohnung, die beinahe klinisch reine Küche, das Wohnzimmer und das Kinderzimmer, das sich Lara und Tobias teilten. Durch die verschlossene Schlafzimmertür war das laute Schnarchen von Herrn Maurer deutlich zu vernehmen.

»Kannst du mir ein Foto deiner Mutter raussuchen? Wenn möglich ein aktuelles«, bat Brandt Lara. »Ich werde jetzt deinen Vater wecken und mit ihm sprechen. Eines möchte ich vorher jedoch noch wissen. Ist er euch gegenüber schon mal gewalttätig geworden?«

Lara schüttelte den Kopf. »Nein, nicht uns gegenüber, aber er hat Mutti einige Male geschlagen.«

»Hast du's oder habt ihr's gesehen?«

Sie nickte.

»War es sehr schlimm?«

»Ja. Er hat sie an den Haaren gezogen und ihr ins Gesicht geschlagen oder in den Bauch geboxt.«

»Und er war dabei jedes Mal betrunken?«

»Hm. Er ist immer betrunken. Wir kennen ihn gar nicht anders.«

»Gut, dass du mir das noch gesagt hast. Ich werde jetzt zu ihm gehen und mit ihm reden. Ihr bleibt bitte hier und wartet, bis ich wiederkomme.«

»Hm«, murmelte Lara wieder nur, Angst im Blick. Angst davor, ihre Mutter nicht wiederzusehen – und Angst vor dem Vater. Genau wie Tobias, der sich ängstlich in die äußerste Ecke des Kinderzimmers zurückgezogen hatte.

Brandt nickte beiden aufmunternd zu und ging zum Schlafzimmer. Er klopfte gegen die Tür, doch von drinnen drang nur das laute Schnarchen zu ihm. Er klopfte ein weiteres Mal, diesmal heftiger und länger, wieder ohne Erfolg. Er drückte die Klinke herunter, die Tür öffnete sich mit einem leisen Knarren. Die Vorhänge waren zugezogen, Brandt knipste das Licht an. Im Zimmer roch es unangenehm, fast beißend nach Schweiß und Schnaps. Das Bett war auf der Seite, wo Maurer lag, zerwühlt, auf der anderen unberührt.

»Herr Maurer!«, sagte Brandt noch einmal laut in der Hoffnung, der Mann werde endlich aufwachen, aber der knurrte nur und drehte sich auf die Seite.

Brandt wurde es zu bunt, er packte Maurer bei der Schulter,

rüttelte ihn kräftig und rief: »Herr Maurer! Wachen Sie bitte auf, ich muss mit Ihnen sprechen.«

Maurer öffnete die Augen, drehte sich zu Brandt und brummte: »Was wollen Sie hier?«

»Mit Ihnen sprechen. Stehen Sie auf, und ziehen Sie sich was an. Es geht um Ihre Frau.«

»Und wer sind Sie, verdammt noch mal?«

»Brandt, Kriminalpolizei. Also, stehen Sie jetzt auf, oder muss ich nachhelfen?«

»Schon gut, schon gut. Hat Linda was ausgefressen?«, fragte er, wobei seine Stimme etwas zitterte, genau wie die ungepflegten Hände.

»Nein, hat sie nicht …«

»Dann ist ja gut. Warten Sie draußen, ich komm gleich.«

»Ich gebe Ihnen zwei Minuten, dann sind Sie im Wohnzimmer«, sagte Brandt, der unbändigen Zorn darüber verspürte, dass diese beiden Kinder so oft allein mit ihrem alkoholkranken Vater in der Wohnung waren.

Brandt bemerkte die noch halbvolle Flasche Doppelkorn auf dem Boden neben dem Bett und wusste, Maurer würde sich, bevor er ins Wohnzimmer kam, noch einen kräftigen Schluck genehmigen, damit der Tremor in den Händen nicht zu auffällig wurde und die Übelkeit, die er direkt nach dem Aufwachen spürte, nicht in dem Erbrechen von Schleim mündete. Brandt hätte ihm die Flasche wegnehmen können, aber es hätte nichts genützt, ein Alkoholiker wie er, der vermutlich schon seit Jahren an der Flasche hing, brauchte seinen Pegel, um überhaupt einigermaßen klar denken zu können.

Brandt ging kurz zu den Kindern und bat sie, in ihrem Zimmer zu bleiben. Er stellte sich ans Wohnzimmerfenster und sah auf das kalte Offenbach. Es war ein grandioser Blick über die Stadt bis nach Frankfurt und den Taunus. Der Balkon war ebenso aufgeräumt wie der Rest der Wohnung. Der kleine, runde Tisch und die übereinandergestapelten Plastikstühle waren mit Folie abgedeckt.

Die Vorhänge waren erst vor kurzem gewaschen worden, wenn er seine Nase etwas dichter daranhielt, roch er noch den Duft des Waschmittels. Es war auch kein Staub zu sehen, der Boden war gesaugt und gewischt, eine Wohnung, in der man sich hätte wohl fühlen können. Es gab einen Flachbildfernseher und eine kleine Stereoanlage, ein paar Grünpflanzen und drei Orchideen. Das Einzige, was den Anblick störte, war der Aschenbecher, in dem mindestens zwanzig Kippen lagen, und der Geruch von kaltem, abgestandenem Rauch.

Ja, dachte er, hier könnte man sich wohl fühlen, wäre da nicht der liebe Herr Maurer. Dieser kam mit zerzausten, dunkelbraunen Haaren, einem rasch übergezogenen T-Shirt mit der Aufschrift »I am the Greatest« und einer billigen Polyesterhose mit zwei weißen Streifen an jeder Seite ins Wohnzimmer. Als er näher kam, stieg Brandt die Fahne aus billigem Fusel in die Nase, dazu kam ein abstoßender Körpergeruch.

»Um was geht's gleich noch mal?«, fragte er und rief: »Linda? Hey, wo steckst du denn?«

»Herr Maurer, setzen Sie sich bitte, es geht um Ihre Frau. Ich habe ein paar Fragen an Sie.«

»Hä, ich versteh nicht. Was ist mit meiner Frau?«

»Ihre Kinder waren bei mir auf dem Präsidium und haben Ihre Frau als vermisst gemeldet …«

»Spinnen die, oder was?«, brauste er auf, doch Brandt gab ihm ein unmissverständliches Zeichen, sitzen zu bleiben.

»Ihre Kinder haben genau richtig gehandelt. Sie haben mir berichtet, dass Ihre Frau bei einer Gebäudereinigung tätig ist und oft spätabends oder auch erst nachts nach Hause kommt. Das stimmt doch?«

»Ja, und?«

»Wann haben Sie Ihre Frau zuletzt gesehen?«

»Keine Ahnung, gestern irgendwann. Ich glaube, das war, bevor sie zur Arbeit gegangen ist.«

»Können Sie mir sagen, wie die Firma heißt, in der Ihre Frau arbeitet?«

»Keine Ahnung, sie hat's irgendwann mal gesagt, aber ich hab's vergessen. Ist das denn so wichtig?«, fragte er und fuhr sich nervös über das Gesicht.

»Ja, das ist *so* wichtig, denn sollte Ihre Frau verschwunden sein, müssen wir in Erwägung ziehen, dass sie einem Verbrechen zum Opfer gefallen ist, was wir natürlich alle nicht hoffen. Also, denken Sie nach!«

»Da gibt's nichts nachzudenken, weil ich es nicht weiß. Außerdem, was geht Sie das an, wo meine Frau ist?«

»Wenn Ihre Kinder zu mir kommen und mir sehr glaubhaft versichern, dass es nicht die Art Ihrer Frau sei, morgens nicht zu Hause zu sein, dann geht mich das sehr wohl etwas an, Herr Maurer.«

»Wo sind die Gören jetzt? Die kriegen was von mir zu hören …«

»Die kriegen überhaupt nichts, sonst bekommen Sie's mit mir zu tun. Haben Sie das verstanden?«

Maurer kniff die Augen zusammen und strich sich über den Drei- oder Viertagebart. Es schien, als hätte er nicht begriffen, was Brandt eben gesagt hatte. Er hatte bis jetzt nicht einmal gefragt, warum seine Kinder nicht in der Schule waren, weil es ihn offensichtlich nicht interessierte.

»Ob Sie mich verstanden haben?«, wiederholte Brandt scharf und beugte sich nach vorn, auch wenn er den widerlichen Gestank, der von Maurer ausging, kaum ertrug.

»Hä, was?«

»Herr Maurer, so funktioniert das nicht. Sie sind nicht klar im Kopf und damit auch nicht in der Lage, derzeit für Ihre Kinder zu sorgen ...«

»Hey, was soll das? Wieso bin ich nicht in der Lage, für meine Kinder zu sorgen? Wie wollen Sie das beurteilen? Sie kommen her und stellen meine Fähigkeiten in Frage! Suchen Sie lieber meine Frau, statt mich hier blöd anzumachen.«

»Wir werden Ihre Frau suchen, aber die Kinder werden vorläufig anderweitig untergebracht. Sie sind Alkoholiker ...«

»Wer behauptet so einen Scheiß? Lara? Ich hätt's mir denken können, die kann ihre verdammte Klappe nicht halten. Die kann was erleben, solche Lügen über mich zu verbreiten ...«

»Lara hat mir überhaupt nichts gesagt, was Ihre Person betrifft«, log Brandt. »Sie können sogar stolz auf eine solch verschwiegene Tochter sein. Aber Sie sind Alkoholiker, das habe ich gemerkt, schon als ich Ihr Schlafzimmer betreten habe. Und geben Sie's doch zu, Sie haben eben schon wieder gesoffen, ich hab die Flasche neben Ihrem Bett stehen sehen. Seit wann trinken Sie?«

Maurer wand sich, und Brandt spürte, wie es in ihm arbeitete, bis er schließlich hervorstieß: »Verflucht noch mal, ich hab keinen Bock, mit Ihnen darüber zu streiten, aber ich habe eben nicht getrunken, das schwöre ich beim Leben meiner Mutter. Okay, ich geb's ja zu, ab und an genehmige ich mir mal einen, aber …«

»Kein Aber. Sie haben ein gewaltiges Alkoholproblem. Und wenn Sie sich nicht kooperativ zeigen, werde ich einen Alkoholtest bei Ihnen anordnen, dann wissen wir, ob Sie die Wahrheit sagen oder nicht. Wollen Sie das? Es würde schon reichen, wenn ich zwei Kollegen von der Streife herbestelle und Sie ins Röhrchen pusten lasse. Soll ich?«, sagte Brandt und griff nach seinem Handy.

»Scheiße, Mann, nein, natürlich nicht.«

»Dann noch mal von vorne. Wann haben Sie Ihre Frau zuletzt gesehen?«

»Gestern irgendwann, habe ich doch schon gesagt. So gegen zwei, halb drei, ich hab in die Glotze gestiert, was anderes gibt's ja hier nicht. Die ist mit den Gören dann weg. Sie musste arbeiten gehen.«

»Und Sie, was arbeiten Sie?«, fragte Brandt, obwohl er wusste, dass Maurer sein Dasein mit Nichtstun verbrachte. »Sehe ich vielleicht so aus, als würde ich arbeiten? Ich gehöre nämlich zu den berühmten Losern, die keiner will«, sagte er und zog dabei eine geradezu jämmerliche Fratze, ein wenig Sabber bildete sich in den Mundwinkeln,

Selbstmitleid pur. Brandt hatte in seiner Dienstzeit mehr als genug dieses Menschentypus kennengelernt, der sich im Mitleid suhlt und glaubt, damit eine Entschuldigung und Ausrede für seine Misere zu haben. »Keine Sau will mich, keiner will was mit mir zu tun haben. Ich hab's probiert, ich hab's immer und immer wieder probiert, aber irgendwann ist der Akku leer, und du sagst nur, scheiß drauf. Und interessiert es Sie, warum ich keine Arbeit habe? Es ist mein verfluchter Rücken. Ich habe bei der Stadt gearbeitet, dann hatte ich einen schweren Bandscheibenvorfall, eigentlich was ganz Normales heutzutage, doch bei der OP ist was schiefgelaufen. Ich musste bis jetzt achtmal unters Messer, aber die haben den Scheiß, den sie fabriziert haben, nicht wieder hingekriegt. Die Stadt hat mir nach einem Jahr gekündigt, die Begründung war, dass man mich aus gesundheitlichen Gründen nicht weiterbeschäftigen könne und im Moment auch nichts anderes frei sei ...«

»Was haben Sie bei der Stadt gemacht?«

»Ich war bei der Stadtreinigung.«

»Müllabfuhr?«

»Wenn Sie's so nennen wollen, ja.«

»Das ist ja auch mit körperlichen Anstrengungen verbunden«, bemerkte Brandt, der nun ein wenig die Gründe für Maurers Absturz verstand. Er war schwach und fühlte sich offenbar in seiner Schwäche wohl. Er hatte einen Tröster, und der hieß Schnaps, so billig, dass die ganze Wohnung danach stank. Ein Mann, der nicht gelernt hatte, mit Rückschlägen umzugehen, der liegen blieb, statt aufzustehen und etwas zu tun. Ein Mann, dessen Frau sich den Buckel krummschuftete, während er zu Hause die Beine hochlegte oder die Tage im Bett zubrachte und sich die Birne zudröhnte. Brandt hatte kein Mitleid mit ihm.

»Blödsinn! Die wollten einen Krüppel wie mich nicht mehr, dabei gibt es bei der Stadtreinigung auch Jobs, in denen man nicht schwer körperlich arbeiten muss. Doch das ist denen da oben scheißegal. Seit gottverdammten acht Jahren bin ich arbeitslos, und wer nimmt nach acht Jahren noch einen wie mich? Ich habe doch nichts weiter gelernt!«

»Haben Sie schon mal über eine Umschulung oder Weiterbildung nachgedacht?«

»Was soll das in meinem Alter noch bringen? Ich bin sechsundvierzig und damit raus aus der Nummer, die Arbeit heißt … Alles Scheiße, eine große, gottverdammte Scheiße! Aber was soll's, es geht auch so. Sie sehen ja, wenigstens meine Frau hat Arbeit, und das Wichtigste ist, wir kommen über die Runden.«

»Und ist Ihnen inzwischen eingefallen, wo Ihre Frau arbeitet?«

»Nein, wir haben nie weiter darüber gesprochen. Sie wollte arbeiten, und sie soll arbeiten, damit wenigstens ein bisschen Kohle in den Keller kommt«, antwortete Maurer und lachte auf, als hätte er einen guten Witz gemacht. Doch Brandt war nicht zum Lachen zumute. Maurer war nicht unintelligent und hätte etwas gegen seine Situation tun können, aber er gab sich lieber dem Alkohol hin, als für seine Familie zu sorgen. Die Kinder taten Brandt leid, die einen Vater hatten und auf der anderen Seite doch keinen. Einen Vater, der in Selbstmitleid und Suff versank und die Welt um sich herum vergaß.

»Warum stellen Sie mir eigentlich diese ganzen Fragen? Sie wollte doch sowieso das ganze Wochenende über weg sein ...«

Brandt wurde hellhörig und beugte sich nach vorn. »Bitte? Wo? Ich meine, Ihre Frau wollte das Wochenende über weg sein, das haben Sie eben gesagt. Wo wollte sie sein?«

»Sie hat Dienst. Keine Ahnung, wo sie hinsollte, Berlin oder so. Was weiß ich«, sagte er unwirsch und stand auf.

»Wo wollen Sie hin? Ich bin noch längst nicht fertig.«

»Ich muss mal pinkeln, okay? Hatte noch keine Zeit dazu.«

»In Ordnung.«

Brandt ging ins Kinderzimmer und sagte zu Lara: »Warum hast du mir nicht erzählt, dass eure Mutter das Wochenende über weg sein würde?«

»Das hab ich vergessen. Aber dann wäre sie doch trotzdem zu Hause gewesen und hätte uns vorher zu Tante Miriam gebracht. Sie war immer vorher zu Hause, wenn sie für ein Wochenende weg war. Nur heute nicht.«

»Sag mir bitte, wie oft deine Mutter am Wochenende arbeitet. Ich brauche alle Informationen, die ich bekommen kann, um euch zu helfen.«

Lara ging zu ihrem kleinen Schreibtisch und holte einen Kalender: »Hier hab ich alles aufgeschrieben ...«

»Darf ich sehen?«, sagte Brandt, worauf Lara ihm den Kalender reichte.

»Ich hab alles eingetragen.«

»Prima. Das hilft mir sehr.«

Der Vater war inzwischen zurückgekommen, die strenge Alkoholfahne verriet, dass er die Gelegenheit genutzt hatte, sich wieder einen hinter die Binde zu kippen.

»Was ist hier los?«, fragte er, während er sich eine Zigarette anzündete.

»Ich hatte nur etwas mit Ihrer Tochter zu besprechen. Danke, und ich komm gleich noch mal rein zu euch«, sagte Brandt, ging mit Maurer wieder ins Wohnzimmer und machte die Tür hinter sich zu.

»Noch mal in die Flasche geschaut?«, fragte Brandt und musterte den Mann, der die typischen Zeichen eines Alkoholabhängigen aufwies: Er war ungepflegt, ganz im Gegensatz zu den Kindern und der Wohnung, er stank, die Fingernägel waren lang und dreckig, es schien, als hätte er seit mindestens einer Woche nicht geduscht. Rote Flecken im Gesicht, geplatzte Äderchen um die Nase, die Augen rot und matt. Brandt fragte sich, wie eine Frau es mit einem solchen Mann aushielt. Wie die Kinder es verkrafteten, ihren Vater permanent betrunken zu erleben.

»Nee, hab ich nicht, Sie sind ja da und passen auf. Wieso suchen Sie überhaupt nach meiner Frau?«

»Ich habe keine Lust, mich zu wiederholen, Herr Maurer, ich habe es Ihnen doch schon gesagt. So, und jetzt hätte ich gerne Ihren vollständigen Namen, wann Sie geboren sind und so weiter.«

»Warum?«

»Weil es dazugehört und weil ich es sage. Können wir anfangen? Name?«

»Dieter Maurer.«

»Geboren?«

»20. Februar 1964.«

»Wo?«

»Frankfurt.«

»Verheiratet seit?«

Maurer überlegte, kratzte sich am Kopf und sagte nach einer Weile: »21. November 95.«

»Die Daten Ihrer Frau habe ich bereits aufgenommen ...«

»Von wem haben Sie die? Von Lara?«

»Natürlich, sie ist schließlich ein aufgewecktes, kluges Mädchen. Genau wie ihr Bruder.«

»Ihr Bruder!«, stieß Maurer verächtlich hervor. »Sie kennen Tobias doch gar nicht. Mit dem kann man ja nicht mal reden. Alles nur beschissen. Ich bin nur ein lästiges Anhängsel der Familie. Die Gören sind für meine werte Frau Gattin das Wichtigste, ich zähl gar nicht mehr.«

»Herr Maurer, mir ist egal, was Sie mit Ihrem Leben anfangen, aber ich fordere Sie eindringlich auf, Ihre Kinder in Ruhe zu lassen. Ich kann verdammt ungemütlich werden, wenn ich da etwas erfahre. Und ich werde mich regelmäßig erkundigen, wie es den Kindern und Ihrer Frau geht. So, jetzt noch mal zu Ihnen: Machen Sie sich eigentlich überhaupt keine Sorgen, wo Ihre Frau sein könnte? Oder kommt es Ihnen nur darauf an, immer Geld für Schnaps und Kippen zu haben?«

»Sie haben doch keine Ahnung! Außerdem geht Sie das einen feuchten Kehricht an, ob ich mir Sorgen mache oder nicht. Kapiert?«

»Ich hab's kapiert, aber es gibt mir zu denken. Ich könnte unter Umständen auf den Gedanken kommen, dass Sie etwas mit dem Verschwinden Ihrer Frau zu tun haben ...«

»Hahaha! Vielleicht werfen Sie mir auch noch vor, sie umgebracht zu haben. Dass ich nicht lache!«

»Gab es zwischen Ihnen und Ihrer Frau häufig und speziell in letzter Zeit Streit? Vielleicht auch gestern? Haben Sie sich oft gestritten, und kam es dabei zu Gewalttätigkeiten?«

Maurer verzog den Mund zu einem abfälligen Grinsen. »Nee, gestern haben wir nicht gestritten. Alles andere fällt unter den Begriff Privatsphäre.«

»Dann muss ich daraus schließen, dass Sie Ihrer Frau gegenüber gewalttätig wurden ...«

»Schließen Sie doch, was Sie wollen. Das geht Sie nichts an, verstanden? Sonst noch was?«

»Könnte es sein, dass Ihre Frau nicht nach Hause kommt, weil sie Angst vor Ihnen hat?«, fragte Brandt und sah Maurer durchdringend an, ein Blick, dem Maurer nur sehr kurz standhielt.

»Bullshit! Warum soll die Angst vor mir haben? Schauen Sie sich doch mal um, alles ordentlich. Meine Frau fühlt sich wohl hier, und die Kinder auch. Keine Ahnung, was Sie mir unterstellen wollen, aber sie ist bestimmt nicht meinetwegen nach Hause gekommen ...«

»Sie meinen, sie ist bestimmt nicht Ihretwegen *nicht* nach Hause gekommen. Aber gut, lassen wir das mal so stehen. Was für einen anderen Grund könnte es geben, dass sie nicht nach Hause gekommen ist? Fällt Ihnen da was ein?«

»Nein. Mein Gott, vielleicht hat sie in der Firma übernachtet …«

»Ihre Tochter hat gesagt, dass Ihre Frau *immer* zuverlässig war und *immer* morgens hier war. Also, welcher Grund würde Ihnen einfallen, dass sie heute nicht hier ist?«

Maurer fuhr sich mit beiden Händen durch das fettige Haar. »Was weiß ich! Finden Sie's doch raus, Sie sind der Bulle. Ich weiß nicht, wo sie ist, ich weiß nicht, warum sie nicht hier ist, ich weiß überhaupt nichts. Reicht Ihnen das?«

»Muss es wohl. Haben Sie ein aktuelles Foto Ihrer Frau?«

»Nee.«

»Gut, dann war's das. Ich werde mich noch einmal kurz mit Ihrer Tochter unterhalten. Allein.«

»Was soll das heißen?«

»Sie haben mich schon verstanden. Und bitte, bleiben Sie von der Tür weg, ich kann es nicht ausstehen, wenn jemand lauscht. Gehen Sie am besten ins Schlafzimmer.«

»Machen Sie doch, was Sie wollen. Gottverdammte Scheiße!«, fluchte Maurer und verschwand im Schlafzimmer.

Brandt klopfte an die Kinderzimmertür und trat ohne Aufforderung ein. Lara und Tobias saßen auf einem Bett, den Blick erwartungsvoll auf ihn gerichtet.

Nachdem er die Tür geschlossen hatte, setzte er sich auf einen Stuhl und sagte zu Lara: »Du hast mir vorhin im Präsidium gesagt, dass eure Mutter euch immer an Wochenenden, wenn sie arbeiten musste, zu eurer Tante nach Bieber gebracht hat. Dann wäre heute ja wieder so ein Tag. Ich würde vorschlagen, dass ich euch dorthin bringe und auch gleich ein paar Worte mit eurer Tante wechsle. Ich denke, ihr seid dort besser aufgehoben als hier. Oder was meinst du?«

»Hm.«

»Wann hat eure Mutter euch normalerweise dorthin gebracht?«

»Meistens mittags direkt nach der Schule. Manchmal hat unsere Tante uns auch abgeholt, wenn Mutti früher zur Arbeit musste.«

»Aber heute wollte sie euch hinbringen, wenn ich dich richtig verstanden habe?«

»Ja.«

»Und wie seid ihr nach Bieber gekommen? Mit dem Bus?«

»Ja.«

»Okay, heute werde ich euch fahren. Ich gehe mal davon aus, dass eure Tante nicht arbeitet.«

»Doch, sie arbeitet, aber sie hat ihr Büro zu Hause. Sie ist Übersetzerin und ihr Mann Lehrer. Nur manchmal muss sie zu einem Kunden fahren, um die Übersetzungen mit ihm zu besprechen. Heute wird das wohl so gewesen sein.«

»Hast du ein aktuelles Foto deiner Mutter gefunden?«

»Ja, hier«, sagte Lara und reichte es Brandt. »Das hat Tante Miriam zu Weihnachten aufgenommen.«

»Sehr gut«, sagte Brandt und betrachtete das Foto der hübschen Frau. Warum ist sie noch immer mit diesem Nichtsnutz zusammen?, fragte sich Brandt. Sie könnte doch was viel Besseres haben.

Er steckte das Foto in die Innentasche seiner Jacke und fragte Lara: »Sollen wir erst bei eurer Tante anrufen?«

»Sie ist um diese Zeit fast immer zu Hause. Wenn nicht, dann warten wir eben, bis sie kommt.«

»Ich habe aber nicht so viel Zeit, ich muss noch eine Menge erledigen«, sagte Brandt lächelnd, doch es kam kein Lächeln zurück.

»Das macht nichts, wir warten auch alleine.« Und nach einer kurzen, bedeutsamen Pause fügte sie mit leiser Stimme hinzu: »Werden Sie unsere Mutti finden?«

Brandt nickte. »Ich werde alles in meiner Macht Stehende tun, das verspreche ich euch. Und ich habe ja auch noch ein paar Kollegen, die bei der Suche mithelfen. Es wird schon alles gut werden«, sagte er und glaubte schon zum zweiten Mal an diesem Tag seinen eigenen Worten nicht.

»Tobias und ich sind so weit.«

Brandt ging mit den Kindern ins Wohnzimmer, wo der Vater wieder am Tisch saß und eine Zigarette rauchte, sein Blick ging ins Leere, seine Finger und Hände zitterten, obwohl er bereits getrunken hatte. Seit über einer Dreiviertelstunde war Brandt nun hier, doch Maurer hatte bis jetzt nicht einen Bissen gegessen. Nur gesoffen und gequalmt. Ein erbärmliches Dasein, dachte Brandt.

»Wo geht ihr hin?«, blaffte er die Kinder an.

»Zu Tante Miriam.«

»Moment, Moment, soll ich jetzt vielleicht wieder das ganze Wochenende allein hier rumhängen? Wenn eure Mutter nicht kommt, wer kümmert sich dann um …«

»Wer kümmert sich um was?«, wurde er von Brandt schroff unterbrochen. »Sie werden schon zurechtkommen, Sie haben doch Ihre ganz speziellen guten Freunde, die Ihnen

Trost spenden. Feiern Sie mit Ihren Freunden, Sie haben vermutlich sturmfreie Bude. Oder haben Sie etwa keine Freunde – außer den gläsernen hier?«

»Leck mich doch«, rief Maurer, doch Brandt ignorierte die Beleidigung, es hatte keinen Sinn, sich mit einem Mann anzulegen, der mindestens zwei Promille hatte. Er würde sich volllaufen lassen und schon bald wieder hinlegen, und wenn der nächste große Durst kam und mit ihm das Zittern, würde er sich Stoff aus einem Versteck holen oder sich etwas kaufen. Er kannte genug von diesen Typen, und Maurer war auf dem besten Weg, sich nicht nur körperlich kaputtzumachen, sondern sich auch das Hirn wegzusaufen. Er sah nicht einmal hin, als Brandt mit den Kindern die Wohnung verließ. Es interessierte ihn nicht.

FREITAG, 13.40 UHR

Brandt brachte die Kinder zu der von Lara angegebenen Adresse, einem kleinen, geschmackvollen Bungalow in einer guten, angenehmen Wohngegend.

Sie stiegen aus und gingen auf das Tor zu, Lara drückte den Klingelknopf mit dem Namen »Weber«. Sie warteten einen Moment, bis eine Frau von etwa Anfang dreißig zum Tor kam. »Hallo«, begrüßte sie Lara und Tobias und öffnete das Tor. Ihr Blick drückte Verwunderung aus, als sie Brandt ansah. »Darf ich fragen, wer …«

»Hauptkommissar Brandt, Kripo Offenbach«, sagte er und wies sich aus. »Darf ich kurz mit reinkommen? Ich hätte ein paar Fragen an Sie.«

»Ist etwas mit Linda?«, fragte sie besorgt und bat die Kinder und Brandt ins Haus.

»Nein, das heißt, vielleicht, aber ich möchte das lieber unter vier Augen mit Ihnen besprechen.«

»Ja, natürlich«, sagte Miriam Weber, die ihrer Schwester Linda erstaunlich ähnlich sah. Vielleicht waren sie Zwillinge? Er würde sie fragen.

Sie wandte sich an die Kinder: »Hängt eure Sachen auf und geht schon mal vor, Herr Brandt und ich möchten für einen Augenblick allein sein. Ich bin dann so schnell wie möglich bei euch. Wenn ihr was zu trinken oder zu naschen haben wollt, ihr wisst ja, wo alles steht. Ich bin dann so schnell wie möglich bei euch«, wiederholte sie, ein Zeichen ihrer Nervosität.

»Gehen wir nach oben in mein Arbeitszimmer, dort sind wir ungestört«, sagte sie zu Brandt und eilte ihm voraus die Treppe hinauf in ein großes, helles Zimmer mit einem ausladenden Schreibtisch, auf dem zwei aufgeschlagene Wörterbücher neben einem Computermonitor lagen, auf der anderen Seite ein dicker Stapel beschriebener Blätter. Deckenhohe Bücherregale standen an den Wänden, doch Brandt hatte keine Augen dafür.

»Was ist mit Linda?«, fragte Miriam Weber noch einmal und sah Brandt ängstlich an, nachdem sie die Tür hinter sich zugemacht hatte. Ein Beamter von der Kriminalpolizei im eigenen Haus, das verhieß nichts Gutes, das konnte nichts Gutes bedeuten, so ihr Gesichtsausdruck.

»Ich will es kurz machen: Lara und Tobias sind heute gegen elf in mein Büro gekommen und haben ihre Mutter als vermisst gemeldet. Normalerweise nehmen wir Vermisstenmeldungen von Erwachsenen nicht so schnell auf, aber in diesem Fall mache ich eine Ausnahme. Lara erklärte mir, dass ihre Mutter nicht nach Hause gekommen sei, worüber ich mich bei einem Besuch in der Wohnung vergewissern konnte.«

»Bitte, was? Wollen Sie damit etwa sagen, dass Linda verschwunden ist?« Sie räusperte sich, ließ sich auf ihren Schreibtischstuhl fallen und bot Brandt einen Platz an. Er setzte sich in einen Korbsessel, der direkt neben dem Fenster stand.

»Im Augenblick sieht es ganz danach aus ...«

»Nein, nein, nein. Nein, nein, nein, das glaube ich nicht! Nicht Linda«, stieß sie aufgeregt hervor und hob abwehrend die Hände. »Nicht meine Schwester. Wenn Sie sie kennen würden, wüssten Sie, dass sie so was niemals tun würde. Sie ist die Zuverlässigkeit in Person, und ich kann das sagen, denn ich kenne sie, seit sie geboren wurde. Lara und Tobias sind ihr Ein und Alles, sie würde sie niemals im Stich lassen. Ihre Kinder bedeuten ihr mehr als ihr Leben, und ich schwöre Ihnen, das ist die Wahrheit. Ich kenne keine bessere Mutter als Linda ...«

»Wann ...«

Miriam Weber fuhr unbeirrt fort, als hätte sie Brandt nicht gehört, und ihre Stimme klang auf einmal seltsam fremd, als wäre sie mit ihren Gedanken woanders: »Aber wenn Lara sich Sorgen macht, dann sind diese womöglich auch berechtigt.« Sie begann zu zittern, obwohl es angenehm warm in dem Zimmer war. »Lara ist extrem feinsinnig und spürt Dinge, die andern verborgen bleiben. Halten Sie mich nicht für verrückt, aber Lara ist ein Ausnahmekind. Manchmal habe ich das Gefühl, sie hat Kontakt zu einer anderen Welt. Sie sieht einen Menschen zum ersten Mal und kann sofort sagen, was für ein Mensch das ist.«

Brandts ungutes Gefühl wurde noch stärker, und er hoffte verzweifelt, dass es ihn wenigstens diesmal trog und er nicht irgendwann den Kindern und der Schwester würde mitteilen müssen, dass die Mutter nie mehr nach Hause kommen würde.

»Den Eindruck hatte ich auch. Darf ich Ihnen jetzt ein paar Fragen stellen?«

»Natürlich, natürlich, fragen Sie.«

»Aus Ihren Worten schließe ich, dass Sie auch nichts von Ihrer Schwester gehört haben …«

»Nein, das hätte ich Ihnen doch sofort gesagt. Sie wollte mir heute Nachmittag um drei die Kinder vorbeibringen und sie am Sonntagabend wieder abholen, aber das hat Lara Ihnen bestimmt erzählt. Mein Gott, wenn ich mir vorstelle, dass ihr etwas zugestoßen ist …«

»Noch wissen wir es ja nicht«, versuchte Brandt sie zu beschwichtigen. »Wie oft lässt Ihre Schwester die Kinder übers Wochenende bei Ihnen?«

Miriam Weber antwortete prompt: »Das kommt etwa einmal im Monat vor, mitunter zweimal, dann aber auch mal nur alle zwei Monate. Das ist unterschiedlich.«

Brandt nickte. »Gut, das deckt sich mit den Aufzeichnungen, die Lara mir gegeben hat. Sie hat genau Buch geführt über …«

»Ja, ich weiß, was Sie denken. Aber Linda arbeitet hart, um sich endlich von diesem Scheißkerl, der sich Ehemann nennt, trennen zu können. Sie haben ihn doch kennengelernt. War er besoffen? Was für eine Frage, natürlich war er besoffen«, gab sie gleich selbst die Antwort und zog die Mundwinkel abfällig nach unten.

»Wie ist das Verhältnis zwischen Ihrer Schwester und ihm?«

Miriam Weber lachte bitter auf. »Da gibt es kein Verhältnis mehr, Universen liegen zwischen den beiden. Dieter ist doch im Dauerrausch. Er jammert und heult, wie schlecht es ihm geht, aber er kriegt den Arsch nicht hoch. Der hängt an der Flasche, seit ich ihn kenne. Aber Linda hat sich in ihn verliebt, als sie sechzehn war, und ihn gegen meinen Rat mit achtzehn geheiratet. Ich hatte sie gewarnt, dass er sie ins Unglück stürzen würde, und genau das ist auch passiert. Gut, sie haben zwei Kinder miteinander, aber die interessieren ihn null. Ich bin normalerweise nicht so, doch diesen versoffenen Kerl verachte ich. Er bringt nur Unglück über die Familie.«

»Augenblick, Sie sagen, er trinkt, seit Sie ihn kennen? Nicht erst seit seiner Bandscheibengeschichte?«

Miriam Weber lachte höhnisch auf. »Hat er Ihnen dieses Märchen etwa auch aufgebunden? Das mit seinen Bandscheiben nimmt er gerne als Vorwand für seine Sauferei. Soll ich Ihnen die Wahrheit sagen? Er ist ein Versager, der bei jedem die Schuld sucht, nur nicht bei sich selber. Ich will mit diesem Mann nichts mehr zu tun haben, er raubt mir nur unnötig Energie.«

»Und sein Job bei der Stadtreinigung?«

»Sie meinen, warum er den verloren hat? Ganz bestimmt nicht, weil er krank war, sondern weil er seine Arbeit nicht mehr richtig erledigen konnte. Einen ständig besoffenen Müllfahrer, der dauernd fehlt, kann man nicht gebrauchen. Der hat schon lange nichts mehr mit dem Rücken, der hat sich höchstens das Hirn weggesoffen.«

»Erzählen Sie mir mehr über die Ehe. Gab es Streitigkeiten, die über das Normalmaß hinausgingen?«

»Sie meinen, ob er sie geschlagen hat? Mein Gott, der hat immer wieder mal zugeschlagen, zum Glück nie so, dass Linda zum Arzt oder gar ins Krankenhaus musste, aber ich bin sicher, lange dauert es nicht mehr, bis er komplett die Kontrolle verliert. Linda hätte sich schon längst von ihm trennen sollen, mein Mann und ich hätten ihr doch geholfen. Aber wie das so ist, er war ihr erster Mann, und sie hat wohl immer noch die Hoffnung, er würde sich eines Tages ändern.« Im nächsten Moment schüttelte sie den Kopf. »Nein, das stimmt so nicht, sie hat vor, sich von ihm zu trennen, aber er weiß es noch nicht. Was glauben Sie, warum sie wie ein Tier schuftet? Ganz bestimmt nicht, weil es ihr Spaß macht ...«

»Apropos schuften. Kennen Sie den Namen der Firma, bei der sie angestellt ist? Bis jetzt konnte mir das niemand sagen.«

Miriam Weber lief wie ein aufgescheuchtes Huhn durch das Zimmer. »Tut mir leid, da muss ich passen. Sie hat's mal erwähnt, aber was interessiert mich der Name eines Unternehmens für Gebäudereinigung? Das Einzige, was ich Ihnen sagen kann, ist, dass es eine ziemlich große Firma sein muss.« Sie sah nachdenklich zum Fenster hinaus. »Nein, ich könnte noch so viel überlegen, mir würde der Name nicht einfallen. Ich weiß nur, dass sie wie eine Wahnsinnige rackert, um endlich von Dieter wegzukommen. Sie wollte aber nicht auf die Hilfe anderer angewiesen sein, das … Mein Gott, ich rede ja schon so, als wenn sie tot wäre. Tut mir leid, tut mir leid«, sagte sie aufgeregt und fuchtelte mit den Armen, »ich bin total verwirrt. Sie will nicht auf die Hilfe anderer angewiesen sein, nicht einmal auf die von uns, das heißt, von meinem Mann und mir. Herr Brandt, ich habe Angst, ich habe ganz schreckliche Angst, dass ihr etwas zugestoßen sein könnte. Da gab es doch diese beiden Morde im vergangenen Jahr, die nicht aufgeklärt wurden … Was, wenn der Täter sich jetzt Linda …«

»Frau Weber, bitte, denken Sie nicht gleich das Schlimmste. Wenn ein Mensch verschwindet, ob Kind oder Erwachsener, bedeutet das nicht zwangsläufig, dass ein Verbrechen vorliegt. In den meisten Fällen kehren die Vermissten wieder nach Hause zurück.«

Sag mal, spinn ich?, dachte er, kaum hatte er die Worte ausgesprochen. Wie kann ich dieser Frau und den Kindern Mut zusprechen, wenn ich selbst nicht daran glaube, dass es ein Happy End geben wird? Peter, halt lieber die Klappe, bevor du noch mal was Unbedachtes von dir gibst.

»Das sagen Sie. Haben Sie denn eine Erklärung, wo meine Schwester sein könnte? Sie haben doch Erfahrung in solchen Dingen. Also, wo? Linda hat gearbeitet, wie jeden Tag. Normalerweise kommt sie am späten Abend, manchmal auch erst nach Mitternacht heim. Morgens weckt sie die Kinder und macht ihnen Frühstück und Schulbrot. Oft legt sie sich, wenn die Kinder in der Schule sind, noch mal hin und schläft ein oder zwei Stunden, vorausgesetzt, ihr werter Gatte lässt sie schlafen. Später macht sie Mittagessen, die Kinder kommen nach Hause, der Tisch ist gedeckt. Meist isst sie mit den Kindern allein, weil Dieter das Zusammensein nicht sonderlich schätzt. Der macht sowieso, was er will. Nach dem Essen wird der Tisch abgeräumt, die Kinder machen Hausaufgaben, und zwischen halb drei und halb fünf, es kommt ganz drauf an, wo sie eingeteilt ist, verlässt sie das Haus. So, und jetzt erklären Sie mir, wo sie sein könnte.«

»Frau Weber, ich weiß es nicht ...«

»Nein, das können Sie auch nicht wissen. Linda hätte entweder Lara oder mich längst angerufen, wenn etwas dazwischengekommen wäre. Sie hätte die Kinder auf gar keinen Fall im Ungewissen gelassen, sie weiß ja, wie sensibel die beiden sind. Das liegt übrigens in der Familie, wir sind alle psychisch nicht sonderlich belastbar. Gut, Linda ist etwas stärker als ich, das gebe ich zu. Es gibt also keine vernünftige Erklärung für ihr Fernbleiben von zu Hause. Oder sehen Sie das anders?«

Brandt schüttelte den Kopf. »Nein, Sie haben recht, es gibt keine vernünftige Erklärung. Wir werden aber alles in unserer Macht Stehende tun, um Ihre Schwester zu finden.«

Miriam Weber lachte bitter auf und trat dicht vor ihn. »Das

glaube ich Ihnen sogar. Aber ich spreche lieber nicht aus, wie Sie sie finden werden. Mir dreht sich der Magen um, wenn ich nur daran denke. Vor allem Lara und Tobias tun mir jetzt schon leid, für sie wird alles zusammenbrechen, denn Linda war für sie alles. Es gibt keine bessere Mutter als meine Schwester.«

»Ich sagte doch bereits ...«

»Hören Sie doch auf mit diesen einstudierten Sprüchen! Linda ist etwas zugestoßen, wahrscheinlich ist sie sogar tot. Allein der Gedanke ...«

»Frau Weber, ich werde Ihnen jetzt ein paar Szenarien aufzeigen, die möglich sind. Es könnte sein, dass sie einen Unfall hatte und hilflos irgendwo liegt. Das wäre schlimm, denn bei dieser Kälte kann das sehr gefährlich sein. Nummer zwei, sie wurde entführt ...«

»Entführt! Hallo, haben Sie vergessen, dass unsere Familie nicht gerade mit Reichtümern gesegnet ist? Mein Mann ist Lehrer, ich mache Übersetzungen, das Haus muss noch etwa zwanzig Jahre lang abbezahlt werden, meine Eltern und mein Bruder leben von Hartz IV, meine Schwester Iris ist seit längerem in der Drogenszene abgetaucht, kein Mensch weiß, wo sie sich derzeit aufhält, ob sie überhaupt noch lebt ... Wollen Sie noch mehr wissen?«, spie sie ihm entgegen, um sich gleich darauf zu entschuldigen. »Verzeihen Sie bitte, ich wollte Sie nicht angreifen ... Ich war die Erste, die es aus dem Sozialsumpf geschafft hat, und Linda ist oder war auf dem besten Weg, es mir gleichzutun, auch wenn es bei ihr ungleich länger gedauert hat. Aber ich habe Sie unterbrochen, Sie haben doch bestimmt noch ein paar

Theorien in petto, was mit Linda passiert sein könnte«, sagte Miriam Weber ironisch.

»Sie hat jemanden getroffen, ist mit ihm mitgegangen und hat die Zeit vergessen ...«

»Soll ich jetzt lachen oder was? Linda würde niemals mit jemandem mitgehen. Solange sie verheiratet ist, hat sie gesagt, werde es keinen anderen Mann in ihrem Leben geben – und schon gar keinen Seitensprung. Sie ist nicht der Typ für One-Night-Stands. Noch was?«

»Nein. Aber ich möchte Sie trotzdem darauf hinweisen, dass ich es schon mit den unmöglichsten Fällen zu tun hatte. Es gibt noch viele Möglichkeiten, was passiert sein könnte, die ich gar nicht alle aufzählen kann.«

»Ich weiß«, seufzte Miriam Weber auf, »es gibt nichts, was es nicht gibt. Dennoch bin ich überzeugt davon, dass meiner Schwester etwas zugestoßen ist. Was auch immer. Und noch einmal für Sie zum Mitschreiben: Linda wollte heute Nachmittag die Kinder vorbeibringen, weil sie das ganze Wochenende über arbeiten muss ...«

»Entschuldigung, wenn ich Sie unterbreche, aber ist das nicht ungewöhnlich, am Samstag und Sonntag ...«

»Nein, ist es nicht. Die machen, so Linda, nicht nur Bürogebäude oder Industrieanlagen, sondern sind auch in Villenvierteln in ganz Deutschland tätig, natürlich nur dort, wo die Bewohner nicht zu Hause sind. Es gibt außerdem auch Firmen, in denen am Wochenende geputzt wird. Sie sagt, es sei ein Unternehmen mit über fünfhundert Mitarbeitern. Hören Sie, Linda und ich, wir sind uns so ähnlich, das glauben Sie gar nicht. Wenn ich etwas sage, dann halte ich mich auch daran. Und genauso ist Linda. Um drei wollte sie die Kinder bringen, um halb fünf hätte sie losgemusst.«

»Sind Sie Zwillinge?«, wechselte Brandt das Thema.

»Wie kommen Sie darauf?«

»Weil Sie sich so ähnlich sehen.«

»Das sagen viele. Nein, wir sind keine Zwillinge, ich bin fast auf den Tag zwei Jahre älter. Linda hat am 8. November Geburtstag, ich am 9. Aber manchmal könnte man tatsächlich meinen, wir wären eineiige Zwillinge.«

»Gibt es Freizeitaktivitäten, denen Ihre Schwester nachgeht? Ist sie in irgendwelchen Vereinen?«

»Nein, nichts dergleichen. Sie ist häufig hier bei uns, das ist alles. Es gibt nur drei Dinge im Leben für sie: Ihre Familie, die Arbeit, meine Familie. Das reicht auch, denke ich.«

»Ja, sicher. Die Wohnung ist ja auch in einem fast perfekten Zustand …«

»Das ist nicht Linda allein. Lara hilft sehr viel im Haushalt mit. Sie spült, saugt, wischt Staub, sie macht eigentlich alles. Sehr ungewöhnlich für ein Kind, aber wie schon gesagt, Lara ist nicht mit anderen Kindern ihres Alters zu vergleichen. Ich habe sie und Tobias gerne hier. Sie sind wahre Geschenke Gottes. Und das meine ich ernst.«

»Dann sollten sie auch immer so behandelt werden. Ich werde jetzt zurück ins Präsidium fahren. Wir werden alles nur erdenklich Mögliche in die Wege leiten, um Ihre Schwester zu finden.«

»Tun Sie das«, sagte sie mit Resignation in der Stimme. »Wir sollten jetzt auch besser nach unten gehen, ich will die Kinder nicht zu lange allein lassen.«

Brandt verabschiedete sich von den Kindern. Als Lara und ihre Tante ihn zur Tür begleiteten, sagte das Mädchen mit klarer Stimme: »Mutti wird nicht zurückkommen. Sie wissen schon, mein Traum.«

»Wir werden sehen.«

Er nickte ihnen aufmunternd zu, doch in ihren Gesichtern stand in riesigen Lettern »Angst«. Angst, die Mutter nicht mehr wiederzusehen, Angst, die Schwester verloren zu haben. Er konnte es ihnen nicht verdenken.

FREITAG, 15.25 UHR

Sag mal, warum hat das denn so lange gedauert?«, wurde er von Spitzer vorwurfsvoll empfangen, wobei er auf seine Armbanduhr tippte, um Brandt zu bedeuten, wie spät es bereits war. »Vladic wartet auf dich, er soll heute noch nach Weiterstadt überstellt werden.«

»Dann soll er warten. Wir müssen diese Frau suchen«, sagte Brandt und legte Linda Maurers Foto auf den Schreibtisch.

»Wieso?«, fragte Spitzer und lehnte sich zurück, weil er diesen Gesichtsausdruck von Brandt nur zu gut zu deuten wusste.

»Weil mittlerweile alles dafür spricht, dass wir es mit einem Verbrechen zu tun haben. Ich habe ausführlich mit den Kindern, dem Ehemann und der Schwester gesprochen, da stimmt etwas nicht. Die Frau wird als die Zuverlässigkeit in

182

Person geschildert, die verschwindet nicht einfach, auch wenn sie einige handfeste Gründe hätte.«

»Als da wären?«

»Ihr Mann ist ein Säufer vor dem Herrn, vierzehn Jahre älter und kaum ansprechbar. Häusliche Gewalt ist ein Thema, aber nur er gegen seine Frau, wobei ich das nur in Anführungsstriche zu setzen bitte. Trotzdem würde sie ihre Kinder niemals im Stich lassen, wie mir von der Schwester versichert wurde. Sie beschreibt sie als die beste Mutter, die man sich vorstellen kann, und sie klang dabei sehr überzeugend. Auch ihre Mimik und Gestik waren unauffällig. Dazu kommt, dass Frau Maurer schon seit längerem darauf hinarbeitet, sich von ihrem Mann zu trennen, deswegen schafft sie wie ein Brunnenputzer. Es sind einfach zu viele Dinge, die mich nachdenklich machen. Sie hätte wie immer heute Vormittag zu Hause sein müssen. Also, was ist, starten wir eine Suchaktion?«

»Und wie, bitte schön, soll die aussehen? Wo willst du ansetzen? Peter, setz dich erst mal und atme tief durch. Und dann erzähl, was los ist.«

»Ich werde mich nicht setzen. Ich wiederhole: Eine Frau, Linda Maurer, wird seit heute früh vermisst. Zweiunddreißig Jahre alt, verheiratet, zwei Kinder, zehn und zwölf Jahre alt. Beschäftigt in einem Gebäudereinigungsunternehmen, dessen Namen keiner kennt, den wir aber herausfinden werden. Als Erstes suchen wir diese Firma, dann fragen wir, wo die Maurer gestern eingesetzt war und wie lange. Wer sie zuletzt gesehen hat und so weiter und so fort. Irgendjemand wird sie ja wohl gesehen haben.«

»Gut, dann telefonieren wir mal rum. Aber denk daran, es ist Freitag, und da sind die Büros in der Regel nicht sehr lange besetzt. Noch mal den Namen, ich werde Rübsam und Fichter mit dem Telefonieren beauftragen, du kümmerst dich derweil um Vladic.«

»Okay. Linda Maurer, geboren 8.11.77, wohnhaft Neusalzer Straße 75. Und bitte, sobald ihr was habt, gebt mir sofort Bescheid.«

»Nein, ich behalt das für mich, Blödmann.«

»Danke. Hey, du warst nicht dabei, aber die Kinder sind prima, und die Schwester ist in allergrößter Sorge. Und ich, ehrlich gesagt, auch. Was immer es auch ist, es passt vorne und hinten nicht.«

Spitzer verzog das Gesicht: »Was passt denn nicht?«

»Alles«, antwortete Brandt nur und verließ Spitzers Büro. Als er die Tür zu seinem öffnete, stachen ihm die beiden Plätze ins Auge, von denen einer bis auf weiteres leer bleiben würde. Nicole Eberl würde nie wieder zurückkehren, und wer sein neuer Partner oder seine neue Partnerin werden würde, stand in den Sternen.

Was für ein beschissener Tag, dachte Brandt und ließ sich auf seinen Stuhl fallen. Der dritte beschissene Tag hintereinander. Wenn das so weitergeht, können die mich bald in die Klapse einliefern. Er schloss die Augen und spürte ein leichtes Stechen in der linken Schläfe, das er jedoch ignorieren wollte. Dazu kam, dass er Hunger und Durst hatte: Und er war müde. Er holte sich einen Kaffee und nahm einen Schokoriegel aus seiner Schublade. Energie tanken und gegen die Müdigkeit ankämpfen.

Er rief bei einem Beamten an, der ihm Vladic bringen sollte. An und für sich hätte der Kroate bereits gestern in U-Haft überstellt werden sollen, aber der Haftrichter hatte es befürwortet, ihn noch eine Nacht länger in der Zelle im Präsidium zu lassen. Vladic hatte bisher auch keinen Anwalt verlangt. Später vielleicht, hatte er gesagt, als Brandt ihn darauf aufmerksam machte, dass er Anrecht auf Rechtsbeistand habe.

Mit geschlossenen Augen dachte Brandt an Elvira. Wie gerne wäre er mit ihr für ein paar Tage weggefahren, irgendwohin, wo er seine Ruhe hatte. Dabei lag der Portugalurlaub erst wenige Tage zurück, und doch kam es ihm vor, als wären Monate seitdem vergangen.

Es klopfte, und Vladic wurde von einem Beamten in sein Büro gebracht.

»Nehmen Sie ihm die ab, bitte«, sagte Brandt und deutete auf die Handschellen.

»Wie Sie wollen.«

Während der Beamte draußen vor der Tür wartete, sah Brandt Vladic freundlich an: »Wie geht es Ihnen?«

»Nicht gut, aber das bin ich gewohnt. Seit Jovanovic meiner Familie das angetan hat, hat es nicht einen Tag gegeben, an dem ich mich gut gefühlt habe.«

Obwohl Vladic erst im Alter von siebzehn Jahren nach Deutschland gekommen war, sprach er beinahe akzentfrei Deutsch.

Brandt befragte ihn noch einmal zu den Ereignissen in der Nacht von Dienstag auf Mittwoch, um sicherzugehen, dass Vladic sich nicht in Widersprüche verwickelte. Der Kroate blieb weiterhin ruhig und in sich gekehrt und wiederholte in seiner monotonen Sprechweise, was sich abgespielt hatte. Wie der Zufall ihn und Jovanovic zusammengeführt habe, wie ihm fast das Herz stehengeblieben sei, als er ihn an der Theke entdeckte, wie er überlegte, ob er sich zu ihm setzen solle oder lieber woandershin, um diesem Schlächter und Frauenschänder aus dem Weg zu gehen. Aber etwas habe ihn zur Theke gezogen, der linke Platz neben Jovanovic sei frei gewesen, man sei ins Gespräch gekommen und habe sich über die alte Heimat unterhalten. Jovanovic habe behauptet, aus Bosnien zu stammen, doch das sei eine Lüge, denn schon sein Akzent habe verraten, dass er aus Serbien stamme. Es gab nicht eine Unstimmigkeit im Vergleich zu Vladic' bisherigen Aussagen.

Brandt wollte gerade die Fotos, die man in Vladic' Wohnung gefunden hatte, auf dem Tisch ausbreiten, als Spitzer in der Tür stand, seine Miene finster wie selten. Es war 15.59 Uhr.

»Abbrechen. Herr Vladic wird zurück in seine Zelle gebracht, du hast eine andere Aufgabe.«

Sie warteten, bis der Beamte Vladic die Handschellen wieder angelegt und mit ihm das Zimmer verlassen hatte.

»Lass mich raten …«

»Nicht nötig. Man hat eine Leiche gefunden. Weiblich, zwischen Ende zwanzig und Mitte dreißig. Bachstraße. Streife ist bereits vor Ort. Die Kollegen sagen, es liegt eindeutig ein Tötungsdelikt vor. Mach dich auf die Socken.«

»Ich hab's gewusst, ich hab's verdammt noch mal gewusst. Ist sie's?«

»Keine Ahnung, find's raus. Aber wer sollte es sonst sein?«

»Na super, diese Woche hat's ja gewaltig in sich. Spusi et cetera sind informiert?«

»Noch nicht, ich schick die komplette Truppe gleich los, aber ich wollte dir erst mal die Gelegenheit geben, den Ort allein zu besichtigen ... Mach dich darauf gefasst, dass Andrea kommen wird, sie hat Bereitschaft.«

»Danke, das versüßt meinen Tag erheblich«, bemerkte Brandt sarkastisch. »Aber das verkrafte ich auch noch.«

»Mann, ihr seid doch nicht Todfeinde. Ihr trefft euch beruflich, und damit basta. Und jetzt ab!«

»Wer hat sie gefunden?«

»Eine Hausbewohnerin, mehr weiß ich nicht.«

Brandt zog seine Jacke über und lief, nein, rannte zu dem Dienstwagen, startete den Motor und raste los. Bachstraße. Er kannte Kollegen, die dort wohnten, nur zwei Hausnummern weiter. Und jetzt lag dort eine Leiche.

FREITAG, 16.21 UHR

Zwei Streifenwagen standen vor dem Haus, ein Beamter saß im beheizten Wagen, zwei standen vor dem Hauseingang.

Brandt brauchte sich nicht auszuweisen, die Kollegen kannten ihn.

»Wo ist sie?«

»Ich komm mit Ihnen. Sieht aber nicht gerade lecker aus da drinnen.«

»Mord?«

»Wenn das kein Mord ist, was dann?«, meinte der Beamte schulterzuckend.

»Waren Sie drin?«

»Ja, aber wir haben nichts angerührt.«

Die Wohnung lag im Erdgeschoss, die Tür war angelehnt, ein weiterer Beamter hielt davor Wache. Zwei Frauen und ein Mann standen auf der Treppe, ein Kind wollte dazustoßen, wurde von dem Mann aber brüsk wieder nach oben geschickt.

»Lasst mich erst mal alleine reingehen«, sagte Brandt, zog sich die blauen Plastikgamaschen über die Schuhe und Handschuhe an. Das Licht war eingeschaltet, die Vorhänge zugezogen. An einen kleinen Flur schloss sich ein mindestens dreißig Quadratmeter großes Zimmer an, in dem das Auffälligste ein überdimensionales Bett war, über dem ein fast ebenso großer Spiegel an der Decke angebracht war. Bevor er sich der Toten zuwandte, ließ Brandt den Blick durch das Zimmer schweifen, dessen Einrichtung nicht beim Möbeldiscounter zu haben war. Allein der Fernseher und die Stereoanlage hatten eine Menge gekostet. Dicke, edle, blickdichte Übergardinen in Terrakotta und Rot sowie dezente Stores verliehen dem Zimmer mediterranes Flair. Ein schönes Zimmer, wäre da nicht diese junge Frau auf dem Bett.

Es war stickig und warm. Ein süßlicher Geruch lag in der Luft, der Geruch des Todes, der sich in jeden Winkel ausgebreitet hatte. Brandt kannte diesen Geruch, er würde sich nie daran gewöhnen.

Er blieb stehen und betrachtete aus etwa drei Metern Entfernung das makabre, das schreckliche Bild, das sich ihm bot. Mit wenigen Schritten trat er vor das Bett.

Die Frau war nackt, die Arme waren an die Bettpfosten gefesselt, die Beine gespreizt. Auf den Oberkörper war ein Kreuz eingeritzt. Zwischen den Beinen eingetrockneter Kot, von dem kein Geruch ausging. Brandt besah sich genauer das Gesicht der Toten: die weit geöffneten, etwas hervorstehenden und rot unterlaufenen Augen starrten in den Spiegel über ihr. Leere Augen, deren Blau verblasst war. Ein Lustspiegel für ausgefallene Spiele. Das Gesicht war zerschlagen, und doch hatte er keinen Zweifel, dass sie es war. Linda Maurer. Seine schlimmsten Befürchtungen hatten sich bewahrheitet. Eine Frau, die zwei Kinder und einen Mann hinterließ, wobei der Mann ihn nicht weiter interessierte. Brandt hasste schon jetzt den Moment, wo er zu Miriam Weber fahren musste, um ihr die schreckliche Nachricht zu überbringen.

Er ließ seinen Blick auf der Toten verweilen, die in der rechten Hand einen Zweig hielt, aus dem leicht geöffneten Mund ragte etwas heraus, das wie eine Feder aussah, doch Brandt wollte nichts berühren, nicht, bevor die Tatortfotos im Kasten waren und Andrea Sievers die Erstbeschau durchgeführt hatte.

Linda Maurer war eine schöne Frau mit einem makellosen Körper gewesen. Er betrachtete sie und dachte nach. Du hast nie und nimmer als Putzfrau gearbeitet. Du hast dein

Geld auf eine andere Weise verdient. Aber diesen Tod hast du nicht verdient, den verdient keiner. Wer war dein letzter Kunde? Wer hat dich so übel zugerichtet?

Brandt wandte sich kurz ab, sah aus dem Fenster auf die Straße, wo sich Schneeberge am Straßenrand türmten und die Menschen dick eingepackt über die Bürgersteige liefen. Der Himmel war bedeckt, seit Tagen hatte sich die Sonne nicht mehr blicken lassen. Brandt vergrub die Hände in den Hosentaschen und dachte unwillkürlich an die beiden Fälle vom vergangenen Jahr. Er war mittlerweile zu hundert Prozent überzeugt, es mit einem Serienkiller zu tun zu haben, der sich auf Prostituierte spezialisiert hatte. Er drehte sich wieder um, seine Augen auf die Tote und ihre seltsame Aufbahrung gerichtet, den Zweig in der rechten Hand, das, was in ihrem Mund steckte, die Verletzungen, die das einst so hübsche Gesicht entstellten. Die Augen, die auch im Tod noch unsägliche Qualen und Leid auszudrücken schienen. Warum hast du alle belogen, selbst deine Schwester? Oder wissen sie doch mehr von deiner eigentlichen Beschäftigung, wollen es aber nicht sagen, weil es so verpönt ist? Oder ist das gar nicht deine Wohnung, und du warst nur ein zufälliges Opfer? Nein, auf ein zufälliges Opfer hätte der Mörder nicht so viel Zeit verwendet. Das ist deine Wohnung, von der niemand wissen durfte, weil du hier deiner eigentlichen Beschäftigung nachgegangen bist. Schade, dass es so geendet hat. Ich frage mich, wie ich es deinen Kindern und deiner Schwester beibringen soll. Für sie wird die Welt zusammenbrechen.

Brandt sah sich weiter im Zimmer um, eine kostbare Handtasche von Hermès stand auf einem Stuhl gegenüber vom Bett, eine Armbanduhr lag auf einem Tisch. Brandt nahm sie in die Hand und sah die Inschrift: »Cartier«. Auf dem Teppichboden blutige Schleifspuren, vereinzelte Spritzer, ein zerfetztes, schwarzes Negligé, ein schwarzer Slip und ein durchsichtiger BH. Das Einzige, was der Täter ihr angelassen hatte, waren die schwarzen, halterlosen Strümpfe. Nein, dachte Brandt, das war kein Zufallsmord, wer immer dich umgebracht hat, er hatte es so geplant. Und das hier ist deine Wohnung.

Mit dem Handy machte Brandt einige Fotos. Er warf einen Blick in die aufgeräumte Designerküche, das Bad und ein weiteres kleines Zimmer, in dem lediglich ein paar Sachen untergestellt waren. Er verließ die Wohnung.

»Wer hat sie gefunden?«, fragte er den Beamten vor der Tür.

»Sie«, antwortete er und deutete auf eine etwa dreißigjährige Frau, die zitternd auf der Treppe saß. Das Gesicht war verheult, sie stand sichtlich unter Schock. Sie konnte nicht begreifen, was sie eben gesehen hatte, und würde diesen Anblick niemals vergessen. Brandt trat zu ihr, beugte sich zu ihr und sagte leise und behutsam: »Sie haben sie gefunden?«

Sie sah Brandt mit geröteten Augen an. »Ja, leider.«

»Ich muss Ihnen ein paar Fragen stellen. Sind Sie dazu in der Lage?«

»Ich denke schon.«

»Sie wohnen hier?«

»Jjjjaaa«, kam es zögernd über ihre Lippen, wobei sie es vermied, Brandt anzusehen.

»Okay«, sagte er laut und bestimmt zu den Gaffern auf der Treppe, »Sie alle verschwinden jetzt in Ihre Wohnungen oder nach draußen, hier gibt's nichts zu glotzen. Außerdem behindern Sie unsere Arbeit. Wenn Sie nicht umgehend verschwinden, lasse ich das Haus räumen.« Er wandte sich an den uniformierten Beamten: »Stellen Sie sich bitte nach oben zwischen Erdgeschoss und erstem Stock und passen Sie auf, dass uns keiner stört.«

Brandt suchte wieder den Blick der jungen Frau. »Wie haben Sie Frau Maurer gefunden?«

»Bitte? Wieso Frau Maurer? Das ist Yvonne. Yvonne Neuhaus. Steht doch auch an der Tür und am Briefkasten.«

»Oh, dann ist das also gar nicht Frau Maurer«, konstatierte Brandt, der sich in seinen Vermutungen bestätigt fühlte, dass Linda Maurer sich eine zweite Identität zugelegt hatte. »Aber noch mal meine Frage: Wie haben Sie sie gefunden?«

»Als ich vorhin in meine Wohnung wollte, habe ich gesehen, dass ihre Tür nur angelehnt war, was auf den ersten Blick nicht auffällt. Schauen Sie selbst, wie es aussieht, wenn die Tür angelehnt ist. Ich hab geklopft, und als ich keine Antwort bekam, bin ich reingegangen. Mir ist sofort dieser seltsame Geruch aufgefallen … Und dann habe ich Yvonne auf dem Bett liegen sehen«, sagte sie, Tränen strömten ihr über die Wangen. Sie vergrub das Gesicht in den Händen und schluchzte.

Brandt wartete, bis sie sich ein wenig beruhigt hatte, und zog seinen Notizblock aus der Jackentasche. »Wie ist Ihr Name?«

»Nathalie Groß.«

»Ist das Ihr richtiger Name? Sie wissen, wir finden das schnell raus ...«

»Wieso sollte das nicht mein richtiger Name sein?«, fragte sie entrüstet. »Ich kann Ihnen gerne meinen Ausweis zeigen.«

»Wie alt sind Sie?«

»Neunundzwanzig, geboren am 8.8.80.«

»Als ich Sie vorhin fragte, ob Sie hier wohnen, haben Sie sehr zögerlich geantwortet. Deshalb noch mal: Wohnen Sie hier, oder arbeiten Sie hier nur?«

Nathalie Groß richtete den Blick zu Boden und antwortete: »Das ist nur mein Arbeitsplatz. Aber auch nur hin und wieder. Ich bin vielleicht dreimal in der Woche hier.«

»Das heißt, Sie empfangen Männer, genau wie Yvonne?«, stellte Brandt trocken fest.

Nicken.

Brandt wollte noch etwas fragen, als die Spurensicherung eintraf.

»Einen Moment, bitte«, sagte er zu Nathalie Groß und wandte sich Gerd Fröhlich, dem Leiter der Truppe, zu.

»Schießt die Fotos und wartet auf Andrea. Ich gehe mit der jungen Dame in ihre Wohnung. Sobald Andrea da ist, gebt mir bitte Bescheid.«

»Aber sicher doch«, meinte Fröhlich mit einem Augenzwinkern.

Brandt wandte sich wieder an die junge Frau: »Gehen wir zu Ihnen, dort sind wir ungestört.«

»Ist gleich hier«, sagte sie und deutete auf die Tür gegenüber von Linda Maurers Apartment.

Sie gingen hinein und machten die Tür zu. Die Wohnung sah fast bis ins Detail wie die von Linda Maurer aus. Auch hier ein überdimensionales Bett, ein Spiegel an der Decke, erlesene Gardinen, doch im Gegensatz zu dem gegenüberliegenden Apartment lag ein wohltuender Parfumduft in der Luft. Als Brandt Nathalie Groß etwas genauer ansah, stellte er fest, dass auch sie eine ausgesprochen schöne und attraktive Frau war. Lange, dunkelbraune Haare, grüne Augen, ein natürlicher südländischer Teint, markante Wangenknochen. Etwa eins fünfundsechzig groß, schlank, doch wohlproportioniert, soweit er dies unter dem weit geschnittenen Sweatshirt erkennen konnte. Und er mochte sich gar nicht vorstellen, wie sie aussah, wenn sie sich für ihre Kunden zurechtgemacht hatte. Vamp pur, eine Sünde, die fast jeder Mann begehen würde, für die manch einer vielleicht sogar töten würde.

»Nehmen Sie doch Platz«, sagte Nathalie Groß, ging zum Schrank und holte eine Flasche Wodka heraus, schenkte sich ein und trank das Glas in einem Zug leer. »Tut mir leid, aber das brauchte ich jetzt. Ausgerechnet Yvonne ...«

»Frau Groß, lassen wir doch diese Spielchen, mit denen Sie nur meine kostbare Zeit vergeuden. Yvonne ist ein Kunstname, in Wirklichkeit heißt sie Linda Maurer. Wie heißen Sie denn für Ihre Kunden?«

Sie atmete einmal tief durch und antwortete mit einer Spur Verlegenheit: »Nicole.«

»Na also. Und wie lange kennen Sie Ihre Nachbarin schon?«

»Seit fünf Jahren. Ich habe sie mit dem Geschäft vertraut gemacht.«

»Wie und wo haben Sie sich kennengelernt?«

»Bei der Arbeit.«

»Jetzt lassen Sie sich doch bitte nicht alles aus der Nase ziehen. Bei der Arbeit also. Wo haben Sie denn gearbeitet?«

»Schmitz & Hainbach, Gebäudereinigung«, sagte sie mit gesenktem Blick.

Brandt warf ihr einen strafenden Blick zu. »Okay, und jetzt noch mal von vorne. Sie heißen Nathalie Groß, und Sie haben Frau Maurer bei einer Putzfirma kennengelernt. Richtig?«

»Ja.«

»Gut, und jetzt beantworten Sie bitte meine Fragen nicht nur einsilbig, sondern möglichst in ganzen Sätzen. Haben Sie mich verstanden?«, fragte er, als er merkte, dass sie mit ihren Gedanken nicht bei der Sache war. Erst nach ein paar Sekunden und nachdem sie ihn lange an- und doch irgendwie durch ihn hindurchgesehen hatte, nickte sie.

»Ja.«

Nathalie Groß setzte sich auf das Bett, die Beine eng geschlossen, die Hände wie zum Gebet gefaltet, den Blick wieder gesenkt, um schon im nächsten Augenblick aufzuspringen, sich ans Fenster zu stellen und durch die Gardine auf die Straße zu sehen. Brandt ließ ihr Zeit. Sie wischte sich eine Haarsträhne aus dem Gesicht, hob und senkte die Schultern, als wollte sie eine Last abstreifen. Sie drehte sich um, ihre Bewegungen wirkten fahrig, als sie vom Fenster zur Tür und wieder zurück ging. Schließlich setzte sie sich in den anderen Sessel und schlug die Beine übereinander.

»Geht's wieder einigermaßen?«, fragte er.

»Nein, aber ich werde schon klarkommen.«

»Tun Sie mir bitte einen Gefallen und beantworten Sie alle meine Fragen wahrheitsgemäß. Wir haben es mit einem schweren Verbrechen zu tun, und da gibt es keine Geheimnisse mehr. Sollten Sie dennoch die Wahrheit verschweigen oder mich gar anlügen, werde ich sehr ungemütlich. Nur dass wir uns recht verstehen.«

»Fragen Sie«, sagte sie mit ausdrucksloser Stimme.

»Seit wann arbeiten Sie als Prostituierte?«

»Ich mag dieses Wort nicht, auch wenn es vielleicht zutrifft, ich mache auch Begleitservice, es kommt ganz auf die Wünsche der Kunden an …«

»Meinetwegen. Aber Sie haben meine Frage nicht beantwortet. Wie lange schon?«

»Seit gut drei Jahren.«

»Und wie kam es, dass Sie – gewechselt haben? Geld?«

»Warum sollte ich lügen? Ja, natürlich war es das Geld. Als ich etwa nach einem halben Jahr merkte, dass das Geschäft besser läuft, als ich es mir jemals hätte vorstellen können, habe ich Linda darauf angesprochen. Anfangs tat sie so, als käme das für sie niemals in Frage, aber allein die Aussicht, aus diesem mies bezahlten Putzjob rauszukommen, hat sie rasch ihre Meinung ändern lassen …«

»Waren Sie da beide noch bei der Firma beschäftigt?«

»Nein, nur Linda, ich hatte mich ein paar Monate zuvor abgeseilt. Sie war aber auch die Einzige, zu der ich danach noch Kontakt hatte. Die andern waren halt arg bieder, eben Putzfrauen, ohne dass ich meine ehemaligen Kolleginnen schlechtmachen möchte. Die meisten von ihnen waren

Ausländerinnen, die kaum Deutsch konnten, eine Familie hatten und ein bisschen was dazuverdienen mussten. Eben das Übliche. Ich war nie so, ich musste wohl oder übel mal für eine Weile in dem Job arbeiten, aber dann kam dieses sensationelle Angebot. Ich meine, da ist ein Mann, der mir sagt, wie toll ich aussehe, der mich mit Komplimenten überschüttet und mir für einen Abend tausend Euro bietet, und das nur dafür, dass ich mit ihm in die Oper und hinterher essen gehe. Hätte ich da nein sagen sollen? Der Mann ist zwar ein ganzes Stück älter, aber er hat Kohle ohne Ende. Er ist immer noch mein Kunde und hat mich in Kreise eingeführt, die ich früher nur aus dem Fernsehen kannte oder von denen ich geträumt habe. Aber dass ich selbst eines Tages dort verkehren würde …«

»Bleiben wir bei Frau Maurer. Sie war nicht so verklemmt wie die anderen Frauen aus der Putzkolonne, oder ist das der falsche Ausdruck?«

»Anfangs hat sie sich schon geziert, aber das hat sich schnell gelegt. Und sie war nicht verklemmt, sie hatte nur einen ganzen Haufen von Problemen. Mein Gott, ich glaube, ich hätte mir an ihrer Stelle längst die Kugel gegeben. Ein Mann, der nicht nur viel älter ist, sondern auch säuft wie ein Loch, und zwei Kinder, von denen eins behindert ist …«

»Tobias ist taubstumm …«

»Das ist doch eine Behinderung, aber sie hat Tobias und Lara über alles geliebt. Sie hätte alles, wirklich alles für sie getan. Jedenfalls, Linda war unglaublich, sie war etwas ganz Besonderes, was in ihrem direkten Umfeld keiner bemerkt zu haben scheint. Mit ihr konnte ich mich richtig gut unterhalten. Oder, wie wir es ausdrücken, gepflegte Konversation war angesagt, wenn wir zusammen waren.«

»Können Sie mir das näher erläutern?«

»Ich habe sofort gemerkt, dass sie anders ist als die meisten. Sie hatte eine faszinierende Ausstrahlung, und sie war bildschön. Seltsam war nur, dass sie sich weder ihrer Ausstrahlung noch ihrer umwerfenden Schönheit bewusst zu sein schien. Sie lief rum wie Lieschen Müller von nebenan, dabei war sie eine echte Naturschönheit, aber offenbar hatte ihr das bis dahin nie jemand gesagt. Mir hat auch kaum mal jemand gesagt, wie gut ich aussehe, bis dieser Mann kam. Klar, Männer haben mir im Sommer hinterhergepfiffen, aber das muss jede Frau, die einigermaßen aussieht und sich entsprechend gibt und kleidet, über sich ergehen lassen. Scheiße!«, schrie sie mit einem Mal, ballte die Fäuste und schlug sich damit ein paarmal kräftig auf die Schenkel. Sie weinte wieder, als würde ihr noch einmal in aller erschreckenden Deutlichkeit bewusst, was mit ihrer Freundin geschehen war. Brandt sagte nichts, er wollte warten, bis sie sich wieder beruhigt hatte.

Nach ein oder zwei Minuten hatte sie sich einigermaßen gefangen und fuhr mit stockender Stimme fort: »Linda und ich, wir sind uns noch in der Putzkolonne nähergekommen, wir haben uns ein paarmal nach der Arbeit privat getroffen, und dabei habe ich so einiges erfahren, was mich schockiert hat. Dass sie verheiratet ist, okay, aber dass sie schon zwei Kinder hatte, das sah man ihr beileibe nicht an. Sie haben sie gesehen, sie hat eine Figur wie ein Mannequin. Alles da, wo es hingehört. Ich habe ihr erst mal klargemacht, wie verschwenderisch sie mit ihrem Kapital umgeht.« Nathalie Groß redete nun ohne Punkt und Komma, was Brandt schon öfter bei Menschen beobachtet hatte, denen er eine schlimme Nachricht überbringen musste oder die kurz zuvor eine furchtbare Erfahrung gemacht hatten. Ein Verdrängungsprozess, der gewöhnlich nur für eine kurze Zeit anhielt.

»Ich kann davon ausgehen, dass Sie zu Frau Maurer ein freundschaftliches Verhältnis hatten?«

»Mehr als das. Wir haben schnell gemerkt, dass wir auf einer Wellenlänge funkten. Sie hat mir alles erzählt, von ihren Eltern, ihrer lausigen Ehe, ihren wunderbaren Kindern, von ihrer Schwester in Bieber, aber auch von ihrer drogensüchtigen kleinen Schwester Iris, die schon seit längerem verschwunden ist. Eigentlich gab es nichts, worüber wir nicht gesprochen haben. Ich glaube, nein, ich bin mir sicher, ich bin die Einzige, der sie jemals alles anvertraut hat.«

Nathalie Groß stand auf. »Stört es Sie, wenn ich eine Zigarette rauche? Ich rauche normalerweise nur zwei oder drei am Tag, aber im Moment ist mir danach.«

»Es ist Ihre Wohnung. Was können Sie mir noch über Frau Maurer erzählen, das sie nicht einmal ihrer Schwester erzählt hätte?«

Nachdem sie sich die Zigarette angesteckt und einen langen Zug genommen hatte, antwortete sie: »Kennen Sie ihre Schwester? Quatsch, wie denn auch, ich habe Linda doch eben erst gefunden …«

»Doch, ich kenne sie. Die Kinder von Frau Maurer haben

ihre Mutter heute Vormittag bei mir vermisst gemeldet. Ich war bei ihr zu Hause und auch bei ihrer Schwester.«

»Was?« Nathalie Groß starrte Brandt an. »Sie wurde schon vermisst?« Sie dachte einen Moment nach. »Okay, irgendwie ergibt das auch wieder einen Sinn. Wir haben uns vorgestern hier getroffen, weil sie rasch etwas holen wollte, und da sagte sie mir, dass sie am Donnerstag einen neuen Kunden habe, der sie aber nur als Begleiterin für den Abend gebucht hat. So was dauert in der Regel bis Mitternacht oder maximal ein Uhr, wenn man hinterher noch in eine Bar geht. Manchmal kommt es vor, dass ein Kunde doch mehr will, dann fährt sie entweder mit ihm in ein Hotel oder hierher. Aber wie ich sie verstanden habe, wollte sie gestern nicht so lange machen, weil sie heute schon wieder für das ganze Wochenende gebucht war …«

»Wer außer Ihnen wusste von Frau Maurers Beruf?«

»Alle ihre Kunden, von denen wie bei mir so etwa siebzig Prozent Stammkunden sind. Aber es gibt welche, die nur mal geschäftlich nach Frankfurt oder Offenbach kommen und den Abend nicht allein verbringen wollen. Den Kunden zum Beispiel, den ich heute habe, kenne ich seit zwei Jahren, und er wollte noch nie Sex. Die einzige Bedingung ist, dass ich mich für ihn herausputze.«

»Warum will er keinen Sex? Ist er impotent?«

»Kein Kommentar.«

»Es gibt doch bestimmt eine Kundenkartei«, sagte Brandt so ruhig wie möglich, auch wenn er innerlich unter Strom stand, da sich die Hoffnung auftat, den Täter bald zu finden, sollte es eine solche Kartei tatsächlich geben.

»Sie hat, soweit mir bekannt ist, die Namen wie ich auf einem Notebook und in ihrem Handy gespeichert.« Sie hielt inne, überlegte und sagte dann: »Das habe ich ihr jedenfalls geraten.«

»Und die Telefonnummern der Kunden aber auch, oder?«

»Nur zum Teil. Viele haben ein Handy nur für uns oder andere Heimlichkeiten, wenn Sie verstehen. Manche möchten die Nummer nicht preisgeben, könnte ja sein, dass die liebe Ehefrau oder Sekretärin mal im Handy rumschnüffelt und da was entdeckt, was nicht für ihre Augen bestimmt ist. Oder das Handy geht verloren. Das wäre sehr peinlich. In der Regel rufen die Kunden uns an und vereinbaren einen Termin.«

»Woher haben die Kunden Ihre Nummer?«

»Mund-zu-Mund-Propaganda. Kunden empfehlen uns weiter. Wir schalten keine Anzeigen, falls Sie das denken. Linda und ich bewegten uns von Anfang an in Kreisen, wo Diskretion oberstes Gebot ist. Aber nehmen wir an, ein Geschäftsmann hat einen Partner, der auch mal was erleben möchte, dann gibt er ihm meine Nummer, er ruft mich an, ich schicke ihm ein Foto von mir auf sein Handy, und dann kommt entweder ein Treffen zustande oder auch nicht.«

»Das heißt, sollte der letzte Kunde von Frau Maurer auch ihr erster Kunde gewesen sein, im Sinne von …«

»Ja, ich weiß schon, was Sie meinen …«

»Gut. Dann hat diese erste Kontaktaufnahme so stattgefunden, wie Sie sie mir geschildert haben. Richtig?«

»Ja.«

»Würden Sie mir bitte die Nummer von Frau Maurer geben?«

»Moment«, sagte Nathalie Groß und schrieb die Nummer auf und reichte sie Brandt.

»Danke. Das Handy und das Notebook dürften drüben sein ...«

»Möglich, aber das mit dem Notebook glaub ich eher nicht, weil sie sich hier nur recht selten aufgehalten hat ...«

»Was heißt selten?«

»Ein- bis zweimal in der Woche, nur in Ausnahmefällen öfter. Das Handy könnte schon drüben sein, sie hat's immer in ihrer Handtasche gehabt.«

Brandt runzelte die Stirn. »Wenn das Notebook nicht hier ist, wo ist es dann oder wo könnte es sein?«

»In ihrem Apartment«, antwortete Nathalie Groß.

»Das ist doch ihr Apartment ...«

»Ja und nein ...«

»Wollen Sie damit sagen, dass wir das Notebook bei ihr zu Hause finden?«, fragte Brandt, der nicht glauben konnte, dass Linda Maurer derart brisantes Material in ihrer Wohnung aufbewahrte.

Sie lachte auf, zum ersten Mal, seit Brandt sie vor wenigen Minuten kennengelernt hatte. »Na ja, was immer Sie auch zu Hause nennen mögen. Aber wenn Sie mich hätten ausreden lassen ... Nein, nicht da, wo ihr Mann und die Kinder wohnen, sondern in ihrem Luxusapartment. Vorher hatte sie das Zeug hier gebunkert, ich meine ihre Klamotten, Notebook, eben alles, was sie brauchte. Schauen Sie sich doch mal drüben um, da finden Sie jetzt nur noch das Notwendigste. Ist aber immer noch nobler als ihre Bude in dem Hochhaus. Ich kenn das nur von außen, doch da würden mich keine zehn Pferde reinkriegen.«

Brandt war verwirrt. Er machte sich Notizen und fragte dann ruhig, als wäre es reine Routine, dabei war er innerlich aufgewühlt wie seit langem nicht mehr: »Sie hatte noch ein weiteres Apartment?«

»Ja. Genau wie ich. Das hier ist für einige wenige Kunden, meistens solche, die nur ein- oder zweimal meine Dienste in Anspruch nehmen.«

»Und wo liegt Frau Maurers Luxusapartment?«

Nathalie Groß verzog den Mund und zuckte die Achseln. »Tut mir leid, da muss ich passen«, antwortete sie geradeheraus und blickte Brandt in die Augen, woraus er schloss, dass sie die Wahrheit sagte. »Ich war nie dort, weil wir uns immer nur hier oder in einem Restaurant getroffen haben. Ich weiß nur, dass es in Frankfurt ist. Sie hat es auch erst seit März oder April letzten Jahres. Sie hat ein ziemliches Geheimnis daraus gemacht, ich weiß nur, dass sie einen sehr, sehr reichen Gönner hat, der sie nach Strich und Faden verwöhnt und ihr wohl auch das Apartment bezahlt hat. Vielleicht auch den Mercedes …«

»Was für einen Mercedes?«, fragte Brandt und dachte, das wird ja immer schöner, die Maurer lebte im Luxus und ihre Familie von Hartz IV.

»Einen roten 500 SL mit allem Schnickschnack … Sie hat mich einmal zu einer Spritztour mitgenommen. Schickes Auto, aber mein Porsche ist mir lieber«, erklärte sie wie selbstverständlich.

»Wo ist der Wagen? Steht er draußen?«

»Keine Ahnung, ich habe ihn nicht gesehen, ich habe vorhin aber auch nicht auf die Autos geachtet. Kann sein, dass er hinter dem Haus steht. Ich habe Yvonne gefunden, als ich in meine Wohnung wollte und bemerkt habe, dass ihre Tür nicht zu war. Dann bin ich rein, habe sie tot auf dem Bett liegen sehen und die Polizei angerufen, den Rest kennen Sie. Warum das keiner von den andern Hausbewohnern gemerkt hat, ich meine, dass die Tür nur angelehnt war, weiß ich auch nicht, aber die sind sowieso alle blind und ziemlich komisch. So richtige Spießbürger, die zum Glück nicht wissen, was hier im Erdgeschoss abgelaufen ist. Das einzig Gute ist, wir haben unsere Ruhe. Die wollen in Ruhe gelassen werden, und wir wollten es auch.«

Nathalie Groß kaute auf der Unterlippe und fuhr fort: »Ich werde mich wohl erst daran gewöhnen müssen, dass Yvonne nicht mehr da ist. Das ist ungerecht, wissen Sie das?«

»Jeder Mord ist ungerecht, Frau Groß. Aber überlegen Sie doch bitte noch einmal genau, ob Frau Maurer nicht doch erwähnt hat, wo dieses Apartment ist.«

»Herr Brandt, Sie können mich noch so oft danach fragen, ich weiß es nicht. Ich habe sie mehrfach danach gefragt, aber sie hat mir nie eine Antwort gegeben, das ist die Wahrheit. Oder glauben Sie etwa, ich würde einen Mörder decken wollen? Mein Gott, fangen Sie dieses verfluchte Schwein, und machen Sie mit ihm dasselbe, was er mit ihr gemacht hat, das wäre für mich die einzig gerechte Strafe.«

»Und der Gönner? Hat sie ihn jemals namentlich erwähnt?«

»Nein, natürlich nicht. Wir haben nie über unsere Kunden

gesprochen, das heißt, wir haben natürlich schon über sie gesprochen, sie aber nie namentlich genannt. Das gehört bei uns dazu. Wir sind so was wie Psychologen oder Priester, natürlich nur symbolisch gesehen. Schweigen ist ein absolutes Muss. Allein so behält man in diesem Geschäft die guten Kunden. Sie müssen vom ersten Moment an das Gefühl haben, dass alles, was sie uns anvertrauen, auch unter uns bleibt. Plappermäuler überleben nicht lange, sinnbildlich gesprochen. Sie werden zu einfachen Huren, die es mit jedem treiben müssen. Yvonne und ich haben unseren elitären Kundenstamm, und den wollen wir auch gerne behalten.« Sie hielt einen Moment inne. »Entschuldigung, aber ich krieg das nicht auf die Reihe, ich rede von Yvonne immer noch so, als wäre sie noch am Leben.«

»Ich kann das gut verstehen. Außerdem geht es den meisten Menschen so, die einem Opfer nahestanden. Was ist mit dem Kennzeichen des Mercedes? Haben Sie das zufällig für mich?«

»Ja. OF-YA 811.«

»Y steht sicher für Yvonne«, sagte Brandt. »Und das A?«

»Abraham, ihr Mädchenname. Sie hasste den Namen Maurer. Und 811 ist ihr Geburtsdatum.«

»Wie viele Kunden haben Sie?«

»Wieso? Wollen Sie nachprüfen, ob ich auch schön meine Steuern zahle?«, fragte sie spöttisch. »Ich habe nichts zu verbergen, ich will schließlich keinen Ärger. Bei Yvonne war das genauso. Das Finanzamt verdient nicht schlecht an uns.«

»Eher der Staat.«

»Ist doch dasselbe. Das Finanzamt treibt die Kohle ein, damit der Staat sie verplempern kann. Wenn die wenigstens etwas Gescheites damit machen würden ...«

»Lassen Sie uns nicht vom Thema abweichen. Und keine Sorge, ich bin nicht vom Finanzamt und habe mit denen auch nichts zu tun. Es interessiert mich nur, weil ich noch nie in dieser Form im Milieu zu tun hatte.«

»Ich habe derzeit dreißig Stammkunden, das ist das absolute Limit. Die alle unter einen Hut zu kriegen und die Termine so zu legen, dass jeder auf seine Kosten kommt, ist nicht einfach. Glücklicherweise sind einige dabei, die mich nur einmal im Monat für ein oder zwei Stunden buchen, dann gibt es aber auch ein paar, die mich gleich für einen oder zwei Tage wollen. Dazu kommen diverse Kunden, mit denen ich mich nur ein- oder zweimal treffe, meist sind es Durchreisende, aber das habe ich ja eben schon mal erwähnt.«

»Und Frau Maurer?«

»Unsere Zahlen gleichen sich. Wussten Sie eigentlich, dass sie vier Sprachen gesprochen hat? Sie hat sich das alles im Lauf der letzten Jahre selbst beigebracht. Sie hat gelernt, gelernt, gelernt. Das hat sie schon getan, bevor sie in dieses Geschäft eingestiegen ist. Als hätte sie geahnt, dass eine schöne und gleichzeitig kluge Frau bei einer gewissen Klientel besonders gefragt ist. Die Männer, mit denen wir es zu tun haben, wollen nicht nur Sex, sie wollen mit uns ausgehen, sie wollen uns verwöhnen, sie wollen mit uns angeben, aber oft wollen sie auch nur reden. Und glauben Sie mir, die plaudern Sachen aus, da fällt einem nichts mehr ein.

Manchmal komme ich mir vor wie eine Beichtmutter. Dass diese Männer solches Vertrauen haben, hat viel damit zu tun, dass wir uns geistig auf ihrer Ebene bewegen. Wir geben ihnen das Gefühl, dass wir sie verstehen. Das ist das A und O in unserem Geschäft. Sie mögen vielleicht denken, wir seien trotz allem nur Nutten oder Huren, ich sehe das nicht so. Ich gebe meinen Männern das, was sie nirgendwo anders bekommen. Nicht nur die schnelle Nummer, sondern vor allem Zeit. Was glauben Sie, warum ich so einen großen Kundenstamm habe und bis jetzt keiner weggegangen ist? Weil ich ihre innersten Bedürfnisse stille.«

»Sprechen Sie auch mehrere Sprachen oder sind Sie anderweitig besonders begabt?«, fragte Brandt, nicht ohne seiner Frage eine Prise Ironie beizumischen, die Nathalie Groß sehr wohl vernommen hatte.

»Ich bin sehr vielseitig, falls Sie das wissen wollen«, entgegnete sie mit spöttischem Lächeln. »Yvonne und ich, wir hätten Schwestern sein können. Und ja, ich spreche nicht nur Deutsch.« Von jetzt auf gleich fing sie wieder an zu weinen, setzte sich und wischte sich mit einem Papiertaschentuch die Tränen aus dem Gesicht. Mit stockender, tränenerstickter Stimme fuhr sie fort: »Und nun ist sie tot. Umgebracht von einem kranken Hirn! Dabei hatte sie noch so vieles vor. Mein Gott, wenn ich nur an die armen Kinder denke, Yvonne war alles für sie, und die Kinder waren ihr das Wichtigste. Mir wird speiübel, wenn ich an Lara und Tobias denke. Sie hatten eine großartige Mutter«, sagte sie und schenkte sich noch einen Wodka ein. »Tut mir leid, ich trinke normalerweise kaum etwas, aber das ist einfach zu viel für mich. Einen Menschen, den man so gut kannte, so daliegen zu sehen ... Das soll begreifen, wer will, ich tu's nicht. Verstehen Sie, sie war meine Freundin, meine einzige Freundin wohlgemerkt.«

Brandt schwieg einen Moment und sagte dann: »Lassen Sie uns noch mal auf Frau Maurer zurückkommen: Sie hat ihrer Schwester und ihren Kindern gesagt, sie müsse das Wochenende über arbeiten. Wissen Sie, mit wem sie verabredet war?«

»Da kommt nur ein Stammkunde in Frage. Derjenige, der ihr das Apartment finanziert hat, verreiste gerne übers Wochenende mit ihr.«

Brandt wollte noch eine Frage stellen, als jemand an die Tür klopfte.

»Das ist bestimmt für mich.« Brandt erhob sich und machte auf.

»Frau Sievers ist schon eine Weile drin, wollte aber erst mal allein sein«, sagte der Beamte. »Sie bittet Sie aber, jetzt zu ihr zu kommen, sie hätte Ihnen etwas zu zeigen.«

»Ich komme sofort. Frau Groß, halten Sie sich bitte noch zur Verfügung, ich habe noch Fragen.«

»Ich laufe schon nicht weg. Aber sehr viel Zeit habe ich nicht mehr.«

»Ich beeile mich.«

Andrea Sievers blickte nicht einmal auf, als Brandt sich neben sie stellte, während sie über die Tote gebeugt war. Außer ihnen befand sich niemand im Zimmer, die Leute der Spurensicherung hatten sich in die kleine Küche verzogen.

»Hi«, begrüßte er sie knapp.

»Auch hi.«

»Wie lange bist du schon hier?«

»Vielleicht zehn Minuten, ich habe nicht auf die Uhr gesehen. Dein Mann hat gut sichtbare Spuren hinterlassen.«

»Und weiter? Das sehe ich selber«, antwortete Brandt ungehalten, um sich gleich darauf zu entschuldigen. »Sorry, war nicht so gemeint. Bin nur ziemlich fertig.«

»Schon gut. Es ist aber nicht nur, was du siehst oder schon gesehen hast ...«

»Was ist das für ein Zweig?«, wollte Brandt wissen, ohne Andrea ausreden zu lassen.

»Ein Oliven- oder auch Ölzweig von einem Olivenbaum, in der Fachsprache Olea europaea genannt. Frag mich jetzt bitte nicht, was das zu bedeuten hat. Und es gibt noch mehr, was du dir ansehen solltest. Hier, eine Olive, und er hat ihr eine weiße Feder in den Mund gesteckt. Es könnte eine Taubenfeder sein. Ich habe zwar mit Religion nicht allzu viel am Hut, aber für mich hat das alles eine religiöse Bedeutung. Dazu kommt, dass er ihr ein Kreuz in den Oberkörper geritzt hat. Ich gehe davon aus, dass ihr es mit einem Psychopathen oder einem religiösen Fanatiker zu tun habt ...«

»Wo ist der Unterschied zwischen einem Psycho und einem religiösen Fanatiker? Das ist doch Scheiße!«

»Apropos Scheiße. Sie hat im Todeskampf ihre Blase und den Darm entleert, was ja unschwer zu erkennen ist. Passiert meistens bei Erwürgen oder Erdrosseln. Hatten wir auch bei der Zeidler, wenn du dich an den Obduktionsbericht erinnerst. Sie hat auch ihre Blase und den Darm kurz

vor dem Tod entleert. Nicht aber die Schubert. Beim Er-
hängen kommt's übrigens auch vor.«

Andrea Sievers legte eine Pause ein, als erwartete sie eine
Reaktion auf ihre Ausführungen, aber Brandt stand nicht
der Sinn nach ausführlichen Erklärungen, was Menschen
kurz vor ihrem gewaltsamen Tod alles taten. Zudem hatte
er schon zu viele Tatorte gesehen. Er wusste, was alles möglich war.

»Wie lange ist sie schon tot?«, fragte er schließlich in die
Stille hinein.

»Die Totenstarre ist voll ausgebildet, Leichenflecken nicht
mehr wegzudrücken – rechnet man Leber- und Umge-
bungstemperatur dazu, komme ich auf zwölf bis vierzehn
Stunden. Das bedeutet, der Tod dürfte zwischen zwei und
vier Uhr heute früh eingetreten sein. Noch genauere Angaben zum Zeitpunkt des Todes nach der Obduktion. Es
muss ein langer und entsetzlich qualvoller Todeskampf gewesen sein. Sie hat sich unglaublich gegen ihren Mörder
gewehrt, das belegen die abgebrochenen Fingernägel, die
leere Dose Pfefferspray auf dem Boden und die Blutspuren,
die fast bis zur Eingangstür reichen. Die Pistole in der
Schublade hat sie wohl nicht mehr zu fassen gekriegt, sonst
hätte sie's vielleicht sogar überlebt. Diese Frau hat wahnsinnig gelitten, sieh dir nur mal das zerschlagene Gesicht an.
Dem ersten Eindruck nach hat er Nase, Jochbein, Augenboden und Kiefer zertrümmert, möglicherweise hat er ihr
auch eine Schädelfraktur zugefügt. Aber sie hat nicht aufgegeben, sie hat im wahrsten Sinn des Wortes um ihr Leben
gekämpft. Leider hat sie verloren. Armes Ding ...«

»Und was war die eigentliche Todesursache?«, fragte er, obwohl er die Antwort bereits zu kennen meinte.

»Herz- und Kreislaufversagen«, antwortete Andrea mit einem Schmunzeln, wie er es bei ihr lange nicht gesehen hatte. »Ich benutze nur mal die Standardantwort von Ärzten. Aber Spaß beiseite, sie wurde erdrosselt. Und wenn mich angesichts der nur schwach ausgeprägten Male am Hals nicht alles täuscht, hat er es auch bei ihr – wie schon bei der Zeidler – mit einem Tuch oder Schal getan. Diese extrem lange Mordprozedur und diese Brutalität sind hochgradig sadistisch. Ich bin zwar kein Psychologe, aber nach meinem Dafürhalten hast du es mit einem Sadisten zu tun, dessen Taten religiös motiviert sind. Ich frag mich, wie beides zusammenpasst.«

»Ich habe eben mit ihrer Freundin gesprochen, die wohnt direkt gegenüber. Sie hat sie gefunden.«

»Na sauber. Den Anblick wird sie für den Rest ihres Lebens nicht vergessen. Da ist übrigens noch etwas, was du dir unbedingt ansehen solltest.« Andrea reichte Brandt zwei Fotos, die sie langsam aus ihrer Tasche gezogen hatte. »Interessant, was?«

Brandt stockte der Atem. »Wo hast du die her?«

»Lagen unter der Toten. Hab sie entdeckt, als ich sie umgedreht habe, um die Leichenflecken zu kontrollieren. Ziemlich eindeutig, was?«

Brandt nickte gedankenversunken, betrachtete die Fotos eingehend und sah zu Linda Maurer, als versuchte er, eine Gemeinsamkeit zwischen den Toten zu erkennen. »Er will auf sich aufmerksam machen. Fehlte nur noch, dass er ein Schreiben beigelegt hätte. Oder hat er?«

Andrea schüttelte den Kopf. »Nein. Aber das kommt noch, da bin ich ziemlich sicher. Vielleicht schon beim nächsten Mal«, entgegnete Andrea, ohne eine Miene zu verziehen.

»Es darf kein nächstes Mal geben, wir müssen ihn vorher schnappen. Er hat fünf Monate verstreichen lassen, bevor er wieder zugeschlagen hat, das heißt, seine Abstände werden nicht kürzer ...«

»Noch nicht, falls dich meine unqualifizierte Meinung interessiert«, warf Andrea ein.

»Lass es raus, ich bin für alles offen. Was sagt dir dein Gefühl?«

»Er wird es wieder tun, und für meine Begriffe wird er die Abstände verkürzen.«

»Und was bringt dich zu dieser Annahme?«

»Mein Gefühl, danach hast du ja gefragt. Er ist wütend, zornig, voller Hass. Er ist mit sich und der Welt unzufrieden und hat ein Ventil gefunden ... Nimm's nicht so schwer, so weißt du jetzt wenigstens, dass du es *nur* mit einem Mörder zu tun hast.«

»Hey, es reicht, mir ist heute nicht zum Lachen zumute. Ich habe da noch einen anderen ziemlich harten Fall ...«

»Tschuldigung, war nur eine Feststellung und nicht als Scherz gemeint. Anika Zeidler, Bettina Schubert und ... Wie heißt sie eigentlich?«

»Im richtigen Leben Linda Maurer, hier hat sie sich Yvonne genannt. Sie war eine Edelnutte der teuersten Kategorie.«

»Wie die andern zwei ...«

»Nee, nee, die Zeidler war eine Edelnutte, die Schubert hat in einem Puff gearbeitet. Das Problem bei der Maurer ist, sie hat zwei Kinder, zehn und zwölf Jahre alt. Und einen Ehemann, der an der Flasche hängt und sich um nichts mehr kümmert. Die Maurer hat ein Doppelleben geführt, das war geradezu perfekt. Hat ihre komplette Familie über Jahre hinweg angelogen und klammheimlich ein kleines Vermögen angehäuft.«

»Erzähl's mir ein andermal. Hey, du wirst ihn kriegen«, sagte Andrea und klopfte ihm auf die Schulter, das erste Mal seit einer gefühlten Ewigkeit, dass sie ihn berührte. Es tat ihm gut, auch wenn oder gerade weil es ihm miserabel ging. Er legte die Fotos in einen Plastikbeutel und steckte ihn ein.

»Aber was treibt eine Ehefrau und Mutter dazu, sich zu prostituieren?«, fragte Andrea. »Was? Ich meine, sie war eine bildschöne Person, aber …«

»Wie lange bist du noch hier?«, sagte Brandt, und es klang wie eine Bitte, auf ihn zu warten. »Ich müsste noch schnell was klären. Dauert nur ein paar Minuten. Wartest du?«

»Aber wirklich nur ein paar Minuten.«

»Danke, bin gleich zurück.«

Er klingelte bei Nathalie Groß und ging, nachdem sie die Tür geöffnet hatte, direkt an ihr vorbei in die Wohnung. Er schloss die Tür hinter ihnen. »Sagen Sie, warum schlafen Sie mit fremden Männern? Bitte unterbrechen Sie mich nicht, meine Frage hat einen Grund. Warum hat es Frau Maurer getan? Wenn mir jemand diese Frage beantworten kann, dann doch wohl Sie.«

Brandt sah die junge Frau erwartungsvoll an, sie blieb für einen Augenblick vor ihm stehen, als wollte sie ihn mustern

oder in ihn hineinschauen. Sie ging vor Brandt ins Wohnzimmer und sah aus dem Fenster. »Es geht ums Geld. In
dieser verrückten Welt dreht sich doch alles nur ums Geld.
Mein Mann arbeitet seit sieben Jahren als stellvertretender
Filialleiter bei einem Lebensmitteldiscounter. Er kommt
am Tag auf zwölf bis vierzehn Stunden, es können auch mal
sechzehn werden. Dafür, dass er schuftet wie ein Maulesel,
verdient er nicht mal zweitausendfünfhundert im Monat –
brutto. Manchmal wird er an seinem freien Tag angerufen
und gefragt, ob er kommen könne. Das ist aber keine Frage,
sondern ein Befehl. Wenn er sich widersetzt, das weiß er,
steht er sofort auf der Abschussliste. Die finden immer
einen Grund …«
»Frau Groß, Sie verdienen doch so viel, dass Sie in vier, fünf
Jahren ausgesorgt haben und …«
»Mag sein, ich versuch's zumindest. Aber um eines klarzu-
stellen: Ich arbeite nicht dreihundertfünfundsechzig Tage
im Jahr, ich brauche hin und wieder auch mal eine Auszeit,
und wenn es nur zwei oder drei Tage sind. Dann fahre ich
irgendwo hin, wo ich meine Ruhe habe. Mal in die Berge,
mal ans Meer. So alle zwei Monate nehme ich mir die Freiheit. Und den Montag versuche ich auch für mich zu nut-
zen, da lege ich die Beine hoch, gehe shoppen und so weiter
… Außerdem ist da noch das Finanzamt, ich muss mir regelmäßig neue Kleidung zulegen, und ich versichere Ihnen,
meine Kunden haben ein Auge dafür, ob die Sachen aus einem Billigladen stammen oder aus einer Boutique in der
Goethestraße oder der Königsallee oder … Andererseits
haben Sie schon recht, ich komme momentan sehr gut über

die Runden und kann jeden Monat eine ordentliche Summe zur Seite legen.«

»Und Sie fahren einen Porsche, besitzen eine teure Wohnung und ...«

»Man gönnt sich ja sonst nichts. Den Porsche hat mir ein Kunde geschenkt, und die Wohnung hab ich auch nicht allein finanziert. Was glauben Sie, was ich alles so nebenbei geschenkt bekomme? Ich habe Schmuck ohne Ende, von der teuersten Perlenkette bis zum Diamantring. Ein Anderthalbkaräter. Wie Sie sehen, bringt mein Beruf so einige Vorteile mit sich. Aber dafür muss ich auch immer zur Verfügung stehen. Und wenn ich doch mal nicht kann, bedarf es einer sehr plausiblen Erklärung, um den Kunden nicht zu verärgern oder gar zu vergraulen. Das Einzige, wofür sie Verständnis aufbringen, ist, wenn ich alle zwei Monate für drei Tage entschwinde oder mal krank bin, was bisher erst einmal vorgekommen ist.«

»Wie viel zahlt ein Mann, der mit Ihnen zusammen ist?«

»Wollen Sie mich buchen?«, fragte sie mit spöttischem Gesichtsausdruck. »Entschuldigung, das war unpassend. Einen Tausender für einen Abend als Begleitung, drei- bis viertausend für die ganze Nacht. Ein Wochenende kostet zwischen acht- und zehntausend, es hängt ganz von den Wünschen der Kunden ab. Die meisten zahlen das aus der Portokasse. Sie glauben gar nicht, wie viele Superreiche es gibt.«

»Es gibt viele, selbst in Offenbach, in meinem Beruf hat man auch des Öfteren mit diesen Leuten zu tun. Das bringt mich zu meiner nächsten Frage. Wissen Sie, bei welcher Bank Frau Maurer ihr Konto hat?«

»Ja, rein zufällig weiß ich das, weil ich bei derselben Bank bin. Bankhaus Robenstein in Frankfurt.«

Brandt runzelte die Stirn. »Noch nie gehört. Ist das eine Privatbank?«

»Ja. Linda und ich haben dort unsere Konten und Schließfächer.«

»Hat das einen Grund, dass Sie bei einer Privatbank sind?«

»Sie wurde uns wärmstens empfohlen, wir haben einen Termin ausgemacht und wurden exzellent beraten. Wenn unsere Einlagen irgendwo sicher sind, dann dort. Lindas Kontonummer kenne ich natürlich nicht, falls Sie das auch noch wissen wollen.«

»Die kriege ich schon raus. Könnte ich bitte die Adresse und Telefonnummer der Bank haben, dadurch ersparen Sie mir ein wenig Arbeit.«

»Sicher.« Nathalie Groß zog ihr iPhone aus der Tasche und nannte Brandt Nummer und Adresse.

»Haben Sie eigentlich einen Zuhälter?«, fragte er unvermittelt.

Sie lachte auf. »Um Himmels willen, nein! Ich brauch keinen Aufpasser, der, wenn's drauf ankommt, nicht da ist, dem ich aber eine Menge Geld abdrücken muss. Ich komme so zurecht. Yvonne hatte auch keinen. Ein Zuhälter kann nicht immer da sein, wo ich bin. Yv… Linda und ich gehören zu einer kleinen Gruppe von Frauen, die über den Zuhältern stehen. Von denen kommt keiner an uns ran.«

»Mal ganz ehrlich, es bleibt unter uns, darauf gebe ich Ihnen mein Wort – macht es Ihnen Spaß?«

»Was?«

»Mit immer anderen Männern auszugehen und …«

»Sex zu haben?« Nathalie Groß schmunzelte. »Ja, es macht mir Spaß. Vielleicht bin ich sogar nymphoman, ich weiß es nicht, aber ich brauche Sex wie Essen und Trinken. Mein Mann ist ganz froh, dass ich ihn nicht so fordere. Wir werden uns ohnehin bald trennen, weil wir gemerkt haben, dass wir in zwei völlig verschiedenen Welten leben. Die Schere klafft immer weiter auseinander, wir haben uns nichts mehr zu sagen, es gibt keine Themen mehr, über die wir uns austauschen können, wir leben nur noch pro forma zusammen. Er weiß von meiner Tätigkeit und hat sich damit abgefunden. Ist ja auch mein Leben und nicht seins … Auch Yvonne wollte sich übrigens trennen, sie wollte ihren Mann in nicht allzu ferner Zukunft zum Teufel schicken. Anfangs hat sie der Job ein bisschen angeekelt, sie musste diese berühmte Hemmschwelle überwinden, aber es dauerte nicht lange, bis sie Gefallen daran gefunden hatte. Und es machte ihr schon bald Spaß, für guten Sex auch noch gut bezahlt zu werden. Na ja, der Sex ist natürlich nicht immer gut, aber doch recht oft, weil wir unsere Kunden sorgfältig auswählen. Im Übrigen will längst nicht jeder Sex, viele wollen nur quatschen und brauchen jemanden zum Zuhören, aber das habe ich Ihnen, glaube ich, schon erzählt. Wie auch immer, Sie kennen das wahrscheinlich …«

»Nein«, erwiderte Brandt lakonisch, »ich kenne das nicht, aber ich kann es mir vorstellen.«

»Waren Sie noch nie …«

»Noch nie, höchstens beruflich, wie jetzt gerade. Aber fahren Sie fort.«

»Okay. Yvonne wollte diesen Job nicht ewig machen, erst kürzlich hat sie mir erklärt, sie wollte in spätestens drei Jahren aufhören. Sie hätte dann genug Geld beisammen gehabt, um mit ihren Kindern auszuwandern. Am liebsten wäre sie nach Neuseeland gegangen, ganz weit weg von ihrem saufenden Gatten und diesem Offenbach, das sie nur noch hasste. Sie wollte nicht irgendwann als abgehalfterte alte Hure in einem miesen Bordell enden.«

»Warum hat sie Offenbach gehasst?«, fragte Brandt, der diese Stadt über alles liebte, in der er geboren und aufgewachsen war, wo seine Eltern noch lebten, wo er zur Schule gegangen war und wo er seine Arbeit hatte.

»Sehen Sie sich ihre Lebensgeschichte an, und Sie werden es verstehen. Da ist es gleichgültig, ob man in Offenbach, Frankfurt oder München lebt, wenn böse Erinnerungen mit einem bestimmten Ort verbunden sind, will man nur noch weg.«

»Und warum hat sie sich nicht längst von ihrem Mann getrennt? Sie hätte sich's doch locker leisten können.«

»Das ist eine Geschichte für sich. Fragen Sie ihre Schwester, die wird es wissen. Aber dann wäre unter Umständen auch herausgekommen, was sie in den letzten Jahren alles verheimlicht hat.«

»Und werden Sie heute arbeiten? Trotz der Sache mit Frau Maurer?«

»Mein Kunde hat mich bis morgen Abend gebucht. Er kommt extra aus Karlsruhe. Ich kann ihm nicht mehr absagen, ich will es auch gar nicht, zu Hause würde mir nur die Decke auf den Kopf fallen und ich hätte andauernd diese schrecklichen Bilder vor Augen. Ich brauche die Ablenkung, und dieser Mann gibt sie mir. Aber glauben Sie mir, der Tod von Yvonne geht mir so nahe wie noch nie irgendetwas zuvor, auch wenn es für Sie vielleicht nicht den Anschein hat. Ich bin eigentlich nur hierhergekommen, um etwas zu holen und nach dem Rechten zu sehen, will aber gleich in meine andere Wohnung, um mich zurechtzumachen. Für Sie mag das pietätlos klingen ...«

»Nein, ich kann das verstehen. Noch eine letzte Frage: Hat Frau Maurer Ihnen gegenüber in der letzten Zeit Andeutungen gemacht, dass ein Kunde sich seltsam verhalten hat oder sie gar bedroht wurde? Es mag nur eine nebensächliche Bemerkung gewesen sein, ich bin für jeden noch so kleinen Hinweis dankbar.«

Nathalie Groß überlegte, ließ die letzten Begegnungen Revue passieren und schüttelte schließlich den Kopf. »Nein, da fällt mir beim besten Willen nichts ein. Wir haben uns am Montag in Frankfurt getroffen, da wirkte sie völlig normal, sie war wie immer richtig gut drauf. Und sie hätte es mir bestimmt erzählt, wenn es einen solchen Typen gegeben hätte. Soweit ich weiß, war bei ihr alles in Ordnung. Außerdem hatte sie eine Pistole, einen Elektroschocker und Pfefferspray, falls doch mal einer austicken sollte.«

»Sind Sie auch entsprechend ausgerüstet?«

»Klar, wir sind schließlich keine Büroangestellten. Aber bis jetzt brauchte ich zum Glück noch keine Angst zu haben.«

»Das wird Ihre Freundin auch gedacht haben. Nicht, dass ich Ihnen Angst machen möchte, aber in Offenbach läuft ein Mörder herum, der es auf Prostituierte abgesehen hat. Sie wissen, was ich meine?«

»Die beiden Morde vom letzten Jahr gehen auch auf das Konto dieses Perversen?«, fragte Nathalie Groß mit zu Schlitzen verengten Augen.

»Wir gehen zum jetzigen Zeitpunkt davon aus. Also seien Sie vorsichtig. Eine Bitte habe ich noch an Sie: Halten Sie sich zu unserer Verfügung, wir werden mit Sicherheit noch die eine oder andere Frage haben. Falls Ihnen noch etwas einfällt, hier ist meine Karte.«

»Ich muss auch los, in nicht mal mehr zwei Stunden treffe ich mich mit meinem Kunden. Heute Abend heißt es, gute Miene zum bösen Spiel zu machen. Aber so ist das Leben, und so ist der Tod.«

»Frau Groß, noch einmal: Passen Sie gut auf sich auf, Sie passen in sein Beuteschema. Ich rate Ihnen, treffen Sie sich in der nächsten Zeit mit keinem, den Sie nicht kennen. Bleiben Sie bei Ihren Stammkunden.«

Brandt verabschiedete sich von einer konsternierten Nathalie Groß und begab sich wieder zu Andrea Sievers, in deren Gesicht in riesigen Lettern Ungeduld und Verärgerung standen.

»Was hast du gesagt? Eben mal schnell rüber! Geschlagene zwölf Minuten hat es gedauert. Dabei warten die Gnadenlosen schon darauf, sie abtransportieren zu dürfen, und ich will auch wieder nach Frankfurt, um mit der Arbeit zu beginnen. Es ist Viertel vor sechs, falls dir das entgangen sein sollte. Morbs und ich werden die Obduktion vornehmen, ich habe ihn eben angerufen. Weiß Elvira schon Bescheid?«

»Noch nicht.«

»Dann lass deine Liebste nicht so lange im Unklaren. Sie könnte sauer reagieren, wenn sie nicht rechtzeitig informiert wird. Das kannst du doch nicht wollen. Und jetzt ciao, ich bin weg.«

»Deinen Sarkasmus hättest du dir sparen können, mir macht diese Arbeit auch keinen Spaß.«

»Der Sarkasmus wurde mir in die Wiege gelegt, wie du inzwischen wissen solltest. Und auch ich habe Tage, an denen mir meine Arbeit keinen Spaß macht.« Andrea Sievers stellte sich dicht vor Brandt und sagte scharf: »Weißt du, wenn ich eine alte Frau oder einen alten Mann auf meinen Tisch kriege und feststelle, dass eine natürliche Todesursache vorliegt, dann ist das okay. Bekomme ich aber jemanden wie sie auf den Tisch, dann gibt es keine Befriedigung und schon gar keinen Spaß. Und du weißt, was ich damit meine. Ich melde mich. Oder Morbs. Und wenn du Fragen hast, du weißt ja, wie du mich erreichen kannst, ich habe schließlich Bereitschaft und werde wohl das ganze Wochenende zu tun haben. Mach's gut.«

»Du auch.«

An der Tür drehte sie sich noch einmal um. »Ach ja, warum wolltest du eigentlich, dass ich warte?«

Brandt zuckte die Schultern. »Ich hab's vergessen, ehrlich, ich hab's einfach vergessen.«

»Du wirst alt«, entgegnete Andrea spöttisch und ging nach draußen.

Ja, ich werde wohl alt, dachte Brandt und sah sich noch einmal eingehend im Zimmer um.

Er gab der Spurensicherung ein paar Anweisungen, wartete ein paar Minuten und war schon am Gehen, als ihm noch etwas einfiel. Er wandte sich an Fröhlich: »Habt ihr hier eine Tasche gesehen?«

»Meinst du die da?« Der Leiter der Spurensicherung deutete auf eine kleine schwarze Handtasche, die bereits eingetütet war.

»Habt ihr reingeguckt?«

»War nichts von Bedeutung drin. Ein kleiner Parfumflakon, Schminkzeug, zwei Taschentücher und eine Brieftasche mit Ausweis, Führerschein und Kreditkarten. Ansonsten nichts.«

»Kein Handy?«

Fröhlich schüttelte den Kopf.

»Sonst irgendwas gefunden? Notebook, iPhone oder so was?«

»Hey, wir fangen gerade erst so richtig an. Aber auf den ersten Blick kann ich nichts erkennen, was wie ein Notebook oder iPhone aussieht. Im Nachtschrank haben wir eine Pistole sichergestellt ...«

»Okay, gebt mir so schnell wie möglich Bescheid, wenn ihr über etwas Besonderes stolpert.«

»Aber sicher doch, Chef«, meinte Fröhlich mit breitem Grinsen. »Und jetzt verschwinde.«

»Behandelt diesen Tatort extrem sorgsam. Wir haben es mit einem Serienkiller zu tun, der offensichtlich anfängt, mit uns zu spielen.«

»Inwiefern?«, fragte Fröhlich, der mit einem Mal ernst geworden war.

»Er hat zwei Fotos der toten Frauen vom letzten Jahr für uns hinterlegt. Er hat zum ersten Mal seine Duftmarke gesetzt. Verstehst du jetzt, was ich meine?«

»Allerdings. Aber sind wir nicht immer sehr sorgfältig? Und jetzt hau endlich ab. Bitte. Mit dir im Kreuz können wir nicht arbeiten.«

»Bin schon weg.«

Er verließ die Wohnung und klingelte kurzentschlossen noch einmal bei Nathalie Groß.

Sie hatte eine dicke Jacke an und eine Tasche in der Hand, bereit, das Haus zu verlassen. »Frau Groß, ganz kurz nur. Wie hat Frau Maurer ihre Freizeit verbracht?«

»Ich versteh nicht ganz ...«

»Sie haben doch gesagt, dass Sie über alles gesprochen haben, auch über Dinge, von denen nicht einmal ihre Schwester etwas wusste. Sie muss sich doch zwischendurch auch mal eine Auszeit gegönnt haben.«

»Sie hatte nebenbei noch eine Familie, das war ihre lausige Freizeit. Ich bin flexibler.«

Einer Eingebung folgend, fragte Brandt: »War Ihre Freundin religiös? Oder esoterisch oder spirituell veranlagt? Hat sie sich für solche Dinge interessiert?«

»Ich weiß zwar nicht, warum Sie mich das fragen, aber sie hat an Gott geglaubt. Wir haben uns einige Male darüber unterhalten, weil ich diese Sachen eher zwiespältig betrachte. Linda war das genaue Gegenteil, sie war allem gegenüber, was übersinnlich oder esoterisch ist, sehr aufgeschlossen. Sie hat sich die Handlinien lesen lassen, sie ging regelmäßig zu einer Kartenlegerin, sie ging auch in die Kirche.«

»In welche?«

»Das weiß ich nicht. Fragen Sie ihre Schwester, die müsste das wissen, denn sie, ihr Mann und Linda sind beinahe jeden Sonntag in die Kirche gegangen. Die Kinder natürlich auch.«

»Und Sie?«

»Ich glaube, dass es jemanden oder etwas da oben gibt, auch wenn ich mich frage, wo er oder es war, als Linda umgebracht wurde ... Der oder das da oben lässt zu viel Schlechtes zu. Und jetzt entschuldigen Sie mich bitte, sonst schaffe ich meinen Termin nicht. Und es ist unhöflich, einen Kunden warten zu lassen.«

»Ich will Sie nicht weiter aufhalten. Sie haben mir sehr geholfen, vielen Dank.«

»Gern geschehen. Finden Sie diesen Hurensohn und lassen Sie ihn leiden, bis er um den Tod fleht ... Ja, ja, ich weiß, Sie dürfen vom Gesetz her nicht mal so denken, aber ich darf's. Und ich schwöre Ihnen, sollte ich herausfinden, wer es war, bringe ich ihn eigenhändig um. Tschüs. Ach ja, was ich Ihnen noch sagen wollte – Sie sind ein sehr netter Mann. Kein übler Bulle. Wenn Sie mal Bedarf haben zu reden oder ... Sie wissen ja, wie Sie mich erreichen. Ich mache auch hin und wieder einen Sonderpreis.«

»Danke für das Angebot, aber ich bin gut versorgt. Eine letzte Frage noch: Woher stammen Ihre Vorfahren?«

»Meine Eltern kommen aus Spanien, ich bin aber hier geboren. Warum?«

»Es hat mich interessiert. Und noch etwas: Bitte kein Wort an die Presse.«

»Das hätten Sie mir nicht zu sagen brauchen, die kriegen nichts von mir.«

Brandt trat mit Nathalie Groß hinaus auf die Straße, die jetzt nur noch im Licht der Straßenlaternen zu erkennen war. Bevor sie sich endgültig verabschiedeten, sagte er: »Entschuldigung, ich hätte doch noch eine allerletzte Frage: Wie konnte Frau Maurer es mit ihrem Gewissen vereinbaren, ihre Kinder so oft sich selbst zu überlassen? Von ihrem Mann hatte sie ja keine Unterstützung zu erwarten.«

»Das hat sie tatsächlich sehr belastet. Aber sie hatte ein Ziel und sagte, sie wolle unter gar keinen Umständen, dass ihre Kinder einmal in dem Elend leben, in dem sie all die Jahre über gelebt hat. Es war eine Frage des Abwägens. Außerdem hatte sie ja noch ihre Schwester, die die Kinder jederzeit gerne genommen hat. Trotzdem tat es ihr leid, nicht rund um die Uhr für ihre Kinder da zu sein. Ich hoffe nur, dass Lara und Tobias das Geld kriegen, das Linda zur Seite geschafft hat. Verdient hätten sie's.«

»Danke für Ihre Offenheit und einen schönen Abend.«

»Ihnen auch … Müssen Sie der Familie die traurige Botschaft überbringen?«

»Leider.«

»Viel Glück dabei. Ich wäre dazu nicht in der Lage.«

»Wird schon schiefgehen.«

Brandt setzte sich in seinen Dienst-BMW, während die junge Frau zu einem weißen Porsche ging. Er wartete, bis sie losgefahren war, und stieg noch einmal aus. Vergeblich hielt er nach Linda Maurers rotem Mercedes Ausschau.

Während der Fahrt zurück ins Präsidium rief er Elvira Klein an. Er teilte ihr mit, was geschehen war und dass er in spätestens einer Stunde bei ihr sein würde.

»Treffen wir uns doch im Präsidium«, sagte sie. »Ich will nicht, dass wir beide das allein besprechen. Bis gleich.«

»Bis gleich.«

FREITAG, 17.05 UHR

Er hatte in der Nacht zuvor nicht lange geschlafen und einen anstrengenden Arbeitstag hinter sich. Dazu war er auch noch umsonst nach Frankfurt gefahren, denn das, was er gesucht hatte, war gar nicht vorhanden gewesen.

Als er nach Hause kam, machte er sich zwei Scheiben Brot mit Wurst und Käse und trank dazu ein Glas Wasser. Beim Essen ließ er noch einmal den vergangenen Abend und die Nacht Revue passieren und lächelte. Er war glücklich, wenn es einen Zustand wie Glück überhaupt gab, denn die Frage, was Glück denn sei, trieb ihn schon um, solange er zurückdenken konnte. War Glück ein kurzfristiges Erlebnis, das einen freudig stimmte, aber bald in Vergessenheit geriet, weil der Alltag alles zerstörte? Musik, die für ein paar Minuten oder auch Stunden eine gute Stimmung aufkommen ließ? Ein Film, der das Tiefste der Seele berührte? Dies alles ist vergänglich, zu dem Schluss war er vor Jahren gelangt. Für ihn gab es kein wahres und schon gar kein dauerhaftes

Glück, dazu war die Welt zu verkommen. Es gab nur das Hier und Jetzt und das, was man daraus machte.

Während er aß und die Stille in seinem Zimmer genoss – das leichte Rauschen in seinen Ohren empfand er nach dem Lärm, dem er fast sieben Stunden lang ausgesetzt gewesen war, als wohltuend –, dachte er an Yvonne. Er lächelte, und einmal gluckste er auf, als eine bestimmte Szene an seinem inneren Auge vorüberzog. Es war ein grandioser Abend gewesen, mit einem perfekten Abschluss. Auch wenn Yvonne wie eine Löwin dafür gekämpft hatte, am Leben zu bleiben. Ein Leben, das sie nicht verdient hatte. Nicht sie und auch nicht Anika Zeidler oder Bettina Schubert. Drei Frauen von vielen, die er so gut kannte und die ihn doch nie erkennen würden, weil er sich stets im Hintergrund hielt, ein unscheinbarer Mann, dem niemand Beachtung schenkte. Hatte er dies früher als demütigend empfunden, so sah er es mittlerweile als großen Vorteil an. Er liebte seine Rolle und würde sie noch lange spielen, so wie er viele Rollen spielte und keiner merkte, dass es nur Rollen waren und nicht sein wahres Leben. Sein wahres Leben spielte sich im Verborgenen ab, es gehörte ihm ganz allein, und er gestattete niemandem, daran teilzuhaben. Er war ein freier Mann, freier als alle Menschen, die er kannte.

Nach dem Essen räumte er den Tisch ab, spülte den Teller, das Besteck und das Glas, trocknete es ab, legte das Besteck in den Besteckkasten der Schublade und stellte den Teller und das Glas an genau den Platz, wo sie vorher gestanden hatten. Er nahm einen Lappen und säuberte den Tisch wie nach jeder Mahlzeit und trocknete die verbliebene Feuch-

tigkeit mit einem Handtuch auf. Das Handtuch gab er sofort danach in die Wäsche, den Lappen warf er in den Müll.
Es gab keinen Lappen und kein Handtuch, die er zweimal
benutzte.

Danach ging er ins Bad, zog sich aus und hängte die Sachen
über einen stummen Diener, stellte sich unter die Dusche
und ließ sich das heiße Wasser lange über den Körper laufen. Er wusch sich die Haare und lange zwischen den Beinen, als müsste er hartnäckigen Schmutz wegwaschen, doch
das war nicht der Grund. Es war vielmehr ein Überbleibsel
aus einer Zeit, die er am liebsten vergessen würde, die aber
sein Leben für immer und ewig bestimmt hatte. Anschließend rasierte er sich, föhnte die Haare und legte Feuchtig-
keitscreme auf. Nackt spülte er die Duschkabine aus, wischte sie trocken und warf das Handtuch und das Trockentuch
in den Wäschekorb.

Er zog frische Unterwäsche an, eine saubere Jeans und ein
schwarzes Hemd und setzte die dunkle Hornbrille mit den
getönten Gläsern auf. Alle, die ihn kannten, glaubten, dass
er an einer angeborenen Lichtempfindlichkeit litt, die selbst
für künstliches Licht galt. Er besah sich im Spiegel und korrigierte seinen Hemdkragen, bis er zufrieden war. Danach
nahm er die Brille ab und legte sie in ein Etui, das er sorgsam verschloss.

Er löschte das Licht im Bad, machte die Tür zu und ging
langsam in einen Nebenraum, der wie ein Gästezimmer
ausgestattet war und den doch niemand außer ihm je betreten hatte und auch nie betreten würde. Es war sein Hei-
ligtum und sein Refugium. Es gab ein Bett, einen kleinen

Tisch, zwei braune, nicht sehr bequeme Sessel, eine Hänge-
leuchte, die diffuses Licht spendete, und einen Schrank, den
er von einer alten Frau geschenkt bekommen hatte, als sie
sich entschloss, ins Altersheim zu gehen. Am Kopfende des
Bettes befand sich ein Nachtschrank, darauf lag eine Bibel,
daneben stand eine Kerze. Weder das Bett noch die Bibel
waren je von jemand anderem berührt, der Schrank, dessen
Schlüssel er an einer geheimen Stelle verwahrt hatte, nur
von ihm geöffnet worden.

Er steckte den Schlüssel in das Schloss und drehte ihn um.
Mit beiden Händen öffnete er die Schranktüren und betätigte einen innen angebrachten Schalter. Licht ging an, kein
grelles, blendendes, sondern ein sanftes, den Augen schmei-
chelndes Licht. Er kniete sich nieder, faltete die Hände und
blickte auf das Kreuz, murmelte ein paar Worte und zündete fünf Kerzen an, die unter den Fotos von Anika Zeidler,
Bettina Schubert und Linda Maurer standen, jenen Opfern,
auf die er besonders stolz war. Dazu kamen noch Liane
Schreiber, seine ehemalige Kollegin, und Caro Werner, eine
süße Bedienung in einem netten Kaffee in der Frankfurter
Innenstadt. Liane Schreiber hatte er am 21. November 2006
und Caro Werner am 12. April 2007 getötet.

Den Schrein hatte er vor fast zwei Jahren mit eigenen Händen gefertigt und in den Schrank eingepasst. Er war genau
so geworden, wie er ihn sich vorgestellt hatte. Neben den
fünf Fotos war noch genügend Platz für mehr. Und sollte
auch das nicht mehr ausreichen, würde er einen neuen
Schrein bauen oder diesen vergrößern. Noch war es nicht
so weit, noch genügte er seinen Ansprüchen. Er legte den

Schlüssel des Mercedes und das Handy unter das Bild von Linda Maurer und lächelte wieder.

Zehn Minuten kniete er vor dem Schrein, bevor er sich wieder erhob, die Kerzen ausblies und wartete, bis der Rauch sich verzogen hatte und die Dochte endgültig verglüht waren, er den Lichtschalter nach unten drückte, den Schrank verschloss und den Schlüssel in dem sicheren Versteck hinterlegte.

Er ging ins Wohnzimmer, das modern und bequem eingerichtet war, mit einem großen Fernseher und einer Hi-Fi-Anlage, die er sich erst vor wenigen Monaten zugelegt hatte und auf der er seine Lieblingsmusik hörte – deutsche Schlager ebenso wie Heavy Metal. Es war stimmungsabhängig. Als er von Yvonne alias Linda Maurer nach Hause gekommen war, hatte er sich Kopfhörer aufgesetzt und sich mit Iron Maiden zugedröhnt.

Auf der Fensterbank standen Pflanzen, die er nach dem Mondkalender goss und düngte, so wie er fast alles den Mond bestimmen ließ. Am wohlsten fühlte er sich bei Vollmond, während er bei Neumond stets in eine melancholische Stimmung verfiel – so wie heute.

Er setzte sich auf die ausladende Ledercouch, legte den Kopf in den Nacken und schloss die Augen. Hätte er nicht noch einen wichtigen Termin gehabt, er hätte sich hingelegt, um den versäumten Schlaf der letzten Nacht nachzuholen. Ein Blick zur Uhr, Viertel nach sechs. Er schürzte die Lippen und stand auf, vergewisserte sich, dass die Rollläden heruntergelassen und die Fenster geschlossen waren. Er zog sich die dicken Winterschuhe an und eine wärmende

Felllederjacke und verließ das Haus, drehte den Schlüssel zweimal um und ging die vier Stufen der Außentreppe hinunter und hinaus auf die Straße. Es waren nur etwas mehr als fünfzig Meter. Er wurde von einem jungen Mann mit freundlichen Worten begrüßt und grüßte ebenso freundlich zurück.

»Hi, wie geht's? Saukalt, was?«

»Ja, kann man wohl sagen. Vor allem dieser Wind, der geht durch und durch«, antwortete er lächelnd und schüttelte sich. »Aber wir haben eben Januar und nicht Juli, also wollen wir nicht jammern. Der nächste Sommer kommt bestimmt, und dann werden wir uns wünschen, dass es wieder kühler wird. Wir sind eben nie mit dem zufrieden, was wir haben. Stimmt's oder hab ich recht?«

»Die haben gesagt, es wird noch ein sehr langer und sehr kalter Winter.«

»Echt?« Kaum merklich rollte er mit den Augen, weil er für derartig sinnfreie Konversation nichts übrig hatte. Dennoch ließ er sich darauf ein.

»Ja, habe vorhin einen Bericht im Radio gehört, war jemand vom Deutschen Wetterdienst im Studio.«

»Nun, aber das ist doch auch gut, wann hatten wir zuletzt einen derart kalten Winter? Es ist lange her …«

»Letztes Jahr war es auch nicht gerade warm.«

»Ja, aber unter einem langen und kalten Winter verstehe ich viel Schnee und Frost.« Er räusperte sich. »So, ich denke, der Worte sind genug gewechselt, lasst uns endlich Taten sehen. Sind alle da?«

»Bis auf Marion, die hat sich eine schwere Erkältung zugezogen. Hoffentlich keine Schweinegrippe. Die Ärmste hat sich am Telefon schlimm angehört.«

»Schade. Ich werde nachher vielleicht mal zu ihr gehen oder sie anrufen. Sie ist doch immer recht allein. Sie tut mir irgendwie leid.«

»Warum? Weil sie keinen Mann hat? Es gab in der Vergangenheit genügend Bewerber, aber sie hat ja keinen an sich rangelassen. Und jetzt rennt ihr die Zeit davon, behauptet sie jedenfalls. Ich glaube ja, sie ist der Typ Frau, der auf den Prinzen wartet, der auf einem weißen Pferd durch die Tür geritten kommt, um sie auf sein Schloss zu holen.«

»Ach komm, sei nicht so zynisch, das steht dir nicht«, sagte er und klopfte dem anderen auf die Schulter. »Außerdem, sieh dich doch mal im Spiegel an – hast du jemanden?«

»Was hat das mit mir zu tun? Wenn ich wollte …«

»Wenn ich wollte, wär ich Millionär. Bin ich aber nicht. Und jetzt hören wir auf, über andere zu lästern, Christus hat uns entsprechend ermahnt.«

»Wir lästern doch nicht. Das ist nur eine Feststellung, was Marion betrifft. Sie tut mir ja auch leid, so hübsch und so einsam.«

»Wäre sie nicht eine Frau für dich? Gut, sie ist fünf oder sechs Jahre älter, aber das ist doch heutzutage kein Problem mehr, wir leben schließlich in einer toleranten Gesellschaft. Und sie sieht viel jünger aus.«

»Sie ist nicht mein Typ. Ich steh nicht auf Braun.«

»Aber sie ist nett, darauf kommt es doch an. Warum nur auf das Äußere schauen? Wie gut kennst du sie wirklich? Hast du jemals was mit ihr unternommen? Ich habe schon lange den Verdacht, dass sie insgeheim auf dich steht. Ehrlich. Und das ist nicht nur so dahergesagt.«

»Was? Marion soll auf mich stehen? Du spinnst!« Das Gesicht des jungen Mannes verfärbte sich tomatenrot.

»Sie hat's mir sogar schon mal zugeflüstert. Durch die Blume, versteht sich, sie ist ja nicht gerade der extrovertierte Typ. Du solltest mal sehen, wie sie reagiert, wenn du auftauchst. Oder wie sie dich manchmal ansieht. Ich würde behaupten, das ist fast ein verliebter Blick.«

»Du hast sie doch nicht mehr alle! Ich und Marion. Willst du mich verkuppeln oder was?«

»Warum wirst du auf einmal rot? Und so aggressiv? Hab ich einen Nerv getroffen? Komm, gib's doch zu, du magst sie auch. Manchmal braucht man jemanden, der einen auf den rechten Pfad führt. Und du musst dich nicht schämen ...«

»Lass mich zufrieden.«

»In der Schrift steht, dass es nicht gut ist, wenn Mann und Frau allein leben. Seid fruchtbar und mehret euch, heißt es dort.«

»Jetzt hör doch mal auf damit, ich finde schon noch meine Frau, okay?«

»Davon bin ich überzeugt. Und jetzt muss ich mich um meine Schäfchen kümmern. Es geht schließlich um Lobpreisung. Und wenn du reden willst, du weißt, wo du mich findest, ich bin fast immer da. Und denk wirklich mal über Marion nach. Oder besser noch, frag Gott um Rat, er weiß alles, auch wie es in deinem Herzen aussieht. Er sieht das Gute und das Böse, das Ängstliche und das Mutige. Jeder hat eine Aufgabe zu erfüllen. Auch du. Und auch Marion.«

»Na und? Ich habe aber eine andere Vorstellung von Frau.«

»Siehst du, und sie hat ganz bestimmt auch einmal eine andere Vorstellung von Mann gehabt, bis sie dich etwas besser kennenlernte. Verstehst du jetzt, was ich meine? Sie ist ja keine alte vertrocknete Jungfer, sie sieht gut aus, um nicht zu sagen sehr gut, sie bringt sich in der Gemeinde ein, sie hat einen ordentlichen Job, sie ist sehr gläubig und lebt Werte, die in unserer Welt längst verlorengegangen sind ...«

»Kümmere dich um deine Schäfchen, ich habe keine Lust, darüber zu reden. Nicht heute.«

»Gut, dann ein andermal. Die Zeit läuft uns ja nicht davon.«

»Was ist mit morgen Abend und dem Essen am Sonntag? Du kommst doch, oder?«

»Warum sollte ich nicht kommen? Aber erst mal sehen wir uns morgen Nachmittag. Nicht vergessen«, sagte er und hob mahnend den Finger.

»Klar, ich kann dich ja schlecht im Stich lassen.«

»Das wollte ich hören.«

Um einundzwanzig Uhr verabschiedeten sich die Letzten, er räumte noch ein wenig auf, bis der Küster kam und sagte, er könne das ruhig stehen lassen, sonst müsse man morgen wieder alles aufbauen.

Draußen zog er sein Handy aus der Jackentasche und wählte Marions Nummer.

»Ja, bitte?«, meldete sie sich mit einer weder heiser noch krank klingenden Stimme. Sie klang wie immer, etwas rauchig, mit einem Hauch Verruchtheit.

»Marion?«, fragte er mit verstellter Stimme.

»Georg?«, fragte sie.

Er schwieg, sie hatte seine Stimme nicht erkannt.

»Hallo, wer ist denn da? Ich kann nichts hören. Hallo, bitte melden, wenn da jemand ist, der mich sprechen will«, sagte sie lachend in den Hörer. »Wenn du's bist, Georg, dann ist dir der Witz gelungen. Ich leg jetzt auf, das wird mir zu blöd. Und außerdem mag ich es nicht, wenn mich jemand anruft und seine Nummer unterdrückt.«

»Hallo?«, sagte er mit verstellter Stimme, als wäre die Verbindung gestört und kratzte gleichzeitig an der Sprechmuschel.

»Ja, was ist denn? Versuch's doch gleich noch mal. Ciao, ciao.«

Sie legte auf, und er steckte sein Handy ein. Er würde nicht noch einmal anrufen, und es war gut, dass er seine Nummer unterdrückt hatte.

Langsamen Schrittes begab er sich zu Marions Wohnung, die keine zehn Minuten entfernt war. Hinter den beiden Fenstern im ersten Stock des Mehrfamilienhauses brannte Licht, und er konnte sehen, dass der Fernseher lief. Lügnerin, dachte er, du bist auch nur eine elende Lügnerin.

Er blieb eine Zeitlang auf der anderen Straßenseite im Dunkel eines Hauseingangs stehen und sah sie im Zimmer umherlaufen. Er fror, die Kälte kroch von unten nach oben, dazu kam ein eisiger Wind. Er blieb gut fünf Minuten stehen und wollte bereits den Heimweg antreten, als er doch noch einmal in den Hauseingang zurücktrat. Ein Porsche Cayenne hielt vor dem Haus, ein Mann, den er nur zu gut kannte, stieg aus und ging auf den Eingang zu. Mit einem Schlüssel öffnete er die Tür.

Kaum eine Minute später sah er Marion, wie sie die Arme um den Hals des Mannes legte und ihn küsste. Schließlich verschwanden sie aus seinem Blickfeld.

Du bist eine Lügnerin, dachte er, die Kiefer mahlten aufeinander, in ihm waren von jetzt auf gleich unbändiger Zorn und Hass. Ein letzter Blick zu der Wohnung, das Licht wurde gedimmt und die Rollläden heruntergelassen. Du bist eine Lügnerin und eine Hure. Du bist wie alle anderen. Jetzt treibt ihr's gleich wie die Tiere. Das ist also dein Ritter, auf den du so lange gewartet hast. Nur dass er nicht auf einem weißen Pferd angeritten kam. Und dieser Prinz ist verheiratet, liebe Marion, er hat drei Kinder und eine liebenswerte Frau. Aber du hurst mit ihm herum.

Ihm war kalt, und er wollte nur noch nach Hause. Dort trank er eine halbe Flasche Rotwein und nahm noch eine Tablette. Er hätte schreien mögen, doch er war ein Mann der Beherrschung. Sie hatten es ihm beigebracht, sie hatten es ihm eingeprügelt, bis er wimmernd und winselnd auf dem Boden gelegen hatte. Immer und immer wieder. Die Zeit in dem Waisenhaus würde er niemals vergessen. Elf unendlich lange Jahre. Und doch glaubte er weder an Gott noch an den Teufel noch an die Menschen, auch wenn er seinem Umfeld dieses vorgaukelte. Manchmal war er ein Atheist, manchmal ein Agnostiker, manchmal ein Nihilist, er war alles in einem, ein Widerspruch in sich, so wie er selbst ein einziger Widerspruch war. Mal das personifizierte Gute, dann wieder das absolut Böse. Aber das kümmerte ihn nicht. Er war dazu gemacht worden, er konnte nichts dafür.

Es bereitete ihm eine geradezu diabolische Freude, alle an der Nase herumzuführen. Allerdings gab es da noch einen anderen, gewichtigen Grund, warum er dies tat, und schon sehr bald würde er die Bombe platzen lassen. Noch war es nicht so weit, erst würde er sein anderes Spiel weiterspielen.

Er schaltete den Fernseher an und blieb bei einer Talkshow hängen. Mittendrin legte er sich hin und schlief sofort ein. Der Rotwein und die Tablette hatten die gewünschte Wirkung erzielt. Um halb drei wachte er auf, ging zur Toilette und putzte sich die Zähne. Er zog einen Schlafanzug an, rollte sich in seine Bettdecke und schlief bis neun.

Obwohl er sonst jeden Tag bis ins Detail durchplante, war er diesmal unschlüssig, was er tun würde. Es gab mit einem Mal mehrere Optionen, vielleicht würde er eine davon ziehen. Und diese hieß Marion. Er würde es sich überlegen.

Zunächst war Einkaufen angesagt, die Wohnung musste sauber gemacht und die Betten bezogen werden, auch wenn er allein darin schlief, und er hatte wieder mehrere Stunden in der Kirche zu tun. Gespräche, Proben, Vorbereitungen. Er brachte sich ein, fast mehr als jeder andere. Aber die wenigsten honorierten es. Es machte ihn wütend, wenn er nur daran dachte. Und da war wieder diese innere Unruhe. Er kam sich vor wie in einem Hamsterrad, das sich immer schneller und schneller drehte. Und da war wieder dieser Druck in seinem Kopf, der sich von dort auf den ganzen Körper ausdehnte. Wie ein Krake zog es durch ihn hindurch, ohne dass er etwas dagegen tun konnte. Ein Druck, den er seit Jahren kannte, den er früher auf unterschiedlichste Weise loszuwerden versucht hatte, mittlerweile hatte er die ultimative Lösung gefunden.

Ihn plagte kein schlechtes Gewissen, denn er war der festen Überzeugung, recht zu handeln.

»Das ist alles deine Schuld«, zischte er und dachte an eine bestimmte Person, die er für all sein Unglück verantwortlich machte, die ihn zu dem gemacht hatte, was er war, die ihm nie eine Chance gelassen hatte, während sie scheinbar glücklich und zufrieden in Saus und Braus lebte. Er ballte die Fäuste wieder und wieder und zwang sich zur Ruhe, doch es war vergebens.

Die Ruhe würde er erst finden, wenn er es wieder getan hatte. Wieder und wieder und wieder. Und ihm war klar, dass es so nicht ewig weitergehen konnte. Irgendwann würde er einen Fehler begehen. Aber nicht heute und auch nicht morgen. Und noch gab es nichts, was der Polizei auch nur den geringsten Hinweis auf seine Person gab. Manchmal, in besonders melancholischen Momenten, dachte er daran, dass es womöglich besser wäre, seinem Leben ein Ende zu setzen, doch dazu fand er nicht den Mut. Zu groß war die Angst vor dem Sterben und dem Tod. Er hatte panische Angst. Nur deshalb tötete er andere Menschen, Frauen, Huren, die sich in jeder Ecke herumtrieben. Und sein nächstes Opfer war schon für ihn vorbereitet worden, auch wenn es nicht wusste, dass heute oder morgen oder auch erst übermorgen sein letzter Tag sein würde. Auch er wusste noch nicht, wer dieses Opfer sein würde. Vielleicht

Marion, aber das wäre zu auffällig gewesen. Sie war ein bekanntes Mitglied in der Kirche, ein gern gesehenes Gesicht. Sie zu töten hätte die Polizei vielleicht zu schnell auf seine Spur gelenkt. Nein, er würde sie leider am Leben lassen müssen, auch wenn sie nur eine billige Nutte war.

Genieß die letzten Stunden, du Unbekannte, dachte er mit grimmigem Blick und einem seltsamen Lächeln. Genieße dein Leben, solange es noch dauert. Der Countdown läuft.

FREITAG, 18.22 UHR

Brandt hatte das Blaulicht auf das Autodach gestellt und war ins Präsidium gerast. Elvira Klein und Bernhard Spitzer warteten bereits auf ihn. Elvira begrüßte ihn etwas förmlich, obgleich Spitzer schon lange über ihr Verhältnis informiert war, aber im Beruf wahrten sie stets eine gewisse Distanz. Nur in Spitzers Gegenwart duzten sie sich, so wie auch Elvira Klein und Bernhard Spitzer sich duzten.

»Da bin ich wieder. Also, Linda Maurer gibt es nicht mehr«, sagte er trocken. »Ich habe keine Ahnung, durch was für einen Sumpf wir im Augenblick waten, aber es ist ein Sumpf, wie ich ihn in all meinen Dienstjahren nicht erlebt habe ...«

»Ja, ja, jetzt krieg dich wieder ein«, versuchte Spitzer ihn zu beruhigen, weil er fürchtete, dass Brandt sich in Rage reden würde.

»Was genau ist passiert?«, fragte Elvira ruhig und legte ihm die Hand auf den Arm.

»Okay, erst mal Tür zu, die andern erfahren es noch früh genug.« Er ging noch einmal nach draußen, holte sich eine Cola und nahm neben Elvira Platz. Er trank einen Schluck, ordnete seine Gedanken und fragte dann Spitzer: »Du hast Elvira schon über die Maurer informiert?«

»Nur das Wesentliche«, antwortete Elvira an Spitzers Stelle und sah Brandt von der Seite an. »Sie wurde von ihren Kindern vermisst gemeldet und heute Nachmittag ermordet aufgefunden. Mehr weiß ich nicht.«

»Gut, dann von vorne. Aber sag mal, wieso bist du eigentlich nicht in der Rechtsmedizin? Andrea und Morbs wollten doch heute Abend noch die Obduktion vornehmen.«

»Mein werter Kollege Röber vertritt mich dort. Ich hatte noch was gut bei ihm.«

»Ich will's gar nicht wissen.«

In den folgenden Minuten erzählte Brandt von Lara und Tobias Maurer, von seinem Besuch bei ihnen zu Hause und wie er die Kinder zu Linda Maurers Schwester gebracht hatte. Wie er später Vladic vernehmen wollte und mittendrin in die Bachstraße geschickt wurde, wo er Linda Maurer tot vorfand. Und er berichtete von seinem ausführlichen Gespräch mit Nathalie Groß.

Nach zwanzig Minuten war er fertig, sowohl mit seinem Bericht als auch psychisch und physisch. Dieser Tag hatte ihn mehr Kraft und Energie gekostet als jeder andere Tag in den letzten Wochen und Monaten.

»Jetzt ist es also sicher, dass unser Mörder drei Frauen

innerhalb von nicht einmal einem Jahr getötet hat«, konstatierte Elvira Klein kühl, ohne dabei arrogant zu wirken. Es half ihr, die Dinge nicht zu nahe an sich heranzulassen und sich so das klare und analytische Denken zu bewahren. »Und das allein im Stadtgebiet von Offenbach. Gab's so was schon mal? In meiner Dienstzeit nicht. Aber ihr seid schon länger hier tätig.«

Spitzer schüttelte den Kopf. »Ich kann mich nicht erinnern. Nein, wir hatten es noch nie mit einem Serienkiller zu tun. Das ist ein Novum in unserer Kriminalgeschichte, was ich aber noch verifizieren müsste ...«

»Brauchst du nicht, wir haben wahrlich Wichtigeres zu tun«, sagte Brandt. »Wie gehen wir vor?«

Elvira fuhr sich mit der Hand über die Stirn: »Wir dürfen vor allem nichts überstürzen. Vorläufig werden wir keine Informationen an die Presse weitergeben, das heißt, wir werden lediglich erklären, dass die Hausfrau und Mutter Linda M. aus Offenbach einem brutalen Mord zum Opfer gefallen ist. Es darf unter keinen Umständen etwas über ihre Tätigkeit als Prostituierte an die Öffentlichkeit gelangen. Zudem sollten wir unbedingt in Erfahrung bringen, ob es in den letzten drei bis fünf Jahren ähnlich geartete Mordfälle an Prostituierten in Deutschland oder sogar darüber hinaus gegeben hat ...«

»Unwahrscheinlich, wir hätten davon erfahren«, wurde sie von Brandt unterbrochen. »Wir haben doch schon nach den Morden an Zeidler und Schubert entsprechende Nachforschungen angestellt ...«

»Da war aber noch nicht bekannt, dass es sich um einen

Ritualmörder handelt«, korrigierte ihn Elvira. »Wir benötigen Informationen, ob es Mordfälle in der Vergangenheit
gegeben hat, bei denen sich der Täter einer Olive, eines Oli-
venzweigs und einer weißen Taubenfeder bedient hat.«

»Du hast recht«, sagte Spitzer. »Bei Zeidler und Schubert
sind wir davon ausgegangen, dass der Täter sich ausschließlich auf Frauen aus dem horizontalen Gewerbe spezialisiert
hat. Stimmt doch, oder?«

Brandt nickte. »Einverstanden. Wir sollten noch mal ganz
von vorne anfangen. Zuallererst sollte diese Nummer überprüft werden«, sagte er und reichte Spitzer den Zettel.
»Maurers Handy. Alle Gespräche, die sie in den letzten, sagen wir zehn Tagen geführt hat. Ist wichtig, auch wenn ich
kaum glaube, dass wir dadurch den Täter kriegen, denn er
wird nicht so dumm sein und uns seine Nummer präsentie-
ren. Nur mal angenommen, er hat ein Prepaidhandy benutzt und … Egal. Und dann brauche ich sämtliche Fotos,
die am Fundort von der Zeidler, der Schubert und der Maurer gemacht wurden …«

»Wonach suchst du?«, wollte Elvira wissen, wobei sie die
linke Augenbraue hochzog, wie immer, wenn sie das Gefühl hatte, Brandt wollte einen Alleingang starten. Und
diesmal sprach sie es auch aus. »Du wirst uns doch in deine
Ermittlungen einbeziehen?« Es klang weniger nach einer
Frage als nach einer Feststellung, einer Order, sich gefälligst
an die Regeln zu halten. Denn auch wenn er und sie zusammen waren, so stand sie als Staatsanwältin immer noch über
ihm.

»Nein, keine Sorge, kein Alleingang. Aber um zurück zum

Täter zu kommen, er hat diesmal ein offensichtliches Ritual vollzogen, mit dem er uns wohl darauf aufmerksam machen wollte, dass wir genauer hinsehen sollen. Er fühlt sich meiner Meinung nach unbeachtet. Damit das nicht so bleibt, hat er eine nicht zu übersehende Botschaft hinterlassen. Doch wenn mich jetzt jemand fragt, was der Ölzweig, die Olive und die Taubenfeder bedeuten, muss ich passen. Weil er der Maurer auch noch ein Kreuz in den Leib geritzt hat, muss ich wohl von einer religiös motivierten Tat ausgehen. Ein Hurenhasser, auch wenn mir diese Erklärung allein zu simpel ist. Andrea ist übrigens der gleichen Meinung.«

»Ach ja? Was sagt sie denn?«, wollte Elvira wissen und mischte ihrer Stimme einen leicht sarkastischen Ton bei, den auch Spitzer nicht überhörte. Er musste innerlich grinsen, weil er von dem Konflikt zwischen den beiden Frauen wusste, der nur eine Ursache hatte – Peter Brandt.

»Nichts weiter, nur dass der Täter ihrer Meinung nach ein hochgradig sadistisch veranlagter religiöser Fanatiker ist. Aber wir haben jetzt zum ersten Mal die Möglichkeit, ein Täterprofil zu erstellen.«

Spitzer ging zu seinem Aktenschrank und holte die Fotos heraus, die am Fundort von Anika Zeidler und am Tatort von Bettina Schubert gemacht worden waren. Er legte sie vor Brandt auf den Tisch. »Bitte, tu dir keinen Zwang an.«

»Soll ich jetzt lachen, oder was? Glaub bloß nicht, dass ich das heute mache. Ich hab noch was ganz anderes vor.«

»Und was?«

»Hat schon jemand die Familie der Toten informiert?«, fragte er bissig.

»Oh«, entgegnete Spitzer nur und sah Brandt entschuldigend an.

»Siehst du, am Ende bleibt doch wieder alles an mir hängen. Wisst ihr, der Mann ist mir egal, die Schwester aber nicht, und die Kinder ... Die Kinder werden entsetzlich leiden. Sie sind in einem Alter, in dem sie alles sehr bewusst wahrnehmen. Zehn und zwölf. Als Sarah und Michelle so alt waren, haben sie alles um sich herum neugierig aufgesogen. Wären sie damals zu Waisen geworden, wer weiß, wie ihr weiteres Leben verlaufen wäre. Aber darüber nachzudenken bringt uns jetzt nicht weiter. Ich mach mich gleich auf den Weg nach Bieber, um die frohe Botschaft zu überbringen. Gibt's sonst noch was? Ich will's hinter mich bringen.«

»Viel Glück. Wir sollten uns morgen Vormittag hier treffen«, sagte Spitzer.

»Klar, ich wollte in jedem Fall morgen kommen. Aber ich will noch keine Soko haben, ich muss ein paar Sachen allein oder mit euch beiden durchdenken. Zu viele Meinungen sind meines Erachtens nicht förderlich. Ich kann's nicht erklären, aber gib mir noch das Wochenende, am Montag kannst du eine Soko zusammenstellen. Okay?«

»Kein Problem«, sagte Spitzer und sah zu Elvira Klein, als erwartete er eine gegenteilige Reaktion. Doch sie nickte nur. »Und weiter?«

»Hier ist das Kennzeichen von dem Mercedes. Ich denke, ein roter 500 SL dürfte nicht allzu schwer zu finden sein, vorausgesetzt, er steht irgendwo auf der Straße. Morgen werde ich mich mit dem Eigentümer der Privatbank Robenstein in Verbindung setzen. Dort haben sowohl Linda Maurer als auch Nathalie Groß ihre Konten.«

»Am Samstag?«, fragte Spitzer zweifelnd.

»Und wenn's Sonntagmorgen um vier ist. Unser Killer schert sich auch nicht um die Uhrzeit. Also, morgen ist Robenstein angesagt. Ich will herausfinden, wo die Maurer ihr Luxusapartment hat und wer als Geldgeber fungiert hat. Ich will Einblick in ihre Konten haben und sehen, was sich in ihrem Schließfach befindet.« Er wandte sich an Elvira. »Dazu brauche ich das entsprechende Dokument. Entweder von dir oder vom zuständigen Richter. Und ich werde mich am Wochenende an ein Profil machen, um …«

Spitzer unterbrach ihn. »Moment mal, damit ich das richtig verstehe: *Du* willst ein Täterprofil erstellen? Vorhin dachte ich, du …«

»Was? Traust du mir das nicht zu?«

»Natürlich traue ich dir das zu. Aber meinst du nicht, dass du einen Fachmann hinzuziehen solltest?«

»Also ganz ehrlich«, sagte Elvira Klein, »ich muss Bernhard recht geben. Wie willst du das alles alleine schultern? Du hast auch noch ein Privatleben, und damit meine ich in erster Linie Sarah und Michelle.«

Brandt sprang auf, lief die wenigen Schritte zur Tür, drehte sich noch einmal um und entgegnete in ungewohnt aggressivem Ton: »Himmel noch mal, ich entscheide, was ich schultern kann und was nicht! Meine beiden Mädels sind am Wochenende sowieso fast nie zu Hause, die brauchen mich doch gar nicht …«

»Aber es wäre ganz nett, wenn du dich wenigstens ab und

an mal in deiner Wohnung in der Elisabethenstraße blicken lassen würdest. Nun, ich will dir nicht reinreden, es ist deine Entscheidung.«

Spitzer hatte sich zurückgelehnt und verfolgte den Schlagabtausch amüsiert.

»Was gibt's da zu grinsen?«, wurde er von Brandt angeblafft.

»Och, ich finde das ganz interessant zwischen euch beiden …«

»Bernhard, entschuldige, wenn ich das so sage, aber du sitzt dir hier seit Jahren schon den Hintern breit, während ich draußen bin und die Drecksarbeit erledige …«

»Hey, stopp, nicht unter die Gürtellinie!«, wurde er von Spitzer barsch zurechtgewiesen.

»Was ist?«, sagte Brandt angriffslustig, wie ihn Spitzer und Elvira sonst nur in Ausnahmesituationen erlebten. »Kannst du die Wahrheit nicht vertragen? Tut mir leid, mir gehen im Moment die Gäule durch. Ich komm gleich wieder runter …« Er atmete einmal tief ein und aus. »Mein Gott, wir sitzen doch alle im selben Boot, jeder hat seine Aufgaben, und ich versuche, meine bestmöglich zu erledigen. Und du auch. Für uns gilt es jetzt, planvoll und gezielt vorzugehen. Es ist fünf vor sieben. Vor acht will ich bei der Familie Weber in Bieber sein, damit ich diese Last aus dem Kreuz habe. Das wird einer der schwersten Gänge, die ich je zu gehen hatte. Wenn ich an die Kinder denke …«

Elvira Klein erhob sich. »Ich komme mit, ich möchte mir gerne ein Bild von der Familie machen. Und anschließend fahren wir zu Herrn Maurer.«

Brandt schüttelte den Kopf. »Nein, auf keinen Fall zu dem. Heute fahre ich ganz sicher nicht zu dem Alki. Am liebsten wär mir, wenn die Schwester von der Maurer das übernehmen würde.«

»Willst du ihm denn keine Fragen mehr stellen?«

»Doch, aber heute nicht mehr. Der Typ ist so fertig, der wird uns kein Stück weiterhelfen können.«

»Dann lass uns fahren«, sagte Elvira und warf ihm einen aufmunternden Blick zu. »Wir kriegen das schon hin.«

»So einfach ist das nicht«, entgegnete er. »Da draußen läuft eine Bestie rum, die Frauen abschlachtet. Eins ist sicher – er hat was gegen Huren. Man mag zu diesem Beruf stehen, wie man will, aber keine dieser Frauen hat irgendjemandem irgendetwas getan, was ihren Tod gerechtfertigt hätte. Zumindest weiß ich bis jetzt nichts davon. Auch wenn das abgedroschen klingt, aber es gibt keine Rechtfertigung für Mord.«

»Und der Kroate? Er hat auch gemordet, du fühlst aber mit ihm mit …«

»Ist ja gut, das ist eine andere Baustelle.« Er ballte die Fäuste, Wut und Ohnmacht im Blick. »Mein Gott, die Zeidler war gerade mal zweiundzwanzig, die Schubert achtundzwanzig und die Maurer zweiunddreißig. Das ist kein Alter zum Sterben, und schon gar nicht auf eine solche Weise. Ich will diesen Typen kriegen, bevor er noch mehr Unheil anrichtet.«

»Wir alle wollen, dass er gefasst wird und für immer hinter Gitter kommt. Wir werden heute nur noch zu den Webers und dann direkt nach Hause fahren. Du musst abschalten, sonst bist du spätestens in drei Tagen zu keinem klaren Gedanken mehr fähig.«

»Du hast recht. Bernhard, übernimmst du noch die Fahndung nach dem Mercedes? Und such bitte die Privatnummer und die Adresse von diesem Robenstein raus und schick sie mir aufs Handy, ich hab von der Groß nur die Geschäftsnummer und -adresse bekommen. Ach, und bevor ich's vergesse, ein paar Kollegen sollen sich noch heute in die Bachstraße begeben und die Hausbewohner befragen. Du kennst die Fakten, instruier sie entsprechend. Wir sehen uns morgen. Und die Fotos nehme ich mit. Gibt's eigentlich schon welche von der Maurer?«

»Hab noch keine reingekriegt. Wenn du einen Augenblick wartest, ruf ich rasch bei der KTU an. Die haben das bestimmt nur vergessen, hochzuschicken.« Er griff zum Hörer. »Spitzer hier. Sagt mal, habt ihr die Fotos vom Tatort Maurer? … Mann, warum krieg ich die nicht sofort? Her damit, aber dalli!« Er breitete die Arme aus und meinte: »Diese Penner! Fotos sind gleich hier.«

»Danke. Vielleicht mach ich ja heute Nacht noch eine Entdeckung.«

»Du solltest auf Elvira hören und dich ausruhen. Aber letztlich ist es deine Entscheidung. Nur, du siehst so verdammt müde aus …«

»Wenn ich geduscht und was gegessen habe, fühle ich mich gleich besser. Ich pass schon auf.«

»Und ich auch, das garantiere ich«, sagte Elvira.

Ein Kollege von der Kriminaltechnik kam ins Büro gestürmt und legte den Umschlag mit den Fotos auf den Tisch. Spitzer warf einen kurzen Blick hinein und reichte ihn Brandt.

»Du willst dir den ganzen Kram ja bestimmt heute Nacht noch reinziehen. Und keep me on the running«, meinte Spitzer grinsend.

»Klar. Dann packen wir's jetzt.«

»Toi, toi, toi«, rief ihnen Spitzer hinterher und griff schon wieder zum Telefon.

Auf dem Weg nach unten sagte Elvira: »Warum bist du vorhin so rüde mit Bernhard umgesprungen? Der macht auch nur seinen Job.«

»Ich etwa nicht? Ich habe mich doch entschuldigt, lass es gut sein. Du hast nicht erlebt, was ich heute erlebt und gesehen habe, denn dann würdest du mich verstehen.«

»Das stimmt schon, aber ...«

»Bitte keine Diskussion jetzt. Weißt du, das alles geht mir nahe, auch wenn ich mir schon vor langer Zeit geschworen habe, Gefühle außen vor zu lassen. Doch wenn Kinder mich bitten, ihre Mutter zu finden, und ich sehe sie nur wenige Stunden später so übel zugerichtet vor mir ... Himmel, weder die Kinder noch der Rest der Familie dürfen sie so noch mal sehen. Dieser verfluchte Drecksskerl hat ihr das Gesicht zertrümmert ... Allein für diese Kinder, die du ja gleich kennenlernen wirst, werde ich alles in meiner Macht Stehende tun, um diesen Bastard zu fassen.«

»Du schaffst das, das weiß ich. Und es ist nicht unbedingt verkehrt, auch einmal Emotionen zu zeigen. Du hast ja mich«, sagte sie, stieg in den Wagen ein, nahm seine Hand und drückte sie fest. »Ich glaube an dich und an uns. Und an das ganze Team.«

»Danke.« Brandt sah aus dem Seitenfenster in die Dunkelheit. Ein paar Tränen lösten sich, und er wollte nicht, dass Elvira es sah. Sie bemerkte es dennoch, sagte jedoch nichts. Es war auch diese Seite von Brandt, die ihn für sie so liebenswert machte. Ein knorriger, oft brummiger Typ, den nichts und niemand aus der Ruhe zu bringen schien und der doch unter der Oberfläche oft so aufgewühlt und unruhig war. Noch vor nicht allzu langer Zeit hätte sie es niemals für möglich gehalten, einmal einen Mann zu finden, der so zutiefst emotional und aufrichtig war. Und jetzt saß dieser Mann neben ihr am Steuer, zeigte seine Gefühle, auch wenn er sie verbergen wollte, wischte sich einmal mit der Hand über das Gesicht und startete den Motor. Elvira ließ seine Hand los und sah ihn von der Seite an.

»Danke, dass du mich mitnimmst.«

»Gerne doch. Was ist eigentlich mit Vladic, den hab ich ganz vergessen?«

»Ich habe ihn noch mal vernommen. Es hat sich nichts Neues daraus ergeben. Er ist jetzt in Weiterstadt.«

FREITAG, 19.56 UHR

Bevor sie vor dem Haus der Familie Weber ausstiegen, fragte Elvira: »Wie wirst du's ihnen sagen?«

»Wir werden mit Frau Weber und ihrem Mann erst einmal allein sprechen. Abhängig davon, wie ihre Reaktion ausfällt, werde ich ihnen noch ein paar Fragen stellen. Und dann so schnell wie möglich wieder gehen. Aber es hat keinen Sinn, hier rumzusitzen. Bringen wir's hinter uns, es sei denn, du möchtest doch lieber hier warten.«

»Meinst du vielleicht, ich bin mitgekommen, um mir den Allerwertesten abzufrieren? Das ziehen wir gemeinsam durch. Außerdem will ich mir ein Bild von der Familie machen, könnte ja sein, dass die Kinder in Zukunft hier leben werden. Meine Einschätzung könnte von Bedeutung sein.«

»Na dann«, sagte Brandt, und beide stiegen aus. Sein Handy klingelte, Spitzer.

»Wir haben die Handydaten überprüft, sie hat am Mittwoch telefoniert und eine MMS verschickt, allerdings kann der Empfänger nicht ermittelt werden, weil die Nummer, und jetzt halt dich fest, einer Toten gehört, nämlich Bettina Schubert. Es handelt sich um ein Prepaidhandy, das immer wieder neu aufgeladen wurde. Die Nummer wurde nie gekündigt. Damit sind auch wir raus aus der Nummer und ganz schön angeschmiert. Der Typ spielt mit uns.«

»Scheiße, Mann!«, entfuhr es Brandt. »Wann fand dieses Telefonat statt?«

»Mittwoch um 17.23 Uhr.«

»Danke und ciao.«

»Du hast es mitbekommen«, sagte er zu Elvira. »Es ist ein böses Spiel, wie Hase und Igel. Eigentlich noch viel schlimmer. Gehen wir rein.«

Hinter allen Fenstern brannte Licht, im Gegensatz zu den anderen Häusern in der unmittelbaren Nachbarschaft waren die Rollläden nicht heruntergelassen, als wollten sie

Linda Maurer ein Zeichen geben, dass sie jederzeit kommen könne und man auf sie warte.

Kaum hatte Brandt den Finger vom Klingelknopf genommen, da ging auch schon die Haustür auf. Die von einem Sensor gesteuerte Außenbeleuchtung schaltete sich ein, und das anfangs hoffnungsfrohe Gesicht von Miriam Weber verdüsterte sich schlagartig, als sie Brandt und Klein sah.

»Hallo«, sagte Brandt. »Wir müssten noch einmal mit Ihnen sprechen.«

»Kommen Sie rein.«

Als Brandt und Klein zur Haustür kamen, waren hinter Frau Weber auch ihr Mann sowie Lara und Tobias aufgetaucht.

»Darf ich vorstellen, Staatsanwältin Klein, die ab sofort die Ermittlungen leiten wird.«

»Guten Abend.« Elvira reichte Frau Weber die Hand.

»Guten Abend. Wieso hat das jetzt die Staatsanwaltschaft übernommen? Meine Schwester wird doch nur vermisst.«

»Lass Herrn Brandt und Frau Klein erst mal eintreten, es ist so kalt draußen«, mischte sich jetzt Herr Weber ein und stellte sich neben seine Frau. Er hatte ein freundliches, offenes Gesicht und war etwas größer als Elvira Klein.

»Gibt es Neuigkeiten von meiner Schwägerin?«, fragte er, während er sie Richtung Wohnzimmer führte.

»Haben Sie unsere Mutti gefunden?«, wollte Lara wissen, musterte Brandt jedoch mit einem Blick, als wüsste sie bereits, dass sie ihre Mutter nie wiedersehen würde. Brandt konnte sich nicht erinnern, jemals ein Mädchen in diesem Alter getroffen zu haben, das fast allwissend wirkte, ohne dabei auch nur den Ansatz von Arroganz oder Überheblichkeit zu zeigen. Und nun stellte sie die Frage, die er von ihr nicht hatte hören wollen.

Elvira übernahm das Wort. »Herr und Frau Weber, könnten wir bitte kurz allein mit Ihnen sprechen? Wir hätten da noch ein paar Fragen.«

»Warum dürfen wir nicht dabei sein? Es geht doch um unsere Mutter«, sagte Lara.

»Es dauert nicht lange«, entgegnete Elvira und warf dem Mädchen ein Lächeln zu, obwohl sie sich schuldig fühlte, die Kinder weiter in dieser Ungewissheit zu lassen.

»Ist schon gut, Lara. Geh bitte mit Tobias nach oben in euer Zimmer und wartet dort, bis ich euch hole«, sagte Miriam Weber und sah den Kindern hinterher, wie sie langsam die Treppe hinaufstiegen.

»Bitte, kommen Sie ins Wohnzimmer«, sagte Herr Weber, ließ sie an sich vorbeitreten und schloss die Tür. Er bat Brandt und Klein Platz zu nehmen.

»Darf ich Ihnen etwas zu trinken anbieten?«, fragte er.

»Nein, danke. Ich will es kurz machen. Wir sind gekommen, um Ihnen mitzuteilen, dass Ihre Schwester beziehungsweise Ihre Schwägerin heute Nachmittag tot aufgefunden wurde. Ich möchte Ihnen mein tiefstes Beileid aussprechen …«

Unmittelbar nachdem Brandt die bedeutungsschweren Worte ausgesprochen hatte, herrschte eine beinahe unnatürliche Stille, bis Miriam Weber kurz aufschrie, sich aber gleich an den Mund fasste, während ihr Mann ihre Hand nahm und sie festhielt.

»Wo?«, fragte er, weil seine Frau zu weinen begann und keinen Ton herausbrachte.

»In einem Apartment in der Innenstadt. Eine Hausbewohnerin hat sie dort gefunden.«

»In einem Apartment?«, fragte er ungläubig. »Was für ein Apartment?«

»Sie hatte es angemietet«, antwortete Brandt.

»Bitte? Damit ich das richtig verstehe, Linda hatte ein Apartment hier in Offenbach? Das ist lächerlich! Wie sollte sich Linda ein Apartment anmieten, wenn das Geld vorn und hinten nicht gereicht hat? Sprechen wir vielleicht von einer anderen Linda Maurer?«

»Nein, Herr Weber«, mischte sich nun Elvira ein, »wir sprechen von *der* Linda Maurer. Glauben Sie mir, es fällt uns nicht leicht, Ihnen diese Nachricht zu überbringen, und wir denken dabei in allererster Linie an die Kinder, die ihre Mutter verloren haben. Aber ich will auch nicht um den heißen Brei herumreden: Frau Maurer hat ein Doppelleben geführt …«

»Nein! Nein, nein, nein!«, stieß Miriam Weber hervor und hielt sich die Hände vors Gesicht. »Das stimmt doch nicht, das ist nicht wahr! Nicht Linda.«

»Meine Frau hat recht, Linda und ein Doppelleben, das passt nicht zusammen. Wie soll denn dieses andere Leben ausgesehen haben? Hat sie vielleicht als … Nein, ich will es gar nicht aussprechen, weil es einfach zu absurd ist. Ich …«

»Herr Weber, sie hat nicht als Putzfrau gearbeitet, schon lange nicht mehr. Sie hat sich mit Männern getroffen und sehr viel Geld verdient. Es ist doch verständlich, dass sie Ihnen nichts davon erzählt hat. Jeder sollte denken, dass sie den Unterhalt für ihre Familie als Putzkraft verdient. Das ist doch allemal ehrenwerter, als den Körper zu verkaufen.«

Weber verengte die Augen zu winzigen Schlitzen, als wollte er sich gleich auf die Beamten stürzen. »Sie behaupten allen Ernstes, Linda hätte als Prostituierte gearbeitet?«

»Ja, unter anderem.«

»Was heißt unter anderem?«

»Sie hat Männer begleitet, in die Oper, ins Theater, zum Essen.«

»Woher haben Sie all diese Informationen?«, fragte Herr Weber weiter, während seine Frau in Schockstarre verfallen zu sein schien und das Gespräch wie aus weiter Ferne verfolgte.

»Von einer anderen Dame, die mit ihr befreundet war und im gleichen Geschäft tätig ist. Sie hat mir auch erzählt, dass Ihre Schwägerin Schuldgefühle gegenüber den Kindern hatte, weil sie sie so oft allein ließ, obwohl sie am liebsten rund um die Uhr für sie dagewesen wäre. Aber Sie kennen die familiäre Situation der Maurers am besten und wissen, dass sie ein schweres Los hatte. Sie hat es in erster Linie für die Kinder getan, damit sie es einmal besser haben als sie.«

»Ich fasse es nicht! Linda – eine Hure!«

Weber sprang auf und ging in dem Zimmer wie ein Tiger auf und ab. Schließlich blieb er stehen und sah Brandt giftig an. »Sie hat ihren Namen und ihre Herkunft mit Schmutz beschmiert … Diese ganze Familie ist ein einziger asozialer Haufen.«

»Stopp, es reicht, Herr Weber!«, wies ihn Elvira Klein zurecht. Sie stellte sich vor Weber und sah ihn mit eisigem Blick an. Dazu kam eine Schärfe in der Stimme, die ihn zusammenzucken ließ. »Ich denke, Sie haben nicht das Recht, über Ihre Schwägerin ein Urteil zu fällen, denn ich behaupte einfach mal, dass Sie zwar die Lebensumstände von Frau Maurer kannten, sich aber in keinster Weise in ihre Situation hineinversetzen konnten und auch nicht können. Sie wissen nicht, was sie veranlasst hat, dieses Doppelleben zu wählen. Das wusste sie, und deshalb hat sie es Ihnen allen verschwiegen. War sie deswegen eine böse Frau? Oder eine schlechte Mutter? Kommen Sie, sagen Sie's!«

»Ach, halten Sie den Mund, Sie verstehen doch gar nichts«, entgegnete er schroff und machte eine wegwerfende Handbewegung.

»Ich verstehe viel mehr, als Sie vielleicht denken, Herr Weber. Und ich bitte Sie, ein wenig mehr Respekt für Ihre Schwägerin aufzubringen. Und auch Respekt gegenüber Ihrer Frau, die sie soeben sehr beleidigt haben. Habe ich mich deutlich genug ausgedrückt? Ihre Schwägerin ist tot, sie wurde ermordet. Wäre da nicht ein bisschen Mitleid angebracht?«

»Sind Sie fertig mit Ihrer Moralpredigt? Dann will ich Ihnen mal etwas sagen: Hätte sie nicht als Hure gearbeitet, würde sie heute noch leben. Das ist eine Tatsache.«

»Woher wollen Sie das wissen? Und das Wort Hure trifft

auf Ihre Schwägerin nicht zu, sie war keine im klassischen Sinn. Wenn sie welche sehen wollen, gehen Sie ins Bordell. Und ich möchte Sie jetzt dringend bitten, die abfälligen Bemerkungen über Ihre Schwägerin zu unterlassen.«

Miriam Weber hatte sich aus ihrer Starre befreit. »Gerd, bitte, setz dich wieder. Die Beamten haben recht, wir dürfen nicht über Linda urteilen ...«

»Wieso nicht? Sie parkt die Kinder permanent bei uns, während sie sich mit Männern vergnügt! Ich bitte dich, verlogener kann ein Mensch doch nicht sein. Spielt uns die heilige Johanna der Schlachthöfe vor und treibt's mit jedem. Eine Hure in unserem Haus ...«

»Wir mussten Ihnen eine traurige Botschaft überbringen, und nun muss ich feststellen, dass Sie, Herr Weber, nicht sonderlich traurig zu sein scheinen. Statt zu trauern, verdammen Sie Ihre Schwägerin. Und dann bezeichnen Sie auch noch die ganze Familie – und damit auch Ihre Frau – als asozial. Womit haben Ihre Frau und Ihre Schwägerin das verdient?«

»Sie hat es nicht verdient«, antwortete Miriam Weber. »Und er meint es nicht so. Mein Mann ist manchmal sehr aufbrausend und ...«

»Ich brauche deine Fürsprache nicht, ich habe meine Meinung über deine werte Schwester soeben revidiert«, sagte er hart und unerbittlich. »Für mich ist sie nicht nur körperlich tot«, spie er ihr entgegen.

»Was ist bloß los mit dir?«, sagte sie entsetzt. »Meine Schwester ist tot ...«

»Ja, von einem Hurenbock ermordet! Wie heißt es doch so treffend? Wer sich in Gefahr begibt, kommt darin um.«

»Ich erkenne dich nicht wieder. Denkst du eigentlich auch an Lara und Tobias?«

»Sie sind Lindas und Dieters Blut. Aber du findest ja immer für alles eine Entschuldigung«, bemerkte er abfällig.

»Herr Weber, lassen Sie mich Ihnen bitte etwas erklären, vielleicht ändern Sie dann noch Ihre Meinung«, sagte Brandt und versuchte, seine Stimme so sanft wie möglich klingen zu lassen. »Bitte.«

Weber biss die Zähne zusammen. »Ich höre.«

»Danke. Ihre Schwägerin war keine Prostituierte im klassischen Sinn. Sie hatte fast ausschließlich Stammkunden, von denen viele nicht einmal Sex wollten. Sie wünschten sich nur eine Begleitung für einen Abend oder auch mal für ein Wochenende. Männer, die viel Geld haben und Wert auf eine gepflegte Begleiterin an ihrer Seite legen. Sie hat nicht in einem Bordell gearbeitet. Sie hatte ein großes Ziel, und das war, aus ihrem sozialen Elend herauszukommen und – vor allem – sich von ihrem Mann zu trennen ...«

»Aber ...«

»Lassen Sie mich bitte ausreden. War Ihnen bekannt, dass Ihre Schwägerin vier Sprachen beherrschte?«

»Was?«, fragte Miriam Weber überrascht. »Nein, Linda hat nie darüber gesprochen. Ich dachte, sie kann nicht mal Englisch.«

»Sie hat es sich selbst beigebracht, wie mir von ihrer Freundin versichert wurde. Vier Sprachen, eine anerkennenswerte Leistung, wie ich finde. Oder sehen Sie das anders? Und ganz ehrlich, Herr Weber, nachdem ich Ihre Reaktion erlebt habe, weiß ich, dass sie keine andere Wahl hatte, als ihr Doppelleben geheim zu halten. Ich kann mir vorstellen, dass sie sich geschämt hat, dass sie vielleicht nach einer Möglichkeit gesucht hat, es Ihnen schonend beizubringen, aber sie wusste wohl auch, dass sie damit auf Granit beißen würde. Ich sage nur, wer ohne Sünde ist, der werfe den ersten Stein. Wir haben alle unsere Fehler und Schwächen, wir haben alle unsere Dunkelkammern und unsere Geheimnisse. Urteilen Sie also nicht so rigoros über Ihre Schwägerin. Sie war eine gute Frau, sie hat zwei großartige Kinder vorbildlich erzogen, wovon ich mir heute ein Bild machen konnte. Sie hat nur einen Weg gesehen, aus ihrer verzweifelten Situation herauszukommen, ohne Sie zu belasten. Das Einzige, was sie hin und wieder getan hat, war, Lara und Tobias für ein Wochenende bei Ihnen zu lassen. Aber Sie, Frau Weber, haben mir heute Nachmittag selbst gesagt, dass Sie die beiden Kinder gerne hier haben. Brechen Sie nicht den Stab über Ihre Schwester und Schwägerin und schon gar nicht über die Kinder, das haben sie nicht verdient.«

»Nein, das haben sie nicht«, sagte Miriam Weber und warf ihrem Mann einen strafenden Blick zu. »Ich habe Linda immer geliebt und werde sie auch immer lieben. Sie war eine gute Frau und Mutter, wie Sie es gesagt haben. Danke, Sie haben mir damit aus dem Herzen gesprochen. Wie ist sie gestorben? Musste sie sehr leiden?«

»Wir wissen noch nicht, wie sie gestorben ist, sie wird zurzeit obduziert. Den ersten Untersuchungen zufolge wurde sie erdrosselt.«

»Können wir sie sehen, bevor sie beerdigt wird?«

Brandt schüttelte kaum merklich den Kopf. »Nein, das ist nicht möglich. Behalten Sie Ihre Schwester so in Erinnerung, wie Sie sie zuletzt gesehen haben.«

»Sieht sie so schlimm aus?«

»Ein Mensch, der durch ein Verbrechen zu Tode gekommen ist, ist nie ein schöner Anblick«, antwortete Brandt ausweichend.

»Gerd, sag du doch bitte auch noch mal was. Mir zuliebe.«

»Nicht jetzt.«

»Es tut uns leid, dass wir Ihnen diese Nachricht überbringen mussten. Ich hätte mir auch gewünscht, sie lebend zu finden. Ich halte Sie auf dem Laufenden, was die weiteren Ermittlungen angeht.«

»Gibt es denn schon einen Hinweis auf den Mörder?«, wollte Miriam Weber wissen.

»Nein, bis jetzt nicht. Aber wir werden eine Sonderkommission bilden und alles tun, um den Mörder Ihrer Schwester zu finden.«

»Denken Sie, es war ein Freier?«

»Wir ermitteln in alle nur denkbaren Richtungen.«

»Und jetzt müssen wir es den Kindern beibringen«, konstatierte Miriam Weber, die seit einigen Minuten völlig gefasst wirkte.

»Ja, ich denke, es wäre besser, wenn Sie das übernehmen würden, Sie kennen die beiden und wissen, wie Sie mit ihnen umgehen müssen. Ich wünsche Ihnen, dass Sie die richtigen Worte finden.«

»Hat Linda überhaupt jemals als Putzfrau gearbeitet?«

»Ja, vor etwa zweieinhalb Jahren ist sie dort ausgestiegen. Sie war eine schöne und beeindruckende Frau.«

»Wie wollen Sie das beurteilen?«, fragte Gerd Weber bitter.

»Ihre Freundin hat sie sehr eindrücklich geschildert.«

»Darf ich den Namen dieser Freundin erfahren?«, fragte Miriam Weber.

»Nein, das fällt unter den Datenschutz. Aber vielleicht kommt sie zur Beerdigung und gibt sich Ihnen gegenüber zu erkennen.«

»Weiß Dieter schon Bescheid?«

»Wir werden es ihm morgen sagen. Oder möchten Sie das übernehmen?«

»Möchten wir?«, wiederholte Gerd Weber die Frage. »Ja, wir werden es ihm sagen und ihm gleichzeitig klarmachen, dass er seine Kinder nie mehr wiedersehen wird.«

Miriam Weber fügte hinzu: »Er wird es sowieso nicht richtig wahrnehmen. Er hat sie all die Jahre hinweg wie Dreck behandelt, das kann ich ja jetzt sagen. Er hat sie niedergemacht, gedemütigt und auch geschlagen. Er ist einer der miesesten Typen, die ich kenne. Jetzt soll er mal zusehen, wie er alleine zurechtkommt. Aber Linda wird mir unendlich fehlen, sie war meine Schwester und meine Freundin. Wir werden nicht mehr zusammen essen, nicht mehr sonntags in die Kirche gehen …«

»Apropos Kirche«, fiel Brandt ihr ins Wort. »Ich habe davon gehört, dass Sie alle gemeinsam die Kirche besucht haben. Darf ich fragen, welche Kirche das ist?«

»Die Andreas-Gemeinde hier in Bieber. Warum fragen Sie?«

»Nur so. Sind Sie dort engagiert?«

»Nun ja«, meldete sich Gerd Weber wieder zu Wort, »wir sind seit einem Jahr im Kirchenvorstand und singen im Kirchenchor mit …« Nach einer kleinen Pause fügte er mit leiser und doch fester Stimme hinzu: »Ich möchte mich in aller Form für meinen ungehörigen Ausbruch vorhin entschuldigen. Ich bitte Sie, diese Entschuldigung anzunehmen. Sie haben recht, jeder Mensch hat seine Geheimnisse und dunklen Seiten, aber nur Gott richtet. Nur …«

Brandt hob die Hand. »Es ist in Ordnung. Wenn wir noch irgendetwas für Sie tun können, lassen Sie es uns wissen. Sollten Sie ärztlichen oder psychologischen Beistand benötigen, wir haben immer Adressen bei uns.«

»Nein, ich denke, das ist nicht nötig«, sagte Miriam Weber. »Wir werden uns mit unserem Pfarrer in Verbindung setzen und mit Familie Trautmann aus unserer Gemeinde, denen wir eng verbunden sind. Ich möchte nicht unhöflich erscheinen, aber mein Mann und ich wären jetzt gerne allein, damit wir es den Kindern beibringen können. Es wird ein Schock für sie sein …«

»Möglicherweise wird es nicht so schlimm, wie Sie befürchten. Hat Lara Ihnen von ihrem Traum erzählt?«

»Was für ein Traum?«

»Fragen Sie sie danach. Und haben Sie mir nicht erzählt, dass Lara ganz außergewöhnliche Fähigkeiten besitzt? Ich denke, sie weiß längst, dass ihre Mutter tot ist, braucht aber noch die Bestätigung. Gewissheit ist allemal besser, als lange in Ungewissheit zu leben. Ich habe sehr viele Vermisstenfälle bearbeitet und weiß, wie schlimm es für Angehörige und Freunde ist, wenn sie nicht wissen, was mit dem geliebten Menschen passiert ist.«

»Vielleicht haben Sie recht. Ich kann nur hoffen, dass sie es gefasst aufnehmen.«

Brandt und Klein erhoben sich, reichten den Webers die Hand und wurden von ihnen zur Tür begleitet. Miriam Weber hatte wieder Tränen in den Augen, als sie den Beamten nachsah und wartete, bis sie in das Auto eingestiegen waren, als wollte sie nicht ins Haus zurück, bis ihr Mann sie bei der Schulter fasste und sanft wieder hineinführte. Er schloss die Tür hinter ihr. Das Licht im Flur wurde ausgeschaltet, Elvira Klein sah Lara Maurer hinter dem Fenster stehen, und sie meinte, in dem Gesicht des Mädchens eine unendliche Traurigkeit zu erkennen. Und diese Traurigkeit würde in unfassbare Trauer umschlagen, sobald sie erfuhr, dass ihre geliebte Mutter tot war. Ihr Traum, aber auch ihr Alptraum war bittere Realität geworden.

FREITAG, 20.50 UHR

Ich war beeindruckt, wie du zum richtigen Zeitpunkt die richtigen Worte gefunden hast … Chapeau! Für einen Augenblick dachte ich, die Sache eskaliert, so wie der Weber sich aufgeführt hat«, sagte Elvira. »Sie hat zum Glück dagegengehalten.«

»Das sollte man nicht überbewerten …«

»Man nicht, aber ich. Ich habe dich schon ein bisschen bewundert, wie du das Kind geschaukelt hast.«

»Nur ein bisschen?«

»Wir wollen mal nicht übertreiben, Herr Hauptkommissar. Es war ja nicht das erste Mal für dich.«

»Jedes Mal ist es anders.«

»Okay, ich habe dich bewundert, wie ich einen Helden eben bewundere. Mehr geht nicht.«

»Wollte ich ja nur hören«, erwiderte Brandt grinsend, wurde jedoch sogleich wieder ernst. »Wollen wir essen gehen? Zum Italiener?«

»Klingt gut. Bist du gar nicht müde?«

»Nicht mehr, das Schlimmste ist ja überstanden. Ich hasse das Überbringen von Todesnachrichten.« Er ließ den Motor an. »Fahren wir ins Tarantino's?«

»Wenn du magst. Wir könnten aber auch gleich zu dir fahren und uns nur eine Pizza bestellen. Du entscheidest.«

»Gute Idee. Das Restaurant dürfte jetzt sowieso ziemlich voll sein. Außerdem muss ich dringend duschen, ich will aus diesen Klamotten raus und mir was Bequemes anziehen und …«

»Und was?«

»Noch ein bisschen arbeiten«, sagte er leise und hoffte, die Reaktion von Elvira würde nicht zu hart ausfallen.

»Aber nur, wenn ich mitmachen darf.«

Er zog die Stirn in Falten. »Klar, vier Augen sehen mehr als zwei. Sag mir noch was zu den Webers. Was hältst du von ihnen?«

»Ihn kann ich überhaupt nicht einschätzen, er war sehr

nett, als wir kamen, aber dann zeigte er ein Gesicht, das ich bei ihm nicht erwartet hatte. Ich war richtig erschrocken, als er so ausgeflippt ist. Sie macht einen freundlichen, liebenswerten Eindruck. Was ist er von Beruf? Oder weißt du das nicht?«

»Lehrer, aber frag mich nicht, an welcher Schule. Doch das scheint mir nicht so wichtig. Interessanter ist, dass sie alle kirchlich aktiv sind. Wenn sie sonntags zu Hause war, ist sie mit ihren Kindern und den Webers in die Kirche gegangen. Und unser Täter hat religiöse Symbole beim Opfer hinterlassen. Insgesamt vier an der Zahl, wenn Andrea recht hat.«

»Hat Andrea sonst irgendwas gesagt?«

»Nichts, worüber du dir Gedanken zu machen brauchst.«

»Dann ist ja gut.«

Sie hielten vor dem Haus in der Elisabethenstraße. Sarah und Michelle waren ausgeflogen, sie hatten es ihm nicht nur telefonisch mitgeteilt, sondern ihm auch noch einen Zettel hinterlassen. Sie würden erst im Laufe des Sonntags wiederkommen. Ein mulmiges Gefühl beschlich ihn, wenn er daran dachte, dass sie zwei volle Tage weg waren. Aber er wusste auch, es hätte keinen Sinn gehabt, ihnen Vorschriften zu machen. Das Einzige, was ihn nachdenklich stimmte, war, dass sie nur selten eine Freundin mit nach Hause brachten, als schämten sie sich für ihr Zuhause. Dabei war es eine modern und gemütlich eingerichtete Wohnung, aber vielleicht war es der Gedanke, er könnte völlig unvermittelt hereinplatzen und stören.

Brandt wählte die Nummer der Pizzeria und gab die Bestellung auf. »Dauert circa vierzig Minuten, die haben viel zu tun.«

»Dann kannst du ja vorher schon mal duschen.«

»Nachher«, war die knappe Antwort.

Eine Dreiviertelstunde später sprachen sie bei Pizza und Rotwein noch einmal über den Besuch bei den Webers.

Elvira wischte sich mit einer Serviette den Mund ab. »Und jetzt bist du dran: Was hältst du von Weber?«

»Er ist ein Choleriker, für den es nur Schwarz und Weiß zu geben scheint. Möglicherweise ein Wolf im Schafspelz. Als er uns ins Haus gebeten hat, wirkte er, als könne er keiner Fliege was zuleide tun. Und dann rastet er so aus.«

»Ich glaube, er hat in dem Moment sein wahres Gesicht gezeigt, auch wenn er sich später entschuldigt hat. Ich traue ihm nicht über den Weg.«

»Er befand sich in einer Ausnahmesituation ...«

»Genau das ist es doch«, unterbrach sie ihn. »In Ausnahmesituationen zeigen die meisten Menschen ihr wahres Gesicht. Seine Frau stand anfangs unter Schock, sie halte ich für vertrauenswürdig und ehrlich. Bei ihm hege ich meine Zweifel.«

»Mag sein. Aber worauf willst du hinaus?«

»Noch auf gar nichts. Ich fand den Besuch nur äußerst merkwürdig. Ich werde ihn auf jeden Fall im Hinterkopf behalten. Die eigene Frau als asozial zu bezeichnen!«

»Ich fand's auch total daneben, glaube aber nicht, dass er es wirklich so gemeint hat.«

»Er hat es so gemeint. Doch lassen wir das«, sagte Elvira

und legte die Teller aufeinander. »Du willst wirklich noch arbeiten?«

»Nur ein bisschen. Da sind zu viele Gedanken in meinem Kopf, die ich nicht verlieren will. Und du hast gesagt, dass du mir helfen willst.«

»Ja, aber eigentlich …«, sie lächelte, »… will ich dir helfen. Fangen wir an.«

Brandt räumte den Tisch ab, entfernte die Tischdecke und legte sämtliche Fotos aus.

Anika Zeidler, Bettina Schubert und Linda Maurer. Ermordet von ein und demselben Mann. Jede eine Schönheit, als sie noch lebte. Und alle gestorben zwischen dem einundzwanzigsten und zweiunddreißigsten Lebensjahr.

Anika Zeidler, geboren am 8. März 1987, gestorben am 6. März 2009, hatte gerade ein Viertel ihres Lebens hinter sich. Bei der Obduktion hatte sich nichts gefunden, was auf eine Erkrankung hinwies. Sie hatte gesund gelebt, sich vegetarisch ernährt, nicht geraucht und auch nicht getrunken, von Drogen ganz zu schweigen, sie war dreimal in der Woche im Fitnessstudio gewesen – und sie war gebildet. Sie hatte Abitur, wollte studieren und den Mief des Kleinbürgertums und des sozialen Abseits ein für alle Mal hinter sich lassen. Edelnutte.

Bettina Schubert, geboren am 3. August 1981, gestorben am 14. August 2009. Gelernte Buchhalterin, halbtags in einer Spedition tätig, dazu verkaufte sie etwa viermal in der Woche ihren attraktiven Körper. Sie hatte einen drogen- und spielsüchtigen Mann, von dem Brandt glaubte, dass er ihr Zuhälter war, doch Schubert wies dies entrüstet von sich und behauptete, seine Frau sei ohne sein Wissen auf den Strich gegangen. Er habe sich gewundert, woher sie so viel Geld hatte. Eine glatte Lüge, davon war Brandt überzeugt. Doch trotz aller Härte, die er im Verhör an den Tag gelegt hatte, blieb Schubert bei seiner Version, von der Tätigkeit seiner Frau nichts gewusst zu haben.

Und nun hatten sie eine dritte Tote. Linda Maurer. Geboren am 8. November 1977, gestorben in den frühen Morgenstunden des 15. Januar 2010. Verheiratet, zwei Kinder von zehn und zwölf Jahren, einen alkoholabhängigen Mann. Und auch sie, wie Anika Zeidler, eine Edelnutte.

Sie standen vor dem langen Tisch aus Eichenholz und betrachteten die Bilder. Jeweils acht lagen neben- und untereinander, links Anika Zeidler, in der Mitte Bettina Schubert und rechts Linda Maurer.

»Bereit?«, fragte Brandt.

»Bereit. Wonach suchen wir?«

»Nach Gemeinsamkeiten. Der Täter hat uns heute unübersehbare Zeichen hinterlassen. Er sucht den Kontakt, aber ich kann mir nicht vorstellen, dass er das erst seit heute tut, sondern auch schon bei den ersten beiden Morden getan hat. Wir haben die Zeichen nur übersehen.«

»Das kann nicht sein.« Elvira schüttelte den Kopf. »Die Leichen und die Tat- beziehungsweise Fundorte wurden doch gründlich untersucht und fotografiert – wobei wir zugegebenermaßen noch nicht wissen, wo die Zeidler umgebracht wurde.«

Brandt beugte sich vor und betrachtete jedes einzelne Foto.

»Hallo, sprichst du noch mit mir?«, fragte Elvira nach ein paar Minuten.

»Gleich.« Er holte eine Lupe und sagte kurz darauf mit einem gewissen Triumph in der Stimme: »Ich hab's doch gewusst. Hier, sieh selbst. Dieses Foto vom Fundort in Rumpenheim. Was fällt dir auf?«

Elvira nahm die Lupe und nickte. »Du hast recht. Warum wurde das übersehen?«

»Weil die Zeidler am Ufer lag. Es war sein erster Mord, und er war noch nicht so geübt. Ich denke zumindest, dass es sein erster war. Er hat die Leiche an der Fähre abgelegt und die Utensilien, die wir auch bei der Maurer gefunden haben, daneben. Es könnte also durchaus sein, dass die Zeidler sein erstes Opfer war. Wir können's nur hoffen.«

»Moment, nicht so schnell. Wir sehen hier nur einen Zweig. Ob es ein Ölzweig ist, muss noch verifiziert werden. Wir brauchen eine Ausschnittsvergrößerung, das kann auch irgendein Zweig sein. Außerdem gebe ich zu bedenken, dass die Leiche über zwei Tage dort gelegen hat, bevor sie gefunden wurde. Sollte der Täter etwas hinterlassen haben, könnte es von Tieren weggenommen worden sein.«

»Stimmt. Aber als wir uns mit der Zeidler und der Schubert beschäftigten, gingen wir nicht von einem Ritualmörder aus. Jetzt schon. Und durch die Fotos, die er bei der Maurer hinterlegt hat, wissen wir, dass er auch für die Morde vom vergangenen Jahr in Frage kommt. Ich bin überzeugt, dass er uns von Anfang an eine Botschaft hinterlassen hat.«

»Das glaube ich ja auch«, sagte Elvira, »aber sieh dir mal die Morde an, den Fundort und die beiden Tatorte. Die Zeidler hat er irgendwo umgebracht, in sein Auto geladen und am Main abgelegt. Auch wenn es mitten in der Nacht war, so muss man dort doch immer damit rechnen, dass ein Auto kommt oder gar eine Streife die Runde macht. Er hatte also nicht viel Zeit, den Ort so herzurichten, wie er es gerne getan hätte. Vielleicht wurde er sogar gestört, er hat einen Motor gehört oder Scheinwerferlicht gesehen, wurde nervös und hat dann seinen ursprünglichen Plan aufgegeben. Er war auf jeden Fall nicht so ungestört wie bei der Schubert und der Maurer. Einverstanden?«

Brandt nickte und fasste sich mit einer Hand ans Kinn, was er immer tat, wenn er nachdachte. »Er hat die Sachen vielleicht einfach nur dorthin geworfen. Er mag sich später mächtig geärgert haben, so stümperhaft vorgegangen zu sein. Dann kam Nummer zwei, Bettina Schubert. Hier stellt sich die Frage, warum er sein Tatmuster so extrem verändert hat. Ich meine, die meisten bei uns sind ja von zwei unterschiedlichen Tätern ausgegangen, nur ich und Nicole waren anderer Meinung. Warum ging er bei der Schubert so sadistisch vor? Warum hat er die Zeidler nicht am Tatort zurückgelassen, die Schubert aber schon? ... Merkst du was? Es tun sich auf einmal völlig neue Fragen auf.«

»Die Schubert hat in einem Haus mit mehreren Huren gearbeitet. Es wäre für ihn sehr schwer, wenn nicht gar unmöglich gewesen, die Leiche unbemerkt aus dem Haus zu schaffen. Ich frage mich vielmehr, warum ihn niemand bemerkt hat, als er das Haus betreten und wieder verlassen hat. Es war schließlich mitten im Sommer, so ab halb fünf, fünf setzt Mitte August die Dämmerung ein. Wann ist er zur Schubert gekommen und wann hat er ihr Zimmer verlassen?«

»Dass er von den anderen nicht bemerkt wurde, liegt wohl daran, dass sie ihr Zimmer im Erdgeschoss hatte. Er ist reingehuscht, hat sein Werk verrichtet und ist dann wieder raus.«

»Ja, aber er hat sich ziemlich viel Zeit genommen«, warf Elvira ein. »Er hat sie mindestens zwei Stunden lang gefoltert, bevor er sie von ihren Qualen erlöst hat. Was ist?«, fragte sie Brandt, der ein bestimmtes Foto von Bettina Schubert ausgiebig betrachtete, wieder die Lupe zu Hilfe nahm und sie wortlos Elvira reichte.

»Da, wir dachten doch, er hätte wahllos auf sie eingestochen. Hat er nicht, nur wir alle haben's übersehen. Klar, bei fast fünfzig Stichen übersieht man schon mal was.«

»Ich weiß nicht, was du meinst.« Elvira zuckte ratlos die Schultern.

»Er hat alles mit dem Messer gemacht. Hier das Kreuz, das daneben soll wohl eine Feder sein, und das andere ist rund, möglicherweise also eine Olive. Und wir Deppen haben nur die vielen Einstiche gesehen und dahinter einen Wahnsinnigen ...«

»Er *ist* wahnsinnig, Peter. Wer eine Frau so zurichtet und quält, muss wahnsinnig sein. Er hat einen abgebrochenen Flaschenhals benutzt, ein Kantholz, einen Schraubenzieher ...«

»Ich kenne den Bericht. Ich frage mich nur, warum er bei der Schubert keine Feder, keinen Zweig und keine Olive ...«

»Er war in Rage. Irgendwas ist an diesem Tag schiefgelaufen, weshalb er sich ausschließlich aufs Quälen konzentriert hat, bis ihm am Ende eingefallen ist, dass er ja auch Symbole benutzt. Oder hast du eine andere Erklärung für die Stiche, die für die Symbole stehen?«

Brandt wiegte den Kopf, verzog den Mund und meinte: »Das ist mir zu einfach. Ein Killer, der in Rage ist, lässt sich nicht mindestens zwei Stunden Zeit, um sein Opfer zu foltern, sondern es muss schnell gehen, weil er seine unbändige Wut nicht unter Kontrolle hat. So jemand kann zum Amokläufer werden, wenn der Zorn über eine ungerechte Behandlung oder Missachtung zu einem brodelnden Vulkan wird, der dann plötzlich ausbricht. Kennst den Film *Falling Down* mit Michael Douglas?«

Elvira schüttelte den Kopf. »Nur vom Titel her.«

»Der Protagonist erlebt eine Reihe von Schicksalsschlägen, und an einem beliebigen Tag erlebt er von einer Minute auf die andere einen wahren Gewaltrausch. Viele Banalitäten führen zum Ausbruch und schließlich zu seinem Tod, nachdem er mehrere Menschen getötet hat. Wieso bin ich jetzt auf diesen Film gekommen?«

»Wegen der Rage.«

»Ja, schon, aber eigentlich hat das mit unseren Fällen nichts zu tun. Unser Täter ist organisiert, er handelt nicht aus einem Affekt heraus. Wäre dies der Fall, würde er sich nicht mit langen, grausamen Spielchen aufhalten, er würde sich auch nicht am Leid des Opfers ergötzen, sondern ihm ginge es ausschließlich um das Töten. Damit wäre sein Zorn fürs Erste besänftigt. Unser Killer hingegen geht planvoll vor, wobei seine Gewaltphantasien immer größere Dimensionen annehmen. Du erinnerst dich an die Obduktionsberichte von Zeidler und Schubert? In beiden Fällen wurde ein weit erhöhter Spiegel an Stresshormonen festgestellt, was Andrea damit begründet hat, dass die Opfer einem lange andauernden, extremen Stress ausgesetzt gewesen waren. Das heißt, dem Täter genügt der einfache Mord nicht, das Quälen steht im Vordergrund, bevor er sein Opfer von den Leiden erlöst und sich damit möglicherweise auch ein Stück weit selbst erlöst.« Brandt schien zu überlegen, ob das, was er eben gesagt hatte, auch stimmig war. »Oder, anders ausgedrückt, es ist wie ein langes Vorspiel, bevor es zum eigentlichen Geschlechtsakt und schließlich zum finalen Höhepunkt kommt.« Er hielt erneut inne und fuhr nachdenklich fort: »Ist aber komisch, die Zeidler hat unter enormem Stress gestanden, wie die Obduktion ergeben hat, aber als wir sie fanden, war sie äußerlich praktisch unversehrt, dafür hatte sie schwere innere Verletzungen. Warum hat er sie nicht auch so verprügelt wie die Schubert und die Maurer? Warum hat er sie so in Anführungsstrichen human behandelt?«

»Diese Frage solltest du mal zurückstellen. Denn du hast ja quasi schon ein erstes Profil erstellt«, sagte Elvira. »Deine Ausführungen klingen durchaus logisch, aber ich denke, bei diesem Killer ist noch viel mehr im Vulkan als nur Wut und Zorn. Hass auf Frauen zum Beispiel. Oder Hass auf Huren jeglicher Couleur ...«

»Guter Gedanke. Was hältst du davon – die Zeidler und die Maurer waren Edelhuren. Die spielten in einer anderen Liga als die Schubert. In seinen Augen war die Schubert nur eine billige Hure, und mit einer billigen Hure verbinden die meisten Schmutz, die schnelle Nummer zwischendurch, kostengünstig, einfach nur ein Objekt. Bei ihr konnte er sich so richtig austoben, sie war ja *nur billig*.« Er dachte einen Moment nach. »Warst du eigentlich schon mal in einem Bordell?«

»Nein, bis jetzt noch nicht, und ich habe auch nicht vor, dies in naher Zukunft zu tun. Warum auch, sind doch eh nur Frauen dort und notgeile Typen.«

»Hätte ja sein können, dass du im Rahmen deiner Funktion als Staatsanwältin schon mal bei einer Razzia dabei warst.«

»Auch das nicht. Und du?«, fragte sie mit diesem Elvira-Klein-Augenaufschlag und einem spöttischen Zug um den Mund, als erwartete sie eine besondere Antwort, die Brandt jedoch nicht gab.

»Ich kann's gar nicht mehr zählen. Aber nur beruflich, und Edelnutten kann ich mir leider nicht leisten.«

»Und wie darf ich das ›leider‹ verstehen? Und wehe, du antwortest falsch.«

»Tja, wär doch mal eine Erfahrung wert«, entgegnete er grinsend.

»Ach ja, tatsächlich?«, sagte sie und boxte ihm auf den Oberarm. »Du würdest es also mal ausprobieren wollen …«

»Mein lieber Schatz, wie leicht du dich provozieren lässt. Immer und immer wieder. Das ist einfach herrlich. Dabei hab ich doch dich, wozu brauch ich da eine Edelnutte … Oh bitte, versteh das nicht falsch, ich wollte damit nicht sagen, dass du …«

»Schon gut, du brauchst nicht gleich auf die Knie zu fallen. Die Antwort ist zwar nicht ganz so, wie ich sie mir erhofft habe, aber ich nehme deine Entschuldigung an.«

»Ich habe mich nicht entschuldigt. Wofür denn auch?«

»Nun, es ist ja bekannt, dass einige deiner Kollegen hin und wieder für eine schnelle oder auch nicht so schnelle Nummer mal umsonst in den Puff gehen. Mit der Dienstmarke in der Hand kriegt man so manches umsonst, ein Essen beim Italiener, Griechen oder Türken und auch freien Eintritt in den Puff. Wie macht ihr das eigentlich?«

»Hey, wenn du ›ihr‹ sagst, beziehst du mich da mit ein. Ich mache so etwas nicht, ich habe es nie getan und werde es nie tun. Klar?«

»Okay, dann eben anders: Wie machen deine Kollegen das?«

»Ist das wichtig?«

»Nein, es interessiert mich nur. Mir ist das tatsächlich vollkommen gleichgültig, ob die sich Gratissex holen oder eine warme Mahlzeit …«

»Versprichst du mir hoch und heilig, das für dich zu behalten? Ich bin nämlich keiner, der Kollegen in die Pfanne haut.«

Elvira hob die rechte Hand zum Schwur und betonte gespielt feierlich: »Ich schwöre bei allem, was mir heilig ist, nichts von dem weiterzugeben, was mir in diesen Hallen anvertraut wird. Ohne gekreuzte Finger oder Zehen. Zufrieden?«

»Nett, so könntest du glatt in Berlin auflaufen, du hättest gute Chancen in dieser Politikerwelt. Womit ich wieder bei korrupt wäre. Das läuft so: Du kennst zum Beispiel den Betreiber eines Bordells und weißt, dass bei ihm nicht immer alles mit rechten Dingen zugeht, sprich, er beschäftigt auch mal Illegale, gibt die Einnahmen nicht korrekt an et cetera pp. Du gibst ihm zu verstehen, dass du sämtliche Tricks kennst und du ja eigentlich gar nichts gegen ihn hast, vorausgesetzt, er lässt dich jederzeit frei bumsen. Natürlich sprichst du es nicht deutlich aus, der Typ weiß auch so, worauf du hinauswillst. Er sagt dir, du kannst kommen, wann immer du willst. So einfach ist das. Und bei einem Gastronomen läuft es ähnlich, du sagst, die Küche müsste wohl mal wieder vom Gesundheitsamt unter die Lupe genommen werden, und das Ordnungsamt müsse die Mitarbeiter überprüfen … Es gibt Kollegen, die gehen jeden Tag umsonst essen. Und jetzt frag mich nicht, ob ich das gutheiße. Klar, sie dürfen laut Vorschrift weder das eine noch das andere, aber, ganz ehrlich, sie tun doch niemandem weh. Ich denke, es gibt Schlimmeres … wie das hier«, sagte er und deutete auf die Fotos der toten Frauen.

»Jetzt hast du mich völlig drausgebracht, was war meine ursprüngliche Frage?«

»Ob ich schon mal in einem Bordell war.«

»Ah ja, jetzt hab ich den Faden wieder. Warst du oder warst du nicht? Ich meine im Bordell. Deine Antwort vorhin war ein bisschen wischiwaschi, als würdest du dich … Komm, nun sag schon, ich könnte es sogar verstehen. Vorausgesetzt, es war vor meiner Zeit.«

»Natürlich war ich im Bordell, aber nur dienstlich, wie ich bereits erwähnt habe. Und jetzt, liebste Elvira, erzähl ich dir mal was darüber. Die meisten Läden haben einen ganz speziellen Geruch, von dem du meinst, er würde sich in deiner Kleidung festsetzen und jeder könnte riechen, dass du im Puff gewesen bist. Stimmt aber nicht. Ein Puff hat etwas Verruchtes an sich, obwohl ich diese Einrichtung an sich für durchaus sinnvoll halte, es gibt schließlich genug Männer, die sonst keine sexuelle Befriedigung bekommen. Die liebe Ehefrau will nicht mehr, oder sie haben keine Frau und auch keine Freundin, oder sie brauchen es, weil sie sexsüchtig sind … Es gibt unzählige Gründe, warum Männer in den Puff gehen. Ich find's okay, schließlich muss man ja hin und wieder irgendwo Dampf ablassen, um es vorsichtig auszudrücken.«

»Schon gut, es reicht, ich will nicht, dass du zu sehr ins Schwärmen gerätst. Machen wir lieber hier weiter.«

»Okay.«

»Und was wäre gewesen, wenn dir eine dieser drei Frauen ein Angebot gemacht hätte, damit du gegebenenfalls beide Augen zudrückst?«

»Elvira, diese Frage stellt sich nicht, und du solltest sie ganz schnell wieder vergessen. Verstanden?«

»Jawohl, Herr Brandt.«

»Ich war bei der Schubert stehengeblieben, die er entsetzlich verstümmelt hat, weil sie es wohl seiner Meinung nach nicht anders verdient hatte. Korrigier mich, wenn ich falschliege.«

»Sprich weiter, großer Meister, ich lausche dir gebannt …«

»Mach dich bloß über mich lustig … Also, die Schubert hat laut ihren Kolleginnen für eine halbe Stunde dreißig Euro genommen. Das ist preiswert, wenn der Kunde Wert auf eine schnelle Abfertigung legt. Meistens wollen die Männer Oralverkehr, das dauert oft nur zehn Minuten, die Dame erledigt das mal so nebenbei, und gut ist. Der Mann hat dreißig Euro für einen Orgasmus bezahlt und ist zufrieden. Bei der Zeidler und der Maurer war es anders. Die mussten gebucht werden, die hatten in erster Linie Stammkunden. Sie waren sehr teuer, boten dafür aber auch alles an. Wie viel mag die Schubert im Monat verdient haben? Sagen wir hundertdreißig Kunden à dreißig Euro. Das macht immerhin knapp viertausend. Abzüglich der Miete und Steuern dürften ihr so um die zweifünf geblieben sein. Wir haben das leider nie genau erfahren, weil sie wie jede ihrer Kolleginnen auch ihre Einnahmen nicht unbedingt korrekt angegeben hat. Sagen wir, sie hatte dreitausend im Monat netto, es gab ja mit Sicherheit auch Freier, die mehr als nur einen Blowjob wollten und dafür entsprechend gelöhnt haben ...«

»Ich mag diesen Ausdruck nicht, der hat so was Vulgäres.«

»Entspann dich, der Ausdruck gehört bei der Sitte zur Umgangssprache.«

»Wir sind aber nicht bei der Sitte.«

»Okay, ich werde dieses Wort nie wieder benutzen. Wir wollen uns darüber aber nicht streiten, oder?«

»Nein, natürlich nicht. Es gibt eben einiges, an das ich mich nie gewöhnen werde.«

»Zeidler und Maurer versus Schubert. Die Zeidler und die Maurer verdienten mal locker viertausend in einer Nacht. Und am Wochenende, wie mir die Freundin der Maurer versicherte, gab es zwischen acht- und zehntausend. Das ist 'ne Menge Schotter. Die haben in manch einem Monat mehr verdient als ich in einem Jahr.«

»Aber eins haben doch alle drei Frauen gemein: Sie sind beziehungsweise waren außergewöhnlich hübsch …«

»Die meisten Damen des Gewerbes sind hübsch, vor allem nachts, wenn die Beleuchtung Unebenheiten kaschiert«, bemerkte er lapidar.

»Das ist wieder so ein typischer Machospruch. Mannomann, womit hab ich das nur verdient?«, sagte Elvira lachend und knuffte ihn in die Seite.

»Jeder bekommt das … Nein, vergiss das gleich wieder. Diese Frauen haben gewiss nicht den Tod verdient. Keine von ihnen ist jemals straffällig geworden, keine von ihnen hat ein Verbrechen begangen … Warum sie sterben mussten, ist mir ein Rätsel.«

»Was haben die Frauen noch gemeinsam, außer dass sie auch bei Tageslicht hübsch waren und Männern zum Teil über mehrere Tage zur Verfügung standen?«

Brandt sah wieder lange auf die Fotos. »Alle drei hatten dunkle Haare. Unser Täter steht also auf dunkle Typen«, murmelte Brandt vor sich hin. »Was noch?«

»Sie waren gebildet«, sagte Elvira zögerlich.

»Das trifft auf jeden Fall auf Zeidler und Maurer zu. Über die Schubert haben wir nicht so viel rausgekriegt. Aber wir halten es mal fest. Weiter?«

»Schubert und Maurer waren verheiratet und hatten ein beziehungsweise zwei Kinder.«

»Die Zeidler war aber die Erste, und sie war weder liiert,

noch hatte sie einen Freund. Davon müssen wir zumindest bis jetzt ausgehen. Und ich glaube auch nicht, dass wir noch einen finden. Es sei denn, unser unbekannter Anrufer war ihr Freund, der ihr gestattete, nebenbei noch als Edelnutte zu arbeiten.«

»Ha, dass wir da nicht früher draufgekommen sind«, sagte Elvira beinahe triumphierend und tippte Brandt an. »Alle drei haben eine Gemeinsamkeit, die erwiesen ist: Sie stammen aus sehr schlechten sozialen Verhältnissen. Die Eltern der Zeidler sind Hartz-IV-Empfänger ...«

»Tut mir leid, wenn ich dich unterbrechen muss, aber die Schubert passt da nicht rein, sie hatte eine Arbeit bei einer Spedition.«

»Und mir tut es leid, wenn ich dir widersprechen muss. Sie hatte zwar diese Anstellung, aber ihr Sohn lebt bei den Großeltern in Bitterfeld und ihr Mann ist drogen- und spielsüchtig. Und wir gehen doch mal ganz locker davon aus, dass sie die Süchte ihres Mannes durch Prostitution mitfinanziert hat. Weißt du noch, was sie bei der Spedition verdient hat?«

»Knapp über tausend brutto, soweit ich mich erinnere.«

»Siehst du, damit kommt man nicht über die Runden. Alle drei entstammten der sogenannten Unterschicht, auch wenn das politisch nicht korrekt sein soll. Aber diese Political Correctness oder Incorrectness ist mir gleichgültig. Bei der Maurer war es sogar noch ausgeprägter, nur sie und ihre Schwester haben den Absprung geschafft. Einverstanden?«

Brandt nickte. »Die Zeidlers und auch die Maurer haben

regelmäßig die Kirche besucht. Die Zeidler mit ihren Eltern, die Maurer mit ihrer Schwester und ihrem Schwager. Wenn wir jetzt die Olive, den Ölzweig und die weiße Taubenfeder dazunehmen und sie als religiöse Symbole betrachten ... Puh, das wäre ein Ding. Wir müssten jetzt nur noch wissen, welche Religionszugehörigkeit die Schubert hatte und ob sie regelmäßig oder nur hin und wieder in die Kirche gegangen ist. Und wenn, in welche. Die Webers sind mit der Maurer in die Andreas-Gemeinde gegangen. Wir müssen die Zeidlers fragen, in welche Kirche sie gehen. Möglicherweise ist es dieselbe, das wäre ein wichtiger Anhaltspunkt. Oder ist das zu einfach?« Brandt schien selbst an seinen Worten zu zweifeln.

»Nein, überhaupt nicht. Es könnte passen. Ich sag doch, du bist mein Held.«

»Noch haben wir nichts in den Händen. Fassen wir zusammen: drei tote Frauen, alle dunkelhaarig, zwei von ihnen Kirchgängerinnen. Mehr ist nicht.«

»Ich spüre, dass du auf dem richtigen Weg bist. Du hast die Fährte aufgenommen, ohne es zu wissen.«

»Ich will dir ja nicht die Illusion rauben, aber angenommen, alle drei wären in die Andreas-Gemeinde gegangen, irgendjemand hätte uns doch längst informiert. Oder etwa nicht?«

»Nicht unbedingt. Wenn es sich um eine große Gemeinde handelt, in der die Bänke sonntags gut gefüllt sind ... Ich weiß nicht, du kennst doch unsere heutige Gesellschaft, da kümmert man sich kaum mehr um andere, und das trifft auch auf die Kirchen zu. Da spielt sich die Frömmigkeit kurz vor, während und nach der Predigt ab, spätestens beim

Mittagessen ist alles wieder vergessen. Mag zynisch klingen, ist aber so.«

»Hast du entsprechende Erfahrungen gemacht?«, fragte Brandt mit gerunzelter Stirn.

»Als ich jünger war. Ich habe irgendwann aufgehört, diese Heuchelei mitzumachen. Ich fahr ganz gut damit. Schau dir meinen Vater an, er war in kriminelle Geschäfte verwickelt und ist am Sonntag in die Kirche gegangen. Oder denk an die Paten der Mafia. Wenn ich an Gott glauben will, brauche ich keine Kirche.«

»Glaubst du denn an Gott?«, wollte Brandt wissen, der Nicole Groß die gleiche Frage gestellt hatte, bevor sich ihre Wege getrennt hatten.

»Ich möchte es gerne«, antwortete sie kurz angebunden. »Lass uns aufhören, ich meine, wir haben einen sehr, sehr langen Tag hinter uns. Ich mag nicht mehr, und ich kann nicht mehr. Morgen ist auch noch ein Tag.« Und nach einem Blick zur Uhr: »Heute, um genau zu sein. Mensch, es ist schon nach eins. Kein Wunder, dass ich nicht mehr klar denken kann. Ich möchte ins Bett.«

Brandt verstaute die Fotos in einer Schublade. Elvira war ins Bad gegangen, er setzte sich in seinen Sessel und dachte nach, während er das Rauschen der Dusche hörte.

Vielleicht hatte Elvira recht, und er hatte die Fährte aufgenommen. Und doch würde es noch ein weiter Weg sein, bis er diesen Killer geschnappt haben würde. So planvoll er vorgegangen war, wäre er nicht so dumm, sich auf solch simple Weise fangen zu lassen, indem er Spuren legte, die zwangsläufig zu ihm führten. Mörder wie dieser gaben sich nicht die Blöße, die meisten waren zu gut in die Gesellschaft integriert, als dass jemand aus ihrer Umgebung auf die Idee kommen würde, ihn mit einem oder gar mehreren Morden in Verbindung zu bringen.

Brandt stand auf und sah durch das geschlossene Fenster auf die wie ausgestorben liegende Straße. Er dachte an Sarah und Michelle, mit denen er heute kurz telefoniert hatte. Sarah hatte seit einem halben Jahr einen festen Freund, den sie ab und zu mit nach Hause brachte, ein netter junger Mann von einundzwanzig Jahren, der nur ein Problem hatte – er hatte keine richtige Schulausbildung, keine Energie, etwas aus seinem Leben zu machen, lag seinen Eltern auf der Tasche und machte keinerlei Anstalten, das Hotel Mama irgendwann zu verlassen. Der Vater war fast sechzig, Bilanzbuchhalter und offenbar nicht in der Lage, seinem Sohn einmal die Meinung zu sagen. Brandt hatte in den vergangenen Jahren in seinem Beruf zu viele dieser jungen Leute kennengelernt, die Möglichkeiten hatten, sie aber ungenutzt verstreichen ließen. Und dann kam der Zeitpunkt, an dem es zu spät war. Wer mit dreißig keine Ausbildung hatte, war so gut wie weg vom Fenster. Jörg war zwar noch deutlich jünger, aber Brandt hatte auch für ihn nur wenig Hoffnung. Auf seine unverblümte Frage, was er denn vorhabe, hatte Brandt nur eine ausweichende Antwort erhalten. Brandt mochte ihn – und auch wieder nicht. Nicht für seine Tochter, die vor lauter Verliebtheit alles um sich herum vergaß. Allein die Vorstellung, Sarah könnte sich auf jemanden längerfristig einlassen, der – wie es Michelle ihrem Vater unter dem strengsten Siegel der Verschwiegenheit anvertraut hatte – keinen Bock auf nichts hatte und auch noch regelmäßig Gras rauchte und andere Drogen konsumierte, bereitete ihm Kopfzerbrechen. Er hatte Michelle gefragt, ob auch Sarah leichte Drogen konsumiere, doch seine Tochter hatte nur mit den Schultern gezuckt und ihn vielsagend angeschaut. Für Brandt eine eindeutige Antwort.

Er hoffte inständig, Sarah würde sich bald den Sand der Verliebtheit aus den Augen wischen und erkennen, dass dies unmöglich der Mann sein konnte, mit dem sie ihr Leben verbringen wollte. Sie stand vor dem Abitur, er war kurz vor dem Hauptschulabschluss von der Schule geflogen. Brandt hatte außerdem herausgefunden, dass Jörg ab und an in kriminellen Kreisen verkehrte – Dealer, Einbrecher, Taschenräuber. Er hatte sich vorgenommen, sollte Sarah nicht von allein aufwachen, würde er ihr die Wahrheit über ihren Freund ganz dick aufs Brot schmieren – in der Hoffnung, sie würde auf ihn hören und diesen Jörg in den Wind schießen.

Michelle hatte noch keinen Freund, sie konzentrierte sich auf die Schule und war in ihrer Freizeit meist mit ihren beiden besten Freundinnen zusammen. Die Sorgen, die er sich um Sarah machte, waren bei Michelle noch unbegründet. Aber was würde in ein, zwei Jahren sein? Er wusste ja nicht einmal, wie es dann um ihn bestellt sein würde. Ob die Beziehung mit Elvira Bestand hatte oder sie eines Tages wie Andrea zu dem Schluss kam, dass sie doch mehr Freiraum für sich brauchte. Hinzu kam die Angst, dass ein Jüngerer ihm den Rang ablaufen könnte, weil Brandt ihr doch zu alt wurde, auch wenn sie immer wieder betonte, dass ihr der Altersunterschied, wie sie es nannte, schnurzpiepegal war …

Nicht mehr lange, und Sarah und Michelle würden das Haus verlassen. Sie hatten ihre Flügel bereits getestet, waren aber noch nicht aufgebrochen, weil sie noch nicht richtig fliegen konnten. Länger als zwei oder drei Jahre würde Sarah nicht mehr hier wohnen, bei Michelle würde es vielleicht noch etwas länger dauern. Sarah hatte angedeutet, dass sie Romanistik studieren wolle, und das könnte sie am besten vor Ort in Sevilla, nicht weit vom Domizil ihrer Mutter entfernt. Das würde zumindest das Problem mit dem jungen Kerl lösen, der außer einem guten Aussehen nichts mitbrachte, dachte Brandt. Und auch Michelle zog es immer häufiger nach Spanien.

Es gab Momente, da dachte er wehmütig an die Zeit zurück, als sie noch klein waren. Wie schnell waren die Jahre vergangen, seit seine beiden Mäuse, wie er sie nannte, geboren wurden. Mit immer schnelleren Schritten bewegte er sich auf die fünfzig zu, ein Alter, das etwas Furchteinflößendes hatte. Ein Alter, in dem man alt war und sich nicht mehr zu den Jungen oder Jüngeren zählen durfte. Wo die Entfernung bis zur Pensionierung kürzer wurde. Er verdrängte diesen Gedanken, so gut es ging, indem er sich in die Arbeit stürzte und so viel Zeit wie nur möglich mit seinen Töchtern und Elvira verbrachte. Er fühlte sich fit, auch wenn er fast zehn Kilo zugenommen hatte, was nicht zuletzt an seiner Lust auf Süßigkeiten und Fastfood und zu wenig Schlaf und Bewegung lag. Beinahe täglich nahm er sich aufs Neue vor, etwas gegen die überflüssigen Pfunde zu tun, und versuchte es durch entsprechende Kleidung zu kaschieren, doch sobald er unter der Dusche stand, musste er der brutalen und im wahrsten Sinn des Wortes nackten Wahrheit ins Gesicht blicken. Elvira schien es nicht zu stören, auch wenn sie bereits die eine und andere Bemerkung hatte fallen lassen, aber nie vorwurfsvoll oder spöttisch. Früher hatte er oft gejoggt, hatte Krafttraining absolviert und war stolz auf seinen Körper gewesen. Früher. Und es war sein innerer Schweinehund, der ihn hinderte, sich wieder sportlich zu betätigen.

Elvira hingegen sah noch immer aus wie vor sechs Jahren, als sie sich das erste Mal begegnet waren: groß, schlank und kaum eine Falte im Gesicht. Keine Orangenhaut, kein Gramm Fett zu viel, ein Körper wie eine Zwanzigjährige, obwohl sie schon achtunddreißig war. Ein Grund mehr, endlich etwas zu tun, sich nicht gehen zu lassen und ihr zu zeigen, dass sein Äußeres ihm nicht gleichgültig war. Elvira war die Liebe seines Lebens, und er wollte diese Liebe auf keinen Fall verlieren. Warum war er so phlegmatisch geworden? Er wusste es nicht. Aber er würde etwas gegen das Phlegma und für seinen Körper tun. Um sich wohl zu fühlen, sich wieder im Spiegel anschauen zu können – und für Elvira.

Er hörte, wie sie sich die Haare föhnte, diese langen, blonden Haare, die sie nur bei ihm offen trug. Im Beruf steckte sie sie hoch oder flocht sie zu einem Zopf.

Nach einer halben Stunde kam sie aus dem Bad, nur mit einem Badetuch um den Oberkörper. Eine schöne, elegante, kluge und anschmiegsame Frau, und er fragte sich wieder einmal, womit er sie verdient hatte. Seit sie zusammen waren, hatte sie ihn nie spüren lassen, dass sie beruflich über ihm stand, dass sie aus einem reichen und einflussreichen

Elternhaus stammte, dass sie die beste Bildung genossen und gelernt hatte, sich auf allen Parketts zu bewegen.

»Kommst du auch?«, fragte sie, bevor sie ins Schlafzimmer ging.

»Ich muss auch noch duschen. Nach so einem Tag fühle ich mich automatisch schmutzig, auch wenn ich nicht geschwitzt habe.«

»Ich warte auf dich.«

Ein Blick auf die Uhr, zehn vor zwei. Die Müdigkeit war ganz und gar verflogen. Da waren unendlich viele Gedanken, die er zu Ende denken wollte, aber Elvira erwartete, dass er sich zu ihr legte. In seinem Arm liegen und dort einschlafen. Und morgens genauso aufwachen. Wie so oft.

Als er ins Schlafzimmer kam, war nur die kleine Lampe auf seinem Nachtschrank an. Elvira lag fast auf seiner Seite – und schlief. Er setzte sich vorsichtig auf die Bettkante, beugte sich zu ihr hinunter und gab ihr einen Kuss auf die Wange. Sie gab ein leises, wohliges Knurren von sich, doch sie wachte nicht auf. Er zog die Bettdecke, die nur ihre Beine und den Po bedeckte, bis zu den Schultern hoch und verharrte noch einen Moment bei ihr, um sicherzugehen, dass sie tief und fest schlief. Sie atmete gleichmäßig und ruhig, als ruhe sie vollkommen in sich. Doch Brandt kannte ihre Geschichte und wusste, dass ihr Leben, obgleich sie materiell stets auf der Sonnenseite gestanden hatte, in vielen Bereichen alles anderes als rosig verlaufen war.

Er ging zurück ins Wohnzimmer. Es herrschte eine beinahe unnatürliche Stille im Raum, kein Laut von draußen, nur ein kaum vernehmliches Gluckern im Heizkörper.

Vorhin hatten er und Elvira Zusammenhänge herzustellen
versucht, die er jetzt aufschreiben wollte.

Zeidler	Schubert	Maurer
21/22 Jahre	28 Jahre	32 Jahre
brünett	brünett	brünett
ledig	verheiratet,	verheiratet,
	1 Kind	2 Kinder
erdrosselt	erdrosselt	erdrosselt
keine äußeren	schwere äußere	schwere äußere
Verletzungen	Verletzungen	Verletzungen
Edelhure	Bordell	Edelhure
Kirchgängerin	Kirchgängerin???	Kirchgängerin
aus schlechten	aus schlechten	aus schlechten
sozialen Verhält-	sozialen Verhält-	sozialen Verhält-
nissen	nissen	nissen
Doppelleben	Doppelleben	Doppelleben
Penthouse	4-Zimmer-Woh-	Luxusapartment
	nung	wo?
Stammkunden	wechselnde Kun-	Stammkunden
	den	
Olive, Zweig,	Olive, Zweig,	Olive, Zweig,
Feder?	Feder	Feder
herausfinden, ob	Symbole in Kör-	Symbole in Mund
auf Fundortfotos	per mit Messer	und Hand
o. g. Symbole zu	eingestochen	
erkennen sind		
Familie belogen	Familie belogen	Familie belogen
	(Eltern)	

- Kannten die Frauen ihren Mörder?
- Woher? Aus Kirche? / Fragezeichen bei Schubert. Nachfragen bei ihrer Familie und in Andreas-Gemeinde. Auch bei Zeidlers fragen, ob sie in Andreas-Gemeinde gehen
- Oder handelt es sich um einen Stammkunden?
- Ist Täter jemand, der sich verkleidet oder sein Aussehen verändert?
- Unscheinbar, dass man ihm keinen Mord zutraut?
- Zu nett, als dass man Angst vor ihm haben müsste?
- Blender, Täuscher?
- Warum diese enorme Steigerung von Gewalt, speziell bei Schubert?
- Kurz zuvor schlimmes Erlebnis, das Wut, Zorn und Hass verstärkt hat? / Eher unwahrscheinlich, da er den Mord an Zeidler mit Sicherheit geplant hatte. Eher Druck, der sich in exzessiver Gewalt löst.
- Gibt es eine bestimmte Zeitspanne, innerhalb deren er mordet? Oder werden die Abstände kürzer?
- Hass auf Frauen generell? Oder nur Hass gegenüber einer Person? Mutter, Frau, Schwester?
- Kindheit? / Einzelkind, Geschwister?
- Soziales Umfeld?
- Von nur einem Elternteil erzogen?
- Heimkind?
- Bereits als Kind oder Jugendlicher z. B. durch Quälen von Tieren auffällig geworden?
- Als Erwachsener polizeilich auffällig geworden?
- Beruf?

- Hobbys?
- Wieso haben Maurer und Groß ein Konto bei einer Privatbank?
- Robenstein fragen, ob auch Zeidler ein Konto bei seiner Bank hatte / Falls ja, zur Rede stellen, warum er das bisher nicht gemeldet hat
- Alibi von Dieter Maurer überprüfen
- Gerd Weber? Dubioser Typ. Würde ihm nach heute Abend alles zutrauen (noch nicht gegenüber anderen erwähnen). Sollte aber unbedingt eingehend befragt werden. Im Präsidium???
- Profil wenn möglich am Wochenende erstellen. Vielleicht Nicole hinzuziehen, falls sie dazu in der Lage ist. Würde ihr eventuell sogar guttun.
- Elvira mit zu Robenstein nehmen? Vorteil oder Nachteil? Vorteil!!! Sie hat den Durchsuchungsbeschluss dabei.
- Bis Sonntagabend soll Bernie eine Liste mit Beamten für die Soko erstellen.

Brandt lehnte sich zurück, sein Rücken schmerzte. Er schloss die Augen, die bleierne Schwere, die er am frühen Abend bereits verspürt hatte, war zurückgekehrt. Es war beinahe halb vier, und er wollte spätestens um elf bei Robenstein auf der Matte stehen und ihm ein paar möglicherweise unbequeme Fragen stellen. Spitzer hatte ihm eine SMS mit dessen Privatadresse und Telefonnummer geschickt.
Er stand auf und streckte sich, gähnte und ging noch einmal

auf die Toilette, trank vor dem Zubettgehen ein halbes Glas Wasser und stellte seinen Handywecker auf halb neun. Fünf Stunden Schlaf. Er würde sich am Nachmittag für anderthalb oder zwei Stunden hinlegen und am Abend nicht so spät schlafen gehen. Vorausgesetzt, es kam nichts dazwischen. Er hatte Bereitschaft.

Elvira lag noch immer so wie vor anderthalb Stunden. Sie hatte sich kaum bewegt. Er legte sich vorsichtig neben sie und berührte ihre Hand. Wieder dieses leise, wohlige Knurren, sie kroch im Schlaf noch näher an ihn heran. Die ganze linke Seite des Bettes war unberührt, ihm blieben nur wenige Zentimeter. Er schaltete das Licht aus, schob den linken Arm unter ihren Kopf und rückte dicht an sie heran, um etwas mehr Platz zu haben. »Ich liebe dich«, flüsterte er kaum hörbar und streichelte sanft ihr Gesicht.

Als sein Wecker klingelte, blieb Brandt noch einen Moment liegen und öffnete vorsichtig die Augen. Elvira war ebenfalls wach geworden und kraulte ihm die Brust.

»Na, mein Bär, wann bist du denn ins Bett gekommen? Ich habe gewartet.«

»Als ich vom Duschen kam, hast du tief und fest geschlafen. Wie ein Baby«, schwindelte er, denn er hatte nicht geduscht, sich nur schnell vor dem Zubettgehen gewaschen und die Zähne geputzt.

»Was hast du heute vor? Willst du wirklich zu diesem Bankmenschen fahren?«

»Auf jeden Fall.«

»Was erhoffst du dir von ihm?«

»Eigentlich eine ganze Menge. Das funktioniert aber nur mit einem Beschluss.«

»Ja, ja, wieder ein vermeintlich schönes Wochenende dahin«, sagte sie schmollend und legte den Kopf auf seine Brust. Er streichelte ihr über das duftende Haar.

»Dabei könnten wir es uns so schön gemütlich machen. Zum Beispiel so«, sagte sie und ließ die Hand tiefer gleiten.

»Oho, was ist das denn Schönes? Ein bisschen Zeit haben wir doch noch, oder?«

»Auf jeden Fall.«

Sie liebten sich, und Brandt genoss es ganz besonders – wie immer, wenn sie es am Morgen taten. Solche Tage waren immer gute Tage. Es war kein ausgedehntes Liebesspiel, es diente in erster Linie dazu, den anderen zu spüren. Eins zu sein für ein paar Minuten. Den Tag im wahrsten Sinne des Wortes gemeinsam zu beginnen.

Sie standen um zehn nach neun auf und machten sich zusammen im Bad fertig.

»Ich möchte dich bitten, mit zu Robenstein zu kommen«, sagte Brandt. »Es würde mehr Eindruck machen, wenn eine toughe Staatsanwältin …«

»Schatz, wie könnte ich dir nach diesem grandiosen Morgen einen Wunsch abschlagen?«, antwortete sie und legte ihm eine Hand an die Wange. »Ich komme mit. Haben wir was zum Frühstück zu Hause oder …«

»Ich hole Brötchen und Croissants. Bis gleich«, sagte Brandt, umarmte Elvira noch einmal und ging nach draußen.

Um halb elf waren sie mit dem Frühstück fertig, räumten

den Tisch ab, stellten das Geschirr in die Spülmaschine und verließen das Haus.

Sie fuhren zur Staatsanwaltschaft, wo Elvira Klein das Formular ausfüllte, durch das sie und Brandt berechtigt waren, bei der Bank Robenstein Informationen zu Maurer, Zeidler und Schubert einzuholen.

»So, hier ist der Wisch. Dann wollen wir dem Herrn mal auf den Zahn fühlen«, sagte Elvira, als sie wieder im Auto saß. »Fahr los, wir haben nicht den ganzen Tag Zeit.«

Von unterwegs rief Brandt bei Spitzer an und fragte nach Linda Maurers Mercedes. »Letzte Nacht hat ihn eine Streife in der Frankfurter Straße entdeckt. Er war abgeschlossen, wurde aber inzwischen in die KTU gebracht, wo er gerade untersucht wird.«

»Hast du was von Andrea gehört?«

»Nein, ich dachte, sie wollte sich bei dir melden.«

»Dann ruf ich sie an. Ich muss wissen, was die Obduktion ergeben hat. Elvira und ich sind auf dem Weg zu Robenstein. Hoffentlich ist er zu Hause. Wie lange wirst du im Büro sein?«

»Bis ihr kommt und Bericht erstattet. Auch wenn Samstag ist, ich werde schon nicht vor Langeweile umkommen, obwohl wir uns ja eigentlich heute Vormittag hier treffen wollten.«

»Wie du siehst, klappt das nicht. Pass auf, sollten wir nicht vor drei da sein, melde ich mich, dann treffen wir uns eben morgen.«

»Was habt ihr außer Robenstein noch vor?«

»Wenn er uns sagen kann, wo sich das Luxusquartier der

Maurer befindet, werden wir uns dort umschauen, dann wollen wir noch dem Pfarrer der Andreas-Gemeinde einen Besuch abstatten. Wie gesagt, ich melde mich.«

Danach wählte Brandt die Nummer von Andrea Sievers und stellte auf laut. »Ich bin's, Peter. Seid ihr mit der Maurer fertig?«

»Ich wünsche dir auch einen guten Tag. Ja, wir sind weitestgehend durch. Was willst du wissen?«

»Alles, was von Belang ist.«

»Also gut. Sie wurde, wie ich schon vermutet hatte, erdrosselt. Wie die Zeidler mit einem Schal, deshalb gibt es auch kaum sichtbare Drosselmarken am Hals. Sie wurde schwer misshandelt, ihr Mörder hat ihr förmlich das Gesicht zerschlagen, Jochbein, Augenboden und Kiefer wurden zertrümmert, mehrere Zähne ausgeschlagen, dazu kommt eine schwere Schädelverletzung und Schlagverletzungen im Brust-, Bauch- und Rückenbereich ... Moment, ich blättere kurz nach ... Ja, das Nasenbein ist auch gebrochen, ein Leberanriss wurde diagnostiziert sowie schwere Prellungen an Armen und Beinen. Selbst wenn sie überlebt hätte, ohne eine sofortige Einlieferung ins Krankenhaus hätte sie keine Chance gehabt, weil sie an inneren Blutungen gestorben wäre. Und auch bei einer sofortigen ärztlichen Versorgung wäre sie mit großer Wahrscheinlichkeit für den Rest ihres Lebens gezeichnet gewesen ... Sie hat sich bis zum Schluss gewehrt, das belegen entsprechende Spuren an ihren Händen. Seht bloß zu, dass ihr diesen Schweinehund zur Strecke bringt. Das ist schon die Zweite, die er so zugerichtet hat, und ich fürchte, er wird sich weiter steigern ...«

»Warte mal, hatte nicht auch die Zeidler innere Verletzungen?«

»Schon, aber die wären nicht tödlich gewesen. Ich hab die Berichte der drei Frauen noch mal verglichen und kann sagen, dass er sich von Mal zu Mal gesteigert hat, was seine Brutalität anbetrifft. Er ist völlig außer Kontrolle geraten und wird weitermorden, wenn ihr ihn nicht schnell aus dem Verkehr zieht. Den vollständigen Bericht hast du heute Nachmittag oder morgen auf deinem Rechner. Sonst noch was?«

»Nein. Und danke.«

»Gern geschehen.«

Andrea legte auf, und Brandt warf Elvira einen nachdenklichen Blick zu.

»Du hast es gehört. Sieht nicht gut aus für uns. Der Saukerl ist ein Phantom, und er hinterlässt keine Spuren, die uns weiterhelfen könnten.«

»Ich denke erst mal daran, was diese Frau gelitten haben muss, bei diesen Verletzungen. Was treibt diesen Mann an? Was hat ihn so werden lassen? Warum hat er einen solchen Hass auf Prostituierte? Schlechte Erfahrungen? Sag's mir, du hast doch immer auf alles eine Antwort parat.«

»Diesmal nicht. Höchstens vage Theorien. Lass uns später darüber diskutieren. Okay? Jetzt ist erst mal Robenstein angesagt.«

SAMSTAG

Der Bankier residierte in einem palastähnlichen Anwesen in Frankfurt-Niederrad. Die riesige Villa stand etwas versteckt zwischen hohen Bäumen in einem Park und war umgeben von einer praktisch unüberwindbaren Mauer. Brandts geübtes Auge entdeckte mehrere Überwachungskameras, und er war sicher, dass das Anwesen auch mit anderen elektronischen Sicherheitssystemen ausgestattet war – und womöglich auch mit nichtelektronischen wie Hunden.

»Dann wollen wir mal«, sagte er zu Elvira und drückte die Klingel. Kein Name am Tor, ein Mann wie Robenstein brauchte kein Namensschild.

»Ja, bitte?«, drang eine weibliche Stimme aus einem unsichtbaren Lautsprecher.

»Mein Name ist Brandt. Ich komme von der Kripo«, sagte er und hielt seinen Ausweis vor das Kameraauge, »und die Dame ist Staatsanwältin Klein. Wir würden gerne mit Herrn Robenstein sprechen.«

»Einen Moment bitte, ich frage Dr. Robenstein, ob er Zeit für Sie hat. Darf ich fragen, worum es geht?«

296

»Nein, es ist vertraulich. Und richten Sie Dr. Robenstein bitte aus, dass wir ihn dringend sprechen müssen.«

»Einen Moment.«

Brandt und Klein warteten etwa eine Minute, bis eine Frau in einem grauen Kleid aus dem Haus und zum Tor kam. Sie hatte das dunkelblonde Haar streng zurückgekämmt und musterte die Beamten durch das Tor kritisch. Ihr Gesicht war beinahe faltenfrei, dennoch schätzte Brandt sie auf etwa fünfzig.

»Dürfte ich noch einmal Ihre Ausweise sehen, Dr. Robenstein ist sehr eigen, was das angeht.«

»Bitte«, sagte Brandt, dem die Frau auf den ersten Blick unsympathisch war. Kalt wie dieser Winter, die Augen eisgrau wie das Kleid, die Lippen ein ungeschminkter schmaler Strich.

»Offenbach? Was hat Dr. Robenstein mit der Offenbacher Kripo zu tun?«

»Das möchten wir ihm gerne persönlich erklären, Frau …«

»Von Brusow«, sagte sie, öffnete das Tor, ließ die Beamten an sich vorbeitreten und schloss das Tor mit der Fernbedienung. »Ich trage die Verantwortung für alles, was in diesem Haus und auf diesem Grundstück vor sich geht, natürlich gilt das nicht für die Familie von Dr. Robenstein.«

»Dann sind Sie also so etwas wie ein weiblicher Majordomus?«, sagte Brandt, während sie die gut fünfzig Meter bis zum Haus gingen.

»So in etwa«, antwortete sie, ohne eine Miene zu verziehen. »Bitte, treten Sie ein, ich führe Sie zu Dr. Robenstein. Er ist in der Bibliothek.«

»Wie viele Bedienstete unterstehen Ihnen, wenn die Frage gestattet ist?«, fragte Brandt, als sie die riesige Eingangshalle betraten. Während Brandt von der Größe und der Ausstattung mit dem kleinen Springbrunnen und den vielen Grünpflanzen beeindruckt war, zeigte Elvira kaum eine Regung. Sie kannte solche Häuser, in einem ähnlichen war sie groß geworden.

»Zwölf. Folgen Sie mir bitte.«

»Das ist ein sehr schönes Anwesen«, bemerkte Elvira Klein.

»Ja, das ist es«, war die knappe Antwort.

Frau von Brusow klopfte an eine schwere Tür mit hohen Griffen, wie Brandt sie bisher nur in Filmen gesehen hatte, die in alten Villen oder Schlössern spielten, und öffnete sie, ohne dass Brandt oder Klein ein »Herein« gehört hätten.

»Dr. Robenstein, hier sind die Beamten von der Kriminalpolizei und der Staatsanwaltschaft. Möchten Sie, dass ich bei dem Gespräch anwesend bin?«

»Nein, das ist nicht nötig. Vielen Dank. Und ich möchte vorläufig nicht gestört werden. Richten Sie das bitte auch meiner Frau aus.«

»Sehr wohl.«

Sie fanden sich in einem gut sechzig Quadratmeter großen Raum wieder, der einen phantastischen Blick auf den schneebedeckten Park freigab. Der helle Raum war geprägt von den hohen Bücherregalen, in denen mehrere tausend Bücher standen.

Robenstein, ein Mann von großer, schlanker Statur, den Brandt auf Ende fünfzig schätzte und der einen seriösen und kultivierten Eindruck vermittelte, kam auf die Beamten zu und reichte erst Elvira, dann Brandt die Hand. Sein Händedruck war weder zu lasch noch zu fest. Er trug ein blaues Hemd, eine braune Cordhose und leichte braune Halbschuhe.

»Bitte.« Er deutete auf eine Sitzgruppe aus blauem Leder, wartete, bis die Beamten Platz genommen hatten, und setzte sich ebenfalls. »Was kann ich für Sie tun?« Er schlug die Beine übereinander und fragte: »Macht es Ihnen etwas aus, wenn ich rauche?«

»Nein«, erwiderte Brandt.

Robenstein zündete sich eine Zigarette an. »Was führt die Polizei an einem Samstag zu mir?«

»Es ist eine etwas delikate Angelegenheit, aber wir bräuchten Ihre Hilfe. Es geht um Konten bei Ihrer Bank«, antwortete Elvira Klein.

»Nun, Ihnen dürfte bekannt sein, dass es bei uns immer noch ein Bankgeheimnis gibt, auch wenn dies in den vergangenen Jahren etwas gelockert wurde.«

»Nun, wir haben einen Durchsuchungsbeschluss, der uns berechtigt, Einblick in die Konten und Schließfächer der darin aufgeführten Personen zu nehmen. Brauchen wir diesen Beschluss?«

»Nein, selbstverständlich nicht. Um was oder wen geht es?«

»Es handelt sich um eine Linda Maurer, die nach unserer Kenntnis ein Konto und auch ein Schließfach bei Ihnen hat.«

»Sie sprachen aber doch von mehreren Personen, wenn ich Sie recht verstanden habe.«

»Richtig, darauf kommen wir gleich noch zu sprechen ...«

»Darf ich fragen, warum Sie Einblick in das Konto und das Schließfach haben wollen?«, fragte Robenstein, ohne seine Haltung zu verändern.

»Weil Frau Maurer es nicht mehr kann, sie ist tot. Sie ist einem Verbrechen zum Opfer gefallen.«

Robenstein nahm einen weiteren Zug an seiner Zigarette, schnippte die Asche in den schwarzen Marmoraschenbecher und sah Elvira an.

»Das tut mir leid. Selbstverständlich werde ich Ihnen helfen. Aber dazu müssten wir in die Bank fahren, ich habe die Unterlagen nicht hier«, sagte er, und Brandt meinte, einen melancholischen Ausdruck in seinem Blick zu erkennen. Ein letzter Zug, bevor Robenstein die Zigarette ausdrückte.

»Bevor wir in die Bank fahren, hätten wir noch einige Fragen«, sagte Elvira. »Sie haben doch eine Privatbank, und soweit mir bekannt ist, kann nicht jeder in einer Privatbank ein Konto eröffnen, dafür müssen bestimmte Voraussetzungen erfüllt sein. Ist das bei Ihnen anders?«

Robenstein schüttelte den Kopf. »Nein, wir sind ähnlich strukturiert wie andere Privatbanken. Wir haben in Deutschland einen Kundenstamm von etwas über sechstausend, weltweit sind es gut fünfzigtausend, und nein, es findet nicht jeder bei uns Einlass. Dann könnten wir auch mit einer Großbank fusionieren. Wir beschränken uns auf eine besondere Klientel, die sich aus Künstlern, Sportlern, aber auch Unternehmern und anderen Persönlichkeiten zusammensetzt.«

»Gehörte Frau Maurer auch zu diesen Persönlichkeiten?«, wollte Brandt wissen.

Robenstein zögerte nur kurz mit der Antwort: »Ja. Sie suchte nach einem Weg, ihr Geld möglichst gewinnbringend anzulegen, und wir standen ihr dabei mit Rat und Tat zur Seite.«

Brandt registrierte, dass Robenstein immer wieder den Blick senkte und einmal auch zur Seite schaute, als wäre er nicht bei der Sache.

»Wie hat Frau Maurer es geschafft, bei Ihnen aufgenommen zu werden? Sie überprüfen doch bestimmt jeden, der bei Ihnen vorstellig wird?«

»Das ist korrekt, Herr ... Verzeihen Sie, aber ich habe Ihren Namen vergessen.«

»Brandt. Wie sieht eine solche Überprüfung aus?«

»Herr Brandt, schauen Sie, wenn ein bekannter Film- oder Fernsehstar zu uns kommt oder ein Spitzensportler, der große Erfolge vorzuweisen hat, dann weisen wir ihn natürlich nicht ab. Wir führen dennoch eine Bonitätsprüfung durch, und wenn diese unseren Anforderungen entspricht, wird der Kunde bei uns Einlass finden. Und falls Sie denken, wir würden Menschen ausgrenzen, so muss ich Ihnen sagen, dass wir nur über beschränkte Kapazitäten in unseren Häusern verfügen. Wir beraten sehr persönlich, und zwar jeden Kunden.«

»Frau Maurer gehörte aber nicht zur Prominenz aus Wirtschaft, Film oder Sport, sie war auch keine bekannte Künstlerin, sondern nur eine einfache Hausfrau«, sagte Brandt mit zusammengekniffenen Augen. »Das widerspricht doch dem Grundsatz Ihrer Bank. Oder täusche ich mich da?«

»Hin und wieder machen wir Ausnahmen«, entgegnete Robenstein knapp.

»Okay. Wie auch bei Frau Nathalie Groß, einer Freundin der Ermordeten. Der Name sagt Ihnen doch bestimmt auch etwas.«

Brandt hatte den Eindruck, dass Robenstein zunehmend unsicher wurde, er veränderte seine Haltung und stand auf, beide Hände in den tiefen Taschen seiner Cordhose vergraben, und ging in dem großen Raum auf und ab. Brandt und Klein sahen sich kurz an und beschlossen wortlos, ihm zunächst keine weiteren Fragen zu stellen.

»Also gut«, sagte Robenstein schließlich, als er mit dem Rücken zu einem der beiden großen Fenster stand. »Es hat ohnehin keinen Sinn, Ihnen etwas vorzumachen, über kurz oder lang hätten Sie es sowieso herausgefunden. Es war ein Freundschaftsdienst, den ich den beiden Damen gewährt habe. Und es tut mir aufrichtig leid, dass Frau Maurer tot ist. Ich würde lügen, wenn ich sagen würde, ihr Tod würde mich nicht berühren.«

Robenstein löste sich von der Fensterbank und setzte sich wieder. Er zündete sich eine weitere Zigarette an, seine Hände zitterten leicht.

»Warum haben Sie ihnen diesen Freundschaftsdienst gewährt?«, fragte Elvira. »War es, weil Sie die Damen so nett fanden, schließlich sind oder waren beide ausgesprochen attraktiv. Oder gab es einen anderen, tiefer gehenden Grund? Vielleicht einen sehr persönlichen?«, gab sie Robenstein mit dieser Frage eine Steilvorlage, mit der vollen Wahrheit herauszurücken.

Robenstein senkte den Blick und nickte. »Ja, es war ein sehr persönlicher Grund. Ich weiß bereits seit gestern, dass Frau Maurer tot ist, und ich hätte mich so oder so in den nächsten Tagen bei Ihnen gemeldet. Mich verband mit Frau Maurer eine tiefe und innige Freundschaft, die zu beschreiben schwer ist. Es war eine einmalige, außergewöhnliche Freundschaft, die mir sehr, sehr viel bedeutet hat.«

Er stockte, seine Mundwinkel zuckten, er zog an seiner Zigarette, drückte sie aus und erhob sich, ging zu einem Sekretär und holte eine Karaffe mit Whisky heraus und schenkte sich ein Glas ein.

»Ich würde Ihnen ja auch einen anbieten, aber Sie sind im Dienst und ... Bitte verzeihen Sie, normalerweise trinke ich um diese Uhrzeit noch keinen Alkohol. Heute mache ich eine Ausnahme.«

Er leerte sein Glas, schenkte nach und kam zurück, stellte das Glas auf den Tisch und zündete sich eine weitere Zigarette an. »Darf ich Ihnen etwas anderes anbieten? Einen Kaffee oder Tee?«

»Nein, danke, machen Sie sich keine Umstände«, sagte Elvira und beugte sich nach vorn. Robenstein war ihr vom ersten Augenblick an sympathisch gewesen, und sie ahnte, was ihn bedrückte. Es war nicht nur der Tod von Linda Maurer, es war der Tod der Frau, die er liebte. Doch sie wollte es aus seinem Mund hören.

»Sollten Sie Ihre Meinung ändern, bitte scheuen Sie sich nicht, es zu sagen.«

»Dr. Robenstein«, fuhr Elvira fort, »wir sind hier unter uns, und alles, was Sie uns anvertrauen, bleibt auch unter uns, es sei denn, Sie haben sich eines Verbrechens schuldig gemacht. Haben Sie?«

»Mein Gott, nein, wo denken Sie hin? Ich wünschte mir nichts sehnlicher, als dass Linda noch leben würde ...«

Die Tür ging auf, ohne dass jemand angeklopft hätte, und eine Frau trat ein. Sie war groß und sehr schlank. Brandt schätzte sie auf Mitte bis Ende fünfzig, auch wenn sie offenkundig alles dafür tat, jünger zu wirken, sei es durch ihre beinahe jugendliche und gleichzeitig sehr elegante Kleidung oder ihre gekünstelte Art. Doch die hellblauen, stechenden Augen und die tiefen Falten um Nase und Mund verrieten etwas anderes, sie war eine alte Frau, voll Bitterkeit und negativer Gefühle. Brandt konnte verstehen, dass Robenstein sich nach einer anderen umgesehen hatte.

»Verzeih, Schatz, wenn ich kurz störe, ich wollte nur sagen, dass ich jetzt fahre. Du weißt doch, mein Yogatermin. Danach werde ich noch mit Marianne und Brigitte in die Stadt gehen.«

»Das hast du doch vorhin schon gesagt. Viel Spaß.«

»Und Sie sind von der Polizei, wie mir berichtet wurde?«, sagte sie, ohne auf die Bemerkung ihres Mannes einzugehen, und musterte die Beamten. »Hat mein Mann etwas ausgefressen?«, fragte sie mit einem gekünstelten Lachen. »Was für eine dumme Frage, er könnte keiner Fliege etwas zuleide tun, das versichere ich Ihnen. Er ist so harmlos wie ein Schmetterling.«

»Würdest du uns jetzt bitte wieder allein lassen? Bitte!«, forderte er seine Frau auf, den Raum zu verlassen.

»Einen schönen Tag noch.«

»Und mach die Tür hinter dir zu«, rief ihr Robenstein nach.

»Selbstverständlich, ihr wollt ja nicht gestört werden«, entgegnete sie spitz.

Er wartete, bis die Tür ins Schloss gefallen war, und sagte: »Meine Frau weiß natürlich nichts von Linda, sie hat auch keine Ahnung von ... Lassen wir das. Wo waren wir stehengeblieben?«

»Dass Sie sich nichts sehnlicher wünschten ...«

»Ja, richtig. Wir wollten eigentlich gestern nach Venedig fliegen, aber dazu kam es ja nun nicht mehr. Ich hatte mich so auf dieses Wochenende gefreut, und Linda auch. Wie ist sie gestorben?«

»Ersten Erkenntnissen nach wurde sie erdrosselt«, antwortete Brandt. »Wieso wussten Sie gestern schon, dass sie tot ist?«

»Wir hatten uns für fünfzehn Uhr in ihrer Wohnung verabredet. Ich wollte sie abholen, aber sie war nicht da. Ich habe geklingelt und es mehrfach auf ihrem Handy versucht, ohne Erfolg, immer nur diese elende Mailbox ...« Er schüttelte den Kopf, Traurigkeit im Blick. »Ich wartete eine Stunde, weil ich dachte, dass sie womöglich aufgehalten worden sein könnte, aber sie kam nicht. Dann beschloss ich, nach Offenbach zu fahren und es in ihrem anderen Apartment zu versuchen, auch wenn die Wahrscheinlichkeit, sie dort anzutreffen, praktisch null war.« Er hielt inne und schluckte, bevor er fortfuhr: »Als ich in die Straße einbog, standen Polizeiautos vor dem Haus, und ich wusste, dass etwas Schreckliches geschehen sein musste. Es wäre auch nicht

Lindas Art gewesen, mich zu versetzen, das hat sie noch nie getan. Außerdem hatten wir am Donnerstag gegen achtzehn Uhr noch telefoniert und das Wochenende besprochen. Sie können sich nicht vorstellen, was in mir vorgegangen ist, als ich die Polizeiautos sah … Ich bin zigmal um den Block gefahren, bis ich schräg gegenüber vom Haus geparkt und gesehen habe, wie ein Sarg in einen Leichenwagen geladen wurde. Da wusste ich, dass meine schlimmsten Befürchtungen sich bewahrheitet hatten. Ich war wie gelähmt, denn ich dachte auch an Lindas Kinder, wie die es wohl aufnehmen würden …«

»Sie haben sie geliebt?«, fragte Brandt, obgleich er die Antwort bereits kannte.

»Warum soll ich einen Hehl daraus machen? Ja, ich habe sie geliebt. Linda verkörperte das, was ich mir immer als Frau an meiner Seite gewünscht hatte. Sie war intelligent, vielseitig interessiert, elegant, schön, aufregend und unendlich feinfühlig. Sie war eine Frau, wie man sie nur selten findet. Mein größter Wunsch war, mit ihr und ihren Kindern fortzugehen. Wir haben uns ein paarmal darüber unterhalten, aber sie war noch nicht bereit dafür. Dabei war sie mit einem Mann verheiratet, der sie wie Dreck behandelt hat. Wir haben zwar nicht oft über ihn gesprochen, aber wenn, dann wurde sie ziemlich deutlich … Was könnte ich Ihnen sagen, was Sie nicht schon wissen?«, sagte er und lachte bitter auf.

»Da gäbe es schon einiges. Zum Beispiel, wo sich die Luxuswohnung befindet«, sagte Brandt. »Wir wissen von der Wohnung durch Frau Groß, die uns allerdings nicht sagen konnte, wo diese Wohnung ist.«

»In dem Neubaugebiet im Frankfurter Westhafen. Sie kennen es bestimmt. Direkt gegenüber von der Uniklinik. Nur zehn Minuten von mir entfernt.«

»Wie hat Frau Maurer diese Wohnung finanziert, denn diese Wohnungen befinden sich ja im absolut obersten Preissegment?« Elvira sah ihn fragend an.

Robenstein zögerte, bevor er antwortete: »Ich habe die Hälfte übernommen, so wie ...« Er stoppte mitten im Satz.

»Sie haben Frau Maurer sehr großzügig unterstützt. Haben Sie ihr auch den Mercedes gekauft?«

»Hören Sie, es mag abgedroschen und klischeehaft klingen, aber sie war das Beste, was mir je passiert ist. Ich kannte sie seit zweieinhalb Jahren, und diese Jahre zählen für mich zu den schönsten meines Lebens. Nein, es waren die mit Abstand schönsten Jahre meines Lebens. Es gibt nicht einmal ansatzweise etwas Vergleichbares.«

»Welche Gegenleistung haben Sie für Ihren finanziellen Einsatz verlangt? Ich meine, man gibt ja nicht für einen andern ein Vermögen aus, ohne etwas dafür zu erwarten«, sagte Brandt und achtete auf die kleinste Reaktion. Robensteins Körpersprache war beherrscht, als hätte er gelernt, keine Emotionen zu zeigen, sich Fremden gegenüber stets neutral zu verhalten und keine Blöße zu geben. Nur das Zucken um den Mund und die traurigen Augen deuteten an, wie es in ihm aussah. Doch seit Brandt und Elvira Klein hier waren, hatte er nicht eine Träne vergossen, als hätte er schon alle Tränen geweint.

»Herr Brandt, ob Sie es glauben oder nicht, aber ich habe *nichts* von ihr verlangt, weil ich sie viel zu sehr geliebt habe.

Ich habe mich einfach nur gefreut, wenn wir zusammen waren. Ich genoss jede Sekunde mit ihr. Jede Sekunde, jede Minute, jede Stunde und jeder Tag mit ihr war ein perfekter Tag. Sie hat mich gelehrt, was es heißt, zu leben, obwohl sie so viel jünger war als ich. Und natürlich hatte ich immer die Hoffnung, dass sie es schaffen würde, sich von ihrem Mann zu trennen.«

»Aber war es für Sie nicht demütigend, dass sie neben Ihnen auch noch andere Männer hatte?«, wollte Elvira wissen. »Es muss Sie doch rasend gemacht haben zu wissen, dass die Frau, die Sie so sehr lieben, auch mit anderen Männern ausgeht oder gar mit ihnen schläft.«

»Ich kann mir schon vorstellen, worauf Sie hinauswollen, aber ich habe mit ihrem Tod nicht das Geringste zu tun. Und nein, es hat mich nicht wütend gemacht, höchstens hin und wieder traurig. Ich hätte es natürlich lieber gesehen, wenn sie mit mir ganz weit weggegangen wäre, aber ich konnte sie nicht überreden ... Noch nicht.«

»Was ein Motiv wäre«, bemerkte Elvira.

»Für Sie vielleicht, Sie müssen ja so denken. Für mich hätte es niemals einen Grund gegeben, Linda zu töten. Ich werde Ihnen jetzt etwas anvertrauen, was fast niemand weiß. Die andere Seite des Josef Robenstein. Wissen Sie, ich habe mich noch nie gegen Frauen durchsetzen können, weder gegen meine Mutter noch gegen meine Schwester und schon gar nicht gegen meine Frau. Gegen meinen Vater sowieso nicht, aber das tut nichts zur Sache. Dieses Haus, das Großvater Anfang der fünfziger Jahre erbauen ließ, ist wie ein Gefängnis für mich, ein großes, edles Gefängnis. Die Einzige in meiner Familie, mit der ich mich richtig gut verstehe und von der auch ich mich verstanden fühle, ist meine Tochter Esther, die aber leider nicht in Frankfurt lebt. Sie wird nicht ins Bankgeschäft einsteigen, obwohl meine Frau und auch meine Eltern das von ihr verlangt haben, nein, sie macht Musik und studiert und soll ihr Leben genießen. Das war und blieb aber auch das einzige Mal, dass ich mich innerhalb der Familie durchgesetzt habe.«

»Dr. Robenstein, ganz ehrlich, das klingt wie aus einem Rosamunde-Pilcher-Roman. Kommen Sie, es muss in Ihnen doch gewaltig rumort haben, wenn Frau Maurer keine Zeit für Sie hatte, obwohl Sie gerne mit ihr ...«

»Nein!«, empörte sich Robenstein mit erhobener Stimme und warf Elvira einen ärgerlichen Blick zu, »es hat nicht in mir rumort, weil sie immer Zeit hatte, wenn wir Termine ausgemacht hatten. Und ich habe sie nie zu irgendetwas gegen ihren Willen gedrängt. Ich habe ihr lediglich ein paar meiner Wünsche mitgeteilt. Außerdem bin ich beruflich viel unterwegs, wir haben Filialen in Hamburg, Berlin, München, Wien, Zürich, New York, Los Angeles, Tokio und Singapur. Und als Inhaber und Geschäftsführer unseres fast vierhundert Jahre alten Bankhauses, das ich in der zwölften Generation führe, muss ich hin und wieder auch unsere Filialen besuchen. Ein paarmal hat sie mich begleitet, aber ich konnte sie natürlich nicht zu allen Diners oder Empfängen mitnehmen. Manchmal traf ich ja Geschäftspartner und Kunden, die meine Frau kannten ... Ich hatte aber immer die Hoffnung, dass sie sich doch für mich entscheidet. Ich hätte sofort alles aufgegeben und wäre mit ihr weit weggezogen. Ihr Traum war Neuseeland. Warum nicht? Warum nicht Neuseeland? Dort hätte ich vielleicht auch endlich meine Ruhe und meinen Frieden gefunden. In zwei oder drei Jahren wäre es so weit gewesen. So lange wollte sie noch in dem Geschäft bleiben, weil sie nicht von mir allein abhängig sein wollte. Sie wollte auf eigenen Beinen stehen, was ich ihr sehr hoch anrechne. Ich habe ihr zwar Geschenke gemacht, aber sie hat nie etwas von mir verlangt ...« Er wischte sich mit einer Hand übers Gesicht, wandte den Kopf wieder ab, um gleich darauf fortzufahren: »Entschuldigen Sie, aber ihr Tod hat mich sehr mitgenommen. Sie oder wir hatten sehr viel vor, aber irgendjemand hatte etwas dagegen, dass sie endlich ein glückliches und zufriedenes Leben führen konnte. Zweiunddreißig Jahre alt ist sie geworden, nur zweiunddreißig Jahre ... Was für ein Mensch ist das, der ein Leben einfach so auslöscht? Ich habe die ganze Nacht wach gelegen und gegrübelt, und ich habe nur eine Antwort gefunden – es sollte nicht sein, dass wir zusammenkommen. Vielleicht durfte es auch nicht sein. Aber wer tut so etwas?«

»Diese Frage stellen wir uns auch. Da Sie so gut über Frau Maurer informiert sind, können Sie uns bestimmt auch sagen, wie groß ihr Vermögen ist.«

»Sie hat 1,3 Millionen auf dem Konto, die Sachwerte wie Schmuck, Auto, Penthouse und diverse andere Dinge sind in etwa noch einmal so viel wert. Sie hat in den fast drei Jahren beinahe alle Einnahmen nach Steuern auf die hohe Kante gelegt.«

Brandt war nach vorn geschossen und sah Robenstein ungläubig an. »Bitte? 1,3 Millionen? Warum hat sie dann noch immer in dem verrotteten Hochhaus in Offenbach gewohnt? Sie hätte doch längst ihre Zelte abbrechen können. Ihrem Mann ein paar tausend Euro geben, damit der sich endgültig die Birne wegsaufen kann, die Kinder nehmen und mit Ihnen weggehen. Hat sie Ihnen gesagt, warum sie es nicht getan hat?«

»Sie wollte noch maximal drei Jahre in dem Geschäft bleiben, wobei ich mich und auch sie in letzter Zeit immer öfter gefragt habe, warum, sie hätte es doch gar nicht mehr nötig. Sie meinte, sie wolle eine endgültige Absicherung haben, und es wäre auch wegen der Kinder und ihrer Schwester. Was glauben Sie, warum sie vorgab, als Putzfrau zu arbeiten?« Robenstein lachte unfroh auf, erhob sich und ging erneut auf und ab. »Ich werde es Ihnen sagen. Hätte sie ihrer ach so gläubigen Schwester erzählt, was sie wirklich tut, man hätte sie mit Schimpf und Schande davongejagt und versucht, ihr die Kinder wegzunehmen. Es wäre der Supergau für Linda gewesen. Die Kinder waren ihr Leben, nur ihretwegen hat sie Dinge getan, die sie eine Menge Überwindung kosteten. Sie wollte zweieinhalb Millionen auf der hohen Kante haben, das war für sie die magische Grenze für die totale Freiheit und Unabhängigkeit. Sobald sie so viel Geld zusammengehabt hätte, so hat sie es mir gesagt, wäre sie mit den Kindern gegangen. Lara und Tobias wären in drei Jahren fünfzehn und dreizehn und somit frei in ihrer Entscheidung, bei wem sie wohnen möchten … Mit fünfunddreißig wollte sie alle Zelte hinter sich abbrechen und nie wieder etwas mit Offenbach zu tun haben, denn sie verband mit Offenbach nur schlechte Erinnerungen. Es ging ihr nur und ausschließlich um die Kinder.«

»Sie wollte tatsächlich alle Zelte abbrechen? Schloss das Sie mit ein?«, fragte Elvira Klein.

»Vielleicht, vielleicht auch nicht. In letzter Zeit hat sie mir Hoffnungen gemacht, sie hat gesagt, sie könne sich immer mehr an den Gedanken gewöhnen, mit mir wegzugehen. Und das war nicht nur so dahingesagt, sie wollte mich nicht nur in Sicherheit wiegen, nein, dazu kannte ich Linda zu gut. Sie war immer offen und ehrlich, das habe ich unter vielem anderen an ihr geschätzt. Bis vor einem halben Jahr hatte sie sich noch sehr zugeknöpft gegeben, wenn ich sie auf eine gemeinsame Zukunft angesprochen habe, doch sie war dabei, ihre Meinung zu ändern. Bei unserem letzten Treffen am Montagabend hat sie mir noch einmal gesagt, dass sie mich liebt, aber noch keine vorzeitige Entscheidung zu treffen bereit sei ... Ich weiß, das mag in Ihren Ohren absurd klingen, eine zweiunddreißigjährige bildschöne Frau und ein siebenundfünfzigjähriger Mann, der sich mit einer Jüngeren schmücken möchte. Doch so war es nicht.«

»Es gibt genug Paare, die einen großen Altersunterschied aufweisen«, entgegnete Brandt.

»Ja, sicher. Und normalerweise leben beide Partner noch. Gestern ist mit Linda auch ein Stück von mir gestorben. Sie beide sind doch auch ein Paar, Sie können sich bestimmt vorstellen, wie ...«

Brandt und Klein sahen sich erstaunt an und sagten unisono: »Wie kommen Sie darauf?«

Robenstein lächelte vielsagend, und in seinem Gesicht meinte Brandt eine Menge Lebenserfahrung und auch Weisheit
zu erkennen. Die Weisheit eines Mannes, der unendlich viel
erlebt hatte, Positives wie Negatives. »Menschenkenntnis.
Für so etwas habe ich ein Auge. Bitte entschuldigen Sie, ich
wollte nicht aufdringlich werden.«

»Schon gut«, sagte Brandt. »Aber wenn Sie mit Frau Maurer weggewollt hätten, so hätte doch ein Teil Ihres Vermögens für den Rest Ihres Lebens ausgereicht. Warum haben
Sie es nicht getan?«

»Haben Sie nicht zugehört? Linda wollte es nicht, zumindest noch nicht. Außerdem hätte ich vorher noch die Nach-
folge in der Bank regeln müssen. Mich einfach davonstehlen,
das hätte nicht funktioniert und das hätte ich auch nicht gewollt. Aber ich hatte einen Plan und bin sicher, Linda wäre in
zwei oder drei Jahren mit mir gegangen. Und ja, Sie haben
recht, was Sie vorhin gesagt haben, es klingt wie ein Schnul-
zenfilm, aber manchmal ist das Leben eben so. Der Bankier
und die Hure ... Oder eine Geschichte wie in *Pretty Woman*.
Den Film haben Linda und ich ein paarmal gesehen. Solche
Geschichten gibt's, ich habe sie selbst erlebt.«

»Wie haben Sie sich kennengelernt?«, wollte Brandt wissen,
der zunehmend überzeugt war, dass Robenstein die Wahrheit sagte und auch nichts verschwieg und dass er ein rei-
cher und doch armer Mann war.

»Bei einem Galadiner. Einer unserer Kunden hatte sie als
seine Begleiterin mitgebracht, er lebte gerade in Scheidung.
Er stellte sie mir vor, aber nicht als Linda Maurer, sondern
als Yvonne Merz. Ich weiß noch genau, was sie an jenem

Abend anhatte, aber ich glaube, es wäre egal gewesen, ob sie zerrissene Jeans oder dieses umwerfende Abendkleid trug, es war ihre Ausstrahlung, die mich sofort gefangen nahm. Ich war wie geblendet und anfangs auch neidisch auf den Mann, der sich diese unglaubliche Frau geangelt hatte, bis er mir im Vertrauen zuflüsterte, dass sie eben nur eine Begleitung für den Abend sei. Ich bekam ihre Handynummer und rief sie am nächsten Tag an. Wir machten einen Termin fest, und ab diesem Tag entwickelte sich eine tiefe und sehr innige Freundschaft.«

»Haben Sie Namen von anderen Kunden?«

»Nein, sie hat sich diesbezüglich bedeckt gehalten. Außer dem Mann, der sie mir vorgestellt hat, kenne ich niemanden sonst«, sagte Robenstein und hielt dem prüfenden Blick von Brandt und Klein stand.

»Was ist mit der Wohnung in der Bachstraße? Waren Sie häufig dort?«

»Nein, wir sind meist in eine meiner Wohnungen gefahren, bis ich ihr dieses Penthouse gekauft habe, das heißt, sie bestand darauf, die Hälfte selbst zu übernehmen, was immerhin noch fünfhunderttausend Euro waren. Ich war nur anfangs zwei- oder dreimal dort.«

»Haben Sie einen Schlüssel für das Penthouse?«

»Nein, leider nicht. Ich hätte sonst gestern schon dort nachgesehen. Aber ich versichere Ihnen, dass ich der Einzige bin, der diese Wohnung betreten durfte. Keinem anderen ihrer Kunden war dies gestattet.«

»Geben Sie uns doch bitte die genaue Adresse.«

Robenstein diktierte, Brandt schrieb mit.

»Gibt es einen Hausmeister oder Verwalter, der uns öffnen könnte?«

»Ja, hier ist die Karte des Hausmeisters und hier die Karte der Hausverwaltung, wo eigentlich auch immer jemand erreichbar ist. Ich hatte gestern auch schon kurz erwogen, ihn um Hilfe zu bitten. Er kennt mich recht gut.«

»Wir müssen Sie noch fragen, wo Sie in der Nacht von Donnerstag auf Freitag waren?«

»Hier. Ich war bis gegen Mitternacht in meinem Arbeitszimmer und bin dann zu Bett gegangen, ich wollte am Freitag ausgeruht sein. Es gibt allerdings keine Zeugen, da meine Frau und ich getrennte Schlafzimmer haben. Werden Sie auch mit meiner Frau sprechen?«

Brandt sah Elvira an, die antwortete: »Ich denke, das dürfte nicht nötig sein, wir haben von Ihnen so viele Informationen erhalten und ... Sie muss es nicht wissen.«

»Danke.« Robenstein war die Erleichterung anzusehen.

»Dr. Robenstein, Ihnen war doch sicher bekannt, dass Frau Maurer des Öfteren in die Kirche gegangen ist. War sie sehr gläubig?«

»Oh ja. Sie glaubte an Gott und an ein Leben nach dem Tod. Sie war sehr spirituell, doch außer mir hatte sie niemanden, mit dem sie diese Spiritualität teilen konnte. Wir haben uns oft über Themen wie Gott, das Leben nach dem Tod, Telepathie oder andere Grenzwissenschaften unterhalten. Und ich weiß auch, was Sie jetzt denken, aber ihr Beruf und ihre Spiritualität widersprechen sich nur auf den ersten Blick, denn wenn Sie sie gekannt hätten, wüssten Sie, wovon ich spreche ...«

»Aber ihre Schwester, Frau Weber, ist im Kirchenvorstand der Andreas-Gemeinde. Die beiden waren doch mit Sicherheit auf einer Wellenlänge und konnten auch über diese Themen reden«, sagte Brandt.

»Ja, ja, die heile Welt der Webers.« Robenstein setzte sich wieder. »Soll ich Ihnen sagen, wie diese heile Welt aussieht? Linda hat sie mir geschildert. Nicht nur Linda wurde von ihrem Mann geschlagen, sondern auch bei den Webers gibt es häusliche Gewalt. Ihm rutscht hin und wieder mal die Hand aus, sie hat gesagt, er sei ein Choleriker vor dem Herrn. Aber sonntags ist er die Frömmigkeit in Person. Über ihre Schwester hat sie sich allerdings stets positiv geäußert. Trotzdem hätte sie ihr niemals sagen können, womit sie ihr Geld verdient. So etwas passt nicht in das erzkonservative Weltbild der Webers.«

»Wir waren gestern Abend bei ihnen«, sagte Brandt. »Frau Weber hat es recht gefasst aufgenommen, als wir ihr von dem Doppelleben ihrer Schwester berichteten.«

»Und er?«

»Er war so, wie Sie ihn beschrieben haben, aber dass auch er zu Gewalt neigt ...«

»Herr Brandt, Sie wissen doch so gut wie ich, dass man den wenigsten Menschen ansieht, zu was sie fähig sind. Und Linda hat mich bestimmt nicht angelogen. Aber Herr Weber ist ganz sicher nicht mit Herrn Maurer zu vergleichen ...«

»Wir waren eigentlich bis eben der Überzeugung, dass die Kinder dort gut aufgehoben sind ...«

»Oh, da kann ich Sie beruhigen, sie sind dort gut aufgehoben. Vergessen Sie, was ich über Herrn Weber Negatives gesagt habe, die Kinder hatten es bisher dort immer sehr gut, das hat Linda immer wieder betont. Herr Weber ist kein schlechter Mensch, und zu den Kindern hat er laut Linda ein vorzügliches Verhältnis.«

»Danke für diese Information«, sagte Brandt.

»Keine Ursache. Wie haben sie es aufgenommen? Vor allem Lara. Auch wenn ich sie nur vom Sehen kenne, muss sie den Schilderungen nach wie ihre Mutter sein, spirituell und feinfühlig.«

»Diesen Eindruck hatte ich auch, als sie gestern mit ihrem Bruder zu mir kam, um ihre Mutter vermisst zu melden. Sie hat eine sehr besondere Ausstrahlung«, erwiderte Brandt.

»Aber wir haben es den Webers überlassen, ihnen die traurige Nachricht zu übermitteln ... Waren Sie jemals in der Andreas-Gemeinde?«

»Ein einziges Mal. Es war Wochenende, und ich litt unter Entzugserscheinungen, weil ich Linda schon vier Tage nicht gesehen hatte. Ich wollte sie einfach nur sehen, nur für diese eine Stunde. Natürlich taten wir so, als würden wir uns nicht kennen, aber ich saß hinter ihr ... Diese eine Stunde hat meinen Tag gerettet, ob Sie es glauben oder nicht. Die Kirche war bis auf den letzten Platz besetzt, dabei dachte ich immer, die Kirchen litten unter Mitgliederschwund. Aber offensichtlich nicht die Andreas-Gemeinde.«

»Wann war das?«

»Am Sonntag vor Weihnachten.«

»Ist Ihnen dort irgendjemand aufgefallen?«

»Nein, ich habe auch nicht auf die anderen geachtet, ich hatte nur Augen für Linda.«

»Und die Webers und die Kinder?«

»Die waren auch da. Lara ist ein bildhübsches Mädchen, sie kommt in jeder Hinsicht nach ihrer Mutter. Für meine Begriffe bräuchte sie eine ganz besondere Förderung, genau wie ihr Bruder.«

»Wir haben nun noch ein paar andere Fragen an Sie. Bitte denken Sie gut nach. Kennen Sie eine Anika Zeidler oder eine Bettina Schubert?«

Robenstein zog die Stirn in Falten, nahm eine Zigarette aus dem Silberetui und zündete sie an. Er inhalierte tief und blies den Rauch zur Seite aus. »Müsste ich diese Damen kennen?«

»Es war nur eine Frage. Ja oder nein?«

»Nein. Warum?«

»Weil beide Damen im vergangenen Jahr von demselben Mann umgebracht wurden wie Frau Maurer.«

Robenstein starrte Brandt an wie ein Wesen von einem anderen Stern und schluckte schwer. »Wie bitte? Heißt das, Linda ist einem Serienmörder zum Opfer gefallen?«

»Ja.«

»Das ist schrecklich. Es war also nicht nur ein Kunde, der im Affekt handelte, sondern jemand, der von vornherein vorhatte, sie zu töten. Ist das richtig?«

»So war es wohl. Sie wissen nicht, mit wem sie am Donnerstagabend verabredet war?«

»Nein, sie sagte lediglich, sie habe einen Kunden, der nur mit ihr essen gehen wolle. Sie sagte aber auch, es sei einer, der sie zum ersten Mal gebucht habe.«

»Hat sie noch irgendetwas gesagt? Überlegen Sie gut.«

»Nein, ich wüsste nicht, was ich Ihnen noch sagen könnte. Die beiden Frauen, von denen Sie eben gesprochen haben, hatten die einen ähnlichen Beruf wie Linda?«

»Ja. Der Täter hat es auf Frauen aus diesem Gewerbe abgesehen. Sein Jagdrevier ist Offenbach. Alle drei Frauen wurden dort getötet.«

Robenstein starrte schweigend vor sich hin.

»Dr. Robenstein, ich denke, wir haben alles Wesentliche besprochen, außer vielleicht, was mit dem Vermögen von Frau Maurer geschehen soll. Haben Sie je mit ihr ...«

»Sie hat vor nicht allzu langer Zeit bei einem Anwalt, der mein vollstes Vertrauen genießt, ein Testament hinterlegt ...« Er lachte bitter auf und meinte weiter: »Als hätte sie geahnt, dass ihr Beruf große Gefahren birgt. Ich gebe Ihnen die Adresse.« Robenstein reichte Brandt die Visitenkarte des Anwalts.

»Danke. Hier ist auch meine Karte. Bitte zögern Sie nicht, mich anzurufen, wenn Ihnen noch etwas einfällt.«

»Natürlich.«

»Eine Frage habe ich noch. Wann können wir Einblick in das Schließfach und die Unterlagen von Frau Maurer nehmen? Am liebsten würden wir es jetzt gleich machen, dann hätten wir es hinter uns.«

»Meinetwegen. Mein Chauffeur wird mich hinbringen, da ich mich aufgrund meines Promillepegels außerstande sehe, selbst zu fahren.«

»Wir fahren hinter Ihnen her«, sagte Brandt.

Sie gingen nach draußen und warteten, bis Robenstein auf dem Rücksitz seines Mercedes Platz genommen hatte und der Chauffeur vor ihnen durch das Tor fuhr. Nach fast zwanzig Minuten gelangten sie auf den Parkplatz hinter dem altehrwürdigen Bankgebäude.

Robenstein öffnete die durch mehrere Sicherheitscodes gesicherte Tür, die sich von allein hinter ihnen schloss. Wortlos gingen sie ins Untergeschoss zu den Schließfächern. Als sie vor dem Fach 1212 standen, sagte Robenstein: »Normalerweise kann das Schließfach nur von zwei Personen geöffnet werden, dem Inhaber und einem Mitarbeiter meiner Bank. Linda hat mir allerdings für den Fall der Fälle die schriftliche Erlaubnis erteilt, eine Öffnung vorzunehmen ...«

»Und Sie waren nicht zufällig schon gestern oder heute Morgen an dem Fach?«

»Warum hätte ich das tun sollen?«, fragte Robenstein etwas verwirrt.

»Es war nur eine Frage. Dürfen wir?«, sagte Brandt. Er entnahm die Metallkassette, hob den Deckel an und holte den Inhalt heraus.

»Was ist dieser Schmuck wert?«, wollte Elvira wissen und legte zwei aufwendig verarbeitete Colliers, vier Ringe und weiteren Schmuck nebeneinander auf den Tisch. »Nur so in etwa.«

»Etwa zwei Millionen«, antwortete Robenstein trocken. »Ich habe ihr die Sachen geschenkt.«

»Sachen?«, erwiderte sie mit hochgezogenen Brauen. »Nun gut. Und die Wertpapiere?«

»Müsste ich nachsehen, durch die Rezession dürften sie an Wert verloren haben. Vielleicht hundert-, vielleicht auch zweihunderttausend.«

Elvira sah Brandt an, Enttäuschung im Blick. »Schade«, sagte sie nur.

»Was meinen Sie damit?«, fragte Robenstein.

»Es ist nicht das, was wir erwartet hatten.«

»Was haben Sie denn erwartet? Einen Hinweis auf ihren Mörder? Linda hat dieses Schließfach ausschließlich für ihre Wertsachen benutzt. Ich hätte es Ihnen vorher sagen können.«

»Gut, dann verschließen Sie das mal wieder«, sagte Brandt. Im Hinausgehen fragte er: »Was werden Sie jetzt tun?«

»Sie meinen, was meine persönliche Zukunft betrifft?« Robenstein zuckte die Schultern und blieb stehen. »Ich weiß es nicht, vielleicht werde ich meine Angelegenheiten regeln und weggehen. Irgendwohin, wo mich keiner kennt und wo ich nicht so schnell zu erreichen bin. Vielleicht nach Neuseeland, dorthin, wo es auch Linda hingezogen hätte. Sie hatte sich sogar schon einen Ort ausgesucht, wo sie leben wollte. Mag sein, dass ich in nicht allzu ferner Zukunft auch dort leben werde. Und dann werde ich mir vorstellen, Linda wäre bei mir. Ja, ich weiß, Sie werden jetzt denken, die Sentimentalität eines alternden Mannes. Mag sein. Ich begleite Sie nach draußen.«

Draußen verabschiedete er sich mit Handschlag und sagte zum Abschluss: »Wenn ich in irgendeiner Form behilflich sein kann, lassen Sie es mich wissen. Dieser Mann hat mir das Wichtigste in meinem Leben genommen.« Mit leiser Stimme fügte er hinzu: »Hat sie sehr leiden müssen? Sie können es mir offen sagen, mich kann nichts mehr erschüttern. War es ein qualvoller Tod?«

»Sie hat gekämpft und sich gewehrt bis zum Schluss.«

»Das heißt, er hat sie nicht nur erdrosselt.«

»Nein. Aber Details dürfen wir nicht bekanntgeben, wir möchten sie Ihnen auch ersparen.«

»Finden Sie ihn schnell, damit er nicht noch mehr Unheil anrichten kann.«

»Wir tun unser Bestes. Auf Wiedersehen und danke für Ihre Hilfe.«

Sie stiegen ins Auto, Brandt startete den Motor und fuhr los. Nach einer Weile durchbrach Elvira das Schweigen: »Was hältst du von ihm?«

»Ein sehr einsamer Mann. Um nichts in der Welt möchte ich mit ihm tauschen.«

»Ich auch nicht. Als seine Frau ohne anzuklopfen reingeplatzt ist, obwohl er ausdrücklich zu der Haushälterin gesagt hat, dass er nicht gestört werden möchte ... Sie war nur neugierig, was wir von ihrem Mann wollten.«

»Und wie sie so ironisch sagte, ihr Mann sei so harmlos wie ein Schmetterling ... Bei den beiden herrscht völlige Funkstille. Der hat vielleicht hundert Millionen auf dem Konto, aber er ist kreuzunglücklich. Ich fand seine Offenheit jedenfalls bemerkenswert. Ein Mann seiner Herkunft und in seiner Position bekennt sich zu einer Frau aus dem einfachen Volk. Das war echt. Er hat sie geliebt und ihr die Welt zu Füßen gelegt. Was ich aber noch immer nicht verstehe, ist, warum sie unbedingt so lange warten wollte. Sie hätte doch einfach nur mit den Kindern abhauen können. Sie hätte ja nicht mal etwas Illegales getan.«

»Du hast es doch gehört, es ging ihr um den Ruf«, warf Elvira ein.

»Ja, aber in Neuseeland oder Australien kann ihr doch wurscht sein, was die andern von ihr halten.«

»Sie hing auch an ihrer Schwester. Ich verstehe es ja auch nicht. Wäre sie gegangen, würde sie noch leben. Aber das Schicksal oder der Zufall oder was immer war dagegen. Und Robenstein, das garantiere ich dir, wird den Absprung alleine nicht schaffen. Der wird nie in seinem Leben nach Neuseeland ziehen, denn was will er dort ohne seine Linda? Und eine Frau wie die Maurer wird er auch nicht wiederfinden. Das war sein Highlight im Leben. Er wird weiterleben wie bisher.«

»Die Maurer scheint eine sehr außergewöhnliche Frau gewesen zu sein.«

»Ja, wenn man ein Mann ist«, entgegnete Elvira lächelnd.

»Ich kannte sie nicht, aber ich gebe offen zu, ich hätte sie gerne kennengelernt.«

»Aha.«

»Nicht, wie du schon wieder denkst, einfach nur kennenlernen und prüfen, ob das, was man über sie berichtet, auch der Wahrheit entspricht.«

»Und was hättest du davon?«, fragte Elvira.

»Eine Erkenntnis mehr.«

»Du kommst mir wohl noch auf dumme Gedanken?«, fragte sie mit spöttischem Unterton.

»Liebste Elvira, wie könnte ich bei einer so klugen und schönen Frau an meiner Seite auf dumme Gedanken kommen? Nenn mir einen vernünftigen Grund. Nur einen.«

»Nenn du mir einen.«

»Einen Teufel werde ich tun, weil es nämlich keinen gibt. Thema beendet.«

»Ich hätte sie auch gerne kennengelernt«, sagte Elvira, die mit Brandts Antwort zufrieden schien.

»Und wieso?«

»Aus dem gleichen Grund wie du.«

»Stehst du neuerdings auf Frauen?«

»Vielleicht. Aber mich interessieren interessante und außergewöhnliche Menschen«, antwortete sie und fasste im selben Moment seine Hand. »Lass uns in die Wohnung am Westhafen fahren und danach ins Präsidium und die Dinge durchsprechen, die du letzte Nacht noch aufgeschrieben hast«, sagte sie mit schelmischem Grinsen.

»Woher …«

»Glaubst du, ich bin blöd? Blond ja, aber nicht blöd. Ich habe vorhin, als du Brötchen holen warst, die Fotos aus der Schublade geholt und dabei deine Aufzeichnungen gefunden. Interessant, aber ausbaufähig.«

»Du hast tief und fest geschlafen, und ich war noch nicht müde, das ist alles. Was hältst du denn von meinen Notizen?«

»Wie schon gesagt, interessant, aber ausbaufähig. Aus deinen Aufzeichnungen könnte man schon ein ganz ordentliches Täterprofil erstellen. Die Spur vom Opfer zum Täter zurückverfolgen. Das wolltest du doch auch.«

»Aber nicht letzte Nacht. Hallo, ich habe Gemeinsamkeiten der Opfer niedergeschrieben, der Rest sollte heute oder morgen erfolgen.«

»Machen wir's doch mit Bernhard zusammen. Nur wir drei. Und wenn Bernhard nicht zur Verfügung steht, dann eben nur du und ich. Was meinst du?«

»Von mir aus.«

Elvira Klein rief bei Spitzer an und teilte ihm mit, dass sie nicht vor halb sechs im Büro sein würden, da sie vorher noch einen Abstecher in das Penthouse von Linda Maurer am Bachforellenweg am Frankfurter Westhafen machen müssten und anschließend in der Andreas-Gemeinde vorbeischauen wollten.

»So lange hatte ich nun aber nicht vor, hierzubleiben, denn wenn ihr halb sechs sagt, wird's doch mindestens halb sieben«, sagte Spitzer. »Können wir uns vielleicht morgen im Präsidium treffen? Sagen wir vierzehn Uhr?«

»Einverstanden«, sagte Elvira. »Dann bis morgen. Sollte aber was dazwischenkommen, melden wir uns.«

Erst danach wählte sie die Nummer des Hausmeisters, der sich, nachdem Elvira sich als Staatsanwältin vorgestellt hatte, sofort bereit erklärte, ihnen die Wohnung zu öffnen.

Kaum eine Viertelstunde später hielten sie vor dem Haus.

»Eine der exklusivsten Gegenden Frankfurts«, sagte Elvira. »Auch wenn man's auf den ersten Blick nicht als solche erkennt. Die Quadratmeterpreise sind astronomisch.«

»Schön, aber der Maurer nützt es nichts mehr. Und ganz ehrlich, auf mich wirkt das nicht sonderlich einladend hier. Wenn ich's nicht besser wüsste, würde ich meinen, es ist eine Siedlung wie Tausende andere. Warum ist das so teuer? Nur weil ein paar Promis hier wohnen?«

»Du weißt doch, das hat immer was mit der Lage zu tun …«

»Na klasse, ein umwerfender Blick auf die Uniklinik. Was ist daran toll?«

»Ich bitte dich, das ist eine Toplage. Und natürlich verfügt das gesamte Gelände über ein recht gutes Sicherheitskonzept, Geschäfte, Fitness ...«

»Und? Bekommst du woanders auch.«

»Banause.«

»Bin halt nur ein Offenbacher Bub. Warst du schon mal hier?«, wollte Brandt wissen.

»Eine Bekannte von der Frankfurter Staatsanwaltschaft wohnt hier mit ihrem Mann, einem erfolgreichen Rechtsanwalt ...«

»Rechtsverdreher«, grinste Brandt.

»Von mir aus. Komm, lass uns einen Blick in das luxuriöse Geheimversteck der Linda Maurer werfen, die Zeit rennt uns davon.« Elvira stieg aus und ging mit schnellen Schritten schnurstracks auf das Haus zu, wo der Hausmeister bereits am Eingang wartete, einen kurzen Blick auf die Ausweise warf und mit ihnen in das oberste Stockwerk fuhr. Er schloss die Tür zu dem Penthouse auf und wollte eintreten, doch Brandt hielt ihn zurück.

»Danke für Ihre Hilfe, aber wir kommen jetzt alleine zurecht. Wenn Sie uns bitte den Schlüssel für eine Weile überlassen könnten ...«

»Entschuldigen Sie, das geht nicht so einfach. Wenn Frau Maurer zurückkommt ...«

»Herr Schneider, Frau Maurer wird nicht zurückkehren, darauf gebe ich Ihnen mein Wort. Wenn Sie bitte so freundlich wären«, sagte Brandt und streckte die rechte Hand aus, woraufhin der Hausmeister ihm den Schlüssel widerwillig überreichte.

»Ist etwas mit ihr passiert?«, fragte er vorsichtig.

»Das kann man so sagen. Sie ist tot.«

»Wenn Sie von der Polizei sind, ist sie doch bestimmt …«

»Richtig«, beendete Brandt den Satz. »Wenn Sie uns jetzt bitte unsere Arbeit machen lassen würden.«

»Natürlich«, sagte Schneider und wollte gehen, als Elviras Stimme ihn zurückhielt.

»Herr Schneider, nur eine Frage: Kannten Sie Frau Maurer gut?«

Schneider hob die Achseln. »Kommt drauf an, was Sie unter gut verstehen. Wir hatten zwei-, dreimal miteinander zu tun, und ich habe sie einige Male gesehen, wenn sie in ihrem Benz in die Tiefgarage fuhr.«

»War sie oft hier?«

»Keine Ahnung, ich habe weiß Gott Besseres zu tun, als alle Bewohner zu beobachten. Sie glauben gar nicht, wie viel Arbeit es hier für mich gibt.«

»Ungefähr werden Sie's doch wissen. Einmal, zweimal, dreimal pro Woche? Oder öfter?«, sagte Brandt.

»Ja, kann alles sein, ich weiß es nicht, dazu hab ich Frau Maurer nicht oft genug gesehen. Tut mir leid, ich kann Ihnen nicht weiterhelfen. Fragen Sie doch am besten die Nachbarn, die dürften es eher wissen. Oder das Sicherheitspersonal.«

»Danke, Herr Schneider, das war's dann schon. Und Sie bekommen den Schlüssel zurück, sobald wir mit den Ermittlungen fertig sind.«

Schneider zuckte die Schultern und begab sich wieder zum Aufzug. Brandt und Elvira Klein betraten die Wohnung und machten die Tür hinter sich zu.

»Mein lieber Scholli«, stieß Brandt anerkennend hervor, »eins muss man der Dame lassen – sie hatte Geschmack.«

»Oder einen guten Innenarchitekten.«

»Oder beides.«

»So oder so war sie sehr stilsicher«, sagte Elvira anerkennend, als sie sich in dem großen Raum umsah mit dem hufeisenförmigen Sofa in der Mitte, dem Glastisch, dessen Platte auf einer Granitkugel lag, dem glänzenden Marmorboden, dem riesigen Fernseher, der an der Wand angebracht war, der »Bang & Olufsen«-Designeranlage … Jedes Stück in diesem Penthouse war erlesen und hatte gewiss eine Menge Geld gekostet, ob in dem großen Wohnbereich, an den sich eine helle Küche anschloss, oder im Schlafzimmer mit dem großen, unberührten Bett oder das Bad, das für sich genommen mehr wert war als so manche Wohnung.

»Ich frage mich, wie sie es geschafft hat, diesen Tanz zwischen den Welten zu bewältigen. Neusalzer Straße und das hier, einen größeren Kontrast gibt es doch kaum. Es ist mir ein Rätsel, wie sie diese beiden Leben so lange unter einen Hut bringen konnte.«

»Mir ist es vor allem ein Rätsel, wie sie das vor ihrer gesamten Familie geheim halten konnte. Sei's drum, wir suchen nach einem Laptop, einem Terminplaner oder einem Notizbuch. Und wenn wir nichts finden, dann soll die Spusi noch mal genau nachschauen. Auf jeden Fall wissen wir jetzt, dass die Dame ihren Kunden eine ganze Menge geboten haben muss.«

»Wie soll ich das verstehen?«, fragte Elvira.

»So, wie ich es gesagt habe«, antwortete Brandt kurz angebunden und öffnete eine Schranktür nach der anderen, zog Schubladen heraus … Ergebnislos.

Nach einer halben Stunde standen sie mit ratlosen Mienen in der Mitte des Wohnraums.

»Wie kann es sein, dass wir bei keinem unserer bisherigen Opfer einen Terminplaner oder einen Computer gefunden haben? Hatten die alles im Kopf gespeichert?«, stieß Brandt aufgebracht hervor. »Oder hat der Täter alles mitgehen lassen? Das hätte aber doch jemandem auffallen müssen, vor allem in diesem Viertel. Ich versteh's nicht, ich meine, dort drüben ist der WLAN-Anschluss, also muss sie einen Computer oder einen Laptop besessen haben.«

»Wenn jemand weiß, ob sie einen Rechner hatte, dann Robenstein. Und den werde ich jetzt mal kurz fragen.«

»Lass mal, ich mach das«, sagte Brandt und wählte die Nummer, Robenstein meldete sich bereits nach dem ersten Läuten.

»Brandt hier. Dr. Robenstein, wir sind gerade in Frau Maurers Wohnung und würden gerne wissen, ob sie einen PC oder ein Notebook hatte.«

»Nein, noch nicht, aber sie wollte sich in nächster Zeit ein Notebook zulegen, das hat sie mir gesagt. Warum fragen Sie?«

»Hier steht ein WLAN-Router, und da dachten wir, sie hätte vielleicht einen Computer gehabt.«

»Wie gesagt, sie hatte vor, sich einen anzuschaffen«, erwiderte Robenstein. »Aber ich versichere Ihnen bei allem, was mir heilig ist, dass ich nichts aus der Wohnung entfernt habe. Ich habe ja nicht einmal einen Schlüssel. Ich war nur dann dort, wenn ich mich vorher mit Linda verabredet hatte.«

»Was ist mit einem Festnetztelefon? Hatte sie eins?«

»Nein. Sie hatte zwei Handys, eins für private Zwecke, eins fürs Geschäft.«

»Danke, das war's fürs Erste.«

Brandt legte auf. »Also, sie hatte keinen Computer, sollte aber in Kürze einen bekommen. Damit erübrigt sich jede weitere Suche. Ich mag nicht mehr, ehrlich.«

»Ich mag auch nicht mehr hinter diesem Phantom herjagen, aber wir dürfen uns jetzt nicht hängen lassen. Ich bin mindestens genauso genervt wie du …«

»Das ist es nicht, Elvira, ich bin nicht genervt. Ich bin müde, aber nicht, wie du jetzt vielleicht denkst …«

»Okay, hör zu«, sagte sie und legte ihm die Arme um den Hals. »Wir fahren gleich nach Offenbach in die Gemeinde, befragen den Pfarrer und machen danach Feierabend. Den haben wir uns redlich verdient. Und wir sprechen heute nicht mehr über den Fall.«

»Das schaffen wir doch eh nicht. Aber wir versuchen's«, sagte er und gab ihr einen Kuss. »Auf, wir verschwinden.«

»Nach Neuseeland?«, fragte Elvira schmunzelnd.

»Neuseeland, Australien, Tahiti, Hawaii … Egal, irgendwohin, wo wir unsere Ruhe haben.«

»Das würdest du nie durchhalten, allein schon deiner Familie wegen.«

»Ja, aber träumen darf ich doch mal.«

»Wenn ich mit dabei bin.«

»Du bist immer in meinen Träumen, liebste Elvira.« Nach

einer Pause fügte er leise hinzu: »Ich sage dir jetzt was: Auch wenn es pathetisch klingt, aber in bin heilfroh, dass ich das nicht allein durchziehen muss. Ich meine, ich bin heilfroh, dass ich dich an meiner Seite habe. Na ja, ich bin einfach froh, dass wir die ganze Zeit zusammen sind. Und ich bin froh, dass ich dich habe. Hört sich doof an, was?«

»Nein, ganz im Gegenteil. Mach ruhig weiter, ich könnte dir stundenlang zuhören.«

»Es ist schön, mit dir zu ermitteln. Alles ist schön mit dir.«

»Mir geht's genauso. Jetzt hören wir aber auf damit und heben uns alles Weitere für später auf. Komm, die Arbeit ruft.«

»Können wir vorher vielleicht noch eine Kleinigkeit essen? Mir würde schon ein belegtes Brötchen reichen.«

»Du sollst ja nicht verhungern«, antwortete Elvira und ging mit Brandt zum Wagen. Als sie aus dem Bachforellenweg hinausfuhren, dachte sie, dass sie um nichts in der Welt hier wohnen wollte. Dieses Viertel gefiel ihr nicht, ohne dass sie hätte sagen können, warum. Und Peter hat recht, dachte sie weiter, den Blick auf die Uniklinik brauche ich nicht.

SAMSTAG, 16.10 UHR

Winkler, der Pfarrer der Andreas-Gemeinde in Offenbach-Bieber, empfing sie mit einem freundlichen Lächeln, doch seine Augen blieben kühl und dunkel. Sie schienen bis ins tiefste Innere eines Menschen zu blicken.

»Herr Winkler«, sagte Brandt, nachdem er seinen Ausweis gezeigt und auch Elvira vorgestellt hatte, »dürften wir bitte kurz mit Ihnen sprechen?«

»Natürlich, worum geht es denn?«, fragte er mit warmer Stimme, die den Ausdruck in seinen Augen relativierte. Brandt schätzte ihn auf Mitte, Ende dreißig, ein junger Pfarrer, der einer großen Gemeinde vorstand. Er war etwa eins achtzig groß, fast asketisch hager und trug legere Kleidung, was Brandt bisher bei katholischen Pfarrern noch nicht gesehen hatte. Die schwarzen Haare waren modisch kurz geschnitten, die Hände gepflegt.

»Wenn wir reinkommen dürften, hier draußen ist es doch ein wenig kalt«, sagte Elvira lächelnd.

»Entschuldigen Sie bitte, ich war eben nur etwas verwirrt, Polizei und Staatsanwaltschaft gleichzeitig vor meiner Tür zu haben. Treten Sie ein, ich gehe vor.«

Sie kamen in sein Büro, das sauber und aufgeräumt war, der angenehme Geruch von Patschuli hing in der Luft. Winkler bot ihnen einen Platz an und setzte sich hinter seinen ausladenden, dunkelbraunen Schreibtisch. Er faltete die Hände und sah die Beamten fragend an.

»Herr Winkler«, sagte Brandt, »wir sind, wie Sie sich denken können, nicht ohne Grund zu Ihnen gekommen. Es geht um Frauen, die Sie möglicherweise näher kennen …«

»Wenn ich Sie unterbrechen darf.« Winkler lächelte freundlich. »Ich bin katholischer Pfarrer und somit …«

»So meinte ich das nicht«, unterbrach ihn Brandt. »Es handelt sich um Mitglieder Ihrer Gemeinde. Genauer gesagt geht es um drei tote Frauen. Von zweien wissen wir definitiv, dass sie regelmäßig Ihre Gottesdienste besucht haben, bei der anderen sind wir uns nicht sicher.«

Winklers Miene hatte sich schlagartig verändert, sie war ernst, fast starr geworden, als ahnte er, was auf ihn zukam.

»Ich weiß nur von einem Fall, Anika Zeidler. Ich habe den Trauergottesdienst geleitet. Eine tragische Geschichte, die uns alle sehr mitgenommen hat, wie Sie sich vorstellen können. Anika war beliebt, sie hatte ein offenes, einnehmendes Wesen. Um wen geht es noch?«

»Am besten sehen Sie sich diese Fotos an und sagen uns, ob Sie die andern beiden kennen.«

Brandt zog die Bilder aus seiner Jackentasche und legte sie auf den Tisch. Winkler betrachtete sie und nickte. »Ja, ich kenne die Frauen, aber ich bin mir nicht sicher, woher. Hier, sie«, er deutete auf Linda Maurer, »ich meine, sie war oft im Gottesdienst, aber nie allein. Lassen Sie mich überlegen … Sie kam, ja doch, sie kam meist mit Familie Weber, und ich meine sogar, dass sie in einem verwandtschaftlichen Verhältnis zueinander stehen. Aber inwieweit kann ich nicht sagen. Vielleicht sollte ich Ihnen erklären, dass meine Gemeinde vom Mitgliederschwund verschont geblieben ist und wir im Gegensatz zu anderen sogar einen Zuwachs zu verzeichnen haben. Manchmal reichen sonntags die Plätze kaum aus. Deshalb kenne ich beileibe nicht jedes Mitglied persönlich, und viele gehören nicht einmal zu unserer Gemeinde, kommen aber trotzdem. Ein paar sind protestantisch oder konfessionslos, aber wir weisen niemanden ab. Helfen Sie mir bitte auf die Sprünge, was diese junge Frau angeht.«

Brandt spürte, dass Winkler nicht die ganze Wahrheit sagte, dafür sprach der mangelnde Augenkontakt. Er war nervös und versuchte, das zu unterdrücken. Aber Brandt war ein alter und erfahrener Fuchs, der Mimik und Gesten zu deuten wusste. Und Winkler erschien ihm wie ein offenes Buch, in dem in großen Lettern stand: Ich weiß alles, aber ich werde es nicht sagen.

»Die Dame heißt Linda Maurer und ist, wie Sie richtig gesagt haben, in der Regel mit Herrn und Frau Weber gekommen«, antwortete Brandt und registrierte jede Reaktion von Winkler, der den Blick an Brandt vorbeigleiten ließ, als fürchtete er, seine Augen könnten verraten, was er wirklich dachte.

Winkler fasste sich an die Stirn und meinte: »Ja, jetzt weiß ich sogar, wo sie immer gesessen hat, etwa in der fünften Reihe links, während die Webers meist ganz vorne gesessen haben. Familie Weber ist sehr engagiert, sie sind beide im Kirchenvorstand, wir sehen uns auch öfter mal unter der Woche, da wir praktisch an jedem Tag kirchliche Angebote haben. Frau Maurer hingegen kam nur sonntags, wie übrigens die meisten. Und Frau Maurer ist also tot?«, fragte er, und Brandt dachte nur, du bist ein scheinheiliger Hund. Du weißt es doch spätestens, seit ich das Foto auf den Tisch gelegt habe.

»Ja, sie wurde gestern ermordet aufgefunden, aber ich dachte, das wäre längst zu Ihnen durchgedrungen. Zumal die Webers doch im Kirchenvorstand sind!« Brandt beugte sich nach vorn und fixierte Winkler, der seinem Blick erneut auswich.

»Nein, es ist noch nicht zu mir vorgedrungen. Aber Herr und Frau Weber wissen offensichtlich schon Bescheid, deshalb sind Sie ja wohl zu mir gekommen.«

»Sie waren die Ersten, die wir informiert haben. Mich wundert, dass sie sich noch nicht bei Ihnen gemeldet haben.«

»Ich bin erst vor einer knappen halben Stunde nach Hause gekommen, ich war seit gestern Abend unterwegs und nicht erreichbar, aber sie haben mir auf den Anrufbeantworter gesprochen, dass ich sie dringend zurückrufen soll. Ich werde natürlich schnellstmöglich bei ihnen anrufen und ihnen meine Hilfe in dieser tragischen Situation anbieten.«

Brandt sah Winkler zweifelnd an. »Ich hätte schwören können, dass sich eine solche Nachricht wie ein Lauffeuer in einer Gemeinde verbreitet. Haben Sie niemanden, der Sie vertritt, wenn Sie nicht da sind?«

»Doch, Pfarrer Melcher, aber es gibt ein kleines Problem, was das Verhältnis zwischen den Webers und Herrn Melcher angeht. Nichts Dramatisches, es ist nur so, dass Herr Weber und Herr Melcher seit einem an und für sich harmlosen Disput nicht mehr sonderlich gut miteinander können. Er hat mir jedenfalls nichts gesagt, also werden sie sich auch nicht bei ihm gemeldet haben. Es könnte höchstens sein, dass sie die Familie Trautmann informiert haben, mit der sie befreundet sind. Ich werde die Webers gleich nach unserem Gespräch anrufen. Pfarrer Melcher ist übrigens drüben in der Kirche und bereitet sich auf den 18-Uhr-Abendgottesdienst vor. Im Augenblick probt noch der Chor unter der Leitung von Herrn Neuendorf. Sie sollten sich das einmal anhören, ein großartiger Chor.«

»Das werden wir tun. Und die andere Frau?«, fragte Brandt, der Winkler immer weniger zu durchschauen vermochte. Es schien, als hätte er mehrere Masken für viele Gelegenheiten, und nun trug er die, durch die niemand hindurchsehen konnte. Brandt mochte solche Menschen nicht, entweder trat ihm jemand offen entgegen oder ablehnend. Doch bei Winkler war es anders, er musste an einen Aal denken, der ihm dauernd durch die Finger rutschte, auch wenn er den Geistlichen erst seit wenigen Minuten kannte. Brandt fragte sich auch, warum Winkler nicht schon längst bei den Webers angerufen hatte.

Der Pfarrer strich sich übers Kinn, verzog den Mund und meinte nach einer Weile: »Ihr Gesicht kommt mir bekannt vor. Ich habe sie mit Sicherheit schon mal gesehen, wahrscheinlich in der Kirche. Wo auch sonst? Ich komme nicht sehr oft aus meinem Gemeindebereich heraus.«

»Ihr Name ist Bettina Schubert, sie wurde im August vergangenen Jahres getötet. Auf bestialische Weise. Der Täter ist mit einer unfassbaren Brutalität vorgegangen.«

Winkler zeigte keine Reaktion. Schließlich schüttelte er den Kopf. »Wie schon gesagt, sie kommt mir bekannt vor, ich kann sie aber weder dem Namen Bettina Schubert noch einer markanten Situation zuordnen.« Er stand auf und fragte die Beamten: »Darf ich Ihnen etwas zu trinken anbieten? Wasser, Saft, ein Glas Wein? Oder dürfen Sie noch nicht?«

»Ich nehme gerne ein Glas Wasser«, sagte Brandt.

»Ich auch.«

Während Winkler drei Gläser auf den Tisch stellte und sie

mit Wasser füllte, sagte er: »Aber das würde ja bedeuten, dass drei Frauen, die meine Gemeinde besucht haben, Opfer von Gewaltverbrechen wurden.«

»Richtig. Ersten Erkenntnissen nach handelt es sich um ein und denselben Täter. Und es liegt durchaus im Bereich des Möglichen, dass der Täter unter den Mitgliedern Ihrer Gemeinde zu finden ist«, meldete sich nun Elvira Klein zu Wort.

Winkler lehnte sich zurück und legte die Hände aneinander. »Sie meinen also, nur weil die Opfer hin und wieder hier waren, müsste der Täter auch in meiner Gemeinde zu finden sein. Halten Sie das nicht für etwas gewagt?«

»Nein, ganz und gar nicht, Herr Winkler«, entgegnete Elvira Klein scharf. »Ich halte es sogar für sehr wahrscheinlich, denn, ganz ehrlich, an Zufälle glauben Sie als Gottesmann doch auch nicht, oder? Eher an göttliche Fügung«, fuhr sie spöttisch fort. »Drei Frauen, die die Andreas-Gemeinde mehr oder weniger regelmäßig besuchen, werden ermordet. Wo sollten wir Ihrer Meinung nach suchen, wenn nicht hier?«

»Ich kann Ihre Überlegungen nachvollziehen, aber wenn Sie jetzt von mir eine Liste all jener haben wollen, denen ich einen oder gar mehrere Morde zutrauen würde, muss ich Sie enttäuschen, denn all jene, die ich näher kenne, sind zu keiner solchen Tat fähig. Und sollten Sie mich über die Mitglieder ausfragen wollen«, er breitete die Arme aus, »nun, Ihnen dürfte bekannt sein, dass ich an das Beichtgeheimnis gebunden bin und dieses ganz sicher nicht brechen werde. Jeder von uns hat – sinnbildlich gesprochen – seine Leichen im Keller, Sie genau wie ich. Doch zwischen Wollust, Ehebruch oder Lügen und Mord liegen Welten. Warum, glauben Sie, kommen die Menschen so gerne in meine Gemeinde? Weil sie sich hier wohl fühlen, weil hier ein besonderes Klima, um nicht zu sagen ein besonderer Geist herrscht. Nur deswegen kommen sie. Und natürlich, um Gott zu ehren.«

»Schön und gut, wir werden Ihre Gemeinde trotzdem unter die Lupe nehmen müssen. Und da Sie es ja gewohnt sind, Vertrauliches auch vertraulich zu behandeln, gehen wir davon aus, dass dieses Gespräch von Ihnen absolut vertraulich behandelt wird. Ich kann mich doch darauf verlassen?«, sagte Elvira.

»Nichts von dem Gesagten verlässt diesen Raum«, antwortete Winkler. »Aber verraten Sie mir doch, wie Sie vorgehen wollen? Wollen Sie jedes Mitglied einzeln befragen?«

»Wenn's sein muss. Vorerst werden wir inkognito auftreten und einfach nur beobachten. Wir brauchen in jedem Fall die Namen all jener, die eine Funktion innerhalb der Gemeinde ausüben, wie zum Beispiel Kirchenvorstand, Küster, Organist und so weiter. Und zwar so schnell wie möglich, denn wir gehen davon aus, dass der Täter schon sehr bald wieder zuschlagen wird.«

»Ein Serientäter, von dem Sie glauben, dass er noch nicht genug gemordet hat?«, fragte Winkler mit zusammengekniffenen Augen. »In Offenbach?«

»Warum nicht in Offenbach? Serienmörder gibt es überall, und Sie dürfen nicht vergessen, Frankfurt ist gleich um die

Ecke. Wie heißt es doch so schön: Das Böse ist immer und überall.«

»Ja, sicher, aber ich bitte Sie, auch mich zu verstehen, ich bin schlichtweg erschüttert allein bei der Vorstellung, es könnte sich ausgerechnet in meinem bisher so friedlichen Bereich ein Serienkiller herumtreiben. Das ist unvorstellbar. Bis wann benötigen Sie die Namen?«

»Am besten sofort.«

Winkler zog die Brauen hoch, drehte sich mit seinem Stuhl ein wenig nach links und öffnete ein Fenster auf seinem Monitor. »Wollen Sie nicht lieber eine komplette Gemeindeliste?«

»Es würde uns enorm weiterhelfen, außerdem ist es ja kein Geheimnis, wer zu dieser Gemeinde gehört. So nach und nach möchten wir all Ihre Schäfchen kennenlernen. Das wird dauern, und Sie werden uns und auch Kollegen von uns sehr oft zu Gesicht bekommen.«

»Sie und Ihre Kollegen sind jederzeit herzlich willkommen«, entgegnete Winkler und druckte die Gemeindeliste aus, auf der die Namen der Personen, die eine Funktion in der Andreas-Gemeinde ausübten, hervorgehoben waren. Er reichte die Liste Elvira Klein.

»Das sind alle? So viele?«

»Ja«, antwortete Winkler lächelnd. »Viel Spaß damit.«

»Okay. Die Webers, was können Sie uns über sie sagen, ohne das Beichtgeheimnis zu verletzen?«

»Ein sehr engagiertes Ehepaar, dessen größter Wunsch bislang nicht in Erfüllung gegangen ist – sie haben sich all die Jahre über Kinder gewünscht, aber es hat bis jetzt nicht sollen sein. Er ist Lehrer, sie arbeitet als Übersetzerin von zu Hause aus. Wie bereits erwähnt, sind sie im Kirchenvorstand.«

»Karl-Heinz Schwarz?«

»Unser Küster. Ein eher introvertierter Mann, aber nicht unfreundlich. Seine Frau ist vor knapp zwei Jahren verstorben, was ihn verständlicherweise sehr mitgenommen hat. Er brauchte viel Beistand, um nicht in einem tiefen Loch zu versinken.«

»Wie alt ist er?«

»Zweiundvierzig.«

»Und er lebt jetzt allein?«

»Nein, er hat eine fünfzehnjährige Tochter, die selbstverständlich noch bei ihm wohnt, aber mit der Kirche nicht viel am Hut hat. Schade, denn die Kinder und Jugendlichen liegen uns besonders am Herzen.«

»Herr Neuendorf?«

»Ein sehr kompetenter Mann, wenn ich das so sagen darf. Er hat innerhalb kürzester Zeit einen phantastischen Chor auf die Beine gestellt, um den uns andere Gemeinden beneiden. Ich möchte ihn nicht mehr missen, vor allem, weil er sowohl mit den Jugendlichen als auch der älteren Generation sehr gut zurechtkommt.«

»Max und Erika Trautmann?«

»Herr Trautmann ist schon in der zweiten Generation in dieser Gemeinde, da war ich noch nicht einmal geboren. Sie gehören fast zum Inventar. Sie sind ebenfalls im Kirchenvorstand und eng mit Familie Weber befreundet.«

»Was machen die Trautmanns beruflich?«

»Sie betreiben hier in Bieber eine Apotheke, ebenfalls in der zweiten Generation. Sie sind sozial stark engagiert, greifen anderen in der Gemeinde, die materiell nicht gut gestellt sind, unter die Arme. Sie helfen ihnen bei der Arbeitssuche, geben finanzielle Unterstützung und so weiter. Die Trautmanns sind wahrlich eine Vorzeigefamilie. Sie haben einen Sohn, Thomas, und eine Tochter, Juliane. Er studiert Mathematik und Physik und leitet eine Jugendgruppe innerhalb der Gemeinde, außerdem gibt er Nachhilfeunterricht. Juliane arbeitet in der Apotheke mit und kümmert sich um junge Mädchen ...«

»Können Sie uns das näher erklären?«, fragte Elvira.

»Nun, Juliane treibt Sport mit ihnen. Sie ist eine ausgezeichnete Leichtathletin und Schwimmerin und will durch Sport die Mädchen von der Straße holen oder sie gar nicht erst in schlechte Gesellschaft geraten lassen. Sie geht in dieser Aufgabe voll und ganz auf und wird von den Mädchen geliebt.« Er lächelte versonnen und fuhr fort: »Das sind die Trautmanns. Das Soziale liegt bei ihnen in der Familie, denn bereits die Eltern von Herrn Trautmann haben viel Positives in dieser Gemeinde bewirkt. Jetzt können sie das nicht mehr, das Alter, wenn Sie verstehen. Sie sind zwar noch recht rüstig, doch körperlich nicht mehr in der Lage, die Kirche jeden Sonntag zu besuchen. Nun, das nur am Rande. Ich sollte vielleicht noch erwähnen, dass wir etliche Mitglieder haben, die zur sogenannten Unterschicht zählen, auch wenn ich dieses Wort nicht mag, aber wir dürfen die Augen nicht vor der Realität verschließen. Auf der anderen Seite gibt es auch einige in unseren Reihen, die wohlhabend, um nicht zu sagen reich sind. Es ist eine gute Gemeinde, ich bin froh, hier ein Zuhause gefunden zu haben. Mir hätte nichts Besseres passieren können. Tja, wenn es sonst nichts gibt, ich habe noch eine Menge zu tun, unter anderem muss ich die Predigt für morgen vorbereiten.«

»Vergessen Sie nicht die Webers!« Elvira wollte sich erheben, hielt dann aber noch einmal inne. »Herr Winkler, beinahe wäre mir entgangen, dass Sie uns unter Umständen sogar bei den Ermittlungen helfen können.«

Brandt sah Elvira fragend von der Seite an.

»Wenn Sie meinen. Wie kann ich Ihnen weiter behilflich sein?«

»Haben eine Olive, ein Olivenzweig und eine weiße Taube eine besondere religiöse Bedeutung?«

»Olive, Olivenzweig und weiße Taube? Hat das was mit den Morden zu tun?«

»Ja. Also, können Sie uns die Bedeutung nennen?«, fragte Elvira leicht ungehalten. Alles schien sich kaugummiartig hinzuziehen. Es ging ihr auf die Nerven. Auch dass Winkler so undurchschaubar war, dabei aber die Ruhe in Person schien, nichts, was auch nur annähernd verriet, dass er womöglich nervös sein könnte. Er schien jedes Vorurteil zu bestätigen, das sie gegen Pfarrer hegte.

»Christus wurde von Maria von Bethanien, die oft mit der Sünderin Maria Magdalena gleichgesetzt wird, mit Öl gesalbt: Es war zwar das kostbare Nardenöl, aber dem Olivenöl kam im Altertum eine ähnliche Bedeutung zu. Es blieb gewöhnlich den Reichen, Mächtigen und Erfolgreichen vorbehalten. Mit dem Olivenzweig hat man im Altertum herausragende Sportler geehrt, aber auch Kränze daraus gebunden, die Herrschern vorbehalten waren. Dazu muss man wissen, dass der Olivenbaum seinen Ursprung im Mittelmeerraum zwischen Griechenland und Palästina hat. Und die weiße Taube steht für Frieden. Als Noah nach der Sintflut mit der Arche auf dem Berg Ararat gestrandet war, ließ er eine weiße Taube hinausfliegen, die mit einem Olivenzweig im Schnabel zurückkehrte, was für ihn die Bestätigung war, dass die Flut endgültig vorüber war. Und Christus oder griechisch Christos bedeutet nichts anderes als ›Der Gesalbte‹. Genau genommen erscheinen alle drei Symbole in der Heiligen Schrift. Darin heißt es auch, dass Christus bei seinem zweiten Kommen seinen Fuß auf den Ölberg stellen und dieser sich spalten wird.« Winkler machte eine Pause und sah Brandt und Klein an. »Die Olive und das aus ihr gewonnene Öl, der Olivenzweig und die weiße Taube haben eine ausschließlich positive Bedeutung, sie haben mit Frieden und nicht mit Töten zu tun. Deshalb zeigt auch die Flagge der UNO zwei Olivenzweige, die eine Weltkarte umrahmen. Ich kann mir nicht vorstellen, warum der Mörder diese Symbole benutzt hat.«

»Danke, Sie haben uns schon sehr geholfen. Wir sind geübt im Zusammensetzen von Puzzles. Einen schönen Tag noch.«

»Und Ihnen viel Erfolg. Hoffentlich finden Sie ihn, bevor er noch mehr Unheil anrichten kann. Und ich hoffe natürlich auch, dass er nicht aus meiner Gemeinde kommt. Es wäre eine Katastrophe.«

»Herr Winkler, uns kommt es einzig und allein darauf an, den Mörder zu kriegen«, sagte Brandt, beugte sich nach vorn, stützte die Ellbogen auf den Schreibtisch und fixierte Winkler. »Angenommen, nur mal angenommen, er käme aus Ihrer Gemeinde und würde Ihnen die Morde beichten, was würden Sie tun? Es für sich behalten?«, fragte er provozierend.

»Ich hätte keine andere Wahl«, antwortete Winkler nach kurzem Überlegen ungerührt, als hätte er die Provokation überhört.

»Sehen Sie, und genau deshalb werden Polizei und Kirche nie zusammenkommen. Es ist dieses Beichtgeheimnis, für das ich bei Mord kein Verständnis habe. Nicht einen Funken.«

»Sie müssen den Hintergrund ...«

»Ich muss überhaupt nichts. Das ist nicht gegen Sie persönlich gerichtet, aber viele Verbrechen könnten viel leichter und schneller aufgeklärt werden, würde die Kirche ihre verkrusteten Strukturen und Gesetze endlich einmal aufbrechen. Aber da kann ich wohl bis zum Sankt-Nimmerleins-Tag warten.«

»Herr Brandt, ich halte mich an Regeln, genau wie Sie das auch tun müssen. Aber es hat keinen Sinn, darüber zu diskutieren, ich habe diese Regeln nicht aufgestellt, bin aber angehalten, sie zu befolgen.«

Winkler stand auf und begleitete die beiden Beamten zur Tür und wollte sich verabschieden, doch Brandt unterbrach ihn. »Ich weiß nicht, ob Sie mir diese Frage beantworten dürfen, aber könnte es sein, dass der Täter bereits zum Beichten bei Ihnen gewesen ist?«

»Ich kann diese Frage mit einem klaren Nein beantworten. Bis jetzt hat mir noch kein Mensch einen Mord gebeichtet. Auf Wiedersehen.«

»Noch eine letzte Frage: Wie viele Menschen besuchen im Schnitt sonntags Ihre Kirche?«

»Zwischen zwei- und dreihundert. Das ist für die heutige Zeit sehr viel.«

»Danke für Ihre Hilfe und gutes Gelingen bei der Predigt. Was wird denn der Inhalt sein?«

»Das Hohelied der Liebe, 1. Korinther 13. Wissen Sie, was unsere Gemeinde von den meisten andern unterscheidet? Wir halten uns nicht unbedingt an die Vorgaben meiner Kirche. Eigentlich ist das Evangelium ein ganz anderes, aber ich wollte über die Liebe sprechen. Doch nach dieser erschütternden Nachricht kann es auch sein, dass ich ein anderes Thema wähle. Ich lasse mich inspirieren.«

»Tun Sie das. Und vielleicht bis morgen.«

Winkler wartete, bis die Beamten ins Auto gestiegen waren, sah ihnen nach, bis sie in der Dunkelheit verschwunden waren, und ging zurück ins Haus. Dort zündete er sich eine Zigarette an und schenkte sich einen Cognac ein. Nach dem zweiten Glas nahm er den Hörer vom Telefon und wählte die Nummer der Familie Weber. Er hörte sich an, was Frau Weber ihm zu sagen hatte, und versprach, sich umgehend auf den Weg zu ihnen zu machen. Er fühlte sich miserabel, und das hatte mehrere Gründe.

Wollen wir noch ins Präsidium?«, fragte Brandt, als sie im Auto saßen.

»Was sollen wir da? Wir können auch zu Hause versuchen, ein vorläufiges Täterprofil zu erstellen. Außerdem habe ich Hunger und Durst und will unter die Dusche und mich umziehen. Zu dir oder zu mir?«

»Ganz wie du willst, ich bin flexibel. Meine lieben Töchter kommen erst morgen wieder.«

»Wo sind sie eigentlich?«

»Das ganze Wochenende über Party machen und tagsüber schlafen. Wir wären allein.«

»Hättest du was dagegen, wenn wir dennoch in meine Wohnung fahren?«

»Ich sag doch, ich bin flexibel. Dann ab nach Frankfurt. Hast du auch was im Kühlschrank?«, fragte er lächelnd.

»Seit ich mit dir zusammen bin, ist er immer gefüllt. Und zur Not können wir uns auch was bestellen oder essen gehen.«

Vom Auto aus rief Brandt seine Töchter an. Beide klangen aufgekratzt und schienen bester Dinge. Michelle war nach wie vor bei einer Freundin, während Sarah mit ihrem Freund Jörg unterwegs war, und er hoffte einmal mehr, dieser Jörg würde Sarah nicht mit Drogen in Berührung bringen, obgleich er ahnte, dass dies schon längst geschehen war. Und wenn es nur Marihuana war – er hatte immer gehofft, seine Töchter würden so etwas nie anrühren.

»Dein Eindruck von Winkler?«, fragte Brandt auf der Fahrt nach Frankfurt.

»Frag lieber nicht.«

»Jetzt sag schon!«

»Undurchschaubar, unnahbar, er ist das, was ich einen Fassadenmenschen nenne. Dabei ist er meines Erachtens nicht älter als vierzig. Eher jünger. Ich kann mit solchen glatten Typen nicht, und ich will es auch nicht.«

»Aber er hat uns immerhin einige recht interessante Informationen gegeben, zumindest was die Symbolik betrifft.«

»Na und? Das hätten wir auch so rausgefunden. Im Internet findest du doch alles.«

»Ja schon, aber ...«

»Bitte, lass uns für den Moment aufhören, ich habe keine Lust mehr. Okay?«

»Okay«, sagte Brandt nur, der wusste, wann es Zeit war, den Mund zu halten.

Elvira legte ihre Hand auf seine, die auf dem Schalthebel lag, und sah aus dem Seitenfenster. Sie wollte ihn nur berühren.

»Ich bin froh, dass ich dich habe«, sagte sie mit einem Mal. »Ohne dich hätte ich vielleicht längst alles hingeschmissen. Und bitte, sag jetzt nichts.«

Brandt drückte für einen Moment ihre Hand und spürte eine tiefe Dankbarkeit, diese Frau an seiner Seite haben zu dürfen.

Um 17.35 Uhr parkte er den Wagen in der Tiefgarage, von wo aus sie mit dem Aufzug in den einundzwanzigsten Stock fuhren. Es war angenehm warm in der Wohnung. Elvira zündete Kerzen an, noch bevor sie Mantel und Schuhe auszog. Wortlos legte sie die Arme um Brandt und gab ihm einen langen Kuss. Dann lächelte sie. »Ich geh mal ins Bad, irgendwie fühl ich mich schmutzig.«

»Soll ich dir was zu essen machen?«

»Nein, jetzt noch nicht. Bis gleich.«

Sie machte die Tür hinter sich zu, Brandt legte seine Sachen ab und ließ sich auf die Couch fallen. Er hörte leise, wie die Dusche rauschte, und dachte über den vergangenen Tag nach, über die Begegnung mit Robenstein, dem traurigen Bankier, den kurzen Besuch in Linda Maurers Penthouse und das Gespräch mit Pfarrer Winkler.

Mit einem Mal kam ihm eine Idee. Noch bevor Elvira aus dem Bad kam, griff er zum Telefon und wählte die Nummer von Nicole Eberl.

»Eberl«, meldete sich ihr Ehemann.

»Brandt hier. Störe ich?«

»Nein, ganz und gar nicht. Du willst bestimmt Nicole sprechen …«

»Ich wollte erst mal hören, wie es ihr geht.«

»Sie hat einen recht guten Tag, sie konnte sogar aufstehen und ein wenig herumlaufen.«

»Das freut mich zu hören, ehrlich. Ich wollte dich fragen, ob es dir oder euch etwas ausmachen würde, wenn ich heute Abend mal für eine Stunde vorbeikäme. Aber wirklich nur, wenn es dir und Nicole passt.«

»Wir haben nichts Besonderes geplant, das können wir schon seit einiger Zeit nicht mehr. Wann wärst du denn hier?«

»So gegen sieben?«

»Bestens. Ich werde Nicole darauf vorbereiten. Sie wird

sich gewiss sehr freuen. Gibt es einen besonderen Grund oder ...«

»Es gibt einen, aber den möchte ich ihr gerne selbst nennen. Hat was mit einem Fall zu tun.«

»Gut, dann bis nachher.«

Als Brandt auflegte, stand Elvira in der Badtür und trocknete sich mit einem Handtuch die Haare ab: »Wer war das?«

»Martin Eberl.«

»Und, was wollte er? Ist etwas mit Nicole?«, fragte sie besorgt.

»Nein, das nicht. Ich habe angerufen.« Brandt erhob sich und umarmte Elvira: »Du kennst mich doch inzwischen einigermaßen, oder?«

»Dachte ich zumindest«, antwortete sie, neigte den Kopf zur Seite und sah ihn prüfend an. »Was hast du vor?«

»Hättest du was dagegen, wenn ich zu Nicole fahre?«

»Heute? Es ist Samstag und ...«

»Ich weiß, dass Samstag ist, aber mir kam gerade die Idee, Nicole in die Ermittlungen mit einzubeziehen. Es ist vielleicht das letzte Mal, dass sie die Gelegenheit dazu hat. Und es würde sie auf andere Gedanken bringen.«

Elvira schürzte die Lippen. »Was sagt sie dazu?«

»Ich weiß es nicht, ich habe nur mit ihrem Mann gesprochen. Er hat gesagt, ich kann gerne vorbeikommen. Es wäre mir wirklich ein großes Bedürfnis, schließlich haben wir ...«

»Peter, du brauchst dich nicht vor mir zu rechtfertigen. Fahr hin, ich hätte die Energie jetzt nicht mehr. Ich mach's mir hier gemütlich, schalte den Fernseher ein, gucke die Sportschau, mal sehen, wie meine Borussen gegen Bochum gespielt haben … Du wirst ja bestimmt nicht bis Mitternacht bei ihr sein. Und sollte ich eingeschlafen sein, kannst du mich ruhig wecken. Ich finde die Idee gut, sehr gut sogar. Und jetzt verschwinde, ich merke doch, dass du schon auf dem Sprung bist.«

»Danke.«

»Wofür? Ich werde niemals klammern oder dir Vorschriften machen, das habe ich dir schon vor langer Zeit versprochen. Tschüs, bis nachher.«

Brandt zog sich die Jacke über und die Schuhe an, streichelte Elvira über die Wange und sagte: »Du bist eine klasse Frau.«

SAMSTAG, 17.10 UHR

Er befand sich in seinem Zimmer, seinem Reich, seinem Refugium, seiner Höhle. Nur er hatte den Schlüssel dazu, nur er durfte es betreten.

Er kniete vor dem Schrein mit den fünf Fotos der Frauen, die er getötet hatte, die letzte vor weniger als achtundvierzig Stunden. Und doch spürte er schon wieder diesen Druck im Kopf, in der Brust und in den Lenden. Es war das Erlebnis von gestern Abend, als er wie ferngesteuert zu Marions Haus gegangen war. Angeblich war sie krank gewesen, doch in Wirklichkeit hatte sie diesen Mann empfangen. Er hatte Marion immer als besondere Frau angesehen, er hatte sich sogar ein wenig in sie verliebt, hatte Gefühle für sie entwickelt, die er ihr jedoch nie gezeigt hatte.

Während er vor dem Schrein kniete und im flackernden Kerzenschein die Fotos der Frauen betrachtete, dachte er daran, dass es viele Männer in der Gemeinde gab, die sich in sie verguckt hatten, einige davon verheiratet, Ehebrecher im Geiste, die sich die Gelegenheit, mit Marion zu schlafen, nicht entgehen lassen würden, sofern Marion entsprechende Signale aussandte, was sie, wie er rückblickend feststellte, oft genug tat. Und der Mann, der gestern bei ihr gewesen war, war verheiratet und ein angesehenes Mitglied der Gemeinde. Ein Heuchler vor dem Herrn, der seine Frau und seine Familie betrog. Und noch schlimmer war, dass Marion, diese Hure, dieses Spiel mitspielte.

Warum bekommen andere alles und ich nichts? Er ballte die Fäuste und schloss die Augen. Er hätte alles kurz und klein schlagen können. Und da gab es dieses Problem: Wie sollte er Marion töten, ohne dass der Verdacht auf ihn fiel? Fast jeder kannte diese bildschöne Frau, die erst vor wenigen Tagen zweiunddreißig geworden war, einen gutbezahlten Job in einer Unternehmensberatung hatte und dazu unzählige Freunde und Bekannte.

Lässt du dich dafür bezahlen, dass du die Beine breit machst? Verdienst du dir noch eine Kleinigkeit dazu? Du gottverdammte Schlampe! Dein Foto sollte eigentlich hier hängen, aber das wäre zu auffällig. Leider. Vielleicht irgendwann, wenn über die anderen Sachen Gras gewachsen ist. Aber vorher werde ich der Polizei noch ein Rätsel aufgeben.

Ein diabolisches Grinsen überzog sein Gesicht, als er den Gedanken weiterdachte, die Kerzen ausblies, das Licht im Schrein löschte und den Schrank abschloss.

Er ging ins Wohnzimmer, trank einen Schluck Tee und machte sich anschließend im Bad frisch. Er legte ein dezentes Eau de Toilette auf und blickte zur Uhr, denn er hatte noch eine Verabredung. Er wollte seine Gastgeber nicht warten lassen.

Ein letzter Blick in den Spiegel, bevor er seine getönte Brille aufsetzte, die fellgefütterte Lederjacke überzog und noch einen Schal umlegte, denn es war wieder kälter geworden.

Er zog die Tür hinter sich zu und schloss zweimal ab. Er nahm den Wagen, denn zu Fuß hätte er eine gute halbe Stunde gebraucht. Um Punkt sechs kam er an und wurde freundlich empfangen.

SAMSTAG, 18.55 UHR

Peter Brandt war von Elvira aus ins Präsidium gefahren und hatte sämtliche Unterlagen, die er als relevant betrachtete, in einen Pilotenkoffer gesteckt. Um kurz vor sieben erreichte er das Haus der Eberls.

Wie schon am Donnerstag öffnete ihm auch diesmal Sajani die Tür. Er wurde von ihr ins Wohnzimmer geführt, wo Nicole auf dem Sofa saß. Sie strahlte, als sie Brandt erblickte. Ihr Mann Martin hatte es sich am Kamin gemütlich gemacht und legte sein Buch beiseite, als Brandt hereinkam und erst Nicole und dann Martin begrüßte.

»Hallo, Peter. Martin hat schon angekündigt, dass du kommen würdest. Ich freu mich, dich zu sehen. Dabei war es doch erst vorgestern, dass …«

»Ja, ich weiß. Aber ich habe eine Überraschung dabei«, sagte er, nahm auf dem Sessel Platz und stellte den Koffer neben sich.

»Für Überraschungen bin ich immer zu haben. Was ist es denn?«

»Na ja, du hast doch gesagt, dass du vor Langeweile fast umkommst oder so ähnlich, und da habe ich mir gedacht, ich bringe mal ein paar Unterlagen mit, die unseren aktuellen Fall betreffen. Momentan treten wir auf der Stelle, aber vielleicht fällt dir ja was ein, wie wir vorgehen könnten, oder …«

»Ich bin überwältigt«, unterbrach sie ihn mit Tränen in den Augen, die sie nicht unterdrücken konnte. »Worum geht es denn?«, fragte sie mit belegter Stimme.

»Es hat noch mit den Fällen zu tun, die wir beide letztes Jahr bearbeitet haben. Allerdings ist noch ein weiterer hinzugekommen. Eine junge Frau wurde in der Nacht von Donnerstag auf Freitag in der Bachstraße getötet. Martin, Sajani, das, was jetzt kommt, müsste ich mit Nicole unter vier Augen besprechen, ihr wisst ja, es geht um laufende Ermittlungen und …«

»Kein Problem.« Martin stand aus seinem Schaukelstuhl auf. »Wir lassen euch allein. Kann ich euch noch irgendwas bringen? Etwas zu trinken? Und vielleicht noch ein bisschen was zum Knabbern?«

»Da sagen wir doch nicht nein, oder Partner?«, antwortete Brandt. »Hast du ein Bier? Ich bin nicht mehr im Dienst.«

»Klar doch. Und du, Schatz, brauchst du noch was?«

Nicole dachte einen Moment nach. »Weißt du was, ich nehme auch ein Bier, heute ist mir danach. Und keine Widerworte.«

»Wie du willst.«

Martin Eberl stellte zwei Gläser und zwei geöffnete Flaschen Bier auf den Tisch und eine Schale mit Chips und Flips. »Ich bin mit Sajani unten, wir haben eben beschlossen, uns einen schönen DVD-Abend zu machen. Wenn ihr was braucht, ihr wisst ja, wo wir sind.«

»Danke, du bist ein Schatz«, sagte Nicole und warf ihm einen Kuss zu.

»Ich weiß. Viel Spaß beim Arbeiten.«

Damit verließ er zusammen mit Sajani das Zimmer und begab sich ins Untergeschoss, wo er sich ein kleines Kino eingerichtet hatte, in dessen Genuss auch Brandt schon einmal gekommen war.

Brandt schenkte beide Gläser ein, sie prosteten sich zu und tranken einen großen Schluck. »Martin hat schon am Telefon gesagt, dass du einen guten Tag hast. Auf mich wirkst du …«

»Komm, lassen wir das. Ich weiß es und Martin und Sajani wissen es auch, es ist eine Momentaufnahme, die ich aber in vollen Zügen genieße. Ich hatte das schon einige Male, morgen oder übermorgen wird es wieder anders sein. Auch wenn die Hoffnung bleibt, dass ich doch noch ein bisschen länger habe als prognostiziert. Aber diese Hoffnung ist eben nur eine Hoffnung, nicht mehr und nicht weniger … Deshalb genieße ich jeden Augenblick, in dem es mir gutgeht. Und das werde ich so machen, bis es eben nicht mehr geht. Im Moment fühle ich mich gut, und nun lass uns endlich anfangen, ich bin schrecklich neugierig.«

»Darf ich den Tisch bis auf die Gläser und die Chips freiräumen? Wir brauchen Platz.«

»Tu dir keinen Zwang an.«

Brandt holte die Unterlagen aus dem Pilotenkoffer und legte sie stapelweise hin, die Fotos der Opfer unter den jeweiligen Stapel.

»Wer ist …?«, wollte Nicole fragen, doch Brandt fiel ihr ins Wort.

»Nur eine kurze Erklärung vorab. Anika Zeidler und Bettina Schubert kennst du, die beiden Fälle haben wir noch gemeinsam bearbeitet. Bis vor kurzem war uns nicht klar, ob die Fälle zusammenhängen. Ich war die ganze Zeit überzeugt, dass es sich um einen Täter handelt, du und auch die andern hatten noch Zweifel. Jetzt ist ein dritter Mord hinzugekommen, nämlich an ihr.« Brandt deutete auf das dritte Foto. »Linda Maurer arbeitete genau wie die Zeidler und die Schubert als Prostituierte. Wie bei der Zeidler wusste niemand aus ihrer Familie und ihrem direkten Umfeld etwas von dieser Tätigkeit. Offiziell arbeitete sie als Putzfrau. Sie verließ jeden Nachmittag um dieselbe Uhrzeit ihre Wohnung in der Neusalzer Straße und kam in der Regel am späten Abend oder erst nachts wieder …«

»Wo hat sie gearbeitet? In einem Bordell?«

»Erklär ich dir alles. Denn jetzt kommt's: Sie hat nicht in einem Puff gearbeitet, sondern sie hat dasselbe gemacht wie die Zeidler – sie war eine Edelnutte der obersten Kategorie, Champions League sozusagen. Sie hatte jede Menge Kohle und einen sehr einflussreichen Gönner, den Elvira und ich heute aufgesucht haben – Dr. Josef Robenstein.«

»*Der* Robenstein? Der Privatbankier?«, fragte Nicole mit ungläubigem Blick und nahm einen Schluck von ihrem Bier.

»Genau der. Er hat uns von seiner großen Liebe zur Maurer erzählt, dass er mit ihr ans andere Ende der Welt abhauen wollte und so weiter …«

»Moment, damit ich das richtig verstehe – sie war eine Hure, und Robenstein war verliebt in sie? Hört sich ziemlich kitschig an.«

»Mag sein, aber er hat sie geliebt und alles für sie getan.«

»Und wieso wollte er weg?«

»Lange Geschichte. Nur so viel: Der Typ ist todunglücklich, er wollte nie die Bank übernehmen, er hat eine Frau, die ich nicht geschenkt haben möchte … Ein bedauernswerter Kerl, der sein Leben nie wirklich auf die Reihe gekriegt hat.« Brandt überlegte und verbesserte sich: »Nein, er hat sein Leben schon auf die Reihe gekriegt, aber er durfte nie *sein* Leben leben. Und dann hat er vor über zwei Jahren die Maurer kennen und lieben gelernt und sie nach Strich und Faden verwöhnt. Doch sie hat auch andere Männer bedient, ihr Terminkalender muss ziemlich voll gewesen sein, wie ihre Kollegin mir erzählte. Robenstein behauptet zwar, es habe ihm nichts ausgemacht, dass sie neben ihm auch noch mit anderen Männern in die Kiste gestiegen ist, aber so richtig abnehmen kann ich ihm das nicht, denn wer eine Frau so liebt, wie er die Maurer geliebt hat, dem muss es zwangsläufig das Herz zerreißen, wenn er weiß, dass die Liebe seines Lebens die Beine auch für andere breit macht. Trotzdem scheidet er als Täter aus, denn warum hätte er die Zeidler und die Schubert umbringen sollen?«

»Wenn sie finanziell so gut dastand, warum hat die Maurer dann überhaupt noch diesen Job ausgeübt?«

»Ihrer Kinder wegen. Sie hatte Angst, dass man sie ihr wegnehmen würde, wenn rauskäme, womit sie ihr Geld verdient. Die zwei sind zehn und zwölf Jahre alt, der Junge ist taubstumm. In zwei bis drei Jahren wären Lara und Tobias alt genug gewesen, um selbst zu entscheiden, wo sie bleiben möchten. Aber dazu ist es ja nun nicht mehr gekommen, die Entscheidung hat ein Killer gefällt.«

»Aber wenn sie aufgehört hätte, hätte sie doch keine Angst mehr zu haben brauchen. Oder hab ich da was falsch verstanden?«

»Sie wollte noch etwa zwei Jahre weitermachen, bis sie finanziell völlig unabhängig gewesen wäre, um dann mit den Kindern abzuhauen. Zweieinhalb Millionen wollte sie auf dem Konto haben, bis jetzt waren es inklusive Sachwerten schon fast zwei Millionen. Laut Robenstein wollte sie nach Neuseeland, ihr großer Traum. Und mit einem ordentlichen finanziellen Polster im Rücken ist ein solcher Schritt leichter zu vollziehen. Zwar hatte sie Robenstein, aber ihre Unabhängigkeit war ihr wichtig.«

Brandt berichtete nun detailliert und dennoch in der für ihn typischen Knappheit über den Mord an Linda Maurer, von ihren beiden Kindern, die ihre Mutter am Freitagvormittag als vermisst gemeldet hatten, von dem versoffenen Ehemann und von dem Doppelleben, von dem nicht einmal ihre Schwester etwas wissen durfte. Nach seinen Ausführungen trank er das Glas leer und fragte, ob er sich noch eine Flasche Bier holen dürfe.

»Ja, und bring bitte gleich zwei mit.«

»Meinst du, du ...«

»Tu's einfach.«

Kurz darauf stellte er die geöffneten Flaschen auf den Tisch. »Und, was ist deine Meinung?«, fragte er und schenkte sich nach. Nicole hielt ihm ihr Glas hin, und er füllte auch dieses.

»Das waren sehr viele Informationen auf einmal. Ich möchte mir noch mal die Fotos anschauen.«

Brandt sagte nichts, Nicole hatte sich nach vorn gebeugt, nickte ein paarmal und sagte schließlich: »Was haben die Frauen gemeinsam? Schreib mal auf, ich kann nicht mehr so ... Hast du was dabei oder ...«

»Klar.« Brandt holte einen Block und einen Stift aus dem Koffer.

»Gut, fangen wir an. Sie sind alle brünett, sie wurden erdrosselt, zwei arbeiteten als Edelhuren, eine in einem Bordell. Alle besuchten die Kirche, und zwar ausschließlich, davon gehe ich aus, die Andreas-Gemeinde. Nehmen wir noch das Doppelleben dazu, haben wir jetzt schon fünf Gemeinsamkeiten. Und niemand aus der Familie wusste von diesem Doppelleben außer dem Mann von der Schubert. Der streitet es zwar ab, aber wir wissen ja, dass er lügt. Dazu kommen die Olive, der Ölzweig und die Feder, wobei dieses Merkmal bei der Zeidler fehlt. Warum er diese Symbole gewählt hat, ist noch unbekannt, genauso wie die Tatsache, warum er diese Symbole der Schubert eingeritzt hat. Friedenssymbole, warum wählt er Friedenssymbole? Das ergibt keinen Sinn. Aber für ihn müssen diese Symbole eine starke Bedeutung haben.«

Nicole blickte zur Wand und presste die Lippen aufeinander. »Wenn ich jetzt mal davon ausgehe, dass er ein Hurenhasser ist, warum dann die Friedenssymbole? Ich finde keine Erklärung.«

»Vielleicht hab ich eine«, sagte Brandt. »Was, wenn er damit ausdrücken will, dass die Frauen mit dem Tod wieder rein geworden sind und jetzt ihren Frieden gefunden haben? Könnte das passen?«

»Nicht schlecht. Aber um ihn zu begreifen, müssen wir in seine Gedankenwelt eintauchen, und wenn wir das schaffen, zieht sich die Schlinge schon ein Stück weit um ihn zu. Wie tickt er? Was treibt ihn an, warum begeht er diese Morde an Frauen, die ihm nichts getan haben?«

»Getan haben sie ihm vermutlich nichts. Aber er kannte sie, bevor er sie tötete. Und zwar aus der Kirche. Er kannte sie, doch sie kannten ihn nicht …«

»Stopp, drücken wir's doch anders aus: Sie kannten ihn, aber sie haben ihn nicht wahrgenommen oder gar ignoriert. Er ist ein Gesicht in der Menge, das leicht übersehen wird. Ein unscheinbarer Mann, der geradezu obsessiv seine Opfer beobachtet. Ein organisierter Täter, der genau weiß, wann, wo und wie er zuschlagen wird.«

Brandt hatte eifrig mitgeschrieben und sah nun auf. »Ja, aber wenn er ein unscheinbarer Mann ist, der regelmäßig die Kirche besucht oder sogar aktiv tätig ist – angenommen, er ist Küster oder Organist, das ist aber rein hypothetisch –, dann würden die Opfer ihn spätestens erkennen, wenn er vor ihnen stünde. Die Kirche ist zwar fast jeden Sonntag bis auf den letzten Platz besetzt, trotzdem bin ich überzeugt, dass unser Täter nicht so unscheinbar ist, dass man ihn nicht wiedererkennt.«

»Wie wäre es denn damit«, sagte Nicole. »Alle kennen ihn, aber wenn er loszieht, um zu morden, verändert er sein Aussehen, so dass er nicht oder nicht gleich erkannt wird. Er gibt sich erst zu erkennen, wenn seine Opfer sich nicht mehr wehren können.«

»Guter Ansatz«, erwiderte Brandt anerkennend. »Aber versuchen wir doch mal, in seine Gedanken- und Gefühlswelt einzutauchen. Warum tötet er Huren? Was war der Auslöser? Hat es mit seiner Mutter zu tun, oder fing es später an, zum Beispiel mit einer Frau, die er geliebt hat, die es aber mit andern Männern trieb?«

»Du fängst an zu spekulieren. Mögliche Auslöser gibt es Tausende. Es kann sein, rein spekulativ, dass er einfach nicht richtig tickt.«

»Alle bisherigen Opfer waren Huren oder Prostituierte – wie immer wir sie nennen mögen. Er hat ein Beuteschema, und dem folgt er. Klar, dass er nicht richtig tickt, wissen wir, aber er geht äußerst gezielt und vor allem nicht wahllos vor.

Was mich zudem nachdenklich stimmt, ist, dass er zunehmend brutaler wird. Bei der Obduktion der Leichen, vielleicht erinnerst du dich noch daran, wurde ein weit erhöhter Wert an Stresshormonen festgestellt, und das bei allen Opfern, auch der Maurer. Nur die Zeidler wurde in einem relativ unversehrten Zustand aufgefunden, während er bei der Schubert in einen wahren Gewalt- und Blutrausch verfallen ist ...«

»Richtig, was womöglich damit zusammenhängt, dass die Schubert, anders als die Zeidler, eine einfache, billige Hure war ...«

»Oder er hat sich beim ersten Mord noch nicht getraut, seinen mit Sicherheit da schon vorhandenen Sadismus auch auszuleben«, bemerkte Brandt. »Denn bei der Maurer ist er auch nicht gerade zimperlich gewesen, wie du an den Fotos unschwer erkennen kannst.«

Nicole nahm ein paar Chips, trank Bier dazu und meinte nach einer Weile: »Mir kommt gerade ein ganz seltsamer Gedanke. Was, wenn der Mord an der Zeidler nicht sein erster war?«

»Das haben wir doch alles schon im letzten Jahr mehrfach durchgespielt«, erwiderte Brandt mit gerunzelter Stirn. »Oder hast du das vergessen?«

»Nein, das habe ich nicht vergessen. Wir haben damals nach ungeklärten Mordfällen an Prostituierten in unserem Bereich recherchiert, aber keine gefunden. Doch gehen wir mal davon aus, dass unser Täter noch nicht allzu lange in Offenbach wohnt und woanders seinen ersten Mord oder gar seine ersten Morde begangen hat. Wir haben doch, soweit ich mich erinnern kann, nur Sexualstraftäter, die auf freiem Fuß sind, unter die Lupe genommen ...«

»Wir haben auch in der Datenbank nachgeschaut, ob es ungeklärte Mordfälle gibt, die mit unseren beiden korrelieren. Wir haben nichts entdeckt.«

»Und warum haben wir nichts entdeckt?«, fragte Nicole mit herausforderndem Blick. »Weil wir nur und ausschließlich nach ungeklärten Prostituiertenmorden gesucht haben. Ich weiß nicht, warum, aber ein Gefühl sagt mir, die Zeidler war nicht sein erstes Opfer. Ich schlage vor, alle ungelösten Mordfälle der letzten fünf bis zehn Jahre in Deutschland zu überprüfen. Allerdings nur Morde an Frauen zwischen sechzehn und vierzig. Und bei dieser Überprüfung sollte auf Merkmale geachtet werden, die auch bei den jetzigen Opfern gefunden wurden.«

»Und dann? Inwieweit würde uns das weiterhelfen?«

»Du erwartest doch jetzt nicht ernsthaft von mir, dass ich dir die Polizeiarbeit erkläre?«, sagte Nicole mit hochgezogenen Brauen.

»Das war nur so dahingesagt«, verteidigte sich Brandt.

»Gut. Und noch was: Er wird wieder morden, denn bei der Maurer hat er sich sehr viel Zeit gelassen, bevor er sie von ihren Leiden erlöst hat ... Apropos. Das könnte doch auch die Symbole erklären. Sobald er die Opfer von ihren Leiden erlöst hat, ruhen sie in Frieden. Ist nur so ein Gedanke.«

»Das ist schon eine ganze Menge. Das heißt, wir suchen nach jemandem, der möglicherweise erst vor ein oder zwei Jahren nach Offenbach oder Umgebung gezogen ist, der die Andreas-Gemeinde besucht und der sehr gut über die Mitglieder Bescheid weiß. Richtig?«

»Fast. Wir sollten auch mal über sein Alter nachdenken, denn wenn ich mir sein bisher bekanntes Opferprofil anschaue, würde ich vermuten, er ist nicht älter als vierzig, eher jünger. Warum er geworden ist, wie er ist?« Nicole zuckte die Schultern. »Keine Ahnung. Das kriegt ihr vielleicht raus, wenn ihr ihn habt, was hoffentlich bald sein wird. Aber ich bin keine Profilerin ...«

»Lass uns doch mal Profiler spielen. Angenommen, er wohnt noch nicht lange in Offenbach, warum ist er ausgerechnet hierhergezogen? Ich meine, ich bin Offenbacher mit Leib und Seele, andererseits sehe ich auch die Mängel in meiner Stadt: hohe Arbeitslosigkeit, kaum noch kulturelle Angebote, weil der Stadtsäckel gähnend leer ist ... Weißt du, das Offenbach von heute hat mit dem Offenbach, in dem ich geboren wurde, kaum noch etwas gemein. Ich würde meine Stadt zwar immer verteidigen, aber ich sehe auch, dass es mit ihr immer weiter den Bach runtergeht. Erst vor ein paar Tagen habe ich gelesen, dass wir die höchstverschuldete Stadt Deutschlands sind.«

»Du wirst ja richtig sentimental«, bemerkte Nicole.

»Das kann man bei dem Thema auch werden. Offenbach hatte schöne Zeiten, aber die sind lange vorbei. Die Attraktivität von früher ist flöten gegangen. Ich sage immer, als Michael Groß mit dem Schwimmen aufgehört hat, hat auch Offenbach aufgehört, sich zu entwickeln. Stattdessen folgte Rückschritt auf Rückschritt. Das ist Fakt.«

»Jetzt mach aber mal halblang, immer mehr Unternehmen kommen her ...«

»Ja, weil die Miet- und Grundstückspreise im Keller sind. Deswegen ziehen ja auch viele junge Familien her, weil man hier, verglichen mit anderen größeren Städten, günstig wohnen kann. Das macht aber noch längst nicht die Qualität einer Stadt aus. Mir fehlt das Flair von früher, und das macht mich irgendwie traurig. Es ist nicht mehr mein Offenbach, in dem ich groß geworden bin.«

»So hab ich dich ja noch nie reden hören. Hat Elvira dich bekehrt?«, fragte sie lächelnd.

»Nee, überhaupt nicht, aber ich sehe natürlich, wie unser Erzfeind Frankfurt boomt und wir nur noch neidisch rübergucken können. Aber lassen wir das. Warum entscheidet sich jemand, nach Offenbach zu ziehen?«

»Berufliche Gründe«, sagte Nicole.

»Einverstanden.«

»Die günstigen Mieten.«

»Das auch.«

»Die Nähe zu Frankfurt.«

»Okay.«

»Familiäre Gründe.«

»Als da wären?«, hakte Brandt nach.

»Eltern, Geschwister, Großeltern wohnen hier oder in einer der Nachbarstädte.«

»Könnte sein. Das würde aber bedeuten, dass er eventuell in Offenbach geboren wurde. Dahinter mache ich mal ein großes Fragezeichen.«

»Es könnten auch Freunde oder Bekannte sein, die hier wohnen.«

»Ein sehr, sehr großes Fragezeichen. Serienkiller haben

selten einen größeren Freundes- oder Bekanntenkreis, sie sind in der Regel eher introvertiert und wollen in Ruhe gelassen werden. Und unser Mann ist, das wissen wir spätestens seit dem Mord an der Maurer, ein klassischer Serienkiller.«

»Trotzdem gibt es Ausnahmen von der Regel«, warf Nicole ein. »Und außerdem – gibt es überhaupt *den* klassischen Serienkiller?«

»Keine Ahnung, aber die Täterprofile weisen in vielen Fällen doch eine frappierende Ähnlichkeit auf.«

»Schon, dennoch würde ich ihn nicht zu den klassischen Killern zählen. Wäre ja auch möglich, dass er – auch dafür gibt es Beispiele – verheiratet ist und Kinder hat. Womit ich wieder bei der Frage wäre, was ihn antreibt. Was?«

»Das ist die Kernfrage. Noch mal von vorne: Drei Prostituiertenmorde innerhalb des Offenbacher Stadtgebiets. Ein solcher Fall ist der erste in der Offenbacher Kriminalgeschichte. Der Auslöser, und da bin ich absolut sicher, ist oder war eine Frau. Die Frage ist, welche Rolle spielt oder spielte diese Frau in seinem Leben?«

»An erster Stelle kommt natürlich die Mutter ...«

»Womit wieder einmal das Klischee bedient wird von der unglücklichen Kindheit, der Übermutter, der dominanten Mutter ...«

»Oder der wegschauenden Mutter«, wurde er von Nicole unterbrochen.

»Inwiefern?«

»Ich hab mich vielleicht falsch ausgedrückt, ich meine eher eine Mutter, die sich überhaupt nicht um ihren Sohn gekümmert hat, wofür es unterschiedliche Gründe geben kann. Er war ein unerwünschtes Kind und wurde links liegengelassen, die Mutter hatte ein Alkohol- oder Drogenproblem und konnte sich deshalb nicht um ihn kümmern ...«

»Oder sie war krank, und er hat sich von Kindesbeinen an um sie gekümmert«, sagte Brandt. »Je älter er wurde, desto zorniger wurde er, weil er sich seiner Kindheit beraubt fühlte. Keine Ahnung, ob das ein Motiv sein könnte.« Brandt zuckte die Schultern.

»Ja. Oder sie war eine Hure, nicht unbedingt im klassischen Sinn, aber sie hatte häufig wechselnde Männerbekanntschaften. Wir kennen doch in unseren Problemvierteln mehrere solcher Fälle. Zum Beispiel unsere gute alte Bekannte Heidi, die sechs Kinder von sechs Männern hat. Neusalzer Straße, wie die Maurer.«

»Aber die Maurer hatte zwei Kinder von einem Mann.«

»Ja, aber angenommen, die Mutter unseres Täters brachte ständig Männer mit nach Hause, er bekam das natürlich mit, sah vielleicht einige Male sogar, wie sie es trieben, möglicherweise war auch Gewalt im Spiel, er hat irgendwann angefangen, seine Mutter zu hassen, obwohl er sie gleichzeitig über alles geliebt hat ...«

»Macht so was jemanden zum Mörder?«, fragte Brandt zweifelnd.

»Es gibt geringere Dinge, die jemanden zum Mörder machen«, war die lapidare Antwort, während Nicole auf die Bilder schaute.

»Okay.«

»Mich interessiert eigentlich noch etwas ganz anderes«, sagte Nicole, die sich sichtlich in den Fall hineinsteigerte und Brandt ansah. »Warum hat die Maurer weiter in der Neusalzer Straße gewohnt? Sie hätte für sich und ihre Familie doch locker eine Wohnung, sagen wir, im Hochhaus in der Mödlingstraße mieten können.«

»Und wie hätte sie das erklären sollen?«

»Da gibt's nicht viel zu erklären, sie hatte doch eine Stelle als Putzfrau …«

»Tja, dann hätte sie aber eine Arbeitsbescheinigung vorlegen müssen, und die hatte sie nicht. Sie hat wirklich in zwei völlig verschiedenen Welten gelebt, die eine im sozialen Abseits, die andere in totalem Luxus. Keine Ahnung, wie sie das gepackt hat, das muss ein unglaublicher Spagat gewesen sein.«

»Und mit Sicherheit auch ein Kraftakt. Es ist irgendwie schon bewundernswert, wie sie und auch die Zeidler das geschafft haben. Für sie bestand doch immer das Risiko, dass irgendjemand hier in Offenbach hinter ihr Doppelleben hätte kommen können. Jemand erkennt sie in ihrem Mercedes oder …«

»Sie hat sich so zurechtgemacht, dass keiner, nicht einmal ihre engsten Verwandten, sie erkannt hätten. Bei der Zeidler war es dasselbe, in den Augen ihrer Familie war sie die adrette und doch unscheinbare junge Dame, für ihre Kunden der megaheiße Vamp. Wir haben doch die Fotos damals miteinander verglichen und konnten kaum glauben, wie sich jemand so verwandeln kann. Von der Raupe zum Schmetterling.«

»Aber woher wusste dann der Täter von diesem Doppelleben?«, sagte Nicole und sah Brandt an.

»Welche Optionen gibt es denn? Die Opfer haben sich untereinander nicht näher gekannt, auch wenn sie sich vermutlich einige Male über den Weg gelaufen sind. Schließlich haben alle die Andreas-Gemeinde besucht. Die Zeidler und die Maurer regelmäßig, bei der Schubert wissen wir das nicht so genau, obwohl ich ziemlich sicher bin, dass sie in diese Kirche gegangen ist …«

»Das beantwortet aber nicht meine Frage.« Und nach einer kurzen Pause, in der beide von ihrem Bier tranken, fügte sie hinzu: »Haben die Opfer die Beichte abgelegt?«

»Keine Ahnung.«

»Dann frag den Pfarrer. Er muss dir eine Antwort geben.«

»Er muss nicht, doch ich werde ihn trotzdem fragen. Dann würde automatisch auch Winkler zum potenziellen Täterkreis zählen …«

»Sicher. Es ist unter Umständen aber auch möglich, auf Umwegen an solche vertraulichen Details zu gelangen. Vielleicht lauscht der Täter mit, wenn jemand die Beichte ablegt. Oder er bedient sich elektronischer Hilfsmittel, von denen der Pfarrer nichts weiß. In der heutigen Zeit ist doch nichts mehr unmöglich.«

»Stimmt. Oder es ist ein Kunde, der gut über die Gemeinde Bescheid weiß. Was denkst du, ist unser Killer ein aktiver Kirchgänger?«

»Zumindest können wir wohl davon ausgehen, dass er über die Mitglieder recht gut informiert ist. Drei Prostituierte, die ein und dieselbe Gemeinde besuchen, zeugen doch eher davon, dass er seine Opfer kannte beziehungsweise kennt. Tritt diesem Pfaffen mal gehörig auf die Füße und löchere ihn so lange, bis er dir sagt, ob eine oder alle drei Frauen bei ihm die Beichte abgelegt haben. Seine Antwort verstößt nicht gegen das Beichtgeheimnis. Er wird dir natürlich nicht verraten, was ihm anvertraut wurde. Ich möchte fast wetten, dass die Frauen bei ihm waren. Wenn die Schubert bei ihm war, dann schließt sich der Kreis. Knöpf dir Winkler vor, und sei bloß nicht zimperlich. Haben diese drei Frauen die Beichte abgelegt?«

Brandt lachte auf und schüttelte den Kopf. »Das hätte ich vorhin schon fragen müssen. Oh Mann, ich werde alt. Aber lass uns weiter über den Täter sprechen. Was treibt ihn?«

»Seine Mutter war oder ist eine religiöse Fanatikerin«, antwortete Nicole lapidar.

»Interessante Theorie. Spinnen wir den Faden weiter. Seine Mutter war eine religiöse Fanatikerin und gleichzeitig eine Hure? Passt das zusammen?« Er sah Nicole fragend an.

»Es gibt doch nichts, was es nicht gibt. Die heilige Hure. Warum nicht? Sie lebte oder lebt zwei Leben, das eine ist stark auf Religion und Kirche fixiert, das andere ist triebgesteuert. Oder auch nicht triebgesteuert, sondern es ging allein ums Überleben«, verbesserte sie sich. »Sie hat sich vielleicht als Hure verdingt, um ihre Familie über Wasser zu halten. Wenn ein Kind miterlebt, wie die Mutter permanent wechselnde Männerbekanntschaften hat, kann dies ab einem bestimmten Alter zu Verachtung oder gar Hass führen, vor allem bei Jungs.«

»Wenn dem so wäre, müssten wir jemanden suchen, dessen Mutter Heilige und Hure in einer Person war.«

»Unter Umständen. Zum einen musste der Täter von Geburt an Sonntag für Sonntag in die Kirche gehen, in die Sonntagsschule, er ging zur Kommunion und so weiter. Aber zu Hause erlebte er das Gegenteil von dem, was ihm in der Kirche gelehrt wurde, nämlich die Hurerei. Ich weiß, ich spekuliere hier wild, aber was anderes bleibt uns im Moment nicht. Seine Taten sind zum Teil religiös motiviert, deswegen auch die Symbole, die eigentliche Motivation liegt jedoch anderswo ...«

»Warte mal, mir fehlt da was«, warf Brandt ein und fasste sich kurz an die Nasenspitze, sein Blick ging zum Kamin. Er schaute in die Flammen und meinte: »Gehen wir doch mal von der schlimmsten aller Möglichkeiten aus: Seine Mutter war nicht nur Heilige und Hure, sondern hat sich auch an ihm vergangen, als er die nötige Reife hatte.« Er sah Nicole fragend an. »Zu weit hergeholt?«

»Nein, du kannst sogar noch eins draufsetzen. Er wurde nicht nur von seiner Mutter missbraucht, sondern auch von andern. Wie wir es drehen und wenden, die Schuld liegt letztendlich allein bei der Mutter, zumindest sieht er das so ...«

»Okay, halten wir fest: Das Motiv für seine Taten könnte in seiner Kindheit liegen und mit der Mutter zu tun haben. Er liebt seine Mutter oder hat sie geliebt, dann war da aber auch der Hass gegen das, was sie getan oder ihm angetan hat. Die Lebenslüge, die er nicht ertragen hat oder ertragen konnte. Womöglich war sein Umfeld auch von Gewalt geprägt, denn Sex und Gewalt gehen – und das wissen wir beide aus dem Job zur Genüge – oft eine unheilvolle Verbindung ein ... Wer oder was käme noch in Frage? Eine Frau, die seine Liebe verschmäht hat?«

»Es geht bei ihm ausschließlich um Frauen, Männer interessieren ihn nicht. Vielleicht kennt er seinen Vater nicht einmal. Aber weil wir so wenig über ihn wissen, ist alles, was wir sagen, rein hypothetisch.«

»Das ist klar. Aber was fällt dir noch ein?«, wollte Brandt wissen.

»Introvertiert, er traut sich nicht, Frauen anzusprechen. Wird schnell rot, fängt vielleicht an zu stottern, sobald *er* angesprochen wird ...«

»Hat Erektionsprobleme, wenn er mit einer Frau zusammen ist. Wurde vielleicht deswegen schon mal ausgelacht«, fügte Brandt als nächsten Punkt hinzu. »Eine der größten Demütigungen für einen Mann.«

»Zieht sich Pornos rein, um sich zu befriedigen. Weil es mit einer Frau nicht klappt.«

»Hm, und in den Pornos sieht er die superpotenten Hengste, die stundenlang rammeln können, während er ein Versager ist.«

»Was ist mit einem körperlichen Handicap?«

»Möglich, es gibt Fälle von Serienmördern, die unter körperlichen Handicaps litten und deswegen von der Gesellschaft ausgegrenzt wurden oder sich selbst ausgrenzten«, sagte Brandt.

»Aber so einen würden wir in der Kirche sehr schnell finden. Ich glaube nicht an ein körperliches Handicap, höchstens ein nicht sichtbares ...«

»Ich gebe dir recht. Seine Behinderung ist psychischer und emotionaler Natur. Er ist nicht fähig zu lieben. Aber kann jemand, der zur Liebe nicht fähig ist, hassen?«, fragte Brandt zweifelnd.

»Das wird mir jetzt zu philosophisch. Wir kommen auch von unserer Linie ab. Er hat drei Frauen getötet, von denen er wusste, dass sie Huren waren. Schreib mal auf: Offenbach – Andreas-Gemeinde – Huren – Zwang zu töten – Mutter – Freundin – Ehefrau – Religion – Reinigung – Todessehnsucht. Die Reihenfolge ist beliebig. Hast du's?«, fragte Nicole.

»Ja. Was meinst du mit Todessehnsucht?«

»Es könnte sein, dass unser Täter die Lust am Leben verloren hat oder keinen Sinn in seinem Leben mehr sieht, sich aber nicht traut, seinem Leben ein Ende zu setzen. Stattdessen bringt er die um, von denen er meint, dass sie für sein Unglücklichsein verantwortlich sind. Wobei die Opfer stellvertretend für eine oder mehrere Personen den Kopf hinhalten mussten und wahrscheinlich auch noch müssen. Er befindet sich auf seinem persönlichen Kreuzzug, und er allein bestimmt, wann dieser Kreuzzug zu Ende ist.«

»Meinst du wirklich, er denkt so? Für meine Begriffe hat er längst die Kontrolle verloren und ist wie ein ruheloser Wolf unterwegs. Vielleicht sollen wir einfach nur denken, dass seine Taten religiös motiviert sind, dabei geht es ihm nur ums Morden an sich. Er ist ein Triebtäter und Sadist. Er braucht den ultimativen Kick, der ihm Orgasmen verschafft. Und dann kommt der Druck wieder, und er muss es wieder tun. Die Abstände werden sich verkürzen, wenn wir ihn nicht bald schnappen.«

»Was ist mit der Presse?«

»Wir haben lange hin und her überlegt, wie wir es handhaben sollen und uns letztendlich dafür entschieden, keine Details herauszugeben. Das würde nur Panik unter den Huren auslösen.«

»Ja und? Besser, sie sind wachsam, als …«

»Mag sein, aber du kannst Huren nicht schützen, die leben in einer eigenen Welt. Denk mal an Jack the Ripper, er hat eine nach der anderen ermordet, die Frauen haben trotzdem weitergemacht, obwohl sie wussten, in welcher Gefahr sie schwebten. Und so war es doch in der Folgezeit bei allen Hurenmorden … Wie auch immer, er ist jemand, von dem niemand jemals denken würde, dass er ein Killer sein könnte. Das steht für mich fest.« Brandt holte tief Luft und fuhr fort: »Ich denke, das war genug für heute, ich bin ziemlich groggy. Vielen Dank für deine Hilfe, du glaubst gar nicht, wie sehr du mir geholfen hast.«

»Und du glaubst gar nicht, wie sehr ich mich gefreut habe, dass du mich an den Ermittlungen teilhaben lässt«, sagte Nicole lächelnd. »Es tut so gut, mal wieder Aktenluft zu schnuppern, auch wenn ich noch viel lieber im Büro wäre. Dieses Arbeiten mit dir hat mir gefehlt, du kannst dir gar nicht vorstellen, wie sehr. Ich liege oder sitze hier tagein, tagaus und habe immer nur diese verfluchte Krankheit im Kopf. Na ja, jammern hilft niemandem, mir am wenigsten. Kennst mich ja, ich geb so schnell nicht auf.«

»Ja, ich kenne dich. Mir wäre es auch lieber, wenn du so

richtig dabei wärst. Heute war ich mit Elvira unterwegs, weil ich niemand anderen hatte oder, besser gesagt, wollte.«

»Ihr beide …«, sagte Nicole und lachte leise. »Erst wie Hund und Katze, und jetzt seid ihr unzertrennlich. Du hast endlich deinen Deckel gefunden, wurde ja auch mal Zeit. Manchmal glaube ich, der liebe Gott hat einen Heidenspaß daran, mit uns zu spielen.«

Brandt wurde mit einem Mal ernst. »Ich weiß, dass du an Gott glaubst. Aber auch jetzt noch, wo …?«

»Warum nicht? Nur weil ich krank bin? Du weißt doch, ich bin mit Gott groß geworden und werde ihn wegen meiner misslichen Lage nicht verleugnen. Hört sich vielleicht seltsam an, aber gerade jetzt fühle ich mich ihm näher als je zuvor. Ich erinnere mich noch, wie meine Großmutter wenige Augenblicke vor ihrem Tod auf dem Sterbebett mit verklärtem Blick gesagt hat, dass sie jetzt ins Licht geht. Ich werde das nie vergessen. Ich habe keine Angst vor dem, was kommt, auch keine Angst vor dem, was danach sein wird. Martin und Sajani haben mehr Angst als ich. Aber sie werden klarkommen, wenn ich nicht mehr da bin.«

»Die Frage war blöd, entschuldige.«

»Ach komm, du brauchst dich nicht zu entschuldigen, ich bin fast sicher, wärst du an meiner Stelle, würdest du auch nicht hingehen und Gott oder das Leben verfluchen. Du würdest wie ich kämpfen und jeden Tag genießen, an dem es dir gutgeht. Heute habe ich einen ausgesprochen guten Tag, was morgen sein wird, das weiß nur der Himmel.«

»Ich bewundere dich.«

»Danke, und lass uns in Zukunft nicht über solche Dinge philosophieren. Was ich habe, kann mir keiner nehmen, ganz gleich, was es ist. Außer materielle Dinge, aber die bedeuten mir nichts mehr. Und nun hör auf, so ein Gesicht zu ziehen, das steht dir nicht.«

Brandt packte die Unterlagen wieder in den Pilotenkoffer und sagte: »Die paar Stunden bei dir haben mir gutgetan.«

»Mir auch. Ich hätte nichts dagegen, wenn du wieder vorbeischauen würdest. Mit oder ohne Arbeit. Es gibt Tage, da langweile ich mich zu Tode.«

»Versprochen. Und ich werde dich auf dem Laufenden halten und um Rat fragen, wenn ich nicht mehr weiterweiß.«

»Was macht eigentlich Bernie? Ich habe ewig nichts von ihm gehört. Hat er Angst vor mir?«

»Er hat dich nicht angerufen?«, fragte Brandt überrascht. »Ich hab ihm doch von meinem Besuch am Donnerstag erzählt und war sicher, er würde sich bei dir melden.«

»Hat er nicht. Richte ihm trotzdem einen schönen Gruß von mir aus.«

»Mach ich. Er ist in letzter Zeit ziemlich merkwürdig drauf. Keine Ahnung, was mit ihm los ist. Tja, ich mach mich dann mal vom Acker. Pass auf dich auf«, sagte er und umarmte Nicole. »Und nochmals vielen, vielen Dank. Soll ich unten Bescheid sagen, dass ich gehe?«

»Wär vielleicht nicht schlecht. Bis bald.«

»Ich melde mich, sowie ich Neuigkeiten hab oder nicht mehr weiterkomme. Ciao, meine Liebe.«

»Ciao, mein Lieber. Und einen ganz herzlichen Gruß an Elvira. Sie darf übrigens auch gerne mal mitkommen.«

»Das wird sie bestimmt.«

Brandt ging nach unten, verabschiedete sich von Nicoles Mann und Tochter, winkte oben noch einmal Nicole zu, die sichtlich aufgekratzt war, und ging zu seinem Wagen, dessen Scheiben ringsherum vereist waren. Er holte das Enteisungsspray aus dem Handschuhfach, besprühte die Scheiben, wartete einen Moment, startete den Motor und ließ die Scheibenwischer für ein paar Sekunden laufen.

Es war 21.50 Uhr. Eigentlich hatte er direkt nach Frankfurt zu Elvira fahren wollen, doch nun beschloss er spontan, Pfarrer Winkler noch einen kurzen Besuch abzustatten. Er hatte nur eine Frage, die er unbedingt noch heute beantwortet haben wollte.

Knapp sieben Minuten waren vergangen, als er vor der Kirche parkte. In Winklers Wohnhaus brannte hinter mehreren Fenstern Licht. Winkler öffnete rasch nach dem Klingeln.

»Herr Brandt, was führt Sie zu so später Stunde zu mir?«

»Nur eine Frage. Darf ich kurz eintreten?«

»Sie dürfen auch länger. Einen Tee zum Aufwärmen?«

»Nein, danke, ich will gleich weiter.«

»Kommen Sie mit in mein Büro. Ich bin noch damit beschäftigt, die morgige Predigt zu überarbeiten. Nicht doch einen Tee?«

»Nein, wirklich nicht.«

Brandt setzte sich. »Ich hatte Sie heute Nachmittag gefragt, ob der Täter bei Ihnen die Beichte abgelegt hat, was Sie entschieden verneint haben …«

»Richtig«, antwortete Winkler, der mit einem Mal wieder kühl und abweisend wirkte.

»Nun, ist es möglich, dass er die Beichte abgelegt hat und Ihnen von seinen, sagen wir Vergehen durch die Blume berichtet hat?«

»Nein, ich kann mich an nichts Derartiges erinnern«, antwortete er schnell, zu schnell, wie Brandt empfand. »Und das ist die Wahrheit, so wahr mir Gott helfe.«

»Dann eine andere Frage, die Sie mir, ohne das Beichtgeheimnis zu verletzen, beantworten können: Hat eine der ermordeten Frauen oder vielleicht sogar alle drei bei Ihnen die Beichte abgelegt? Ich will nicht wissen, was sie gesagt haben, ich will nur ein Ja oder Nein hören.«

Winkler senkte den Blick und führte den Becher Tee an den Mund. Schließlich sagte er: »Ich wundere mich, dass Sie mir diese Frage nicht schon vorhin gestellt haben. Ja, es gab drei Damen, die die Beichte abgelegt haben.«

»Herr Winkler«, sagte Brandt mit drohendem Unterton, es brachte ihn auf, dass er ihm wieder nur vage antwortete, »ich möchte nur wissen, ob es sich um *die* drei Damen handelt, nämlich Anika Zeidler, Bettina Schubert und Linda Maurer.«

»Ja, sie waren bei mir.«

»Sie waren also bei Ihnen. Und warum haben Sie dann vorhin behauptet, das Gesicht von Bettina Schubert zwar schon einmal gesehen zu haben, sie aber keiner bestimmten Situation zuordnen zu können? Warum haben Sie nicht gleich die Wahrheit gesagt?«

»Dafür entschuldige ich mich in aller Form, aber ich habe

das Gesicht nicht sofort erkannt. Im Beichtstuhl ist es nicht gerade hell, und …«

»Ich hätte jetzt doch gerne einen Tee. Und dann unterhalten wir uns in aller Ruhe.«

»Hat das nicht Zeit bis morgen oder übermorgen? Ich habe Ihre Frage doch nun beantwortet.«

»Nein, es muss jetzt sein«, entgegnete Brandt scharf. Er war müde, er hatte einen langen und anstrengenden Tag hinter sich, aber er würde erst gehen, wenn Winkler ihm Rede und Antwort gestanden hatte.

»Bitte, wenn es denn sein muss«, sagte Winkler, erhob sich und holte einen zweiten Becher Tee.

»Danke«, sagte Brandt und nahm den Becher in die Hand. »Und nun möchte ich von Ihnen wissen, inwieweit in Ihrer Gemeinde bekannt ist, dass drei Frauen, die doch recht regelmäßig die Messe besucht haben, der Prostitution nachgegangen sind. Und ich erwarte von Ihnen eine klare und ehrliche Antwort.«

»Es war und ist meines Wissens nicht bekannt. Ich habe auch mit niemandem darüber gesprochen, wie Sie sich denken können.«

»Irgendwie leuchtet es mir nicht ein, dass alle drei Frauen gebeichtet haben. Warum, glauben Sie, haben sie es getan?«

»Darauf darf ich Ihnen nur eine unverbindliche Antwort geben, oder noch besser, versuchen Sie doch selbst, die Antwort zu finden. Stellen Sie sich vor, Sie würden ein solches Leben führen, auf der einen Seite bieder, in armen Verhältnissen, was jeder weiß und auch denken soll, auf der andern

Seite ein Leben abseits der Gesellschaft, von dem niemand in der Gemeinde etwas wissen darf. Nicht einmal die Schwester oder der Schwager oder die Eltern oder Geschwister. Aber Sie glauben an Gott und spüren so etwas wie Reue oder ein schlechtes Gewissen und müssen Ihre Seele erleichtern. Was würden Sie als guter Christ tun?«

»Ist man ein guter Christ, wenn man gegen die Gebote verstößt?«, fragte Brandt.

»Herr Brandt, lassen wir doch diese Ironie, sie ist im Augenblick sehr unpassend. Jeder von uns verstößt täglich gegen die Gebote, und oftmals merken wir es nicht einmal, was nicht heißt, dass wir nicht gesündigt haben … Ich weiß ja nicht, wie bibelfest Sie sind, aber darf ich Ihnen kurz die Geschichte von Maria Magdalena erzählen? Es gibt mehrere Versionen zu Maria Magdalena, aber ich möchte Ihnen eine erzählen, die für mich die glaubwürdigste ist. Darf ich?«

»Bitte.«

»Maria Magdalena, oder besser Maria aus Magdala, führte laut Überlieferung ein lasterhaftes Leben, sie vergnügte sich mit vielen Männern, gab sich der Wollust hin, ganz im Gegensatz zu ihrer keuschen Schwester Marta und ihrem Bruder Lazarus. Sie war das schwarze Schaf der Familie und wurde an manchen Stellen der Schrift nur noch die Sünderin genannt. Sie stammte aus bestem Haus, sie war sogar königlicher Abstammung, ihrem Bruder Lazarus gehörte halb Jerusalem, heute würden wir sagen, diese Menschen waren Teil der High Society. Aber was tat Maria, als Christus eines Tages in der Stadt war und einkehrte? Sie kam mit

Nardenöl, dem kostbarsten Öl überhaupt, Tränen fielen auf die Füße von Jesus, und Maria trocknete diese Tränen mit ihren Haaren und salbte ihn mit diesem Öl.« Winkler hielt inne und fuhr kurz darauf fort: »Sie war keine schlechte Frau, sie war nur gedankenlos, ruhelos, rastlos – oder sie wusste mit ihrem Reichtum nichts anzufangen. Aber schließlich kam es zur Begegnung mit Christus, und sie wurde von der verachteten Sünderin zur reuigen Sünderin. Christus hat ihr vergeben, wofür ihr Umfeld anfangs nicht viel Verständnis aufbrachte. Aber sie hat mit ihrem Vermögen in der Folgezeit Christus finanziell unterstützt und damit viel Gutes getan. Und sie war die Erste, die den auferstandenen Christus gesehen hat …«

»Was wollen Sie mir damit sagen?«

»Ganz einfach: Die Frauen, die bei mir zur Beichte waren, wussten, dass ihr Lebenswandel sich nicht mit Gottes Geboten vereinbaren ließ. Deshalb kamen sie zu mir. Aber waren sie deshalb schlechte Menschen? Ich bin kein Richter, Gott allein richtet.«

Brandt trank von dem Tee und stellte die Tasse auf den Tisch. Er überlegte und fragte dann: »Haben diese Frauen auch Ihre Gemeinde finanziell unterstützt? Geld genug hatten sie, jedenfalls Frau Zeidler und Frau Maurer.«

»Ich weiß es nicht, ich habe einige Male sehr großzügige Spenden erhalten, allerdings anonym und in bar, weshalb ich nicht sagen kann, ob sie von diesen Frauen stammten. Noch etwas Tee?«

Brandt nickte nur und ließ das Gesagte auf sich wirken.

»Und Sie sind sicher, dass niemand außer Ihnen von dem

Doppelleben dieser Frauen wusste? Oder sogar davon, dass sie bei Ihnen die Beichte abgelegt haben?«

»Wie kann ich sicher sein? Es gibt keine Sicherheit, auch nicht in der Kirche. Es tut mir leid, Ihnen keine andere Auskunft geben zu können.«

»Gibt es noch andere Frauen, die in der gleichen Weise gesündigt haben wie die Ermordeten? Bei Ihnen in der Gemeinde?«, fragte Brandt mit einem rätselhaften Lächeln.

Winkler lächelte etwas verkniffen. »Ich wünschte, ich könnte darauf eine Antwort geben, aber in diesem Fall sind meine Lippen leider versiegelt. Und stellen Sie bitte keine Vermutungen an ...«

»Ob ich Vermutungen anstelle oder nicht, braucht Sie nicht zu interessieren. Ich will nur verhindern, dass noch mehr Frauen diesem Wahnsinnigen zum Opfer fallen.«

»Das möchte ich auch. Und ich bete, dass es kein weiteres Opfer geben wird. Aber ich hoffe auch inständig, dass der Mörder jemand ist, den ich nicht kenne. Es ist schon schlimm genug zu hören, wie drei Frauen aus meiner Gemeinde ... Es ist ein furchtbarer Gedanke.«

»Ja, und Sie machen sich meiner Meinung nach schuldig, wenn es weitere Frauen gibt, die sich Ihnen anvertraut haben, und Sie dieses Wissen für sich behalten. Nehmen wir einmal an, eine dieser anderen Frauen ist das nächste Opfer. Ist das nicht ein schrecklicher Gedanke? Wie könnten Sie damit leben? Wie können Sie damit leben, frage ich mich, wo Sie doch spätestens nach dem Mord an Frau Schubert wussten, dass der Täter es auf Prostituierte abgesehen hat? Können Sie überhaupt damit leben?«

»Ich muss damit leben.«

»Wie leicht man sich doch als Mann Gottes rausreden kann. Man beruft sich auf dies und jenes und ist fein raus ...«

»Hören Sie auf! Sie haben doch keine Ahnung. Es ist nicht leicht, und ich wünschte, ich dürfte darüber sprechen. Ich wünschte, ich hätte die Frauen schützen können, aber das ging nicht. Die Frauen hätten sich nur selbst schützen können.«

»Auch eine sehr einfache Antwort, mit der Sie sich jeder Verantwortung entziehen.«

»Nein, ich entziehe mich keiner Verantwortung, aber das werden Sie nie begreifen, weil Sie nie *den* Eid abgelegt haben.«

»Sie kennen den Mann«, antwortete Brandt trocken.

»Welchen Mann?«

»Welchen wohl? Den Täter. Sie kennen ihn.«

»Wollen Sie damit etwa andeuten, ich würde einen Mörder decken?«

»Nein, denn das wäre im Moment eine haltlose Unterstellung. Dennoch bin ich sehr sicher, dass es jemand aus Ihrer Gemeinde ist. Und Sie kennen ihn nur zu gut, denn er hat Insiderinformationen.«

»Entnehme ich Ihren Worten, dass Sie auch mich zum Kreis der Verdächtigen rechnen?«

Brandt trank seinen Becher leer und erhob sich. »Vielleicht. Und danke, dass Sie sich trotz der späten Stunde die Zeit genommen haben. Aber wir sehen uns ganz sicher wieder. Ach ja, bevor ich's vergesse, wie geht es der Familie Weber?«

»Schlecht, sehr, sehr schlecht. Sie begreifen wohl erst so ganz allmählich, was da passiert ist. Am meisten tut es mir um die Kinder leid. Ich kenne den Vater nicht, aber wenn es stimmt, dass er schwerer Alkoholiker ist, dann kann ich nur hoffen, dass sie bei den Webers bleiben dürfen. Tragisch, sehr, sehr tragisch.«

»Und die Kinder haben Sie natürlich auch noch nie zuvor gesehen?«, fragte Brandt ungewohnt sarkastisch.

»Doch, selbstverständlich habe ich sie schon gesehen. Als ich vorhin bei den Webers war, habe ich sie wiedererkannt. Die Familie ist am Ende. Es tut mir alles schrecklich leid.«

»Nicht nur Ihnen. Gute Nacht.«

»Gute Nacht.« Winkler begleitete Brandt zur Tür. »Die Kälte ist nicht nur draußen spürbar, finden Sie nicht auch?«

Brandt nickte nur. Auf der Fahrt nach Frankfurt drehte er die Musik auf, um nicht mehr über den vergangenen Tag nachdenken zu müssen. Es gelang ihm nicht.

SAMSTAG, 19.00 UHR

Max Trautmann hatte das Tischgebet gesprochen und das Essen freigegeben. Es gab belegte Brote, ein Tablett mit geschnittenen Tomaten, Gurken und Paprika und als Getränke Tee, Fruchtsaft und Wasser. Im Hintergrund spielte leise klassische Musik.

Die Trautmanns waren eine Vorzeigefamilie. Max Trautmann, das Oberhaupt, war ein kleiner, leicht untersetzter Mann von achtundfünfzig Jahren. Er hatte lichtes, dunkelblondes Haar und blaue Augen, die wach und neugierig durch die Nickelbrille blickten. Ein intelligenter und erfolgreicher Mann, der zusammen mit seiner Frau Erika eine Apotheke nur wenige Häuser entfernt führte. Ein gottesfürchtiger Mann, der seine Tätigkeit im Kirchenvorstand der Andreas-Gemeinde sehr ernst nahm, genau wie seine Frau, die ihm seit zweiunddreißig Jahren eine treue Begleiterin war.

Erika Trautmann war eine gepflegte Erscheinung, der man nicht ansah, dass sie bereits vierundfünfzig Jahre alt war, meist wurde sie auf Mitte vierzig geschätzt. Sie hatte modisch kurzes, braunes Haar, das perfekt zu ihrem noch immer jugendlich wirkenden Gesicht passte, fein geschwungene Lippen und einen nahezu faltenlosen Hals. Sie war schlank und wohlproportioniert, eine Frau, nach der sich auch jüngere Männer gerne umdrehten.

Das einzig Störende war ihre Ernsthaftigkeit, dass sie nur selten lachte und wenn, dieses Lachen verkniffen wirkte, als trage sie eine schwere Last mit sich herum oder als gäbe es etwas, was ihr verbot, zu lachen. Vielleicht war es auch einfach nur ihr Naturell. Abgesehen davon war sie eine umgängliche Frau, die ihre Familie fest zusammenhielt. Sie hatte versucht, ihren Kindern die beste Mutter zu sein, und wenn man den Worten von Thomas und Juliane Glauben schenken durfte, so hatte sie die Kinder nie geschlagen und auch nur selten die Stimme erhoben. Eine ruhige und ausgeglichene Frau.

Ihnen gehörten mehrere Häuser in Bieber und in Heusenstamm, sie litten keine materielle Not. Und dennoch waren sie bescheiden geblieben, unterstützten großzügig Bedürftige, ohne dies an die große Glocke zu hängen. Und manchmal schien es, als beglichen sie mit ihrer Hilfsbereitschaft eine Schuld. Doch was für eine Schuld war das?

Während der Mahlzeit wurde normalerweise nur wenig gesprochen, doch diesmal war es anders. Die Stimmung war gedrückt, als Max Trautmann das Wort ergriff und mit leiser Stimme erklärte: »Ich weiß, es ist nicht unbedingt der passende Zeitpunkt, beim Essen darüber zu sprechen, aber ich möchte euch trotzdem sagen, dass die Schwester von Miriam Weber am Freitag einem Verbrechen zum Opfer gefallen ist. Bitte fragt mich nicht nach Einzelheiten, denn ich weiß keine.«

»Wie bitte? Ich wusste gar nicht, dass Miriam eine Schwester hat. Was ist passiert?«, fragte Thomas.

»So genau hat sie das deiner Mutter und mir nicht sagen können, dazu war sie viel zu durcheinander. Wir waren vorhin bei ihr und ihrem Mann, die sich jetzt um die beiden Kinder der toten Schwester kümmern. Es ist grausam, einen geliebten Menschen auf diese Weise zu verlieren.«

»Ja, das ist es«, antwortete Thomas mit ernster Miene und beobachtete dabei die Gesichter der anderen. Juliane, die ihm gegenübersaß, sah ihn an, in ihrem Blick war das, was er schon lange sah, aber sie würde nie den ersten Schritt wagen, dazu war sie zu schüchtern und zurückhaltend. Und er würde es vorerst auch nicht tun, obwohl er wusste, wie sehr sie es sich wünschte. Er blickte in die anderen Gesichter – Betroffenheit. »Ich werde natürlich auch noch mit ihnen sprechen. Ich mag die Webers sehr, sie sind eine wunderbare Familie, und ich hoffe inständig, dass sie das Sorgerecht für die Kinder erhalten. Zu gönnen wäre es ihnen und auch den Kindern, dann würden sie nicht vollständig aus dem Familienverbund herausgerissen, auch wenn eine Mutter sicher niemals zu ersetzen ist. Wenn ich mir vorstelle, sie müssten in ein Waisenhaus … Nein, das wünsche ich niemandem.«

»Sie kommen in kein Waisenhaus«, sagte Max Trautmann, »diesen Gedanken sollten wir gleich verwerfen. Nun, das wollte ich nur mitteilen. Ich möchte auch, dass wir nachher einen Gebetskreis bilden und für die Familie, aber auch für Frau Maurer beten.«

»Das wollte ich gerade vorschlagen«, sagte Juliane Trautmann, die verstört wirkte.

»Lasst uns jetzt essen. Guten Appetit.«

Nach einer Dreiviertelstunde hoben sie die Tafel auf, wie Max Trautmann zu sagen pflegte, deckten den Tisch ab und begaben sich in das große Wohnzimmer. Sie tranken gemeinsam ein Glas Wein und hielten, bevor sie den Abend beschlossen, die obligatorische Bibelstunde ab, in der sie über das Hohelied der Liebe sprachen, das Thema der Predigt am Sonntag. Es stand zwar ein anderes Evangelium auf dem Plan, aber Pfarrer Winkler setzte sich darüber häufig hinweg, er leitete die Gemeinde, wie er es für richtig hielt. Er kannte seine Schäfchen, und die jeden Sonntag gut gefüllte Kirche bestätigte ihn nur darin, dass er auf dem richtigen Weg war. Die Trautmanns bereiteten sich am Samstagabend, wenn andere Menschen vor dem Fernseher saßen oder auf Partys gingen, darauf vor, verließen sonntags bereits um neun Uhr das Haus, weil es noch so viel zu besprechen gab, und kamen meist erst um ein Uhr nach Hause. Manchmal gingen sie nach der Messe in ein Restaurant, manchmal kochte Erika Trautmann das Sonntagsessen am Samstag.

Für morgen hatte er sie nach dem Gottesdienst zum Essen in ein Restaurant eingeladen. Ein kleines Dankeschön für die Freundschaft, die die Trautmanns ihm entgegenbrachten.

Er kannte die Trautmanns seit über drei Jahren, als er von Darmstadt nach Offenbach gezogen war. Er hatte sie lange gesucht und schließlich gefunden und sich fast unbemerkt in ihr Leben geschlichen, bis er praktisch ein Teil der Familie wurde. Genau elf Jahre, drei Monate und sieben Tage hatte seine Suche gedauert. Und nun war er fast am Ziel seiner Wünsche angelangt. Es fehlten nur ein paar Kleinigkeiten, bis er dieses Ziel erreicht haben würde.

Kein Tag war seit der ersten Begegnung mit den Trautmanns vergangen, an dem er nicht an die Vollendung seines Plans dachte, an dem er nicht daran dachte, was ihm angetan worden war und wie er nun die Schuld dafür einfordern würde. Die bisherigen fünf Frauen waren ein Ventil gewesen, ein Druckausgleich, damit er wieder klar denken und handeln konnte. Wobei er immer klar gedacht und gehandelt hatte, sonst hätte er niemals diese Leistung erbringen können. Und es war eine Leistung, ohne Spuren zu hinterlassen fünf Frauen vom Leben zum Tod zu befördern. Es verschaffte ihm ein Gefühl von Genugtuung und Stolz.

Dabei hatte er bis vor gut drei Jahren nicht einmal daran gedacht, jemanden zu töten (nun, gedacht schon, aber nie ernsthaft, auch wenn Wut und Zorn ihn seit seiner Kindheit ständig begleiteten). War es Zufall oder Fügung, dass er es tat? Hatte jemand seine unsichtbare Hand im Spiel? Oder war es einfach nur seine überragende Intelligenz? Er hatte oft darüber nachgedacht und war zu dem Schluss gekommen, dass es ein Zusammenspiel von allem war.

Er hatte auch, von wenigen Ausnahmen abgesehen, als Kind und Jugendlicher keine Tiere gequält, um so seinen unbändigen Zorn gegen die Welt abzubauen. Im Grunde war er stets angepasst und folgsam gewesen, denn er hatte Angst vor dem dunklen, fensterlosen Raum gehabt, in den jene gesperrt wurden, die aufmüpfig und ungehorsam waren, die ihren Teller nicht leer aßen, die bei Tisch redeten, die im Unterricht schwätzten, die ihre Betten nicht den Vorschriften gemäß machten, die Bettnässer waren, die auch nur eine der genau hundert Vorschriften verletzten. Entweder wurde man in den dunklen Raum im Keller gesperrt, manchmal zwei Tage lang ohne Essen und nur mit einem Metallbecher voll Wasser, oder man bekam Schläge mit dem alten, aber bewährten Rohrstock – auf die Finger, die Handflächen oder den Po.

Elf schier endlos lange Jahre hatte er die Tortur über sich ergehen lassen. Und es waren nicht nur die unzähligen Male, die er in Dunkelheit verbringen musste, es waren auch all die anderen Demütigungen, die ihn geprägt hatten. Er hatte kein Buch darüber geführt, wie oft er zu einer der Nonnen gebracht wurde, um ihre Lust zu befriedigen. Er hatte sich geekelt und sich anfangs auch übergeben, worauf er eine ganze Woche lang in den Kerker gesperrt worden war. Danach hatte er sich allem gefügt, was von ihm verlangt worden war. Er hatte die Nonnen oral befriedigt, und als er zwölf wurde, hatten sie es auch bei ihm getan und auch richtigen Sex von ihm gefordert.

Mit achtzehn, nach seinem Abitur, hatte er dem Zuchthaus, wie er es nannte, für immer den Rücken gekehrt und war auf die Universität gegangen. Nach elf langen Jahren, in denen seine Seele systematisch zerbrochen und sein Hass erst hervorgebracht und schließlich immer weiter geschürt worden war.

Bis er Liane kennenlernte. Sie war die erste Frau in seinem Leben. Liane Schreiber hatte er geliebt, er hatte sie geliebt wie keine andere Frau zuvor und danach. Er hatte gedacht, sie könnten ein Paar werden, hatte sie doch immer wieder Andeutungen in diese Richtung gemacht. Und er hatte geglaubt, sie meinte es ernst mit ihm, besonders nachdem sie miteinander geschlafen hatten. Er hatte noch nie zuvor aus Liebe mit einer Frau geschlafen, und es war ein großartiges, erfüllendes Gefühl gewesen (ganz anders als bei den verfluchten Nonnen), und zum ersten Mal in seinem Leben war er glücklich … Bis sie ihm mitteilte, dass sie nur Freunde sein sollten. Es gab keine Intimitäten mehr, und er hatte gemerkt, dass er nur ein netter Zeitvertreib für sie gewesen war. Und dann sah er diesen anderen Mann, siebenundzwanzig Jahre älter als Liane, aber reich. So reich, dass Liane aufhörte zu lieben, sondern nur noch das Geld und den Luxus sah.

Spätestens da wusste er, dass er keine andere Wahl hatte, als zu töten. Es hieß immer, der erste Mord sei der schwerste, aber bei ihm war es nicht so. Der Mord an Liane Schreiber war einfach. Und es ging so schnell, nur zwei Stiche in Herz und Bauch. Sie starrte ihn für einen Moment ungläubig an, das Glas Wein in ihrer Hand fiel zu Boden, der Inhalt verteilte sich über den Teppich. Dann sank auch sie zu Boden, Blut sickerte aus Brust und Bauch. Sie fragte nur noch mit leiser, kaum vernehmlicher Stimme: »Warum?« Zu mehr war sie nicht mehr fähig. Als sie tot dalag und das Blut allmählich zu sickern aufhörte, warf er einen letzten, langen Blick auf sie, drehte sich um und ging. An der Tür hörte er, wie ihr Telefon klingelte, er nahm das Gespräch an, ohne sich zu melden. Es war ein Mann, es war *der* Mann.

Er legte den Hörer zur Seite und verließ die Wohnung. Niemand war ihm begegnet, der Treppenflur wie ausgestorben, die Straße fast menschenleer. Er hatte getan, was getan werden musste, und zum ersten Mal fühlte er sich frei und mächtig.

Monate gingen ins Land, und es wurde Frühling, die Straßencafés hatten geöffnet, und viele saßen draußen und tranken Kaffee, aßen Kuchen oder Eis. Er aber hatte drinnen im Café gesessen, in der hintersten Ecke, und hatte dumpf sinnierend vor sich hingestarrt. Und doch hatte er alles um sich herum wahrgenommen, alles gesehen und gehört. Vor allem die hübsche Bedienung, jung, attraktiv und aufreizend gekleidet. Sie erinnerte ihn an Liane, obwohl sie nur wenig Ähnlichkeit miteinander hatten, aber vielleicht war es die Art, wie sie sich bewegte, etwas katzenhaft und auch ein wenig lasziv, wie sich die Lippen bewegten, wenn sie sprach, wie sie den Stift hielt, als sie die Bestellung aufnahm, vor allem aber wie sie lachte, als mit einem Mal dieser Typ hinter ihr stand, ihr einen Kuss auf den Hals gab und sie kurz, aber kräftig am Po packte und sie ihm zu verstehen gab, dass er sich das für später aufheben sollte.

Es erregte ihn und machte ihn gleichzeitig wütend. Und er hatte nur noch eines im Kopf, er musste sie besitzen. Und das bedeutete, sie zu töten.

Am darauffolgenden Abend hatte er es getan. Und wieder war es so einfach gewesen. Nur hatte er diesmal öfter zugestochen – siebenmal.

Die Polizei tappte nach wie vor im Dunkeln, wie bei den Morden in Offenbach. Natürlich ahnten sie, dass der Mörder aus den Reihen der Andreas-Gemeinde kommen könnte, aber heute Nacht würde er ihnen ein neues Rätsel aufgeben.

Während der Bibelstunde und der Diskussion war er aufmerksam und brachte sich mit klugen Bemerkungen ein, auch wenn allein die Vorstellung, *es* nach so kurzer Zeit wieder zu tun, den Druck in ihm weiter erhöhte und er den Moment herbeisehnte, endlich das Haus verlassen zu können, um sein Werk zu verrichten. Etwa eine halbe Stunde würde er sich noch gedulden müssen.

Nach der Bibelstunde knieten sie sich im Kreis hin, fassten sich bei den Händen, und Erika Trautmann sprach ein Gebet, in dem sie um Segen für die Familie Weber und die Kinder bat sowie um Segen für Linda Maurers Seele. Nach dem Amen bekreuzigten sie sich, standen auf, und er verabschiedete sich, nicht ohne ihnen für den schönen Abend zu danken.

Eine Lüge, die er fast jeden Tag gebrauchte, denn dankbar war er allein dafür, dass er sie gefunden hatte.

Die Trautmanns hatten nicht den Hauch einer Ahnung, dass er ihr ultimativer Alptraum werden würde. Noch war es nicht so weit, noch wiegte er sie in Sicherheit, gab er sich charmant, freundlich und hilfsbereit. Stets war er zur Stelle, wenn er gebraucht wurde. Er half im Haushalt mit, hin und wieder kochte er, manchmal ging er mit Max Trautmann angeln, ein andermal unternahmen sie längere Spaziergänge und unterhielten sich über Gott und die Welt.

Er verbrachte auch viel Zeit mit dem fünfundzwanzigjährigen Thomas und fast noch mehr mit der sechs Jahre älteren Juliane, einer ausgesprochen hübschen und ebenfalls sehr intelligenten Frau, die das genaue, wenn auch jüngere Ebenbild ihrer Mutter war, was leider das Melancholische und Ernste mit einschloss. Juliane gab sich oft spröde und unnahbar, in Wahrheit verdeckte sie ihre Unsicherheit und Angst – vor allem Männern gegenüber, als hätte sie schlechte Erfahrungen gemacht. Sie hatte laut eigenem Bekunden erst eine Beziehung gehabt, die von ihrem damaligen Freund gelöst wurde. Warum, das wussten nur die beiden, sie hatte nie darüber gesprochen. Aber es musste noch etwas anderes in ihrem Leben vorgefallen sein, dass sie, so schön und attraktiv, noch keinen Mann gefunden hatte. Juliane war fast auf den Tag genau zwei Jahre jünger als er, und er wusste, dass sie sich schon in ihn verliebt hatte, als sie sich das erste Mal begegneten. Er wusste aber auch, dass sie erwartete, dass er den ersten Schritt tat, dass er auf sie zuging und ihr seine Liebe gestand. Doch das würde er nicht tun. Noch nicht. Nicht heute, morgen vielleicht.

Und er war auch des Öfteren allein mit Erika Trautmann, sie tranken Tee miteinander, er half ihr im Garten. Sie verstanden sich blendend. Sie war eine belesene und vielseitig interessierte Frau, die ihn, so meinte er, in ihr Herz geschlossen hatte, auch wenn sie ihn manchmal mit einem seltsamen Blick ansah.

Intellektuell, das musste er zugeben, war er mit allen Trautmanns auf einer Ebene, aber emotional trennten sie Universen, was die Trautmanns jedoch nicht ahnten. Sie waren eine verschworene Gemeinschaft, eine Familie, die fest zusammenhielt. So viel und gerne sie auch gaben, um ihr Privatleben hatten sie einen riesigen Schutzwall errichtet. Doch ihm war es gelungen, in dieses Leben einzudringen, durch unaufdringliche Beharrlichkeit, durch Manipulation, durch Freundlichkeit und vor allem durch seinen immensen Glauben, seine Bibelfestigkeit, sein Engagement in der Kirche. Er hatte sie beeindruckt, und sie hatten ihn wie einen Sohn aufgenommen. Dabei war sein Glaube nur gespielt, denn er glaubte an nichts anderes mehr als an sich selbst. Und zum ersten Mal in seinem Leben genoss er die Macht über andere, auch wenn die nicht merkten, wie sie von ihm sanft und leise in einen Kokon eingeschlossen wurden, aus dem es kein Entrinnen gab.

Sie waren eine gute Familie, sie waren friedliche und warmherzige Menschen, aber das interessierte ihn nicht, es hatte ihn von Anfang an nicht interessiert.

Und der Tag war nicht mehr weit, da der schlimmste Alptraum für die Trautmanns Wirklichkeit werden würde. Dieser Tag würde kommen, so sicher wie der nächste Morgen, der nächste Frühling, der nächste Vollmond ... Und so sicher wie der nächste Mord.

Er verabschiedete sich um halb elf und fuhr zu seinem Haus, um nach dem Rechten zu sehen, um den Anrufbeantworter abzuhören und im Internet eine Information einzuholen. Er wollte, nein, er musste nach Frankfurt. Er hatte noch etwas vor. Etwas sehr Wichtiges. Am Nachmittag hatte er noch nicht gewusst, wie die Nacht verlaufen würde, nun wusste er es. Er hatte das Bild schon vor Augen. Es war das letzte Testbild vor dem Finale.

SAMSTAG, 23.13 UHR

Brandt hatte erst auf der Fahrt nach Frankfurt gemerkt, wie viel Kraft ihn der zurückliegende Tag gekostet hatte. Er war müde, erschöpft, hungrig, und in seinem Kopf rotierten die Gedanken, als befänden sie sich in einem schneller und schneller werdenden Karussell. Nicht, dass das Gespräch mit Nicole ihm nicht gutgetan hätte, ganz im Gegenteil, es war für ihn ein ganz besonderer Abend gewesen. Vorgestern hatte sie noch ausgesehen, als blicke sie dem Tod direkt ins Auge, heute war sie fast die Nicole, die er schon so viele Jahre kannte, mit der er so viele Ermittlungen durchgeführt hatte, mit der er sich immer so gut verstanden hatte und von der er sich stets verstanden gefühlt hatte.

Es war schön gewesen, sie so agil zu erleben, aber er machte sich keine Illusionen, was ihre Zukunft betraf. Ein paar Monate noch, ein Jahr, vielleicht auch zwei. Ein absehbarer Zeitraum, den sie hoffentlich ohne große Leiden überstand. Sie und ihre Familie, die alles für sie tat, damit sie sich wohl fühlte.

Es war kalt, die gefühlte Temperatur lag bei etwa minus zehn Grad. Schuld war der böige Nordwind. Dazu hatte es wieder angefangen zu schneien. Der Wetterbericht hatte für die kommenden Tage Schneefälle bei leicht steigenden Temperaturen vorhergesagt, doch es würde nur ein Intermezzo sein, denn bereits ab Dienstag sollten die Temperaturen auch tagsüber null Grad nicht überschreiten. Der Schnee würde also liegen bleiben.

Die Straßen waren wie ausgestorben, ein Großteil des Nachtlebens spielte sich im Ostend in der Hanauer Landstraße ab, wo die Discos und Technoclubs sich um diese Zeit mit Publikum füllten und bis in die früheren und zum Teil auch späteren Morgenstunden der Bär steppte. Oder im Frankfurter Bahnhofsviertel, das grell und besonders am Wochenende voller Menschen war: Männer, die in die Nachtbars schlichen, in die Laufhäuser, die Sexshops, die Videokabinen. Und natürlich noch Sachsenhausen, der Vorzeigestadtteil für Touristen aus aller Welt, die hier ihren Äbbelwoi und Handkäs mit Musik bekamen in dem Glauben, dies wäre die Kultur Frankfurts oder gar Deutschlands.

Er parkte in der Tiefgarage, nahm den Pilotenkoffer von der Rückbank und fuhr mit dem Aufzug in den einundzwanzigsten Stock. Leise öffnete er die Tür. Das Licht war gedimmt, der Fernseher lief, Elvira lag auf dem Sofa, die Augen geschlossen, ihr Brustkorb hob und senkte sich gleichmäßig. Auf dem Tisch standen ein Teller und ein leeres Weinglas.

Er würde noch eine Kleinigkeit essen und trinken, duschen und sich fürs Bett fertig machen, obgleich er nach diesem Tag wusste, wie schwer es sein würde, Schlaf zu finden. Er überlegte, ob er Elvira wecken sollte, entschied sich jedoch dagegen. Erst wenn er geduscht und gegessen hatte, würde er sich zu ihr setzen und sie sanft wecken. Und er wusste jetzt schon, wie ihre erste Frage lauten würde: »Wie spät ist es? Was, warst du so lange bei Nicole?«

Nach dem Duschen fühlte er sich wieder einigermaßen fit, er rasierte sich noch und zog sich nur ein Paar Shorts und ein T-Shirt an, aß eine Scheibe Brot mit Salami und trank ein Glas Milch dazu. Dann erst setzte er sich zu Elvira und streichelte ihr übers Haar. Sie knurrte wohlig, bis sie die Augen aufschlug und ihn verschlafen ansah.

»Wie spät ist es?«, fragte sie.

»Gleich Mitternacht.«

»Was, warst du so lange bei Nicole?«

Er konnte sich ein Grinsen nicht verkneifen, hatte er doch ihre Fragen schon vorher gekannt.

»Was gibt's da zu grinsen?« Sie setzte sich auf und strich sich durchs Haar.

»Nichts.«

»Dann hör auch auf damit, es sieht sonst aus, als würdest du dich über mich lustig machen. Also, wieso kommst du so spät nach Hause?«

»Weil ich zu tun hatte. Ich war fast drei Stunden bei Nicole, und wir haben uns sehr konstruktiv über den Fall unterhalten. Und anschließend war ich noch mal bei Pfarrer Winkler.«

»Wie bitte? Mitten in der Nacht? Man kann's auch übertreiben.«

»Es musste sein, und es war gut, dass ich auf meine innere Stimme gehört habe. Aber das alles hat auch noch Zeit bis morgen, ich möchte nur noch in die Heia.«

»Ein klitzekleines bisschen?«, schnurrte sie und legte den Kopf an seine Schulter.

»Was willst du denn wissen? Wie's Nicole geht?«

»Zum Beispiel.«

»Sie war heute extrem gut drauf. Wenn ich das mit vorgestern vergleiche, wie Tag und Nacht. Ich soll dich übrigens ganz lieb von ihr grüßen.«

»Danke. Und weiter?«

»Was und weiter?«

»Na ja, was hat so lange gedauert? Ihr habt doch bestimmt den ganzen Fall von vorn bis hinten durchgekaut. Ich bin doch so neugierig.«

»Ich weiß, aber ich bin hundemüde. Komm, wir gehen rüber und …«

»Ich bin aber gar nicht mehr müde … Ja, ja, schon gut, ich wollte dich nur ein wenig aufziehen. Aber verrat mir nur, was du bei Winkler gemacht hast, dann darfst du ins Bett.«

»Ich wollte wissen, ob eine oder sogar alle drei Frauen bei ihm gebeichtet haben. Und was glaubst du, hat er geantwortet? Richtig, sie waren bei ihm ...«

»Das glaub ich jetzt nicht«, sagte Elvira und schenkte sich etwas Rotwein nach. »Alle drei?«

»Ja.«

»Das muss ich erst mal verdauen. Da werden innerhalb von zehn Monaten drei Frauen in Offenbach ermordet, alle drei besuchen die Andreas-Gemeinde, alle drei legen bei Winkler die Beichte ab ... Mein Gott, wenn ich mir vorstelle, dass ein Mord hätte verhindert werden können, wenn ...«

Brandt zuckte die Schultern und winkte ab. »Keine Ahnung, ob auch nur ein Mord hätte verhindert werden können, es hat auch keinen Sinn, darüber zu spekulieren. Fakt ist doch, sie waren bei Winkler, er wusste von ihrem Doppelleben ...«

»Würdest du ihm zutrauen, dass er was mit den Morden zu tun hat? Der einsame, notgeile Pfaffe, der die intimsten Details zu hören kriegt und weiß, dass er nicht so ohne weiteres an die Früchte seiner Begierde gelangen wird. Nur 'ne Theorie.«

»Und bis jetzt durch nichts zu beweisen. Ich warte noch drauf, ob bei der Maurer Fremd-DNA sichergestellt wurde. Doch ich rechne nicht damit, denn weder bei der Zeidler noch bei der Schubert haben wir was gefunden. Ich hab Winkler jedenfalls ganz schön auflaufen lassen, der hatte gar keine Chance mehr. Andererseits hat er auch wieder gemauert. Ich hatte schon einige Male mit diesen Typen zu tun, und es gab nicht eine Situation, wo ich zufrieden gewesen wäre. Ich kann mit denen einfach nicht. Und jetzt geh ich ins Bett.«

»Ich komm gleich nach«, sagte Elvira, ohne auf die letzten Worte einzugehen. Sie wollte keine Diskussion führen, außerdem merkte sie, dass Brandt zutiefst erschöpft war.

In der Tür drehte er sich noch einmal um. »Wie haben eigentlich deine Gladbacher Fohlen gespielt?«

»Ha, ha, ha! Als wenn du das nicht längst wüsstest.«

»Ich habe keine Ahnung, weil ich kein Radio gehört habe. Ich schwöre es«, antwortete er und hob die rechte Hand zum Schwur. »Verloren?«, grinste er.

»Bäh, bäh, bäh!«

»Gegen Bochum? Wie hoch?«

»Eins zu zwei. Es war aber eine unglückliche Niederlage. Ein Unentschieden wäre mindestens verdient gewesen. Vielleicht sogar ein Sieg.«

»Das sagen alle. Sie waren schlecht, oder?«

Nicken.

»So schlecht?« Er kam wieder zu ihr, setzte sich neben sie und legte ihr den Arm um die Schulter.

»Sauschlecht«, antwortete Elvira mit Schmollmund und drückte ein Kissen an sich. »Und ich habe gedacht, die würden so weitermachen wie zum Schluss der Hinrunde.«

»Die Winterpause. Viele kommen schwer aus der Winterpause raus. Außerdem haben doch einige Stammspieler wegen Verletzung gefehlt.«

»Hm. Trotzdem haben sie grottenschlecht gespielt. Gegen Bochum darf man nicht so spielen. Wenn ich nur an das erste Spiel in Bochum denke, drei zu drei, nachdem sie drei null geführt haben. Die können gegen Bochum einfach nicht mehr gewinnen.«

»Deine Borussen werden nicht absteigen. So, und jetzt geh ich endgültig ins Bett. Bis gleich.«

»Hm. Ich bin dann mal im Bad.«

Er legte sich ins Bett und wartete, doch schon nach wenigen Minuten fielen ihm die Augen zu.

Elvira kehrte aus dem Bad zurück, sah, dass er bereits schlief, und ging zurück ins Wohnzimmer, um sich einen Film auf DVD anzusehen – *Die üblichen Verdächtigen*. Sie kannte ihn bereits, hatte aber wesentliche Sequenzen vergessen.

Auch sie musste abschalten, denn die vergangenen Tage hatten sie über Gebühr gefordert. Viele glaubten, sie wäre unbegrenzt belastbar, aber nur Brandt kannte die wahre Elvira Klein. Und so sollte es auch bleiben. Schwäche durfte sie sich in ihrem Beruf nicht leisten. Und sie wäre nicht Elvira Klein, würde sie jemals Schwäche zeigen.

SAMSTAG, 23.35 UHR

Er war in dichter werdendem Schneetreiben von Offenbach nach Frankfurt gefahren. Mitten ins Bahnhofsviertel. Er hielt Ausschau nach einer Frau, die nicht älter als dreißig und einigermaßen gutaussehend war. Er lenkte seinen vier Jahre alten Audi ein paarmal durch die Taunusstraße, das Zentrum des Rotlichtbezirks, in die Elbestraße, wo sich das größte Laufhaus befand und trotz der Kälte Männer ein und aus gingen, in die Niddastraße, er sah Junkies wie Hühner auf der Leiter an einem halbverfallenen Haus in der Moselstraße sitzen, eine junge Frau und ein junger Mann setzten sich gerade einen Schuss, während auf der anderen Straßenseite zwei Polizisten vorbeigingen und gleichzeitig ein Streifenwagen langsam vorüberfuhr. Die Beamten taten, als sähen sie die heruntergekommenen Fixer nicht, die wie Zombies erst in der Dunkelheit aus ihren Höhlen gekrochen kamen. Oder als duldeten sie sie, weil sie zum Straßenbild des nächtlichen Frankfurt gehörten wie die zahllosen Nachtbars, die grellbunten Leuchtreklamen, die Bordelle mit den roten Vorhängen, die Männer, die nach einer schnellen Nummer gierten.

Er war schon oft hier gewesen und hatte sich das Bild eingeprägt. Bei wärmerem Wetter ließ er das Fenster herunter, um die Geräusche aufzunehmen, aufzusaugen, um sie ja nie zu vergessen. Es war eine sonderbare Welt, ein magischer Mikrokosmos innerhalb der Metropole Frankfurt. Einige Male war auch er durch die Laufhäuser gegangen und hatte festgestellt, dass in einem vorwiegend Frauen aus Südamerika ihre Körper feilboten, in einem anderen fast nur deutsche Frauen ihrem Gewerbe nachgingen, in einem dritten war es eine Mischung aus Afrikanerinnen und Asiatinnen, von denen fast alle aus Thailand kamen und Transvestiten waren. Eins siebzig oder eins achtzig groß, mit Silikonbrüsten, doch nichts an ihnen war echt. Und es gab ein Haus, das ausschließlich Osteuropäerinnen vorbehalten war. Hier arbeiteten die schönsten und willigsten aller Frauen.

Er war auch in einigen Nachtbars gewesen, hatte zugesehen, wie Frauen sich auf einer Bühne splitternackt präsentierten, wie sie die Beine so spreizten, dass nichts der Phantasie überlassen wurde. Frauen, die bei Tage unscheinbar wirkten, aber bei Nacht und dem entsprechenden Licht und diesem ganz speziellen Geruch begehrenswert und schön aussahen. Und es gab mehrere Häuser, in denen Videokabinen standen, wo man sich einschließen und für ein paar Euro bei einem Porno eine schnelle Nummer ganz alleine schieben konnte. Ständig liefen Frauen mit Putzwagen durch die Gänge, um die benutzten Kabinen von Sperma zu reinigen.

Er liebte diesen Teil von Frankfurt, und gleichzeitig verabscheute er ihn.

Er war bereits drei Runden gefahren, als er sie erblickte. Sie stand an die Wand gelehnt, eine Zigarette in der Hand. Sie trug eine dicke Jacke, eine knackig enge Jeans und hohe Stiefel, um sich einigermaßen vor der Kälte zu schützen. Sie hatte lange Beine, lange braune Haare, und sie war sehr schlank. Er verlangsamte sein Tempo, bis er schließlich in der zweiten Reihe anhielt. Er vergewisserte sich, dass keine Polizei in der Nähe war, denn Straßenprostitution war in diesem Bezirk verboten. Er ließ das Fenster der Beifahrerseite herunter, die junge Frau kam mit wiegenden Schritten auf ihn zu, lehnte sich auf den Fensterrahmen und steckte den Kopf hinein.

»Na, Kleiner, Lust auf 'ne heiße Nummer bei dem Schweinewetter? Blasen dreißig, ficken dreißig, beides zusammen fünfzig. Ist 'n Sonderpreis. Wenn du ins Hotel willst, kostet die Stunde siebzig plus dreißig fürs Zimmer.«

»Steig ein«, sagte er nur, worauf sie sich umblickte und schnell ins Auto huschte, nicht ohne vorher die Zigarette fallen zu lassen.

»Wie heißt du denn, Süßer?«, fragte sie, nachdem sie sich angeschnallt hatte. Sie wollte sich eine Zigarette anstecken, doch er hielt sie zurück. »Nicht im Auto, bitte.«

»Oh, ein Heiliger. Aber ficken willst du, oder?«

»Blasen und ficken.«

»Dann rück mal raus mit der Kohle!« Sie hielt die Hand auf. »Fünfzig. Oder willst du doch lieber ins Hotel? Ich kenn da eins in der Münchener Straße, da geh ich öfter hin.«

»Ist dir mein Auto nicht groß genug?«, antwortete er und gab ihr die fünfzig Euro, die sie blitzschnell in ihrer Jacke verschwinden ließ.

»Wie heißt du denn? Oder ist das geheim?«, fragte sie noch einmal.

»Mark. Und du?«

»Alissa. Hör zu, wenn du noch 'n Fuffi drauflegst, mach ich's auch ohne.«

»Ohne Kondom?«

»Was denn sonst? Also, willst du nur das halbe oder lieber das ganze Vergnügen? Ich benutz auch keine Gleitcreme, das braucht's bei mir nicht. Ich bin auch garantiert sauber, hab erst letzte Woche wieder einen Aidstest gemacht.«

»Gut, ich bin auch sauber. Wie alt bist du?«

»Sechsundzwanzig. Und du?«

»Dreiunddreißig. Kann ich deine Titten sehen?«

»Klar, ist im Preis inbegriffen«, sagte sie grinsend, löste den

Sicherheitsgurt und wollte die Jacke ausziehen und die Bluse aufknöpfen, doch er sagte: »Noch nicht, erst wenn wir auf sicherem Terrain sind. Du weißt doch, die Bullen sind überall. Ich kann mir keinen Skandal leisten, meine Frau würde Amok laufen, wenn sie wüsste ...«

»Kenn ich. Fast alle sind verheiratet. Läuft wohl nicht mehr so gut bei euch?«

»Ich brauch halt ab und zu mal Abwechslung.« Er lenkte seinen Wagen am Deutschherrnufer entlang Richtung Sachsenhausen.

»Wo willst du denn hin? Du bringst mich nachher aber wieder zurück, sonst kostet das extra«, sagte sie ohne jede Angst in der Stimme. Als würde sie ihm niemals zutrauen, ihr Gewalt anzutun.

»Ich kenn da eine Stelle, wo wir völlig ungestört ficken können. Hier, noch mal siebzig Euro.«

»Hey, danke, Süßer, dafür kriegst du eine ganz besondere Show. Für noch mal dreißig darfst du's mir auch von hinten besorgen.«

»Okay«, sagte er und gab ihr weitere fünfzig Euro. »Stimmt so.«

»Was machst du beruflich?«

»Ist das so wichtig? Zeig mir jetzt lieber deine Titten«, sagte er, als sie in der Gerbermühlstraße waren.

Sie schnallte sich ab, machte die Bluse auf und öffnete den BH vorne. »Bitte schön. Groß genug? 85 B. Und garantiert alles echt.«

»Gut. Wir sind übrigens bald da. Schnall dich aber trotzdem wieder an.«

»In Offenbach? Was zum Henker willst du in Offenbach?«, fragte sie, als sie um den Kaiserleikreisel fuhren. »Offenbach ist doch der Arsch der Welt.« Sie machte keine Anstalten, die Bluse wieder zuzumachen.

»Mag sein, aber ich wohne hier. Und ich fahr jetzt zu einem Platz, wo wir ungestört sind. In Frankfurt kenne ich mich nicht so gut aus.«

»Meinetwegen.«

Aus den Augenwinkeln registrierte er, dass ihre Hände leicht zitterten, ein fast untrügliches Zeichen, dass sie entweder Alkoholikerin oder drogenabhängig war – oder ihr war einfach noch kalt vom langen Stehen im Schneetreiben und in der Kälte. Sie war eine hübsch anzusehende Person, doch die Nacht mochte über vieles hinwegtäuschen.

Er fuhr auf einen großen, leeren Parkplatz, stellte den Motor ab und wandte sich der jungen Frau zu. Sie waren allein, vor ihnen befand sich ein langgezogenes Stück mit Buschwerk, hinter ihnen war die Straße, etwa hundert Meter entfernt lagen die Bahngleise. Eine menschenleere Gegend. Dazu schneite es in einem fort, und sollte der Wetterbericht recht behalten, würde es die ganze Nacht und auch am Sonntag kräftig schneien.

»Tut mir leid, aber ich muss erst pissen«, sagte er. »Mit voller Blase macht das keinen Spaß. Zieh dich schon mal aus, ich bin gleich wieder da.«

»Kann ich Musik anmachen?«, fragte sie, während sie Schuhe, Hose und Slip auszog.

»Aber nicht zu laut.«

Er zog den Zündschlüssel ab, machte das Radio an und

stieg aus. Der böige Nordwind war an dieser offenen Stelle in unmittelbarer Nähe zur S-Bahn-Station besonders unangenehm. Doch er nahm weder den Wind noch das Schneegestöber wahr, seine Gedanken waren allein bei der Frau in seinem Auto.

Er entleerte seine Blase, zog den Reißverschluss seiner Hose wieder hoch und begab sich zur Beifahrerseite, machte die Tür auf, packte Alissa blitzschnell und mit geübtem Griff am Hals und zog sie wortlos aus dem Auto. Sie hatte keine Zeit zu schreien oder etwas zu sagen, denn seine Faust krachte ihr mit voller Wucht mehrfach ins Gesicht, bis sie nahezu regungslos dalag. Ihr Atem ging schwer.

»Okay«, sagte er, ging in die Hocke und wartete, bis sie wieder richtig zu sich gekommen war.

»Was willst du?«, stieß sie keuchend hervor, die Augen vor Angst geweitet. Sie sprach, als spürte sie den entsetzlichen Schmerz im Gesicht nicht.

»Dich töten«, entgegnete er ruhig. »Und wenn du schreist, werde ich dir vorher noch sehr, sehr wehtun.«

»Ich will nicht sterben, bitte!«

»Wer will das schon?«, erwiderte er mit hochgezogenen Brauen. »Hast du wirklich geglaubt, ich würde eine wie dich ficken? Im Leben nicht. Wie alt bist du wirklich?«

»Sechsundzwanzig.«

»Und dein richtiger Name?«

»Michaela.«

»Und was machst du, wenn du dich nicht gerade von Hurenböcken besteigen lässt?«

»Ich studiere.«

»Und was?«

»Germanistik und Philosophie.«

»Willst du mich auf den Arm nehmen?«

»Ich sag die Wahrheit«, jammerte sie mit Tränen in den Augen. »Kannst in meiner Handtasche nachsehen, da ist mein Studentenausweis drin.«

»Und warum hurst du dann rum?«

Sie wischte sich über den blutigen Mund. »Weil ich Geld brauche. Meine Eltern können mich nicht mehr unterstützen, mein Vater hat wegen einer beschissenen Krankheit seinen Job verloren.«

»Das ist schlecht, aber leider nicht zu ändern. Bist du auf Dope oder Alkohol?«

»Ich trink ab und zu was, aber ich bin keine Alkoholikerin. Und Drogen hab ich noch nie genommen. Hey, komm, lass mich am Leben, bitte! Ich könnte dich ja nicht mal beschreiben, und dein Autokennzeichen hab ich auch nicht. Bitte!«

»Tja«, sagte er mit gespieltem Bedauern, »es gibt da nur ein klitzekleines Problem – ich habe die Entscheidung schon getroffen, heute eine Hure zu töten, bevor ich dich gesehen habe. Sagen wir's mal so, du warst einfach zur falschen Zeit am falschen Ort. Es hätte genauso gut eine andere treffen können. Ich hasse nämlich Huren.«

Mit weit aufgerissenen Augen versuchte sie rückwärts wegzukriechen, doch er packte sie bei den Beinen und zog sie mit einem kräftigen Ruck wieder zu sich.

»Wo willst du denn hin? Hier ist weit und breit nichts. Du

brauchst auch keine Angst zu haben, ich werde es kurz und schmerzlos machen. Du wirst kaum was spüren.«

»Hey, nicht, bitte, bitte, bitte!«, flehte sie ihn an, doch die Tränen, die sie vergoss, rangen ihm nur ein müdes Lächeln ab. »Ich werde auch garantiert nie wieder auf den Strich gehen. Heiliges Ehrenwort. Bitte, bitte, glaub mir doch, ich würde alles tun, wenn du mich nur leben lässt.«

»Jede würde alles tun, das haben sie mir jedes Mal versprochen. Du bist nicht die Erste und auch nicht die Letzte. Du bist nur eine von vielen erbärmlichen Huren.«

»Sag mir, was ich tun kann, und ich tu's. Nur bitte, ich will nicht sterben, ich bin doch erst sechsundzwanzig. Und ich schwöre dir, ich würde niemals zu den Bullen gehen, die würden mir doch sowieso nicht glauben, weil ich bei denen in der Kartei stehe. Du gehst kein Risiko ein, wenn du mich am Leben lässt. Ich geh nicht zu den Bullen ...«

»Nein, das wirst du garantiert nicht, du Philosophin«, sagte er und stach im selben Moment das Messer siebenmal in ihre Brust. Blut lief ihr aus dem Mund, und er konnte im fahlen Licht der zwanzig oder dreißig Meter entfernten Straßenlaternen sehen, wie ihre Augen das blanke Entsetzen widerspiegelten und schließlich brachen.

Er öffnete den Kofferraum, holte einen Schal heraus, legte ihn um Michaelas Hals und zog kräftig zu, bis er das Knacken des Kehlkopfs hörte. Zuletzt vollzog er das gleiche Ritual wie bei Linda Maurer.

Die letzte S-Bahn nach Frankfurt fuhr in den Bahnhof ein, sie war fast leer, niemand stieg aus oder ein. Auch war kaum ein Auto unterwegs, die Gegend blieb verwaist.

In der Handtasche fand er den Personalausweis und den Studentenausweis und steckte beides zusammen mit der Brieftasche in Michaelas Jacke, die er in den Schnee warf. Er grinste, als er den weiteren Inhalt der Handtasche sah, ihn aber nicht anrührte. Er ließ die Handtasche neben ihr liegen. Er zog seine Handschuhe gerade, stieg in seinen Wagen ein, fuhr auf die Straße und hielt noch einmal an. Er nahm einen Besen aus dem Kofferraum, ging die fünfzig Meter bis zu der Toten und verwischte sämtliche Reifen- und Fußspuren. Wenn genügend Schnee fallen sollte, wovon er ausging, würde dieser auch die letzten Spuren beseitigen.

Er fuhr los. Das Licht schaltete er erst ein, als er ein paar Meter gefahren war. Nach acht Minuten langte er vor seinem Haus an und fuhr in die Garage.

Zu Hause legte er sich auf die Couch und dachte an Michaela. Die ganze Zeit hatte er deren Bild vor Augen, wie sie an der Hauswand in der Taunusstraße lehnte, wie sie sich seinem Wagen näherte und den Kopf durch das Fenster steckte, wie sie sich im Auto auszog und ihm die Brüste zeigte.

Diesmal hatte er keine Musik angemacht, kein Heavy Metal, keine Schlager. Es war still im Zimmer, während die Bilder von Michaela an ihm vorüberzogen. Sie hatte ihn über die Maßen erregt. Dabei war sie nur eine Straßenhure, die sich ihr Studium durch Prostitution der billigsten Art finanzierte. Aber ihre freche, laszive und verruchte Art hatte ihn angetörnt, nur zu gerne hätte er mit ihr geschlafen, wild und hemmungslos. Die Gedanken daran waren in seinem

Kopf, das Verlangen zwischen den Beinen. Er masturbierte mehrfach hintereinander, bis er völlig ausgelaugt war. Es war ein großartiger Tag gewesen – mit einem großartigen Finale.

SONNTAG

SONNTAG, 6.45 UHR

Das Telefon klingelte lange, bevor Brandt es wahrnahm. Mit geschlossenen Augen tastete er nach seinem Handy und meldete sich mit müder Stimme.

»Ja?«

»Bauer, KDD. Wir haben wieder eine Tote. Scheint Nummer vier unseres Killers zu sein«, sagte Bauer in dem für ihn typischen Ton: geradeheraus, kurz und knapp. Doch Brandt kannte Bauer und kam gut mit ihm aus, seit er vor zehn Jahren in Offenbach seinen Dienst angetreten hatte.

Sofort war er hellwach, stützte sich auf einen Arm, räusperte sich und stieß mit etwas heiserer Stimme hervor:

»Wo?«

»Parkplatz Untere Grenzstraße, gleich beim S-Bahnhof.«

»Scheiße. Wer ist dort?«

»Ich, Schreiber und ein paar Kollegen von der Streife. Wann können wir mit dir rechnen?«

»Halbe, drei viertel Stunde. Ist die Spusi schon informiert?«

»Alles in die Wege geleitet. Bis gleich, und beeil dich, wir frieren uns hier den Arsch ab.«

Brandt drückte auf Aus und drehte sich zu Elvira um. Bevor er etwas sagen konnte, meinte sie: »Nicht schon wieder, oder?«

»Doch. Ich muss los. Keine Ahnung, wann ich zurück bin ...«

»Ich komm mit. Und ich versprech dir, mich zu beeilen. Wir sitzen doch beide im selben Boot.«

»Dann lass uns zusammen ins Bad gehen«, sagte Brandt, warf die Bettdecke zur Seite und stand auf. Ihm war etwas schwindlig, und er musste einen Moment innehalten. Sein Blutdruck war zu niedrig. Sein Arzt hatte ihm beim letzten Routinecheck gesagt, dies sei im Prinzip unbedenklich, trotzdem sollte er etwas mehr für seine körperliche Fitness tun, der Blutdruck würde es ihm danken.

Nach kaum zehn Minuten hatten sie sich frisch gemacht und angezogen, aßen jeder eine Banane und einen Apfel und tranken kalten Kakao. Elvira machte die Vorhänge auf und meinte: »Was ist das denn? Das ist ja alles zugeschneit!«

»Hat gestern Abend schon angefangen«, entgegnete Brandt trocken. »Bringen wir's hinter uns.«

»Wollen wir wetten?«, sagte Elvira.

»Was wetten?«

»Dass sie zur Andreas-Gemeinde gehört.«

»Die Wette musst du mit jemand anderem abschließen, weil ich das nämlich auch tippe.«

Es schneite immer noch, sie waren fast allein auf der Straße. Nach weniger als zwanzig Minuten erreichten sie die Untere Grenzstraße und sahen beim Abbiegen von der Mühlheimer Straße in die Zielstraße die Streifenwagen und die

Autos der Spurensicherung. Selbst Andrea Sievers war schon vor Ort.

»Ihr seid die Letzten«, wurden sie von ihr grußlos empfangen, dazu ein Blick, so kalt und eisig wie das Wetter. »Nicht aus dem Bett gekommen?«, fügte sie spöttisch hinzu, ohne Elvira eines Blickes zu würdigen. »Na, ich auch kaum. War in der Disco, bin direkt von dort hergekommen … Kleiner Scherz.«

»Guten Morgen, Andrea«, knurrte Brandt. »Können wir die Scherze jetzt mal für einen Augenblick sein lassen?«

Ohne darauf einzugehen, sagte Andrea: »Die Dame ist letzte Nacht schockgefrostet worden. Na ja, nicht ganz, aber die Kälte und der Schnee haben sie ordentlich konserviert.«

»Wer ist sie?«, fragte Brandt.

»Michaela Preusse, wohnhaft Gräfstraße in Frankfurt. Studentin der Germanistik und Philosophie. Wir haben ihre Papiere in der Jacke gefunden«, antwortete Bauer, der zu ihnen getreten war, und reichte Brandt den Personal- und den Studentenausweis. Der musterte eine Zeitlang die beiden Dokumente und schüttelte den Kopf. Er nahm Elvira beiseite und sagte leise: »Das versteh ich jetzt nicht. Die ist in Frankfurt geboren, sie hat ihren Wohnsitz in Frankfurt und ist Studentin. Was soll diese Frau mit der Andreas-Gemeinde zu tun haben? Kannst du dir einen Reim darauf machen, warum wir es auf einmal mit einer Frau aus Frankfurt zu tun haben?«

»Bis jetzt nicht. Ich will sie mir mal anschauen.«

Sie gingen langsam zu der Toten, die im gut fünfzehn Zentimeter hohen Schnee lag. Sie trug nichts außer einer weißen, an einigen Stellen blutigen Bluse, die weit geöffnet war, und schwarze, halterlose Strümpfe. Die restlichen Kleidungsstücke lagen zusammen mit der Handtasche neben ihr im Schnee. Im Mund steckte deutlich zu erkennen eine Olive, in der rechten Hand hielt sie einen Ölzweig, in der linken eine weiße Taubenfeder.

»Fundort gleich Tatort«, sagte Andrea lapidar. »Das Blut im Schnee lässt keine andere Deutung zu. Sieben Einstiche, von denen meines Erachtens mindestens vier tödlich waren. Dazu wurde sie von dem Täter vor dem Tod mit den Fäusten traktiert, ich vermute, Jochbein und Kiefer sind gebrochen, zumindest sieht es so aus. Der Kerl muss über eine enorme Kraft verfügen, das ist mir schon bei den anderen Morden aufgefallen.«

»Wie lange ist sie tot?«

»Schwer zu sagen, so genau lässt sich das bei diesen Witterungsbedingungen nicht bestimmen, aber laut Lebertemperatur irgendwann zwischen Mitternacht und zwei. Ich lass euch den genauen Todeszeitpunkt wissen, wenn ich sie aufgemacht habe.«

»Moment mal, hast du eben gesagt, dass sie an Stichverletzungen gestorben ist?«, fragte Brandt mit zu Schlitzen verengten Augen.

Andrea verzog den Mund und nickte. »Ja, das hat mich auch ein wenig gewundert, vor allem, weil sie zusätzlich erdrosselt wurde, das allerdings erst nach ihrem Ableben. Das heißt, er hat sie der Form halber erdrosselt, obwohl sie schon tot war. Der Killer hat es diesmal andersherum gemacht. Warum auch immer.«

»Was macht dich so sicher, dass er sie nicht erst erdrosselt hat und …«

»Ganz einfach«, unterbrach Andrea ihn genervt. »Würdest du nur einmal zur Auffrischung deiner rudimentären Kenntnisse ins Institut kommen, würdest du mir nicht solche bescheuerten Fragen stellen!«

»Andrea, bitte«, versuchte Elvira zu schlichten, doch Andrea zischte nur: »Hör auf, dich da einzumischen, das geht dich nichts an. Sag deinem lieben Gefährten, er soll sich beim nächsten Termin, und der steht diese Woche an, gefälligst in der Rechtsmedizin blicken lassen. So, und jetzt noch mal von vorne: Seht ihr das ganze Blut hier?« Sie deutete auf eine große Fläche Blut, das sichtbar geworden war, nachdem man den darauf gefallenen Schnee vorsichtig zur Seite geräumt hatte. »Wäre sie erdrosselt worden, und er hätte hinterher auf sie eingestochen, gäbe es nur eine winzige Menge Blut, weil der Blutkreislauf stillgelegt gewesen wäre. So weit klar?« Herausfordernd sah sie zunächst Brandt und dann Elvira an.

Beide nickten wortlos, obwohl Brandt ihr liebend gerne ein paar unschöne Worte ins Gesicht geschleudert hätte.

»Sehr gut. Es gibt auch keine auf den ersten Blick sichtbaren Drosselmarken, keine petechialen Blutungen in den Augenbindehäuten. Warum er ihr nach dem Erstechen auch noch einen Schal oder was auch immer um den Hals gelegt hat, weiß nur er. Ist vielleicht ein Spiel. Oder er variiert.«

»Es muss einen anderen Grund haben«, konstatierte Brandt und fuhr sich übers Kinn. »Irgendwas stimmt nicht, ich weiß aber nicht, was.«

»Was meinst du damit?«, fragte Elvira.

»Keine Ahnung, nur so ein Gefühl. Vielleicht bin ich auch nur noch nicht wach genug.«

»Dann mal husch, husch ins Körbchen«, sagte Andrea spitz.

Brandt reagierte nicht darauf und wandte sich an Bauer.

»Wer hat sie gefunden und wann?«

»Ein Jogger, der seine Runden gedreht hat.«

Brandt sah Bauer zweifelnd an. »Ein Jogger? Was zum Teufel treibt einen normalen Menschen mitten in der Nacht und bei diesem Sauwetter aus dem Haus, um zu joggen? Es ist Sonntag, verdammt noch mal! Und der Schnee liegt meterhoch. Wer tut sich so was freiwillig an?«

Bauer grinste und deutete auf den Polizeiwagen. »Er sitzt drüben im Streifenwagen und wartet nur darauf, von dir befragt zu werden. Und ich garantiere dir, es ist wirklich nur ein Jogger, der rein zufällig hier vorbeigelaufen ist.«

»Ist ja gut. Was ist mit der Handtasche der Toten? Irgendwas Brauchbares drin?«

»Wirf selber mal einen Blick rein, wird dir bestimmt gefallen.«

»Wo ist sie?«

»Bei Schreiber, der Inhalt ist noch drin.«

Brandt begrüßte Schreiber von der Kriminaltechnik, der an diesem Wochenende Bereitschaft hatte, nahm die Handtasche und warf einen Blick hinein. Er runzelte die Stirn.

»Das ist ihre Handtasche?«

»Wessen sonst?«, entgegnete Schreiber mürrisch, der alles andere als erfreut war, an einem frühen Sonntagmorgen bei starkem Schneefall Spuren sichern zu müssen, die gar nicht vorhanden waren. »Siehst du sonst noch eine Frau hier, die tot im Schnee liegt?«

»Pfefferspray, Elektroschocker, Klappmesser … Kondome für mindestens zwanzig Nummern … Die klassische Nuttenausstattung. Sie ist mit ziemlicher Sicherheit eine Straßennutte«, stieß Brandt hervor. »Habt ihr sie schon mal durch die Datenbank gejagt? Ich kann mir nicht vorstellen, dass sie …«

»Haben wir«, wurde er von Bauer unterbrochen. »Die Dame ist kein unbeschriebenes Blatt. Sie wurde in Frankfurt dreimal von der Straße geholt, weil sie im Bahnhofsviertel der illegalen Straßenprostitution nachgegangen ist. Dazu kommt eine Verurteilung wegen Beischlafdiebstahls in zwei Fällen. Dafür bekam sie allerdings nur Sozialstunden und fünfhundert Euro Strafe aufgebrummt, denn sie hat behauptet, die Kunden hätten sie nicht bezahlen wollen und sie hätte sich nur genommen, was ihr zugestanden hätte. Sie ist erst innerhalb der letzten anderthalb Jahre auffällig geworden, was dafür spricht, dass sie nicht länger als maximal zwei Jahre in dem Gewerbe tätig war, eher kürzer. Für die Kollegen in Frankfurt ist sie trotzdem eine gute alte Bekannte. Obwohl, alt ist sie nicht, und gut ausgesehen hat sie auf jeden Fall. Ich frag mich, warum die auf der Straße gearbeitet hat.«

»Du hast auch schon mit Frankfurt telefoniert?«, fragte Brandt erstaunt, der auf die letzte Bemerkung von Bauer nicht einging, obwohl er ihm insgeheim recht gab. Michaela Preusse war eine schöne Frau, selbst jetzt noch, und es stellte sich die Frage, warum sie auf der Straße und nicht in einem Bordell oder einer Wohnung ihrem Gewerbe nachgegangen war.

»Klar.«

»Hatte sie einen festen Standort oder war sie flexibel?«

»Ihr Platz war der gesamte Rotlichtbezirk …«

»Sie hat sich wohl ihr Studium damit finanziert. Die Frankfurter sollen schnellstmöglich alles und jeden im Milieu befragen, wer sie wann zuletzt gesehen hat. Kannst du das veranlassen?«

»Auch schon geschehen. Sobald die was haben, melden sie sich.«

»Hatte sie einen Zuhälter?«

»Ist nicht bekannt. Es gibt wohl einige Bordsteinschwalben, die keinen Luden haben. Aber ich hab die Adresse ihrer Eltern und hier ihren Schlüsselbund. Ist alles dran, was ihr braucht, um in die Wohnung zu gelangen.«

Brandt nahm ihn an sich und steckte ihn ein. »Hm. Du hast doch gesehen, was die alles in ihrer Handtasche hatte. Sie kam nicht dazu, auch nur ein Teil davon zu benutzen. Weder das Pfefferspray noch das Messer noch den Schocker. Was sagt uns das?«

»Sie hat ihrem Mörder vertraut, weil er sich vertrauenswürdig gab, oder sie hat ihn gekannt, und er hat sie überrumpelt, so dass sie keine Chance hatte, sich zu wehren.«

»So sieht es aus. Er ist der charmante Mann, der nie jemandem etwas zuleide tun würde. Ich geh dann mal rüber zu unserm Jogger.«

Brandt stapfte durch den Schnee zu dem Mercedes Vito, in

dem zwei Beamte mit einem etwa dreißigjährigen Mann saßen, und stieg ins warme Auto.

»Hauptkommissar Brandt, Mordkommission. Herr ...«

»Grutschke.«

»Herr Grutschke, Sie haben also die Tote gefunden. Wann und wie?«

»Ich bin wie jeden Morgen joggen gegangen ... Und da hab ich sie im Schnee liegen sehen. Ich laufe jeden Morgen dieselbe Strecke, da fällt mir alles auf, was ungewöhnlich ist.«

»Sie laufen immer über diesen Parkplatz? Der gehört der Bahn ...«

»Ich will ja nicht parken, ich will laufen«, konterte Grutschke.

»Wann haben Sie die Tote gefunden?«

»Ich bin um halb sechs losgelaufen und brauche von zu Hause bis zum Parkplatz immer so fünfundzwanzig Minuten. Also um kurz vor sechs.«

»Es war zu dem Zeitpunkt noch stockdunkel. Wie konnten Sie sie erkennen?«

»Es war der Schnee. Der Schnee macht doch alles heller. Ich hab sie da liegen sehen und sofort mit meinem Handy bei der Polizei angerufen. Mehr kann ich nicht sagen. Ich hab so was noch nie zuvor gesehen.«

»Der Anruf ging exakt um 5.59 Uhr bei uns ein«, warf einer der beiden Beamten, die mit im Wagen saßen, ein. »Wir haben eine Streife hergeschickt, die Kollegen haben sich vergewissert, dass die Tötungsmeldung korrekt ist, und dann den KDD informiert. Den Rest kennen Sie.«

»Hm. Eine Frage noch: Was bringt Sie dazu, bei diesem Wetter durch meterhohen Schnee zu joggen?«

Grutschke lächelte etwas verkrampft. »Ich trainiere für den nächsten Triathlon. Ich bin einer der Favoriten. Der Schnee macht mir nichts aus, im Gegenteil, er ist eine Herausforderung.«

»Okay, das war's. Sie können weitertrainieren. Wo laufen Sie jetzt lang?«

»Mühlheimer Straße und dann rüber nach Bürgel. Meine Adresse haben Sie ja.«

»Danke und viel Erfolg bei Ihrem Triathlon.«

Brandt stieg wieder aus und ging zu Bauer. »Meinst du, die Spusi kann noch irgendwelche Spuren sichern? Der Täter muss die Kleine doch irgendwie hergebracht haben. Und ich kann mir nicht vorstellen, dass er sie getragen hat. Reifenspuren, Fußspuren?«

Bauer schüttelte den Kopf. »Ich muss dich enttäuschen, der Schnee … Peter, mach dir nichts vor, der Typ ist viel zu clever. Der wusste genau, was er tat. Hier steht im Moment nur ein einziges Auto, und das steht vermutlich schon sehr lange hier, so zugeschneit, wie es ist. Und wenn es Reifen- oder Fußspuren gäbe, hätten wir sie wahrscheinlich längst zerstört. Und selbst wenn wir welche fänden, wüssten wir nicht mal, ob sie zu unserm Täter gehören. Und vergiss nicht, unter dem Schnee ist Kopfsteinpflaster, da kriegst du nur selten ordentliche Abdrücke. Die tun ihr Möglichstes, aber da sollten wir uns keine Illusionen machen, die Spusi steht auf verlorenem Posten. Du kannst Schreiber ja selber fragen.«

Brandt klopfte Bauer auf die Schulter. »Er hat's wieder getan, und diesmal hat er nur zwei Tage vergehen lassen. Warum tritt er auf einmal so aufs Gas?«

»Zeitdruck? Vielleicht will er irgendwas zu Ende bringen. Oder er ist völlig aus dem Ruder gelaufen. Auf jeden Fall ein Novum für Offenbach.«

»Auf so ein Novum könnte ich gerne verzichten. Mach's gut und bis bald. Und noch mal danke für deine Hilfe, hast was gut bei mir.«

»Quatsch. Im Moment ziehen wir alle an einem Strang. Wir wollen doch nur, dass dieses Monster so schnell wie möglich aus dem Verkehr gezogen wird.«

»Wie lange hast du heute Dienst?«

»Um zwölf kommt die Ablösung. Warum?«

»Fährst du gleich zurück ins Präsidium?«

»Ja, worum geht's denn?«, fragte Bauer.

»Pass auf, ich würd's ja selbst machen, aber ich muss in die Wohnung der Preusse, ich muss den Angehörigen die Nachricht überbringen und … Na ja, du weißt schon. Könntest du mal in der Datenbank nach allen ungeklärten Morden der vergangenen zehn Jahre in Deutschland forschen, die an Frauen im Alter zwischen sechzehn und vierzig begangen wurden? Du kannst die Suche noch weiter eingrenzen, indem du dich auf Morde konzentrierst, die durch Erdrosseln und/oder Erstechen begangen wurden. Ginge das? Du würdest mir einen riesigen Gefallen damit tun.«

»Klar. Dauert doch nur ein paar Minuten. Ich leg's dir auf deinen Schreibtisch. Wenn du mich und André nicht mehr brauchst, verschwinden wir.«

»Ihr könnt hier eh nichts mehr ausrichten. Und du denkst an …«

»Ich leg's dir auf den Tisch. Ciao.«

Brandt sah, dass Andrea und Elvira etwas abseitsstanden und sich aufgeregt zu unterhalten schienen. Er beschloss, sich nicht einzumischen. Er konnte sich lebhaft vorstellen, was das dominierende Thema dieses Gesprächs unter Frauen war.

Es war Viertel nach acht, und doch drang noch kaum Licht durch die dicken Wolken und den dichten Schneefall. Die Männer vom Bestattungsinstitut waren eingetroffen und wollten die Tote gerade anheben und in einen Blechsarg legen, als Brandt sie zurückhielt.

»Warten Sie noch einen Augenblick. Können Sie bitte ein paar Schritte zurücktreten? Dauert nicht lange.«

Brandt ging in die Hocke und betrachtete die Tote sehr genau. Du bist sechsundzwanzig und auf den Strich gegangen. Warum hast du's getan? Geldnot? Oder hat's dir Spaß gemacht? Und wo hat er dich aufgegabelt? Und warum bist du nackt? Hat er dir gesagt, dass du dich ausziehen sollst, und dabei hat er einen Moment deiner Wehrlosigkeit … Nein, es muss anders gewesen sein, denn er wird niemals Spuren seiner Opfer in seinem Auto hinterlassen. Gib mir einen Hinweis, ich bin offen für alles. Ja, ich glaub, ich weiß, wie er's gemacht hat. Er hat dir gesagt, dass er mit dir eine Nummer im Auto schieben will. Dann ist er mit dir hierhergefahren, hat einen Vorwand gefunden auszusteigen, währenddessen solltest du dich ausziehen … Er ist an die Beifahrertür gekommen, hat dich blitzschnell rausgezerrt und dich kampfunfähig gemacht. Und dann? Hat er noch ein bisschen mit dir gespielt, sein Spiel? Was ist so besonders an ihm, dass ihm alle Frauen so bedingungslos vertrauen? Du müsstest doch über genügend Menschenkenntnis verfügen oder verfügt haben. Womit wickelt er euch ein? Warst du zu keinem Zeitpunkt misstrauisch? Waren die andern Frauen auch nie misstrauisch? Wie verhält er sich euch gegenüber? Charmant, aufgeschlossen, freundlich? Macht er Komplimente und zahlt gut? Vielleicht besser als die meisten andern Freier? Ist es das Geld? Bist du auch nicht misstrauisch geworden, als er mit dir von Frankfurt nach Offenbach gefahren ist? Das ist doch gar nicht dein Revier? Was hat er dir alles erzählt oder versprochen? Er ist ein exzellenter Rhetoriker und kann sich auf jede Gegebenheit sofort einstellen. Er kann gepflegte Konversation betreiben, aber auch vulgär sein, wenn es die Situation erfordert. Hab ich recht? Und als was gibt er sich aus? Nennt er seinen Namen und seinen Beruf? Sagt er, er sei verheiratet und hat Kinder? Oder behauptet er gar, dass er ein sehr gläubiger Mensch ist? Ist er ein angesehenes Mitglied der Gesellschaft? Gut betucht? Fährt er ein teures Auto? Sieht bei ihm alles so edel aus, dass niemals jemand in ihm einen Mörder sehen würde? Was macht ihn so – anziehend? Ist er attraktiv? Frauen stehen auf attraktive Männer, auch Nutten. Wenn dann auch noch die Kohle stimmt ... Ach komm, lassen wir das, ich habe keine Ahnung, was gestern Abend oder heute Nacht passiert ist. Aber unter uns, wenn du mir's heute Nacht im Traum sagen willst, ich bin bereit. Und nun ruhe in Frieden.

Brandt warf ihr einen letzten Blick zu, stellte sich wieder auf, klopfte sich den Schnee ab und gab den beiden Herren in den grauen Anzügen ein Zeichen, dass sie die Tote jetzt abtransportieren konnten.

Andrea und Elvira standen noch immer gut zwanzig Meter entfernt und lieferten sich ein hitziges Wortgefecht, das aber nicht einmal in Bruchstücken zu ihm drang, er sah es nur an ihren Gesichtern und an ihren Gesten. Der Schnee verschluckte auch den Schall.

Er ging zu einem Streifenbeamten. »Wissen Sie, wann hier nachts die letzte S-Bahn hält?«

»Kurz nach eins.«

»Danke.«

Nun ging Brandt doch zu Andrea und Elvira, die sofort ihre Köpfe in seine Richtung wandten und verstummten. Elvira sah ihn mit traurigem Blick an, Andrea hingegen hatte etwas Triumphierendes in den Augen.

»Wir sind hier so weit fertig. Eigentlich können wir fahren.«

»Ja, geh schon mal vor, ich komm gleich nach«, sagte Elvira.

Er verabschiedete sich von den anderen Beamten und setzte sich mit einem mulmigen Gefühl in seinen Dienstwagen, machte den Motor an und wartete. Er ahnte, was zwischen ihr und Andrea vorgefallen war, wollte es aber von Elvira hören. Sie kam kurz nach ihm, knallte die Tür zu, lehnte den Kopf an die Nackenstütze und atmete ein paarmal tief durch.

»Fahr.«

»Was war das eben zwischen euch?«

»Was wohl? Würdest du bitte losfahren, ich will nur noch weg von hier.« Sie drehte den Kopf zur Seite, als würde sie aus dem Fenster sehen, doch sie wischte sich mit einer Hand übers Gesicht.

»Hey, du weinst ja«, sagte er und wollte sie berühren, doch sie ließ es nicht zu.

»Lass mich. Ich muss damit klarkommen.«

»Womit musst du klarkommen? Elvira, wenn's auch um mich geht, möchte ich gerne einbezogen werden. Ich hasse es, wenn Dinge unausgesprochen im Raum stehen, so was kann mich ziemlich … Also, was war das eben?«

»Mein Gott, es hat nur indirekt mit dir zu tun«, fuhr sie ihn an, um ihn im nächsten Moment entschuldigend anzuschauen. »Tut mir leid, aber ich halt das nicht mehr aus. Jedes Mal der gleiche Mist, und immer komm ich mir vor, als hätte ich ein Verbrechen begangen, nur weil ich mit dir zusammen bin. Andrea hat mich wieder mal beschuldigt, dich ihr ausgespannt zu haben. Ich wäre eine hinterhältige Schlange, die nur auf den richtigen Moment gewartet hätte, damit ich dich kriegen kann. So ein hirnverbrannter Schwachsinn! Und wieder hat sie mir gesagt, sie hätte nie vorgehabt, mit dir Schluss zu machen, das wäre alles ein Missverständnis gewesen … Blablabla. Es kotzt mich so an, das kannst du dir gar nicht vorstellen. Warum kann sie nicht endlich Ruhe geben? Wir waren doch mal beste Freundinnen!«

»Missverständnis? Hallo, du kennst ihren Abschiedsbrief in- und auswendig. Ich weiß nicht, was daran missverständlich sein soll. Und jetzt beruhig dich, ihr wart Freundinnen und werdet es definitiv nie wieder sein. Ich hätte eine solche Reaktion von Andrea niemals erwartet, sie war bis zu unserer Trennung nett und liebenswert. Ich muss mich total in ihr getäuscht haben. Dass jemand so nachtragend sein kann, hätte ich nicht für möglich gehalten.«

»Sie will nur nicht, dass wir glücklich sind, weil sie es nicht ist. Das habe ich ihr eben vorgehalten, als sie mal wieder unter die Gürtellinie geschlagen hat. Daraufhin ist sie noch giftiger geworden. Manchmal denke ich, dass es ein Fehler war, dass wir beide …«

»Stopp, kein Wort mehr. So was will ich nie wieder von dir hören, kapiert? Es war kein Fehler, es war Fügung, und dagegen soll man sich nicht wehren. Mit dir habe ich endlich die Frau gefunden, die ich immer gesucht habe, und ich will dich niemals verlieren. Hast du das verstanden?«

»Aber …«

»Kein Aber! Du bist die Nummer eins in meinem Leben und wirst es bleiben. Wenn Andrea mit ihrem Leben nicht zurechtkommt, heißt das noch längst nicht, dass sie das Recht hat, sich in unseres einzumischen. Und das werde ich ihr bei Gelegenheit auch noch mal deutlich zu verstehen geben.«

»Lass es doch einfach sein, es hat keinen Zweck, sich mit ihr anzulegen. Am Ende wird da noch mehr Benzin ins Feuer gegossen, und wem soll das nützen? Keinem von uns …«

»Doch, Elvira, es muss ein Schlussstrich gezogen werden. Aber ich werde kein Benzin ins Feuer gießen, sondern ich habe etwas anderes vor.«

»Und was?«

»Das verrate ich dir erst, wenn ich es getan habe. So, und nun beenden wir das leidige Thema und wenden uns einem anderen zu, nämlich unserer Toten …«

Elvira putzte sich die Nase. »Es war meine Schuld, ich hätte nicht zu ihr gehen dürfen. Ich hätte nicht fragen sollen, ob sie mal für einen Moment Zeit hat, ich hätte eine Kleinigkeit mit ihr zu besprechen. Ich hätte einfach nur meine Klappe halten sollen.«

»Du hast in guter Absicht gehandelt, leider ist Andrea unbelehrbar und störrisch wie ein Maulesel.«

»Richtig. Und deswegen werde ich auch nicht der Obduktion beiwohnen, sondern einen Kollegen hinschicken. Ein Staatsanwalt muss ja anwesend sein, aber das werde garantiert nicht ich sein, ich habe nämlich von Andrea die Nase voll … Was hast du jetzt vor?«

»Wir fahren als Erstes in die Wohnung der Preusse und danach statten wir ihren Eltern einen Besuch ab. Dabei wollte ich heute eigentlich in die Kirche gehen. Hab lange keine mehr besucht«, sagte Brandt schmunzelnd, in der Hoffnung, Elvira etwas aufzumuntern.

»Dann lass uns in die Kirche gehen«, antwortete sie und lächelte. »Die Wohnung läuft uns nicht weg und die Eltern auch nicht.«

»Ich bin mir im Übrigen gar nicht mehr so sicher, ob wir den Täter in der Kirche finden. Vielleicht ist es doch ein Zufall, dass die andern drei Opfer dorthin gegangen sind.«

Elvira sah Brandt von der Seite an. »Das glaubst du jetzt selbst nicht, oder? Der hat sich doch die Preusse nur aus

Frankfurt geholt und nach Offenbach gebracht, um eine falsche Fährte zu legen. Er merkt wohl, dass wir ihm dicht auf den Fersen sind und kriegt Panik ...«

»Nein, der kriegt keine Panik, das ist ein gut durchdachtes Ablenkungsmanöver. Ich meine, wenn der Mord in Frankfurt oder Wiesbaden oder Darmstadt passiert wäre, hätte ich ernsthafte Zweifel gekriegt. Aber diese billige Tour zieht nicht. Er spielt und meint, wir würden uns auf dieses Spiel einlassen. Ich nehme das eben Gesagte zurück: Alles führt zu dieser Kirche, aber auch wirklich alles.«

Er blickte zur Uhr am Armaturenbrett, zwanzig vor neun. »Lass uns noch eine Kleinigkeit frühstücken. Wir haben über eine Stunde Zeit. Ich kenn gleich hier in der Nähe ein Café. Und mach nicht mehr so ein trauriges Gesicht, da werde ich ja selber depressiv. Wir haben doch uns, und es gibt nichts und niemanden, der uns auseinanderbringen kann. Stimmt doch, oder?«

Elvira drückte lächelnd seine Hand. Ihr Lächeln war anders bei seiner Ex-Frau oder Andrea, Elviras Lächeln hatte etwas Magisches. Es weckte in ihm das Bedürfnis, sie sogleich in den Arm zu nehmen und nie wieder loszulassen. Manchmal fühlte er sich dann wie ein pubertierender Teenager, der seiner ersten großen Liebe begegnet war. Bisweilen konnte er sein Glück kaum fassen und meinte zu träumen. Aber die Frau neben ihm war Realität, seit über zwei Jahren hatte es kaum einen Tag gegeben, an dem sie sich nicht gesehen hatten. Nur das Thema Heirat wurde (noch) nicht direkt angesprochen, noch hatten sie keine Abende durchdiskutiert, ob sie es wagen oder lieber noch warten sollten. Brandt wollte in keinem Fall, dass Elvira sich in die Enge getrieben fühlte, obwohl er immer stärker zu spüren glaubte, dass sie nichts gegen eine auch formal feste Bindung einzuwenden hätte. Vielleicht würde er eines Tages wie in einer Filmschnulze vor ihr auf die Knie fallen und ihr einen Antrag machen, ihr einen Ring an den Finger stecken und sie fragen, ob sie seine Frau werden möchte.

Er hielt an, machte den Motor aus und drehte sich zu Elvira.

»Ist es besser?«

»Hm, geht schon. Aber so wie heute hat Andrea noch nie reagiert. Sie hat mich angesehen, als wollte sie mich umbringen. So schlimm war es noch nie.«

»Komm, wir frühstücken und fahren dann in die Kirche.«

»Weißt du eigentlich, dass ich das letzte Mal als Kind in einer Kirche war?«, sagte Elvira.

»Dann wird's ja mal wieder Zeit«, antwortete Brandt grinsend.

In dem noch fast leeren Café sprachen Brandt und Klein bei Croissants und Kaffee über Michaela Preusse und den schweren Gang zu ihren Angehörigen, der ihnen bevorstand. Es würde wieder ein voller Tag werden, erst Kirche, dann in Michaela Preusses Wohnung, anschließend zu den Eltern, sofern sie noch welche hatte. Und immer die Hoffnung im Gepäck, den Täter schnell zu fassen, damit nicht noch mehr junge Frauen so brutal ermordet wurden.

Um zwanzig vor zehn Uhr betraten sie die Kirche, die schon jetzt, trotz des miserablen Wetters, zu gut drei Viertel gefüllt war. Brandt war seit einer halben Ewigkeit nicht in einem Gottesdienst gewesen, doch der typische Geruch nach Weihrauch weckte sofort alte Erinnerungen. Der Altar war geschmückt, einige Gläubige tuschelten miteinander, andere waren in sich versunken, hatten die Augen geschlossen und die Hände gefaltet. Brandt sah sich vergeblich nach bekannten Gesichtern um.

Um Punkt zehn Uhr begann der Gottesdienst. Brandt ließ das Geschehen an sich vorüberziehen, bis sich unerwartet der Chor erhob und die acht Männer und zwölf Frauen einen Gospelsong sangen: »He's got the whole world in his hands.« Es war mitreißend, und Brandt wippte automatisch mit. Besser geht's nicht, dachte er und sah bei einem Seitenblick auf Elvira, dass sie die gleichen Gedanken hatte. Statt der folgenden Predigt hätte er lieber noch mehr von diesem grandiosen Chor gehört.

Winkler sprach über das Hohelied der Liebe, doch er vergaß nicht, darauf hinzuweisen, dass ein weiteres treues Mitglied der Gemeinde am Freitag Opfer eines Gewaltverbrechens geworden war, und bat die Anwesenden, der Verstorbenen zu gedenken.

Nachdem zum Abschluss noch einmal der eindrucksvolle Chor gesungen hatte, leerte sich gegen 11.20 Uhr die Kirche. Von vielen verabschiedete sich Winkler persönlich. Erst als fast alle gegangen waren, traten Brandt und Klein zu dem Pfarrer.

»Frau Klein, Herr Brandt, ich begrüße Sie, auch wenn ich Sie eigentlich verabschiede. Ich habe gar nicht bemerkt, dass Sie da waren. Hat Ihnen der Gottesdienst gefallen?«

»Ja«, antwortete Brandt, obwohl ihm nur der Chor gefallen hatte, den Rest hakte er ab. »Sie haben nicht übertrieben, Ihr Chor ist wirklich erste Sahne.«

»Danke, obwohl der Dank in erster Linie Herrn Neuendorf gebührt, dem es gelungen ist, innerhalb von nur einem halben Jahr diesen Chor auf die Beine zu stellen. Ich bewundere ihn dafür. Wie kann ich Ihnen helfen?«

»Die Familie Trautmann ...«

»Ist bereits gegangen. Bedaure, aber Sie haben sie verpasst. Normalerweise sind sie länger hier, sie gehören meist zu den Letzten, die die Kirche verlassen, heute jedoch ausnahmsweise nicht.«

»Und Familie Weber habe ich vergeblich gesucht.«

»Die waren nicht da, sie wollten das den Kindern nicht zumuten, sie leiden sehr unter dem Verlust der Mutter. Es ist immer tragisch, einen Menschen zu verlieren, besonders tragisch ist es aber, wenn ein Mensch auf so unsinnige Weise aus dem Leben gerissen wird ...«

»Ja, damit haben wir ständig zu tun«, entgegnete Elvira kühl. »Normale Tote interessieren uns nicht.«

»Das glaube ich Ihnen, der Tod ist ja Ihr ständiger Begleiter. Wie halten Sie das eigentlich aus?«

»Wir sind geschult, dem Tod täglich ins Gesicht zu blicken«, sagte Brandt. »Man gewöhnt sich daran. Wie an alles im Leben.«

»Da haben Sie recht«, sagte Winkler und wechselte gleich das Thema. »Ich hatte Ihnen doch die Liste mit Namen, Adressen und Telefonnummern aller Mitglieder gegeben. Warum probieren Sie es nicht einfach direkt? Ich denke, ein

Gotteshaus ist nicht der passende Ort für eine polizeiliche Befragung, denn das war doch wohl Ihre Absicht. Oder täusche ich mich da?«

»Sie täuschen sich. Wenn ich jemanden befragen will, dann garantiert unter Ausschluss der Öffentlichkeit, und dieser Ort«, entgegnete Brandt bissig, »ist mir viel zu öffentlich. Wenn Sie verstehen, was ich meine. Auf Wiedersehen.«

»Auf Wiedersehen. Und viel Erfolg noch.«

Ohne sich umzudrehen, ging Brandt mit Elvira zum Auto, das etwa hundert Meter entfernt parkte. Nur noch vereinzelte Flocken fielen aus den dichten Wolken. Von gestern Abend bis zum Mittag war fast mehr Schnee gefallen als in den Wintern der vergangenen zehn Jahre zusammen, dachte Brandt. Dazu kam eine nasse Kälte, die von unten nach oben kroch, auch wenn die Temperatur auf zwei Grad über null gestiegen war.

»Ich kann diesen Pfaffen nicht ausstehen«, sagte Brandt. »Der predigt von Liebe, dabei weiß der doch gar nicht, was das ist.«

»Geh nicht so hart mit ihm ins Gericht, er ist nun mal Pfarrer und muss sich den Gesetzen der Kirche beugen. Wenn er dürfte, wie er wollte, würde er uns einiges über die drei Frauen und den potenziellen Täter berichten. Er weiß eine Menge, aber das behält er für sich. Uns bleibt nichts anderes übrig, als unseren eigenen Weg zu gehen. Halt mich für verrückt oder spinnert, aber ich hatte vorhin für einen kurzen Moment das ganz starke Gefühl, dass der Mörder in meiner Nähe war. Es war ein unbeschreibliches Gefühl ...«

»Ich kann dir nicht ganz folgen«, sagte Brandt und schloss die Türen mit der Funkfernbedienung auf.

»Ich sag doch, ich kann es nicht besser beschreiben. Ich habe eine Energie gespürt, die nicht gut war.«

»Und wann war das etwa?«

»Wieso? Ist die Uhrzeit wichtig?«, fragte Elvira lachend.

»Sag schon, wann ungefähr?«

»Irgendwann mittendrin. Ich glaube, es war, als der Chor diesen Gospel sang. Ich war tief berührt, und gleichzeitig war da dieses Gefühl. Hätte ich doch bloß nichts gesagt, jetzt denkst du noch, ich hätte sie nicht mehr alle.«

»Schatz«, sagte Brandt und lehnte sich auf das Autodach, »so etwas würde ich niemals denken. Nur, und das ist Fakt, dein Gefühl bringt uns nicht einen winzigen Schritt weiter. Vor uns liegt ein langer und steiniger Weg. Jetzt fahren wir in die Wohnung der Preusse, und danach suchen wir uns ein nettes Restaurant, speisen fürstlich und erledigen den Rest unserer Arbeit für heute. Okay?«

Elvira konnte sich ein Schmunzeln nicht verkneifen und stieg ein. »Ich dachte immer, ich wäre die Pragmatische von uns beiden. Mittlerweile sehe ich das anders.«

»Wir sind beide sowohl pragmatisch als auch ... Was ist eigentlich das Gegenteil von pragmatisch?«, fragte er, startete den Motor und fuhr aus der Parklücke.

Elvira schüttelte den Kopf. »Jetzt hast du mich aber. Das Gegenteil von pragmatisch ... idealistisch, enthusiastisch? Der Pragmatiker denkt und ist sachlich, nüchtern ... Ja, was anderes fällt mir nicht ein. Wie kommst du eigentlich gerade jetzt auf so eine Frage?«, wollte Elvira wissen.

»Du hast damit angefangen. Aber ich akzeptiere deine Erklärung. Daran sieht man mal wieder, dass du eben doch die bessere Bildung genossen hast.«

»Mach dir nichts draus, ich bin deswegen kein besserer Mensch. Es kommt auf das Herz an, und das habe ich von dir gelernt. Wir ergänzen uns eben auf wundervolle Weise ... Warum hast du eigentlich Winkler nichts von der vierten Toten gesagt?«

»Weil sie nichts mit dieser Kirche zu tun hat. Sie lebte in Frankfurt, sie ging in Frankfurt auf den Strich, sie passt so gar nicht in das Schema. Der Killer spielt nur und hofft wohl, dass wir drauf reinfallen. Er kommt aus der Kirche und lacht sich über uns schief.«

Der Verkehr war mäßig, es schien, als trauten sich viele Autofahrer nicht, an diesem Sonntag ihr Auto aus der Garage zu holen. Dabei waren die meisten Straßen vom Schnee geräumt worden. Sie kamen gut voran. Unterwegs klingelte Brandts Handy.

»Hi, ich dachte, du hättest schon Feierabend«, meldete sich Brandt, als er Bauers Nummer erkannte, und stellte auf Freisprechanlage.

»Dachte ich auch, aber ich habe nach ungeklärten Morden gesucht und bin tatsächlich fündig geworden, auch wenn's ein wenig länger gedauert hat, weil ich noch einige Sachen mit den Kollegen der zuständigen Dienststellen abklären musste. Eigentlich wollte ich dir das ganze Zeug auf den Schreibtisch legen, aber es hat mir keine Ruhe gelassen. Also, pass auf ...«

»Frau Klein sitzt neben mir«, unterbrach ihn Brandt.

»Umso besser. Also, Folgendes: Es gibt zwei Mordfälle, einer hat sich im November 2006 in Darmstadt zugetragen, der andere im April 2007 in Frankfurt. Beim ersten Opfer handelt es sich um die neunundzwanzigjährige Gymnasiallehrerin Liane Schreiber aus Darmstadt, die in den späten Abendstunden des 21. November 2006 umgebracht wurde. Mit zwei Messerstichen. Alle Personen, mit denen sie in engerem Kontakt stand, die bei ihrem Beruf ja nicht gerade wenige sind, waren zum Teil mehrfach befragt worden, doch alle konnten ein mehr oder weniger einwandfreies Alibi vorweisen. Vom Täter fehlt nach wie vor jede Spur ...«

»Kam irgendjemand in den engeren Kreis der Tatverdächtigen?«, wollte Brandt wissen.

»Gleich. Es gibt nämlich ein markantes Detail, das mit unserer jetzigen Mordserie übereinstimmt – der Täter hat die Wohnungstür nur angelehnt. Andere Merkmale wie Drosselmarken et cetera fehlen jedoch. Und jetzt zu den Tatverdächtigen. Da gab es mehrere. Zum einen war da ein Liebhaber, den unsere Darmstädter Kollegen als Ersten im Visier hatten. Ein stinkreicher Mittfünfziger, Unternehmer, Societyhirsch, verheiratet, vier Kinder. Er hatte eine heimliche Liaison mit der Schreiber, und man ging anfangs davon aus, dass er sie im Streit umgebracht haben könnte. Der Typ hatte aber für die Tatzeit ein ziemlich gutes Alibi. Er konnte nämlich ein Telefonat nachweisen, das er mit der Schreiber spätabends führen wollte, und zwar etwa um die Zeit, als der Mord geschah. Er selbst schildert laut Protokoll, dass er von seinem Handy aus angerufen hat und schon auflegen wollte, als am andern Ende abgenommen wurde. Allerdings hat sich niemand gemeldet, der Hörer wurde nur auf die Seite gelegt, und er konnte Schritte hören, die sich entfernten. Sein Anruf wurde überprüft, und die Daten stimmten mit seiner Aussage überein, dass er zum Zeitpunkt des Anrufs etwa zwölf Kilometer von der Wohnung der Schreiber entfernt gewesen war. Damit war er entlastet, auch wenn ein Restzweifel blieb, denn einer wie er hätte ja auch jemanden beauftragen können, seine Geliebte zu beseitigen oder für ihn den Anruf zu fingieren. Auch in diese Richtung wurde ermittelt, jedoch ergebnislos. Dazu kam, dass seine Frau und die Hausdame ihm ein Alibi gegeben haben, laut dem er gegen 23.00 Uhr, plus minus einer Viertelstunde, nach Hause gekommen sei.

Als weiteren Tatverdächtigen gab es einen Lehrer, mit dem sie im Clinch gelegen hat, weil sie sich von ihm belästigt fühlte. Er war so eine Art Stalker, der sie eine ganze Weile nicht in Ruhe gelassen hatte, bis er von jetzt auf gleich damit aufhörte. Ein gewisser René Niemann, der aber ein erstklassiges Alibi vorweisen konnte, er war nämlich zu dem Zeitpunkt auf einer Fortbildung in Stuttgart, was mehrere Personen bestätigt haben.

Außerdem gerieten zwei Schüler in Verdacht, aber die waren ganz schnell raus aus der Nummer ... Also, um es kurz zu machen, der Täter befindet sich noch auf freiem Fuß.

Der zweite Fall, Caro Werner, ereignete sich am 12. April 2007. Sie war Bedienung in einem Café in der Freßgass und beim restlichen Personal sowie bei den Gästen wegen ihrer freundlichen und offenen Art sehr beliebt. Ich hab von der

Schreiber und von ihr mehrere Fotos auf dem Rechner und muss sagen, sie war sehr, sehr hübsch und auch noch ziemlich jung, gerade mal zweiundzwanzig. Sie hatte keinen festen Freund, dafür ständig wechselnde Bettgenossen, wie eine Freundin von ihr aussagte. Laut dieser Freundin war sie sexsüchtig, seit sie dreizehn Jahre alt war. Wortlaut der Aussage: Sie brauchte es täglich mindestens dreimal, meistens sogar öfter. Sie befand sich deswegen schon in Therapie, aber ihre Therapeutin sagte, dass sie noch ganz am Anfang gestanden hätten … Ob da jemand ausgetickt ist, vielleicht einer ihrer unzähligen Liebhaber, weiß man nicht, man vermutet jedoch, dass hinter der Tat ein anderes Motiv steckt. Sie wurde am Tattag auf dem Nachhauseweg von der Arbeit in einer kleinen Seitenstraße unweit ihrer Wohnung in einer Baustelle umgebracht. Es war dunkel, die Straße selbst war nur schwach beleuchtet. Obwohl es eine reine Wohngegend ist, hat niemand etwas von der Tat mitbekommen. Unsere Kollegen vermuten, dass der Mörder ihr entweder vom Café aus gefolgt ist oder ihr an der Baustelle aufgelauert hat und der Mord so schnell passiert ist, dass die Werner nicht mal mehr dazu kam, um Hilfe zu rufen.

Sie wurde mit, man höre und staune, sieben Messerstichen umgebracht, genau wie die Preusse. Allerdings fehlen auch bei ihr die Zutaten Drosselmarken, Olive et cetera pp. Und doch scheint es Parallelen schon zwischen diesen ersten beiden Morden zu geben. Es könnte sein, und da stimmen die Frankfurter und Darmstädter Kollegen überein, dass es sich um ein und denselben Täter handelt. Und wenn wir unsere Morde noch dazunehmen, denke ich, der Mann, der die Schreiber und die Werner umgebracht hat, hat auch die vier Morde bei uns begangen. Noch Fragen?«

»Ja. Das mit den Übereinstimmungen bei den ersten zwei Morden versteh ich nicht ganz. Die Schreiber wurde doch in ihrer Wohnung ermordet, die Werner auf einem Baugrundstück …«

»Korrekt. Aber wo ist das Problem? Wo die Zeidler ermordet wurde, wissen wir bis heute nicht, die Schubert wurde im Puff getötet, die Maurer …«

»Ist ja gut, ist ja gut. Was ist mit sexueller Gewalt?«

»Laut rechtsmedizinischem Gutachten wurden weder die Schreiber noch die Werner vergewaltigt oder anderweitig sexuell missbraucht. Bei der Schreiber und bei der Werner fanden sich jedoch Spermaspuren. Die Schreiber hatte noch kurz vor ihrem Ableben Sex mit ihrem Lover, bei der Werner fand man Sperma von vier verschiedenen Männern, von denen aber nur zwei ausfindig gemacht werden konnten. Mit einem Mann hatte sie einen Quickie in der Toilette im Café, mit einem andern schob sie ebenfalls eine schnelle Nummer kurz vor Dienstantritt. Ob sie an diesem Samstag auch mit ihrem Mörder sexuellen Kontakt hatte, das wissen die Götter.«

»Das mit der Übereinstimmung krieg ich noch nicht ganz auf die Reihe. Um welche Uhrzeit ereigneten sich die Morde?«, fragte Brandt, der zunehmend angespannter wurde, je länger er Bauer zuhörte. Er lenkte den BMW in die Gräfstraße, suchte nach der Hausnummer und vor allem nach einem Parkplatz, denn das Haus, in dem Michaela Preusse gewohnt hatte, lag in unmittelbarer Nähe zur Universität in einer beliebten Wohngegend.

»Mann, ich hab eine Mörderschicht hinter mir, und du stellst mir solche Fragen! Peter, du bist doch sonst immer derjenige, der Zusammenhänge blitzschnell herstellt. Die Morde an der Schreiber und der Weber sind die einzigen unaufgeklärten im Rhein-Main-Gebiet, sie liegen beide um die drei Jahre zurück und wurden an jungen Frauen begangen. Dazu das Merkmal Stichverletzungen ... Ich denke, du solltest sie mit einbeziehen.«

»Aber wenn die Schreiber in ihrer Wohnung ermordet wurde, bedeutet das doch ... Warte mal, wurde die Schreiber vor oder nach ihrem Tod misshandelt, geschändet oder auf besondere Weise drapiert?«

»Nein, nichts dergleichen. Allerdings ist auffällig, dass es keine Einbruchsspuren gab, weshalb davon ausgegangen wird, dass sie ihren Mörder kannte und ihn spätabends so gegen halb elf, elf arglos in die Wohnung gelassen hat. Ich meine, welche Frau öffnet so spät noch einem Mann die Tür, es sei denn, sie kennt und vertraut ihm? Ich kenne keine. Und um gleich noch die Frage nach der Uhrzeit zu beantworten: Die Schreiber wurde laut Rechtsmedizin zwischen halb elf und spätestens halb zwölf getötet, der genaue Todeszeitpunkt dürfte bei etwa 22.45 Uhr liegen, da der Geliebte der Schreiber sie laut Mobilfunkanbieter um 22.47 Uhr angerufen hat. Da war sie mit ziemlicher Sicherheit schon tot. Und noch was: Die Wohnungstür der Schreiber war nur angelehnt, wie bei der Schubert und der Maurer. Ich denke, das ist eine weitere Übereinstimmung. Denn wie viele Mörder kennst du, die die Wohnungstür nur anlehnen, nachdem sie gemordet haben?«

»So viele Mörder habe ich zum Glück noch nicht kennengelernt. Aber du hast schon recht, es gibt Parallelen. Hast du auch Tatortfotos?«

»Massenhaft. Kannst du auf deinem Rechner abrufen, ich hab's dir rübergeschickt. Was immer du jetzt mit diesen Infos anfängst, ich drück dir die Daumen.«

»Hey, du hast echt was gut bei mir. Essen, Kiste Bier, Kino, Theater ...«

»Lass mal stecken, eine Hand wäscht die andere. Du hast schon so oft was für mich gemacht. Ich schalte jetzt meinen Rechner aus und geh in die Heia, ich bin nämlich platt wie 'ne Flunder. Mach's gut und noch viel Erfolg. Ciao, ciao.« Bauer legte auf, ohne eine Erwiderung abzuwarten.

»Hammer«, entfuhr es Brandt, der endlich nach langem Suchen einen Parkplatz gefunden hatte und rückwärts einparkte. »Wenn das alles stimmt, dann hat unser Mann in Darmstadt angefangen, das könnte für uns der Durchbruch sein. Es geht jetzt nur noch um Namen, nichts als Namen. Das heißt, wir werden uns noch einmal mit dem beruflichen und privaten Umfeld der Schreiber auseinandersetzen.«

»Und wenn er inzwischen seinen Namen geändert hat?«, warf Elvira ein.

»So leicht geht das nicht. Und selbst wenn, wir werden es rauskriegen. Dieser beschissene Tag bekommt mit einem Mal ein richtig nettes Gesicht, findest du nicht?«

»Wenn du meinst.«

»Ach komm, wir stehen vielleicht kurz vor einem Durchbruch. Oder ist es immer noch wegen Andrea?«

Ohne darauf einzugehen, sagte Elvira: »Ich find das sensationell, was Bauer rausgefunden hat. Wie ist er bloß auf diese Idee gekommen? Das ist doch gar nicht seine Aufgabe.«

»Durch mich. Ich hab ihn vorhin gefragt, ob er nicht mal alle ungeklärten Mordfälle der letzten zehn Jahre an Frauen im Alter zwischen sechzehn und vierzig in Deutschland durchgehen könnte …«

»Genial. Das heißt, du hattest schon eine Ahnung, dass unser Mann bereits vor den Morden bei uns …«

»Es war Nicole, sie hat mich drauf gebracht. Sie war gestern Abend wirklich glasklar im Kopf. Ich wär gar nicht auf die Idee gekommen. Aber als sie es ausgesprochen hat, hab ich nur gedacht, diese Sache werde ich überprüfen.«

»Ich bin stolz auf euch. Ich denke, jetzt kriegen wir ihn.«

»Er weiß nur noch nicht, dass wir ihm dicht auf den Fersen sind.«

»Wir sind ihm noch nicht dicht auf den Fersen, bis jetzt haben wir nur Vermutungen …«

»Aber du hast doch eben selbst gesagt, dass wir ihn jetzt kriegen«, sagte Brandt irritiert.

»Schon, aber ich will vermeiden, dass wir zu euphorisch sind und dann doch enttäuscht werden.«

»Ich bin nicht euphorisch, ich sehe nur endlich einen Lichtstrahl am Horizont. Du solltest mich besser kennen, Euphorie war noch nie mein Ding. Ich bin Pragmatiker«, sagte er grinsend, als sie ausstiegen und die fast zweihundert

Meter zum Haus gingen. Die Sonne mogelte sich für Sekunden durch die Wolken, bevor sie wieder verschwand, als wollte sie nur kurz zeigen, dass es sie noch gab. Von den Dächern tropfte es, die Temperatur lag bei über null Grad. Doch spätestens heute Nacht würde es wieder frieren, die Straßen würden glatt sein, und es würde mehr Unfälle geben als sonst.

SONNTAG, 12.25 UHR

Michaela Preusses Wohnung war eine typische Studentenbude im dritten Stock eines Mehrparteienhauses. Zwei Zimmer, die mit schlichten Möbeln eingerichtet waren, keine Pflanzen, ein mittelmäßig sauberes Badezimmer, eine Küche, die eine Grundreinigung dringend nötig gehabt hätte, und ein Schlafzimmer mit einem ungemachten Bett. In dem etwa zwanzig Quadratmeter großen Wohnzimmer standen eine Couch, ein Sessel, ein Tisch, ein kleiner Fernseher, eine Musikanlage, alles klein und billig. Am auffälligsten war der Schreibtisch, auf dem sich die Bücher türmten. Elvira ging die Stapel durch und nickte: »Sie hat studiert. Alles Bücher aus der Uni-Bibliothek.«

»Aber sie hat keinen besonderen Wert auf Sauberkeit gelegt, wenn ich mich hier so umsehe.«

»Hier«, sagte Elvira und hielt ein Blatt Papier hoch, »sie hat ihre Noten notiert. Eine Einser-Studentin. Da frage ich mich doch, warum geht so jemand auf den Strich? Wenn sie in Geldnot war, hätte es bei ihren Leistungen ...«

»Ist heute nicht mehr so einfach. Es wird doch überall gespart. Nur diese Schnösel, die in ihren klimatisierten Hörsälen Jura, BWL und VWL studieren, bekommen alles in den Arsch geschoben.«

Elvira runzelte die Stirn und warf Brandt einen giftigen Blick zu. »Ich habe auch Jura studiert und ...«

»Und? Gib doch zu, dass du Privilegien hattest, von denen zum Beispiel Germanistikstudenten nur träumen konnten. Das war bei dir so und ist heute noch immer so, oder sogar schlimmer. Ein bisschen kenne ich mich da auch aus.«

»Was suchen wir eigentlich?«

»Gar nichts, ich wollte nur sehen, wie sie gewohnt hat. Sie war finanziell nicht sonderlich gut gestellt, wenn ich mir ihre Kontoauszüge so anschaue«, sagte Brandt, der einen Ordner in der Hand hielt und darin blätterte. »Immer am Limit. Ich sehe keinen Geldeingang von den Eltern oder andern Verwandten. Die war vollkommen auf sich allein gestellt. Wahrscheinlich sah sie gar keinen anderen Ausweg, als auf den Strich zu gehen. Und dann trifft sie auch noch ihren Mörder. Was für ein Scheißspiel!«

»Es gibt doch auch andere Möglichkeiten, Geld zu verdienen. Niemand muss sich prostituieren«, widersprach Elvira.

»Sie hat es vielleicht als einzigen Weg gesehen. Ich möchte nicht wissen, wie sie sich dabei gefühlt hat. Du weißt, du bist eine Spitzenstudentin, auf der andern Seite reicht die Kohle vorne und hinten nicht. Da fängst du doch an, am

Leben und an der Gesellschaft zu zweifeln. Oder an der Politik.« Er hatte den Ordner wieder auf den Tisch gelegt und sah in den Kleiderschrank. »Hier, die Klamotten. Das Zeug ist ganz sicher nicht aus der Goethestraße. Billigware.«

Elvira kam näher. »Trotzdem geschmackvoll. Ich sag's doch immer, auch mit wenig Geld kann man sich gut kleiden. Und bitte, kein Kommentar zu meinem Outfit.«

»Hatte ich nicht vor«, bemerkte er trocken. »Und ich sehe auch keinen Alkohol bis auf eine Flasche Wein. Gut, sie hat geraucht«, sagte er mit Blick auf einen halbvollen Aschenbecher, »aber sonst war sie sauber. Ich sag dir was: Während die ersten drei Opfer von unserm Täter gezielt ausgesucht worden waren, ist sie ihm rein zufällig in die Hände gefallen. Er wollte nur ein bisschen Verwirrung stiften.«

»Sehe ich genauso. Er spielt und denkt, wir würden das nicht merken«, sagte Elvira und deutete auf ein Foto, das Michaela Preusse mit mehreren Personen zeigte. »Ihre Eltern und Geschwister?«

»Ich gehe davon aus. Hast du schon irgendwo die Adresse von denen entdeckt?«

»Bis jetzt nicht. Vielleicht hier«, Elvira holte ein Adressbuch aus der Schreibtischschublade, suchte unter P und fand einen Eintrag. »Eine Telefonnummer.«

»Zeig mal.«

Elvira reichte Brandt das Adressbuch. »Schau mal hier: Im Notfall bitte wenden an und so weiter und so fort. Da steht eine Adresse. Machen wir uns auf den Weg nach Bad Vilbel. Hier gibt's nichts weiter zu tun. Und die Spusi brauchen wir auch nicht. Er hat sie auf der Straße aufgegabelt und nach Offenbach geschafft. Das war eine Zufallsbegegnung zum Nachteil von Michaela Preusse.«

»Ist das jetzt der Zyniker in dir?«, fragte Elvira.

»Nee, das ist nur der Peter Brandt. Ich frag mich manchmal, ob es im Leben so etwas wie Bestimmung gibt. Werden manche Menschen geboren, um zu leiden und früh zu sterben? Sie war sechsundzwanzig und auf dem besten Weg, ein Studium abzuschließen und einen guten Beruf auszuüben. Aber weil das Geld nicht reichte, ging sie auf den Strich und …«

»Halt mal inne«, sagte Elvira, umarmte Brandt und sah ihm in die Augen. »Ob es eine Bestimmung gibt oder den berühmten Zufall, das kannst weder du noch ich beantworten. Aber vielleicht war es Bestimmung, dass wir diesen Fall lösen. Oder war es Zufall? Bestimmung, Zufall? Zufall, Bestimmung? Was nehmen wir? Dir ist klar, dass diese Ermittlung eine Ausnahme ist und so nie wieder vorkommen wird. Du wirst einen neuen Partner oder eine Partnerin kriegen, und ich werde mich wieder um meine Aufgaben als Staatsanwältin kümmern. Ich bin keine Polizistin.«

»Das brauchst du mir nicht zu sagen, obwohl du mir eine große Hilfe bist.«

»Quatsch, ich wäre zum Beispiel nie auf die Sachen gekommen, auf die Nicole gekommen ist. Die Denke von euch ›Bullen‹ ist anders als die von uns Staatsanwälten. Das ist nun mal eine Tatsache. Wir setzen vor Gericht das fort, was ihr erarbeitet habt. Ihr schnappt Verbrecher, wir sehen zu, dass sie verurteilt werden. Das sind zwei völlig verschiedene Paar Schuhe. Und jetzt ab, wir wollten doch noch was essen, bevor wir zu den Eltern fahren.«

»Hast du Hunger?«, fragte Brandt.

»Eigentlich nicht. Ich dachte, du hättest ...«

»Im Augenblick nicht. Bringen wir das Unangenehme hinter uns.«

»Dein Wille sei mir Befehl. Nur, nachher wird kaum noch ein Restaurant offen haben.«

»Aber es gibt ja auch noch McDonald's oder Burger King oder ...«

»Du Fastfoodjunkie. Warum müsst ihr Bullen euch immer so ungesund ernähren? Pizza, Currywurst, Pommes, Hamburger ...«

»Weil wir nie genügend Zeit haben, weil wir doppelt oder dreifach so viel arbeiten wie etwa Staatsanwälte oder Staatsanwältinnen ...«

»Oh, mir kommen die Tränen. Und das auch noch für weniger Gehalt. Du Ärmster, du hast mein tiefstes Mitgefühl.«

»Mach dich ruhig lustig über mich, du wirst schon noch sehen, was du davon hast.«

»Du machst mich neugierig, Herr Kommissar. Was hab ich denn davon?«, fragte sie mit neckischem Blick.

»Das wirst du heute Abend erfahren, vorausgesetzt, ich muss nicht schon wieder Überstunden schieben.«

»Heute nicht. Er hat bis jetzt noch nie am Sonntag gemordet.«

»Oh, wie scharfsinnig. Aber was, wenn er seine Meinung ändert? Wenn ihm der Sonntag egal ist?«

»Dann haben wir gelitten, denn ich lasse dich doch nicht allein ermitteln. Das Ding bringen wir beide gemeinsam zu Ende. Versprochen.«

»Gut.«

Sie fuhren nach Bad Vilbel und hielten vor einem schmucken Einfamilienhaus. Brandt klingelte, und ein kleiner, untersetzter Mann mit Halbglatze kam an die Tür. Brandt zeigte seinen Ausweis und bat darum, mit Elvira Klein hereinkommen zu dürfen.

Außer dem Vater von Michaela Preusse waren die Mutter und zwei jüngere Geschwister anwesend. Brandt berichtete von dem Tod ihrer Tochter und Schwester und sprach sein Beileid aus. Mit keinem Wort erwähnte er, dass Michaela als Prostituierte gearbeitet hatte.

Die Eltern brachen in Tränen aus, auch die Geschwister weinten und verließen das Wohnzimmer. Nachdem sich der Vater etwas beruhigt hatte, erzählte er, dass er Michaela bis vor einem Jahr finanziell unterstützt habe, er aber nach längerer Krankheit seinen Arbeitsplatz verloren habe und nun von Hartz IV leben müsse. Er konnte seiner Tochter nichts mehr zukommen lassen, doch sie hatte ihrer Familie gesagt, sie bräuchten sich keine Sorgen zu machen, sie gäbe Nachhilfeunterricht und arbeite zusätzlich in einem Supermarkt an der Kasse, so dass sie ganz gut über die Runden käme. Sie habe ihre Familie auch regelmäßig besucht, denn die Tür stand für Michaela immer offen.

»Michaela war die beste Tochter, die Eltern sich wünschen

können«, sagte er unter Tränen. »Auch unsere beiden andern Kinder sind großartig. Aber Michaela ist die Älteste und ...« Die restlichen Worte gingen im Schluchzen unter, Herr und Frau Preusse hielten sich fest umarmt und weinten gemeinsam.

Nach einer halben Stunde erhoben sich Brandt und Elvira. In der Tür sagte Herr Preusse noch: »Das Leben ist ungerecht. Nur weil ich krank geworden bin, habe ich meine Arbeit verloren. Jetzt gehören wir auf einmal zur Unterschicht und werden aller Voraussicht nach auch noch das Haus verlieren, weil es zu groß ist, wie sie sagen, obwohl ich es mit meinem eigenen Geld bezahlt habe. Aber das interessiert die da oben nicht, wir sollen das Haus verkaufen und in eine kleinere Wohnung ziehen, sonst gibt es bald kein Geld mehr. Den Sinn soll einer verstehen, das Haus ist nicht mehr belastet und die monatlichen Kosten sind viel geringer als die Miete für eine Wohnung. Das mit dem Haus hätte ich noch hinnehmen können, aber das mit Michaela ... Nein, das ist zu viel. Wie sollen wir das alles nur ertragen?«

»Ich kann es Ihnen nicht sagen«, antwortete Brandt und fühlte sich elend. Dieser kleine Herr Preusse war die personifizierte Verzweiflung. »Verlieren Sie aber bitte nicht den Mut.«

»Es tut mir leid, Sie auch noch mit meinen kleinen Problemen belästigt zu haben. Aber der da oben hat wohl was gegen meine Familie. Ich habe keine andere Erklärung. Warum hat er uns Michaela genommen? Warum?«

»Darauf gibt es keine Antwort, Herr Preusse«, sagte Elvira.

»Es gibt wirklich keine. Und wie Herr Brandt schon sagte, verlieren Sie bitte nicht den Mut.«

»Das sagen Sie so leicht. Auf Wiedersehen.«

SONNTAG, 18.45 UHR

Nach der Messe war er mit den Trautmanns in ein ungarisches Restaurant gefahren. Beim Essen hatten sie sich über Linda Maurers Tod unterhalten, die Sinnlosigkeit hinter diesem Verbrechen, die traurige Tatsache, dass zwei Kinder jetzt ohne Mutter aufwachsen mussten.

Vom Restaurant aus fuhr er direkt nach Hause, um sich ein paar Stunden hinzulegen, damit er sich danach ausgeruht auf den wesentlichen Teil seines Plans vorbereiten konnte. Er hatte alles tausendmal oder öfter durchgespielt. Er hatte alle Unwägbarkeiten bedacht, sämtliche Eventualitäten eingeplant, denn seit drei Jahren hatte er an dem Plan gearbeitet und ihn ausgefeilt, bis er ihn für perfekt befand.

Was immer auch nach der Durchführung dieses Plans geschah, war ihm gleichgültig. Er hatte gelitten, er hatte geliebt, er hatte gemordet. Er erinnerte sich gerne an das erste Mal, das unsagbar prickelnde Gefühl, als ein Mensch in der Blüte seines Lebens den letzten Atemzug tat, wie die Augen brachen, der Kopf zur Seite fiel, das Blut aus den zwei Wunden sickerte … Er hatte getan, was getan werden musste.

Nach diesem Mord hatte sich eine Eigendynamik entwickelt, die er nicht mehr kontrollieren und steuern konnte. Er wollte es auch gar nicht. Erst war diese Dynamik nur in seinem Kopf, dann breitete sie sich über den ganzen Körper aus, hinein in den Bauch, vor allem aber zwischen die Beine. Kein Tag, kaum eine Stunde verging, da er keine Erregung verspürte, wenn er eine Frau nur sah (und viele waren nicht einmal schön oder besonders attraktiv), und gleichzeitig wusste er, dass keine darunter war, die er hätte lieben können. Er hatte unzählige Frauen allen Alters kennengelernt, und bei nicht wenigen verspürte er diesen unbeschreiblichen Drang, sie zu besitzen, sie zu töten, doch meist waren es nur Gedankenmorde.

Und doch gab es eine Frau, die er zu lieben meinte und von der er glaubte, nein, überzeugt war, dass dieses Gefühl auf Gegenseitigkeit beruhte. Es war aber längst zu spät, der Zug war abgefahren, denn auch wenn diese Liebe Realität werden würde, er würde weitermorden und weitermorden – bis zu seinem Tod.

Es waren die Bilder seiner Vergangenheit, die ihn nicht losließen, der unsägliche Hass, der sich über drei Jahrzehnte konstant aufgebaut hatte und so unerträglich wurde, dass er ihn zwang zu töten. Und dieser richtete sich nur gegen Frauen. Sechs Frauen in drei Jahren, davon zwei innerhalb der letzten drei Tage.

Hatte er es gewollt? Wollte er töten? Diese Frage hatte er sich unzählige Mal gestellt und nie eine Antwort gefunden. Nein, vor Liane Schreiber hatte er niemals jemanden töten wollen, doch nach ihrem Tod wurde er süchtig nach dem

Dunklen, süchtig nach Macht, nach Blut und nach dem Zwang zu töten.

Wie konnte es geschehen, dass er in eine Kirchengemeinde kam, wo es von Huren nur so wimmelte? Zufall? Oder war er von einer unsichtbaren Macht dorthin gebracht worden? Er wusste es nicht. Doch wo er hinblickte, sah er nur Huren, Huren, Huren. So erschien es ihm jedenfalls. Und er verschwendete auch nicht einen Gedanken daran, dass sein Blick eingeschränkt sein könnte, für ihn waren alle Frauen gleich. Alle Frauen waren Huren, und Huren hatten sein Leben zerstört. Huren hatten ihn sein Leben lang begleitet, Nonnenhuren, die sich von ihm bedienen ließen, um ihre Lust zu befriedigen. Und sie dachten sich immer neue drakonische Strafen aus, um ihn und andere seiner Mithäftlinge, wie er sie nannte, zu demütigen und ihre Seele zu zerstören.

Natürlich waren nicht alle Nonnen gleich gewesen, es gab auch welche, die ihn nicht demütigten, die ihn nicht zu Dingen zwangen, die er nicht wollte. Die ihm aber auch nicht zur Seite standen oder sich vor ihn stellten, wenn es ihm schlechtging.

Zwei seiner Kumpel hatten sich noch im Waisenhaus das Leben genommen. Offiziell waren sie bei Unfällen gestorben.

Er erinnerte sich noch genau, wie er mit sieben Jahren ins Waisenhaus gekommen war. Anfangs war es eine Verbesserung gewesen, aber bereits nach wenigen Wochen erkannte er, dass er von einer Hölle in die nächste gestoßen worden war. Die schlimmste Hölle für ein Kind.

Er war in seinem Zimmer, kniete vor seinem Schrein und betrachtete andächtig die sechs Fotos. Er berührte jedes einzelne davon, lächelte und zündete sechs Kerzen an. In diesem Zimmer – wie im ganzen Haus – herrschte vollkommene Ruhe, kein Laut drang von außen herein. Die Fenster waren geschlossen, die Rollläden heruntergelassen. Er hatte die Heizung aufgedreht, ihm war schon seit dem Morgen kalt. Er hoffte, sich nicht erkältet zu haben, doch wenn es sein musste, würde er sich mit Medikamenten vollstopfen, bis auch die letzten Symptome verschwunden waren. Da war ein leichtes Kratzen im Hals, und die Augenhöhlen schmerzten.

Ich darf jetzt nicht krank werden, nicht jetzt und vor allem nicht heute. Nicht heute, nicht heute, nicht heute!

Als er sich erhob, schien der ganze Körper zu schmerzen. Er ging ins Bad, öffnete den Medikamentenschrank und nahm ein paar Pillen und Tropfen. Bald würde er sich besser fühlen.

Er kniete sich wieder vor den Schrein und blickte verklärt in die Gesichter der Frauen, die er ins Jenseits befördert hatte. Kurz sah er auf die Uhr, der Sekundenzeiger bewegte sich in monotonem Rhythmus vorwärts.

»Heute Abend ist es so weit, meine Lieben«, sagte er leise, als könnte jemand mithören, obwohl er sich ganz allein in seinem Haus befand. »Heute Abend werde ich mein Werk vollenden. Was immer danach passiert, das weiß nicht einmal ich. Vielleicht werden wir uns bald wiedersehen, auch wenn ich nicht recht daran glaube. Es gibt kein Leben nach dem Tod, es gibt keinen Gott, keinen Teufel, nur Menschen, die sich als Gott oder Teufel aufspielen. C'est la vie et c'est la mort, dachte er lächelnd. Weder das eine noch das andere ist schön. Wir sehen uns später. Vielleicht. Jetzt muss ich mich fertig machen, die Zeit vergeht wie im Fluge, und ich will nicht zu spät kommen. Tschüs, meine Lieben, es hat Spaß gemacht mit euch.«

Er löschte die Kerzen, wartete, bis auch der letzte Docht nicht mehr glühte und der Rauch sich im Zimmer verteilt hatte, schloss die Tür und legte den Schlüssel an die geheime Stelle.

Er ging wieder ins Bad, er wollte gut riechen für den großen Augenblick, der gegen zweiundzwanzig Uhr stattfinden würde. Noch war alles ruhig, noch ahnte niemand etwas von dem, was heute Nacht geschehen würde.

Nach dem Duschen zog er frische Unterwäsche, frische Socken, eine noch ungetragene Jeans und einen Pullover an, legte ein herbes, dem Winter angepasstes Eau de Toilette auf und warf um halb neun einen langen Blick in den Spiegel.

Er aß zwei Scheiben Brot mit Käse und trank ein Glas Orangensaft. Die Tabletten und die Tropfen hatten ihre Wirkung nicht verfehlt, er fühlte sich wieder topfit.

Um 21.25 Uhr verließ er das Haus, setzte sich in seinen Audi A6 Avant und fuhr nach Frankfurt. Oft genug hatten sie in den letzten Tagen von diesem Abend gesprochen, wie sehr sie sich darauf freuten und dass es ein ganz besonderes Ereignis werden würde.

Er kam gut eine halbe Stunde vor Ende der Aufführung in Frankfurt an, fuhr ein paarmal um den Block, bis er einen

Platz gefunden hatte, wo er stehen konnte, ohne die Aufmerksamkeit der Polizei zu erregen, und gleichzeitig den Ausgang perfekt im Blick hatte.

Als um 22.15 Uhr die ersten Besucher des Konzerts aus der Alten Oper strömten, stieg er aus, denn er wollte sie unter keinen Umständen verfehlen. Schließlich erblickte er sie und ging auf sie zu. Als sie ihn erkannten, sagte Erika Trautmann überrascht: »Was machst du denn hier?«

»Euch abholen.« Dabei lächelte er so jungenhaft und ein wenig verlegen, wie sie ihn seit drei Jahren kannten. »Ich musste sowieso nach Frankfurt, um mit einer Kollegin etwas zu besprechen, und da dachte ich mir, warum sollte ich euch nicht abholen.«

»Aber wir wollten doch mit S-Bahn …«

»Vergesst die S-Bahn. Oder wollt ihr, dass ich umsonst gewartet habe?«

»Natürlich fahren wir mit dir«, meldete sich jetzt Juliane zu Wort und nahm ihre Mutter bei der Hand.

»Schön. Dann lasst uns nach Hause fahren, es ist spät, und ich muss morgen ziemlich früh raus.«

»Danke«, sagte Erika Trautmann und stieg hinten ein, während Juliane sich vorne neben ihn setzte. »Aber fahr vorsichtig, es ist glatt«, mahnte sie.

»Ich weiß.«

Während der Fahrt berichteten die beiden Frauen überschwenglich von dem großartigen Konzert dieser Ausnahmesängerin, die gewiss eine große Karriere vor sich habe.

»Eine Stimme, kann ich dir sagen, eine Stimme, als wäre ein Engel auf die Erde geschickt worden«, schwärmte Erika

Trautmann, und Juliane pflichtete ihr bei. »Schade, dass du nicht dabei warst, es hätte dir bestimmt gefallen. Max und Thomas interessieren sich ja leider nicht für solche Musik.«

»Ja, ich bedaure es auch, aber ihr wisst ja, ich habe keine Karte mehr bekommen. Beim nächsten Mal.«

Kurz nachdem sie Offenbach erreicht hatten, lenkte er den Wagen in eine dunkle Auffahrt und sagte: »Ich muss mal was gucken, da vorne stimmt etwas nicht. Dauert nicht lange.«

»Was ist denn los?«, fragte Erika Trautmann ohne jedes Misstrauen.

»Keine Ahnung. Der muckt in der letzten Zeit öfter rum. Nicht, dass mir der Motor noch kaputtgeht.«

Er stieg aus, öffnete die Motorhaube, kam wenig später an die Beifahrertür und öffnete sie. »Ich müsste mal kurz ans Handschuhfach, meine Taschenlampe rausholen. Entschuldigung.«

Juliane lächelte etwas verschämt und zog die Beine an, damit er an das Handschuhfach kam, er holte etwas heraus, Juliane runzelte die Stirn, doch bevor sie etwas sagen konnte, traf sie ein heftiger Stromstoß an der Brust, dem ein weiterer folgte, bis sie bewusstlos im Sitz zusammensank.

Wie einstudiert, war er, bevor Erika Trautmann auch nur ansatzweise begriff, was geschehen war, bei ihr, und nur wenige Sekunden später verlor auch sie die Besinnung.

Er zog eine Spritze aus seiner Jackentasche und injizierte beiden Frauen ein Betäubungsmittel, das sie etwa eine Stunde schlafen lassen würde.

Er ließ die Motorhaube fallen, startete den Motor und fuhr rückwärts auf die Straße. Nach zweiundzwanzig Minuten hatte er sein Ziel erreicht. Alles war glattgegangen. Der erste Teil des Plans hatte funktioniert. Nun folgte Teil zwei. Er lächelte, aber nicht jungenhaft und charmant, sondern abgrundtief böse.

Zunächst hievte er Juliane aus dem Auto und schleppte sie in das verlassene Haus, danach holte er ihre Mutter. Er zog beide Frauen nackt aus, setzte sie auf die zwei Stühle, die in dem kargen, kalten Raum standen und durch dicke Schrauben fest im Boden verankert waren, und fesselte sie mit Kabelbindern.

In der Mitte des durch schwarze Jalousien abgedunkelten Raums befanden sich ein Tisch und dahinter ein Stuhl. Drei große Neonröhren spendeten gleißendes Licht, dazu kam Licht von drei Bühnenscheinwerfern, die, sobald die Frauen wieder bei Bewusstsein wären, wie Tausende von Nadeln in ihre Augen stechen würden.

Es war eine perfekte Inszenierung, und er war stolz, dies auf die Beine gestellt zu haben.

Er setzte sich auf seinen Stuhl, die Hände gefaltet, und wartete. Er war geduldig, Zeit spielte keine Rolle. Sein Blick ging immer wieder zu den zwei Frauen, die ihm so arglos vertraut hatten, wie ihm alle Frauen immer vertraut hatten. Doch diese beiden kannten ihn ja auch bereits seit drei Jahren.

Ein Blick zur Uhr: 23.31.

Max und Thomas werden sich bald wundern, wo ihr bleibt, sagte er im Flüsterton und begutachtete Julianes wohlgeformten Körper. Ein Körper, den sie nie zeigte, obwohl er vorzeigenswert war – wie auch der ihrer Mutter, wie er feststellen konnte.

Um 23.59 Uhr begann Juliane sich zu regen, nur zwei Minuten darauf auch ihre Mutter. Der Showdown konnte beginnen.

SONNTAG, 16.10 UHR

Ich kann nicht mehr«, stöhnte Elvira Klein, als sie im Präsidium eintrafen. Nach dem traurigen Besuch bei den Preusses waren sie in ein nettes, kleines Café eingekehrt und hatten fast anderthalb Stunden über die Ereignisse des Tages gesprochen, Brandt hatte vier Tassen Kaffee getrunken und Käsekuchen gegessen, während Elvira sich mit Pfefferminztee und einem Croissant begnügte. Die Begegnung mit den Preusses hatte Spuren hinterlassen, denn wieder einmal hatten sie hautnah erfahren, wie leicht es heutzutage war, aus einem gesicherten Leben tief nach unten zu fallen, wo niemand einen auffing.

»Da glaubst du, dein Leben ist in Ordnung, dann wirst du plötzlich krank und fällst für längere Zeit aus, und schon bist du für deinen Arbeitgeber nicht mehr tragbar«, sagte Brandt und schüttelte verständnislos den Kopf. »Ich bin so was von froh und dankbar, dass ich Beamter bin und mir um meinen Job keine Sorgen zu machen brauche. Ich verdiene zwar nicht die Welt, aber ich bin wenigstens abgesichert.«

Elvira sah in ihre gläserne Teetasse, drehte sie zwischen den Fingern und meinte, ohne auf Brandts letzte Bemerkung einzugehen: »Und dann verlieren sie ihre Tochter an einen wahnsinnigen Killer. Es war gut, dass wir ihnen nicht gesagt haben, welcher Tätigkeit ihre Tochter nachgegangen ist. Das hätte sie noch tiefer runtergezogen.«

»Sie wären daran zerbrochen«, wurde sie von Brandt korrigiert. »Die sind doch jetzt schon ganz unten und sehen keine Perspektive mehr. Der Preusse dürfte Mitte fünfzig sein, der findet nie wieder einen Job. Und seine Frau hat sich ihr Leben lang nur um die Familie gekümmert. Aber wir dürfen das nicht zu sehr an uns heranlassen. Genau wie bei unserem Kroaten. Vladic ist doch auch so eine arme Sau.«

»Themawechsel. Nicht auch noch Vladic, dieser Tag war schon mies genug. Bezahl und lass uns gehen. Bitte.«

Danach waren sie ins Präsidium gefahren, weil Brandt sich unbedingt noch die Unterlagen ansehen wollte, die Bauer auf seinen Schreibtisch gelegt hatte.

»Muss das wirklich alles noch heute sein?«, fragte Elvira.

»Gib mir fünf Minuten, damit ich wenigstens einen Blick darauf werfen kann. Okay?«, sagte Brandt etwas gereizt, schaltete seinen Rechner ein und nahm sich die Unterlagen zum Mordfall Liane Schreiber vor.

»Da brauchst du aber nicht gleich so grantig zu werden«, erwiderte Elvira und ließ sich auf einen Stuhl fallen, zog die Schuhe aus und massierte sich die Füße. »Mir tut alles weh, kannst du das nicht verstehen?«

»Doch, nur zu gut, aber in meinem Job lernst du, den Schmerz im Notfall zu unterdrücken. Außerdem laufe ich gerade heiß, weil ich merke, dass wir aufholen. Der Saukerl soll unsern Atem im Nacken spüren. Wir schnappen zu, wenn er nicht damit rechnet.«

»Gut und schön. Und das willst du heute noch über die Bühne bringen?«

»Elvira, bitte, nur ein paar Minuten. Ich will ja auch nach Hause und mich mal meinen Mädels zeigen. Seit sie aus dem Urlaub zurück sind, hab ich sie kaum zu Gesicht bekommen.«

Elvira legte den Kopf zurück und schloss die Augen. Sie sehnte sich nach einem Sofa. Und sie bewunderte Brandt für dessen Energie und Elan. Mit Ende vierzig schien er noch endlos belastbar. Sie war kurz vor dem Wegnicken, als Brandts Stimme sie herausriss.

»Schau dir das an. Wenn ich diese Fotos mit den Fotos unserer Opfer vergleiche ... Das ist *seine* Handschrift. Wer immer auch die Schreiber und die Werner umgebracht hat, es war unser Mann.«

Elvira stand auf. »Wie erkennst du da eine bestimmte Handschrift?«, fragte sie stirnrunzelnd, während sie über seine Schulter auf den Bildschirm sah, wo mehrere Fotos nebeneinanderstanden.

»Bauchgefühl. Schau hier, die Schreiber. Zwei Stiche, aber keine Vergewaltigung oder sonstige Gewaltanwendung. Doch das hier ist seine Handschrift: die Tür. Der Täter hatte sie im Hinausgehen nur angelehnt. Wie bei der Schubert und der Maurer. Zufall?« Er wiegte den Kopf. »Wohl kaum.

Das ist unser Mann. Ich denke, der Mord an der Schreiber war tatsächlich sein erster. Hier hat er seinen Hass zum ersten Mal ausgelebt. Zwei Stiche, aber so gezielt, dass beide tödlich waren. Diesen Mord hatte er geplant. Er muss zur Schreiber ein besonderes Verhältnis gehabt haben … Ich weiß, ich weiß, reine Spekulation, aber in meinen Augen war das eine Beziehungstat. Das berufliche und private Umfeld der Schreiber muss unbedingt noch einmal genauestens überprüft werden. Irgendetwas wurde übersehen und einer bestimmten Person nicht genügend Beachtung geschenkt. Ich meine, es wurden sehr viele befragt und vernommen, schließlich war die Schreiber Lehrerin. Und ich bin sicher, es wurde längst nicht jedes Alibi überprüft, und es wurde auch nicht jedem die gleiche Aufmerksamkeit zuteil, und damit wurden auch nicht immer die richtigen Fragen gestellt.«

»Alles schön und gut«, sagte Elvira, »aber erstens kannst du das nicht alleine stemmen, und zweitens – und das meine ich verdammt ernst – wirst du das ganz bestimmt nicht mehr heute in Angriff nehmen. Hast du mich verstanden? Und jetzt hoch mit dir, nimm von mir aus die Akten mit, aber ich will jetzt raus hier.«

»Ja, nur noch kurz die Werner … Da haben wir sie schon. Weißt du, was merkwürdig ist? Alle Frauen waren braunhaarig. Durch die Bank weg. Aber bei der Werner war es in meinen Augen keine Beziehungstat, da wollte er nur noch morden. Der Geschmack war nach dem berühmten ersten Mal gekommen. Er kannte sie, wenn auch vermutlich nur vom Sehen, aber etwas an ihr hat ihn erregt und gestört zugleich. Wir wissen ja aus Bauers Ausführungen, dass sie nymphoman war, ergo gehörte sie in seinen Augen zur Gruppe der Huren. Möglich, dass er sie beobachtet hat und von ihrer Unersättlichkeit wusste ...«

»Wenn aber die Schreiber eine Beziehungstat war, dann muss sie doch auch häufig wechselnden Geschlechtsverkehr gehabt haben. Oder?«

»Nicht unbedingt, es könnte schon gereicht haben, dass sie ihn abgewiesen und sich einem andern zugewandt hat. Diesem reichen Typ zum Beispiel, mit dem sie ein Verhältnis hatte. Wir wissen ja, dass er sie in der Tatnacht nicht nur gebumst, sondern später auch noch angerufen hat. Vielleicht war er der Grund, warum sie unseren Mann hat abblitzen lassen. Oder sie hat ihn gar nicht erst an sich rangelassen, weil er ihr zu einfach war, will heißen, er konnte ihr nicht genug bieten. Es ist müßig, sich darüber Gedanken zu machen, weil wir von der Schreiber noch viel zu wenig wissen, außer dass sie diesen reichen Lover hatte, der sie wohl mit Geld geködert hat. Aber, und dabei bleibe ich, die Schreiber war der Auslöser, auch wenn es schon lange vorher in ihm gebrodelt haben muss.« Brandt lehnte sich nachdenklich zurück. »Der Täter und die Schreiber hatten eine besondere Beziehung, die von der Schreiber in seinen Augen kaputt gemacht wurde ... Ich weiß, das ist jetzt wieder Spekulation, aber ich versuche, mich in die Psyche und die Denke des Täters hineinzuversetzen. Wenn sie ... Nein, es gibt viel zu viele Optionen, warum eine mögliche Beziehung zwischen den beiden geendet hat ...«

»Und wenn die Beziehung erst durch ihren Tod beendet

war?«, sagte Elvira. »Wieso hat sie ihn nachts ins Haus gelassen? Ganz einfach, weil sie nie im Leben etwas von ihm zu befürchten hatte. Hätte sie Angst vor ihm gehabt, hätte sie nicht die Tür aufgemacht ... Du bist schon auf dem richtigen Weg, aber was da wirklich vorgefallen ist, das wird nur er dir sagen können. Du wolltest aber noch was zur Werner sagen.«

»Ja, die Werner«, meinte Brandt nachdenklich. »Sie hat in einem Café gearbeitet, und ich denke, unser Mann war dort des Öfteren zu Gast und hat sie beobachtet. Am Tattag hatte sie laut Aussage einen Quickie auf der Toilette. Irgendwie passt das alles zusammen. Nehmen wir an, er hat eine Weile vor ihr das Café verlassen, er wusste, wo sie wohnt und welchen Weg sie zu nehmen pflegte. Er hat ihr aufgelauert und sie auf der Baustelle umgebracht. Sieben Stiche, wie bei der Preusse. Er hat keine weitere Gewalt angewendet, er hat sich auch seiner späteren Symbole noch nicht bedient. Er befand sich in einer Art Testphase – kann man das so sagen? –, hatte aber schon Blut geleckt. Das Morden fiel ihm zusehends leichter, und er fühlte sich auch zusehends erleichtert ...«

»Ziemlich viel Spekulation ...«

»Wenn wir nichts in der Hand haben, ist doch alles Spekulation, liebe Elvira. Mein Gefühl sagt mir, ich liege richtig. Er ist es, er hat alle diese Frauen umgebracht.«

»Okay, wenn wir schon dabei sind, dann verrat mir doch, warum er nach der Werner knapp zwei Jahre hat verstreichen lassen, bevor er wieder zuschlug? Ergibt das Sinn? Für mich nicht, denn zwischen der Schreiber und der Werner lagen nur knapp fünf Monate. Danach machte er eine Pause von fast zwei Jahren. Hast du dafür eine Erklärung, Schatz?«, fragte sie mit leichter Ironie in der Stimme.

»Nein, hab ich nicht. Er hat ja auch nach dem Mord an der Zeidler wieder fünf Monate verstreichen lassen. Und nach der Schubert weitere fünf. Aber jetzt hat er plötzlich zweimal innerhalb von zwei Tagen zugeschlagen. Er geht nicht nach einem bestimmten Zeitplan vor, bei ihm wird das Verlangen zu morden durch irgendetwas *in ihm* ausgelöst. Frag mich jetzt aber nicht, was das sein könnte. Ich bin übrigens immer noch in der Spekulationsphase.«

»Und was ist mit den religiösen Symbolen?«, wollte Elvira wissen. »Warum hat er erst bei der Schubert damit angefangen?«

»Woher soll ich das wissen? Außerdem glaube ich, dass er schon bei der Zeidler begonnen hat, mit den Symbolen zu spielen, wir haben sie am Tatort nur nicht wahrgenommen. Ich glaube außerdem, dass er nicht aus religiösen Motiven heraus handelt, sondern mit den Symbolen nur Aufmerksamkeit erregen will. Er ist kein religiöser Mensch, oder er ist jemand mit einer gespaltenen Persönlichkeit. Schizophren, psychotisch … Andererseits glaube ich nicht, dass er psychisch krank ist, er weiß genau, was er tut. Keine seiner Handlungen ist affektbedingt. Jeder Mord, den er begangen hat, wurde von ihm geplant, und wer einen Mord plant, ist nicht schizophren. Er folgt einem Muster, das er selbst konstruiert hat. Und dazu zählt das Spiel mit uns.« Brandt sah Elvira an, legte ihr den Arm um die Taille und drückte sie an sich. »Und jetzt verschwinden wir.«

Er schaltete den Rechner aus, erhob sich und klemmte sich die Unterlagen unter den Arm.

»Auf geht's, Feierabend.«

»Feierabend mit den Akten?«, entgegnete Elvira mit hochgezogenen Brauen.

»Ja«, erwiderte er lächelnd und gab ihr einen Kuss auf die Wange. »Bis wir ihn haben. Und wenn es sein muss, geh ich mit dem Zeug schlafen. Außerdem hast du vorhin selber gesagt, dass ich sie mitnehmen darf.«

»Ist ja gut.«

»Tut mir leid, für mich gibt es vorerst keinen Feierabend. Ich muss dranbleiben, solange ich die Fährte sehen kann. Bitte versteh mich. Wenn ich fertig bin, bist du wieder an der Reihe.«

»Inwiefern bin ich an der Reihe?«, fragte sie ungehalten und verwirrt zugleich.

»Dann übernimmt die Staatsanwaltschaft. Oder was dachtest du? Ah, natürlich, ihr Frauen denkt ja anders als wir hirnlosen Jäger und Sammler. Ich werde mich natürlich dann auch wieder dir hingebungsvoll widmen. Entschuldige, dass ich mich nicht von vornherein klar und deutlich ausgedrückt habe, aber ich gehöre nun mal zur unterentwickelten Spezies, genannt Mann.«

»Gut, dass du das endlich eingesehen hast«, erwiderte sie und tätschelte seine freie Hand. »Schön, dass ich solche Momente noch miterleben darf. Wir können gehen.«

»Ach Elvira, wenn ich dich nicht hätte …«

»Ja, ich weiß, ohne mich wäre dein Leben eine einzige trostlose Wüste und keine Oase weit und breit.«

»Deine Eloquenz und dein Scharfsinn verblüffen mich doch jedes Mal aufs Neue. Würdest du bitte die Tür hinter mir zumachen, Schatz?«, sagte er.

»Aber ja doch, Liebling.«

SONNTAG, 17.35 UHR

Es war dunkel geworden, der Schneefall hatte endlich aufgehört, und der Himmel war sternenklar, als sie vor Brandts Wohnhaus in der Elisabethenstraße aus dem Wagen stiegen.

»Bleibst du heute hier?«, fragte Brandt.

»Ich überleg's mir noch. Wenn ich mir vorstelle, dass du die ganze Zeit nur über den Akten brütest ...«

»Und wenn ich deine Hilfe benötige? Bleib hier, das ist doch quasi dein zweites Zuhause. Tu's mir zuliebe«, bat er sie im Treppenhaus leise.

»Ich hab dir schon mal gesagt, dass wir uns endlich entscheiden sollten, ob wir zusammenleben oder weiter zweigleisig fahren wollen. Irgendwie bin ich zunehmend unzufrieden mit der jetzigen Situation, das muss ich mal so offen sagen.«

»Ich weiß, aber können wir das woanders diskutieren und nicht hier im Treppenhaus? Ich verspreche dir, sowie der Fall abgeschlossen ist, machen wir Nägel mit Köpfen. Und du weißt, ich pflege meine Versprechen zu halten.«

»Ja, ich will dich ja auch nicht nerven, es ist nur, dieses dauernde Hin und Her halt ich nicht mehr lange aus. Und jetzt bin ich still«, sagte sie mit dem typischen Elvira-Klein-Schmollmund.

»Wir finden eine Lösung«, sagte Brandt und schloss auf. Die Wohnung war hell erleuchtet, aus Sarahs Zimmer kam laute Musik, Michelle saß vor dem Fernseher und telefonierte dabei.

Brandt ließ die Unterlagen auf den Tisch fallen und sagte zu Elvira: »Die vermissen mich gar nicht mehr. Die könnten hier auch alleine leben. Meine Töchter.«

»Könnten sie nicht, sie brauchen ihren Papa immer noch. Hi, Michelle.«

»Warte mal kurz«, sagte Michelle zu der Person, mit der sie telefonierte, drückte die Stummtaste und sah ihren Vater und Elvira beinahe strafend an. »Wo kommt ihr denn jetzt her? Sarah und ich sind schon seit heute Morgen zu Hause und …«

»Ich hab dich auch lieb«, sagte Brandt und gab Michelle einen Kuss, was sie gleich versöhnlicher stimmte. »Und was heißt seit heute Morgen? Seit acht, seit neun oder vielleicht doch erst seit eins oder zwei?«, fragte er und zwinkerte ihr zu.

»Eins. Darf ich jetzt weitertelefonieren?«

»Habt ihr was gegessen?«

»Hast du vielleicht mal in den Kühlschrank geguckt?«, antwortete Michelle grinsend. »Da hungere ich lieber.«

»Wieso, ist doch alles da, Wurst, Käse …«

»Ja, aber hast du mal auf das Haltbarkeitsdatum geschaut?

Das meiste davon ist für die Tonne. Na ja, man kann eben nicht Vater und Bulle gleichzeitig sein.«

»So hab ich mir eine Begrüßung immer vorgestellt«, sagte er ebenfalls grinsend und setzte sich auf die Sofakante. »Dann bestellen wir uns heute Abend eben mal wieder was. Ist doch ganz einfach.«

»Meinetwegen. So, darf ich jetzt endlich weitertelefonieren?«

»Klar, Elvira und ich kommen schon zurecht. Aber würde es dir etwas ausmachen, in deinem Zimmer zu telefonieren?«

»Kein Problem.« Michelle sprang auf und sagte im Gehen: »Ich nehme Tagliatelle mit Pesto. Und dazu einen gemischten Salat.«

»Für wann soll ich bestellen?«

»Sieben, halb acht.« Sie winkte und kickte die Tür ihres Zimmers mit der Ferse zu.

»Töchter«, stöhnte Brandt und nahm Elvira in den Arm. »Warst du auch so?«

»Hast du irgendwas an Michelle auszusetzen? Sie ist eine durchsetzungsfähige junge Dame, die genau weiß, was sie will. Finde dich damit ab, dass sie erwachsen wird.«

»Du hast meine Frage nicht beantwortet.«

»Keine Ahnung, frag meine Eltern.«

»Ha, ha. Das hättest du wohl gern. Komm, wir sagen mal kurz Sarah hallo.«

Brandt klopfte an die Tür, doch die Musik war offenbar zu laut, als dass Sarah es hörte. Er klopfte noch etwas kräftiger, die Musik wurde leiser gestellt, von drinnen kam ein »Herein«.

Sarah trug den weißen Hausanzug, den sie von ihrer Mutter geschenkt bekommen hatte, und lag auf dem Bett, die Fernbedienung der Musikanlage in der Hand. Gleichzeitig lief der Fernseher, und auf Sarahs Bauch lag ein aufgeschlagenes Buch.

»Hi«, sagte Brandt und trat näher. »Wie geht's?«

»Gut. Bin nur 'n bisschen am Chillen.«

»Wie man bei dem Krach chillen kann, wird mir wohl ewig ein Rätsel bleiben.«

»Tja, das ist der Unterschied zwischen Jung und Alt«, erwiderte sie trocken.

Sarah legte das Buch zur Seite und setzte sich in den Schneidersitz. Brandt betrachtete sie und fragte sich nicht zum ersten Mal, womit er solch hübsche Töchter verdient hatte. Sarah und Michelle, seine Perlen, das Kostbarste für ihn, seit sie auf der Welt waren. Und noch immer war er ziemlich sicher, sie würden keinen Blödsinn machen, auch wenn sie oft ein ganzes Wochenende unterwegs waren. Denn der Kontakt zu ihm riss nie ab. Doch Sarah war nun achtzehn und Michelle sechzehn, und er merkte, wie die Zeit eine andere, eine schnellere Dimension angenommen hatte und ihm wie Sand durch die Finger rann. Er würde seine schützende Hand nicht mehr lange über sie halten können. Sarah war erwachsen, in seinen Augen aber blieb sie seine Kleine und würde es auch immer bleiben. So wie Michelle. Er erinnerte sich, wie er sich nach ihrer Geburt geschworen hatte, sie niemals aus den Augen zu lassen, ein Vorsatz, den er, wie er längst eingesehen hatte, nicht mehr einhalten konnte. Sarah würde nach dem Abitur studieren, wie es aussah in

Sevilla, und dann würde er sie nur noch selten zu Gesicht bekommen. Und was mit Michelle in zwei oder drei Jahren sein würde, er wusste es nicht. Er hoffte nur, sie nicht ganz zu verlieren, dass sie nicht vollständig aus seinem Leben verschwanden.

»Wo warst du denn das ganze Wochenende?«

Brandt verzog den Mund und meinte: »Arbeiten. Ein sehr verzwickter Fall ...«

»Wie hältst du das bloß aus«, sagte sie zu Elvira und schmunzelte. »Mein lieber Papa arbeitet und arbeitet und arbeitet ... Hat er denn auch mal Zeit für dich?«

»Wir haben das ganze Wochenende zusammen verbracht. Aber ich finde auch, dass er sich zu viel zumutet. Er hat wieder einen Berg Akten mitgebracht ...«

»Das kenn ich. Das hat er schon getan, als ich noch so klein war.« Dabei hielt sie die Hand etwa einen Meter über den Boden.

»Das stimmt doch gar nicht«, wehrte sich Brandt, doch er hatte keine Chance. Elvira setzte sich neben Sarah und legte ihr den Arm um die Schulter.

»Du bist überstimmt, mein Lieber. Sarah würde niemals lügen. Und ganz ehrlich, ich hab dich eigentlich auch nur arbeitend kennengelernt. Hast du irgendwas zu deiner Verteidigung vorzubringen?«

»Ja, hab ich. Ich gebe zu, sehr viel zu arbeiten, aber ...«

»Aber, aber, aber ...«

»Es ist mir doch wohl gestattet, meinen Satz zu Ende zu führen. Ich habe es nur getan, um meine Familie zu ernähren.«

»Lassen wir dieses Argument gelten?«, fragte Elvira und sah Sarah von der Seite an.

»Lassen wir es gelten? Na ja, soweit ich mich zurückerinnern kann, war er ein ganz passabler Vater und Ernährer der Familie. Ich würde sagen, wir lassen das Argument gelten. Der Angeklagte ist freigesprochen, allerdings gegen Auflagen.«

»Als da wären?«, sagte Brandt, der sich auf den Teppich vor das Bett gesetzt hatte.

»Etwas kürzertreten«, begann Elvira.

»Auf die Gesundheit achten«, fügte Sarah hinzu.

»Mehr Zeit für sich und die Familie aufbringen«, fuhr Elvira fort.

»Hat er genug Zeit für dich?«, fragte Sarah.

»Nein.«

»Ach kommt, jetzt reicht's aber«, wehrte sich Brandt, wurde aber mit einer Handbewegung abgeblockt.

»Mehr Zeit für Elvira gehört auch dazu. Noch was?«

»Ich denke, das reicht«, sagte Elvira. »Bist du damit einverstanden, Peter Brandt?«

»Darf ich kurz überlegen?«

»Aber nur kurz.« Sarah grinste.

»Okay, einverstanden. Die Frauenpower hat gesiegt. Ich werde mir die größte Mühe geben. Diesen Fall darf ich aber noch abschließen?«

»Das heißt?«, wollte Sarah wissen.

»Da draußen läuft ein übler Killer rum, und das ist kein Spaß«, antwortete Brandt mit ernster Miene. »Mindestens vier Frauen gehen auf sein Konto, vermutlich sogar sechs.

Bis jetzt. Die Presse ist noch nicht über die letzten Fälle informiert worden, du weißt, was das heißt.«

Sarah nickte. »Was ist das für ein Typ?«

»Wir wissen noch fast nichts über ihn, das ist das Schlimme. Er hinterlässt keine Spuren, egal, wo er mordet.«

»Auch hier in Offenbach?«

»Erinnerst du dich an die beiden Frauenmorde im letzten Jahr?«

»Hm.«

»Er hat wieder zugeschlagen, gleich zweimal kurz hintereinander.«

»Wieder Prostituierte?«

Brandt nickte nur.

»Musst du heute noch arbeiten?«

»Es wird wohl darauf hinauslaufen. Allerdings werde ich hier sein. Doch jetzt lass uns nicht von der Arbeit reden. Wie war dein Wochenende?«

»Ich hab Jörg endgültig in den Wind geschossen. Der hat nur noch genervt.«

»Was hat er denn getan?«, hakte Brandt nach, der ahnte, was vorgefallen sein könnte. Und wenn er recht haben sollte, würde er sehr stolz auf seine Tochter sein.

»Ich hab ihm immer wieder gesagt, er soll mit der verdammten Kifferei aufhören und … Na ja, ich hab mehr zufällig rausgekriegt, dass er nicht nur kifft, sondern auch kokst und noch anderes Zeug nimmt. Außerdem dealt er, um seinen Konsum zu finanzieren. Da hab ich ihm am Freitag gesagt, dass er sich zum Teufel scheren soll, ich habe keine Lust, meine Zeit mit einem Junkie zu verbringen.«

»Hat er auch gefixt?«

»Kann sein, interessiert mich aber auch nicht mehr. Der soll mich bloß nur noch in Ruhe lassen.«

»Und wie geht's dir dabei?«, fragte Elvira, die sich wunderte, mit welcher Gelassenheit Sarah über diese Trennung sprach. Immerhin war sie bald ein Jahr mit Jörg zusammen gewesen.

»Weiß nicht so recht. In jedem Fall bin ich froh, dass ich ihn erst mal vom Hals hab. Ich hab auch mein Handy ausgeschaltet, weil er mir eine SMS nach der andern schickt. Das nervt.«

»Ich denke, es war eine gute Entscheidung«, sagte Brandt und fasste ihre Hand. »Weißt du, ich hab mich nie eingemischt, auch wenn ich bei Jörg immer ein flaues Gefühl hatte. Ich wollte, dass du selbst darauf kommst, dass du mit ihm keine Zukunft hast. Du würdest ihn niemals rausziehen können, aber er hätte dich über kurz oder lang auf seine Ebene gezogen.«

»Ach komm, Papa, darüber brauchen wir jetzt nicht zu reden. Es ist vorbei und damit basta. Trotzdem danke.«

»Wofür denn? Wir haben schon mit Michelle gesprochen, dass wir uns heute Abend was zu essen bestellen. Wie sieht's mit dir aus?«

»Hm.«

»Wie immer?«

»Weiß noch nicht. Haben wir 'ne Karte da?«

»Klar«, sagte Elvira, stand auf und kehrte wenig später mit der Karte zurück.

»Pizza mit doppelt Salami, Schinken, Champignons und milden Peperoni. Und einen Tomatensalat.«

472

»Genau das nehme ich auch«, sagte Elvira und reichte Brandt die Karte, der sie aber nicht einmal anschaute.

»Ich schließe mich euch an. Und dazu ein schöner Rotwein? Klar, heute lassen wir's krachen«, grinste er und stand auf.

Sie verbrachten einen ruhigen Abend. Brandt hatte beschlossen, die Unterlagen an diesem Tag nicht mehr anzurühren. Stattdessen saßen sie nach dem Essen alle zusammen im Wohnzimmer und sahen sich zwei Serien auf SAT.1 an, bis Sarah und Michelle sich in ihre Zimmer zurückzogen. Es war halb elf, als auch Brandt und Elvira beschlossen, sich hinzulegen. Der Tag hatte sie ausgelaugt.

Um kurz nach elf lagen sie im Bett, Elvira in Brandts Arm, und es dauerte nur wenige Minuten, bis sie schliefen.

MONTAG

MONTAG, 2.44 UHR

Max Trautmann tigerte unruhig durch das geräumige, mit antiken Möbeln eingerichtete Wohnzimmer, Thomas saß schweigend auf der ausladenden Couch. Seit einer halben Stunde schon versuchte er, abwechselnd seine Frau Erika oder seine Tochter Juliane auf dem Handy zu erreichen, doch bei beiden sprang stets nur die Mailbox an. Als sie vor über sieben Stunden das Haus verlassen hatten, sagten sie, sie würden auf keinen Fall später als Viertel nach elf zu Hause sein. Es war ja auch nur ein Katzensprung von der Alten Oper zur S-Bahn, die sie direkt nach Offenbach-Bieber bringen würde, und von dort waren es zu Fuß nur fünf Minuten bis nach Hause.

Trautmann war schon um halb elf mit einem Buch in der Hand auf dem Sofa eingeschlafen, Thomas hatte sich früh zurückgezogen, um etwas im Internet für sein Studium zu recherchieren. Wie so oft, wenn er am Computer saß, vergaß er die Zeit. Die Sekunden, Minuten und Stunden verstrichen. Um 1.55 Uhr musste er auf die Toilette und sah, dass unten im Wohnzimmer noch Licht brannte. Er wunderte sich und ging hinunter. Dort sah er seinen Vater leise schnarchend auf dem Sofa liegen. Thomas eilte daraufhin nach oben, um nachzusehen, ob seine Mutter und seine Schwester zu Hause waren, doch die Betten waren unbenutzt. Er stürzte die Treppe hinunter, weckte seinen Vater und stieß atemlos hervor, dass seine Mutter und Schwester noch nicht zu Hause seien.

Trautmann blickte auf die Uhr, 1.58 Uhr, sprang wie von der Tarantel gestochen auf und versuchte, erst seine Frau und dann die Tochter anzurufen. Erfolglos.

»Wo sind sie?«, fragte er seinen Sohn, doch der zuckte nur die Achseln. »Das kann doch nicht sein. Wo, um alles in der Welt, stecken sie? Es ist mitten in der Nacht!«

»Ich weiß es doch auch nicht«, antwortete Thomas hilflos. Max Trautmann wurde bald wahnsinnig vor Sorge, denn Erika und Juliane waren die Zuverlässigkeit in Person. Wenn sie weg waren, hatten sie ihre Handys immer dabei, falls einmal etwas passieren oder es später werden sollte. Aber sie hatten nicht angerufen. Und sie waren auch nicht zu erreichen.

Und mit jeder Minute, die verstrich, wuchs die Sorge. Wo waren sie? Warum meldeten sie sich nicht? Hatten sie gar einen Unfall gehabt? ... Nein, das war unmöglich, sie waren doch mit der S-Bahn unterwegs. Um halb sieben waren sie gestartet, um sich ein Konzert in der Alten Oper in Frankfurt anzuhören, und sie hätten schon längst zu Hause sein müssen. Und sie waren zu zweit unterwegs, was sollte da schon passieren?

Seine Nerven waren zum Zerreißen gespannt, er war kaum noch in der Lage, einen klaren Gedanken zu fassen. Um

2.14 Uhr rief er völlig gedankenlos in der Alten Oper an, doch dort meldete sich verständlicherweise niemand mehr. Direkt danach versuchte er es bei der der Alten Oper nächstgelegenen Polizeistation und fragte, ob sie wüssten, wie lange die Veranstaltung gedauert habe, worauf ihm nach einigem Nachfragen bei Kollegen mitgeteilt wurde, dass um Viertel nach zehn die ersten Besucher das Gebäude verlassen hätten. Er teilte dem Polizisten seine Bedenken mit, doch der sagte nur, für so etwas gäbe es meist eine ganz simple Erklärung. »Machen Sie sich keine Sorgen, sie werden schon kommen.«

Er legte auf, doch die Angst und die Unruhe wollten nicht weichen. Er nahm eine Beruhigungstablette.

»Sag doch auch mal was«, forderte er seinen Sohn Thomas auf, der immer noch wie paralysiert auf dem Sofa saß. »Wo könnten sie sein?«

»Ich weiß es doch auch nicht. Aber du hast ja gehört, was der Polizist gesagt hat. Ich glaube auch, dass es eine simple Erklärung gibt ...«

»Nein, das glaubst du nicht, das seh ich dir an. Du willst nur, dass ich mich nicht aufrege«, stieß Max Trautmann hervor. »Hör mal, die haben beide ihre Handys dabei, warum sind die ausgeschaltet? Das ist doch gar nicht ihre Art.«

»Und wenn das Konzert länger gedauert hat?«

»Thomas! Hast du nicht zugehört? Das Konzert war um kurz nach zehn zu Ende. Zur S-Bahn sind es zu Fuß fünf Minuten, dann noch mal zwanzig Minuten bis hierher ... Mein Gott, sie müssten längst hier sein. Ich habe Angst, dass ihnen etwas zugestoßen ist. Kannst du das nicht verstehen? Jetzt fahren keine S-Bahnen mehr, und wenn irgendwas gewesen wäre, hätten sie doch ein Taxi genommen.«

»Aber wir können doch nichts tun. Wir müssen abwarten …«

»Sag mal, *willst* du mich nicht verstehen? Deine Mutter und deine Schwester sind seit über drei Stunden überfällig. Die letzte S-Bahn ist schon seit einer Stunde durch, und … Mein Gott«, sagte er wieder, »wo können sie bloß stecken? Da ist etwas passiert, ich habe keine andere Erklärung dafür. Thomas, sie gehen doch öfter mal ins Kino oder ins Theater, und sie haben sich noch nie so verspätet. Vor allem haben sie immer angerufen, wenn es doch später geworden ist. Du weißt …«

»Papa, ich habe keine Ahnung, was wir machen sollen. Ruf die Polizei an, vielleicht wissen die ja was. Manchmal passieren Dinge und …«

»Und was? Komm, sprich's aus.«

»Nichts. Außerdem kann man, soweit ich weiß, eine Vermisstenmeldung bei Erwachsenen erst nach vierundzwanzig Stunden aufgeben …«

Trautmann nahm seine Brille ab und drehte sie am Bügel zwischen den Fingern. »Soll ich dir sagen, wovor ich am meisten Angst habe? Dass dieser Wahnsinnige, der auch Frau Maurer und Frau Zeidler umgebracht hat, dass dieser Wahnsinnige … Ich will und mag diesen Gedanken nicht denken, aber er ist da.«

Thomas schluckte schwer und stimmte insgeheim seinem Vater zu. In ihm waren die gleichen Ängste.

Um 2.22 Uhr hatte Trautmann gesagt: »Ich fahre jetzt zur Polizei und gebe eine Vermisstenmeldung auf. Und wenn sie sich weigern, werde ich von den Morden erzählen und dass wir wahnsinnige Angst haben. Die müssen etwas unternehmen.«

»Wollen wir noch ein Gebet sprechen?«, fragte Thomas vorsichtig, als sein Vater bereits im Gehen war.

»Nein, ich bin zu aufgeregt. Bete für mich mit. Und bleib immer in der Nähe des Telefons«, sagte er, zog sich einen warmen Mantel über, nahm die Schlüssel vom Brett und verließ das Haus.

Trautmann fuhr zum Polizeirevier in der Mathildenstraße. Eine noch recht junge Beamtin hörte sich geduldig an, was er zu sagen hatte, und rief einen Kollegen zu Hilfe.

»Was sagen Sie? Sie sind Mitglied der Andreas-Gemeinde? Und Sie sind im Kirchenvorstand, richtig?«

»Ja«, stieß Trautmann nervös hervor. »Glauben Sie auch, dass ihnen etwas zugestoßen ist?« Die Angst stand ihm mit großen Lettern auf der Stirn geschrieben.

»Herr Trautmann, ich glaube noch überhaupt nichts, denn wir erleben hier die seltsamsten Dinge. Kommen Sie, ich fertige ein Protokoll an, meine Kollegin verständigt derweil den KDD. Die werden sich um alles Weitere kümmern.«

Trautmann hatte Mühe, ruhig zu sitzen, er zitterte, obwohl es im Revier warm war, ein eisiger Strom zog ein ums andere Mal durch seinen Körper.

Fahrig beantwortete er alle Fragen, die der Beamte ihm stellte. »Herr Trautmann«, sagte dieser schließlich, »warten Sie bitte hier, die Kollegen vom KDD müssten jeden Moment eintreffen. Sie werden mit Ihnen nach Hause fahren, dort geben Sie ihnen möglichst aktuelle Fotos von Ihrer Frau und Ihrer Tochter.«

»Das ist ein Alptraum, verstehen Sie? Wir sind seit zweiunddreißig Jahren verheiratet, und so etwas ist noch nie vorgekommen. Meine Frau und meine Tochter gehen öfter alleine weg, sie gehen ins Theater, ins Kino, ins Ballett ... Manchmal gehe ich mit, aber das Konzert heute hat mich nicht interessiert. Mein Gott, hätte ich sie doch begleitet!«

Bevor der Beamte etwas erwidern konnte, ging die Tür auf und zwei Kollegen vom Kriminaldauerdienst kamen herein, stellten sich Trautmann als Hauptkommissar Schulze und Oberkommissar Weiner vor und besprachen sich anschließend kurz in einem Nebenraum mit dem Beamten, der das Protokoll aufgenommen hatte, bevor sie sich wieder Trautmann zuwandten.

»Herr Trautmann, können wir fahren?«, sagte Schulze, ein etwa fünfzigjähriger, stiernackiger Mann mit breiten Schultern. »Wie Ihnen bereits gesagt wurde, benötigen wir aktuelle Fotos Ihrer Frau und Ihrer Tochter.«

»Natürlich. Und danke für Ihre Hilfe«, sagte Trautmann zu dem uniformierten Beamten und seiner Kollegin, die ihm einen beinahe mitleidigen Blick zuwarf.

»Viel Glück«, war die Antwort.

Um 3.12 Uhr betrat Trautmann mit Schulze und Weiner sein Haus. Thomas begrüßte die Beamten, er wirkte verstört.

»Thomas, wo haben wir aktuelle Fotos von Mama und Juliane?«

»Ich hab von Weihnachten welche auf dem Computer. Ich kann sie schnell ausdrucken.«

»Sie müssen aber gut zu erkennen sein«, meinte Weiner.

Nach fünf Minuten kehrte Thomas mit je zwei Fotos seiner Mutter und Schwester zurück.

»Bitte«, sagte er.

»Okay, ich möchte Sie bitten, hierzubleiben, wir melden uns, sobald wir etwas wissen. Und wenn Sie von Ihrer Frau und Tochter hören, geben Sie uns bitte umgehend Bescheid.«

»Könnte es sein, dass sie entführt wurden?«, fragte Trautmann.

»Wir können zu diesem Zeitpunkt nichts ausschließen, es wäre auch verfrüht, Vermutungen anzustellen. Eine Frage jedoch muss ich noch stellen: Hatten Sie heute beziehungsweise gestern Streit oder eine heftige Auseinandersetzung?«

»Nein, so etwas gab es bei uns nie.«

»Würden Sie Ihre Ehe als glücklich bezeichnen?«

»Hören Sie«, mischte sich jetzt Thomas ein, »meine Eltern sind glücklich, wir sind eine glückliche Familie. Sie brauchen uns solche Fragen nicht zu stellen. Suchen Sie lieber meine Mutter und meine Schwester.«

»Wir müssen diese Fragen stellen. Aber danke für die Auskunft.«

Im Auto sagte Schulze: »Schon seltsam, oder? Zwei Frauen verschwinden spurlos. Wären sie entführt worden, hätten der oder die Entführer sich doch längst gemeldet. Und dass sie einfach abgehauen sind, halte ich für unwahrscheinlich.«

»Holen wir Peter aus dem Bett?«, fragte Weiner.

»Hab ich auch schon drüber nachgedacht. Der wird sich freuen. Aber ich werde nicht den Fehler begehen und unnötig Zeit verstreichen lassen. Ich fürchte, es hat mit seinem Fall zu tun. Die Kirche, das ganze Drumherum. Da ist was ganz Fieses im Gange. Wer ruft an?«

»Ja, ja, ich mach's schon«, sagte Weiner und wählte die Handynummer von Brandt, der noch bis acht Uhr Bereitschaft hatte.

MONTAG, 0.06 UHR

Er hatte gewartet, bis Erika und Juliane Trautmann zu sich gekommen waren. Die Neonröhren hatte er ausgeschaltet, die Scheinwerfer waren direkt auf die beiden Frauen gerichtet. Er saß nach wie vor hinter seinem Schreibtisch, sie konnten ihn nicht erkennen, sie konnten ihn nicht einmal sehen. Er hatte die Beine übereinandergeschlagen, die Arme lagen auf den Stuhllehnen. Seine Miene war regungslos, versteinert fast.

»Hallo!«, rief Juliane und versuchte durch das gleißende, in den Augen schmerzende Licht hindurchzusehen, doch es gelang ihr nicht.

»Hallo, ist da jemand?«, rief sie noch lauter und ohne die Angst in ihrer Stimme unterdrücken zu können.

Er antwortete nicht.

»Du bist doch hier! Johannes! Johannes!!!«, schrie Juliane, die langsam wieder zu Kräften kam.

»Johannes, was hast du vor?«, sagte Erika Trautmann mit matter Stimme. »Bitte, erklär uns, was das soll? Warum sind wir nackt und gefesselt? Johannes, ich weiß doch, dass du da bist, ich spüre es. Was ist los? Rede mit uns!«

Er setzte sich gerade hin und wartete noch ein paar Sekunden, bevor er antwortete: »Ihr wollt wissen, was los ist? Ihr seid meine Gefangenen, das ist los. Und wenn ihr weiter schreit, sehe ich mich leider gezwungen, euch zu bestrafen. Ihr habt die Wahl.«

»Wo sind wir?«

»An einem Ort, an dem euch niemand jemals vermuten wird. Mehr braucht ihr nicht zu wissen.«

»Warum tust du uns das an? Was haben wir dir getan?«, fragte sie ruhig, und doch war die Verzweiflung in ihrer Stimme nicht zu überhören.

»Das werde ich euch erklären. Allerdings habe ich nicht viel Zeit.«

Er kam hinter seinem Tisch hervor und trat aus dem Dunkel ins Licht. Er wischte sich mit einer Hand über den Mund und musterte Erika und Juliane. »Ihr seid beide schön, wisst ihr das? Ich habe euch noch nie nackt gesehen, zumindest nicht bewusst. Dich, liebe Juliane, habe ich mir oft nackt vorgestellt, aber dass du so schön sein würdest, das habe ich nun wirklich nicht erwartet. Denn du versteckst ja immer alles wie eine Muslima. Du lässt die Dinge nicht einmal erahnen, so wie du für die meisten ein Buch mit sieben Siegeln bist. Du kommst eben ganz nach deiner werten Frau Mutter. Na ja, fast …«

»Was willst du?«, fragte Juliane und versuchte dabei, so ruhig wie möglich zu wirken. »Willst du mit mir schlafen?«

»Oh, du kannst hier ruhig die Worte benutzen, die du denkst, denn ich kenne deine geheimsten Wünsche und Gedanken. Wenn du mich ansiehst, ganz kurz nur, wenn wir am Tisch sitzen und essen, so kurz, dass nur ich das merke, aber die andern nicht, dann sehe ich, was du denkst und fühlst. Das ist ja nicht schlimm, du darfst so denken und fühlen, der liebe Gott wird dich bestimmt nicht dafür bestrafen, denn hat er nicht gesagt: ›Seid fruchtbar und mehret euch‹? Aber vergiss nicht, deine biologische Uhr tickt. Tick, tick, tick, tick, tick. Ich weiß, du wünschst dir eine Familie …«

»Du spinnst«, schleuderte sie ihm entgegen.

»Belüg dich doch nicht selbst. Ich habe dein Tagebuch gelesen, ich weiß alles über dich. Jetzt wirst du dich fragen, wie ich an dein Tagebuch gekommen bin. Das war ganz einfach, die Erklärung erspare ich dir. Es hat mich sehr geehrt, wie du mich darin beschrieben hast. Ich wurde fast rot angesichts all der Komplimente, die ich da über mich las, aber auch, wie gerne du mit mir ficken würdest … Ich würde dich auch gerne ficken, aber nicht jetzt«, er blickte auf die Uhr, »aber vielleicht in ein paar Minuten. Ich glaube allerdings kaum, dass es dir großen Spaß bereiten wird, denn ich liebe ausgefallene Sexualpraktiken. Ich mag den schmutzigen Fick, so wie er mir im Heim beigebracht wurde. Nun, lassen wir das.« Er leckte sich über die Lippen, holte den

Stuhl und setzte sich etwa einen halben Meter vor die Frauen. Er ließ die Hände über Julianes Schenkel gleiten und fasste ihr zwischen die Beine, worauf sie die Augen schloss und die Zähne kräftig zusammenbiss, als übermanne sie aller Ekel dieser Welt.

»Du hast eine schöne und zarte Haut, meine Liebe. Wie deine Mutter, aber ehrlich, sie ist mir doch ein wenig zu alt. Und ich bin dir zu jung, Erika. Hab ich recht?«

»Komm doch endlich zur Sache. Was haben wir dir getan, dass du uns so schändlich behandelst? Warum hast du uns entführt? Ich begreife das nicht.«

»Du wirst es gleich begreifen, und dann möchte ich sehen, wie du reagierst … Hast du dich nie gefragt, warum ich mir ausgerechnet euch als beste Freunde ausgesucht habe? Nicht ein einziges Mal?«

Erika Trautmann schüttelte den Kopf und nahm erst jetzt wahr, dass er, obwohl es sehr hell im Raum war, nicht mehr die dunkel getönte Brille aufhatte, die er all die Jahre nie abgesetzt hatte.

»Wieso hast du deine Brille nicht auf?«, fragte sie.

»Warum habe ich die Brille nicht auf?«, wiederholte er ihre Frage mit einem süffisanten Lächeln. »Die Brille war nur Fake, eine Täuschung. Ich bin so wenig lichtempfindlich wie du und Juliane. Aber es gehörte zu meinem Spiel. Über drei Jahre lang habt ihr einen Johannes erlebt, der ich nie war und den es nie gab. Perfekt, was? Ich hätte Schauspieler werden sollen …«

»Hör auf!«, herrschte ihn Juliane an. »Das ist doch Schwachsinn! Damit kommst du niemals im Leben durch.«

»Oh, so energisch und mutig hab ich dich ja noch nie erlebt. Das ist auf einmal eine ganz andere Juliane. Chapeau, in einer solchen Situation so aufzutreten, erfordert eine Menge Mut. Dafür zolle ich dir höchsten Respekt. Trotzdem muss ich dir leider antworten, dass es kein Schwachsinn ist und dass ich damit sehr wohl durchkomme. Denn niemand wird euch hier finden.« Er grinste zynisch. »Niemand«, wiederholte er.

»Warum hast du …«

Er beugte sich nach vorn, die Unterarme auf Julianes Schenkel gestützt, die Hände gefaltet. »Die Zeit, ich habe nicht viel Zeit, aber ihr sollt wissen, warum ihr hier seid. Drei Jahre lang, meine Lieben, drei Jahre habe ich auf diesen Augenblick hingearbeitet. Und es hat alles perfekt funktioniert. Niemand in der Kirche oder bei den Bullen wird je auf die Idee kommen, ich könnte euer Entführer sein. Nun, auf die Idee werden sie schon kommen, aber ich werde denen ein einigermaßen gutes Alibi liefern. Dazu mein ausgezeichneter Leumund, den Winkler, dieser schwachköpfige Pfaffe, gewiss bestätigen wird. Ich habe doch eine Menge in der Gemeinde bewirkt, oder besteht daran auch nur der geringste Zweifel? Ich denke, ich bin fein raus, denn es gibt nichts, was mich mit eurem Verschwinden in Verbindung bringen könnte.«

»Warum?«, fragte Erika Trautmann mit Tränen in den Augen. »Warum, warum, warum? Sag es doch endlich.«

»Du bist so ungeduldig, das kenne ich gar nicht von dir. Nun gut, bringen wir's hinter uns. Es ist eine lange Geschichte, aber ich werde versuchen, mich so kurz wie möglich zu fassen. Bevor ich beginne – habt ihr noch Fragen?«

»Fang schon an«, stieß Erika mit heiserer Stimme hervor.

Johannes stand auf und blickte zu Boden, als müsste er seine Gedanken ordnen, dabei hatte er alles unzählige Male durchgespielt. Er hatte die Hände in den Hosentaschen, ging um die beiden Frauen herum, legte ihnen die Arme erst um die Schultern, dann berührte er ihre Brüste. »Sehr schön, sehr, sehr schön. Das musste ich immer machen, wenn sie mich gerufen haben. Natürlich wisst ihr nicht, wovon ich spreche, und eigentlich beginnt die Geschichte viel früher. Sie beginnt bei meiner Mutter und einem Vater, den ich nie kennengelernt habe. Meine ersten Erinnerungen reichen bis zu meinem zweiten Lebensjahr zurück ... Meine Mutter war eine Rabenmutter. Sie hing an der Flasche, so weit ich zurückdenken kann. Je älter ich wurde, desto mehr hat sie gesoffen, bis sie nur noch sturzbetrunken im Bett oder auf der Couch lag, manchmal auch auf dem Fußboden. Ich nenne das einen Permasuff. Zum Schluss hat mich das Jugendamt ihr weggenommen und in ein Heim gesteckt ...«

Er ging zu seinem Stuhl zurück und stützte sich auf die Rückenlehne. »Na ja, es war ein Waisenhaus, geführt von Nonnen. Ich war sieben Jahre alt – unbedarft wie alle Siebenjährigen. Ich glaubte an das Gute und dachte, dort würde ich es in jedem Fall besser haben als bei meiner besoffenen Frau Mama ... Doch weit gefehlt. Was mich dort erwartete, war nicht der Himmel, es war die Hölle. Schläge, Demütigungen, Verrat ... Wir wurden eingesperrt für die geringsten Vergehen, wir wurden verprügelt, bis wir nicht mehr laufen konnten ... Ihr kennt das alles, wir haben uns schon über solche Sachen unterhalten, aber nie im Zusammenhang mit mir. Das Schlimmste jedoch war, wenn ich nachts zu diesen schwarzen Teufeln gerufen wurde, um ...«

Er ging zu Erika, fasste ihr zwischen die Beine und steckte ruckartig zwei Finger in ihre Vagina, zog sie wieder heraus und grinste.

Mit beinahe stoischer Ruhe fragte sie: »Was sollte das jetzt?«

Er lächelte maliziös, packte sie am Kinn und drückte zu. »Sieh mich an! Was siehst du? Hm, was?«

»Einen armen Menschen«, quetschte sie hervor.

»Was für eine diplomatische Antwort. Oh Gott, was seid ihr doch erbärmlich! Dabei hast du vielleicht sogar recht, ich bin ein armer Mensch, nicht materiell, aber ... Nein, das tut nichts zur Sache. Ich werde dir sagen, was das eben sollte. Das war nur ein Bruchteil dessen, was ich jahrelang in diesem verfluchten Heim machen musste. Nacht für Nacht für Nacht. Jede gottverdammte, verfluchte Nacht haben sie mich geholt, und ich musste ihnen zu Diensten sein. Nonnen! Beten konnten sie, sich bekreuzigen konnten sie, die Heiligkeit in Person spielen konnten sie. Sie taten alles, um den Schein zu wahren ... Aber was sich hinter den Mauern abspielte, wenn keiner da war, um uns Kinder zu beschützen, das bekam niemand mit. Und die Schläge oder die Tage und Nächte im Kerker waren noch am leichtesten zu ertragen. Elf gottverdammte Jahre bin ich in dem Heim geblieben, ich habe trotz allem mein Abitur gemacht, ich habe gelernt, meine Gefühle zu unterdrücken, ich habe gelernt, wie man überlebt, obwohl man eigentlich keine Chance hat«, spie er hervor. »Ich habe überlebt, aber ich musste feststellen, dass sie mich kaputtgemacht haben …«

»Warum bist du nicht abgehauen?«, fragte Juliane.

»Ja, warum bin ich nicht abgehauen? Das habe ich mich oft gefragt, und es gibt nur eine Antwort darauf: Wo hätte ich hingehen sollen? Ich hatte niemanden. Und ich kannte die Welt da draußen doch kaum, ich wusste nicht, wo ich mich hätte hinwenden können. Die hatten die komplette Kontrolle über mich. Und wenn du über Jahre hinweg permanenten Drohungen ausgesetzt bist, verlierst du jeden Mut. So war es bei mir. Zwei meiner Mithäftlinge, wie ich sie genannt habe, haben sich das Leben genommen. Offiziell wurde ihr Tod als Unfall deklariert, da haben alle zusammengehalten, die schwarzen Teufel, die Priester, der Arzt, der die Totenscheine ausgestellt hat. Eine tolle Gemeinschaft … Und dann wurde ich aus dem Knast entlassen. Ab in die Freiheit. Ich habe studiert, ich habe meine erste Stelle angetreten, und ich habe meine erste Liebe kennengelernt. Da war ich neunundzwanzig, fast dreißig. Vorher gab es einige Frauen, die mir gefallen haben, es gab auch welche, mit denen ich locker etwas hätte anfangen können, aber ich befand mich in einem Zustand der Neuorientierung, und dazu gehörte ganz sicher nicht der Sex. Davon hatte ich erst mal die Nase voll, ich musste diesen verfluchten Geschmack loswerden … Nach fast elf Jahren trat dann diese charismatische Frau in mein Leben, und sie war zudem hübsch und attraktiv, eine Kollegin von mir …«

Er hielt inne, schenkte sich ein Glas Wasser ein und trank es in einem Zug leer. »Ja, sie war eine besondere Frau. Nett, freundlich, charmant, und sie mochte mich. Stundenlang haben wir zusammengesessen bei Wein und gutem Essen, haben die Nächte durchgequatscht, gelacht, wie ich nie zuvor gelacht habe und auch nie wieder danach. Ich wusste gar nicht, dass ich so lachen kann. Mein Gott, ich war neunundzwanzig Jahre alt und hatte keine Erfahrung mit der Liebe, doch auf einmal spürte ich etwas in mir, und ich wusste, das ist Liebe. Dieses besondere Gefühl, das sich nicht beschreiben lässt. Neunundzwanzig! Andere haben in dem Alter schon eine Familie und Kinder … Aber egal, ich dachte, jetzt fängt mein Leben an.«

Er lachte höhnisch auf und fuhr fort: »Ziemlich spät, was? Ja, es war spät, aber ich hatte mich unsterblich in diese Frau verliebt. Ich glaubte, durch sie würde ich alles vergessen, was man mir angetan hatte. Mit ihr glaubte ich, eine Zukunft zu haben. Ein neues Leben wollte ich beginnen mit dieser unbeschreiblichen Frau an meiner Seite. Ich dachte, zum ersten Mal hast du Glück, zum ersten Mal stehst du auf der Sonnenseite. Alles drehte sich nur um sie. Wenn ich morgens aufwachte, dachte ich an sie, wenn ich sie sah, sowieso, wenn ich abends schlafen ging, ging ich mit ihr in Gedanken zu Bett und stellte mir vor, wie es wäre, wenn ich jeden Abend mit ihr an meiner Seite einschlafen könnte.«

Mit einem Mal wurde sein Blick düster, seine Kiefer mahlten aufeinander, er ballte die Fäuste. »Und was hat sie getan? Was glaubt ihr, hat diese gottverdammte Schlampe getan? Sie hat einmal mit mir geschlafen und mich dann kalt lächelnd abserviert. Wir sollten doch lieber nur gute Freunde bleiben, und es sei ein Fehler gewesen, dass wir überhaupt miteinander geschlafen haben. Wir sollten wieder zum Platonischen zurückkehren ... Verdammt, es sei ein Fehler gewesen, mit mir zu schlafen! Ich war wie gelähmt, ich war zu keinem Kommentar fähig, innerhalb weniger Sekunden hatte ich alles verloren, was ich gewonnen geglaubt hatte. Es war, als würde ich von einem riesigen schwarzen Loch aufgesaugt. Scheiße, Mann! Etwas später erfuhr ich, dass sie zu dem Zeitpunkt schon einen reichen Stecher hatte, der leicht ihr Vater hätte sein können, aber er hatte Geld, sehr, sehr viel Geld. Sie hieß Liane, und sie war eine schöne Frau. Aber leider war sie auch nur eine Hure wie diese heiligen Teufel.«

Er hielt inne und beobachtete die Reaktion der Frauen.

»Wieso war?«, fragte Juliane nach einer Weile mit zusammengekniffenen Augen.

»Na endlich.« Er zuckte die Schultern und breitete die Arme aus. »Sie ist tot. Mausetot. Sie hatte es nicht mehr verdient zu leben. Ich hatte beschlossen, Huren zu beseitigen. Bis jetzt sind es sechs. Ja, die liebe Anika, die Bettina und die Linda, die ihr ja kennt oder kanntet, sie alle gehen auf mein Konto. Sie waren ja nur Huren. So wie meine Mutter eine ist.«

Erika Trautmann saß wie zur Salzsäule erstarrt auf ihrem Stuhl, während in Julianes Blick blankes Entsetzen stand.

»Du hast die ganzen Morde begangen? *Du?*«, stieß Juliane hervor.

»Ja, ich, der nette, liebe Johannes, mit dem du dir hättest

vorstellen können, eine Familie zu gründen. Daraus wird wohl nichts, wir sind einfach nicht füreinander geschaffen.« Sie wollte etwas sagen, doch er hob die Hand und bedeutete ihr mit einer eindeutigen Bewegung, den Mund zu halten.

»Habt ihr gut zugehört? Oder soll ich es wiederholen?«, fragte er und sah von Juliane zu Erika, fixierte sie, doch sie wich seinem Blick aus.

»Es war ja ziemlich deutlich«, sagte Juliane nach einer Weile. »Hast du das wirklich erlebt?«

»Oh komm, tu nicht so scheinheilig! Willst du jetzt die Psychologin rauskehren und von den Morden ablenken? Willst du von mir hören, ich bin zum Mörder geworden, weil ich so eine schlimme Kindheit und Jugend hatte? Ja, das war bestimmt der Auslöser, so weit kann ich mich auch einschätzen. Aber bitte, tu nicht so, als hättest du auch nur das geringste Mitgefühl. Du kannst dir nicht mal ansatzweise vorstellen, wie meine Kindheit und Jugend ausgesehen hat. Dabei kann ich dich verstehen, schließlich willst du so schnell wie möglich hier raus, aber leider wird das nicht geschehen, denn wenn ihr hier rauskämet, würden die Bullen zu mir kommen. Und das will und kann ich nicht riskieren ... Erika, meine Liebe, du bist so still und nachdenklich. Was ist los? Was geht in deinem Kopf vor? Sind es vielleicht Erinnerungen an eine Zeit, die du am liebsten verdrängt hättest? Oder hast du eine bestimmte Lebensphase in eine Schublade gepackt und diese Schublade abgeschlossen und den Schlüssel weggeworfen?«

»Ich weiß nicht, worauf du hinauswillst, aber es gibt nichts zu verdrängen, und ich habe mir auch nichts vorzuwerfen«, antwortete sie und blickte ihm zum ersten Mal in dieser Nacht in die Augen. In ihrem Blick lagen Abscheu, Verachtung und sogar Hass. Sie lächelte für einen Augenblick, bis ihre Gesichtszüge sich wieder versteinerten und sie die Erika Trautmann wurde, die er vor drei Jahren kennengelernt hatte – introvertiert und doch dominant. Eine Frau, die genau wusste, was sie wollte, die sich in der Kirche einbrachte, die half, wo Hilfe vonnöten war, die in der Apotheke mitarbeitete, die ihren Kindern Thomas und Juliane die beste aller Mütter war, die jeden Tag mehrere Rosenkränze betete, die die Heilige Schrift in- und auswendig kannte, die eine Frauengruppe in der Gemeinde leitete, die im Chor mitsang, die einmal in der Woche zur Beichte ging, die Obdachlose unterstützte und wieder in die Gesellschaft zu integrieren versuchte, die sich für Kinder einsetzte … Die alles tat, um eines Tages in den Himmel zu kommen. Die aber trotz allem Angst vor dem Jüngsten Gericht hatte, vor dem, was ihr vielleicht vorgehalten werden würde. Dass ihr die Errettung verwehrt werden könnte, der Eintritt ins Himmelreich.

Er kannte Erika Trautmann besser als alle anderen Menschen, sich selbst ausgenommen. Er hatte sie studiert, ihre Mimik, ihre Gestik, ihr Verhalten, wie sie sprach, klar, deutlich und mit starker, wenn auch meist leiser Stimme, die Stärke lag in der Betonung der einzelnen Wörter. Wie sie die Menschen ansah, mit ihnen umging, ihnen zur Seite stand.

Und wie sie ihre Familie sanft und doch bestimmt führte,

selbst ihren Mann, der seiner Frau gerne das Zepter in die Hand gab, als sie beschlossen hatten, sich das Jawort zu geben.

Vor gut zweiunddreißig Jahren.

Johannes neigte den Kopf und schürzte die Lippen. »Du hast dir nichts vorzuwerfen? Wie kommst du überhaupt darauf, dass ich dir etwas vorwerfen könnte? Wir sind doch alle Sünder, und wir haben alle unsere Leichen im Keller.« Nach dem letzten Satz lachte er glucksend auf und fuhr fort: »Na ja, das mit den Leichen habe wohl nur ich wörtlich zu nehmen, immerhin sind es schon sechs. Aber ich schweife ab. Kommen wir noch mal zu dir. Du denkst also, dass ich dir etwas vorwerfen könnte. Was denn zum Beispiel?«

»Das habe ich nicht gesagt, ich habe nicht gesagt, dass *du* mir etwas vorwerfen könntest, denn ich wüsste nicht, was. Ich habe nur von mir gesprochen«, erwiderte sie, doch in ihrer Stimme klang eine Spur Unsicherheit, wenn nicht sogar Angst mit.

Wieder schürzte er die Lippen, nickte kaum merklich und atmete ein paarmal tief ein und wieder aus. »Diesen Worten entnehme ich, dass du dir selbst etwas vorzuwerfen hast. Diese Einstellung gefällt mir, sie zeugt von Selbstreflexion und einer gewissen Einsicht. Aber mehr auch nicht, du würdest nämlich einen gewissen Fehler in deinem Leben niemals zugeben, und niemand außer uns beiden weiß, was für ein Fehler das ist.«

Er sah Erika Trautmann aufmerksam an und registrierte jede noch so winzige Reaktion. Das Licht, das nichts verbergen konnte, fiel auf ihr Gesicht und ihren Körper, doch sie zuckte nicht, ihre Mimik war starr, sie zerrte nicht an den Fesseln, da war auch keine Angst in ihren Augen, nur dieser Blick, der nichts aussagte.

»Was für ein Fehler soll das sein?«, fragte sie nur und klang dabei wieder erstaunlich gelassen.

Er schüttelte den Kopf. Dann trat er zu ihr, griff ihr erneut zwischen die Beine, steckte einen Finger in die Vagina und drückte mit einem Mal mit dem Handballen so kräftig gegen das Schambein, dass sie aufschrie. Ihr schossen die Tränen in die Augen.

»Oh, du bist ja zu Gefühlen fähig«, bemerkte er zynisch. »Da muss ich nur etwas grob werden, und schon zeigst du ein anderes Gesicht. Wie kannst du eigentlich dein Gesicht noch im Spiegel betrachten, ohne dich anzukotzen? Die Geschichte, die ich jetzt zu erzählen habe, wird euch beide bestimmt brennend interessieren. Aber ich möchte sie erzählen, während ich mit Juliane etwas Spaß habe. Nicht wahr, meine Liebe, das wolltest du doch immer?«

Er öffnete den Gürtel, machte den Hosenknopf auf und zog den Reißverschluss herunter. Anschließend löste er die Fußfesseln von Juliane und setzte sie so hin, dass er gut in sie eindringen konnte.

»Ich liebe dich, mein Kätzchen«, flüsterte er und drang in sie ein, nachdem er ihre Brüste massiert hatte. Er hielt ihre Beine fest, damit sie nicht nach ihm treten konnte, und bewegte sich gleichmäßig in ihr. Juliane schrie.

»Gefällt es dir so gut?«, fragte er lachend. »Mir ja. Das hättest du alles schon viel früher haben können. Aber jetzt habe ich noch eine kleine Geschichte für euch. Ich dachte eine halbe Ewigkeit, meine ewig besoffene Mutter wäre meine Mutter. Bis mir eine der wenigen anständigen Nonnen in diesem Waisenhaus zum Abschied mitteilte, dass sie nur meine Adoptivmutter war. Ich hatte gar keine leibliche Mutter. Zumindest wusste ich bis zu diesem Zeitpunkt nichts von ihr. Doch diese wirklich nette Nonne hat mir einen Zettel in die Hand gedrückt und sich bei mir entschuldigt für all das Leid, das ich erfahren hatte. Sie war noch relativ jung und hat geweint, als sie mit mir sprach ... Ihr hätte ich nie etwas antun können. Ich habe sie nur gefragt, warum sie nicht aus dem Waisenhaus weggehe. Sie hat geantwortet, sie habe Gott gegenüber ein Gelübde abgelegt, das sie nicht brechen werde.«

Er stöhnte auf, verharrte einen Moment bewegungslos, grinste Juliane an und stieß mit einem Mal kräftig zu, so dass Juliane erneut aufschreien musste. Er tat ihr weh, er wollte ihr wehtun.

»Das ist gut, was? Wo war ich stehengeblieben? Ach ja, bei der Mutter, die gar nicht meine Mutter war. Und der netten Nonne. Vielleicht sollte ich noch erwähnen, dass nicht alle Nonnen Huren sind, es waren nur drei, die ständig gefickt werden wollten. Nun ja ... Gefällt es dir immer noch?«, fragte er hämisch und stieß erneut mit voller Kraft zu.

Juliane biss sich auf die Unterlippe, bis sie blutete, Tränen rollten ihr über das Gesicht.

»Aber Erika, ich will es kurz machen, denn die Zeit verrinnt, und ich muss nach Hause. Du weißt, warum du hier bist. Oder?«

Keine Antwort, nur ein verächtlicher Blick in seine Richtung.

»Du meinst, du könntest mich strafen mit deinem Blick? Blicke können zum Glück nicht töten, sonst wäre ich längst tot. Und nun, liebste Juliane, hör gut zu. Hörst du gut zu?«, fragte er und packte sie am Kinn.

»Ja.«

»Sag ja, ich höre gut zu. Los, sag es!«

»Ja, ich höre gut zu.«

»Weißt du, was wir beide hier machen, ist eigentlich Inzest. Nein, nicht eigentlich, es ist Inzest. Denn du und ich, wir sind ein Blut. Wir entstammen beide dem Leib dieser Frau neben uns. Sie hat uns geboren, aber während sie dir und Thomas alle Liebe schenkte, hat sie mich wie ein Stück Müll weggeworfen. Sie wollte mich nicht haben, als hätte ich die Pest oder wäre wie dieser Jean-Baptiste Grenouille aus *Das Parfum* von Patrick Süskind. Du kennst doch den Roman, wir haben uns schon ein paarmal darüber unterhalten und uns über den grottenschlechten Film echauffiert. Und jetzt frag deine werte Frau Mama, warum sie ihren Erstgeborenen einfach so weggeworfen hat. Los, frag sie!«

»Hör nicht auf ihn«, sagte Erika Trautmann kühl und konnte doch ihre Aufregung und das Vibrieren in der Stimme nicht unterdrücken oder verbergen, »er lügt. Alles, was er sagt, ist eine einzige große Lüge. Er …«

»Mama, sei still! Stimmt es, dass Johannes dein Sohn und mein Bruder ist?«

»Nein.«

»Und warum behauptet er es dann?«

»Weil er ein Lügner ist. Und ein Massenmörder!«

»Entschuldige, Mama, wenn ich dich so nennen darf, aber ich bin kein Massenmörder, höchstens ein Serienkiller. Hitler, Himmler und Konsorten waren Massenmörder. Nur zur Erklärung. Aber bitte, ich lausche gerne deinen weiteren Ausführungen.«

»Ich habe nichts mehr zu sagen.«

»Siehst du, Juliane, unsere Mutter verleugnet ihre dunkle Vergangenheit sogar noch im Angesicht des Todes. Was soll ich bloß mit ihr machen?«

»Mama, ich frag dich noch einmal, ist Johannes dein Sohn?«

Schweiß rann über Julianes Körper, als sie ihr Gesicht zu ihrer Mutter wandte, die keine Anstalten machte, ihre Tochter anzusehen, als wollte sie sie bewusst keines Blickes würdigen.

»Er ist dein Sohn, und du hast es all die Jahre über vor uns verheimlicht? Nicht einmal Papa weiß davon, oder?«

»Geschwätz, verlogenes Geschwätz«, kam es aus Erikas Mund.

»Beenden wir doch diese Farce, liebste Mama«, sagte Johannes. »Ich habe lange genug Zeit gehabt, die Belege zu sammeln, und bin schließlich auf dich gestoßen. Ich wurde am 23. Dezember 1976 in Heidelberg geboren. Du hast damals Erika Kranz geheißen, warst ledig, aber bekannt dafür, dass du schon in früher Jugend Ausschweifungen gegenüber nicht abgeneigt warst, um es vorsichtig auszudrücken. Ja, ich habe mich ausführlich über dich informiert. Du hast gekifft, dich rumgetrieben, und du hast rumgehurt auf Teufel komm raus, und einer dieser Hurenböcke dürfte wohl auch mein Vater sein. Jedenfalls hast du beschlossen, dass du den Balg in deinem Bauch nicht behalten möchtest. Also hast du mich gleich nach meiner Geburt zur Adoption freigegeben. Ich war zwei Monate alt, als ich in die Obhut der gutbetuchten und ehrenwerten Familie Schwarzer kam, der Beginn eines fast zwei Jahrzehnte dauernden Alptraums. Meine Adoptivmutter war eine Säuferin vor dem Herrn, sie hat mich im wahrsten Sinne des Wortes oft in meiner eigenen Scheiße sitzen gelassen. Mein Adoptivvater hat sich aus dem Staub gemacht, als ich vier war, weil er dieses saufende Ungeheuer nicht länger ertragen hat. Was aus mir wurde, das hat ihn herzlich wenig interessiert, der wollte wohl nur seine Ruhe haben … Und als ich sieben war, kam das Jugendamt und hat mich in die Obhut der Nonnen gegeben. Den Rest kennst du. Und jetzt frage ich dich, und bitte, gib mir eine ehrlich Antwort: Warum hast du mich weggegeben? Ich will nur diese eine Antwort. Warum?«

»Du hast doch keine Ahnung von der Zeit damals«, fuhr sie ihn mit verächtlichem Blick an. »Keine Ahnung hast du!«

»Oh, ich glaube, ich habe Ahnung von dieser Zeit. Ein uneheliches Kind war damals keine Schande mehr«, sagte er kühl und begann sich wieder in Juliane zu bewegen. »Also, warum? Deine Eltern hatten eine Menge Kohle, sie haben dich immer unterstützt, sie hätten dich ganz sicher auch unterstützt, wenn du ihnen ein Baby angeschleppt hättest. Ich habe meine Großeltern gesehen und sogar mit ihnen gesprochen, sehr nette Leute, wie ich feststellen musste. Sie hätten dich nicht des Hauses verwiesen. Also, noch mal –

warum? Und jetzt bitte eine ehrliche und klare Antwort. Das ist alles, was ich verlange.«

»Und wenn du die Antwort hast, was dann?«

»Keine Ahnung. Ich werde erst einmal nach Hause fahren und alles überdenken und dann eine Entscheidung treffen. Also?«

»Ich war jung, viel zu jung, um ein Kind großzuziehen. Mehr habe ich nicht zu sagen.«

Er lachte höhnisch auf und schüttelte den Kopf. »Du warst nicht jung, du warst immerhin schon einundzwanzig und hattest eine Menge Erfahrung gesammelt. Mit unzähligen geilen Kerlen, die du nur zu gerne in deine Fotze gelassen hast. Was bist du doch für eine jämmerliche Kreatur! ... Mein Gott, ich will doch nur die Wahrheit wissen, ist das zu viel verlangt? Aber gut, es ist deine Entscheidung ... Ich weiß nur so viel: Kaum hast du mich weggegeben, hast du schon deinen lieben Gatten Max kennengelernt, du hast dein unstetes Leben aufgegeben und hättest noch die Möglichkeit gehabt, mich zurückzuholen. Aber du wolltest es nicht, weil Max nichts über deine verhurte Jugend erfahren sollte. Und schon gar nicht, dass du schon einmal entbunden hattest. Einen elenden Balg, mit dem du nichts anfangen konntest. Du und Max, ihr habt geheiratet, und am 28. Dezember 1978 wurde Juliane geboren. Was muss das für eine Freude gewesen sein ... Doch ich hab genug für heute, ihr sicher auch.«

Er bewegte sich noch ein paarmal schnell in Juliane, ejakulierte und löste sich schließlich von ihr, zog seine Hose hoch und machte sie zu, packte seine Halbschwester unter den

Achseln und setzte sie so hin, dass er ihr wieder die Fußfesseln anlegen konnte.

»Weißt du, Mama, es hätte für dich auch noch eine andere
Option gegeben, du hättest mich abtreiben können. Warum
hast du das nicht getan? Mindestens sechs Frauen wären
dann heute noch am Leben. Scheiße, was? Auch du wirst
mit dieser Schuld leben müssen.«

Erika Trautmann blieb ihm die Antwort schuldig.

»Was mich noch interessieren würde – wussten deine Eltern eigentlich von der Schwangerschaft? Oder hast du sie
ihnen verheimlicht? Andererseits, der Apfel fällt ja nicht
weit vom Stamm, wie es so schön heißt, vielleicht wussten
sie's und haben dir gesagt, dass du den verfluchten Balg
weggeben sollst. Doch du antwortest mir ja sowieso nicht,
also werde ich keine weiteren Fragen stellen. Ich bin da,
und das habe ich dir zu verdanken ... Tut mir leid, ich werde euch leider knebeln müssen, ich will nämlich nicht, dass
ihr euch die Seele aus dem Leib schreit, könnte ja immerhin
sein, dass doch jemand aus der Nachbarschaft etwas hört.
Und das wollen wir doch nicht, oder?«

»Warte, nur noch eine Frage«, sagte Juliane und sah Johannes in die Augen. »Warum hast du all die anderen Frauen
umgebracht? Was haben sie dir getan, Bruder?«

Er verharrte in der Bewegung, kaute auf der Unterlippe,
sah Juliane an, als hätte sie etwas ganz Besonderes gesagt,
und antwortete nach einigem Überlegen beinahe emotionslos: »Liebe Schwester, jede, aber auch jede von ihnen war
eine Hure. Wie unsere Mutter. Nur du bist anders. Es tut
mir leid, dass ich dir wehtun musste.«

Sie wollte noch etwas sagen, doch er steckte ihr mit roher Gewalt ein Taschentuch in den Mund und band ein zweites Tuch hinter ihrem Nacken zusammen. Das Gleiche machte er mit Erika Trautmann, die es regungslos über sich ergehen ließ. »Ich hätte euch noch so viel zu erzählen, zum Beispiel, wie leicht es ist, einen Menschen zu töten. Es ist so einfach, man glaubt es nicht. Jeder kann es, man muss sich nur überwinden. Ja, und es gibt noch so viel mehr, was ihr wissen solltet. Vielleicht nachher.«

Im Hinausgehen sagte er: »Ich komme später wieder, dann werde ich euch meine Entscheidung mitteilen, was mit euch geschehen soll. Es gibt mehrere Optionen, und eine besagt, dass ich euch am Leben lasse. Das tue ich dann allerdings nicht für dich, Mutter, sondern allein für meine Schwester.«

Er verließ das Haus, löschte das Licht und schloss die Tür ab. Um 1.55 Uhr fuhr er in die Garage seines Hauses in Offenbach. Er war müde und doch hellwach, und mit einem Mal kam ihm alles, sein ganzes Leben, wie ein surrealer Traum vor. Er legte sich angezogen aufs Bett, die Arme hinter dem Kopf verschränkt, und starrte an die Decke. Nur wenige Augenblicke später stand er wieder auf, trank ein Glas Wein und drehte laut Musik auf. Metallica, Heavy Metal – wie sonst, wenn er diese unerträgliche innere Unruhe verspürte und sie mit den hämmernden, schnellen und krachenden Riffs und Beats zu vertreiben versuchte. Doch diesmal halfen weder Metallica noch Slayer, die er in den CD-Spieler legte, als Metallica ihm nicht hart genug schien. Wütend, zornig und innerlich aufgewühlt wie seit seiner

Zeit im Waisenhaus nicht mehr, legte er eine CD von Helene Fischer ein, das genaue Gegenteil von Metallica oder gar Slayer. Deutscher Schlager, sanft und melodisch, aber bereits nach wenigen Takten riss er die CD wieder heraus, schleuderte sie in die Ecke und versuchte es mit Motörhead. Die Lautstärke drehte er fast bis zum Anschlag hoch. Johannes stand mitten im Zimmer, er hätte alles zertrümmern können, denn in diesem Moment war ihm klargeworden, dass er sein ganzes Leben verpfuscht hatte und es nichts mehr zu kitten gab.

Er ließ sich auf die Couch fallen, schloss die Augen und atmete tief durch. Er wusste nicht mehr, was er tun sollte, er war auf einmal sicher, sich nicht länger vor der Polizei verstecken zu können. Nur noch dieses eine Spiel, dachte er, nur noch dieses eine einzige Spiel. Er trank ein zweites Glas Wein und legte sich hin. Doch er konnte nicht schlafen. Er musste dieses eine Spiel noch spielen, er wollte zeigen und beweisen, dass er mächtig war.

MONTAG, 3.27 UHR

Brandt tastete nach seinem Handy, erkannte die Nummer auf dem Display und nahm das Gespräch an.

»Ja, was gibt's denn?«

»Klaus hier. Wir brauchen dich dringend in Bieber bei einer Familie Trautmann. Herr Trautmann hat seine Frau und

Tochter eben als vermisst gemeldet. Wir dachten, das könnte mit deinem Fall zusammenhängen, weil die Trautmanns ...«

»Ich hab die Adresse. Bin in zehn Minuten bei euch.«

Er sprang aus dem Bett, Elvira hatte sich aufgesetzt und sah ihn aus müden Augen an. »Was ist denn jetzt schon wieder passiert?«

Während er sich anzog, sagte er: »Keine Zeit, nur so viel: Familie Trautmann sagt dir doch was. Frau Trautmann und ihre Tochter werden vermisst. Ich muss sofort hin.«

»Soll ich mitkommen?«

»Nein, ich muss mich beeilen. Wir sehen uns später im Präsidium, oder ich komm zum Frühstück kurz nach Hause. Sag den Mädels nachher Bescheid, falls ich noch nicht zurück bin. Ciao.«

Er rannte die Treppe hinunter und war keine zehn Minuten später bei Trautmann.

Vor dem Haus besprach er sich kurz mit Schulze und Weiner vom KDD und meinte: »Ich kümmere mich darum, aber haltet euch bitte zur Verfügung. Das hat mit unserm Fall zu tun.«

»Können wir dir irgendwas abnehmen?«

»Ich muss erst mal mit Trautmann reden, danach vielleicht. Ich geh jetzt rein, mach's aber kurz.«

»Was ist mit weiteren Kräften?«

»Noch nicht, es kommt drauf an, welche Infos ich von Trautmann erhalte.«

Max Trautmann hatte tiefe Sorgenringe unter den Augen, sein Sohn Thomas machte einen sehr nervösen Eindruck. Trautmann schilderte noch einmal das, was er bereits zu Protokoll gegeben hatte.

Brandt sah ihn aufmerksam an. »Herr Trautmann, ich benötige jetzt ein paar Informationen von Ihnen. Sind Sie bereit?«

»Ja, natürlich.«

»Wann genau haben Ihre Frau und Ihre Tochter das Haus verlassen?«

»Etwa um Viertel vor sieben, aber das habe ich doch alles schon zu Protokoll gegeben.«

»Ich will es aber noch einmal hören. Und sie wollten gegen 23.15 Uhr wieder zu Hause sein?«

»Ja.«

»Nun, ein Konzert kann auch mal länger dauern, es hätte also durchaus auch halb oder Viertel vor zwölf werden können. So etwas wie heute ist noch nie vorgekommen?«

»Nein, noch nie.«

»Schildern Sie mir bitte den genauen Tagesablauf des gestrigen Tages. Was haben Sie gemacht, wo sind Sie gewesen, ich brauche alle Angaben so detailliert wie möglich.«

»Meine Familie und ich waren morgens in der Kirche wie jeden Sonntag, gleich nach dem Ende des Gottesdienstes sind wir gegangen, weil wir einen Tisch in einem ungarischen Restaurant reserviert hatten. Danach verbrachten wir einen ganz normalen Sonntagnachmittag, Erika, meine Frau, und Juliane haben sich für den Abend fertig gemacht ...«

»Wenn ich Sie unterbrechen darf, aber wie sieht bei Ihnen ein ganz normaler Sonntagnachmittag aus?«

»Ruhig und besinnlich. Herr Neuendorf ist sonntags häufig bei uns und ...«

»Stopp. Herr Neuendorf – helfen Sie mir auf die Sprünge, ich habe nicht alle Namen im Kopf, aber ich meine, ihn im Zusammenhang mit der Gemeinde gehört zu haben.«

»Das ist richtig. Johannes, Herr Neuendorf, ist unser Chorleiter. Er ist eigentlich nicht zu übersehen, weil er immer eine dunkle Brille aufhat.«

»Okay, ich erinnere mich an ihn, ich war gestern beim Gottesdienst dabei. Warum trägt er diese Brille?«

»Er leidet an einer starken Lichtempfindlichkeit. Er ist wie ein Teil unserer Familie, obwohl wir nicht mit ihm verwandt sind. Aber ...«

Brandt hob die Hand, denn er spürte, dass er vor dem entscheidenden Durchbruch stand. Dennoch versuchte er, sich seine innere Erregung nicht anmerken zu lassen.

»Erzählen Sie mir etwas über Herrn Neuendorf. Wie lange kennen Sie sich schon, wie alt ist er, was macht er beruflich, was sind seine Hobbys und so weiter.«

»Warum interessiert Sie das? Glauben Sie etwa ...«

»Ich glaube überhaupt nichts, ich möchte nur sichergehen, dass wir auch alles getan haben, um Ihre Frau und Ihre Tochter lebendig zu finden. Beantworten Sie bitte meine

Frage, auch wenn Sie sie für absurd oder abwegig halten. Ich möchte alles über Herrn Neuendorf wissen, um ihn ausschließen zu können.«

»Das ist Wahnsinn, aber bitte. Herr Neuendorf zog kurz vor Weihnachten 2006 in unseren Gemeindebereich. Er unterrichtet Englisch und Musik am Albert-Einstein-Gymnasium in Heusenstamm. Wenn Sie ihn verdächtigen …«

»Er ist Gymnasiallehrer?«, fragte Brandt nach, der daran dachte, dass das erste Opfer, Liane Schreiber, Gymnasiallehrerin in Darmstadt gewesen war. »Noch mal: Sie kennen ihn seit etwas über drei Jahren. Richtig?«

»Ja.«

»Wie alt ist er?«

»Dreiunddreißig. Er ist am 23. Dezember dreiunddreißig geworden. Welche Relevanz hat das? Und was hat das mit dem Verschwinden von Erika und Juliane zu tun?«

»Beantworten Sie bitte nur meine Fragen. Wie kam es, dass Sie und Herr Neuendorf sich angefreundet haben? Ging das von Ihnen oder von ihm aus?«

»Eher von ihm, wenn ich's recht bedenke. Er hat hier einen Chor aus dem Boden gestampft, der einfach einmalig ist. Wir schätzen uns glücklich, dort mitsingen zu dürfen.«

»Gut. Wo hat Herr Neuendorf gewohnt, bevor er nach Offenbach kam? Oder ist er nur von einem Stadtteil in den nächsten gezogen?«

»Das weiß ich ehrlich gesagt nicht. Ich meine aber, er hat einmal erwähnt, dass er aus Frankfurt kommt. Thomas, sag du doch auch mal was«, forderte Trautmann seinen Sohn auf, der bislang schweigend der Befragung gefolgt war.

»Was soll ich denn sagen? Ich weiß auch nicht, wo er herkommt, er hat nie darüber gesprochen.«

»Und Sie waren auch gestern mit ihm zusammen?«

»Ja, er hatte den Tisch im Restaurant bestellt. Danach ist er noch auf einen Kaffee mit zu uns gekommen und ist dann nach Hause gefahren. Er sagte, er müsse noch einiges für die Schule vorbereiten.«

»Wann ist er nach Hause gefahren?«

»Thomas?« Trautmann sah seinen Sohn an.

Der zuckte nur die Schultern und meinte: »Halb vier, vier. So um den Dreh. Aber warum versteifen Sie sich so auf Johannes, der könnte keiner Fliege was zuleide tun. Er ist, wie mein Vater schon sagte, praktisch ein Teil unserer Familie.«

Brandt nickte. »Sie haben doch eine Apotheke, Herr Trautmann.«

»Ja.«

»Dann haben Sie gewiss auch schon oft den Spruch gehört, man hat schon Pferde vor der Apotheke kotzen sehen. Wissen Sie, ich bin seit bald dreißig Jahren bei der Polizei. Für mich gibt es nichts, was es nicht gibt. Kommen wir noch mal zurück zu Ihrer Frau und Tochter. Haben sie sich noch einmal bei Ihnen gemeldet, nachdem sie das Haus verlassen haben?«

»Nein. Ich bin irgendwann auf dem Sofa eingeschlafen, Thomas war auf seinem Zimmer.«

»Gab es gestern oder in den vergangenen Tagen irgendwelche merkwürdigen Vorkommnisse wie seltsame Anrufe …«

»Nein, nichts, rein gar nichts«, wurde Brandt von Trautmann unterbrochen. »Es war alles so wie immer. Wir haben keine Feinde, wir sind sehr aktiv in der Kirche ... Ich habe keine Ahnung, wer uns etwas Böses wollen könnte. Herr Neuendorf schon gar nicht.«

»Also gut. Würden Sie mir bitte die Adresse und Telefonnummer von Herrn Neuendorf geben? Ich habe sie zwar, aber nicht bei mir. Wir werden ihn überprüfen und sehen, ob er mit dem Verschwinden Ihrer Frau und Tochter etwas zu tun hat oder ob er uns vielleicht helfen kann. Ich melde mich bei Ihnen und bitte Sie, mir unverzüglich Bescheid zu geben, sollten Ihre Frau und Tochter wieder auftauchen. Hier ist meine Karte, ich bin rund um die Uhr zu erreichen.«

Thomas Trautmann schrieb die Adresse und Telefonnummer von Johannes Neuendorf auf einen Zettel und reichte ihn wortlos Brandt.

»Was glauben Sie? Seien Sie ganz ehrlich, ich kann die Wahrheit vertragen«, sagte Trautmann.

»Noch glaube ich überhaupt nichts. Ich will Ihnen keine falschen Hoffnungen machen, ich will aber auch nicht, dass Sie die Hoffnung verlieren. Gute Nacht.«

»Die werde ich nicht mehr haben, es ist ja schon fast Morgen und ... Ich werde die Apotheke heute nicht aufmachen, ich schaffe das nicht. Nicht, solange ich nicht weiß, was mit Erika und Juliane ist.«

»Das kann ich verstehen. Ich muss jetzt los. Versuchen Sie trotzdem, etwas Ruhe zu finden.«

Brandt ging nach draußen, wo Schulze und Weiner in der Kälte vor dem Auto standen und rauchten.

»Ich brauche eine Personenüberprüfung. Hier sind die

Eckdaten, ich will alles über diesen Typen wissen. Johannes Neuendorf, geboren am 23.12.76, vermutlich hat er bis vor drei Jahren in Frankfurt gewohnt. Mehr Infos hab ich nicht, außer dass er Lehrer am Albert-Einstein-Gymnasium in Heusenstamm ist. Ich bin am Überlegen, ob ich mit ins Präsidium fahre oder gleich zu diesem Neuendorf …«

»Ich würd's erst machen, wenn du was in der Hand hast, das einen Besuch mitten in der Nacht rechtfertigt«, bemerkte Schulze.

»Du hast recht, ich brauch was Handfestes, bevor ich ihn mir vorknöpfe.«

»Glaubst du, dass er was damit zu tun hat? Das würde ja bedeuten, dass er auch für die Frauenmorde in Frage kommt.«

»Möglich. Wir überprüfen ihn erst mal, dann entscheide ich, wie weiter vorgegangen wird. Fahren wir.«

MONTAG, 4.35 UHR

Brandt hatte zusammen mit Schulze und Weiner die Vita von Johannes Neuendorf überprüft, soweit dies mitten in der Nacht möglich war, und spätestens nachdem Brandt sich die Akte Liane Schreiber vorgenommen hatte, wusste er, dass er Neuendorf so gut wie am Wickel hatte. Er verspürte einen leisen Triumph, wenn er daran dachte, wie er Neuendorf gleich aus dem Bett holen und mit seiner Vergangenheit konfrontieren würde.

Hoffentlich ist er zu Hause, dachte er. Hoffentlich.

Brandt wollte gerade das Büro verlassen, als eine Stimme ihn zurückhielt. »Du fährst aber nicht alleine«, sagte Schulze und stellte sich vor Brandt. »So was darfst du nicht auf eigene Faust machen, es müssen Kollegen dabei sein. Kein Alleingang. Wenn er der Gesuchte ist, könnte es gefährlich werden. Hast du mich verstanden?«

»Ja, bin ja nicht schwerhörig. Du kommst mit, Klaus hält die Stellung.«

Auf dem Weg zum Auto sagte er leise: »Neuendorf ist unser Mann. Der hat ein perfides Spiel gespielt. Aber gleichzeitig denke ich, dass er krank sein muss. Jemand, der Frauen so zurichtet, muss krank sein.«

MONTAG, 4.44 UHR

Die Straße lag wie ausgestorben, als sie vor dem Haus von Johannes Neuendorf hielten. Die Rollläden sämtlicher Fenster waren heruntergelassen, dennoch schimmerte durch die Ritzen eines großen Rollladens im Erdgeschoss Licht. Im Vorgarten lag der Schnee zentimeterhoch. Brandt drückte auf die Klingel neben dem niedrigen Tor. Ein älteres Haus, das wie die meisten Einfamilienhäuser in dieser Straße aus der Zeit kurz nach dem Krieg stammte.

Als niemand öffnete, ließ er den Finger auf der Klingel liegen und sah Schulze fragend an, bis er eine Stimme aus dem kleinen Lautsprecher hörte.

»Brandt, Kriminalpolizei. Ich würde gerne mit Herrn Neuendorf sprechen.«

Der Türöffner surrte, Brandt drückte das Tor auf, er und Schulze liefen mit schnellen Schritten zur Eingangstür.

Neuendorf stand vor ihnen, er wirkte übermüdet. Er trug Jeans und einen Sweater und an den Füßen ein Paar weiße Tennisschuhe.

Brandt zeigte seinen Ausweis. »Herr Neuendorf?«

»Ja, was gibt's?«, antwortete dieser, ohne Anstalten zu machen, die Beamten ins Haus zu bitten.

»Das würden wir gerne drinnen mit Ihnen besprechen.«

»Um diese Uhrzeit?«, fragte Neuendorf, der jedoch nicht sonderlich überrascht schien, die Polizei vor seiner Tür zu haben.

»Es ist wichtig, sonst hätte wir noch ein paar Stunden gewartet«, erwiderte Brandt kühl. »Und wie ich sehe, haben wir Sie nicht gerade aus dem Bett geholt.«

»Meinetwegen. Aber ich muss um halb sieben das Haus verlassen, die Schule ruft.«

Ohne einen weiteren Kommentar machte er die Tür frei, um Brandt und Schulze eintreten zu lassen.

»Bitte.« Neuendorf bot den Beamten einen Platz an, setzte sich selbst auf die Couch und schenkte sich den Rest vom Wein in das Glas.

Während Schulze stehen blieb, setzte sich Brandt in einen Sessel und sagte: »Herr Neuendorf, Sie kennen doch die Familie Trautmann.«

»Ja, wir sind sehr eng befreundet. Ist etwas passiert?«, fragte er und nahm einen Schluck Wein.

»Frau Trautmann und ihre Tochter werden seit gestern Abend vermisst. Sie waren doch gestern bei den Trautmanns. Ist Ihnen da etwas Ungewöhnliches aufgefallen?«

»Nein, es war wie immer. Wieso werden Erika und Juliane vermisst?«

»Das versuchen wir herauszufinden. Wir dachten, Sie als bester Freund der Familie könnten uns da ein wenig weiterhelfen.«

»Tut mir leid, aber ich bin seit gestern Nachmittag zu Hause.«

»Und warum schlafen Sie nicht?«

»Ich habe mich sehr früh hingelegt und bin schon seit drei wach. Das kommt öfter vor. Ich habe einen etwas ungewöhnlichen Schlafrhythmus.«

Brandt beobachtete Neuendorf und sagte wie beiläufig: »Ich habe gehört, dass Sie unter einer starken Lichtempfindlichkeit leiden, weshalb Sie immer eine Sonnenbrille aufhaben. Aber hier drin ist es sehr hell, und Sie tragen keine Brille. Warum nicht?«

Neuendorf lachte kurz auf. »Hm, das mit der Lichtempfindlichkeit ist etwas übertrieben. Manchmal komme ich auch ohne Brille aus. Es ist mehr ein Gag, den ich mir erlaubt habe.«

»Aha. Und heute Nacht ist ein solcher Moment, wo Sie die Brille nicht brauchen«, konstatierte Brandt ironisch. »Herr Neuendorf, wo waren Sie gestern Abend beziehungsweise heute Nacht?«

»Ich meine mich erinnern zu können, Ihnen das gerade eben erklärt zu haben. Oder nicht?«

»Okay, Herr Neuendorf, ich möchte Sie bitten, meinen Kollegen und mich ins Präsidium zu begleiten. Wir würden die Befragung lieber dort durchführen.«

»Und wenn ich mich weigere?«

»Das wird Ihnen nicht viel nützen. Bei Gefahr im Verzug dürfen wir Sie jederzeit mitnehmen. Wenn ich also bitten darf.«

»Gefahr im Verzug? Inwiefern? Sehe ich etwa aus wie eine Bedrohung?«

»Stehen Sie bitte auf und kommen Sie. Wir möchten nur ein paar Dinge überprüfen, das geht aber nur im Präsidium. Angezogen sind Sie ja, Sie können sich noch eine Jacke überziehen und ...«

»Darf ich noch mal kurz nach oben?«

»Warum?«

»Nur was holen.«

»Nein, denn die Befragung wird nicht lange dauern. Wir haben ein paar Fragen und wollen Ihnen einige Fotos zeigen, mehr nicht. Sind Sie bereit?«

»Ja, wir können gehen.«

MONTAG, 5.10 UHR

Brandt brachte Johannes Neuendorf in das Vernehmungszimmer, ließ ihn dort für einen Moment allein und sagte zu

Schulze, der vor der Tür geblieben war: »Veranlasse bitte umgehend eine Hausdurchsuchung bei Neuendorf. Die sollen keinen Winkel in seinem Haus und auf dem Grundstück auslassen. Außerdem bitte sein Auto beschlagnahmen und sofort in die KTU damit, die sollen auf kleinste Fasern achten. Ich gehe davon aus, dass er das letzte Opfer, die Preusse, in seinem Wagen transportiert hat. Solltest du den zuständigen Richter oder Staatsanwalt nicht erreichen, dann ohne Beschluss, wegen Gefahr im Verzug. Es geht um das Leben von Erika und Juliane Trautmann. Ansonsten möchte ich dich bitten, der weiteren Vernehmung von hier aus zu folgen und notfalls einzuschreiten, sollte ich mich irgendwie verheddern oder dir etwas einfallen, was wichtig sein könnte. Ich rufe noch schnell bei Frau Klein an, die soll herkommen.«

Er verzog sich in eine Ecke, wo er ungestört telefonieren konnte. Es dauerte, bis Elvira abnahm.

»Ich bin's. Leg den Mädchen einen Zettel hin und ein paar Euro und mach dich auf den Weg hierher. Ich denke, wir haben ihn.«

»Halbe Stunde, Stunde, reicht das?«, fragte Elvira mit schläfriger Stimme.

»Reicht, ich fang schon mal an. Bis gleich.«

Wieder im Vernehmungszimmer, sagte Brandt, nachdem er das Aufnahmegerät und die Videokamera eingeschaltet hatte: »Möchten Sie etwas zu trinken?«

»Nein danke, Sie sagten ja, es wird nicht lange dauern. Aber darf ich fragen, warum Sie unser Gespräch aufzeichnen?«

»Vorschrift. Herr Neuendorf, wie bereits erwähnt, sind

Frau Erika Trautmann und ihre Tochter Juliane seit gestern Abend spurlos verschwunden. Als bester Freund der Familie oder, wie Herr Trautmann es so schön formuliert hat, als Fast-Familienmitglied kennen Sie doch die Gepflogenheiten und Besonderheiten der einzelnen Personen. Wie würden Sie Frau Trautmann beschreiben?«

»Sie ist eine nette, sehr freundliche Frau, die mich tatsächlich wie ein Familienmitglied behandelt. Ich möchte fast sagen wie einen verlorenen Sohn, um das biblische Gleichnis zu verwenden. Und Juliane, nun, sie ist introvertiert, aber nichtsdestoweniger freundlich wie ihre Mutter. Wenn Sie jetzt irgendetwas Negatives von mir hören wollen, dann tut es mir leid, denn damit kann ich nicht dienen. Die Trautmanns sind höchst ehrenwerte Leute, denen mein größter Respekt gilt.«

»Und gab es innerhalb der Familie vielleicht hin und wieder Reibereien? Haben Sie etwas davon mitbekommen?«

»Nein, niemals. Ich kann mir keine harmonischere Familie vorstellen.«

»Haben Sie eine Erklärung für das plötzliche Verschwinden der beiden Frauen?«

»Nein, tut mir leid. Der einzige Grund könnte eine Entführung sein, denn die Trautmanns sind nicht unvermögend.«

»Bis jetzt hat sich kein Entführer gemeldet, und da die Frauen seit nunmehr sechs Stunden überfällig sind, ist das eine lange Zeit. Normalerweise melden sich Entführer innerhalb der ersten zwei Stunden. Das ist eine Faustregel«, sagte Brandt, obwohl es diese Faustregel nicht gab und es bei Entführungen kein klassisches Schema gab.

Neuendorf zeigte keine Emotionen, sondern beantwortete ruhig und gelassen die Fragen. Er spielte nicht an seinen Fingern, pulte nicht die Haut an seinem Daumen ab, ließ nicht nervös die Augen umherschweifen – er war die Ruhe selbst. Nicht einmal ein Zucken um die Mundwinkel war auszumachen.

Du bist entweder ein perfekter Schauspieler, oder ich verdächtige dich zu unrecht, dachte Brandt. Aber ich werde herausfinden, ob du ein Frauenmörder bist, und wenn es Wochen dauert.

»Ich hätte ein paar Fragen zu Ihrer Person. Wie alt sind Sie?«

»Dreiunddreißig.«

»Nur fürs Protokoll – geboren wann genau und wo?«

»23.12.76 in Heidelberg.«

»Beruf?«

»Lehrer für Englisch und Musik am Albert-Einstein-Gymnasium in Heusenstamm.«

»Wohnhaft in Offenbach seit wann?«

»1.12.2006.«

»Und davor?«

»Darmstadt.«

»Wie lange haben Sie in Darmstadt gewohnt?«

»Seit Januar 2001. Davor habe ich in Tübingen studiert.«

»Und was haben Sie in Darmstadt beruflich gemacht?«

»Ebenfalls als Lehrer gearbeitet.«

Noch immer zeigte Neuendorf keine Reaktion, die Antworten kamen ihm klar und deutlich über die Lippen.

»Ledig, verheiratet, geschieden?«

»Ledig.«

»Gut, das war's so weit. Sie sind gleich entlassen, ich will Ihnen nur noch … Moment, wo hab ich's … Ah, hier. Kennen Sie diese Dame?«

Brandt zog zwei Fotos aus einer Mappe und legte sie vor Neuendorf auf den Tisch. Sie zeigten Liane Schreiber, einmal lebend, einmal tot. Neuendorf beugte sich nach vorn und nickte.

»Ja, das ist Frau Schreiber. Sie wurde ermordet. Warum zeigen Sie mir das?«

Zum ersten Mal meinte Brandt einen winzigen Anflug von Nervosität zu erkennen.

»Sie war an derselben Schule wie Sie beschäftigt. Das ist doch korrekt?«

»Ja. Und weiter?«

»Wie gut kannten Sie sie?«

»Mein Gott, wie gut kannten wir uns? Wir waren Kollegen, nicht mehr und nicht weniger.«

»Ihr Verhältnis ging also nicht über das rein Berufliche hinaus?«

Neuendorf kniff für einen Sekundenbruchteil die Augen zusammen und fuhr sich mit dem Handrücken über den Mund. Auf seiner Stirn bildeten sich erste Schweißperlen. Er wird allmählich nervös, dachte Brandt. Sein vegetatives Nervensystem fängt an zu arbeiten. Und er atmet nicht mehr so ruhig.

»Es war rein beruflich. Warum?«

»Nur so.«

»Ach, kommen Sie! Sie holen mich doch nicht mitten in der

Nacht aufs Präsidium und zeigen mir dann das Foto einer Toten. Wessen verdächtigen Sie mich?«

»Ich verdächtige Sie nicht, ich stelle nur Fragen, denn der Mörder von Frau Schreiber ist noch auf freiem Fuß. Und was ist mit dieser Frau?«, sagte Brandt und legte zwei Fotos von Caro Werner neben die von Liane Schreiber.

»Wer soll das sein?«, fragte Neuendorf, er zuckte mit einer Schulter, seine Nasenflügel bebten ein paarmal kurz hintereinander.

»Eine Bedienung in einem Café in Frankfurt. Sie wurde am 12. April 2007 ermordet. Ihr Name ist Caro Werner, ihr Mörder ist ebenfalls noch auf freiem Fuß.«

»Nie gesehen.«

»Und Anika Zeidler?«

Neuendorf warf nur einen kurzen Blick auf die Fotos. »Natürlich kenne ich sie, sie gehörte schließlich zur Andreas-Gemeinde. Ein tragischer Fall, der niemanden kaltgelassen hat.«

»Und natürlich kennen Sie auch Bettina Schubert«, Brandt legte Fotos vom Tatort vor Neuendorf, »und die erst vor wenigen Tagen ermordete Linda Maurer.«

»Selbstverständlich.«

»Und diese werte Dame?«, fragte Brandt und legte gleich mehrere Fotos von Michaela Preusse auf den Tisch. »Schon mal gesehen?«

»Nein, völlig unbekannt. Wer ist das?«

Neuendorf wollte spielen, doch er konnte seine Nervosität nicht länger unterdrücken. Immer wieder fasste er sich an den Hals, als würde ihm der Sweater zu eng, an die Nase, die Stirn, die Ohren.

»Niemand Besonderes, nur eine Hure aus dem Frankfurter Bahnhofsviertel. Sie wurde vor knapp vierundzwanzig Stunden in der Nähe der Bahnstation Offenbach-Ost gefunden. Sie kennen sicherlich den großen Parkplatz dort.«

»Kann sein, aber ...«

»Nun, Sie sind ja noch nicht so lange in Offenbach, als dass man alles kennen müsste.«

Brandt stand auf, lehnte sich gegen die Wand und fixierte Neuendorf, der ihn gar nicht mehr wahrzunehmen schien und stattdessen die Fotos betrachtete, speziell jene vom Tatort.

»Interessant, oder?«, sagte Brandt, worauf Neuendorf aufschreckte.

»Ja und nein. Es ist schrecklich, was mit diesen Frauen passiert ist.«

»Wissen Sie, jeder andere hätte die Fotos zur Seite geschoben oder umgedreht, um sie nicht länger sehen zu müssen, Sie aber können sich gar nicht von ihnen lösen. Herr Neuendorf, haben Sie eine Erklärung dafür, dass vier Frauen, mit denen Sie entweder zusammengearbeitet haben oder die Sie aus der Kirche kannten, umgebracht wurden?«

»Nein. Ich würde es mit Zufall beschreiben, auch wenn Zufall ein leeres, bedeutungsloses Wort ist. Es gibt keinen Zufall, höchstens Schicksal oder Fügung. Das Zusammentreffen zweier Körper an einem bestimmten Punkt. Psychisch und/oder physisch. Ich denke, das ist die Erklärung für Zufall, die ich einmal gehört habe. Nein, es gibt noch die sogenannte Synchronizität der Ereignisse. Nichtssagend, wie ich finde.«

Brandt löste sich von der Wand, stützte sich mit beiden Händen auf den Tisch und sah Neuendorf in die Augen.

»Wissen Sie was, mir ist die Bedeutung von Zufall scheißegal. Ich werde Ihnen jetzt etwas sagen: Hätten Sie nur die Frauen gekannt, die aus Ihrer Gemeinde kommen, ich glaube, ich hätte Sie niemals verdächtigt, etwas mit deren Ermordung zu tun zu haben. Aber Sie haben den Bogen überspannt, denn ich glaube nicht an Zufall, sondern an Bestimmung. Sie waren zu dem Zeitpunkt Lehrer an der Schule, an der Frau Schreiber war, bevor sie ermordet wurde. Und Sie sind der beste Freund der Familie Trautmann … Bleiben wir doch mal beim Zufall: Wie hoch ist die Wahrscheinlichkeit, dass im Umfeld eines Einzelnen so viele Menschen ermordet werden, die er persönlich kennt oder kannte? Eins zu zehn, eins zu hundert, eins zu tausend oder eins zu einer Million? Oder gar eins zu unendlich? Wenn ich heute meine Kollegen losschicke, um noch einmal in Darmstadt nachzufragen, wie gut Sie und Frau Schreiber sich kannten, was glauben Sie, werden sie zu hören bekommen? Das, was Sie mir gesagt haben, oder doch etwas anderes? Dass Sie vielleicht sogar eine Beziehung hatten, von der niemand etwas wissen durfte? Ich sage Ihnen, es weiß immer irgendjemand über irgendetwas Bescheid. Und jetzt dürfen Sie wieder philosophieren, was ich damit meinen könnte.«

»Sie glauben allen Ernstes, mich mit diesen hanebüchenen Ausführungen aus der Reserve locken zu können?«

»Aus was für einer Reserve? Beantworten Sie doch bitte meine Frage: Was werden meine Darmstädter Kollegen zu hören bekommen, wenn sie nach dem Verhältnis zwischen Ihnen und Frau Schreiber fragen?«

»Keine Ahnung.«

»Ich werde es Ihnen sagen: Sie und Frau Schreiber waren mehr als nur kollegial verbunden, Sie waren eng befreundet. Aber da gab es ein Hindernis, nämlich einen reichen, älteren Herrn, dessen Geld eine geradezu magische Anziehungskraft ausübte. Frau Schreiber konnte sich dem nicht entziehen, es ist ja auch nicht gerade die Welt, was die jungen Lehrer heutzutage verdienen. Die wenigsten werden noch verbeamtet, es kostet einfach zu viel ... Sie fanden heraus, was für ein Spiel Liane trieb, und da haben Sie beschlossen, sie zu beseitigen. Wenn Sie sie nicht haben durften, dann auch nicht dieser reiche Schnösel.«

»Netter Versuch, aber leider völlig daneben. Und selbst falls – ich betone: falls! – es so gewesen sein sollte, wie wollen Sie das jemals beweisen? Haben Sie meine DNA oder irgendetwas anderes von mir am Tatort gefunden?«

»Nein, weil bis jetzt nicht nach Ihrer DNA oder Ihren Fingerabdrücken gesucht wurde, aber die Kollegen der Darmstädter Spurensicherung haben ganz sicher alles archiviert und können nun alle Proben mit Ihrer DNA und Ihren Fingerabdrücken vergleichen. Und dann wäre da noch das gute alte Telefon. Ein Anruf bei der Telefongesellschaft und beim Mobilfunkanbieter von Frau Schreiber, und wir wissen sehr schnell, wie oft Sie mit ihr telefoniert haben.«

»Natürlich haben wir telefoniert, aber es war immer nur rein beruflich.«

»Rein beruflich also. Und Sie waren nie in diese bildhübsche Lehrerin verliebt? Liane war nicht Ihr Typ, was? Liane, was für ein schöner Name, allein dieser Name. Und wenn ich mir die Fotos anschaue, die zu ihren Lebzeiten gemacht wurden, du meine Güte, da wäre auch ein alter Hase wie ich schwach geworden. Ich bin eben auch nur ein Mann.«

Neuendorfs Nasenflügel bebten, sie blähten sich fast wie Nüstern, als Brandt so über Liane Schreiber sprach, es war, als wollte er gleich aufspringen und seinem Gegenüber an die Gurgel gehen. Doch er beherrschte sich, wollte sich keine Blöße geben.

»Sie hat mir gefallen, das gebe ich ja zu. Aber mehr war da nicht.«

»Wie war Ihre Kindheit? Hatten Sie ein gutes Elternhaus?«, wechselte Brandt unvermittelt das Thema.

»Was hat meine Kindheit mit dieser ganzen Sache zu tun?«, fragte Neuendorf und rutschte auf seinem Stuhl hin und her.

»Möchten Sie diese Frage nicht beantworten? Müssen Sie nicht, wir finden sowieso alles raus. Gerade eben wird Ihr Haus auf den Kopf gestellt, Ihr Auto ist vielleicht schon in der Kriminaltechnik. Und gnade Ihnen Gott, die finden auch nur eine Faser von Michaela Preusse. Wissen Sie, dass eine einzige Faser schon ausreichen würde, Sie vor Gericht zu bringen? Und nun sagen Sie nicht, Sie hätten Frau Preusse gekannt, Sie wären einer ihrer Kunden gewesen. Aber ich schweife ab, wir waren bei Ihrer Kindheit stehengeblieben. Wie war sie? Oder sollen wir selber ein bisschen buddeln?«

»Ich hatte keine berauschende Kindheit, aber es gibt viele Kinder, denen es schlechter ergeht oder erging«, antwortete Neuendorf und lächelte verkniffen.

»Kann ich Ihren Worten entnehmen, dass Sie eine beschissene Kindheit hatten? Woran lag es? An Ihrem Vater oder an Ihrer Mutter?«

In Neuendorfs Augen war auf einmal ein seltsames Feuer. Brandt ahnte, dass er auf dem richtigen Weg war.

»Ich kannte meinen Vater kaum, und meine Mutter war eine Säuferin«, antwortete er mit einem verächtlichen Zug um den Mund. »Aber was soll's, das ist Vergangenheit. Mit sieben kam ich ins Waisenhaus, wo ich bis zu meinem achtzehnten Lebensjahr blieb. Zufrieden?«

»Warum kamen Sie ins Waisenhaus? Ist Ihre Mutter gestorben, oder gab es einen anderen Grund?«

»Mein Vater hat sich aus dem Staub gemacht, und meine Mutter war rund um die Uhr besoffen. Das Jugendamt hat mich ihr weggenommen.«

»Was war das für ein Waisenhaus?«

»Ein katholisches.«

»Und wie war es dort? Haben Sie sich wohl gefühlt?«, fragte Brandt. Er ging im Raum auf und ab, eine Hand in der Hosentasche, mit der andern machte er hin und wieder Gesten.

»Es war okay, sonst wäre ich nicht elf Jahre dort geblieben.«

»Es blieb Ihnen wohl keine andere Wahl. Und zum Abhauen sind Sie nicht der Typ. Sie sind nicht der Rumtreiber, der sich mit Klauen über Wasser hält und unter Brücken schläft und irgendwann zum Alki oder Junkie wird. Nein, so sind Sie nicht, Sie haben andere Gene im Blut. Aber ich schweife schon wieder ab. Wie heißt das Heim?«

»Zur heiligen Claudine.«

»Und wo befindet sich dieses Heim?«

»In der Nähe von Worms.«

»Ihnen ist klar, dass wir sämtliche Informationen über Sie einholen werden, die wir bekommen können – und zwar von Ihrer Geburt bis heute. Und das werden sehr, sehr viele Informationen sein.«

»Tun Sie, was Sie nicht lassen können«, antwortete Neuendorf scheinbar gelangweilt und lehnte sich zurück. Er versuchte, cool und gelassen zu wirken, doch Brandt entging nicht seine ungeheure Anspannung.

»Was bedeuten Ihnen die Olive, der Olivenzweig und die weiße Taube?«

»Ich weiß nicht, worauf Sie hinauswollen.«

»Doch, ich denke, Sie wissen das sehr wohl.« Brandt deutete auf die Fotos, die noch immer ausgebreitet auf dem Tisch lagen, und wurde im Ton etwas schärfer, wenn auch längst nicht so, wie er es bei anderen Verhören in der Vergangenheit gehalten hatte: »Warum haben Sie diese Frauen umgebracht? Warum haben Sie bei Schubert, Maurer und Preusse die Symbole Olive, Olivenzweig und weiße Taube gewählt? Hat es einen religiösen Hintergrund, war es nur eine Ablenkung, oder wollten Sie wirklich etwas damit ausdrücken?«

»Ich weiß noch immer nicht, worauf Sie hinauswollen.«

»Herr Neuendorf, wir sind hier in keinem Spielzimmer, in

dem Sie die Regeln bestimmen. Ich weiß, dass Sie mindestens sechs Frauen auf dem Gewissen haben ... Apropos Gewissen, wie können Sie damit leben? Was war der Auslöser?«

»Jetzt beschuldigen Sie mich auf einmal doch. Ich habe mit dem Tod dieser Frauen nichts zu tun. Kann ich jetzt gehen?«

»Nein, wir sind noch lange nicht fertig, und ich bin sogar zu hundert Prozent sicher, dass Sie nie wieder in Ihr Haus zurückkehren werden. Herr Neuendorf, es ist doch kein Zufall, dass drei Frauen, die regelmäßig die Andreas-Gemeinde besucht haben, ermordet wurden. Alle drei wurden erdrosselt, Frau Schubert und Frau Maurer wurden brutal gequält, bevor sie getötet wurden. Warum haben Sie das getan? Ich habe Ihnen jetzt einen Teppich ausgelegt, auf dem Sie gehen können. Ich kann auch einen Kollegen reinholen, der bekannt dafür ist, nicht gerade zimperlich mit Leuten wie Ihnen umzugehen. Wir spielen dann guter Bulle, böser Bulle. Deshalb frage ich Sie noch einmal, warum haben Sie das getan?«

Neuendorf lächelte. »Wie kommen Sie bloß darauf, dass ich so viele Frauen umgebracht haben könnte? Sehe ich aus wie ein Serienkiller? Ich leite einen Chor, ich bin ein beliebter Lehrer an meiner Schule, weil ich unkonventionelle Unterrichtsmethoden anwende, mein Leumund ist einwandfrei ...«

»Noch, Herr Neuendorf, noch ...«

»Ich habe bis jetzt nicht einmal einen Strafzettel für Falschparken oder zu schnelles Fahren bekommen. Ich habe eine blütenweiße Weste. Also, warum wollen Sie mir das anhängen?«

»Weil es keine Zufälle gibt. Ihr erster Mord war an Liane Schreiber, ihr zweiter an Caro Werner. Danach haben Sie eine Pause von fast zwei Jahren eingelegt, bis in Ihnen wieder dieser unerträgliche Druck entstand und Sie einen Weg finden mussten, diesen Druck loszuwerden. Die einzige Möglichkeit, die Sie sahen, war es, Frauen umzubringen. Fällt Ihnen etwas an diesen Frauen auf?« Brandt deutete wieder auf die Fotos. »Sehen Sie genau hin!«

»Keine Ahnung, sagen Sie's mir.«

Brandt sprach völlig ruhig weiter, denn er spürte, dass es keinen Zweck hatte, Neuendorf hart anzufassen, denn damit würde er bei ihm keinen Erfolg haben.

»Sie sind alle brünett. Da ist keine Blonde dabei, keine Rothaarige, keine Schwarzhaarige. Alle sind brünett. Wie auch Erika und Juliane Trautmann. Die Trautmanns haben keine Feinde, aber sie haben sich, wie es aussieht, einen Feind ins Haus geholt. Wobei mir nicht klar ist, warum Sie es auf die Trautmanns abgesehen haben. Weder die Mutter noch die Tochter sind Huren. Die Zeidler, die Schubert und die Maurer waren Huren, ganz ohne Zweifel, sie haben sich dafür bezahlen lassen, mit Männern zu schlafen. Aber auch da frage ich mich, wie Sie dahintergekommen sind, dass sie der Prostitution nachgegangen sind. Haben Sie Beichten belauscht? Oder haben die Frauen Ihnen das selbst anvertraut? Vielleicht verraten Sie's mir ja noch. Oder gibt es eine undichte Stelle in der Kirche?«

»Kein Kommentar«, entgegnete Neuendorf süffisant lächelnd und verschränkte die Arme über der Brust.

»Ich kann verstehen, dass Sie Liane mit Huren in Verbindung gebracht haben, ich kann auch verstehen, dass Sie Caro Werner mit Huren in Verbindung gebracht haben, denn sie hatte ja einen unglaublichen Männerverschleiß, sie war krankhaft sexsüchtig, was Sie sicherlich wussten. Und dann kamen Sie in den Sündenpfuhl Offenbach, und hier ausgerechnet in eine Kirche, wo es von Sünderinnen und Huren nur so wimmelte. Huren, wohin Sie auch schauten. Was ich überhaupt nicht verstehe, ist, welche Rolle Erika und Juliane Trautmann spielen. Wollen Sie's mir nicht doch erklären, damit ich endlich diese Ungewissheit loswerde? Ist Juliane eine Hure? Gibt sie sich nach außen keusch und sanft, spielt sie das unschuldige Reh, in Wahrheit ist sie aber der männermordende Vamp, die Unersättlichkeit in Person?«

»Hören Sie auf!«, schrie Neuendorf und sprang auf. »Juliane ist die personifizierte Reinheit! Sie haben keine Ahnung!« Erst jetzt schien er zu registrieren, welch kapitalen Fehler er begangen hatte. Er verzog den Mund zu einem Lächeln, das jedoch eher einer Fratze glich, Schweiß rann über sein Gesicht.

Brandt nickte nur. »Setzen Sie sich wieder. Sie zeigen ja Emotionen. Bis jetzt waren Sie ganz ruhig und besonnen. Hab ich etwas Falsches gesagt?«

»Ich sage nichts mehr ohne einen Anwalt.«

Brandt sah auf die Uhr. »Es wird schwer sein, jetzt einen Anwalt aufzutreiben, es sei denn, Sie haben einen, den wir morgens um sechs aus dem Bett klingeln können. Haben Sie einen?«

»Nein.«

»Gut, dann können wir doch noch ein wenig plaudern.«

»Ich wüsste nicht, worüber.«

»Da fällt mir doch gleich eine ganze Menge ein. Zum Beispiel haben Sie mir noch nicht die Frage beantwortet, was Sie gegen die Trautmanns haben.«

»Nichts.«

»Und warum haben Sie dann die beiden Frauen entführt?«

»Wer sagt denn, dass ich sie entführt habe?«

»Ich. Und ich werde es Ihnen beweisen. Ich hoffe für Sie, dass wir sie lebend finden. Was haben sie Ihnen getan?« In Brandt rumorte es. Neuendorf war immer noch wie ein Fisch, der ihm ständig durch die Finger glitt. Er konnte nur hoffen, dass die Hausdurchsuchung verwertbare Ergebnisse zeitigen würde.

Er hatte den Gedanken kaum zu Ende gedacht, als die Tür aufging und Schulze ihn herauswinkte.

»Was gibt's?« Brandt atmete tief durch. »Der Typ bringt mich zur Verzweiflung.«

»Vielleicht muntert dich das ein bisschen auf«, sagte Schulze und reichte Brandt ein Foto. »Hier, das haben die Kollegen von der Spusi in seinem Haus gemacht. Damit hast du ihn.«

Brandt blickte ungläubig auf das Foto. »Das ist ja wie ein Altar …«

»Ein Schrein«, verbesserte ihn Schulze. »Er hat von jedem seiner bisherigen Opfer ein Bild angebracht und Teelichte aufgestellt. Der Schrank war abgeschlossen, sie haben ihn aufgebrochen und das vorgefunden. Und nicht nur das, sondern auch mehrere Olivenzweige, ein Glas Oliven und weiße Taubenfedern. Du hast ihn, und jetzt mach ihn fertig.«

Schulze klopfte Brandt auf die Schulter, der drehte sich um und ging zurück in das Vernehmungszimmer.

»Herr Neuendorf, das Spiel ist aus. Hier«, sagte Brandt und legte das Foto auf den Tisch, »das hat die Spurensicherung bei Ihnen gefunden. Damit sind Sie überführt. Sie haben sechs Frauen umgebracht, das heißt, Sie werden nie wieder nach Hause zurückkehren.«

»Nach Hause? Scheiße, Mann, was ist denn schon ein Zuhause? Ich hatte nie eins, und ich werde auch nie eins haben. Okay, ich gebe zu, diese Frauen getötet zu haben. Und jetzt?«

»Und jetzt?«

Brandt führte sein Gesicht ganz dicht an das von Neuendorf heran, so dass dieser seinen Atem spüren konnte. »Und jetzt verraten Sie mir, was Sie mit Erika und Juliane Trautmann gemacht haben!«

Neuendorf schüttelte den Kopf. »Ich will einen Deal, vorher sage ich nichts, und ich garantiere Ihnen, Sie werden sie nicht finden, vielleicht in ein paar Monaten oder Jahren, wenn sie nur noch Skelette sind und die Spinnweben sich zwischen den Knochen ausgebreitet haben.«

»Sie haben wohl zu viele US-Serien gesehen, was? Hier bei uns machen wir keine Deals. Tut mir leid.«

»Dann tut es mir auch leid. Sie werden sich damit abfinden müssen, für den Tod von zwei Frauen verantwortlich zu sein. Mir kann es egal sein, ich werde sowieso für den Rest meines Lebens in den Knast wandern, aber den Knast kenne ich ja schon aus meiner Kindheit und Jugend. Halb so wild, ich habe keine Angst. Doch Sie sollten welche haben, wenn Sie keinem Deal zustimmen. Quid pro quo oder auch manus manum lavat, eine Hand wäscht die andere. Sie wollen zwei Frauen retten, dann tun Sie's, aber zu meinen Bedingungen. Und ich will diesen Deal schriftlich, unterzeichnet von einem Richter und einem Staatsanwalt. Vorher bekommen Sie keine Informationen.«

»Warten Sie«, sagte Brandt und ging wieder nach draußen.

»Was soll ich tun?«, fragte er Schulze, der nur die Schultern zuckte. »Wir sind nicht befugt, solche Deals auszuhandeln ...«

»Ach komm, andauernd werden Deals ausgehandelt, guck dir bloß die ganzen Wirtschaftsverbrecher an, die Bankbosse, die Aufsichtsräte, die Vorstands...«

»Mann, ich kenn die Leier ...«

»Ja, genau. Deals werden andauernd ausgehandelt, nur erfährt die Öffentlichkeit nichts davon. Du willst zwei Frauen retten? Also, frag ihn ...«

»Was soll er fragen?« Elvira Klein war um die Ecke gekommen und stand mit einem Mal vor ihnen.

Brandt erklärte ihr in knappen Worten, was in den letzten gut fünfundsiebzig Minuten passiert war, auch dass Neuendorf den größten Teil seiner Kindheit und Jugend in einem katholischen Waisenhaus zugebracht hatte. Schließlich sagte er: »Wie sieht's aus, können wir auf seine Forderung eingehen?«

»Du meinst, ob wir einen Deal machen können? Was verlangt er denn?«, fragte Elvira.

»Keine Ahnung, ich hab ihn noch nicht gefragt.«

»Dann lass uns reingehen und es herausfinden. Wir werden sehen, was wir tun können«, sagte sie geschäftsmäßig kühl und ging vor Brandt in das Vernehmungszimmer.

»Oh, Sie haben Verstärkung mitgebracht«, sagte Neuendorf und grinste. »Eine hübsche Frau in diesem kargen Gemäuer, das ist, als wenn die Sonne aufgeht. Entschuldigung, aber es ist wirklich ungemütlich hier drin.«

»Ich bin Staatsanwältin Klein«, sagte sie, stellte ihre Tasche auf den Boden und fuhr fort: »Ich habe gehört, Sie wollen einen Deal. Was genau haben Sie sich vorgestellt?«

»Sie kommen aber schnell auf den Punkt.« Neuendorf legte die Unterarme auf den Tisch und faltete die Hände. »Aber gut, ich liebe es auch kurz und schmerzlos – manchmal. Ich möchte nach Weiterstadt, ich möchte Einzelhaft sowie einen Fernseher und eine Stereoanlage in meinem Zimmer. Und noch ein paar Annehmlichkeiten, die mir das Leben hinter Gittern erleichtern. Ich bin ja noch jung und habe viele Jahre vor mir. Ich denke, diese Forderung dürfte nicht allzu schwer zu erfüllen sein.«

»Warum Weiterstadt?«

»Ich habe gehört, dort sollen die Haftbedingungen ganz angenehm sein. Ich würde nur zu gerne in den Genuss dieser Annehmlichkeiten gelangen. Ist das zu viel verlangt?«

»Wenn ich dem zustimme …«

»Nicht nur Sie, sondern auch ein Richter«, wurde sie von Neuendorf unterbrochen. »Schriftlich und von meinem Anwalt gegengezeichnet. Es kann irgendein Anwalt sein, ich kenne nämlich keinen. Ah Quatsch, natürlich kenne ich einen, Dr. Friedrich, er singt in meinem Chor mit. Ein integrer Mann. Seine Unterschrift würde mir sehr viel bedeuten.«

»Herr Brandt, lassen Sie uns bitte einen Moment draußen reden«, sagte Elvira und verließ mit ihm das Zimmer.

»Es ist keine unmögliche Forderung, die er stellt«, sagte sie, als sie allein waren. »Auch wenn ich es hasse, einem Serienkiller überhaupt einen Gefallen zu tun, denke ich, wir haben keine andere Wahl. Es sei denn, du hast eine bessere Idee.«

»Es geht um das Leben von zwei Frauen. Allein das sollte es uns wert sein«, stimmte Brandt ihr zu.

»Gut, dass wir wieder mal einer Meinung sind. Jetzt ist es halb sieben, ich könnte einen Richter erreichen. Und diesen Dr. Friedrich sicher auch. Überbringen wir diesem Mistkerl die freudige Botschaft.«

Im Vernehmungszimmer ergriff Elvira wieder das Wort: »Von meiner Seite aus gibt es nichts einzuwenden. Aber bevor wir zur Tat schreiten, eines vorab: Ich will von Ihnen jetzt und hier schriftlich haben, dass die zwei Frauen noch am Leben sind. Ansonsten wird es keinen Deal geben, und Sie werden im schlimmsten Knast Hessens verrotten, das schwöre ich Ihnen, so wahr mir Gott helfe. Habe ich mich deutlich genug ausgedrückt?«

»Sehr deutlich. Geben Sie mir etwas zu schreiben.«

Brandt gab ihm einen Block und einen Stift.

Neuendorf sprach beim Schreiben mit: »Hiermit bestätige ich, Johannes Neuendorf, geboren am 23.12.1976, dass Erika und Juliane Trautmann am 18.1.2010 noch am Leben sind. Gezeichnet Johannes Neuendorf am 18.1.2010.«

Er reichte den Block weiter an Elvira Klein, sie nickte.

»Ich werde jetzt den zuständigen Richter und Ihren Anwalt kontaktieren. Sobald der Deal von allen drei Parteien unterzeichnet wurde, tritt er in Kraft. Dass wir uns damit über alle juristischen Regeln hinwegsetzen, dürfte Ihnen klar sein.«

»Das ist mir ehrlich gesagt egal. Sie werden sehen, es ist ein fairer Deal, der allen zugute kommt.«

»Ich werde jetzt mit dem Richter und Ihrem Anwalt telefonieren. Und ich hoffe in Ihrem Interesse, dass die Frauen noch leben.«

»Sie leben, Sie haben mein Wort darauf«, sagte Neuendorf. »Dürfte ich jetzt bitte etwas zu essen und zu trinken haben?«

»Ich lasse Ihnen etwas bringen«, antwortete Brandt und ging mit Elvira nach draußen. Er bat einen Wachbeamten, Neuendorf zwei belegte Brötchen und Kaffee zu bringen.

»Wir haben keine Wahl«, sagte Brandt zu Elvira, als sie allein auf dem Flur waren. »Oder?«

»Er hat uns ausgetrickst. Entführt die beiden Frauen und pokert mit uns um ihr Leben. Er wusste, wir würden ihn kriegen, aber er hatte noch ein Ass im Ärmel, das er jetzt gezogen hat. Ich telefoniere mal schnell. Und du behältst ihn im Auge. Ich trau diesem Typen keinen Millimeter über den Weg.«

Brandt ging zurück ins Vernehmungszimmer, lehnte sich an

die Wand und verschränkte die Arme über der Brust. »Verraten Sie mir, warum Sie die Frauen getötet haben?«

»Ja, aber nicht jetzt. Ich habe Hunger, ich habe Durst, und ich bin auch etwas erschöpft.«

»Das bin ich auch«, sagte Brandt, »und das liegt ganz allein an Ihnen. Was hat Sie dazu gebracht, zu morden? Sagen Sie's mir doch, ich hatte noch nie einen Fall wie Ihren.«

»Tja, irgendwann ist immer das erste Mal. Puh, was für eine abgedroschene Phrase ...«

Ein Beamter stellte ein Tablett mit Kaffee und Brötchen auf den Tisch und wollte sich bereits wieder entfernen, als Brandt ihn zurückhielt: »Entschuldigung, aber könnten Sie mir auch einen großen Becher Kaffee und ein Brötchen bringen?«

»Kein Problem.«

»Danke.«

Neuendorf begann zu essen und meinte: »Warum setzen Sie sich nicht? Stehen Sie gerne in der Ecke? Sind Sie dieser unterwürfige Typ, der sich von andern sagen lässt ...«

»Würden Sie bitte Ihre Klappe halten?«, herrschte Brandt ihn an. »Aber bitte, ich setze mich hin und beobachte Sie beim Frühstücken. Und ich hoffe, der Richter zeigt sich einsichtig und unterschreibt den Wisch, der Ihnen einen angenehmen Knastaufenthalt beschert«, fuhr er zynisch fort.

»Das hoffe ich auch. Schmeckt übrigens gut.«

Brandt enthielt sich einer Antwort, lehnte sich zurück und schlug die Beine übereinander. Der Beamte kam nur wenige Minuten später mit dem Kaffee und dem Brötchen für Brandt, der sich noch einmal bedankte und ebenfalls aß.

Nachdem Neuendorf den letzten Bissen gegessen und seinen Kaffee ausgetrunken hatte, sagte er: »Und jetzt?«

»Jetzt warten wir geduldig, Sie haben ja Zeit genug«, erwiderte Brandt und sah in den folgenden Minuten immer wieder zur Uhr.

Um 8.10 Uhr erschien Elvira Klein mit Dr. Friedrich. Sie hatte das von Richter Hagedorn unterzeichnete Schreiben in der Hand und legte es auf den Tisch.

»Hier, wie von Ihnen gewünscht«, sagte sie.

Neuendorf las den Inhalt durch und nickte.

»Johannes«, sagte Dr. Friedrich und setzte sich zu seinem Mandanten, »kannst du mir bitte erklären, was das zu bedeuten hat? Hast du wirklich diese Frauen umgebracht?«

»Wird wohl so sein. Deine Unterschrift fehlt noch.«

»Natürlich, aber ich wollte erst aus deinem Mund hören …«

»Nun setz schon deinen Karl-Otto drunter und fertig. Ich will mich nur noch ausruhen.«

Friedrich unterschrieb und gab das Schreiben Elvira Klein, die als Letzte unterzeichnete.

»Ich denke, damit haben wir alle juristischen Formalien erledigt«, sagte sie. »Und nun verraten Sie uns, wo wir Erika und Juliane Trautmann finden.«

»Ich würde Sie gerne hinführen. Das ist der letzte Wunsch, den ich habe. Sie können mich auch in Ketten legen, ich möchte nur dabei sein, wenn Sie sie befreien.«

»Warum?«, fragte Elvira mit zusammengekniffenen Augen.

»Das erfahren Sie dort. Es ist die Antwort auf Ihre drängendsten Fragen. Keine Angst, ich habe nichts vor, was noch irgendjemandem schaden könnte.«

»Hand- und Fußfesseln, zwei Wachleute neben ihm«, sagte Elvira. »Wohin geht die Fahrt?«

»Sie müssen sich auf mich verlassen, aber ich schwöre, ich lege Sie nicht rein.«

Brandt nickte Elvira zu. »Also gut, das ist aber der letzte Wunsch, den wir Ihnen erfüllen werden.«

»Danke, ich werde Ihnen das ganz bestimmt nie vergessen.« Neuendorf ließ sich an Händen und Füßen fesseln und wurde von zwei Beamten zu dem Mercedes Vito geführt. Um 8.38 Uhr fuhr der große Mercedes vom Hof, gefolgt von dem BMW mit Brandt und Klein.

Nach sechsundzwanzig Minuten hielten sie vor einem Haus in Dreieichenhain, einem unscheinbaren, kleinen Haus in einer ebenso unscheinbaren Siedlung.

MONTAG, 9.04 UHR

Sie stiegen aus, ein paar Gaffer standen hinter den Fenstern ihrer Häuser und wunderten sich über das große Polizeifahrzeug in ihrer sonst so ruhigen Wohngegend.

»Ein Ersatzschlüssel hängt hier neben der Tür«, sagte Neuendorf und deutete mit dem Kopf auf einen Holzpfosten.

»Wo?«, fragte einer der Beamten.

»Natürlich so, dass man ihn nicht gleich sehen kann. Greifen Sie mal dahinter.«

»Okay, hab ihn.«

»Ist das Ihr Haus?«, fragte Brandt.

»Nee, ich hab's für 'n Appel und 'n Ei von einer alten Dame gemietet, die in einem Seniorenstift wohnt.«

Sie bewegten sich mit langsamen Schritten auf das Haus zu, nahmen vorsichtig die vier Stufen, der Beamte schloss die Haustür auf. Neuendorf sagte: »Sie sind unten.«

Brandt und Klein gingen vor, machten das Licht an und sahen zwei offene Türen und eine geschlossene.

»Jetzt machen Sie schon auf, dahinter finden Sie sie.«

»Wenn ich die Klinke runterdrücke, fliegen wir dann in die Luft?«, fragte Brandt und sah Neuendorf an.

»Sie haben wohl auch zu viele US-Serien und Actionfilme gesehen, was? Ich wüsste nicht mal, wie man Sprengstoff herstellt.«

Brandt öffnete die Tür, betätigte den Lichtschalter und stand in einem gut zwanzig Quadratmeter großen Raum. In der Mitte saßen die beiden nackten Frauen geknebelt und gefesselt. Juliane Trautmann sah die Eintretenden mit großen Augen an, während ihre Mutter ganz langsam die Augen öffnete.

Brandt und Elvira befreiten sie von den Knebeln, danach schnitt Brandt mit seinem Schweizer Messer die Fesseln durch.

»Bring mal die Klamotten her!«, fuhr Brandt einen der Beamten an, der erst Juliane, danach Erika Trautmann ihre Kleidungsstücke gab. »Ziehen Sie sich an, wir drehen uns so lange um«, sagte Brandt. »Brauchen Sie einen Arzt?«

Juliane schüttelte nur den Kopf, sie konnte noch nicht sprechen, und nickte dann in Richtung ihrer Mutter.

»Sie? Brauchen Sie einen Arzt?«, fragte er Erika Trautmann.

»Nein«, antwortete sie mit schwacher Stimme.

Als sie sich angezogen hatten, ging Brandt vor Juliane
Trautmann in die Hocke. »Wie geht es Ihnen?«

Sie schluckte schwer, ihr Mund war ausgetrocknet, mit heiserer, krächzender Stimme antwortete sie: »Es geht, wir
sind nur durchgefroren. Danke, dass Sie uns gerettet haben.«

»Dank nicht ihm«, sagte Neuendorf, »ich habe Herrn
Brandt und Frau Klein hergeführt, ich wollte nämlich nicht,
dass du stirbst, Schwesterherz.«

Brandt und Klein drehten sich gleichzeitig zu Neuendorf
um und sahen ihn ungläubig an.

»Moment«, sagte Elvira mit gerunzelter Stirn und stellte
sich vor Neuendorf, »was war das eben?«

»Ich habe doch gesagt, dass Sie hier die Antwort auf Ihre
drängenden Fragen erhalten würden. Darf ich vorstellen,
meine Mutter und meine Schwester.«

»Ist das wahr?«, fragte Brandt Erika Trautmann.

»Und wenn?«

»Sie werden es vermutlich nicht gerne hören, aber meines
Erachtens trägt sie eine große Mitschuld am Tod der Frau-
en«, sagte Neuendorf. »Aber fragen Sie sie selbst, warum
sie mich nicht abgetrieben, sondern zur Welt gebracht hat,
nur um mich gleich nach der Geburt wegzugeben. Erkundigen Sie sich nach meinem Leben in diesem verfluchten
Waisenhaus …«

»Herr Neuendorf«, wurde er von Elvira Klein unterbrochen, »wenn Sie hier einen auf Ich-bin-doch-so-ein-armes-Schwein machen wollen, ist das der denkbar ungünstigste Zeitpunkt. Ich kenne außerdem katholische Waisenhäuser, die großartige Arbeit leisten. Und jetzt schafft ihn raus.«

»Meine Mutter, diese Hure, ist schuld! Sie allein trägt die Verantwortung, dass ich geworden bin, wie ich bin! Sie allein, sie allein, sie ganz allein! Aber sie wird es niemals zugeben, denn die Vergangenheit existiert für sie nicht!«

»Warten Sie«, sagte Juliane und ging mit wackligen Schritten auf ihren Bruder zu. Sie sah ihm in die Augen und streichelte sein Gesicht. »Ich fand es abscheulich, was du mit uns gemacht hast, und ich finde es noch abscheulicher, dass du so viele Frauen umgebracht hast. Aber ich werde dich trotzdem im Gefängnis besuchen.«

»Kommst du zum Prozess?«

»Ich werde auch zum Prozess kommen. Doch erwarte kein Mitleid, denn kein Mensch hat das Recht, einen Menschen zu ermorden.«

»Das stimmt. Aber lass mich, bevor ich gehe, noch kurz Nietzsche zitieren: ›Wer mit Ungeheuern kämpft, mag zusehen, dass er dabei nicht zum Ungeheuer wird. Und wenn du lange in einen Abgrund blickst, blickt der Abgrund auch in dich hinein.‹ Ich habe mehr als die Hälfte meines Lebens mit Ungeheuern gekämpft, und ich habe fast dauernd in den Abgrund geblickt. Das ist keine Entschuldigung, nur eine Feststellung. Mach's gut und verzeih mir, was ich dir angetan habe.«

»Geh jetzt«, antwortete Juliane Trautmann und sah ihrem Bruder nach.

»Was hat er mit den Ungeheuern und dem Abgrund gemeint?«, wollte Brandt wissen.

»Ich werde es Ihnen erklären, aber nicht jetzt und nicht heute. Ich möchte nur noch nach Hause. Wenn Sie noch Fragen haben, dann stellen Sie diese meiner oder besser unserer Mutter«, sagte Juliane und warf ihrer Mutter einen nicht sehr freundlichen Blick zu.

»Sie sind also die Mutter von Herrn Neuendorf ...«

»Ich möchte auch nach Hause und keine Fragen beantworten müssen«, sagte Erika Trautmann. »Können Sie mich bitte zu meinem Mann und meinem Sohn bringen?«

»Selbstverständlich. Wir brauchen aber heute noch Ihre Aussage über das, was heute Nacht geschehen ist. Ich werde mit einem Kollegen am Nachmittag bei Ihnen vorbeikommen.«

»Wir werden zu Hause sein«, sagte Juliane anstelle ihrer Mutter, die es vorzog, zu schweigen.

Brandt und Elvira Klein blieben noch einen Moment in dem Keller und sahen sich danach in dem spärlich eingerichteten Haus um. Kurz darauf fuhren sie wieder in Richtung Präsidium.

»Du hast es geschafft«, sagte Elvira.

»Ja und nein«, erwiderte er müde. »Ich hätte nicht damit gerechnet, dass er so schnell zusammenbrechen würde. Andererseits, er hatte einen Schrein in seinem Haus, durch den wir ihn ganz leicht überführen konnten. Ich glaube, er wollte geschnappt werden. Ich frage mich, wie wird jemand zu dem, was er ist? Wie wird jemand zum Monster?«

»Darauf wirst du nie eine Antwort erhalten.« Elvira fasste

ihn bei der Hand. »Du musst doch hundemüde sein. Willst du nicht lieber nach Hause fahren und dich ein bisschen ausruhen? Was jetzt kommt, ist doch nur noch Routine.«

»Ich bin viel zu aufgedreht, um auch nur ein Auge zumachen zu können. Heute Abend werde ich die Beine hochlegen und versuchen abzuschalten.«

»Du musst es wissen.« Sie schwieg eine Weile. »Die Trautmann ist also seine Mutter. Wer hätte das gedacht?«

»Es ist schon fast klassisch, wie er sich verhalten hat. In der Kriminalgeschichte gibt es viele Fälle, in denen Frauen stellvertretend für die Mutter des Täters sterben mussten. Nicht anders wird es bei Neuendorf gewesen sein. Aber ich will es aus seinem Mund hören.«

»Alles schön und gut, aber das entschuldigt nicht einen seiner Morde«, warf Elvira ein.

»Natürlich nicht. Er kannte die ganze Zeit den Unterschied zwischen Gut und Böse, zwischen Recht und Unrecht. Es gibt keine Entschuldigung, höchstens eine Erklärung. Vielleicht erzählt er uns ja noch, was in ihm vorgegangen ist, warum er so grausam gemordet hat und warum er diese Symbole benutzt hat. Ich möchte wissen, wie er tickt, was in ihm vorgeht, wie er fühlt, wie er denkt … Ganz ehrlich, der Mann interessiert mich.«

»Aber blick nicht zu lange in den Abgrund«, mahnte ihn Elvira. »Du hast das Nietzsche-Zitat gehört. Interessanter Ausspruch.«

»Keine Angst, ich bin schon zu lange in dem Job und habe schon in zu viele Abgründe geblickt, ich bin immun.«

»Hoffentlich.«

Um 10.40 Uhr kamen sie im Präsidium an. Neuendorf besprach sich mit seinem Anwalt, Brandt ging zu Spitzer und erzählte ihm von den Ereignissen des Wochenendes und der vergangenen Nacht, wobei dieser im Groben bereits von Schulze und Weiner informiert worden war.

»Wie fühlst du dich jetzt?«, fragte er, als Brandt geendet hatte.

»Kann ich nicht sagen. Es war ziemlich viel in recht kurzer Zeit. Ich sag dir morgen oder übermorgen oder nächste Woche, wie ich mich fühle. Ich bin dann mal weg.«

»Wo geht's hin?«, wollte Spitzer wissen.

»Zu einer guten Freundin und Kollegin, die mir sehr geholfen hat«, antwortete Brandt.

»Nicole?«

»Wer denn sonst? Wir sehen uns.«

MONTAG, 12.20 UHR

Brandt rief bei Nicole an, ihr Mann Martin Eberl nahm den Hörer ab.

»Hi, Peter hier. Wie geht's Nicole?«

»Ganz gut. Willst du sie sprechen?«

»Lieber würde ich kurz vorbeikommen, vorausgesetzt, ich störe nicht.«

»Quatsch, du störst nie. Wann wirst du hier sein?«

»Viertelstunde, zwanzig Minuten.«

»Ich richte es ihr aus.«

Brandt fuhr zu Nicole. Martin begrüßte ihn zum ersten Mal, seit sie sich kannten, mit einer herzlichen Umarmung. Nicole saß in einem hohen Ohrensessel, die Beine auf einem Schemel, die Wolldecke bis fast unters Kinn gezogen. Er zog sich einen Sessel heran und nahm Platz.

»Schön, dich wiederzusehen. Brauchst du wieder meine Hilfe?«, begrüßte sie ihn.

»Wir haben den Täter. Er hat alles gestanden.«

»Das ging aber auf einmal schnell. Wie seid ihr auf ihn gekommen?«

Brandt erzählte, was am Wochenende vorgefallen war, von dem Mord an Michaela Preusse, von dem Nicole noch nichts wusste, der Entführung der Trautmann-Frauen, dem raschen Zugriff und Neuendorfs Geständnis.

»Gratuliere, sehr gute Arbeit«, lobte ihn Nicole.

»Das hab ich zu einem großen Teil dir zu verdanken. Du hast mir am Samstag sehr geholfen, auch wenn du das vielleicht mal wieder nicht wahrhaben willst.«

»Ach komm …«

»Nein, sei nicht immer so bescheiden. Du hast sehr klar und analytisch agiert, und das war genau das, was ich brauchte. Und noch was: Du hattest recht, als du sagtest, dass die Morde in Offenbach wahrscheinlich nicht seine ersten waren. Er hat tatsächlich schon zwei andere Frauen umgebracht, eine in Darmstadt vor etwas über drei Jahren, eine in Frankfurt im April 2007. Er war übrigens bestens über die Gegebenheiten in der Kirche informiert, er war Chorleiter, er ist Musiklehrer und war äußerst beliebt. Eben der Mann, dem man niemals zutrauen würde, ein Serienkiller zu sein. Beinahe klassisch, der nette Mann von nebenan. Reimt sich sogar«, sagte Brandt lachend.

»Wie alt ist er?«

»Dreiunddreißig.«

»Und was hat ihn angetrieben?«

»Wie es aussieht seine Mutter. Was genau der Auslöser war, das hoffe ich noch zu erfahren. Aber ich denke, er wird sich kooperativ zeigen und sich öffnen. Er hat allerdings einen Deal verlangt …«

»Was? Seit wann machen wir mit Mördern Deals?«

»Es ging um das Leben von zwei Frauen – unter anderem seiner Mutter und seiner Halbschwester. Er hat sie gestern Abend entführt, und wir hätten sie nie lebend gefunden, hätte er uns nicht zu ihrem Aufenthaltsort geführt. Elvira ist zum Glück auf den Deal eingegangen und hat auch den Richter davon überzeugt. Das war ein cleverer Schachzug, denn er wusste, wir würden ihm über kurz oder lang auf die Schliche kommen.«

»Was hat er verlangt?«

»Er will nach Weiterstadt, obwohl er eigentlich zu den ganz schweren Jungs nach Schwalmstadt gehört hätte. Er will Einzelhaft, Fernseher, Stereoanlage … eine Sonderbehandlung eben. Und er bekommt es.«

»Dafür habt ihr zwei Menschenleben gerettet, ich denke, das war es wert«, sagte Nicole. »Du siehst müde und erschöpft aus.«

»Ich hab seit Tagen kaum geschlafen. Es kommen auch wieder ruhigere Zeiten. Und bei dir?«

»Wie gehabt. So schnell lass ich mich nicht unterkriegen. Wenn es so weit ist, ist es eben so weit. Willst du mit uns essen? Ich habe unsere Haushälterin gleich nach deinem Anruf gebeten, noch ein paar Kartoffeln mehr zu schälen. Seit ich zu Hause bin, essen wir immer um halb zwei. Sajani müsste jeden Augenblick eintrudeln.«

»Danke für die Einladung, ich nehme sie gerne an.«

»Schön, dann haben wir ja noch reichlich Zeit, uns zu unterhalten.«

Gegen fünfzehn Uhr sagte Nicole, dass sie müde sei und sich hinlegen müsse. Brandt verabschiedete sich von ihr, Martin und Sajani, die ihn zur Tür begleitete und sich für sein Kommen bedankte.

Er fuhr zurück ins Präsidium, denn er wollte Neuendorf, der erst am folgenden Tag ins Untersuchungsgefängnis gebracht werden würde, noch ein paar Fragen stellen.

»Ich möchte Ihnen noch einige persönliche Fragen stellen, die Sie natürlich nicht zu beantworten brauchen, aber ich würde gerne begreifen, warum jemand wie Sie ...«

»Reden Sie doch nicht um den heißen Brei herum, das passt nicht zu Ihnen, Herr Brandt. Was wollen Sie wissen?«

»Was haben Sie gefühlt, als Sie die Frauen umbrachten? Wie gesagt, Sie brauchen ...«

Neuendorf hob die Hand. »Doch, ich möchte darauf antworten. Ich weiß nicht genau, was ich gefühlt habe. Alles Mögliche auf einmal, ich kann es nicht beschreiben. Hass, Rache, Genugtuung. Ich weiß nur, dass ich diesen Frauen wehtun wollte. Es war etwas in mir, das rausmusste. Ich würde es Ihnen gerne besser erklären, aber ich weiß selber nicht, was wirklich in mir vorgegangen ist.«

»Sie müssen doch etwas gefühlt haben, während sie die Frauen getötet haben.«

»Ja, schon, aber ich weiß nicht, was ich fühlte. Ich weiß nur, dass ich hinterher immer nach Hause gefahren bin und laut Musik gehört habe. Das mag jetzt verrückt klingen, aber ich habe entweder Helene Fischer oder Metallica gehört. Manchmal auch Andrea Berg oder Slayer oder Iron Maiden. Ich habe mich aufs Sofa gelegt, Wein getrunken und darüber nachgedacht, was ich getan habe.«

»Und was kam dabei heraus?«

»Nichts. Ich fühlte mich von einem Druck befreit.«

»Was ist das für ein Druck? Wie muss ich mir das vorstellen?«

»Er ist im Kopf, er ist überall.«

»Aber Sie haben diese Frauen doch gezielt ausgesucht, oder?«

»Ja. Aber es war, als würden sie mir auf dem Präsentierteller serviert. Es war ganz eigenartig, vor allem bei Anika, Bettina und Linda. Die Kirchenhuren … Entschuldigung.«

»Sprechen Sie ruhig weiter.«

»Sie waren alle in meiner Kirche, das ist alles. Ich wollte doch nur in der Nähe meiner Mutter sein und mich rächen, und dann waren da diese Frauen.«

»Woher wussten Sie, dass sie Huren waren?«

»Ich möchte diese Frage nicht beantworten, das bleibt mein kleines Geheimnis.«

»Aber wie sind die Morde abgelaufen? Die Frauen kannten Sie doch …«

»Ich habe mich verkleidet. Sie kannten mich nur mit Brille und sehr bieder. Ihnen gegenüber trat ich als Geschäftsmann auf, keine hat mich erkannt. Außerdem waren sie nur sonntags da und unter der Woche ab und zu, wenn sie …«

»Die Beichte ablegten?«

»Ja.«

»Wussten Sie daher, welcher Beschäftigung sie nachgingen?«

»Kein Kommentar.«

»Verspürten Sie Genugtuung, nachdem Sie getötet hatten?«

»Ja.«

»Warum haben Sie nicht gleich Ihre Mutter umgebracht? Das wäre doch der einfachste Weg gewesen.«

»Ich wollte erst die Familie kennenlernen. Es ist eine gute Familie, aber Erika hat das Zepter in der Hand. Haben Sie gemerkt, wie sie heute Morgen reagiert hat? In ihrem Innern ist sie kalt wie Eis. Sie ist die kälteste Person, der ich je begegnet bin. Aber ich bin ihr Sohn. Vielleicht habe ich etwas ausgeführt, was sie gerne getan hätte. Diese Frage habe ich mir oft gestellt.«

»Sie meinen, Ihre Mutter wäre auch zu einem Mord fähig?«

»In Gedanken bestimmt. Aber sie würde sich nie eine Blöße geben. Als junge Frau war sie eine Hure, später das genaue Gegenteil. Die fromme Kirchgängerin, die den Armen und Bedürftigen hilft. Was glauben Sie, warum Juliane und Thomas noch nicht verheiratet sind? Sie haben ja nicht mal einen Freund oder eine Freundin. Fragen Sie sie. Und sprechen Sie mit meiner Mutter und beobachten Sie sie dabei.«

»Ich fahre sowieso gleich hin. Nur noch eine Frage: Warum haben Sie bei Frau Schubert und Frau Maurer so unglaublich brutal und grausam gehandelt?«

»Es hat sich so ergeben. Vielleicht war ich wütender als sonst. Keine Ahnung.«

»Und Anika Zeidler? Sie wurde von ihren Eltern zuletzt am 3. März letzten Jahres gesehen. Am 5. März haben sie sie vermisst gemeldet. Ihre Leiche wurde aber erst am 8. März gefunden. Wo war sie in der Zwischenzeit?«

»In dem Haus, in dem auch meine Mutter und Juliane waren. Aber ich konnte sie ja nicht dort lassen.«

»Was haben Sie in den ganzen Tagen mit ihr gemacht?«

»Ist das jetzt noch wichtig? Ich glaube nicht. Stellen Sie sich irgendetwas vor, aber es war nicht so schlimm, wie Sie vielleicht denken.«

»Das war's erst mal, obwohl ich noch viel mehr Fragen hätte. Vielleicht stelle ich sie noch irgendwann, und vielleicht bekomme ich dann auch die Antworten.«

»Vielleicht«, antwortete Neuendorf lächelnd. »Vielleicht aber auch nicht. Dieses Leben ist ein Spiel, die einen gewinnen, die andern verlieren. Was glauben Sie, wer hat in meinem Spiel gewonnen? Sie?«

»Was ...«

»Ich möchte nun wieder allein sein.«

Brandt ließ Neuendorf zurück in seine Zelle bringen und fuhr anschließend mit Elvira Klein zu Familie Trautmann. Es war ein ernüchternder Besuch. Lediglich Juliane war bereit, länger mit den Beamten zu sprechen, während ihr Bruder und ihre Eltern nur die nötigsten Fragen beantwor-

teten. Eine eisige Kälte herrschte im Haus, und Brandt war
froh, als er wieder gehen konnte.

Auf der Fahrt zurück ins Präsidium sagte Elvira nur: »Und
ich dachte schon, meine Familie wäre kaputt. Ich will nie so
leben müssen und schon gar nicht so enden. Versprichst du
mir, dass wir nie so leben werden?«

»Ich werde mein Bestes tun. Dazu gehören aber zwei.«

»Ich weiß. Ich werde auch mein Bestes geben. Und jetzt
werde ich mir auch noch mal kurz Neuendorf vornehmen.«

Während Elvira sich Neuendorf ins Vernehmungszimmer
bringen ließ, ging Brandt zu Spitzer, um zu hören, ob man
ihn noch brauchte, doch der schickte ihn umgehend nach
Hause. Dort genehmigte er sich ein Bier, setzte sich in seinen Sessel und machte den Fernseher an. Er schlief ein und
wurde erst geweckt, als am späten Nachmittag erst Sarah
und kurz darauf Michelle heimkamen. Und noch später
kam Elvira. Sie blieb die Nacht über bei ihm und gab ihm
die Ruhe, die er dringend brauchte. Sie sprachen nicht viel,
sie verstanden sich auch ohne Worte. Und das war gut so.

EPILOG

Der Prozess gegen Johannes Neuendorf fand im Mai statt. Nach nur fünf Verhandlungstagen wurde das Urteil gefällt – lebenslang mit anschließender Sicherungsverwahrung nach Feststellung der besonderen Schwere der Schuld, auch wenn Neuendorf gleich zu Beginn des Prozesses ein umfangreiches Geständnis abgelegt hatte. Er beteuerte auch, wie leid ihm täte, was er angerichtet hatte, doch das Gericht ging nicht darauf ein. Sechs tote Frauen, zum Teil auf grausamste Weise des Lebens beraubt, sprachen eine eindeutige Sprache.

Bereits vor dem Prozess, der ein enormes Medieninteresse geweckt hatte, hatte Neuendorf ausführlich über sein Leben berichtet, seine Adoptiveltern, seine traumatischen Erlebnisse im Waisenhaus. In den Zeitungen wurde er als Serienkiller, aber auch als Opfer dargestellt. Und es wurde gefordert, dass Waisenhäuser, ob katholisch, evangelisch oder staatlich, in Zukunft besser überwacht werden sollten. Doch jeder wusste, dass diese Forderungen nie in die Tat umgesetzt werden würden, denn die Zeit würde schon bald einen dicken Teppich über das Geschehene legen, und die

Menschen würden den Fall Johannes Neuendorf schnell aus dem Gedächtnis verlieren.

Erika Trautmann war bei dem Prozess nicht anwesend. Einzig Juliane erschien an jedem Tag im Gerichtssaal, verweigerte jedoch die Aussage. Und sie ist auch bis heute die Einzige aus der Familie, die ihren Halbbruder regelmäßig im Gefängnis besucht.

Viele Fragen blieben ungeklärt, weil sie nie gestellt wurden. Fragen, die jetzt auch niemanden mehr interessieren. Das Leben geht weiter, die Opfer sind begraben, die Vergangenheit auch.

Johannes Neuendorf sitzt in einer Einzelzelle, alle von ihm gestellten Forderungen wurden erfüllt.

Peter Brandt, Elvira Klein und nicht zu vergessen Nicole Eberl hatten einen Fall gelöst, der lange als unlösbar galt. Ein wenig hatte der Zufall seine Hände im Spiel, aber es war auch der Ermittlungsarbeit der Beamten zu verdanken, dass zumindest zwei Menschen gerettet werden konnten.

Elvira Klein hatte Neuendorf in einer Vernehmung kurz vor dem Prozess gefragt, warum er den Schrein in seinem Offenbacher Haus aufgestellt hatte und nicht in dem Haus in Dreieichenhain. Auf diese Frage hin hatte er verlangt, dass das Aufnahmegerät und die Videokamera ausgeschaltet wurden. Als dies geschehen war, hatte er geantwortet, dass er diesen Schrein immer in seiner Nähe haben wollte, denn er hatte ihm Macht, aber auch Gelassenheit gegeben. Zum Schluss fügte er hinzu: »Ich wusste ja, dass ich nicht ewig so weitermachen konnte. Ich wusste, man würde mich finden und wegsperren. Der Schrein war mein Halt, aber auch mein Ende. Ich bin in den Abgrund gestürzt und nicht wieder herausgekommen. Es tut mir leid, was ich getan habe, aber ich möchte sagen, dass es eine Person gibt, die ich über alles liebe – meine Schwester Juliane. Ich hätte sie niemals töten können, und wären Sie nicht auf meinen Deal eingegangen, dann hätte ich Ihnen auch so verraten, wo sie ist. Doch ich wollte nicht den Rest meines Lebens mit Schwerstverbrechern verbringen, ich hatte Angst davor. Ich hoffe, Sie verstehen, warum ich diesen Deal wollte. Ich habe immer Angst vor dem Leben gehabt, so wie ich immer Angst vor den Menschen hatte. Ich habe getötet, um diese Angst zu überwinden, aber es ist mir nicht gelungen. Die Angst ist immer noch da. Doch ich werde nicht mehr töten. Mehr habe ich nicht zu sagen, und ich werde auch keine weiteren Fragen beantworten.«

Mit dem Urteilsspruch war der Fall Johannes Neuendorf Geschichte. Doch Geschichte wiederholt sich. Vielleicht nicht in Offenbach, aber es wird wieder einen solchen Fall geben, irgendwo. Vielleicht gerade jetzt. Johannes Neuendorf war nicht der Erste seiner Art, und er wird auch nicht der Letzte bleiben. Das haben auch Elvira Klein und Peter Brandt erkannt, schon lange bevor Johannes Neuendorf die Bühne betreten hatte. Denn Geschichte ist nicht nur Vergangenheit, sondern auch Gegenwart und Zukunft. Und daran wird sich nie etwas ändern.

ANDREAS FRANZ

Mord auf Raten

Kriminalroman

Als der Arzt Jürgen Kaufung erstochen in seiner Praxis aufgefunden wird, hat seine Umgebung keine Erklärung für den Mord, denn Kaufung war allseits beliebt – vor allem bei den Frauen. Hauptkommissar Peter Brandt von der Offenbacher Kripo übernimmt die Ermittlungen und hat bald einen ersten Verdächtigen: Kaufungs bester Freund, der Galeriebesitzer Klaus Wedel. Doch Brandt kann ihm nichts beweisen. Da wird kurze Zeit später auch Klaus Wedel umgebracht. Besteht ein Zusammenhang zwischen den beiden Morden?

Knaur Taschenbuch Verlag

ANDREAS FRANZ

Tod eines Lehrers

Kriminalroman

Als Oberstudienrat Schirner ermordet und grausam verstümmelt aufgefunden wird, reagiert seine Umgebung zunächst fassungslos: Der Lehrer war überall beliebt und führte eine glückliche Ehe. Hauptkommissar Peter Brandt beginnt gründlicher in Schirners beruflichem Umfeld zu recherchieren und entdeckt, dass an dem Gymnasium Dinge vorgingen, die offenbar nicht an die Öffentlichkeit dringen sollten. In diesem Roman begegnet dem Fan von Andreas Franz' Krimis ein neues Ermittlerduo: der unkonventionelle Hauptkommissar Peter Brandt und die coole Offenbacher Jung-Staatsanwältin Elvira Klein. Für Zündstoff sorgen ihre gegensätzlichen Charaktere – für Spannung die bewährte Hand des Erfolgsautors!

Knaur Taschenbuch Verlag

ANDREAS FRANZ

Schrei der Nachtigall

Kriminalroman

Als Landwirt Kurt Wrotzeck vom Heuschober stürzt und sich das Genick bricht, deutet zunächst alles auf einen Unfall hin. Weder bei ihm zu Hause noch in seiner Umgebung ist von Trauer etwas zu spüren, denn der Tote war im höchsten Maße unbeliebt. Peter Brandt übernimmt die Ermittlungen und glaubt nicht an einen Unfall – sehr zum Missfallen von Staatsanwältin Elvira Klein. Warum besucht der Uhrmacher Marco Caffarelli jeden Tag Wrotzecks Tochter, die nach einem Autounfall im Koma liegt? Und welche Rolle spielt die Witwe des Opfers? Peter Brandt stößt auf ein Geheimnis, das sich als der Schlüssel zu diesem Fall erweist …

Knaur Taschenbuch Verlag

ANDREAS FRANZ

Das Todeskreuz

Kriminalroman

Staatsanwältin Corinna Sittler wird grausam verstümmelt in ihrem Haus aufgefunden. In ihrem Mund entdeckt Kommissarin Julia Durant einen Zettel mit den Worten: »Confiteor – Mea Culpa«. War Rache das Motiv für die brutale Tat? Denn Corinna Sittler war nicht die untadelige Staatsanwältin, für die alle sie gehalten haben. Da geschieht in der Nähe von Offenbach ein weiterer Mord, und diesmal ist ein Richter das Opfer. Peter Brandt, der zuständige Kommissar, setzt sich mit Julia Durant in Verbindung – und muss nun widerwillig mit der Frankfurterin zusammenarbeiten …

Knaur Taschenbuch Verlag